KB123482

고전소설의
영웅인물과
담론양상

윤보윤 지음

보고사
BOGOSA

# 책머리에

사회가 어지럽고 사람들의 삶이 고단할 때 우리는 영웅의 출현을 꿈꾼다. 오로지 타인을 위해 자신을 기꺼이 희생하는 인물이 과연 실존할 수 있는지 현실세계에서는 의문을 품을 수밖에 없지만, 고전소설 속 영웅인물은 우리가 바라는 존재 그 자체로 형상화된다. 영웅소설이 우리에게 매력적으로 다가오는 이유도 여기에 있다.

이 책은 고전소설을 포함하여 우리의 고전서사에 등장하는 영웅인물을 주로 다룬 것이다. 그간 특별히 영웅소설에 심취한 것은 아니었는데 막상 목록을 작성하고 보니 영웅소설을 대상으로 하여 여러 글을 집필한 셈이 되었다. 하지만 한 권의 완전한 서적을 염두에 두고 쓴 것이 아니어서 목차가 그리 단정하지 않게 보일 수도 있겠다. 부족하게나마 고전소설의 영웅인물을 다각적으로 살피기 위해 목차를 세 부분으로 구성하였다.

제1부 '영웅인물의 유형과 형상화'에서는 영웅인물 전반을 다루며 특히 유형 분류에 집중하여 고전소설에 등장하는 다수의 영웅인물이 포함될 수 있는 틀을 제공하고자 하였다. 이를 위해 먼저 「영웅인물의 유형과 전통」에서는 영웅인물의 개념을 새롭게 정립하고 고전소설 이전의 서사물에서 그들이 어떻게 형상화되었는지 전통을 짚어 보았다. 그러고 나서 「영웅인물의 형상화 양상」에서는 고전소설에 등장하는 영웅인물을 본격적으로 살폈다. 여기에서 영웅인물의 유형을 구제형·구국형·개혁형으로 분류하였는데, 개별 작품을 바탕으로 영웅화의 각 단계

에 따라 유형별 특이점을 논의하였다. 이를 통해 「영웅인물의 지향과 의미」에서는 각 유형의 지향의식을 고찰하고 그들이 상호작용하여 고전소설의 인물형상화에 이바지한 실태를 점검하였다.

제2부 '영웅인물과 서사담론'에서는 개별 고전소설 작품에 등장하는 영웅인물을 통해 각 작품이 획득할 수 있었던 서사적 의미를 고찰하고자 하였다. 「〈권익중전〉의 담론유형과 작가의식」에서는 영웅담을 비롯한 다양한 담론에 작가가 지향하는 세계가 반영되었음을 확인하였다. 그리고 「〈권익중전〉과 〈유충렬전〉의 서사담론과 층위적 과업」에서는 영웅소설이 애독되었던 이유를 층위적 과업이라는 서사 전략에서 찾아보았다. 또한 「〈소대성전〉과 〈신유복전〉의 고난담론과 서사적 변이」에서는 두 작품 간의 영향관계를 밝히고 후대의 영웅소설에서 주인공의 가정적 고난을 확대 서술한 이유를 독자층의 요구와 관련하여 살폈다. 「〈신유복전〉의 서사양태와 서술방식」에서는 영웅소설을 창작하며 작가의식을 새롭게 담기 위해 기존과는 다른 서술방식을 활용한 사실을 통해 서사적 의미를 도출하였다.

제3부 '영웅인물과 역사담론'에서는 역사적 사실에 근거하여 문학으로 형상화된 작품을 대상으로 영웅인물을 살피고자 하였다. 먼저 「'성불경쟁담'의 역사성과 형상화 양상」에서는 불교적 영웅인물의 경쟁 구조가 작품 형상화에 기여한 측면을 점검하였다. 그리고 「〈소중화역대설〉의 역사성과 문학적 조응」에서는 역사서사에서 다양한 인물을 선별하고 그들을 표현하는 과정에서 영웅인물에 대한 관심을 확인하였다. 이를 통해 역사소설의 소재로 활용될 수 있는 인물의 이야기를 사실에 근거하여 혹은 문예미를 감안하여 읽을거리로 조직한 사정을 짐작할 수 있었다. 또한 「〈박태보실기〉의 전기성과 역사담론」에서는 역사적 사실이 전기소설이나 역사서사로 변용된 사례를 살피고 사실 이해와

문학적 효용의 측면에서 개별 작품을 검토하였다.

　처음이라는 것은 항상 설레는 일이다. 바깥 날씨는 너무나도 뜨거워 잠깐의 외출도 부담스러운 요즘이지만 이 책을 준비하는 동안 마음속에서는 청량한 가을바람이 불었다. 늘 부족한 제자를 이끌어 주시며, 혼자서는 엄두도 내지 못했을 작업에 큰 도움을 주신 김진영 교수님께 다시 한 번 감사를 드리고 싶다. 항상 힘이 되는 부모님과 사랑하는 남편에게도 고마운 마음을 전한다. 어려운 출판 상황 속에서도 부족한 원고를 흔쾌히 받아준 보고사의 김흥국 사장님과 편집부 김하놀 선생님에게도 감사의 인사를 드린다.

2017년 8월

윤보윤

# 차례

제1부

영웅인물의 유형과 형상화

# 제1장 머리말

## 1. 문제제기

고전소설의 진수를 규명하기 위하여 그간 여러 방면에서 논의가 진행되어 왔다. 고전소설의 개념 및 사적 위상에서부터 작자와 독자에 대하여 관심을 기울이는 한편, 개별 작품에 대한 연구도 상당히 진척되었다. 개별 작품에서는 작품의 배경이나 인물, 주제나 소재, 구성과 유형 등을 다각적으로 검토하였다. 개별 작품에 대한 다양한 연구 성과 때문에 이제 고전소설의 총체가 부각되고, 그 본질에 한 걸음 더 근접할 수 있게 되었다.

고전소설의 다양한 요소 중에서 주목되는 것이 등장인물이다. 그중에서도 고전소설적인 특징을 분명하게 드러내는 것 중의 하나가 영웅인물이다. 영웅인물은 독자가 열망하는 대로 행동하기에 대중의 소망을 이루는 데 중추적인 역할을 맡고 있다. 실제로 영웅인물은 소설 내적으로 중요한 위치를 차지할 뿐만 아니라 유통사에서도 상당한 영향력을 행사해 왔다. 따라서 고전소설의 실체에 다가가기 위해서는 영웅인물에 대한 집중적인 조망이 필요하다 하겠다. 이 영웅인물이 작가와 독자를 연결하는 매개로 작용하면서 소설이 향유되던 당시의 사회문화적인 현상을 함축하고 있기 때문이다.

고전소설의 작중인물 중 영웅인물은 선한 입장을 대변하며 각종 반동인물과 대결을 펼쳐 승리한다. 따라서 영웅인물을 살피면 고전소설 작품의 상당수를 이해하는 지름길이 될 수 있다. 실제로 영웅인물에 대한 연구가 선행되어야 작품의 문예미를 효과적으로 간파할 수 있는 작품이 다수이다.

흔히 영웅인물이라고 하면 군담소설류에 등장하여 황제를 위협하는 간신을 뛰어난 용력으로 제압함으로써 구국의 충신이 되는 존재로 생각하곤 한다. 영웅의 요건으로 무력을 꼽는 것도 여기에서 비롯되었다고 할 수 있다. 그러나 영웅의 의미를 좀 더 확대하면 무력뿐만 아니라 지력이나 성품처럼 다른 사람들에게 모범이 될 만한 특출한 능력을 구유한 인물도 포함시킬 수 있다. 즉 나라에 충성을 실천한 사람은 물론이고 인류를 구원하거나 도탄에 빠진 백성을 구제하는 사람도 이타행을 실천했다는 점에서 영웅인물로 포함시킬 수 있겠다.

본 연구에서는 고전소설에 등장하는 영웅인물을 살피기 위해 우리의 서사적 전통 속에서 영웅인물의 흔적을 검토한 다음, 고전소설에서 그러한 면들이 어떻게 발현되었는지 고찰하고자 한다. 또한 이에 기초하여 영웅인물의 유형을 나누어 살핌으로써 영웅인물의 특성이나 기능을 종합적으로 이해하도록 하겠다. 우리의 고전서사에 내재해 있던 영웅인물의 전통이 고전소설에 이르러 어떻게 발현되었는지 검토하는 것은 고전소설이 전대의 풍부한 문학적 재료들을 수렴하여 어떻게 다시 형상화했는지 고찰하는 것이기도 하다. 이는 또한 전통서사와 고전소설의 관계를 다시 한 번 정립하는 기회가 될 것으로 생각한다.

## 2. 연구사 검토

본 연구는 고전소설에 나타난 영웅인물의 유형과 실태를 검토하고, 그들이 개별 작품에 어떻게 형상화되었는지 고찰하는 것이 주목적이다. 이를 위해 먼저 고전서사에서 영웅인물이 구현되었던 전통을 살펴보고자 한다. 이는 고전소설에 드러난 영웅인물을 유형화하고 그 실상을 파악하는 토대로 삼기 위해서이다. 이어서 고전소설 작품을 대상으로 영웅인물의 형상화 양상을 검토한 후 그 의미를 종합적으로 살펴보도록 하겠다. 이와 같은 논의가 고전소설의 본질을 파악하는 데 일조할 것으로 기대한다. 여기에서는 영웅인물에 집중하여 그간 연구되었던 성과를 살피되, 고전소설은 물론 전대의 서사까지 아울러 고찰할 것이다.

고전서사나 고전소설에 등장하는 인물에 대한 연구는 상당한 성과를 거두고 있다. 이야기의 사건과 배경을 고찰함에 있어 등장인물을 등한히 할 수 없기 때문이다. 오히려 인물을 탐구함으로써 작품의 전체 구성을 합리적으로 해명하는 효과를 거둘 수 있다. 마찬가지로 서사의 외적인 요소, 즉 작자나 수용층의 의식을 살피는 데에도 인물 연구가 중요하다. 그렇기 때문에 각종 서사의 인물, 특히 주인공에 관한 연구가 방대하게 이루어진 것이 사실이다. 여기에서는 지금까지 진행된 작중인물에 관한 논의 가운데 영웅인물에 집중하여 살펴보고자 한다. 다만 통시성을 감안하여 고전소설 이전의 서사에 나타난 영웅인물을 다룬 것, 일반 고전소설에 내재된 영웅인물을 다룬 것, 영웅소설에 나타난 영웅인물을 다룬 것으로 나누어 살펴보도록 하겠다.

첫째로, 고전소설 이전의 서사 속에 등장하는 영웅인물에 관심을 기울인 연구이다. 김승호는 승전류에 등장하는 불교적 영웅이 출가와 각성이라는 입사 의례를 거쳐 인간의 시공간적 개념을 벗어나는 신비체

험을 현시할 뿐만 아니라, 교화와 중생 구제 등의 활약을 펼친다고 보았다. 석가의 일대기를 모방하여 불가의 영웅을 표현하는 승전의 정형화된 영웅상은 그가 탄생하는 과정보다도 대승적 차원의 보시 행위 등 그 활약상에 비중을 둔다고 보고 있다.[1]

이상설은 조선조 영웅·애정·효행·세태풍자 소설의 형식과 의미의 연원을 《삼국유사》에서 찾아내고 이들을 후대 고전소설 작품과 연관 지어 살피고 있다. 특히 영웅소설에서 영웅의 일대기라는 서사적 구조를 계승하고 있는, 단군·주몽·혁거세 등의 건국서사에 등장하는 영웅의 이야기를 분석하였다. 《삼국유사》의 서사나 영웅소설에 등장하는 영웅인물은 대부분 비범한 존재로 태어나고 고난을 통해 영웅으로서의 자격을 획득하며 인정받는 주체로 자리매김한 이후에 천상계로 회귀한다고 하였다. 따라서 건국영웅의 서사는 후대 영웅소설의 인물 설정에 크게 영향을 주었다고 본 것이다.[2]

김진영은 고전소설에 나타나는 영웅인물의 전형이 이미 여말선초의 불교서사에서 다양하게 나타나고 있음을 지적하였다. 즉 고려 말의 한문 불전서사와 조선 초의 국문 불전서사에서 고전소설에 나타나는 영웅인물의 실태를 확인할 수 있다고 하였다. 구체적으로 천상강림이나 지상에서의 시련과 득도 그리고 이타행과 구제 행위를 거쳐 마침내 천상으로 회귀하는 불전의 서사구조가 고전소설의 그것과 일치하는 것으로 보았다. 고전소설에서 영웅인물을 형상화하기 직전의 선험적 서사라는 점에서 양자의 친연성이 돋보인다고 하였다.[3]

---

1) 김승호, 「불교적 영웅고-승전류를 중심으로」, 『한국문학연구』 12, 동국대학교 한국문학연구소, 1989.
2) 이상설, 「삼국유사 인물설화의 소설화 과정 연구」, 명지대학교 대학원 박사학위논문, 1995.

박경열은 열전을 대상으로 열전이 가진 소설적 가능성에 대해 역설하고 있다. 전기적 요소를 갖춘 열전과 그렇지 않은 열전을 분석하여 이를 통해 열전이 전기소설 혹은 영웅소설로 발전했을 가능성을 고찰하였다. 특히 영웅소설과 관련하여 인물의 탄생과 성장 부분에 전기적 요소가 등장함으로써 열전이 영웅소설에 근접하였음을 말하였다. 즉 영웅인물의 활동과 관련하여 신이한 능력을 펼치는 부분에 전기적 요소가 다수 포함되어 이미 열전에 영웅소설적 특성이 잠재되어 있다고 본 것이다.[4]

김현숙은 도선설화와 관련하여 도선이 승려였다는 역사적 사실과는 다르게 풍수나 술사로 그 형상이 굳어졌다고 하면서 설화 속에서 도선은 신이한 능력을 갖춘 풍수문화 영웅의 자질과 불교문화 영웅의 모습을 함께 가졌다고 하였다. 이는 시대의 흐름에 따라 계층의 요구를 수용하여 변환된 것이라고 보았다.[5]

이상의 논의는 주로 고전소설에 내재된 영웅인물의 모습을 연원적으로 살핀 것이다. 즉 고전소설보다 선행하여 영웅인물을 형상화한 사정을 말하면서, 그러한 서사적 전통이 고전소설로 계승된 것으로 보고 있다. 따라서 이러한 논의는 고전소설의 사적 전통을 살피는 데 아주 유용할 수 있다.

둘째로, 고전소설 전반에 내재된 영웅인물에 관심을 기울인 연구이다. 양인실은 〈삼국지연의〉와 우리나라 영웅소설의 비교를 통해 고전소설 속 영웅인물의 특성을 파악하였다. 〈삼국지연의〉에 견주어 볼 때,

---

3) 김진영, 「불전과 고소설의 상관성」, 『어문연구』 33, 어문연구학회, 2000, pp.203~234; 김진영, 「고전소설에 나타난 적강화소의 기원 탐색」, 『어문연구』 64, 어문연구학회, 2010, pp.89~117.
4) 박경열, 「열전의 소설적 가능성에 대한 연구-삼국사기와 고려사를 중심으로」, 건국대학교 대학원 석사학위논문, 1997.
5) 김현숙, 「도선설화 연구」, 조선대학교 대학원 박사학위논문, 2009.

우리의 영웅인물은 철저한 주종관계에 바탕을 둔 왕권에 대한 충신영웅형이고 영웅 개인의 성장 과정과 결연담에 큰 비중을 두었다고 하였다. 그리고 영웅의 수도 과정을 강조하며 신선사상을 불가의 것과 결합시켜 표현한 것으로 보았다.6)

송기춘은 고전소설의 주인공이 거치는 통과의례를 고찰함으로써 문학과 종교·사회와의 관계를 알 수 있을 것이라는 전제하에 영웅소설 주인공의 출생과정을 살피고 있다. 고전소설의 인물 배경에서 기자발원을 드리기 전까지는 유교적 색채가 작품에 나타나 있으며, 이어 태몽을 꾸는 과정에서는 도교와 불교가 혼습되어 있다고 하였다. 이러한 사상적 체계, 즉 유가의 효, 불가의 인과 및 윤회, 도가의 신선사상 등이 영웅소설의 구조화에 영향을 주었다고 보았다.7)

안기수는 신화적 주인공인 동명왕과 야래자형 인물인 견훤 그리고 영웅소설의 주인공인 유충렬의 영웅인물 형상화 방법과 의미를 살피고 그 변모과정에 집중하고 있다. 곧 신화와 전설 그리고 소설 속 영웅인물이 형상화되는 방법을 검토함으로써 그 지향 가치가 변별됨을 입증하고 있다. 신화 속에서 묘사되었던 영웅인물이 전설을 거쳐 후대의 영웅소설에 자리잡게 되면서 주인공이 가지고 있던 신화적 능력이 시대적 요구에 맞게 서서히 청산되었던 사실을 밝히고 있다. 이는 영웅소설이 유통되었던 조선시대의 가치관에 부합하는 방향으로 영웅인물의 형상화 방법이 변화되었음을 검토한 것이라 할 수 있다.8)

---

6) 양인실, 「영웅소설의 인물상 비교 연구—삼국지연의와 한국영웅소설의 비교」, 『건국대학교대학원논문집』 10, 건국대학교 대학원, 1979.

7) 송기춘, 「영웅소설 주인공의 출생배경 연구」, 조선대학교 대학원 석사학위논문, 1996.

8) 안기수, 「서사문학에 나타난 영웅인물의 형상화 방법과 의미」, 『어문논집』 32, 중앙어문학회, 2004.

이상의 논의는 중국소설이나 한국의 설화 등에서 보이는 영웅인물적 특성이 고전소설과 관계되어 있음을 살핀 것이다. 즉 고전소설 일반에 나오는 영웅인물의 제반 특성을 중국소설의 전통이나 한국고전서사의 전통에서 찾고 있다. 하지만 다룬 작품이 많지 않고, 고전서사에 등장하는 영웅인물을 종합적으로 살피지 못한 한계가 있다. 특히 고전서사에서 영웅인물을 어떻게 형상화했고 그 유형은 어떻게 나누어야 하는지, 나아가 그들이 통시적으로는 어떤 유형의 소설과 관련되는지를 등한히 했다는 점에서 재고할 여지가 없지 않다.

셋째로, 영웅소설의 인물, 특히 영웅인물에 관심을 기울인 연구이다. 강애희는 영웅소설이 소유양식의 인물과 존재양식의 인물이 서로 갈등하는 것이라 보았다. 이러한 갈등에서는 철저히 인간 중심적이고 개인적인 욕구를 표출하되, 결국 소유양식의 인물은 자기파멸을, 존재양식의 인물은 자기실현을 통해 권선징악이라는 주제로 귀착된다고 하였다.[9]

민긍기는 단군신화나 동명신화, 김유신 전기 등에서 〈홍길동전〉이나 〈유충렬전〉 등의 영웅소설에 이르기까지 영웅의 일대기를 다룬 작품들을 그 대상으로 하여 작품의 형태를 분석하고 의미를 짚어보았다. 특히 영웅인물과 관련하여 초기 영웅소설의 인물과 이후 인물 간의 차이점이 신적 능력을 가졌는지 혹은 유교적 이념을 더했는지의 여부라는 점을 역설하였다.[10]

전용문은 여성영웅인물을 유형화하는 데 있어 영웅화의 욕구를 그 기준으로 삼아 음조영웅형, 일시남복영웅형, 남장영웅형, 남성지배영웅형의 네 가지로 구분하였다. 각 유형별 대표작품을 선정하고 여성영

---

9) 강애희, 「한국고대영웅소설에 나타난 삶의 양식과 그 갈등」, 이화여자대학교 대학원 석사학위논문, 1980.
10) 민긍기, 「영웅소설의 의미체계 연구」, 연세대학교 대학원 박사학위논문, 1986.

웅소설의 전형적인 기본구조와 주제 및 주인공의 성격 등을 밝혔으며, 여성영웅소설에 담긴 조선조 말기 사회상과 향유층의 의식을 고찰하였다. 뿐만 아니라 여성영웅소설이 가진 근대적 성격으로 볼 때 신소설에까지도 직간접적인 영향을 끼쳐 상호 밀접한 관계를 유지했으리라 추측하고 있다.[11]

임성래는 영웅소설의 실상을 파악하기 위하여 영웅의 일대기에 기초하여 체제개혁형 영웅소설, 애정성취형 영웅소설, 능력본위형 영웅소설, 인륜수호형 영웅소설의 네 가지 유형으로 분류하였다. 또한 각 유형 안의 작품 선후 관계를 따져 이것을 바탕으로 영웅소설의 성립시기를 밝혔고, 이를 통해 영웅소설이 당대 사회를 어떻게 반영하고 있으며 어떠한 방향으로 변모하였는지 사회적 상황과 관련시켜 살폈다.[12]

김지연은 구활자본 역사영웅소설을 이상적 가치의 실현, 이상적 가치의 좌절, 현실적 가치의 실현, 현실적 가치의 좌절 네 가지로 유형화하고 작품을 분류하였다. 각 유형별 작품을 살펴 영웅인물의 특성을 파악하고 이들의 이야기가 근현대 역사소설과도 상관관계를 가지고 있음을 밝히고 있다.[13]

박일용은 영웅소설의 개념을 확장하여 굳이 영웅의 일생구조를 전형적으로 나타내지 않았더라도 집단적 이념을 실현하기 위해 비범한 능력을 발휘하는 인물의 이야기를 소설로 그려낸 작품까지도 영웅소설의 범주에 포함시키고 있다. 이를 민중적 역사영웅소설과 통속적 창작영웅소설로 크게 나누었고 통속적 창작영웅소설을 시대 및 작가층에 따라 형성기, 전성기, 19세기 통속적 창작영웅소설로 세분화하였다.[14]

---

11) 전용문, 「여성영웅소설의 계통적 연구」, 충남대학교 대학원 박사학위논문, 1988.
12) 임성래, 『영웅소설의 유형연구』, 태학사, 1990.
13) 김지연, 「구활자본 역사영웅소설 연구」, 숙명여자대학교 대학원 박사학위논문, 2002.

　박상란은 여성영웅소설의 갈래를 여성영웅의 일대기를 중심으로 삽화형, 남성중심형, 여성중심형, 여성단독형, 가문중심형의 다섯 가지로 분류하여 여성영웅이 등장하는 작품을 각 유형에 포함시켰다. 이 중에서 삽화형과 가문중심형을 제외한 세 유형만이 여성영웅소설 본래의 범위에 속한다는 조건을 들고 대표작을 선정하여 구조적 특징과 의미를 분석하고 있다.[15)]

　조은희는 여성영웅소설이 출현하게 된 사회·문학적 배경에 대해 살피고 여성주의적 시각에서 현실 타협형, 현실 도전형, 현실 초월형의 세 가지로 유형을 분류하였다. 각 유형에 대표적으로 속하는 작품의 영웅인물과 그들이 지향하는 이상을 고찰하였으며 여주인공의 자아실현 의지와 여성의식의 성장 등에 초점을 맞추어 남성영웅소설과의 차별성을 밝히고 있다.[16)]

　이상에서 보는 바와 같이 영웅소설에 나타난 영웅인물에 대한 연구는 영웅의 유형에 많은 관심을 기울였다. 이는 영웅소설에 등장하는 인물을 영웅으로 간주하여 인물 자체에 대한 논의보다는 그러한 인물이 생기게 된 과정이나 배경에 관심을 기울인 결과이다. 그래서 문학사회학의 관점에서 영웅의 행위나 능력을 중심으로 유형을 설정하고, 해당 유형에 속하는 작품을 분석하는 것이 주종을 이루어 왔다. 그 결과 정작 영웅인물에 대해서는 본질적 연구에서 비껴간 면이 없지 않다. 영웅으로 형상화되는 과정이나 영웅적 행위를 통해 작품이 어떻게 고양되었는지 그리고 그렇게 형상화된 작품이 유통과정에서는 어떠한 반향을

---

14) 박일용, 『영웅소설의 소설사적 변주』, 월인, 2003.
15) 박상란, 「여성영웅소설 연구」, 『여성과 고소설, 그리고 문학사』, 한국학술정보, 2005.
16) 조은희, 「고전 여성영웅소설의 여성주의적 연구」, 대구대학교 대학원 박사학위논문, 2005.

불러올 수 있었는지에 대한 논의가 소홀하였다. 이제 고전소설에 나타나는 영웅인물이 소설 구성의 핵심 인자라는 점을 인식하고, 영웅인물을 유형별로 구체화해서 살펴볼 필요가 있다.

위에서 살펴본 것처럼 고전서사나 고전소설에 나타나는 영웅인물에 관한 연구는 영웅의 유형을 분류하는 논의가 주종을 이루는 가운데 작품의 주제나 작가의식을 밝히는 측면에서 보조적으로 다룬 것이 사실이다. 근래에 들어서는 여성영웅에 집중한 연구가 많이 이루어지고 있는데 이는 남성주인공의 입장에서 연구가 이루어진 것에 대한 반발로 여성주의적 시각을 고전소설 연구에 접목시킨 것이라 할 수 있다. 그러나 영웅인물의 성별을 떠나 여러 작품 속에 등장하는 다수의 영웅인물에 집중한 논의는 그리 많지 않고, 개별 작품의 영웅인물을 정치하게 밝히는 연구도 생각보다 많지 않다. 또한 영웅인물의 본질을 파악하여 이를 바탕으로 여러 작품에 등장하는 인물의 유형을 체계적으로 논의하지 않은 것 또한 사실이다.

따라서 먼저 영웅인물의 형상화 전통을 살펴본 다음, 대상 작품을 선정하여 고전소설에 드러나는 영웅인물의 유형과 실태를 분석하도록 하겠다. 이어서 영웅인물의 영웅성을 드러내기 위하여 어떠한 방법을 통해 형상화했는지 그리고 그 한계는 무엇인지 고찰할 것이다. 이러한 논의를 통해 영웅인물의 특성이 밝혀지고, 그들의 문학적 가치나 문학사적 위상까지 효과적으로 부각될 것으로 기대한다.

## 3. 연구범위와 방법

고전소설에 나타나는 영웅인물을 살피기 위해 먼저 영웅인물의 형상화 전통을 고찰하고,17) 이를 토대로 고전소설에 나타나는 영웅인물의 유형을 분류하도록 한다. 그런 다음 각 유형의 특성이 가장 잘 드러난 작품을 선정한 후에, 이들이 어떠한 방식을 통해 영웅인물을 형상화하고 있는지 살펴보도록 하겠다. 나아가 이들 유형 간의 상호작용과 그것의 문학사적 의의는 어떠한지 고찰할 것이다.

영웅인물이라고 하면 흔히 군사적 능력을 가지고 무술이나 도술에 능하며 황제에 대한 충성심으로 무장한 인물이라고 생각하기가 쉽다. 하지만 영웅의 요건이 그렇게 단순할 수만은 없다. 따라서 이 글에서는 영웅소설이나 영웅인물에 관한 그간의 연구 성과를 참고하여 고전소설에 나타나는 영웅인물의 본질을 살펴보고 이를 바탕으로 인물의 유형을 나눈 다음 그 의미를 종합적으로 검토하도록 하겠다. 효과적인 논지 전개를 위하여 다음과 같은 방법으로 논의를 구성하고자 한다.

첫째, 제2장에서는 영웅인물의 개념을 정리하고 고전소설로 이들이 수용되기 이전에 고전서사에서 어떠한 모습으로 존재했는지 살펴본다. 먼저 그간에 인식하고 있던 영웅인물의 개념을 새롭게 정립하고자 한다. 즉 영웅인물의 범주를 확장하여 군사영웅은 물론, 종교나 역사계의 인물도 영웅의 관점에서 주목할 것이다. 이를 바탕으로 고전서사의 영웅인물을 구제형, 구국형, 개혁형으로 나누어 살펴보도록 한다. 즉 각 유형별로 고전서사에 나타나는 영웅인물의 실태를 확인함은 물론, 그들이 고전소설과 어떻게 접맥될 수 있는지 고찰하도록 하겠다.

둘째, 제3장에서는 고전소설에 나타난 영웅인물의 유형별 형상화 양

---

17) 고전소설의 형성에 많은 영향을 끼친 이전의 서사물을 살피는 것이 영웅인물의 계통과 전체적인 흐름을 이해하는 데 도움이 되기 때문이다. 실제로 고전소설의 영웅인물을 살피기 전에 고전서사에서 어떠한 영웅인물을 창안했는지, 또한 그러한 인물이 어떻게 전승되어 왔는지 정리하면 고전소설에 나타난 영웅인물의 특성을 수월하게 이해할 수 있으리라 본다.

상을 살펴보도록 한다. 앞서 2장에서 나누었던 분류 기준을 기초로 각 작품 속에서 영웅인물이 어떻게 묘사되고, 어떠한 방법으로 인물의 특성을 부각하고 있는지 논의할 것이다. 이는 자연스럽게 고전소설 작품에서 영웅인물을 표현하기 위해 사용한 문학적 장치가 어떠한 것인지, 또한 그러한 장치로 인하여 작품의 문학성은 얼마나 고양되는지를 따지는 것이기에 결국은 영웅인물을 통해 소설작품을 총체적으로 이해하는 것이라 할 수 있다.

셋째, 제4장에서는 앞에서 논의했던 내용을 토대로 영웅인물의 유형별 지향의식과 문학사적 의의를 살펴보도록 한다. 지향의식에서는 각 유형별로 영웅인물이 표방하고 실천한 것이 무엇인지 영웅의 시련과 능력 그리고 결과를 중심으로 고찰할 것이다. 또한 영웅인물의 유형별 상호작용 양상을 살피고, 이어서 이들의 문학사적 의의를 짚어보도록 하겠다. 여기에서는 영웅인물의 각 유형이 상호작용하면서 고전소설의 인물을 형상화한 전통이나 영웅인물이 고전서사를 거쳐 고전소설로 이어진 사적 전통을 확인하게 될 것이다. 영웅인물을 통해 한국서사문학사의 궤적을 통시적으로 살필 수 있으리라 기대한다.

위와 같은 논의가 효과적으로 진행되면 고전소설의 영웅인물 연구에 그치는 것이 아니라 서사적 전통의 큰 줄기를 파악하는 성과를 거둘 것으로 본다. 즉 통시적 관점에서 인물 연구를 수행하여 한국서사문학사를 종합적으로 이해하는 단초를 마련할 수 있을 것이다. 나아가 이들의 상호작용을 통해 고전소설의 인물 설정 방식이 공시적으로 혼용되었던 사정을 확인할 수도 있겠다. 이 글에서는 〈금우태자전〉과 〈심청전〉, 〈박씨전〉과 〈유충렬전〉, 〈장백전〉과 〈홍길동전〉을 각 유형의 대상 텍스트로 선정하여 논의를 진행하고자 한다.

# 제2장
# 영웅인물의 유형과 전통

　이 장에서는 영웅인물에 대한 개념을 정립하고, 고전소설에 등장하는 영웅인물이 이전의 서사에서는 어떠한 모습으로 존재했는지 살펴보고자 한다. 우리는 흔히 군담소설 속에서 활약하는 주인공을 영웅인물의 전부인 것처럼 생각하는 경향이 없지 않다. 하지만 영웅인물의 면모는 다양한 분야에서 찾아야 마땅하다. 보다 넓은 범위에서 개념을 설정하고 그 실태를 확인하는 것이 영웅인물의 특성을 종합적으로 검토하는 길이기 때문이다. 이를 위해 먼저 전통적인 서사물에서는 영웅인물을 어떻게 형상화했고, 나아가 그것이 고전소설의 인물 설정에 어떠한 영향을 미쳤는지 살펴보아야 하겠다. 이어서 고전소설과 전통서사의 상관성을 밝히고, 고전소설의 영웅인물을 집중적으로 검토할 필요가 있다. 그렇게 할 때 인물을 중심으로 한국서사문학사의 통공시적 맥락을 비교적 명료하게 드러낼 수 있기 때문이다.

## 1. 영웅인물의 개념과 범주

'영웅'의 사전적 의미는 지혜와 재능이 뛰어나고 용맹하여 보통 사람이 하기 어려운 일을 해내는 사람이다.[1] 이 정의에 따르면 영웅의 조건으로 지적인 능력이나 신체적인 용력이 전제된 가운데 범인이 감당하지 못하는 일을 수행해야 한다. 특히 범인(凡人)이 감당하지 못하는 것을 수행한다는 점에 주목할 필요가 있다. 왜냐하면 정신적·신체적 조건의 경우 범인들도 얼마든지 그 요건을 갖출 수 있기 때문이다. 하지만 '보통 사람이 감당하기 어려운 일'은 일반적으로 개인적인 역경이나 희생을 감내하면서 집단의 이익을 성취하는 것이라 할 수 있다. 공적·사회적인 이타행을 실천하는 것이라 하겠는데, 이러한 인물에 대하여 우리는 흔히 영웅이라 칭한다. 영웅인물이 이처럼 지적인 능력은 물론, 신체적인 용력을 바탕으로 남을 위해 헌신하는 것이라면 그 범위는 상당히 확장될 수 있다. 그러한 인물의 경우 신화나 전설 그리고 소설에서 얼마든지 찾을 수 있기 때문이다.

이제 영웅인물의 기본 요건을 확인하는 차원에서 그간 문학작품에서 영웅으로 다루어 왔던 인물들에 대하여 구체적으로 살펴볼 필요가 있다. 그렇게 해야 고전소설의 영웅인물에 대한 개념 정립도 타당성이 보장되기 때문이다. 다만 여기에서는 영웅의 혈통과 신분, 영웅의 고난과 시련, 영웅의 행위와 업적으로 나누어 살피되, 신화·전설·소설 장르에 한정하도록 하겠다. 이들 장르에 영웅인물의 주요한 요소가 망라되었기 때문이다.

첫째, 영웅의 혈통과 신분이다. 우리의 문학사에서 영웅으로 형상화

---

1) 국립국어원 표준국어대사전(http://stdweb2.korean.go.kr/).

된 인물의 혈통과 신분은 아주 다양하다. 신화나 전설 그리고 소설에서 그러한 사정을 두루 확인할 수 있기 때문이다.

신화에 나오는 인물의 혈통과 신분이다. 신화의 영웅인물은 왕이나 왕자로 형상화되는 것이 일반적이다. 건국신화의 영웅인물은 당연히 왕의 신분을 보장받게 된다. 고조선의 단군, 고구려의 주몽, 신라의 박혁거세·김알지·석탈해, 가야의 수로 등이 모두 개국조로 그 신분이 천제를 계승한 왕이다. 마찬가지로 종교신화에서도 그 신분이 왕이나 왕자인 경우가 많다. 불타의 일생을 영웅적으로 형상화한 현생 불전의 경우 주인공이 가피라국의 왕자이며 영웅적 행위를 초월적으로 펼치는 본생담의 주인공도 대부분 다양한 나라의 왕이거나 왕자이다. 이에 해당하는 불전문학은 팔상이 대표적이고 본생담은 〈금우태자전〉·〈선우태자전〉·〈안락국태자전〉·〈보시국왕전〉과 같은 작품을 주목할 수 있다. 게다가 무속신앙의 영웅인물도 〈당금애기〉나 〈바리데기〉처럼 초월적이기는 하나 특정 국가의 왕녀로 형상화되어 있다. 이는 모두 신성성을 강조한 신화이거나 신화소를 수렴한 결과라 할 수 있다.

전설의 영웅인물은 왕이나 왕자보다는 귀족에서부터 한미한 집안에 이르기까지 아주 다양하다. 이는 고대에서 중세로 넘어오면서 다양한 인물군상에 관심을 기울인 결과라 할 수 있다. 또한 하층민들도 남다른 능력이 있음을 문학으로 형상화하면서 나타난 현상이기도 하다.[2] 먼저 명장을 입전할 때에는 〈김유신〉이나 〈온달〉처럼 군사적인 영웅으로 형상화하는 일이 빈번하다. 이는 명장전설로 보국이나 군왕에 대한 충성을 중시한 결과라 할 수 있다. 이와 같은 전통은 전설시대를 넘어 소설시대에 들어와서도 여전히 유효하다. 반면에 불타의 영웅적 일

---

2) 〈노옹화구〉가 그러한 사정을 잘 대변한다 하겠다.

생을 전형으로 삼은 승전의 경우 의상이나 원광처럼 귀족을 영웅인물
로 형상화하는 일면, 원효나 균여와 같이 신분이 높지 않은 경우도 있
다. 그것은 불교가 평등종교를 지향했기 때문에 상하민중 모두가 불교
를 신앙해서 빚어진 결과라 할 수 있다. 특히 신분이 낮음에도 불구하
고 깨달음을 얻어 교화에 전념함으로써 교계의 큰 스승으로 추앙받는
것은 불타의 그것처럼[3] 종교적인 영웅인물로 형상화된 것이라 할 수
있다.

고전소설의 영웅인물은 고관대작의 자제에서부터 서민이나 무인에
이르기까지 다양하게 형상화되었다. 대체로 고관대작의 자제가 영웅인
물일 때에는 중세질서를 수호하는 귀족형 영웅소설로 형상화되는 일
면, 향반이나 무인 등 낮은 신분이 영웅인물일 때에는 중세질서를 부정
하는 서민형 영웅소설로 형상화되는 경우가 많다.[4] 이렇게 된 데에는
고전소설이 성행한 조선후기가 중세에서 근대로 이행하는 과도기였기
때문이다. 그래서 한 부류에서는 전통을 고수하는 일면, 다른 한 축에
서는 새로운 세계를 갈망하면서 빚어진 결과라 할 수 있다. 체제 수호
에 솔선했던 상층부와 체제를 부정했던 하층부가 각각 자신들과 어울
리는 영웅인물을 형상화하여 인물의 변폭이 그만큼 확장될 수 있었던
것이다. 그럴지라도 일부의 개혁형 영웅소설을 제외하고는 중세이념을
강조한 지배세력이 우위를 점하여 고관대작이나 명문거족의 자제가 영
웅인물로 형상화되는 것이 일반적이었다.

이상의 내용을 통해 볼 때 영웅인물을 형상화함에 있어 성별이나 신

---

3) 불타의 경우 가피라국의 왕자이기는 하지만, 인도의 카스트제도에 의하면 크샤트리아
계층에 속한다.
4) 조동일, 「영웅의 일생, 그 문학사적 전개」, 『동아문화』 10, 서울대학교 동아문화연구
소, 1971.

분을 중시한 것 같지는 않다. 이것은 시대적인 상황에 따라 영웅인물의
신분이 가변적으로 변해 왔기 때문이라 하겠다. 고대 군사귀족이 개국
조가 될 때에는 왕족이 신화적인 영웅으로 부각되었지만, 전설시대로
접어들면서부터는 왕족보다는 명문거족은 물론 비교적 한미한 집안 출
신도 영웅으로 형상화되곤 하였다. 이와 같은 사정은 조선후기 소설시
대에 접어들어서도 큰 변화가 없었다. 신분이나 혈통이 영웅인물 형상
화에 장애가 되지는 않았던 것이다. 물론 이것은 문학사의 통시성과도
밀접한 관계를 맺고 있다.

  둘째, 영웅의 고난과 시련이다. 기본적으로 영웅인물로 형상화되기
위해서는 남과는 다른 시련이 주어지고, 그 시련을 무사히 극복했을 때
영웅적인 자질이 담보된다. 이는 고전소설은 말할 것도 없거니와 전통
적인 서사에서도 필요한 조건 중의 하나였다.

  신화의 경우 대부분의 영웅인물은 건국에 필요한 조건을 구비하기
위하여 시련과 고난을 극복한다. 특히 주몽과 석탈해의 경우 왕위에
오르기까지 많은 시련을 겪는다. 주몽은 알로 태어나 버려진 처지였으
며 타국인 부여에서 어머니를 모시고 질시와 핍박을 이겨내며 건국의
지를 다졌다. 나아가 졸본에 수도를 정한 후에는 송양의 지속적인 도
전을 물리쳐야만 했다. 석탈해도 궤에 넣어 버려졌지만 수로와의 도술
겨루기를 거쳐 호공과의 지략 대결에서 승리한 후 뜻한 바를 이룬다.
이렇게 닥친 시련을 무사히 극복했기 때문에 그들은 왕통을 확보할 수
있었다. 따라서 이들은 군사귀족의 건국영웅담적인 특성을 제대로 구
유한 것으로 볼 수 있다. 한편 종교신화의 영웅들은 사정이 좀 다르다.
이들이 추구하는 것이 철저한 수행을 통한 내면세계의 원만상이기 때
문이다. 실제로 고려대의 《석가여래행적송》·《석가여래십지수행기》,
조선 초의 《석보상절》·《월인석보》 등에 실린 팔상에서는 초극적인 수

행을 통해 이타행을 실천할 조건을 구비한다. 마찬가지로 본생담의 주인공들도 초인적인 고통을 감내한 후 종교적인 영웅으로 부각되고, 그런 다음에 중생의 이익을 위해 헌신한다. 이는 본생담의 각 편에 공통적으로 나타나는 것으로, 그만큼 본생담의 주인공들이 신화적인 특질을 구유했다고 볼 수 있다.

전설에서도 시련을 극복한 후 구국을 위해 헌신한다. 김유신 같은 경우 중악의 석굴에서 수행하기도 하고, 15세에 화랑이 되어 수련에 임하기도 한다. 중악석굴에서 수행한 것은 신화에서 나오는 통과의례적인 화소를 차용한 것이라 할 수 있다. 온달 또한 궁핍한 처지에 홀어머니를 극진히 봉양함은 물론, 결혼한 후 말타기와 활쏘기를 수련하여 장수가 될 조건을 충족한다. 말타기나 활쏘기는 신화적인 모티프를 차용하여 영웅인물을 형상화한 것이라 하겠다.5) 원효나 의상·원광 등과 같은 불교전설에서도 불타의 그것처럼 초인적인 수행을 통해 깨달음의 경지에 이른 후 대중교화에 전념한다.

고전소설에 와서 영웅인물의 고난과 시련은 더 구체화된다. 고전소설의 영웅들은 국가의 전란으로 부모와 헤어지는가 하면, 가족적인 문제로 집안에서 쫓겨나기도 한다. 더 나아가서는 자신을 죽이려는 적대 세력을 피해 숨어 지내야 한다. 그러는 중에 이들에게 도사나 신승이 원조자로 나타난다. 즉 주인공이 가족을 잃고 헤매다가 도교적인 선풍이 깃든 깊은 산이나 계곡에 찾아들고, 그곳에서 스승의 도움으로 병법과 천문지리 등을 익히게 된다. 국가적인 위난에 대처할 능력을 이 특수 공간에서 모두 익히는 것이다. 이는 신화에서 격리된 공간을 통

---

5) 김진영, 「양마모티프의 변천과 문학적 의미」, 『한국언어문학』 73, 한국언어문학회, 2010, pp.135~158.

해 주인공을 변화시키는 것과도 상통한다 하겠다. 그런 다음 전장에 출정하여 혁혁한 공훈을 세움으로써 그간의 시련과 고난이 모두 마무리된다.

이와 같은 점을 감안할 때 영웅인물의 시련과 고난은 시대 상황에 맞게 다변화되었음을 알 수 있다. 신화에서는 왕재의 당위성 확보나 초월적인 이상 구현을 위하여 시련을 감내하고, 전설에서는 보국을 위한 군사적 능력 배양이나 중생을 구제할 깨달음에 역점을 둔다. 즉 장수나 고승이 갖추어야 할 조건을 충족하기 위해 수행에 전념한다. 그런가 하면 소설에서는 이름을 드날리고 가문을 현창하는 이면에 나라를 구하거나 군왕을 보필하기 위하여 시련을 감내하기도 하고, 어려운 처지에 놓인 민중을 구할 목적으로 어려움을 자임하는 경우도 없지 않다. 따라서 영웅인물이 지향하는 바에 적합한 시련을 제시하고, 그것을 슬기롭게 극복하는 과정에서 영웅인물의 남다른 기질이 부각되도록 한 것이다.

셋째, 영웅의 행위와 업적이다. 영웅인물은 다양한 측면에서 공익을 실천한다. 크게는 국가를 새로 이루어 만백성을 구휼하는가 하면, 초인적인 수행을 통해 혼돈에 빠진 미혹한 중생을 구제하기도 한다. 체제를 수호하면서 충성과 구국을 실천하기도 하고, 근대적인 안목으로 변혁을 주도하면서 이상향을 실현하고자 노력한다. 따라서 영웅인물은 시대상황에 따라 그 역할이 변화해 왔음을 알 수 있다.

신화에서는 그 행위가 투쟁과 건국 또는 수행과 민중구제로 나타난다. 건국신화의 주인공은 모두 왕통을 확보하는 것이 목표이다. 고대국가를 건립하기 위해서는 정복전쟁을 수행할 수밖에 없었다. 그러한 정황을 도술 대결이나 지략 대결을 통해서 짐작할 수 있다. 실제로 주몽은 어려움을 무릅쓰고 부여를 탈출하여 고구려를 건국함은 물론, 건국

한 이후에는 나라의 기틀을 다지면서 주변국과 지속적인 경쟁을 펼친
다. 그래서 주몽의 경우 전쟁과 건국이 행위와 결과인 셈이다. 마찬가
지로 탈해도 도술과 지혜를 통해 신라의 왕통을 이었다. 탈해의 남다른
무용이나 지략이 있었기에 그의 후손이 왕권을 장악할 수 있었던 것이
다. 이와 같은 사정은 정도의 차이는 있을지언정 대부분의 건국신화에
서 확인되는 사항이다. 한편 종교서사는 활동과 결과가 남다르다. 그것
은 무공보다는 종교적인 교리를 대중적으로 펼쳤기 때문이다. 즉 시련
과 고통의 수행과정을 통해 마침내 득도하고 이어서 스스로 깨달은 바
를 중생구제를 위해 이용한다. 따라서 종교서사의 영웅인물들은 역사
서사의 그들과는 달리 정신적·관념적인 측면에서 공익을 실천한 것이
라 할 수 있다. 실제로 종교서사의 주인공인 불타는 깨달은 바를 '녹원
전법상'에서 처음으로 설법한 후 열반에 들 때까지 포교활동을 펼친다.
따라서 우리나라에 다양하게 전승되는 불전에서는 영웅적 행위가 바로
깨달은 바를 중생들에게 전달하는 것이라 할 수 있다. 그러한 결과 많
은 중생이 미혹의 세계에서 벗어날 수 있었다. 이와 같은 사정은 본생
담의 영웅인물에서도 마찬가지이다. 다만 초월적인 시공이 다를 뿐이
라 하겠다. 모두 스스로를 희생하여 대중의 이익을 도모한다는 점에서
그 행위가 이타행을 보인 것만은 틀림없다.

전설에서는 주인공의 행위 중 전장에서의 활약이 큰 비중을 차지한
다. 그러한 결과 그들은 자국의 영토를 확장하거나 백성의 안위를 보장
하게 된다. 그들의 행위가 궁극적으로는 국가와 백성을 위한 공익에 그
목적이 있었던 셈이다. 실제로 전설의 영웅인물이 전장에서 맹활약하
는 것은 자신의 공훈을 세우기보다는 보국이나 군왕에 대한 충성으로
갈무리된다. 그러한 점에서 영웅인물의 행위는 물론이거니와 그 결과
도 공익에 있음을 알 수 있다. 전설의 영웅인물이 나라나 군왕을 위해

충성하는 것은 중세사회의 이념이나 제도가 그만큼 공고해졌음을 드러
내는 일면, 그러한 질서를 온전히 유지하는 것을 바람직한 것으로 인식
했기 때문이다. 즉 중세적인 사고 때문에 영웅인물의 형상화도 그에 부
응할 수밖에 없었다. 그리고 고승전의 전형적인 모델은 부처의 일생인
불전에 있다. 따라서 고승전 또한 불전의 그것처럼 수행을 통해 득도한
다음 포교에 전념하곤 한다. 불교에서는 깨달은 사람은 모두 부처라는
평등관념이 있어 고승들이 부처와 같은 반열에 놓이는 경우가 종종 있
다. 불법승을 신앙의 대상으로 인식하는 것도 그러한 사정 때문이다.
그래서인지 고승전에서도 초인적인 행위로 깨달음을 얻고, 깨달은 후
에는 신통력을 보일 뿐만 아니라 중생을 제도하기 위하여 백방으로 노
력하고 있다. 그러한 사정을 의상이나 원효·균여 등의 행적을 통해 확
인할 수 있다.

　고전소설의 영웅인물은 보국이나 이상세계의 건설을 목표로 하고 있
다. 대체로 명문거족 출신의 영웅인물은 중세질서를 수호하는 입장에
서지만, 하층민이 영웅으로 부각된 경우에는 이상세계를 구현하는 것
이 목표이다. 전자의 경우에는 중국을 배경으로 하면서 천자를 중심으
로 한 세계관이 핵심이다. 다만 그 질서가 무너져 주인공에게 특별한
문제가 발생하여 유리걸식하거나 깊은 산중에 은거하게 된다. 여기에
서 도사나 신승인 원조자를 만나 병법을 익힌다. 그러던 중 변방의 오
랑캐가 침입하여 나라가 풍전등화에 놓이고, 황제는 사면초가의 상황
에 처한다. 이때 주인공이 그간 갈고 닦은 병법과 지략을 발휘하여 오
랑캐를 무찌름은 물론 황제까지 구하는 공훈을 세운다. 그 결과 황제를
중심으로 하는 국가질서를 회복하고 자신 또한 부귀공명을 누린다. 영
웅인물의 행위가 전쟁에서의 활약이며 나라를 지키고 황제를 구원하는
것이라 할 수 있다. 이와는 달리 서민형 영웅소설에서는 주인공의 신분

이 비교적 낮을 뿐만 아니라 영웅적인 행위도 체제 수호보다는 체제 부정에 더 큰 비중이 놓여 있다. 중세적인 질서에 반발하면서 새로운 세계를 개척하려고 하지만 여전히 완강한 중세의 이념 앞에 좌절하는 것이 일반적이다. 〈홍길동전〉의 경우 이주형 건국신화처럼 이상적인 율도국을 건국하기도 하지만, 〈임경업전〉과 같이 자신의 뜻을 이루지 못하고 죽임을 당하기도 한다. 가상의 세계에서 이상을 실현하거나 영웅인물이 뜻을 이루지 못하는 것은 조선후기적인 상황을 반영한 결과라 할 수 있다. 한편으로 종교성이 강한 고전소설에서는 영웅인물의 행위가 현생이든 본생이든 간에 불전의 그것을 답습하고 있다. 〈심청전〉과 같은 작품이 그러한 사정을 대변한다고 할 수 있다.[6]

이상에서 보는 바와 같이 영웅인물은 특별한 행위를 보이고 그에 상응하여 남다른 결과를 남기고 있다. 신화에서는 전쟁과 정복이 주요한 행위이고 고대국가를 건국하는 것이 그 업적이라 할 수 있다. 하지만 종교신화에서는 정신적·관념적 차원에서 이타행을 실천하고 그 결과 무수한 사람들이 마음의 안식처를 찾는다. 신화를 이은 전설에서는 역사적인 주인공이 전쟁이나 치국을 통해 공훈을 세우면서 군주를 보좌하고 고승들은 불전처럼 깨달은 바를 하화중생하기 위하여 부단히 노력한다. 고전소설에서는 영웅인물이 중세질서를 온전하게 유지하는 데 심혈을 기울이되, 그것이 주로 반란을 평정하는 것으로 나타나고 그 결과 또한 군주를 중심으로 태평성대를 구가하는 것이라 할 수 있다. 한편으로는 중세의 체제에 대해 비판하면서 새로운 세계를 갈망하는 경우도 있지만 뜻을 이루지 못하는 것이 일반적이다.

---

6) 김진영, 「〈심청전〉의 구조적 특성과 그 의미–본생담과의 비교를 중심으로」, 『어문학』 73, 한국어문학회, 2001.

이상에서 논의한 것을 간략히 표로 보이면 다음과 같다.

| 문학장르 / 영웅의 성격 | 신화 | 전설 | 소설 |
|---|---|---|---|
| 신분과 혈통 | 천손의 왕통 | 귀족과 평민 | 귀족과 서민 |
| 시련과 고난 | 격리와 질시 | 결핍과 수행 | 기아와 수련 |
| 행위와 업적 | 건국과 제도 | 충성과 구제 | 보국과 구휼 |

각각의 문학장르에 해당하는 작품이 다수이고 각 작품마다 형상화한 영웅인물의 성격이 다양하여 이들을 획일적으로 재단하는 데는 분명한 한계가 있다. 그래서 공질적인 속성을 짚는 것으로 만족해야 하겠다.

건국신화에서는 천손을 계승한 영웅인물이 출생한 지역에서 시기와 질시를 받다가 특정한 곳으로 이주하여 투쟁에서 승리한 다음 만백성을 하나로 묶어 나라를 건국한다. 종교신화에서는 왕통을 이어야 할 인물이 중생제도에 관심을 기울여 감금의 상황에 놓이지만 몰래 출행하여 끝없는 수행을 극복한 다음 깨달음을 얻어 중생제도를 실천한다.

역사적인 전설상의 영웅인물은 신분이 귀족에서부터 일반백성까지 다양하다. 이들은 경제적인 어려움이나 신분적인 제약 때문에 고통을 겪다가 전쟁과 같은 특별한 계기로 나라에 충성함으로써 태평성대에 일조한다. 종교적인 전설의 영웅인물은 신분이 최상층에서부터 중하층민에까지 이른다. 이들은 깨달음을 얻기 위해 초인적인 수행을 감내하고, 마침내 뜻한 바를 성취하여 대중 구제에 전념한다.

고전소설에서는 명문거족은 물론 일반백성을 영웅인물로 형상화하고 있다. 이들은 전란이나 모함으로 인하여 가족이 이산하고 유리걸식하다가 특별한 기회에 도불적인 이상공간에서 원조자를 만나 병법과 천문지리를 모두 익힌다. 마침 변방의 오랑캐가 반란을 획책하여 나라가 풍전등화의 위기에 놓이고, 군왕 또한 극단의 어려움에 봉착한다. 이때 영웅인물이 출정하여 모든 문제를 해결함으로써 국태민안의 세상을 만든다. 한편 하층민이 영웅인물로 형상화되었을 때는 호국적인 관념보다는 체제에 대한 반감으로 하층민의 삶을 구휼하고자 하지만 이상으로 끝나는 경우가 많다.

이를 감안할 때 영웅인물은 신분에 크게 구애되지 않고 문학적으로 형상화되었음을 알 수 있다. 신화시대에는 필연적으로 치자인 왕이나 왕자에 대한 담론이 될 수밖에 없었지만, 전설시대나 소설시대에서는 일반백성들의 행적을 영웅적으로 형상화하는 데 관심을 기울였다. 또한 영웅인물의 시련과 고난도 공통적으로 마련되어 있다. 신화에서는 건국이나 중생제도를 위한 당위성 때문에, 전설에서는 나라에 대한 충성과 민중구제의 필연성 때문에, 소설에서는 가문의 현창이나 백성구휼의 이상 때문에 고난과 시련이 수반된다. 마침내 영웅인물은 모든 어려움을 극복하고 목표한 바를 성취한다. 목표한 것이 다소 다를 수 있을지라도 뜻한 바를 실천하는 것은 공통적이다. 따라서 영웅인물을 건국신화나 무속신화, 나아가 조선후기의 군담소설에 한정할 필요는 없어 보인다.

영웅인물은 자신의 능력을 공공의 이익을 위해 쓰게 된다. 만약 그의 능력이 공익에 반하는 방향으로 사용되면 그것은 영웅이라 할 수 없다. 영웅적 행위는 집단적 문제를 해결하고 집단의 삶을 위해 활동하는 것을 말하며, 집단을 위한 노력을 통해 집단의 존경을 받아야 함을 전제로 한다.[7] 즉 사회문제를 해결하겠다는 굳은 의지를 가지고 탁월한 능력을 발휘해야만 영웅인물로 규정할 수 있다. 이를 생각할 때 영웅인물

---

7) 서대석, 『군담소설의 구조와 배경』, 제이앤씨, 2008, p.13.

에 대한 범주도 확대할 필요가 있다. 자신이 가진 능력을 개인적인 목적이 아니라 타인이나 집단을 위해 공적으로 사용했다면 영웅인물로 보는 것이 무난하기 때문이다. 그러면 건국신화·무속신화·불교신화는 물론, 역사계나 종교계의 인물담에서 영웅인물을 다양하게 찾을 수 있다. 나아가 고전소설에서도 군담소설은 물론 귀족적 이상소설, 서민적 이상소설, 몽자류 소설, 판소리계 소설 등에서도 영웅인물을 찾을 수 있다. 이러한 문제의식을 가지고 다음 항에서는 영웅인물의 유형을 살펴보도록 하겠다.

## 2. 영웅인물의 유형 설정

영웅인물에 대하여 다양한 관점에서 유형을 설정할 수 있다. 영웅인물의 신분이나 성별, 활동내역이나 범위, 영웅적 행위의 방법과 결과 등의 기준에 따라 얼마든지 유형을 나눌 수 있기 때문이다. 하지만 이 글에서는 궁극적으로 영웅의 행위와 결과가 서사의 핵심이라는 전제하에 유형을 설정하고자 한다. 즉 자신보다는 불특정다수를 위해 헌신하는 영웅인물이 궁극적으로 성취하고자 한 것이 무엇인지를 중시하여 유형을 나눌 것이다. 이러한 유형 설정의 타당성을 확보하기 위해 기존의 논의를 살피지 않을 수 없다. 선행 연구에서 정립한 유형을 평가·정리하고 문제점을 반성적으로 살피면서 새로운 유형 설정의 당위성을 확보해야 하기 때문이다.

영웅소설의 유형을 분류한 것으로 가장 주목되는 것이 임성래의 논의라고 할 수 있다.[8] 그는 영웅소설에 나타나는 화소를 중심으로 유형을 분류하고 있다. 첫째, 체제개혁형 영웅소설은 주인공의 탄생과 고난·

수학·입공·혼인·부귀영화·죽음의 순서대로 화소가 배치된다. 이 유형의 영웅인물은 새로운 사회를 건설하기 위해 체제의 개혁이 일어나야 한다고 믿으며 이를 위해 투쟁한다. 여기에는 〈옥주호연〉·〈장백전〉·〈홍길동전〉 등이 속한다. 둘째, 애정성취형 영웅소설은 주인공의 탄생과 정혼·고난·수학·입공·복수·재회와 혼인·부귀영화·죽음의 순서로 화소가 진행된다. 천정배필이 어린 시절에 정혼하였다가 이를 이루기 전에 발생한 고난 그리고 그것을 극복하고 혼인을 성취하는 과정이 작품화되어 있다. 이 유형의 주인공들은 사회적 문제보다는 개인적 문제에 관심을 두고 혼사에 장애를 유발한 인물에게 복수하며 마침내 혼인을 성취하는 결과를 얻게 된다. 여기에는 〈백학선전〉·〈용문전〉·〈이대봉전〉·〈정수정전〉·〈황운전〉 등이 속한다. 셋째, 능력본위형 영웅소설은 주인공의 탄생과 고난·구출·정혼·고난·수학·입공·재회·부귀영화·죽음의 순서대로 화소가 전개된다. 이는 애정성취형과 비슷하지만 애정성취형이 남녀 주인공 모두가 활약하는 내용이라면 능력본위형은 남자 주인공만 활약하는 모습을 보인다. 이 유형의 작품에 등장하는 영웅인물은 고난을 경험하기는 하나 곧 비범성을 나타낸다. 여기에는 〈금령전〉·〈쌍주기연〉·〈소대성전〉·〈장경전〉·〈장풍운전〉·〈현수문전〉 등이 속한다. 넷째, 인륜수호형 영웅소설은 주인공의 탄생과 고난·피화·수학·입공·복수·혼인·부귀영화·죽음의 순서로 화소가 전개된다. 이는 주인공이 부친의 원수를 되갚아 인륜을 수호하는 내용을 담고 있다. 여기에는 〈김홍전〉·〈양풍전〉·〈유충렬전〉·〈조웅전〉 등이 속한다. 이상의 논의는 유형을 분류하는 것에서 더 나아가 각 유형별로 성립 시기를 추론하여 선후 관계를 제시하였을 뿐만 아니라, 영웅소설의 유형과

---

8) 임성래, 『영웅소설의 유형연구』, 태학사, 1990.

당시 사회와의 관련 양상까지도 밝혀내는 성과를 거두었다. 각 작품별로 화소를 분석하여 이를 바탕으로 유형을 분류한 것은 영웅의 일대기에 기초하여 작품의 양상을 살피고 유사성을 가진 작품군을 하나의 틀에 취합하였다는 장점을 지닐 수 있다. 하지만 이러한 세밀한 분석은 작품을 미시적으로 이해하거나 분석적으로 다룰 때 도움이 되는 반면, 많은 작품을 간명한 방법으로 갈무리 짓는 데는 오히려 혼란스러울 수 있다. 잘 아는 것처럼 유형을 설정하는 것은 많은 작품을 더 효율적으로 이해하기 위한 것이다. 그래서 유형이 가능한 한 간략하면서도 누락되는 작품이 없는 것이 유형 설정에서 중시된다. 그런 점에서 정치하게 나누어진 화소가 작품의 분석적 이해에 도움이 되는 한편, 유형 설정의 기준으로 적합한지에 대한 고민도 있어야 하겠다.

박일용은[9] 영웅소설을 영웅인물의 행위 목표에 따라 현실적 권력 체제를 인정하고 권력과 부귀공명을 획득해 나가는 전형적인 계열과 현실적 지배 체제를 부인하고 삶의 조건을 개선해 나가기 위해 지배권력과 대결하는 계열로 나누었다. 전자를 다시 세 유형으로 분류하였는데, 첫째는 대적퇴치 민담 모티프가 소설 구성의 축을 이루고 있는 영웅소설 유형으로 〈김원전〉·〈금방울전〉을 들었다. 둘째는 주인공의 처지가 좀 더 사실화되고 민담 모티프가 사라진 유형으로 〈장풍운전〉·〈장경전〉·〈소대성전〉 등을 〈장풍운전〉 유형으로 분류하였다. 셋째는 특권의 상실과 회복이 보다 명확하게 구성화된 유형으로 〈유충렬전〉·〈이대봉전〉·〈조웅전〉 등을 〈유충렬전〉 유형으로 포함시켰다. 〈장백전〉과 〈홍길동전〉은 후자로 분류하였는데 이는 주인공이 현실의 모순을 자각하

---

9) 박일용, 「영웅소설 유형 변이의 사회적 의미」, 『근대문학의 형성과정』, 한국고전문학회, 1983.

고 그것을 극복하기 위해 현실적으로 대응하기 때문이다. 이를 통해 소
설 담당층의 정신사적인 맥락 속에서 유형의 변모를 추론하였는데, 두
계열 중 전자의 변모와 관련하여서는 〈김원전〉과 〈금방울전〉은 대적퇴
치 민담이 소설화된 것으로 주인공의 행위 목표가 사회적으로 구체화된
것이라고 하였다. 그리고 〈장풍운전〉 유형은 외형적으로 민담 모티프
를 떨쳐버린 상태이며 〈유충렬전〉 유형은 소설이 공식화된 것이라고
하였다. 후자의 계열은 대적퇴치 민담보다는 실제 인물의 행적에 기원
을 둔 인물전설의 영향력 아래 소설로 창작된 것이라는 의견을 개진하
고 있다. 이는 소설 담당층의 현실적 사유체계와 관련하여 영웅소설의
유형을 나누고 그 변모양상까지도 논의하여 의의를 가질 수 있으나 그
분류 기준이 몇몇 작품에 한정되어 여타의 영웅소설 모두에 적용할 수
없는 한계가 있다. 또한 두 계열의 명칭을 확정하지 않아 유형을 지칭하
기에 어려운 면이 있고, 후자의 계열에서 〈홍길동전〉의 경우 서사의
뒷부분에 대적퇴치 민담에서 영향을 받은 장면이 분명히 존재하기도
한다.

　전용문은[10] 영웅화의 욕구를 기준 삼아 음조영웅형, 일시남복영웅
형, 남장영웅형, 남성지배영웅형으로 여성영웅인물을 유형화한 다음,
이를 바탕으로 인물 성격에 따른 유형 분류를 시도하였다. 이는 여성주
인공의 역할에 따라 남성영웅의 성격을 탐색하는 것으로, 여성거세-남
성주도 영웅형에 〈유충렬전〉, 여성열등-남성우위 영웅형에 〈장국진
전〉, 여성남성대등 영웅형에 〈이대봉전〉, 여성우위-남성열등 영웅형
에 〈황장군전〉을 설정하고 있다. 유형을 나누는 것에만 그치지 않고
각 유형 간 전개 과정까지 살피고 있는데 〈유충렬전〉에서 〈장국진전〉

10) 전용문, 「영웅소설의 유형과 전개과정」, 『어문연구』 28, 어문연구학회, 1996.

으로, 여기에서 〈이대봉전〉 그리고 〈황장군전〉의 순으로 작품이 발전
한 것으로 보았다. 이는 남성영웅과 여성영웅을 함께 고찰하기는 했으
나 실제로는 여주인공의 활약 정도에 따라 유형화를 시도한 것이다. 따
라서 성별에 관계없이 영웅인물의 전반을 충실하게 살피지 못한 면이
없지 않다. 또한 유형상의 변이가 어떠한 기준과 방향으로 전개되었는
지에 대한 구체적인 논의도 결여되어 있다. 뿐만 아니라 이와 같은 유
형 설정은 구체적일 수는 있지만 거시적인 관점에서 영웅인물 전반을
포섭하지 못하는 한계도 없지 않다.

　박상란은[11] 여성영웅소설을 '여성영웅의 일대기를 중심으로 한 일군
의 소설'이라고 정의한 이후에 다섯 가지 유형으로 분류하고 있다. 첫
째 여성영웅이 남성영웅의 일대기 구조에 삽화적으로 등장하는 유형인
삽화형, 둘째 여성영웅의 일대기가 드러나기는 하지만 남성영웅의 일
대기가 가진 고정된 틀에 갇힌 채 상호 관련되면서 나란히 전개되는
유형인 남성중심형, 셋째 남녀주인공의 영웅적 일대기가 밀접한 관련
없이 각각 전개되어 여주인공의 일대기가 작품 내에서 비교적 큰 비중
을 차지하는 유형인 여성중심형, 넷째 남성영웅의 일대기가 퇴장하여
여주인공의 영웅적 일대기만 나타나는 유형인 여성단독형, 다섯째 가
문 중심의 사건이 펼쳐지는 가문소설에서 여성영웅의 삶의 궤적이 드
러나는 유형인 가문중심형이 그것이다. 이는 여성영웅인물이 등장하는
40여 편의 고전소설 작품군을 대상으로 논의를 진행하여 큰 의미를 부
여할 수 있다. 다양한 작품을 바탕으로 하여 유형 분류의 완성도를 높
인 것으로 평가할 수 있기 때문이다. 다만 유형을 설정하는 데 있어 여
성영웅의 일대기를 다룬 것에만 집중하여 '삽화형', '남성중심형', '여성

---

11) 박상란, 「여성영웅소설 연구」, 『여성과 고소설, 그리고 문학사』, 한국학술정보, 2005.

중심형', '여성단독형', '가문중심형'이라고 명명하였는데, 이 중 '남성중심형', '여성중심형', '여성단독형'은 단일한 기준으로 보아도 무방할 수 있지만 '삽화형'이나 '가문중심형'은 각기 다른 기준을 적용하여 유형 분류의 기준이 모호한 편이다. 또한 간명한 방법으로 영웅인물 전반을 집약하는 데에도 비효율적인 면이 없지 않다.

　기존의 연구를 살펴본 결과 대체로 영웅인물의 일대기에 집중하여 그 유형을 분류하고 있음을 알 수 있다. 이는 충실한 작품 분석을 통해 보다 세밀하고 최선일 수 있는 분류법을 찾아내려는 노력으로 보아야 하겠다. 하지만 영웅인물이 고전소설 이전의 전통적 서사물에 이미 존재하였던 상황에서 이들에 대한 논의는 뒤로 하고 당대에 드러난 소설 작품만 살피면 전체적인 흐름을 놓칠 수 있다. 이에 이 글에서는 고전서사에서 영웅인물이 어떻게 형상화되었는지 우선 고찰하고, 이를 바탕으로 고전서사에 등장하는 영웅인물의 유형이 고전소설에 어떠한 방식으로 구현되었는지 밝히고자 한다. 이는 영웅인물의 유형을 분류함에 있어 통시성을 감안한 것이기도 하다.

　이 글에서는 영웅인물의 유형을 크게 셋으로 나누고자 한다. 즉 구제형(救濟型)·구국형(救國型)·개혁형(改革型)으로 나누어 영웅인물의 형상화 양상을 살펴보도록 하겠다. 셋으로 분류한 것은 영웅인물의 행위나 그 결과가 대부분 이 셋으로 귀결되기 때문이다. 물론 세부 화소별로 나누면 그 하위류가 얼마든지 가능할 수 있다. 예를 들어 구제형에서는 대중적 구제와 가족적 구제로, 구국형에서는 음조적 구국과 주도적 구국으로, 개혁형에서는 반역적 개혁과 제도적 개혁 등으로 하위류를 나눌 수 있다. 때에 따라서는 그 하위류가 더 정치하게 나뉠 수도 있다. 하지만 세부적으로 나눈다고 해도 궁극적으로는 이 하위형으로 귀결될 수 있기에 이렇게 간명하게 셋으로 나누어 살피는 것이 논의의 효율성이나 이해의 편의 면에서 도움이 되리라 본다.

첫째, 구제형의 설정이다. 단지 개인의 영달을 위해서 자신의 비범한 능력을 사용하는 사람을 영웅이라고 칭하지는 않는다. 영웅이라 함은 남다른 용력과 지혜를 이용하여 타인을 어려움에서 구해내는 것을 가리킨다. 이런 면에서 볼 때 구제형 영웅인물은 이타적인 영웅행위가 가장 잘 드러나는 것으로 볼 수 있다. 구제는 '자연적인 재해나 사회적인 피해를 당하여 어려운 처지에 있는 사람을 도와줌'이라는 뜻을 지니는데,[12] 고초를 겪는 대중들을 위해 자신의 능력을 발휘하여 그들을 돕는 인물을 구제형 영웅인물 유형에 포함시킬 수 있다. 이러한 인물이 등장하는 작품의 전통은 상당히 오래되었다. 대중적이든 가족적이든 간에 다른 사람을 구제하는 것이 인간 성정의 보편성과 맞닿아 있기 때문이다. 특히 불교적인 본생담이나 유교적인 효행담 등에서 이러한 구제형 영웅인물을 다수 확인할 수 있다. 또한 불교소설을 비롯하여 효행·우애소설 등에서 그 전형을 계승하고 있다.

둘째, 구국형의 설정이다. 우리가 흔히 영웅이라고 하면 떠올리는 전형적인 모습은 용력이 뛰어나 전장에서 적군을 무찌르고 전공을 세우는 인물이다. 영웅을 접할 수 있는 대개의 서사물에서 영웅이라는 존재는 무력을 바탕으로 한 구국의 장수로 나타난다. 구국형 영웅인물은 나라를 위기에서 구하기 위해 온힘을 다하고 결국 국난을 타개한 이후에는 개인적 행복 또한 한껏 누리게 된다. 구국은 말 그대로 '위태로운 나라를 구함'의 뜻을 가지고 있다.[13] 구국형 영웅인물들은 구국의 행위를 대가로 일신의 안위를 보상받고 가문을 현창하곤 한다. 이

---

12) 국립국어원 표준국어대사전(http://stdweb2.korean.go.kr/).

13) 국립국어원 표준국어대사전(http://stdweb2.korean.go.kr/).

러한 영웅인물의 형상화는 상당히 오래 전부터 있어온 것이다. 이미
《삼국사기》열전의 다수 이야기가 이러한 특성을 보이고 임병양란을
겪은 후 우후죽순처럼 등장한 군담소설의 다수가 이에 해당하기 때문
이다. 다만 구국의 방법에 따라 자신의 영웅적 행위를 뒤로 하고 남성
주인공의 품덕을 강조하는 음조형과 남녀주인공을 막론하고 주도적으
로 전장에 나가 활약하면서 구국의 선봉장이 되는 주도형으로 나눌 수
있다. 외세의 침략으로 고통을 겪었던 조선후기의 민중에게는 이러한
영웅인물이 보상심리로 작용할 수 있어 이와 같은 부류의 소설이 대량
으로 산출·유통되었다. 그래서 영웅인물의 형상화가 가장 많은 것도
구국형이라 하겠다. 그중에서도 상하층을 막론하고 위정자의 무능을
인지하여 자신들이 스스로 나라를 구해야 한다는 의지가 반영된 주도
적인 구국형이 큰 비중을 차지한다.

　셋째, 개혁형의 설정이다. 앞서 구국형 영웅인물은 주어진 사회체제
에 순응하고 오랑캐나 간신배에 의해 기존 질서가 어그러졌을 때 이를
원상회복시키는 과정에서 영웅성이 발현된다. 그러나 이와는 달리 개
혁형 영웅인물은 주인공들이 속한 사회에 동화되려 하지만 결국 그것
을 거부당하여 어쩔 수 없이 반사회성을 띠게 되는 특징이 있다. 개혁
은 '제도나 기구 따위를 새롭게 뜯어고침'의 뜻을 가지고 있는데[14] 부
조리한 사회를 모든 사람이 수긍할 수 있는 사회로 만들어 나가는 인물
의 유형을 개혁형 영웅인물로 분류할 수 있다. 권력층의 횡포로 백성이
수탈당하고 신분의 고하에 따라 자신의 이상이 좌절되는 사회는 선구
자적 시각으로 보았을 때 잘못된 세상이고, 따라서 체제 자체를 바로잡
아야 한다. 이러한 것을 주도적으로 행사하는 사람을 개혁형 영웅인물

---

14) 국립국어원 표준국어대사전(http://stdweb2.korean.go.kr/).

이라 할 수 있다. 영웅인물들이 지니는 개혁적인 성향은 그들이 인지하는 현실이 각자가 가진 이상과 동떨어져 있기에 야기된다. 그러한 괴리를 극감하면서 자신이 꿈꾸는 세상을 건설하려는 과정에서 이들의 영웅성이 부각된다. 이 개혁형 영웅인물도 경우에 따라 반역적인 개혁형과 제도적인 개혁형으로 나눌 수 있다. 전자가 기존 질서를 전복하여 새로운 세계를 창안하는 것이라면, 후자는 신분적인 제도 때문에 야기되는 문제를 개혁하려는 것이라 할 수 있다. 물론 이러한 개혁형 영웅인물도 아주 이른 시기부터 형상화되었다. 그것은 건국신화의 주인공들이 모두 개혁적인 영웅인물과 맞닿아 있기 때문이다. 더욱이 이 글에서 살피고자 하는 영웅인물의 관점에서 보면 건국신화의 주인공들은 개혁적인 의지로 기존의 체제를 전복하거나 통합하면서 새로운 세계를 창조한 것으로 볼 수 있다. 그런 점에서 이들은 개혁적인 의지를 적극적으로 분출하면서 건국이라는 결과를 가져온 것이라 할 수 있다. 고대문화유산인 건국신화에서 새로운 나라를 건설하는 것이 역사적인 관점에서 보았을 때 어느 정도 타당성을 가졌다면, 고전소설에서는 중세봉건제도를 고수하는 선에서 개혁적인 이념을 드러내는 경우가 많다. 이는 시대적인 변화에 개혁서사가 탄력적으로 변용된 결과라 할 수 있다.

## 3. 영웅인물의 형상화 전통

고전소설에 나타난 영웅인물의 면모를 살피기 위해 고전소설이 본격적으로 문학사에 등장하기 이전의 서사물에서 영웅인물의 형상화 모습을 관찰할 필요가 있다. 이는 고전소설보다 이전에 존재했던 선험적 서사체에서 영웅이 구체적으로 구상되었던 실태를 분석하고, 이것을 바

탕으로 고전소설의 인물 연구에 적용하기 위함이다. 이를 앞에서 설정
한 구제형·구국형·개혁형으로 나누어 영웅인물의 형상화 전통을 개진
해 보도록 한다.

## 1) 구제형의 전통

앞에서도 말한 바와 같이 구제형은 어려움에 봉착한 특정소수나 불
특정다수를 극적으로 구환하는 것을 말한다. 특정한 소수를 구제하는
것은 유교적인 성향이 강한 것으로 위기에 빠진 부모나 형제 등의 가족
을 구제하는 것이고, 불특정다수를 구제하는 것은 불교나 무속적인 성
향이 강한 것으로 신앙성에 의탁하여 정신이나 물질적인 안락을 도모
하는 것이라 하겠다. 하지만 불특정다수를 대상으로 하면서 영웅성을
고양하는 것은 여전히 불교서사가 압도적인 가운데 일부의 무속서사에
서 그러한 전통을 확인할 수 있을 따름이다. 도교서사는 신선술을 내세
우며 자신의 승천 및 선화를 염원하여 영웅인물의 전통과는 거리가 있
어 보인다.

유교의 경우 이미 삼국시대에 들어와 치국의 이념으로 기능해 왔고
고려를 거쳐 조선에 이르러서는 국가의 기본 이념으로 자리잡게 된다.
그러는 가운데 유교적인 강상을 강조하면서 작화하는 일이 빈번해져
유교적인 구제형 영웅인물도 나타날 수 있었던 것이다. 특히《삼국사
기》나《고려사》열전에서 위기에 처한 가족을 구하기 위하여 영웅적인
행위를 보이는 인물을 확인할 수 있다. 이를테면 〈도미〉·〈효녀지은〉·
〈향덕〉 등에서 열이나 효를 실천하기 위해 영웅적인 행위를 불사하였
다. 이들은 모두 이타적인 행위를 통해 구제 활동을 펼쳤다는 점에서
구제형 영웅인물의 전통을 갖는 것으로 볼 수 있다.

한편 대승불교를 표방한 《삼국유사》의 불교서사나 절체절명의 위기에 처한 인물을 회생시키는 무속서사는 구제형 영웅인물의 특성이 더욱 분명하다. 이들 서사의 주인공은 자신보다는 타인의 성불이나 안녕을 염원한다는 점에서 이타적인 성향이 농후할 수밖에 없다. 잘 아는 것처럼 불교는 평등종교를 표방할 뿐만 아니라 깨달은 자는 모두 부처라는 인식 때문에 승려를 입전한 승전이나 불보살의 내력을 밝힌 본생서사 모두가 구제형 인물의 특성을 잘 보여준다. 즉 승전이든 본생이나 현생의 불전이든 간에 모두 종교의 대상이라는 점에서, 그리고 그들의 행적이 신불대중의 해탈을 염원한다는 점에서 이들은 모두 구제형 영웅인물의 특징을 구유한 것으로 볼 수 있다. 무속서사의 경우도 영약을 구하기 위하여 오랜 노정에서 고난을 겪은 후 마침내 신물을 구해와 죽거나 죽어가는 사람을 살려냄으로써 구제형 영웅인물의 모습을 보인다. 다만 불교서사와 차이가 있다면 구제 대상의 많고 적음이라 할 수 있다. 이제 구제형 영웅인물이 형상화한 사정을 몇 작품을 들어 확인해 보도록 한다.

〈도미〉에서는[15] 도미의 처가 남다른 성정으로 실명한 남편을 구환하여 고구려로 망명함으로써 열행을 통한 영웅적 행위를 보이고 있다. 도미가 개로왕에게 자신의 부인이 어떠한 유혹에도 넘어가지 않는다고 말하자 개로왕이 도미를 잡아두고 신하를 자신처럼 가장하여 도미 처에게 수청을 강요하도록 한다. 이에 도미부인도 종을 자신처럼 꾸며 수청을 들도록 한다. 이런 일이 발각되자 왕이 진노하여 도미의 두 눈을 뽑은 후 강물에 띄워버린다. 그런 다음 도미부인에게 수청을 강요하니 부인이 월경 중이라고 둘러대고 어렵게 도주하여 남편을 만나 천성섬

15) 김부식, 《삼국사기》 권제사십팔 열전 제팔 도미.

에서 구환하다가 고구려로 망명한다. 따라서 이 작품은 도미부인의 남다른 열행을 강조하면서 그녀의 영웅적 행실을 부각한 것이라 할 수 있다. 이는 남편을 구환하는 것이기 때문에 강상을 중시한 가족적인 구제라 할 만하다.

〈백월산양성성도기〉의[16] 노힐부득과 달달박박은 속세를 초월하는 높은 생각으로 인간세상을 버리고 산속에 들어가 홀로 도를 닦는다. 밤에 찾아온 아름다운 낭자를 박박은 문전박대하였고 부득은 안으로 들여 해산을 돕는다. 그 낭자는 관음보살의 현신으로 대사들의 대보리를 위해 찾아온 것이다. 이에 부득이 먼저 성불하고 뒤늦게 이 사실을 알게 된 박박도 부처가 된다. 이들은 세속에 얽매이지 않고 항상 불도에 정진하였다. 계를 어지럽힐 것이라는 우려보다도 중생에 대한 보살행을 먼저 생각하고 실천한 부득은 박박보다 먼저 성불하게 되는데 이것이 바로 불교적 영웅인물의 참모습이라 할 수 있다. 세속의 즐거움을 버리고 수행정진의 어려운 길을 택한 것이 영웅인물의 뛰어난 능력이자 고난의 시작이다. 두 인물이 관음의 방문으로 성불한 뒤 마을 사람들이 우러러보고 감탄하는데, 이는 불가적 이상을 이룬 존재에 대한 경탄이기도 하다. 또한 관음이 목욕했던 향기 어린 금빛 물에 목욕하고 살결이 금빛으로 변하며 무량수불로 연화대에 앉아 광채를 발한 것은 영웅인물의 모습을 보다 효과적으로 그려내기 위한 것이라 할 수 있다. 이러한 불교적 영웅의 이야기로 불교의 교리를 전파하는 것은 대중의 관심을 끌기 위함이라 하겠다. 어쨌든 이 작품의 노힐부득과 달달박박은 갖은 어려움을 극복하고 극적으로 해탈하게 되었을 뿐만 아니라 그 영험으로 대중에게 불심을 불어넣는 역할을 맡고 있다. 깨달음으로 많

---

16) 일연, 《삼국유사》 권제삼 탑상 제사 백월산양성성도기.

은 사람들을 안락의 세계로 인도했다는 점에서 이들의 영웅적 행위를
읽어낼 수 있다.

〈원효불기〉의[17] 원효는 모양이 괴이한 박을 얻어 무애라 이름 짓고
여러 마을에서 춤추며 노래를 불렀다. 이로써 가난하고 무지몽매한 무
리들도 모두 아미타불을 부르고 부처를 알게 되었다. 원효는 모든 중생
을 교화하고 구제할 수 있는 대승적 차원의 포교에 관심을 돌렸다. 굳
이 사찰에 가서 보시하지 않아도 아미타불만 부르면 서방정토에 갈 수
있다는 믿음을 심어준 것이다. 불교가 귀족에 국한된 종교가 아니라 대
중화의 길로 나아갈 수 있도록 방향을 제시하였다. 이것이 원효가 가진
불교적 영웅성의 핵심이라고 할 수 있다. 원효의 태몽은 유성이 품속으
로 들어오는 범상치 않은 것이었고 원효는 사라수 아래에서 오색구름
이 땅을 덮을 때 태어났으므로 신이한 출생임을 알 수 있다. 원효가 세
상을 떠난 후 설총이 유해를 갈아 진용을 소상으로 만들고 슬픈 마음으
로 예배할 때 소상이 갑자기 고개를 돌려 바라본다. 이는 성사 원효의
입적이 매우 특별했음을 이야기한 것이라 하겠다. 이와 같은 기록은 원
효의 비범성을 형상화하는 동시에 불교의 대중화에 힘썼던 영웅인물의
일대기를 신이하게 그린 것이라 할 수 있다. 원효가 무덤에서 잠자다가
깨달음을 얻었다든지, 요석공주와의 사이에서 나라의 인재가 될 설총
을 낳았다든지 하는 일화 또한 원효의 비범성을 드러낸다. 원효 또한
자신을 희생하면서 이타적인 삶을 살았다. 특히 몽매한 대중을 구제하
기 위하여 〈무애가〉와 〈무애무〉로 천촌만락을 돌아다닌 것은 하화중생
의 전형이라 하겠다. 바로 이러한 이타적인 행보에서 성사 원효의 영웅
적 행적을 읽을 수 있다.

---

17) 《삼국유사》 권제사 의해 제오 원효불기.

〈욱면비염불서승〉에서는[18] 욱면을 불교적 영웅인물로 생각할 수 있다. 욱면은 계집종으로 주인과 절에 다녀온 이후 염불에 전념하는데 주인이 그것을 미워하여 곡식을 많이 주고 하루 저녁에 찧으라고 한다. 욱면은 초저녁에 곡식을 다 찧어 놓고 절에 가서 염불하기를 게을리하지 않는다. 결국 두 손바닥을 뚫어 노끈으로 꿰어 합장한 채 좌우로 흔들며 염불하여 서방정토로 왕생한다. 종의 신분으로 주인을 따라간 절의 마당에서 염불하는 것으로 신앙심을 표출했지만, 욱면의 불교에 대한 열망만큼은 그 어떤 것과도 비교할 수가 없었다. 욱면은 아미타불만 부르면 성불할 수 있다는 믿음으로 주인이 내리는 시련을 극복하고 충격적이기까지 한 방법을 통해 자신의 종교적인 뜻을 관철시켰다. 그녀의 신앙심이 두터웠기 때문에 하늘에서 법당에 들어가 염불하라는 소리가 들려와 그에 따른다. 욱면은 예불하다 들보를 뚫고 나가 육신을 버리고 부처의 몸으로 변해서는 연화대에 앉아 빛난다. 또한 하늘에서는 음악소리가 그치지 않았는데, 이러한 내용은 욱면의 영웅성을 부각한 것으로 볼 수 있다. 또한 욱면은 계를 얻지 못해 부석사의 소로 태어났다가 불경을 실어 나른 신령함으로 계집종으로 태어난 것이라 하여 비범한 출생과 맞닿아 있음을 알 수 있다. 이렇게 그녀는 남다른 노력으로 성불하고 그 인연으로 제1보리사와 제2보리사를 창건케 함으로써 하화중생을 실천한 것으로 볼 수 있다. 이는 깨달은 바가 다른 사람들에게 두루 영향이 가도록 한 것이기도 하다.

〈의상전교〉에서는[19] 의상이 당나라의 지엄을 찾아갔을 때 지엄이 간밤에 꿈을 꾸었는데, 신라에서 난 큰 나무의 가지와 잎이 당나라까지

---

18) 《삼국유사》 권제오 감통 제칠 욱면비염불서승.
19) 《삼국유사》 권제사 의해 제오 의상전교.

뻗었고 그 나무 위에 봉황새의 보금자리와 마니보주가 있어 빛이 멀리 비쳤다. 이에 지엄이 의상을 제자로 받아들이고, 의상은 〈화엄경〉의 심오하고 은미한 이치를 찾아낸다. 이러한 일화를 통해 의상이 비범한 승려임을 드러내고 있다. 관음보살을 친견하고 낙산사를 창건하거나 부석사를 짓고 화엄의 교리를 널리 전파하며 제자를 양성한 것도 의상의 남다른 업적이라 하겠다. 또한 의상이 황복사에서 무리들과 탑을 돌 때 층계를 밟지 않고 허공에 떠서 돌았다고 하여 신이한 행적을 한층 부각시켰다. 후에 당나라 군대가 신라를 공격하려 한다는 것을 알고 미리 알려 국란에서 벗어날 수 있게 한 것도 주목할 만하다. 이처럼 의상은 중국에 가서 크게 깨달았음은 물론 돌아와서도 만백성을 불교로 구제하고자 하였고, 신라의 위난을 사전에 방지하는 등의 업적을 남겼다. 크게 깨달은 의상의 이러한 공적을 통해 그의 영웅적 활약상을 확인할 수 있다.

바리데기는 무속서사로서 죽은 아버지를 극적으로 살려 구제형 영웅인물의 특성을 보인다. 그녀는 이씨주상금 마마의 일곱 번째 딸로 태어났지만 왕자를 바라던 왕과 왕비가 노하여 그녀를 강물에 띄워버렸다. 그녀는 바리공덕 할아버지와 할머니에게 의탁해서 생활하였다. 그녀가 15세가 되었을 때 대왕이 병이 들었는데, 그것은 하늘이 점지한 바리공주를 버린 대가였다. 해결책은 버림받은 공주가 무장신선의 불사약을 구해 오는 것이었다. 이에 공주를 찾는 왕명이 내려지고 어렵게 찾은 공주가 무장신선을 위해 나무하기, 물 긷기, 빨래하기를 각각 3년씩 하고, 무장신선과 혼인하여 아들 일곱을 낳은 후 불사약을 얻어 돌아온다. 와서 보니 이미 아버지가 죽어 있었는데 불사약으로 환생시킨다. 이에 대왕이 공주의 청을 들어 무조신이 되도록 하였다. 이 작품은 병든 아버지를 극적으로 구제하는 담론이라 할 수 있다. 그것도 서역의 무장신선을 위하여 9년간의 노역을 마다하지 않았을 뿐만 아니라 일곱 아들까지 낳아주면서 구제한 것이기 때문에 영웅적인 행위라 할 만하다. 바리공주는 자기를 희생하면서 아버지를 죽음에서 구하였으므로 가족적인 구제형 영웅인물이라 할 수 있다.

이상에서 살핀 것을 귀납적으로 정리하면 다음 표와 같다.

구제형의 공통된 특성은 각 단계를 거치면서 영웅화가 진척된다는 점이다. 유교나 불교는 물론 무속서사에서도 위에서 제시한 단계를 따라 영웅인물을 형상화한다. 물론 때에 따라서는 실행단계나 구축단계 중의 하나가 결여될 수 있지만 큰 틀에서는 위와 같은 절차를 밟아 영웅인물을 형상화하고 있다. 먼저 예비단계에서는 각 종교에서 중시하는 것을 부각하면서 도입부의 사건을 마련한다. 즉 유교에서는 강상을 중시하고, 불교에서는 성불을 통한 중생구제를 염원하며, 무속에서도 이타행의 필연성 등을 제시한다. 그런 다음 구축단계에서는 영웅인물이 특별한 계기로 출행하거나 특별한 행위를 통해 영웅성을 구비하게 된다. 특히 불교나 무속서사에서는 이 부분을 중시하는데 불교에서는 출가를, 무속에서는 탐색을 비중 있게 서사하면서 영웅화를 구축하기 때문이다. 이어서 실행단계는 유교나 불교·무속을 막론하고 영웅적 행위를 보이는 곳이다. 유교에서는 열이나 효행을 극대화해서 보이는가 하면, 불교에서는 신이한 사건을 통해 영웅적 행위를 보인다. 마찬가지로 무속에서도 구득한 영약이나 능력으로 위기에 처한 대상을 극적으

로 구제한다. 영웅인물로 완비된 주인공이 특별한 행위를 통해 특정소
수나 불특정다수를 구제하는 것이다. 마지막의 완결단계에서는 구원을
통해 모든 인물이 평온을 되찾는다. 유교에서는 위기에서 평온의 세계
를 지향하도록 하고, 불교나 무속에서는 정신적·육체적인 구제를 통해
안온의 세계를 구축한다. 이는 모두 영웅인물의 행위가 완결되어 가능
한 것이기도 하다. 이처럼 구제형 영웅인물의 형상화 전통은 아주 오래
되었음을 알 수 있다. 이러한 전통 때문에 고전소설에서 유교나 불교소
설을 막론하고 구제형 영웅인물이 형상화될 수 있었던 것이다.

## 2) 구국형의 전통

구국형은 어느 시대를 막론하고 주요한 서사였다. 국가를 위해 헌신
한 인물이 많았을 뿐만 아니라 국민의식을 고양하는 차원에서도 구국형
영웅인물을 형상화할 필요가 있었기 때문이다. 이미 《삼국사기》나 《고
려사》 등의 정사에서 구국을 위해 헌신한 인물을 다양한 측면에서 서사
한 것이 사실이다. 이들은 대체로 기행(奇行)을 통해 비범성을 암시한
다음에, 실제로 수련과정을 거쳐 영웅인물로 구축된다. 마침내 영웅성
이 구비되면 그것을 이타적으로 활용한다. 자신의 희생은 물론이고 가
족을 희생하면서까지 구국을 위해 노력한다. 이는 영웅성이 고양되어
가능할 수 있었던 것이다. 그러한 영웅화의 실행으로 나라의 안녕과 국
왕의 무강을 보장받게 된다. 다만 그 구국을 위해 이바지하는 방법에
따라 음조적 구국형 영웅인물과 주도적 구국형 영웅인물로 나눌 따름이
다. 전면에 나서지 않고 다른 사람을 내세우면서 구국을 돕는 것이 음조
적 구국이라면, 웅혼한 기상을 가지고 전장을 헤매면서 구국을 위해 용
왕매진하는 것을 주도적 구국형이라 할 수 있다. 이제 몇몇 작품을 들어

구국형 영웅인물의 형상화 전통을 확인해 보도록 한다.

〈박제상〉에서는[20] 박제상이 눌지왕의 명령으로 고구려에 가서 장수왕을 설득하여 눌지왕의 아우 복호를 데려온 후 다시 왜국으로 가서 눌지왕의 아우 미사흔을 신라로 도망치게 한다. 왕의 명령이라고 하더라도 왜국에 볼모로 잡혀 있는 신라의 왕자를 데려오는 것은 죽음을 각오해야만 가능한 일이었다. 제상은 왜국으로 떠나기 전, 왕에게 자신이 비록 노둔하나 이미 몸을 나라에 바쳤으니 끝까지 왕의 명령을 욕되게 하지 않겠다고 하였으며, 부인에게는 왕의 명령을 받들고 적국으로 들어가는 것이니 다시 만날 기대는 하지 말라고 하였다. 자신의 목숨을 담보로 왕의 명령에 복종하여 충신으로서의 모습이 잘 드러난다. 왕이 하명한 임무를 수행하고자 사사로운 것에 마음을 접고 오직 신하로서 충성을 다한 점이 구국형 영웅인물의 면모를 보인다 하겠다. 미사흔을 도망가게 종용한 것을 안 왜왕이 제상을 장작불로 태우고 목을 베었는데 이러한 장렬한 죽음이 오히려 그의 영웅적 행위를 완결시킨다 할 수 있다. 《삼국유사》에는 김제상이라는 이름으로 같은 이야기가 전해지는데, 제상의 처절한 최후가 더욱 세세하게 기록되어 있다. 왜왕이 왜의 신하가 되라고 회유했을 때 계림의 개나 돼지가 될지언정 왜국의 신하는 될 수 없고 계림의 형벌을 받을지언정 왜국의 벼슬과 상은 받지 않겠다고 하였는데 이후 끔찍한 형벌을 받고도 신라에 대한 충성을 굽히지 않았다. 육체적 고통을 당하면서도 나라와 왕에 대한 충의 가치를 실현한 제상의 행위는 구국형 영웅인물의 지향점과 맞닿아 있다.

〈온달〉의[21] 주인공은 고구려 평강공주의 지인지감 덕분에 가난하고

---

20) 《삼국사기》 권제사십오 열전 제오 박제상.
21) 《삼국사기》 권제사십오 열전 제오 온달.

볼품없는 존재에서 왕의 인정을 받는 진정한 영웅으로 거듭날 수 있었다. 절대 권력을 가진 아버지에게 대항하여 자신의 의지를 굽히지 않았던 평강공주의 이야기와 그녀의 내조로 인해 별안간 인생 역전에 성공한 영웅인물의 서사는 흥미성이 돋보여 대중에게 사랑을 받았다. 특히 '바보 온달'이라고 불리던 인물의 숨겨진 재능을 발굴한 평강공주의 지인 능력은 이야기의 슬픈 결말과 더불어 큰 감동을 이끌어 낼 수 있었다. 이 작품의 핵심은 온달이 어렵게 생활하던 중 공주의 도움으로 승마와 활쏘기를 익혀 고구려를 대표하는 명장으로 거듭나고, 마침내는 나라를 위해 순국하는 점이라 하겠다. 이는 국가를 위해 자신을 희생한 것으로 구국형 영웅인물의 원형적인 모습을 보인다고 할 수 있다.

〈을지문덕〉은[22] 침착하고 용맹스러우며 문무를 겸비한 장수이다. 수양제가 고구려를 공격해오자 거짓으로 패한 척하여 적장 우중문을 시로 회유하면서 한편으로는 살수에서 총공세를 펼쳐 대승을 거둔다. 고구려의 장군으로 적은 병력에도 불구하고 대군을 앞세운 수나라를 지략으로써 물리친 것은 명장전설의 전형을 보인다 하겠다. 실제로 그는 어려움을 극복하고 전쟁을 대승으로 이끌어 어려운 지경의 나라를 구함으로써 전형적인 구국형 영웅인물의 모습을 보인다. 이러한 전통은 조선후기 영웅소설의 형상화와 흡사한 면이 없지 않다. 양자 모두 나라가 어지러울 때 주인공이 전쟁에서 극적으로 승리하여 모든 문제를 해결하고 태평성대를 만들기 때문이다. 결국은 구국형 영웅인물의 전통이 아주 오래되었음을 이 작품을 통해서도 알 수 있다.

〈김유신〉은[23] 가야 왕족 출신으로 신라의 명장이 되어 혁혁한 공을

22) 《삼국사기》 권제사십사 열전 제사 을지문덕.
23) 《삼국사기》 권제사십일 사십이 사십삼 열전 제일 제이 제삼 김유신.

세운 인물이다. 그는 김춘추를 도와 백제와 고구려를 공략했으며, 당나라 군대를 축출하여 마침내 삼국을 통일한다. 그는 갖은 어려움을 무릅쓰고 장수가 되어 곳곳의 전투에서 큰 공훈을 세운다. 그러한 희생과 노력이 전제되어 삼국을 통일하는 공과를 가져온다. 그래서 희생과 그에 따른 성과로 귀결되는 영웅인물의 형상화 전통을 계승한 것으로 볼 수 있다. 실제로 《삼국사기》 열전의 상당 부분을 김유신을 위해 할애하고 있는데, 그만큼 그의 영웅적 행위가 돋보이기 때문이다. 물론 신화소가 그의 인물 형상화에 끼어들기도 했다. 전체적으로 비범성을 구유함은 물론 남다른 노력으로 영웅성이 부각될 수 있었고, 그러한 능력으로 삼국통일이라는 과업을 완수하고 태평세계를 가능하게 한 것이라 하겠다. 그래서 구국형 영웅인물의 모범적인 사례가 바로 〈김유신〉이라 할 수 있다.

이상의 내용을 다음 표처럼 정리할 수 있다.

대부분의 구국형 서사는 정도의 차이는 있을지언정 위에서 제시한 단계별로 영웅화가 진척되고 있다. 때에 따라서 어느 한 단계가 탈락되거나 축약 기술될 수는 있어도 이 궤적에서 크게 벗어나지 않는다. 먼저 예비단계에서는 출생이나 성품의 남다른 점을 강조하면서 예비적 사건을 구비하고, 구축단계에서는 남다른 기질로 심신을 수행하며, 그러한 수행의 결과 영웅화가 진척되어 실행단계에서는 구국을 위해 영웅적인 행위를 펼친다. 그 구국은 왕을 위한 것이기도 하고 전란으로

혼란에 빠진 나라를 구하는 것이기도 하다. 전체적으로는 위기에 봉착한 나라를 영웅인물이 나서서 구하는 것으로 형상화한다. 특히 외적의 침입을 무력을 통해 무찔러 무공으로 영웅화의 실행단계를 마련하는 것이 가장 일반적이다. 그러한 결과 영웅화의 완결단계에서는 모든 문제가 해결되어 나라에 태평이 찾아온다. 이는 영웅인물이 임무를 완수하여 구국이 확정되었음을 의미하는 것이기도 하다.

## 3) 개혁형의 전통

개혁형 영웅인물은 기존의 국가체제나 제도에 불만을 가지고 혁명을 단행한 유형이다. 그래서 이 개혁형 영웅인물을 통치자의 스타일을 문제삼는 것과 제도적인 모순을 문제삼는 것으로 나눌 수 있다. 전자를 반역적 개혁형 영웅인물이라고 한다면, 후자는 제도적 개혁형 영웅이다. 이 개혁형은 신화나 민담적인 모티프를 다수 활용하면서 인물을 형상화하고 있다. 특히 고전소설 이전의 서사에서는 건국신화에서 개혁형 영웅인물의 모습을 찾아볼 수 있다. 말 그대로 영웅인물에 초점을 맞추면 건국신화의 주인공은 대부분 개혁을 단행하여 건국하거나 왕위를 계승한 것으로 볼 수 있다. 실제로 그들은 기존의 국가질서를 부정하고 새로운 나라를 건국하여 백성을 통치하기 때문에 개혁성을 드러낼 수밖에 없다. 이는 선진문화를 가진 민족이 그렇지 못한 민족을 규합한 것이기도 하지만 궁극적으로는 기존의 질서를 전복하고 새로운 질서를 창조했다는 점에서 개혁적이라 하겠다. 그래서 이들 군사귀족의 행위는 개혁형 영웅인물의 행적과 상통하게 된다. 개혁성을 강조한 〈홍길동전〉에 신화적인 전통이 계승된 것도 그러한 사정 때문이라 할 수 있다.[24] 다만 고대의 개혁형 영웅인물은 신화적인 특성 때문에 뜻한 바를 모두 완수하는 반면, 고전소설의 개혁형 영웅인물은 뜻한 바를 중도에 철회하고 기존의 질서 속으로 재편되는 차이가 있다. 이는 이미 완고한 봉건체제하에서 고대신화와 같은 서사가 불가능하기 때문이라 하겠다. 혹여 그러한 서사가 나타난다 해도 철저하게 중국을 공간적인 배경으로 설정하여 문제가 제기되지 않도록 하였다.25) 이제 개혁형 영웅인물의 형상화 전통을 건국신화를 중심으로 살펴보도록 한다.

〈단군신화〉에서26) 단군은 신시를 개창한 천상계의 인물과 곰에서 사람이 된 웅녀와의 사이에서 태어난 인물이다. 그는 지상에 새로운 나라를 세우고 통합적인 통치를 지향했다는 점에서 선구적인 개혁형 영웅인물이라 할 수 있다. 그는 고조선을 건국하고 천오백 년 동안 나라를 다스리다 산신이 되었다. 이로 미루어 볼 때 영웅인물의 최후가 인간계에서 마감되지 않고 다시 신성계로 회귀하는 영웅의 일대기적 요소에 잘 부합된다 하겠다. 어쨌든 단군은 새로운 나라를 건설하여 많은 백성들을 구휼하고 밝음의 세계로 이끌었다는 점에서 개혁형 영웅인물의 특성이 확인된다. 다시 말해 특출한 출생으로 남다른 능력을 구비하고 이어서 나라를 세워 어질게 통치함으로써 기존의 통치 질서를 일신하였으며, 이것이 그를 고대의 개혁형 영웅인물로 볼 수 있게 한다.

〈동명신화〉에서27) 주몽이 부여에서의 질시를 벗어나 남쪽의 졸본에 와서 새로운 나라를 건설하는 것도 기존 질서를 거부하고 새로운 세계를 추구한 개혁적 영웅의 면모를 보이는 것이다. 주몽의 개혁적인 인물

---

24) 김영화, 「〈홍길동전〉의 소재이행 관계 연구-〈주몽건국신화〉 대비 분석을 중심으로」, 『인문논총』 22, 호서대학교 인문학연구소, 2003, pp.1~18.

25) 이에는 〈장백전〉·〈현수문전〉과 같은 작품이 해당될 수 있다.

26) 《삼국유사》 권제일 기이 제일 고조선(왕검조선).

27) 이규보, 《동국이상국집》 권삼 동명왕편.

형상화는 우리 문학사에 영웅의 일대기로 유형화되어 고전소설의 영웅형상화에 기여한 바가 상당하다.28) 천제의 아들 해모수와 하백의 딸 유화 등 초월적 존재의 혈통을 타고난 주몽은 출생 당시 알의 형상이었기 때문에 버려지는 시련을 당한다. 뿐만 아니라 비상한 능력을 가져 부여 왕자들의 질시가 있었고 그로 인해 부여궁을 탈출해야만 했다. 추격하는 병사들로 위험에 빠졌을 때 고기와 자라가 다리를 놓아주어 위기를 모면하고 마침내 고구려를 건국한다. 고귀한 혈통과 뛰어난 능력을 바탕으로 가혹한 시련을 이겨내고 승자가 된 것이다. 하지만 그가 부여를 거부하고 남쪽으로 이주하여 새로운 나라를 건국한 것은 개혁성이 남다르기 때문이다. 이는 마치 제도적인 개혁을 울부짖으며 문제를 야기한 〈홍길동전〉의 홍길동이 율도국을 건설하는 것과도 비견된다. 실제로 주몽은 어려서부터 아버지 없이 자랐는가 하면 부여국의 왕자들에게 핍박을 받기도 하였다. 뿐만 아니라 어렵게 남쪽으로 탈출해서는 송양과 지속적으로 갈등하며 어려움을 겪어야 했다. 하지만 그러한 모든 문제를 뛰어난 능력으로 극복한 다음에 고구려를 건국하여 기존 질서를 거부하고 새로운 세상을 꿈꾼 개혁형 영웅인물이라 할 만하다. 그는 새로운 질서를 창조하고 모든 백성의 안녕을 보장하여 개혁형 영웅인물의 전형적인 모습을 보인다. 이와 같은 전통은 크든 작든 간에 비류와 온조에게서도 확인된다.

〈박혁거세〉의29) 혁거세도 신라의 육촌장을 자신의 통치하에 두어

---

28) 김나영, 「고전 서사문학에 나타나는 영웅적 특징과 그 의미: 주몽신화·아기장수전설·홍길동전을 중심으로」, 『돈암어문학』 13, 돈암어문학회, 2000, pp.233~262; 김용기, 「주몽, 온조, 홍길동의 인물성격 연구—출생담과 현실적 제약을 중심으로」, 『우리문학연구』 29, 우리문학회, 2010, pp.3~35.
29) 《삼국사기》 권제일 신라본기 제일 시조혁거세거서간.

기존 질서를 획기적으로 개혁한 영웅인물이라 할 만하다. 그는 흰 말과 함께 하늘에서 내려온 자줏빛 알 속에서 나왔다. 육부의 우두머리들이 알에서 나온 혁거세를 왕으로 추대하였다. 혁거세를 동천에서 목욕시키자 천지가 진동하고 해와 달이 청명하며 금수가 모두 춤을 추었다고 했다. 그가 개혁하여 새로운 나라를 건설한 것을 두고 그렇게 묘사한 것이라 하겠다. 또한 혁거세가 하늘로 올라간 뒤 이레 후에 유해가 땅으로 흩어져 떨어진 것이나 큰 뱀이 장사를 방해한 것, 그 때문에 다섯 능으로 장사 지내게 된 것은 영웅인물의 신묘한 죽음을 그린 것이다. 혁거세 또한 신비한 출생을 바탕으로 기존의 질서를 획기적으로 통합하여 선정했기 때문에 개혁형 영웅인물의 모습을 보인다 하겠다. 자신의 안녕이 아니라 집단의 평안을 추구하는 것이 영웅인물의 특성임을 상기하면 혁거세 또한 신화적인 개혁형 영웅인물이라 할 수 있다.

〈가락국기〉의[30] 김수로도 가야 지역의 구간을 하나로 통합하여 건국했다는 점에서 기존 질서를 획기적으로 변혁한 개혁형 영웅인물이라 할 수 있다. 그의 출생도 다른 건국 영웅들의 그것처럼 신령스럽게 묘사되었다. 하늘에서 드리운 자줏빛 줄 아래 붉은 보자기에 싸인 금합 속에 황금알 여섯 개가 있었는데 이들이 화하여 용모가 훌륭한 아이가 되었다. 십여 일 만에 키가 9척이나 되는 등 비범한 모습으로 성장하여 신화적인 신성성을 드러낸다. 이는 새로운 문화나 권력으로 새 세계를 창도한 인물에 대한 신비적인 표현이라 할 수 있다. 여섯 사람이 각각 가야의 임금이 되고 그 중 한 사람이 수로가 되었다. 수로는 탈해와의 술법 대결에서 독수리와 새매로 변하여 승리하기도 한다. 신이한 출생과 탁월한 능력은 영웅인물의 바탕을 이루는 조건이라고 할 수 있다.

---

30) 《삼국유사》 권제이 기이 제이 가락국기.

수로는 허황옥과의 결연을 통해 안정적으로 나라를 다스리기도 한다. 이는 기존 질서를 수로를 중심으로 안정되게 개혁한 사정을 말하는 것이라 하겠다. 그런 점에서 김수로 또한 고대의 개혁형 군사귀족 또는 개혁형 영웅인물이라 할 수 있다.

지금까지 살핀 것을 귀납적으로 정리하면 다음 표와 같다.

개혁형 영웅인물은 기존 질서의 틀을 깨고 새로운 세계를 창도하는 영웅적인 행위를 보인다. 이는 고대의 군사귀족이 기존 질서를 규합하여 새로운 나라를 건국하고 백성을 하나로 통합했던 사정을 반영한 것이기도 하다. 그러는 과정에서 모든 세력을 하나로 규합한 건국주는 개혁형 영웅인물의 특성을 가질 수밖에 없었다. 그래서 그들의 일대기가 영웅인물의 형상화와 밀접한 관계를 갖게 된 것이다. 먼저 예비단계에서는 영웅인물이 직접적이든 간접적이든 간에 천상과 연계되면서 생장한다. 이는 신분의 우월성을 강조한 것이라 할 수 있다. 특히 천상적 존재이기 때문에 그들의 능력 또한 남다른 데가 있다. 이는 비범한 능력이 태어나면서부터 구족된 것으로 형상화하였음을 의미하는 것이다. 즉 천상과 연계되기 때문에 영웅화의 구축단계가 아주 간명하거나 생략될 수 있다. 실행단계는 투쟁을 통해 기존 질서를 전복하고 새로운 나라를 건설하는 것이다. 기존 세력을 규합하는 것은 군사적인 충돌을 의미하는 것이며 그러는 과정이 바로 천상적 영웅인물의 영웅적 행위이기도 하다. 그러한 결과 새로운 세계를 창도하여 만백성을 선치하게

된다. 따라서 이들의 행위는 정도의 차이는 있을지언정 대부분 개혁적
인 영웅인물이라 할 수 있다.

# 제3장
## 영웅인물의 형상화 양상

　고전소설의 인물은 아주 다양하다. 주인공으로 상층부의 인물이 대부분을 차지하는 가운데, 일부에서는 하층민이 주인공으로 부각되는 경우도 있으며, 조연인물로는 상층은 물론 하층인물도 다수 등장한다.[1] 그런가 하면 보조인물도 상하층의 인물이 등장하여 작품의 형상화에 일조한다. 영웅인물은 다수가 상층부의 인물로 형상화되고 일부에서만 하층민이 등장한다. 주로 구제형과 구국형은 상층의 인물이 주인공으로 등장하고 개혁형은 하층의 인물이 영웅으로 형상화되는 경우가 많다. 이는 조선후기의 시대적인 상황을 반영한 것이라 할 수 있다. 여기에서는 이러한 점을 감안하여 영웅인물의 유형을 거시적인 관점에서 설정하고, 각 유형별로 영웅인물의 실태를 개관해 보도록 한다. 이는 영웅인물의 형상화를 구체적으로 살피기 위한 사전작업이기도 하다.

---

[1] 이는 18세기 말의 연암이나 이옥의 한문 단편에서 구체적으로 살펴볼 수 있다. 이들 단편에서는 도시의 기층민은 물론, 유민노동자의 실태를 확인할 수 있다. 이러한 인물은 기존의 인물 설정과 변별되는 것임에 틀림없다.

## 1. 분석 작품의 선정

고전소설에 등장하는 영웅인물을 영웅성을 발휘하는 양상에 따라 구제형 영웅인물, 구국형 영웅인물, 개혁형 영웅인물로 나눌 수 있다. 이들은 다시 유형별로 하위류의 설정이 가능하다. 즉 구제형은 대중적 구제형과 가족적 구제형으로, 구국형은 음조적 구국형과 주도적 구국형으로 나눌 수 있다. 마찬가지로 개혁형도 반역적 개혁형과 제도적 개혁형으로 나눌 수 있다. 구제형 영웅인물은 주인공이 영웅성을 떨치며 특정소수를 구제하기도 하고 불특정다수인 중생을 제도하기도 한다. 구국형 영웅인물은 국난을 타개하되 자신이 전면에 나서지 않고 남주인공의 영웅적 능력을 부각하는 경우도 있고, 남녀를 막론하고 스스로 전면에 나서서 난국을 해결하기도 한다. 개혁형 영웅인물은 부조리한 사회체제에 저항하며 제도 개선을 주창하거나 문제를 야기한 왕이나 국가를 혁명적으로 폐위·전복시키기도 한다.

위에서처럼 유형을 나눈 것은 영웅의 행위와 결과에 따른 것이다. 영웅인물이 궁극적으로 지향하는 것은 남다른 행적으로 이타행을 실천하는 것이기 때문에 그들의 행위와 결과에 주목할 필요가 있다. 실제로 이렇게 나누면 고전소설에 나타난 영웅인물의 대부분을 포괄할 수 있다. 물론 미시적이거나 세분화된 화소까지 수렴할 수 없을지는 몰라도 유형 분류가 전체적인 윤곽을 부각하는 것이라고 전제하면 이렇게 나누는 것이 영웅인물 모두를 포섭하는 데 도움이 된다. 실제로 신분이나 성별 등으로 나누면 명확성이 떨어질 뿐만 아니라 기계적인 재단이 되기가 쉽다. 더욱이 성별이나 신분을 막론하고 그들이 펼치는 영웅적 행위가 겹치는 것이 많아 이처럼 세 유형으로 나누고 하위류를 두는 것이 영웅인물 전반을 다룰 때 유용할 것으로 본다. 이를 감안하여 여기에서

는 영웅인물의 유형을 구제형, 구국형, 개혁형으로 나누고, 그 하위류
를 두어 그 실태를 개괄해 보도록 하겠다.


## 1) 유형별 작품의 실태

앞에서 말한 바와 같이 영웅인물의 행위와 결과를 중심으로 그 유형
을 구제형–대중적 구제형·가족적 구제형, 구국형–음조적 구국형·주
도적 구국형, 개혁형–반역적 개혁형·제도적 개혁형 등으로 나누어 보
았다. 이러한 유형의 인물은 군담소설뿐만 아니라 다양한 유형의 소설
에서 나타난다. 그만큼 고전소설이 주인공의 행위 위주로 서사되어 있
음을 뜻하는 바라 하겠다. 그래서 정도의 차이는 있을지언정 대부분의
소설에서 영웅인물의 형상화 전통을 답습한다고 해도 과언이 아니다.
다만 여기에서는 유형별로 그 실태를 개관해 보도록 한다.


### (1) 구제형의 실태

구제형은 도탄에 빠진 만백성을 건져내거나 특정소수인 부모와 형제
자매를 구원하는 것을 들 수 있다. 전자에는 종교성을 표방한 작품들이
다수 포함된다. 특히 만백성을 안락의 세계로 이끄는 불교서사에서 구
제형 영웅인물이 왕왕 나타난다. 반면에 후자는 유교적인 강상을 표방
한 작품에서 자주 나타난다. 이는 나라에 충성하는 이면에 수신과 제가
에 따른 효행이나 열행·우애 등이 유교적인 삶에서 중시되기 때문이
다. 어쨌든 이러한 구제형은 고전소설의 인물을 형상화하는 데 일정하
게 기여한 것으로 볼 수 있다. 주요한 작품을 대중적 구제형과 가족적
구제형으로 나누어 살펴보도록 한다.

먼저 대중적인 구제형 영웅인물을 살펴보도록 한다. 대중적 구제형
은 불특정다수, 특히 온 백성을 구제하는 것이 이에 해당될 수 있다.
물론 그 이면에는 종교적인 구제가 자리하는 경우가 많다. 해당되는 작
품으로 〈금우태자전〉·〈선우태자전〉·〈당태종전〉 등을 들 수 있다. 이
들은 종교성이 강화된 일면 만백성을 선치하는 문제를 다루어 불교와
유교가 혼용된 특성을 가지고 있다. 불교적으로는 하화중생의 교화를
염두에 두면서 유교적으로는 덕화정치를 실현하여 태평성대를 추구한
다. 이는 이러한 작품이 양산된 조선후기의 종교계와 밀접하게 관련된
것이라 할 수 있다. 먼저 〈금우태자전〉은 역경을 이겨낸 금우태자가
우리의 건국신화에서처럼 특정 지역으로 옮겨가서 국왕이 된 다음 백성
을 구휼하는 대중적인 구제형 영웅인물이라 할 수 있다.[2] 그리고 〈선우
태자전〉도 선우태자가 특수공간인 서해에 가서 용왕에게 보주를 얻은
후 만백성에게 보시를 단행하는 대중적인 구제형 영웅인물이다. 그런
가 하면 〈당태종전〉은 당태종이 송사에 말려 지부에 끌려가서 지옥과
극락을 편력하고 돌아와 신불제왕으로 불교를 공표하여 대중을 구제하
는 내용이다. 따라서 당태종은 대중적인 구제형 인물이라 할 수 있다.
　다음으로 가족적인 구제형 영웅인물에 대하여 살펴보겠다. 가족적인
구제형 영웅인물은 특정소수를 구제하는 특징이 있다. 특히 가족관계
를 중시하는 작품에서 이 구제형 영웅인물의 모습을 찾아볼 수 있다.
이러한 양상은 유교나 불교를 막론하고 공통적인 현상이라 하겠다. 이
에 해당하는 작품으로 〈안락국태자전〉·〈목련전〉·〈심청전〉·〈권익중
전〉 등을 들 수 있다. 이들은 모두 초월계를 동원하여 가족의 구제를

---

2) 김진영, 「금우태자전승의 유형과 신화소의 서사적 의미」, 『어문연구』 62, 어문연구학
　회, 2009, pp.131~163.

주요하게 서사한 특징이 있다. 〈안락국태자전〉은 안락국이 어렵게 부왕을 찾아가 상봉하였지만, 어머니가 그 죄과로 죽임을 당한다. 그러자 어머니의 시신을 이어놓고 극락왕생을 비원하여 부모는 물론 자신까지 왕생하는 결과를 가져온다. 이는 효행을 통한 선인선과의 인과응보로, 결국은 안락국의 지극한 효행이 왕생을 가능케 했다는 점에서 가족적인 구제형 영웅인물이라 할 수 있다. 〈목련전〉의 목련도 출가하여 신통력이 가장 뛰어난 불제자가 된 다음에 흑암지옥에 떨어진 어머니를 효행과 방생·신불 등의 영웅적 행위로 극락왕생시킨다. 따라서 목련은 어머니를 극락으로 천도했다는 점에서 가족적인 구제형 영웅인물에 해당될 수 있다. 뿐만 아니라 〈심청전〉도 심청이 죽음을 불사한 효행심으로 안맹한 아버지를 광명세계로 인도하여 가족적인 구제형 영웅인물의 특성을 보인다.3) 다만 심봉사가 개안할 때 다른 맹인도 눈을 뜨는 것은 심청의 의도와는 관련이 없는 것으로 그 효행심의 정도를 강화하기 위한 수단이라 할 수 있다.4) 〈권익중전〉도 권익중의 아들 권선동이 죽은 어머니를 생환시켜 행복하게 살도록 했다는 점에서 그를 가족적인 구제형 영웅인물로 볼 수 있다.5)

이상에서 보는 바와 같이 구제형 영웅인물은 구제의 대상이 불특정 다수인 경우와 특정소수인 경우로 나누어 볼 수 있다. 전자가 대중적인 구제형이라면, 후자는 가족적인 구제형이다. 어쨌든 이들은 주인공이 도탄에 빠지거나 위기에 처한 인물을 영웅적 행위를 통해 구제하는 점

---

3) 김진영, 「〈심청전〉의 구조적 특성과 그 의미-본생담과의 비교를 중심으로」, 『어문학』 73, 한국어문학회, 2001, pp.317~341.
4) 이는 완판본에서 확인할 수 있는 것으로 대중적인 열망이 강화된 것이다. 한편 경판본에서는 심봉사만 눈을 뜨기에 이를 통해 작품의 선후관계를 짐작할 수도 있다.
5) 윤보윤, 「영웅소설의 층위적 과업 연구-〈권익중전〉과 〈유충렬전〉을 중심으로」, 『어문연구』 68, 어문연구학회, 2011, pp.311~331.

이 주목된다. 그 주인공이 정도의 차이는 있을지언정 바로 구제형 영웅
인물로 형상화되었기 때문이다.


### (2) 구국형의 실태

구국형은 나라가 위기에 처했을 때 영웅인물이 등장하여 모든 문제
를 해결하고 다시 태평한 세계로 이끈다. 다만 그러한 태평세계를 가능
케 하는 방법에서 영웅인물의 존재를 숨기는 음조적 구국형과 풍전등
화의 나라를 위해 전격적으로 출격하여 황제는 물론 백성을 구출하는
주도적 구국형으로 나누어 살펴볼 수 있다. 전자가 남성 중심의 세계관
을 전제하면서 대부분의 사건이 전개되는 반면, 후자는 남녀를 불문하
고 출장하여 공훈을 세우기 때문에 남녀평등의식이 일정 부분 제고된
면이 없지 않다. 이제 각각에 대하여 살펴보도록 한다.

먼저 음조적 구국형이다. 이 유형은 상대적으로 여성주인공이 남성
주인공을 보필하는 형태로 나타난다. 즉 자신이 구국을 위해 노력하면
서도 그 성과를 남성주인공에게 돌아가도록 하여 결국은 숨어서 나라
를 구한다. 이러한 전통은 상당히 오래된 것으로, 천신인 남성에 대하
여 지신인 여성이 음조하는 것을 고전서사에서 두루 찾을 수 있다. 바
로 그러한 서사의 전통을 이들이 계승한 것으로 볼 수 있다. 이에 해당
하는 작품으로 〈박씨전〉·〈장국진전〉·〈구운몽〉·〈옥루몽〉·〈임경업전〉·
〈벽성선전〉 등을 들 수 있다. 〈박씨전〉은 금강산 박처사의 딸 박씨가
이시백과 결혼하고 남편과 시아버지를 도움은 물론 청나라의 침입을
도술적인 방법으로 물리침으로써 국난을 타개한다. 그래서 시가의 부
흥에 일조하면서 국난까지 해결하는 음조적인 구국형 영웅인물이라
할 수 있다. 〈장국진전〉도 장국진이 과거에 급제하여 성공할 수 있도

록 그 부인인 계향이 내조했을 뿐만 아니라 장국진이 달마국에서 탈출
하여 위기에 처했을 때는 직접 전장에 나가서 남편을 구하기도 한다.
그 결과 남편과 자신이 왕과 왕비의 자리에 오른다. 이는 남편과 나라
를 위한 음조적 구국형 영웅인물이라 할 만하다. 다만 〈박씨전〉의 박
씨가 가정에서 활약했다면, 계향은 전장에 직접 출전하는 등 적극적인
면이 없지 않다. 〈구운몽〉에서는 무술이 뛰어난 심요연이 양소유에게
귀순하여 무공을 세움으로써 결국은 양소유의 성공적인 출장을 담보
하고 있다. 이러한 여인은 여성영웅의 연원적인 특성을 갖는 것으로
결국은 음조적 구국형 영웅인물의 특성을 갖는다 하겠다. 〈옥루몽〉의
여성인물 중 정숙하면서도 음률로 양창곡을 도움은 물론 황제의 미혹
을 개오시켜 선정할 수 있도록 하는 벽성선과 같은 인물도 음조적인
구국형 영웅인물의 성격을 가지고 있다. 〈임경업전〉에서 임경업은 의
리명분을 내세우며 지속적으로 명나라를 돕지만 뜻을 이루지 못하고
김자점에게 죽임을 당한다. 그래서 자신의 기개를 떨치며 왕이나 나라
의 위난을 명쾌하게 해결하는 주도적인 영웅이 되지 못하고, 의리를
앞세우면서 나라의 위난을 은밀하게 해결하려 했기에 음조적 구국형
영웅인물이라 할 만하다. 〈벽성선전〉은 〈옥루몽〉의 여성인물 중 재예
가 남다른 벽성선만을 독립시켜 단편소설로 개작한 것으로 벽성선이
남다른 기질로 양창곡을 돕거나 황제의 미혹을 깨우쳐 태평성대를 구
가하도록 하였다.

　다음으로 주도적 구국형이다. 이 유형은 자신의 행위를 의도적으로
숨기지 않는다. 모든 행위의 주체가 밝혀지고 그에 상응하는 대가를 받
을 의도가 있었기 때문이다. 그런 점에서 이를 주도적 구국형이라 할
수 있다. 이와 같은 서사의 전통은 아주 오래되었다. 《삼국사기》나 《고
려사》 열전의 충을 다룬 서사의 다수가 이러한 구조를 보이기 때문이

다. 즉 유교적인 효행을 강조하는 차원에서 입전된 고전서사의 영웅인물이나 유교입국의 조선조에서 출사와 성공을 소망했던 고전소설의 영웅인물은 서로 간에 상통할 수밖에 없었다. 특히 남성중심의 유교입국을 강조한 경우는 남성영웅인물이 큰 비중을 차지하고, 남성영웅인물을 계승·답습하면서 여성성을 강조한 작품에서는 여성영웅인물의 비중이 상대적으로 높게 나타난다. 그렇지만 모두 자발적·주도적으로 영웅적인 행위를 펼치면서 나라를 구하는 것은 상통한다. 이에 해당하는 작품으로 〈유충렬전〉·〈소대성전〉·〈조웅전〉·〈장풍운전〉·〈황운전〉·〈이대봉전〉·〈남정팔난기〉·〈정수정전〉·〈홍계월전〉·〈김진옥전〉·〈곽해룡전〉 등을 들 수 있다. 〈유충렬전〉에서 유충렬은 정한담의 모함으로 어렵게 생활하다가 백룡사의 노승에게 술법을 익히고 정한담과 오랑캐가 반란을 일으키자 출정하여 위기에 처한 황제를 구한다. 돌아오는 길에서는 헤어졌던 친가와 처가의 부모를 모두 만난다. 그래서 자신이 가진 재능을 나라와 황제를 위해 기꺼이 발휘했다는 점에서 주도적인 구국형 영웅인물이라 할 만하다. 〈소대성전〉에서 소대성은 부모를 일찍 여의고 유리걸식하다 이상서에게 발견되어 그의 집에서 생활하면서 딸 채봉과 혼약하지만 결혼이 성사되기도 전에 이상서가 죽자 그의 아내와 아들이 소대성을 죽이려 하고, 이에 대성이 몰래 도주하여 청룡사의 노승에게 병법을 익힌다. 이때 호왕의 침범으로 황제가 위급한 상황에 처하고, 대성이 출정하여 호국왕의 항복을 받아 개선하니 황제가 그를 노국왕에 봉한다. 어려운 처지에도 굴하지 않고 능력을 배양하여 위기에 처한 나라를 극적으로 구한다는 점에서 주도적인 구국형 영웅인물이라 할 만하다. 〈조웅전〉에서 조웅은 황제자리를 빼앗은 이두병을 비방하다가 숨어 지내면서 병법과 술책을 익힌다. 서번이 위국을 침입하자 출전하여 위왕을 구하고, 유배 중인 태자를 구하기도 한다. 그러자 이두

병이 기병하지만 조웅에게 몇 차례 패하고, 이두병을 제거한 조웅이 번국의 왕이 되어 부귀영화를 누린다. 반신에게 장악되었던 나라를 다시 세운다는 점에서 조웅은 주도적인 구국형 영웅이라 할 수 있다. 〈장풍운전〉에서 장풍운은 가달의 침략과 도적 때문에 부모와 이별한 채 떠돌다가 이운경에게 발견되어 함께 생활하면서 그녀의 딸과 인연을 맺는다. 하지만 이운경이 죽자 그 후처의 박대가 심하여 집을 나와 생활하다가 과거에 응시하여 장원급제하고 마침 서번과 서달이 침략해오자 대원수가 되어 그들을 물리친다. 이어서 침략해 온 토번까지 물리치고 그는 위왕이 되어 부귀영화를 누린다. 그래서 장풍운 또한 주도적인 구국형 영웅인물이라 할 수 있다. 〈황운전〉에서는 송나라 재상의 아들 황운과 설학사의 딸 설소저가 혼인하기로 했는데, 양어사가 설소저에게 구혼하다 실패한다. 앙심을 품은 양어사가 모함하여 황운과 설소저 집안의 가족이 죽거나 뿔뿔이 흩어진다. 황운과 설소저가 각기 산에 들어가 병법을 익히고 지낼 때 승상 진권이 반란을 일으키자 이 둘이 출전하여 진압한다. 마침내 황제에게 신분을 밝히고 두 사람이 결혼한다. 그래서 여기에서는 남녀 주인공 모두 주도적인 구국형 영웅인물로 형상화되어 있음을 알 수 있다. 〈이대봉전〉에서는 이시랑의 아들 대봉과 장한림의 딸 애봉이 혼약한다. 이때 조정의 간신 황희로 인하여 두 집안이 풍비박산된다. 대봉은 산에 들어가 술법을 익히고, 애봉은 남장하고 지내다가 과거에서 장원급제하고 선우족의 반란을 평정한다. 마침 흉노가 도성을 침입해 오니 이대봉이 필마단기로 출정하여 위기에 처한 황제를 구한다. 애봉과 대봉 모두 황희를 직접 처단하기를 주청하여 처형장에서 둘이 극적으로 상봉한다. 그간의 사정을 모두 황제에게 알리고 두 사람이 결혼한다. 대봉이 초왕이 되어 두 사람은 더없는 부귀영화를 누린다. 이 작품도 역시 남녀 주인공 모두가 주도적인 구국형 영웅인물로 형상화되어 있음을 알 수 있다. 〈남정팔난기〉에서는 황희룡의 아들 황극이 남쪽을 방랑하며 지내다가 친구를 만나 결의형제한다. 이때 남만의 반란이 일어나자 황극이 출전하여 승리한 후 가족과 더불어 행복하게 지낸다. 황제가 서거한 후 어린 태자가 황위에 올라 간신들이 반란을 일으키자 황극과 그 친구들이 출전하여 모든 문제를 해결한다. 그래서 황극은 두 번에 걸친 구국을 단행한 영웅인물이 되었다. 〈정수정전〉에서 정국공의 딸 정수정과 장운의 아들 장연은 혼약한 사이였다. 이때 간신 진공의 모함으로 가족이 모두 이산하고, 정수정과 장연은 모두 문무를 겸비하여 과거에 급제하였다. 북방 오랑캐가 침범하니 정수정이 대원수로, 장연이 부원수로 출정하여 정벌한다. 황제가 그들의 신분을 알고 혼인시키지만 정수정이 장연의 총희를 죽이는 사건이 벌어져 남편과 불화가 생긴다. 이때 철통골이 다시 침범하자 정수정이 나아가 싸우고 장연이 보급물자를 담당한다. 장연이 임무를 태만히 하자 결장으로 다스리고 대승하여 돌아와서 모두 화락하게 지낸다. 이 작품의 구국형 영웅인물은 정수정과 장연 모두 해당된다. 하지만 여성인 정수정의 역할을 더 돋보이게 하여 여성의 능력을 긍정적으로 다루었다. 〈홍계월전〉에서 홍시랑의 딸 홍계월은 간신의 반란으로 부모와 헤어져 떠돌다가 여공의 도움으로 그의 아들 여보국과 함께 도사에게 수학한다. 남장을 한 홍계월과 여보국이 과거에 응해 홍계월이 수석, 여보국이 차석을 차지한다. 오랑캐의 침입이 있자 홍계월이 대원수로, 여보국이 부원수로 출정하여 승리한다. 그간의 모든 사실을 황제에게 주달하니 황제가 두 사람을 결혼시킨다. 하지만 두 사람 사이에 갈등이 생기는데, 마침 반란이 일어나 둘이 출전하고 그때 어려움에 처한 여보국을 홍계월이 구조하여 다시 화평한 세계를 맞는다. 따라서 이 작품도 남녀 주인공 모두 구국형 영웅인물로 형상화했지만, 〈정수정전〉

처럼 여성영웅을 더 비중 있게 다루었음을 알 수 있다. 〈김진옥전〉에서 김진옥이 어렸을 때 난리를 만나 가족이 모두 흩어진다. 피난이 끝난 후 김진옥은 도사에게 문무를 익히고 유승상의 딸과 결연한다. 김진옥이 과거에 급제하고 어렵게 유승상의 딸과 결혼하는데 선우족이 다시 침입하자 김진옥이 대원수로 출정하여 대승을 거두고 아버지와 상봉한 후 용왕국을 침입한 무리를 격퇴하기도 한다. 김진옥이 오랫동안 행방불명되자 간신들의 참소로 유부인 등이 죽을 위기에 처하는데 도사의 도움으로 상경하여 유부인을 위기에서 구한다. 이로 볼 때 김진옥은 가정사의 복잡다단한 일을 해결하면서 나라의 위난을 구한 영웅인물이라 할 수 있다. 〈곽해룡전〉에서 곽승상의 아들 해룡은 간신들의 참소로 유배 중인 아버지를 만나러 가다가 용문산에서 병법과 신술을 배운다. 이때 서번이 반란을 일으키자 해룡이 이를 물리치고 적진에 잡힌 황제를 구한다. 그럼에도 불구하고 황제는 간신의 말만 듣고 해룡이 귀경할 때 목을 베도록 하지만, 해룡이 다시 반란을 일으킨 진번국을 토벌하고 아버지까지 구출하여 귀경하니 황제가 뉘우치고 그를 부마로 삼는다. 해룡은 황제의 오해로 죽을 위기에 처하면서까지 구국을 위해 헌신한 영웅인물이라 할 수 있다.

이상에서 보는 바와 같이 구국형 영웅인물은 크게 음조적 구국형과 주도적 구국형으로 나눌 수 있다. 음조형이 자신을 직접 드러내지 않으면서 나라의 안위를 도모한 것이라면, 주도형은 어떠한 어려움이 닥쳐도 심지어 황제가 자신을 오해해 죽이려 할지라도 황제나 나라를 구하기 위해 솔선하고 있다. 전자가 비교적 수동적인 관점에서 구국을 위해 활동한다면 후자는 적극적으로 행동하여 모든 문제를 해결한다. 이는 임병양란을 겪으면서 지배층에 기대기보다는 스스로 문제해결에 나서는 것이 더 유용한 것으로 인식한 때문이라 하겠다. 어쨌든 이 구국형 영웅인물은 조선조의 봉건제도하에서 출사와 성공을 바랐던 의식을 극대화해 보인 것이다. 그러한 사정 때문에 구국형 영웅인물이 가장 많이 형상화된 것으로 볼 수 있다.

### (3) 개혁형의 실태

이 개혁형도 다른 유형과 마찬가지로 크게 둘로 나누어 살필 수 있다. 즉 반역적 개혁형과 제도적 개혁형이 그것이다. 반역적 개혁형이 왕위의 폐지나 국가의 전복을 나타낸 것이라면, 제도적 개혁형은 신분이나 사회제도의 문제점을 시정함으로써 민중의 소망을 실현하고자 한 것이다. 물론 이러한 개혁형도 시기적으로 상당히 소급될 수 있다. 잘 아는 바와 같이 건국신화의 주인공들이 정도의 차이는 있을지언정 대부분 개혁형 영웅인물로 형상화되어 있기 때문이다. 그들은 기존질서나 국가체제를 거부하고 새로운 이념과 비전으로 제3의 장소로 이주하여 나라를 세운다. 그런 점에서 이들을 개혁형 영웅인물로 취급하여도 큰 무리가 없다. 실제로 고전소설의 개혁형 영웅인물은 서사의 전통이나 그들이 펼치는 행위가 건국신화의 영웅인물과 유사한 점이 있다. 이제 둘을 차례대로 살펴보도록 한다.

먼저 반역적 개혁형이다. 이 유형은 기존의 국가나 황제의 통치문제를 전면에 내세우면서 새로운 황제가 새로운 국가를 도모한 것이다. 물론 우리나라를 배경으로 그러한 작품을 창작·향유하는 것은 상당한 부담이 될 수 있다. 그래서 이러한 내용을 형상화한 작품은 중국을 시공간으로 설정하여 문제를 제기한다. 더욱이 민감한 문제를 다루어야 하기 때문에 이러한 작품이 양산되지는 못했다. 대부분 기존의 체제를 긍정하는 선에서 현실적인 문제를 비판·시정하고자 했기 때문이다. 그럴

지라도 이와 같은 전통은 상당히 오래된 것으로 볼 수 있다. 이미 건국
신화의 영웅인물 대부분이 기존의 체제나 국가를 거부하고 새로운 세
계를 창도했기 때문이다. 이에 해당하는 작품으로 〈장백전〉·〈유문성
전〉·〈옥주호연〉 등을 들 수 있다. 〈장백전〉은 원나라 때 재상 장환이
딸과 아들 장백을 두었지만 일찍 죽어 딸이 장백을 키운다. 왕평이 장
소저와 결혼하려고 납치하자 장소저가 투신자살하려 할 때 아황과 여
영의 혼령이 구해주어 이승상 집에서 기거한다. 장백은 누이가 죽었다
는 말에 자결하려고 하다가 실패하고 천관도사를 만나 술법을 익힌다.
장백이 대원수가 되고 결의형제를 맺은 이정이 부원수가 되어 여러 고
을을 함락시키다가 마침내 원나라 황제에게 항복을 받는다. 이때 누이
인 장소저와 결연한 주원장이 장안을 공격하여 함락시키고 명나라를
건국한다. 주원장과 맞선 장백이 명나라 황후가 누이인 것을 알고 원나
라 황제의 옥새를 주원장에게 바친다. 그리하여 장백과 주원장이 원나
라를 전복시킨 반역적 개혁형 인물로 형상화되었음을 알 수 있다. 〈유
문성전〉에서는 유문성이 조실부모하고 유리걸식하자 이승상이 자신의
집으로 데리고 와서 기거하게 한다. 그러면서 자신의 딸 이춘영과 혼약
시킨다. 하지만 간신인 우승상 달목이 춘영을 며느리로 삼겠다고 하자
이승상이 그에 응한다. 춘영은 이 사실을 유문성에게 알려 집을 떠나도
록 한 다음 결혼식 날 달목의 집으로 가다가 자결한다. 정처없이 떠돌
던 유문성이 도사의 안내로 춘영의 무덤을 찾아가 재생한 그녀와 재회
한다. 춘영이 남장한 후 두 사람은 일광도사에게 술법을 익힌다. 이때
달목이 황제를 내쫓고 스스로 황제라 칭하자 온 나라가 시끄럽다. 두
사람은 난국을 직접 타개하기로 결정하는데, 한편으로는 주원장이 황
해도 평산에서 학문을 연마하여 중국으로 향하고 있었다. 마침 문성과
주원장의 군사가 맞서게 되었는데, 주원장이 황제가 될 인물임을 알고

결의형제한 다음 달목을 처형하고 주원장을 황제로 옹립한다. 〈옥주호연〉은 중국 오대시절에 최문경의 삼형제와 유원경의 남장한 세 딸이 절강의 영웅 조광윤을 도와 황제로 옹립하는 내용이다. 세 여인은 답답한 가정을 버리고 집을 나와 최씨 삼형제와 의형제를 맺은 뒤 광련산에 들어가 3년간 수학한 다음에 절강의 영웅 조광윤의 부하가 되어 적장들을 차례로 벤다. 마침내 황제로 등극한 조광윤이 그들의 신분을 확인하고 짝을 맞춰 결혼시키고, 이후 인간사의 행복을 마음껏 누리다가 같은 날 일생을 마친다.

다음으로 제도적 개혁형이다. 이 유형은 기존의 체제를 고수하는 선에서 문제가 야기된 것을 시정하려 한다. 즉 국가의 전복이나 황제의 폐위와 같은 극단적인 방법을 지양하고, 기존의 봉건국가 체제를 고수하는 선에서 사회제도나 신분상의 문제를 비판·시정하고자 한다. 물론 이와 같은 전통도 상당히 소급될 수 있다. 앞에서 살핀 주몽·혁거세·수로 등도 알고 보면 개혁을 단행하여 고대국가를 건설하는 영웅인물이기 때문이다. 다만 이들은 고대의 신화적 인물이기에 당연하게도 개혁을 성공으로 마무리한 반면에 조선조의 제도적인 개혁형 영웅인물은 국가 및 사회와 치열한 갈등을 빚지만 끝내는 미완의 개혁에 머물고 만다. 이에는 〈홍길동전〉·〈전우치전〉·〈제마무전〉 등을 대표적으로 들 수 있다. 〈홍길동전〉에서 홍길동은 서자로 태어나 호부호형을 하지 못하는 처지를 비관하다가 출가하여 활빈당의 수괴가 되어 팔도 수령의 불의한 재물을 탈취하여 백성들에게 나누어준다. 조정에서 대적인 홍길동을 잡으려 하지만 그의 도술을 당할 방법이 없다. 이에 그의 부친과 형을 통해 병조판서를 제수하여 회유한다. 홍길동이 평생의 한을 풀어준 은혜에 감사하고 조선을 떠나 율도국을 건설하여 선치한다. 이처럼 이 작품의 주인공인 홍길동은 신분에 따른 차별을 문제삼으면서 그것이 개혁되기를 소망했다. 따라서 당시 사회의 제도에 대한 저항과 개혁 의지를 드러낸 영웅인물이라 할 수 있다. 〈전우치전〉에서 송도의 전우치는 술법을 익혀 자유자재로 도술을 부릴 수 있다. 임금을 기만하여 황금들보를 빼앗은 다음 백성들을 위해 활용한다. 그는 빈민들의 참상을 보고 불의한 재물을 탈취하여 어려운 백성들을 돕기도 한다. 나라에서 그를 잡으려고 하지만 어떠한 상황에서든 쉽게 탈출한다. 한때는 말직이나마 벼슬을 하지만 반역죄로 몰리자 다시 탈출하여 예전과 같이 행동한다. 친구를 위해 수절과부를 훼절하려다가 강림도령에게 제지당하기도 한다. 갖은 술법을 부리다가 서화담에게 패한 뒤 그와 함께 산으로 들어가 수도한다. 이처럼 전우치도 자유분방한 가운데 백성들의 어려움을 해결하기 위하여 노력한다. 상하의 엄연한 신분제도와 치자와 피치자의 사정이 판이한 현실을 개선하고자 노력했기 때문에 전우치를 제도적인 개혁형 영웅인물이라 할 수 있다. 〈제마무전〉에서 제마무는 염왕을 비판하다가 잡혀가 문초를 당한 후 한나라에서 비롯된 송사를 해결하라는 책임을 맡는다. 그는 초·한 시대의 인물을 삼국시대로 환생시켜 문제를 해결함으로써, 저승과 이승을 자유자재로 왕래할 수 있게 된다. 제마무는 역사적인 송사, 특히 부조리한 현실에서 야기된 문제를 적절히 해결했다는 점에서 제도적 개혁형 영웅인물이라 할 만하다.

이상에서 보듯이 개혁형 영웅인물은 국가의 전복이나 황제의 폐위를 단행한 반역적 영웅인물이 있는가 하면, 기존의 국가체제를 그대로 두면서 제도 개선을 모색한 제도적 영웅인물이 있다. 조선시대의 완고한 봉건제도하에서 이러한 개혁형 영웅인물을 다룬 작품이 양산되기는 어려웠을 것이다. 하지만 조선후기에 오면 중인 이하의 신분에서 자생력을 갖추면서 민중의식이 강화될 수 있었고, 그러한 의식이 직간접으로 반영된 것이 개혁형 영웅인물이라 할 수 있다. 그런 점에서 이들은 구제형이나 구국형의 영웅인물보다 근대적인 성향이 더 강하다. 다만 문제를 현실적으로 해결하기 어려워 판타지적인 도술을 통해 비판적인 시각을 드러내었을 따름이다.

지금까지 논의한 내용을 표로 정리하면 다음과 같다.

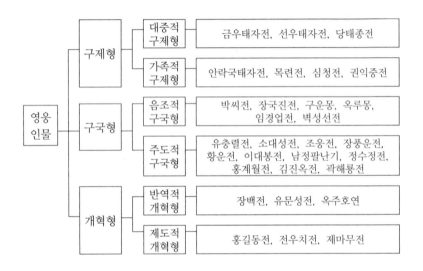

고전소설의 영웅인물은 구제형·구국형·개혁형으로 나눌 수 있다. 다만 화소나 영웅적 행위의 방법과 목적 등을 감안하여 그 하위형의 설정이 가능하다. 그러한 결과 구제형은 불특정다수를 구환하는 대중적 구제형과 특정소수를 구환하는 가족적 구제형으로 나눌 수 있다. 그리고 구국형은 자신의 의지를 천명하지 않은 채 나라의 안녕을 도모한 음조적 구국형과 모든 문제를 해결하기 위하여 적극적으로 임하는 주도적 구국형으로 나눌 수 있다. 마지막으로 개혁형은 황제의 폐위와 나라의 전복을 도모한 반역적 개혁형과 기존 질서를 유지한 채 문제가

되는 제도를 풍자·비판한 제도적 개혁형으로 나눌 수 있다. 구제형의 경우 대중적 구제형은 불교소설에서 그 비중이 큰 데 반해 가족적 구제형은 불교 및 유교서사에서 확인할 수 있다. 후자가 그렇게 된 것은 불교나 유교 모두 효행 등의 기본 윤리를 강조하기 때문이다. 구국형의 경우 음조적 구국형은 상대적으로 여성영웅인물이 많고, 주도적 구국형은 남성영웅인물이 많은 가운데, 조선후기에 들어와 여성성이 강화되면서 여성영웅인물도 이 범주에 드는 것을 여럿 찾을 수 있다. 개혁형의 경우 반역적 개혁형은 명나라의 건국이나 오랑캐인 원나라의 퇴출과 같이 명분을 중시하는 한편, 중국의 역사적인 배경을 감안하여 서사하고 있다. 반면에 제도적 개혁형은 조선의 신분제도나 치자와 피치자의 반목을 문제삼고 있다. 이러한 각 유형은 상호 관련되기도 한다. 구제형의 경우 유교적인 치자의 입장을 다수 수렴하여 구제와 구국형이 혼재되었고, 구국형 또한 구제형의 치민의식을 반영하여 만백성의 안녕을 강조하게 되었다. 그런가 하면 개혁형의 경우 종교성보다는 구제형이나 구국형에서 강조한 피치자들의 안락한 삶을 강조하여 공통적으로 백성을 위하는 마음을 중시하고 있다.

## 2) 분석작품의 선정

앞에서는 영웅인물의 유형을 셋으로 나누고 각 유형별로 하위형을 설정한 다음 해당 작품을 개괄해 보았다. 이제 이들 중 각 유형을 대표하는 작품을 선정하여 다음 절에서 영웅인물의 형상화 양상을 살피도록 한다. 먼저 각 유형별로 분석 대상 작품을 선정하였다. 구제형의 경우 〈금우태자전〉과 〈심청전〉을, 구국형의 경우 〈박씨전〉과 〈유충렬전〉을, 개혁형의 경우 〈장백전〉과 〈홍길동전〉을 분석 대상 작품으로 선정

하였다. 이렇게 선정한 것은 각 작품에 형상화된 영웅인물의 행위를 중
시한 결과이다. 이제 각 유형별로 분석 대상 작품을 선정한 기준을 제
시하면 다음과 같다.

첫째, 구제형의 작품 선정 기준이다. 구제형 작품은 불교와 유교의
종교성향이 강한 편이다. 그중에서도 초인적인 시련을 거쳐 영웅성이
완비된 다음에 그 능력을 대중구제를 위해 쓰는 불교서사에서 영웅인
물의 구현 양상을 주목할 수 있다. 또한 대중적 구제형과 가족적 구제
형 중에서도 특정소수만을 구제하는 서사보다는 불특정다수에게 혜택
이 돌아가도록 하는 대중적 구제형에서 영웅인물의 형상화가 더욱 돋
보인다. 그것은 이미 불타의 일생이 영웅의 일대기로 좋은 본보기이고
불타와 마찬가지로 깨달은 사람은 모두 부처라는 인식에서 불교서사의
주인공들이 영웅인물로 형상화되는 것이 일반적이었기 때문이다. 그런
점에서 초인적인 고난을 겪은 후 원만묘법을 구득한, 즉 상구보리(上求
菩提)를 완성한 후 하화중생(下化衆生)을 실천한 인물을 전형적인 구제
형 영웅인물로 상정하고 각각 대중적 구제형과 가족적 구제형의 두 작
품을 선정하였다. 그중에서도 탐색주지나 윤회전생을 통해 극적으로
영웅적 행위를 완수하는 〈금우태자전〉과 〈심청전〉을 분석 작품으로 선
정하였다. 〈금우태자전〉에서는 정상적으로 태어난 금우태자가 불교의
윤회전생에 입각하여 축생으로 환생한 후 고난을 겪다가 축출되어 유
랑하는 신세가 된다. 유랑하는 길에 온갖 수모를 겪으며 고려국의 공주
와 결혼하고 화려한 본래의 모습으로 탈갑하여 영웅화가 완비된다. 그
러한 능력을 가지고 새로운 나라의 제왕이 되어 선정함으로써 만백성
을 극적으로 구제한다. 그런 점에서 이 작품은 종교성을 표방하면서 불
특정다수를 어려움에서 건져내기 때문에 대중적 구제형 영웅인물의 실
태를 잘 보이고 있다. 〈심청전〉에서는 천상적 존재인 심청이 어진 아버

지와 어머니 사이에서 출생하여 영웅화의 예비단계를 마련한다. 하지만 곧바로 어머니와 사별하고 아버지도 안맹하여 시련의 나날을 보내야만 한다. 이러한 상황에서 효행을 다하기 위하여 노력하지만 아버지를 광명의 세계로 인도할 수 없었다. 마침내 죽음과 재생을 통해 영웅인물로 형상화된 이후에 황후의 자리에서 맹인잔치를 배설하여 아버지의 눈을 극적으로 개안시켜 구제가 완결된다. 그런 점에서 심청은 자신을 희생하면서까지 아버지의 광명을 모색했다는 점에서 가족적 구제형 영웅인물이라 할 수 있다.

둘째, 구국형의 작품 선정 기준이다. 고전소설에서는 구국형으로 형상화된 영웅인물이 가장 많은 분포를 보인다. 앞에서도 살핀 바와 같이 이 구국형은 음조적 구국형과 주도적 구국형으로 나눌 수 있다. 전자가 국난을 당했을 때 전면에 나서지 않으면서 큰 공훈을 세워 나라의 안위를 담보하는 것이라면, 후자는 자진하여 전장에 뛰어들어 위기에 처한 황제를 구함으로써 제국을 보전하는 것이라 할 수 있다. 음조형이 대체로 다른 인물을 보좌하면서 영웅적 행위를 구현하는 것이라면 주도형은 영웅적 행위를 만천하에 드러내고 그 공과 또한 자신이 직접 받게 된다. 특히 행위 자체가 음조형은 수동적·방어적인 데 반해 주도형은 능동적·공격적인 특징이 없지 않다. 이를 감안하여 구국형에서는 〈박씨전〉과 〈유충렬전〉을 분석 작품으로 선정하였다. 〈박씨전〉은 음조적 구국형 영웅인물이 등장할 뿐만 아니라 여성영웅의 초기작품이라는 점에서 의미가 있다. 더욱이 여신이 남성영웅을 보좌했던 서사적 전통을 이 작품이 계승한 것으로 볼 수 있기 때문에 영웅인물의 통시적 고찰을 염두에 둔 이 글의 취지에 적합한 것으로 보인다. 〈유충렬전〉은 간신인 정한담과 주인공인 유충렬의 갈등이 비교적 정치하게 형상화되었을 뿐만 아니라, 유충렬의 본가와 처가가 우여곡절을 겪으며 이합집산하는 것도 서사적 긴장을 고조하여 주목된다. 그리고 〈박씨전〉이 음조적인 여성영웅인물로 형상화되었다면, 이 작품의 경우 주도적인 남성영웅인물로 형상화되어 두 작품을 살피면 구국형 영웅인물의 형상화 양상을 두루 살피는 효과를 거두리라 본다. 무엇보다도 이 작품은 유충렬의 영웅화 단계가 잘 구비되어 있다. 즉 영웅화의 예비단계나 구축단계 그리고 영웅화의 실행단계나 완결단계의 전 과정을 정치하게 구비하여 주도적인 구국형 영웅인물의 형상화 양상을 살피는 데 유용할 수 있다. 이러한 점을 감안하여 구국형으로 위의 두 작품을 선정하였다.

셋째, 개혁형의 작품 선정 기준이다. 개혁형은 다른 유형에 비하여 작품의 수가 많지 않다. 이는 봉건사회의 체제를 더욱 굳건하게 유지하려던 조선후기의 사정을 감안할 때 개혁적인 성향을 드러내는 작품의 양산이 어려웠기 때문이다. 그래서 개혁적인 의취를 드러낸 문학작품도 궁극적으로는 체제를 옹호하는 수준에서 변화를 모색할 따름이다.[6] 여기에서는 개혁형 작품으로 〈장백전〉과 〈홍길동전〉을 선정하였다. 한 작품은 반역적 개혁형의 대표작이고, 다른 한 작품은 제도적 개혁형의 전범이라 하겠다. 다만 반역적 개혁형 작품들은 중국을 시공간으로 하거나 중국의 역사를 전제하고, 명나라를 건국하는 과정을 합리화하여 역성혁명의 의지가 미약한 것이 사실이다. 그런 점에서 우리 민족의 주체의식이 덜할 수도 있다.[7] 그것은 봉건제도가 완고한 상황에서 우리나라를 시공간적인 배경으로 역성혁명을 다루는 것이 부담스러웠기

---

6) 이는 박지원의 한문단편에서도 확인되는 사항이다. 파격적인 인물을 내세워 당시 사회의 문제를 비판하고 있지만 그것은 체제를 온전히 유지하면서 문제가 되는 사항만 바로잡히기를 소망한 것이다.
7) 권순긍, 「〈신유복전〉과 민족주체의식의 한계」, 『성대문학』 27, 성균어문학회, 1990, pp.257~265.

때문이다. 여기에서는 조선후기의 정치상황을 우회적으로 비판하거나 제도적인 문제를 풍자한 〈장백전〉과 〈홍길동전〉을 들어 형상화 양상을 살피도록 하겠다. 〈장백전〉에서 장백은 어려서 부모를 여의고 누이와 의지하며 지내다가 천관도사를 만나 3년간 수학한다. 길에서 이정이라는 인물을 만나 의형제를 맺은 후 여러 고을을 함락할 때 주원장이 누이와 결연하고 장안을 공격하여 명나라를 건국한다. 장백은 원나라 황제를 공격하여 항복받고, 마침내 주원장의 군사와 대결하다가 황후가 자신의 누이임을 알고 원나라 황제의 옥새를 주원장에게 바친다. 장백은 안남왕에 봉해져 행복한 여생을 보낸다. 이 작품은 원나라의 패망과 명나라의 건국을 다루고 있으므로 결국 장백은 역성혁명을 단행한 반역적 개혁형 영웅인물이라 할 수 있다. 〈홍길동전〉은 신화에 나타나는 개혁서사의 전통을 계승했을 뿐만 아니라 영웅인물의 특성을 비교적 이른 시기에 형상화하여 주목된다. 더욱이 홍길동이 보이는 영웅적 행위가 영웅화의 단계, 특히 실행단계나 완결단계를 잘 구비하여 개혁형 영웅인물의 형상화를 살피는 데 도움이 될 것으로 판단된다. 이와 같은 점 때문에 위의 두 작품을 개혁형 영웅인물의 형상화 양상을 살피는 분석텍스트로 선정하였다.

## 2. 구제형의 형상화

불교의 유입과 대중화는 필연적으로 불교서사를 양산하게 되었다. 그것을 《해동고승전》이나 《삼국유사》를 비롯하여 《석가여래십지수행기》·《석보상절》·《월인석보》 등에 수록된 작품들이나 조선후기의 고전소설에서 확인할 수 있다. 그런데 불교서사의 본령은 초인적인 노력

으로 해탈의 경지에 이르고, 그러한 해탈의 경지를 다른 사람들에게 두
루 펴는 것이라 할 수 있다. 이는 영웅인물의 보편적인 속성과 상통하
는 바라 하겠다. 그렇기에 각 사찰에서 크게 깨달은 석가모니를 모셔
놓은 전각을 큰 영웅의 집, 즉 대웅전이라 하고 있다. 사부대중을 전격
적으로 구제한 그를 진정한 영웅으로 생각한 것이다.

구제형 영웅인물은 물질적이거나 정신적인 혼란에 빠진 불특정다수
를 안정적인 상태로 되돌리는 것이라 하겠다. 정신적인 혼돈에 빠진 많
은 사람들을 평안의 세계로 인도하는 것은 종교적인 구제형이라 할 수
있고, 전란이나 폭정에 시달리는 백성을 태평세계로 이끄는 것은 국가
적인 구제형이라 할 수 있겠다.[8] 이 구제형 영웅인물은 아주 오래 전부
터 형상화되었다. 이미 나말여초의 승전에서 그러한 궤적을 찾을 수 있
고 고려대의 불교전적에 실린 불교서사에서도 다수 확인할 수 있다. 물
론 조선조에 들어와서도 이러한 구제형 영웅인물의 형상화가 지속된
다. 선초의 국문불서나 고전소설 등에서 그러한 전통을 고수하였기 때
문이다. 특히 국문소설인 〈선우태자전〉·〈금우태자전〉·〈목련전〉·〈안락
국태자전〉은 물론이고 불타의 일대기를 다룬 〈팔상록〉도 구제형의 전
형이라 할 수 있다. 그런가 하면 아버지의 안맹을 전격적으로 해결하는
〈심청전〉이나 현세에서의 인생무상을 말하며 불교에 귀의한 〈구운몽〉,
지옥을 편력한 후 불심을 가져 만백성을 불교적인 행복으로 이끌고자
했던 〈당태종전〉 등도 모두 자신보다는 남의 행복을 위해 노력했다는
점에서 구제형 영웅인물의 특성을 보인다 하겠다.

----

8) 국가적인 차원에서 백성을 구제하는 것은 구국형이라 할 수 있다. 다만 그 초점을
어디에 두느냐가 관건이다. 즉 어려운 백성 구휼에 초점을 두면 구제형이 될 수 있고,
왕이나 국가에 초점을 맞추면 구국형이 될 수 있다. 여기에서는 종교적인 관점에서
몽매한 대중을 구제하는 것에 역점을 두어 구제형으로 살피도록 한다.

구제형 영웅인물은 출생이 남다르고 성장과정에서 시련이 수반되기
도 한다. 시련을 극복하고 공업을 완성하며, 그러한 업적이 대중에게
두루 퍼질 수 있도록 노력한다. 그래서 영웅인물의 참된 모습을 이 구
제형에서도 확인할 수 있다. 실제로 이들은 출생과정에서 신비한 자연
현상이 나타날 뿐만 아니라 천상의 존재이거나 왕족으로 확인된다. 출
생이 기이한 만큼 성장에서도 보편성을 벗어난다. 그들은 전란이나 경
제적 고통, 또는 종교적인 번민으로 어려움이 가중되지만 그러한 고난
과 고민을 불굴의 의지로 헤쳐 나가 마침내 자신이 원하던 안온의 세계
에 도달한다. 이른바 해탈이나 만국의 평화를 성취한다. 이렇게 최고조
의 환희에 이르렀을 때 그 행복을 만백성과 함께하는 것이다. 특히 그
환희를 모든 사람들에게 전하기 위하여 백방으로 노력한다. 그런 점에
서 이타적인 그들의 영웅적 행위가 돋보일 수밖에 없다.

구제형 영웅인물은 종교성이 강하지만 이들이 조선후기로 가면서 관
념적인 작화에 영향을 끼치고, 구국형 영웅인물을 형상화하는 데도 도
움을 준다. 이는 고전소설이 공시적으로 확장될 때 각 요소의 특장을
상호 활용하는 과정에서 구제형의 인물 형상화 방식이 다른 유형에 영
향을 끼친 결과라 할 수 있다. 이러한 구제형의 전형으로 이 글에서는
〈금우태자전〉과 〈심청전〉을 들어 영웅인물을 어떻게 형상화하였는지
살펴보도록 한다.

## 1) 〈금우태자전〉의 형상화

〈금우태자전〉은 수생(獸生)한 태자가 극적으로 탈갑한 후 한 나라의
제왕이 되어 불도로 만백성을 구제한다는 점에서, 인고의 노력 끝에 이
타적인 희생심을 보이는 전형적인 구제형 영웅인물이 등장한다고 할

수 있다. 이 작품은 이미 고려 말(1325)에 《석가여래십지수행기》의 편찬과 함께 대중적으로 유통된 것으로 볼 수 있다. 그래서 작품이 한국적인 위경변문(僞經變文)으로 주목되는 바가 클 뿐만 아니라 문학사적인 측면에서도 관심을 가져야 함이 마땅하다. 특히 작품내용에 고려국이 들어 있는 점, 그 고려국의 공주와 금우태자가 결혼하여 이웃나라의 왕과 왕비가 된다는 점 등을 감안하면 토착문학적인 특성이 강화되어 있음을 알 수 있다. 특히 건국신화에서처럼 이주하여 나라를 세우는 것은 불교고사와 한국의 건국서사가 교묘히 혼재된 것으로 볼 수도 있다.[9] 그만큼 금우태자의 일대기가 신화적인 영웅과 관련되어 있음을 의미하는 바라 하겠다. 실제로 이 작품은 신화적인 화소를 동원하면서 금우태자를 영웅인물로 형상화하되, 만백성을 불교에 입각하여 구휼한다는 점에서 구제형 영웅인물을 다루었다고 할 수 있다.

### (1) 출전과 영웅화 단계

〈금우태자전〉은 14세기 이전에 창작되어 《석가여래십지수행기》 제7지에 수록되었다가 15세기 훈민정음이 창제된 이후 국문화되었다. 16세기를 거치며 문학적 요구와 대중적 인기에 힘입어 변화를 거듭하다가 〈금송아지전〉으로 발전하였다. 15세기 국문소설의 대표격인 〈금우태자전〉은 허구적 장르인 소설양식을 이용하여 불교사상을 심화하였다고 볼 수 있다. 불교소설로서의 〈금우태자전〉이 후대로 갈수록 비불교적 요소를 대거 받아들이게 되고, 이 때문에 〈금소전〉에 이르면 불교소설의 범주에서 많이 벗어나게 된다. 불교소설이 일반소설로 변환되

는 전개과정을 이 작품을 중심으로 살필 수 있다는 점에서 통시적 연구에 주목해야 하겠다.[10]

이 작품은 주인공이 두 왕후의 음모로 인해 출생하자마자 버려져 금송아지의 모습을 하게 된 후 죽을 고비를 넘긴다. 그러다가 축출되어 고려국의 공주와 혼인한 다음 마침내 송아지의 허물을 벗고는 왕위에 오른다. 이 글에서는 금송아지의 전생에 대한 화소의 선행성을 보이는 《석가여래십지수행기》 제7지에 수록된 작품을 대상으로 분석하도록 한다. 먼저 〈금우태자전〉의 영웅인물을 살피기 위해 주요 내용을 요약하면 다음과 같다.[11]

### ㉮ 영웅화의 예비단계

① 파리국의 왕에게는 수승·정덕·보만 세 왕후가 있는데 금우태자가 보만부인의 뱃속에 잉태되어 있다.

② 하루는 파리국왕이 이상한 꿈을 꾸고 인마(人馬)를 거느리고 청양산으로 피신을 떠나기로 한다.

③ 떠나기 전에 왕이 세 왕후에게 자신이 돌아올 때 무엇으로 기쁘게 할 것인지 묻자 수승은 맛있는 과일로, 정덕은 좋은 의복으로, 보만은 사내아이를 낳아 바치겠다고 한다.

④ 왕이 보만 부인의 뜻을 크게 칭찬하며 초와 화로 등의 하사품을 내리고 생파(生婆)를 붙여주면서 만약 아들을 낳으면 정실로 삼겠다고 약속한다.

---

10) 사재동, 『불교계 국문소설의 형성과정 연구』, 아세아문화사, 1977, p.54; 사재동, 「불교계 국문소설의 형성경위」, 이상택·성현경 편, 『한국고전소설연구』, 새문사, 1983, p.66; 사재동, 「불교계 국문소설의 형성·전개」, 『고소설사의 제문제』, 집문당, 1993, pp.503~504.

11) 《석가여래십지수행기》, 충주 덕주사판, 1660년(박병동, 『불경 전래설화의 소설적 변모 양상』, 도서출판 역락, 2003, 부록).

⑤ 보만 부인이 아들을 낳자 두 왕비가 매수한 산파를 이용하여 아이를 가죽 벗긴 고양이 사체와 바꾸어 **빼낸** 후 죽이려 하지만 뜻대로 되지 않자 궁중의 사나운 암소에게 주어 삼키도록 한다.

### 나 영웅화의 구축단계(1)

① 왕이 환궁하여 보만 부인이 고깃덩어리를 낳았다는 이야기를 듣고 대노하여 그녀를 후원에 가두고 매일 밀방아 찧는 형벌을 내린다.

② 아기를 삼킨 암소가 오색영롱한 금송아지를 낳자 왕이 그를 총애하며 궁중에서의 자유로운 활동을 보장한다.

③ 금송아지가 궁중을 다니던 중 신인의 도움으로 보만 부인을 만난 후 매일 밤 찾아가 보만 부인의 노역을 대신한다.

④ 금송아지가 보만 부인 대신 밀을 갈아주고 봉양하자 두 왕비가 칭병하며 어의에게 밀지를 전해 금송아지의 간을 먹어야 병이 나을 수 있다고 왕에게 아뢰도록 한다.

⑤ 왕이 어쩔 수 없이 어의의 말대로 윤허하고 백정을 시켜 금송아지의 간을 꺼내오도록 명한다.

### 다 영웅화의 구축단계(2)

① 백정이 금송아지를 죽이려 할 때 금송아지가 사람의 소리로 자신을 살려주면 후사하겠다고 다짐하자 그를 피신시키고 대신 개의 간을 가지고 가서 왕비의 병을 고친다.

② 금송아지를 한 노인이 고려국으로 인도하는데, 마침 고려국에서는 부마를 간택하고 있었다.

③ 금송아지가 고려국의 한 누각 아래를 지날 때 고려국의 공주가 던진 비단공이 금송아지를 맞춘다.

④ 공주가 금송아지와 함께 고려왕에게 가서 금송아지와 결혼하겠다고 하자 왕이 진노하여 그 둘을 국경 밖으로 내쫓는다.

⑤ 출궁 후 떠돌던 두 사람에게 한 선인이 나타나 금송아지에게 선과

(仙果)를 주어 탈갑하도록 한다.

### 라 영웅화의 완결단계

① 태자 부부가 금륜국의 전단림으로 들어가 정진할 때 후사가 없던 금륜국왕이 이들에게 찾아와 나라를 맡아달라고 청하니 그에 응한다.
② 태자가 어머니 생각에 고려국을 경유하여 파리국에 도착한 후 그간의 사정을 부왕에게 말하고 어머니를 만난다.
③ 어머니는 자식 생각으로 걱정하며 울다가 실명하였는데, 태자가 단을 모으고 치성함은 물론 혀로 어머니의 눈을 핥자 어머니가 광명을 되찾는다.
④ 부왕이 두 왕비를 엄벌하려 하나 태자가 용서하여 방면하고, 자신을 살려준 백정에게는 정승벼슬을 내리도록 한다.
⑤ 부왕에게 파리국의 선정을 당부하고 어머니를 모시고 고려국에 잠시 들른 후 금륜국으로 돌아와 어머니를 국모로 모시고 봉양하면서 선정하다가 용상에 앉아 열반하니 어머니도 따라서 입적한다.

이처럼 이 작품의 주인공은 만백성을 구제하는 영웅적 행위를 뚜렷이 보인다. 금우태자는 출중하게 태어났지만 두 왕비의 모함으로 금송아지로 환생한다. 이 수생은 추후에 왕으로 등극하기 위한 영웅화의 과정이라 할 수 있다. 동물로 어렵게 살아가던 중 고려국의 공주와 결혼하고 조력자의 도움으로 태자 본연의 모습으로 탈갑한다. 이는 영웅적 행위를 실행할 수 있도록 획기적인 변혁을 단행한 것이라 할 수 있다. 그들이 산속에서 수행할 때 금륜국의 왕이 찾아와 나라를 그들에게 맡기자 이들은 선정으로 통치하여 많은 사람들을 안락의 세계로 이끈다. 뿐만 아니라 본국의 어머니와 아버지를 찾아가 그간의 사정을 확인하고 선정을 당부하기도 한다. 이 작품에서 주인공인 금우태자는 어려운 과정을 모두 극복하고 이타행을 극적으로 실천한다는 점에서 종교적인 구제형 영웅인물이라 할 수 있다. 다만 그 영웅화의 단계가 예비단계-구축단계(1)-구축단계(2)-완결단계로 이루어지는 특징이 있다.

### (2) 영웅인물의 단계별 형상화

#### ① 영웅화의 예비단계

예비단계는 [가]의 ①~⑤로 파리국의 셋째 부인인 보만이 태자를 낳지만 그녀가 정궁왕후가 되는 것을 두려워한 첫째와 둘째 부인이 태자를 **빼낸** 후 소에게 먹여 제거하는 부분이다. 환생할 태자가 장차 영웅인물로 변모될 예비적 사건을 마련한 것이라 할 수 있다. 실제로 태자는 왕자의 신분으로 출생하였으나 두 왕비가 보만 부인의 득남을 시기하여 아기를 갖은 방법으로 해치려 한다. 하지만 태자가 남다른 인연으로 태어났기 때문에 어떤 방법을 써도 죽이지를 못한다. 그러다가 궁중의 소에게 던지니 마침내 소가 태자를 삼킨다. 이 부분은 태자의 비범성을 보임은 물론, 수생으로 변모하는 첫 단계라 할 수 있다. 인용해 보면 다음과 같다.

> 보만 부인이 과연 태자를 낳았는데 얼굴이 단정하였다. 산파는 곧 고양이 새끼의 껍질을 벗겨서 금분에 목욕시키고 태자를 두 부인에게 보냈다. 두 부인은 태자 얼굴의 단정함이 세상에 드물기에 급히 궁인을 시켜 칼로 찌르고 노끈으로 매어 업신여겨 욕보이는 데에도 죽지 않았다. 밤에 깊은 산에 버렸으나 범과 이리도 먹지 않아 다시 안고 궁중으로 돌아왔다. 두 부인이 의논하기를 소 외양간에 어미소 한 마리가 있는데 그 성질이 매우 사나워서 반드시 밟아 죽이리라. 어미소가 그것을 보다가 입을 벌리고 뱃속으로 삼켜버렸다.[12]

이상에서 보는 바와 같이 태자를 갖은 방법으로 죽이려 해도 소용이 없다. 그만큼 태자의 능력을 남다르게 표현한 것이라 할 수 있다. 더욱이 태자를 소가 삼킴으로써 불교적인 윤회전생을 통하여 그가 새로운 인물로 변신할 것임을 예견케 한다. 마치 〈심청전〉에서 심청이 인단소에 투신한 후 황후가 되는 것처럼 특별한 인물로 형상화하기 위한 예비적 사건이라 할 만하다. 사실 자식이 없던 첫째와 둘째 부인은 금우태자를 그대로 두면 어려운 상황에 봉착할 수밖에 없다. 국왕이 보만 부인이 태자를 낳아 바치면 그녀를 정궁왕후로 삼는다고 약조했기 때문이다. 그래서 두 부인은 무슨 수를 써서라도 태자를 제거해야만 한다. 이는 역으로 태자가 영웅으로 변모하는 과정, 즉 생사를 초탈한 통과의례라 할 수 있다. 특히 생사초탈의 방법으로 태자의 출생을 다룬 것은 그의 영웅적 기질을 부각하기 위한 방편이다. 즉 영웅화의 예비단계로 그의 비범성이나 윤회전생상의 선행 등을 활용한 것이라 하겠다.

### ② 영웅화의 구축단계(1)

구축단계(1)은 [나]의 ①~⑤에 해당된다. 이곳은 태자가 금송아지로 환생하여 어려움을 겪는 부분이다. 태자는 본연의 모습으로 출생했지만, 첫째와 둘째 부인의 간교로 축생으로 변할 수밖에 없었다. 이 축생은 인간계와는 달리 불교에서 꺼리는 세계이다. 즉 지옥도·아귀도와 함께 가지 말아야 할 곳이 축생도이다. 그런데 태자는 타의에 의하여 바로 이 축생도에 떨어진 것이다. 이러한 고통을 겪는 과정에서 그의

---

12) 普滿 果降生太子 相貌端正, 生婆遂將猫兒剝皮 於金盆 洗浴 遂將太子 送在二人面前, 二夫人 見太子 容貌端正 世上罕有, 急令宮人 或用刀割 或用繩絞 種種凌辱 不死, 遂夜送入山澗 虎狼不湌 抱回宮內, 二人定計 牛欄有一母牛 其性甚惡 必然蹋死 太子福氣命不合死, 母牛見之 張口呑入腹內(《석가여래십지수행기》, p.306).

영웅화가 구축된다. 초극적인 시련과 고통을 감내한 후에 그에 상응하는 보상이 주어지는 것처럼 태자도 축생으로 고통을 겪으면서 장차 제왕이 될 기반을 마련하는 것이다.

다행인 것은 그러한 축생일지라도 혈육의 정 때문인지 파리국왕이 금우를 총애하고 궁중에서의 자유로운 활동을 보장했다는 점이다. 그래서 금송아지가 궁중을 떠돌다가 밀방아로 모진 고통을 겪는 어머니를 만나 그 형벌을 대신하기에 이른다. 문제는 금송아지가 태자의 환신임을 직감한 두 왕비가 그를 해치려고 모의한다는 점이다. 두 왕비는 금송아지를 제거하기 위하여 어의를 매수하고 칭병하며 금송아지의 간이 특효약이라고 왕에게 아뢰도록 한다. 그 말을 들은 왕은 고민하다가 어쩔 수 없이 백정을 시켜 금송아지의 간을 꺼내 왕비를 구환하라고 윤허한다. 이에 백정이 금송아지를 잡으려 하니 금송아지가 사람의 말로 살려줄 것을 간청한다. 그야말로 축생으로 살면서 절체절명의 순간을 맞이한 것이다. 해당 부분을 들어 보면 다음과 같다.

> 백정이 송아지를 끌고 가는데 그 털이 아홉 빛깔이고 다리가 은과와 같아 애석하게 생각하여 밤이 삼경에 이르도록 어쩌지 못하다가 결국 소를 죽이려 하는데 송아지가 두 발로 땅을 두드리며 사람의 말로서 "백정이여 나를 죽이지 말고 자비를 베푸시어 목숨을 살려주십시오. 나는 황궁의 태자요. 어머니는 보만 부인으로서 이궁 부인이 산파를 매수하여 고양이 새끼를 바꿔두고 사나운 암소에게 먹힌 연후에 다시 태어나 지금에 이르렀는데 또 달리 죽게 되었습니다. 나의 어머니는 지금 곡식을 가는 고통을 받고 있습니다. 그대가 만일 나의 생명을 구해 주시면 후일에 잊지 않고 깊은 은혜를 갚겠습니다."라고 하였다.[13]

---

13) 其屠戸牽牛兒毛分九色 足如銀果 世間少有心 中愛惜夜至三更不免將牛欲殺 其牛兒 雙

이상에서 보듯이 백정이 금송아지의 말을 듣지 않고 도살하면 그만인 상황에 처하게 된다. 축생으로 살면서 가장 큰 위기에 봉착한 것이다. 다행히 백정이 금송아지를 놓아주고 개의 간으로 두 왕비의 병을 고친다. 그래서 태자는 위험한 상황에서 벗어나 동쪽을 향해 길을 떠날 수 있었다. 이는 축생의 어려운 삶을 통하여 영웅화의 과정을 그린 것이라 할 수 있다. 즉 장차 영웅적 행위의 당위성을 마련하기 위하여 영웅이 구비해야 할 능력을 축생을 통해 확보한 것이다. 그래서 이 축생의 고난과 시련은 영웅화의 첫 번째 구축단계라 할 수 있다. 이러한 구축단계를 거쳐야 만백성을 안락의 세계로 인도하는 구제형 영웅인물로 형상화될 수 있다.

### ③ 영웅화의 구축단계(2)

구축단계(2)는 댸의 ①~⑤에 해당된다. 궁중을 떠난 금송아지가 동쪽으로 계속 이동하다가 고려국의 공주와 결혼하려 하지만 고려국왕의 반대로 금송아지와 공주는 금륜국의 전단림에 들어가 수행 정진한다. 따라서 이곳에서는 세속의 제왕이 되기 위해 필요한 왕후가 될 인물을 만남은 물론, 선경에 들어가 수행 정진하는 것으로 영웅화의 두 번째 단계를 구축하고 있다. 앞에서의 영웅화가 초월적이라면 이곳은 현실적인 특성을 상당수 부각하였다. 그것은 현실적인 제왕으로 만백성을 구제해야 하기 때문에 필연적인 일이라 하겠다. 구축단계(2)의 마지막에 신인의 도움으로 태자가 탈갑하는 것은 그가 영웅인물로 온전하게

足叩地 口作人言 告言 屠官屠官 你休殺我 慈悲相救一命 我是皇宮太子 母是普滿夫人 被二宮夫人 買轉坐婆 將猫兒換却 送在惡牛母 呑入肚中然後 生下我來 如今 又被他害我性命 我母 現在磨房 推磨受苦 你若救我性命 異日 不忘報其深恩(《석가여래십지수행기》, pp.299~300).

구축되었음을 뜻하는 것이다. 태자를 원래의 모습으로 복귀시키면서
영웅적인 모습이 복원되도록 하였다.

실제로 태자는 백정의 도움으로 탈출하여 동쪽으로 계속 유랑한다.
그러다가 고려국에 도착하여 한 누각 아래를 지나게 된다. 이때 누각
위에서 고려국의 공주가 비단공을 던져 금송아지를 맞춘다. 공에 맞는
대상이 공주의 부마가 되기로 했기 때문에 공주는 금송아지를 데리고
고려국왕을 만나 결혼하겠다고 밝힌다. 축생과 결혼하겠다는 공주의
말에 진노한 고려국왕은 그 둘을 나라 밖으로 추방하고 만다. 이는 결
연의 당위성을 강조하여 형상화한 것이면서 동시에 태자의 영웅화를
세속적인 혼사와 결부시킨 것이기도 하다. 금우태자에게는 충족된 삶
보다는 여전히 결핍과 시련이 계속된다. 이는 그가 축생이기 때문에 필
연적인 결과이기도 하다. 그만큼 고통을 통해 영웅화의 구축을 강화한
것으로 볼 수 있다. 마침내 쫓겨난 그들에게 한 선인이 나타나 선과로
써 금송아지의 탈갑을 돕는다. 이제 금송아지는 가죽을 벗고 기남자로
새롭게 태어나게 되었다. 해당 부분을 보면 다음과 같다.

> 송아지가 선과를 삼키니 사지오장의 온몸이 상쾌해지며 갑자기 피곤
> 해져 누웠는데 어느 사이에 털과 뿔이 땅에 떨어지고 본래 태자의 몸으
> 로 변하여 공주가 매우 기뻐하였다. 태자 부부는 선인을 따라가니 안개
> 속으로 가는 듯한데 가는 곳마다 별유천지이고 길은 금륜왕국으로 통하
> 여 있었으며 선인은 상스러운 구름으로 변하여 사라졌다.[14]

---

14) 尒時牛兒 吞了仙果 中間 四肢五臟 通通快樂 忽時困倦 臥了一回 皮毛頭角 脫落在地
現出本身 具太子相 公主歡喜, 夫妻二人 隨仙人走去 如霧露中行 別是一景 路統金輪王
國界 其仙人 化道祥雲不見(《석가여래십지수행기》, pp.294~295).

이는 금송아지가 인간으로 화려하게 탈바꿈한 것으로, 그가 장차 영웅적인 행위를 통해 만백성을 구제할 당위성을 제공하는 것이라 할 수 있다. 다시 말해 본연의 태자로 변모한 것은 그간의 영웅화 구축이 완비되었음을 뜻하는 바라 하겠다. 그렇기 때문에 그는 제왕의 지위에 오를 수 있을 뿐만 아니라 원만묘법으로 중생을 제도할 수도 있다. 세속은 물론 신성한 관점에서도 온전한 영웅인물로 형상화되었기 때문이다. 영웅화 구축단계(1)이 축생을 통해 고통을 감내하도록 했다면, 영웅화 구축단계(2)에서는 이동을 통해 영웅화를 완비하고 있다. 이동하는 과정에서 제왕적인 영웅인물에게 필요한 것을 모두 구득하도록 했기 때문이다.

④ 영웅화의 완결단계

영웅화의 완결단계는 ㉣의 ①~⑤로 영웅인물의 행위와 결과가 드러난다. 즉 태자가 새로운 나라의 왕위를 계승함은 물론, 본국을 찾아가 그간의 모든 문제를 해결하고 모든 나라가 선정할 수 있도록 돕는다. 이는 중생의 구제를 실질적으로 완결하는 것이라 할 수 있다. 그런 점에서 이 부분이 영웅화의 완결단계이다.

고려국에서 내쫓김을 당한 태자와 공주는 금륜국의 전단림에서 기도하며 지낸다. 이때 금륜국왕이 태자와 공주를 찾아와 왕과 왕비가 되어줄 것을 간청한다. 금륜국왕이 후사가 없어서 고민하던 차에 많은 사람들이 전단림에서 수행하는 태자와 공주가 왕과 왕비의 풍모를 지녔다고 하자 그들에게 후사를 당부한 것이다. 태자가 그 청을 받아들여 금륜국의 왕위를 계승한다. 그간의 고난, 즉 축생이나 유리하면서 겪었던 질시와 핍박을 일거에 해소하고 지엄한 지위에 올라 모든 중생을 위해 선정할 수 있게 되었다. 이는 영웅화가 완비되어 이타적인 행위가 가능함을 뜻하는 바라 하겠다.

태자가 금륜국의 왕이 되어 모든 갈등 상황이 종료되고 안온한 평정을 되찾게 된다. 모두 태자가 지닌 영웅인물로서의 남다른 능력 때문이라 할 수 있다. 그러한 능력을 모국인 파리국을 찾아가서 다시 한 번 확인한다. 그가 부인과 함께 고려국을 거쳐 파리국에 도착하였는데 그간 어머니는 형벌로 몸이 야위었을 뿐만 아니라 아들을 그리워하다가 실명하고 말았다. 그러자 태자가 치성과 혀로 핥는 정성으로 어머니를 광명의 세계로 인도한다. 이는 마치 〈심청전〉에서 죽음을 초극한 고통으로 왕후의 자리에 올라 아버지의 개안을 도왔던 심청의 행위와 흡사하다. 이어 태자는 부왕이 두 왕비를 처벌하려고 하자 관용을 베풀어 방면하도록 한다. 그런 점에서 태자의 영웅인물로의 완비는 물론, 영웅적 행위로 만백성을 두루 사랑하는 모습을 확인할 수 있다. 어머니를 개안시키고 두 왕비를 관용하는 장면을 들어 보면 다음과 같다.

> 얼굴은 누렇게 되고 굶어서 파리하였으며 두 눈이 어두워져 있었다. 태자가 보고 손을 잡으며 목 놓아 통곡하고 곧 분향하면서 허공을 향해 기도하기를 "만약 내가 복이 있어 충효로 부모의 은혜에 보답하니 영험이 있게 하소서."하며 혀끝으로 두 눈을 핥으니 어머니의 눈이 다시 밝아졌다. 어머니를 목욕시키고 머리를 빗기고 다시 의관을 갖추어 정궁으로 모셨다. 한편 수승, 정덕 두 부인과 산파와 의관 등을 잡아 감옥에 가두어 그 무거운 죄를 다스리니 태자가 부왕께 아뢰기를 "지금 대국의 왕으로서 어머니도 한 자리에 계시니 다만 온 나라가 함께 즐겨 마시며 함께 우릴 따름이니 원하옵건대 너그러이 죄를 용서하여 주시옵소서."[15]

---

15) 面黃飢瘦 兩目昏眜, 太子見己 手扶娘娘 放聲大哭 哽噎悲泣 卽時焚香 聞空禱告 若子有

이상에서 보듯이 태자는 어머니를 극진하게 생각할 뿐만 아니라 악행으로 자신과 어머니를 고통의 나락으로 떨어뜨린 두 왕비에 대해서도 관용을 베푼다. 이는 그의 영웅화가 완결되어 모든 세상이 화평을 지향하도록 한 것과 관련된다. 특히 악인까지도 관용함으로써 모든 중생을 현실적인 선정과 종교적인 구제로 끌어안겠다는 의지를 보인 것이라 할 수 있다. 그런 점에서 금우태자를 구제형 영웅인물이라 할 수 있는 것이다. 실제로 그의 영웅적인 모습은 우리의 건국신화와도 상통하는 바가 없지 않다. 그가 출생국인 파리국을 떠나 이웃나라인 고려국을 경유하고 제3의 나라인 금륜국의 왕이 되는 것은 우리 건국신화에서 이주하면서 나라를 세우거나 왕이 되는 것과 흡사하기 때문이다. 더욱이 마지막에 어머니를 금륜국으로 모셔와 국모로 삼는 것은 동명신화의 유화와 흡사하다. 그런 점에서 금우태자는 만백성을 현실적인 선정과 종교적인 구제로 포용한 영웅인물이라 할 수 있다.

이상에서 보는 바와 같이 〈금우태자전〉의 영웅화 단계를 크게 세 단계로 나누어 이해할 수 있다. 다만 구축단계를 강화하고자 둘로 형상화하였을 따름이다. 첫 단계에서는 금우태자의 출생이 남다른 점을 강조하되 불교적인 윤회사상을 근저로 축생으로 다시 태어나도록 하여 신비감을 조성하면서 영웅화의 예비단계를 마련하였다. 그러다가 마침내 축생인 금송아지로 태어나 갖은 고통을 겪는 첫 번째 영웅화 구축단계를 거치고, 궁중에서 쫓겨나 떠돌면서 세속이나 종교적인 영웅이 구족해야 할 것을 완비하는 영웅화의 두 번째 구축단계를 완결한다. 마침내

---

福 致此忠孝報母之恩. 題其靈應 卽將舌尖 舐開兩目 光明如舊 與娘娘沐浴梳髮 更衣冠帶 安在正宮, 遂將殊勝淨德二夫人 幷生婆醫官人等 下在牢中 治其重罪 太子奏父王曰 爲大國之君 娘今旣在團圓 只可同歡飮醼 共享國封 願恕寬免(《석가여래십지수행기》, p.292).

제3국인 금륜국의 제왕이 되어 어머니는 물론 만백성을 현실뿐만 아니라 종교적인 면에서 구제함으로써 영웅화의 완결단계를 마무리한다. 따라서 금우태자는 어려움을 초극하고 영웅적 능력을 배양한 다음 한나라의 제왕이 되어 모든 인물을 구제한다는 점에서 우리 건국신화의 영웅인물과 흡사한 면이 없지 않다.

## 2) 〈심청전〉의 형상화

〈심청전〉은 심청의 초인적인 효행을 중시하면서 초기의 연구단계에서부터 활발하게 논의되어 왔다. 더욱이 이 작품이 판소리계 소설이라는 점에서 논의가 확장되어 상당한 성과가 축적된 것이 사실이다.[16] 근원설화부터 시작하여 작품의 형성 문제를 다각적으로 살폈거니와 작품 자체의 특성이나 문학적 양상을 주목한 논의도 상당수이다.[17] 특히 주제의 형상화, 등장인물의 특성, 배경의 전기성에 대한 논의가 큰 비중을 차지하고 있다.[18] 그런가 하면 작품의 유통을 판소리와 연계하여 살피기도 하고,[19] 이본의 문제를 사본이나 판본을 중심으로 검토하기

---

16) 임태수, 「〈심청전〉의 연구사적 고찰」, 충북대학교 대학원 석사학위논문, 1993.

17) 이영수, 「〈심청전〉의 설화화와 그 전승 양상에 관한 연구」, 인하대학교 대학원 박사학위논문, 2001; 허원기, 「〈심청전〉 근원 설화의 전반적 검토-원홍장 이야기의 위상을 중심으로」, 『정신문화연구』 89, 한국학중앙연구원, 2002, pp.71~88; 오대혁, 「관음사연기설화와 형성기 〈심청전〉의 불교사상」, 『한국어문학연구』 45, 한국어문학연구학회, 2005, pp.69~102.

18) 사재동, 「〈심청전〉 연구 서설」, 『어문연구』 7, 어문연구학회, 1971, pp.127~170; 최동현, 「〈심청전〉의 주제에 대하여-여성주의적 관점에서」, 『국어문학』 31, 국어문학회, 1996, pp.51~71; 김진영, 「〈심청전〉의 구조적 특성과 그 의미-본생담과의 비교를 중심으로」, 『어문학』 73, 한국어문학회, 2001, pp.317~341.

19) 김미령, 「판소리계 소설을 통해 본 돈에 대한 욕망-〈춘향전〉〈흥부전〉〈심청전〉을 중심으로」, 『고전과 해석』 9, 고전한문학연구학회, 2010, pp.7~34.

도 하였다.[20] 따라서 〈심청전〉을 중심으로 고전소설의 형성·내용·유통의 문제를 복합적으로 고찰한 결과가 되었다.

이 작품은 어린 심청이 자신을 희생하면서 안맹한 아버지를 극적으로 구제한다는 점에서 심청을 가정적 구제형 영웅인물이라 할 수 있다. 사실 심청은 천상적 존재로 남다른 운명을 가지고 태어났다. 그래서 그가 영웅인물이 된다고 하여도 이상할 것이 없도록 작품의 모두를 마련하였다. 그런 다음 전격적으로 어머니를 여의도록 함은 물론, 아버지조차 눈이 멀도록 하여 심청의 앞에 감내하기 어려운 시련과 고통이 닥치도록 했다. 이것은 심청을 영웅화하기 위한 구축단계라 할 수 있다. 하지만 그러한 고난도 죽음을 통해 초월함으로써 그녀는 이제 초인간화의 단계로 접어든다. 즉 왕비의 자리에서 이 모든 문제를 해결할 성녀로 완비된다. 이것은 영웅화가 완성되었음을 의미하는 것이기도 하다. 그래서 그녀가 그러한 능력을 발휘하기만 하면 모든 문제가 해결될 수 있다. 그것이 영웅화의 완결단계인 맹인잔치로 나타났다. 이 맹인잔치를 통해 그녀는 그토록 기다리던 아버지를 극적으로 상봉하여 그를 광명의 세계로 인도한다. 그야말로 긴 여정 끝에 의도한 대로 아버지를 구제하는 것이다. 이를 감안하면 심청은 불교적인 윤회사상을 바탕으로 스스로가 초인간화되어 암흑의 세계를 헤매는 아버지를 전격적으로 환희의 세계로 이끈 구제형 영웅인물이라 할 수 있다. 그것도 아버지를 염두에 두고 맹인잔치를 배설하고, 그 아버지를 만나 개안을 성취하도록 했다는 점에서 가족적 구제형 영웅인물이라 할 수 있다.

---

20) 김영수, 「필사본 심청전 연구」, 경희대학교 대학원 박사학위논문, 2000; 최진형, 「〈심청전〉의 전승 양상-출판 문화와의 관련을 중심으로」, 『판소리연구』 19, 판소리학회, 2005, pp.181~212.

### (1) 출전과 영웅화 단계

〈심청전〉은 다양한 이본을 거느리고 있다. 국문본과 한문본이 전하지만 한문본은 여규형이 지은 〈잡극심청황후전〉이 유일하다. 그리고 간행형태에 따라 필사본·목판본·구활자본 등이 있다. 필사본은 문장체 소설본이 10여 종이 있으며, 판소리 창본을 채록한 것도 몇 편이 전한다.21) 여기에 여규형의 한문잡극본이 필사본으로 전한다. 목판본은 경판·안성판·완판이 전하는데, 경판이 조형(祖型)을 유지한 것으로 보고 있다.22) 활자본은 〈강상련〉·〈도상심청전〉 등을 중심으로 10여 종을 상회한다. 이러한 중에 〈심청전〉을 문장체소설에 가까운 경판본과 판소리의 영향을 받은 완판계열로 양분하는 것이 일반적이다. 경판본 〈심청전〉은 분량이 적을 뿐만 아니라 인물의 형상화가 일관성이 있으며 어휘나 수사법도 비교적 간결한 편이다. 이에 반해 완판본 〈심청전〉은 사설의 출입이 다양할 뿐만 아니라 새로운 화소를 첨가하면서 해학성을 더한 특징이 있다. 그런 점에서 심청의 신성적인 면모, 영웅인물적 특성 등을 파악하는 데는 비교적 조형에 가깝고 사건을 일관되게 그리는 경판 〈심청전〉이 유용할 것으로 본다. 경판본은 24장본 2종과 26장본 1종이 전하는데, 24장본은 내용이 일치하고 26장본은 24장본의 내용에 심봉사가 개안하고 생활하는 후일담을 덧붙였다.23) 따라서 심청의 영웅적 행위를 파악하는 데는 24장본이 적절할 수 있다. 이에 24장본 중 한남서림본을 대상으로 정하되, 이 작품이 실린 김동욱의 『고소설판각본전집』을 텍스트로 삼는다.24) 우선 〈심청전〉의 내용을

---

21) 신재효본·이날치본·김연수본 등이 그것이다.
22) 사재동, 앞의 논문, 1971, pp.127~170.
23) 정하영 역주, 『한국고전문학전집』 13, 고려대학교 민족문화연구소, 1995, pp.9~17.
24) 김동욱 편, 『고소설판각본전집』 2, 연세대학교 인문과학연구소, 1973, pp.105~117.

개조식으로 정리하고 영웅인물의 형상화 양상을 살펴보도록 하겠다.

### ㉮ 영웅화의 예비단계

① 명나라 성화연간에 남군땅의 심현은 명문거족으로 벼슬할 뜻을 두지 않아 선비로서 이름이 높았다.

② 부인 정씨는 높은 가문의 딸로 기질이 넉넉하고 용모가 아름다웠다.

③ 부부가 자식이 없어 걱정할 때 부인이 신몽을 꾸고 임신하여 열 달만에 딸을 낳아 이름을 청이라 하고 자를 몽선이라 하였다.

④ 심청이 3세가 되었을 때 어머니가 갑자기 득병하여 세상을 떠나고, 아버지도 날마다 슬퍼하다가 득병하여 실명하고 만다.

### ㉯ 영웅화의 구축단계(1)

① 맹인 심현이 양육한 심청이 7, 8세가 되자 효성으로 아버지를 봉양한다.

② 13세의 심청이 장자집의 방아를 찧어주고 늦자 심공이 마중 나가다가 구렁에 빠지는데, 명월산 운심동 개법당의 화주승이 그를 구해주고 공양미 삼백 석을 시주하면 부녀가 영화를 보리라 한다.

③ 심공이 전후사를 따지지 않고 시주를 서약하고 남몰래 고민하니 아버지의 사정을 알게 된 심청이 천지신명께 지성으로 고축한다.

④ 노승의 현몽대로 남경상인이 유리국 인단소의 제물로 쓸 처녀를 사러 다닌다.

⑤ 심청이 수중고혼이 되기로 결심하고 몸을 팔아 공양미 삼백 석을 부처님께 시주하고 행선 날에 아버지에게 사실을 알린다.

⑥ 심공이 통곡하며 만류하고 마을 사람들이 모두 슬퍼하니, 상인들이 수일을 연기하고 백미 50석을 더 준다.

⑦ 마침내 심청이 인단소에 도착하여 제물로 바쳐진다.

📄 영웅화의 구축단계(2)

① 인단소에 빠진 심청이 동해용왕의 시녀들에게 구조되어 용궁으로 인도된다.
② 심청이 회생 약을 먹고 깨어나 자신이 전생에 초간왕의 귀녀인 동해용녀였고, 아버지는 노군성이었음을 알게 된다.
③ 전생에 서왕모 잔치에서 술을 맡아보다가 사사로이 노군성에게 술을 많이 먹여 술이 부족한 사태를 초래하고 그로 인해 두 사람이 부녀지간으로 이승에 적강한 사실도 알게 된다.
④ 심청이 옥황상제의 도움으로 용궁에 하루 동안 머물면서 자신의 신분이나 미래 운명을 알게 된다.
⑤ 인간세의 모든 고난이 끝났기 때문에 심청과 심봉사는 영귀한 삶이 예정될 따름이다.
⑥ 용왕은 시녀를 불러 심청을 가마에 태워 보내는데, 투신한 곳에서 조각배가 꽃으로 변해 심청을 감싼 채 바다를 표류한다.

📄 영웅화의 완결단계

① 꽃에 싸인 채 인단소에 떠 있던 심청을 남경상인들이 발견하여 왕궁으로 보낸다.
② 왕이 꽃을 몹시 좋아하여 수시로 즐겨 보던 중 왕후가 죽은 뒤 꽃 속에서 나온 심청을 왕비로 맞이한다.
③ 심청은 왕비가 된 후 왕을 도와 자비와 선정을 베풀도록 하면서 지내지만 아버지 걱정으로 나날을 보낸다.
④ 왕에게 청하여 아버지를 찾고자 맹인잔치를 나흘 동안 벌이다가 마지막 날 초췌한 아버지를 만난다.
⑤ 심봉사는 죽은 줄 알았던 딸이 왕비가 되어 자신을 부르자 감겼던 눈이 떠져 광명을 되찾는다.
⑥ 심봉사가 좌승상 임한의 딸과 재혼하는데, 신부의 현숙함이 더할 나위 없자 심봉사가 크게 기뻐한다.

이상에서 보는 바와 같이 〈심청전〉은 가족적 구제형 영웅인물을 형상화한 작품이라 할 수 있다. 불교의 윤회전생을 근간으로 하면서 암흑의 세계에서 광명의 세계로 아버지를 인도·구제하는 내용이 이 작품의 핵심이라 하겠다. 실제로 이 작품은 천상적 존재인 심공과 심청이 지상에 내려와서 온갖 고초를 겪다가 부귀영화를 누리는 것으로 형상화하되, 그렇게 될 수 있었던 동인을 심청의 초월적인 효행·이타행으로 그리고 있다. 심청이 어려서부터 가정사의 모든 역경을 이겨냈을 뿐만 아니라 자신의 목숨까지 기꺼이 버리면서 아버지의 개안을 도모한 것은 구제형 영웅인물의 전형적인 모습이라 하겠다. 그녀의 그러한 영웅적 행위의 당위성을 강화하는 차원에서 용궁의 이야기를 마련하여 그녀를 초인간적인 존재로 형상화한 것이라 할 수 있다. 이러한 과정을 거쳤기 때문에 그녀가 맹인잔치를 통해 아버지를 광명의 세계로 인도할 수 있었던 것이다. 그러한 점에서 심청은 가족적 구제형 영웅인물로 형상화된 것이라 할 수 있다. 이 사정을 단계별로 구체적으로 살펴보도록 하겠다.


## (2) 영웅인물의 단계별 형상화

### ① 영웅화의 예비단계

예비단계는 ㉮의 ①~④로 심청 가문의 뛰어난 내력이나 천상적 존재인 심청의 신분 및 절박한 가정환경을 제시하고 있다. 심청은 남부럽지 않은 가문에서 출생하였다. 그의 아버지 심현은 대대로 명문거족이었을 뿐만 아니라 세사(世事)에 뜻이 없어 학문하는 선비로서 이름을 떨쳤다. 그녀의 어머니 또한 높은 가문의 딸로서 용모의 아름다움은 물론 기질도 아주 넉넉하였다. 다만 그러한 조건을 갖추었음에도 불구하고

둘 사이에는 일점혈육이 없어 걱정하다가 부인이 신몽(神夢)을 꾸고 열
달 만에 딸을 낳는다. 그 꿈이 신기하여 딸의 자를 몽선(夢仙)이라 하였
다. 이는 심청이 천상적 존재임을 암시하기 위한 수법이기도 하다. 특
히 그녀의 영웅적 기질을 부각하는 방안으로 꿈을 이용한 것이 주목된
다. 해당 부분을 들어 보면 다음과 같다.

> 그 후의 부인이 신몽을 엇고 인ᄒ여 그 달븟터 잉틱ᄒ여 십삭만의 일
> 기 녀ᄋ를 싱ᄒ니 부뷔 그 남이 아니믈 이달아ᄒ나 녀ᄋ의 식틱 비범ᄒ
> 믈 보고 ᄉ랑ᄒ여 일홈을 청이라 ᄒ고 ᄌ를 몽션이라 ᄒ여 장듕보옥으로
> 아더라25)

이상에서 보듯이 신몽을 꾸고 딸을 낳아 이름을 청이라 하였다. 이렇
게 꿈을 통해 인물의 비범함을 예비한 것은 영웅인물을 형상화하는 데
종종 애용되는 수법이다. 영웅인물이 이계에서 도래한 존재, 특히 천상
적 존재임을 강조하면서 변별력을 확보하기 위해서이다. 이렇게 해서
영웅인물의 형상화를 위한 토대가 마련되었다. 문제는 그러한 인물에
게 급격한 시련이 닥칠 사건을 암시하면서 예비단계를 마련하고 있다
는 점이다. 즉 심청이 겨우 세 살이 되었을 때 갑자기 어머니가 득병하
여 저승으로 떠나고, 그의 아버지 또한 낙담하며 슬픔으로 생활하다가
안맹하고 만다. 그래서 심청이 의지할 곳 없는 처지로 내몰리면서 사건
의 예비적 단계가 마련되고, 그것을 극복하는 과정에서 영웅화의 구축
이 가능하도록 했다. 해당 부분을 들어 본다.

> 청이 졈졈 ᄌ라 삼셰 되믹 용뫼 션연ᄒ고 직질이 긔이ᄒ듕 출텬지회

---

25) 〈심청전〉, p.105.

지극ᄒ니 닌니와 친척이 칭탄ᄒ더니 홍진비릭는 고금샹싴라 졍시 홀연
득병ᄒ여 맛ᄎᆷ늬 셰상을 ᄇ리니 공이 크게 비도ᄒ여 녜롤 갓초와 안장ᄒ
고 녀으를 품고 듀야 슬허ᄒ여 쳥이 ᄯᅩᄒ 모친을 부르지져 호읍ᄒ니 그
부녀 졍경을 참ᄋ 보지 못ᄒᆯ너라 공의 가셰 졈졈 탕진ᄒ며 질병이 침면
ᄒ여 상셕을 ᄶᅥᄂᆞ지 못ᄒᄂ 둥 ᄯᅩ 안질룰 어더 슈월이 못ᄒ여 지쳑을
분변치 못ᄒᄆ 싱계 더욱 망측ᄒ여 약간 가산을 진ᄆᄒ여 조셕을 이우니
긔싴이 엄엄ᄒ지라[26]

위에서 보듯이 심청은 옥황상제가 정해준 운명대로 어린 나이에 어
머니를 여의고, 아버지마저 눈을 잃어 의지할 곳을 잃게 된다. 그나마
조금 남은 가산을 정리하면서 끼니를 이을 따름이라서 갈수록 생활고
는 심해진다. 이러한 극한의 상황을 예비단계에서 조성함으로써 구축
단계에서 심청의 영웅화를 효과적으로 부각하고자 하였다.

영웅화의 예비단계에서는 심청의 출신이 특출함을 나타내기 위하여
부모의 신분이나 인품을 부족할 데 없는 것으로 그렸을 뿐만 아니라
심청의 출생이 천계와 연계될 수 있음을 꿈을 통해 형상화하고 있다.
이러한 호조건을 전제하다가 갑자기 어머니의 죽음과 아버지의 안맹을
제시함으로써 다음 단계에서 영웅화의 구축이 부각되도록 유도하였다.
그래서 예비단계에서는 심청이 장차 구제형 영웅인물이 될 개연성을
제시하면서 사건을 마련하고 있다.

② 영웅화의 구축단계(1)
구축단계(1)은 나의 ①~⑦로 심청이 죽기 전 단계의 고난과정을 서

26) 〈심청전〉, p.105.

사한 곳이다. 안맹한 아버지에게 어렵게 양육된 심청이 7, 8세가 되자
아버지를 지극한 정성으로 봉양한다. 심청의 나이가 13세가 되었을 때
는 부잣집의 방아를 찧어주고 품삯으로 아버지를 봉양하곤 했는데, 하
루는 심청의 귀가가 늦어지자 심현이 마중을 나왔다가 구렁에 빠진다.
이를 본 명월산 운심동 개법당의 화주승이 공양미 삼백 석이면 부녀가
영귀하게 되리라고 말한다. 이에 심현은 고민도 없이 공양미 삼백 석을
시주하겠다고 서약하고 집으로 돌아와 남몰래 고민한다. 이는 심청의
영웅화 구축을 위해 현실적인 문제를 제기한 것이라 할 수 있다. 즉 속
세의 공간에서 죽음을 초극한 효행심의 발로를 통해 영웅화되는 과정
을 그리기 위한 예비장치인 것이다. 그래서 이 공양미 삼백 석의 시주
문제가 사건의 분기점을 마련하게 된다. 해당 부분을 들어 보면 다음과
같다.

　　한 노승이 지느다가 보고 붓드러 이릐혀 안치고 문 왈 그듸는 병신으
로 어듸 가다가 이리 낭픽ᄒ뇨 공이 통곡 왈 나는 본듸 폐밍지인이러니
ᄌ식이 나가 도라오지 아니ᄒ믹 스스로 ᄇᄌ녀 희옴업시 나오다가 하믜
둑게 되엿더니 그듸의 구ᄒᆞᄆᆞᆯ 입으니 은혜 틱산갓도다 노승 왈 쇼승은
명월산 운심동 개법당 화듀옵더니 촌가의 ᄂ려와 시듀를 구ᄒ옵다가 우
연히 이곳을 지느다가 노야를 구ᄒ엿거니와 노야의 샹격을 본즉 지금은
궁곤ᄒᄂ 소오년 후면 왕후장샹이 될 거시오 일녀의 영홰 텬하의 읏듬이
되려니와 목금의 듸시듀를 ᄒ면 일녀도 귀히 될 샏 아니라 노야의 폐안
이 쓰이리이다 공이 갈오듸 시듀를 언마ᄂ ᄒ리오 노승 왈 기법당 시듀
는 공양미 데일이니 빅미 삼빅셕 듸시듀를 ᄒ여야 ᄒ리이다 ᄒ거늘 공이
권션의 빅미 삼빅셕을 젹으라 ᄒ고 도라올 ᄉᆡ 노승이 합장 ᄉ례ᄒ고 일
후 다시 오리이다 ᄒ고 도라가느라 공이 도라와 탄식 왈 ᄂᆡ 폐밍ᄒ 스름
으로 한 씩 둑음도 듀션치 못ᄒ여 어린 ᄌ식이 비러다가 연명ᄒ거늘 엇

지 삼빅셕을 어더다가 시듀ᄒ리오 부쳐를 속이면 필경 조치 못훌 거시오
부득히 속이게 되니 후셰 억만지옥을 면치 못ᄒ리로다[27]

이렇게 심현은 노승에게 거침없이 공양미 삼백 석을 시주하겠다고
다짐한다. 하지만 패망한 자신의 처지를 헤아리면 도저히 가망이 없는
허언일 따름이다. 그래서 돌아와 고민하며 거짓 약속으로 억만 지옥에
들게 될 것이라고 탄식만 한다. 이러한 사정을 알게 된 심청은 부친을
위로하면서도 내심으로 어찌할 방도를 찾지 못하여 난감해 한다. 그러
다가 자신이 죽을지라도 아버지의 개안을 위해 모든 문제가 해결되기
를 축원한다. 공양미 삼백 석에서 비롯된 문제가 심청의 희생을 강요하
는 상황이 되었고, 이러한 과정을 거치면서 심청이 단계적으로 영웅화
의 길을 밟게 되는 것이다. 해당 인용문을 보도록 한다.

> 공이 먹지 아니ᄒ고 다만 기리 탄식ᄒ여 눈물이 이음ᄒ니 청이 민망히
> 녀겨 화헌 말ᄉᆷ으로 위로ᄒ여 갈오디 텬되 비록 놉호시ᄂ 슗피시미 쇼쇼
> ᄒ시니 부친 정성을 텬디일월이 감동ᄒ실 거시미 과히 번뇌치 마르쇼셔
> ᄒ고 빅단 위로ᄒᄂ 진실노 난쳐ᄒ지라 쳔ᄉ만탁 ᄒ다가 ᄎ야 삼경의
> 목욕지계ᄒ고 쓸히 나려 ᄌ리를 펴고 하늘을 우러러 비러 갈오디 인간
> 심청은 폐딩흔 아비를 위ᄒ여 듁기를 피치 아니ᄒᄂ니 이졔 아븨 감은
> 눈을 쓰게 발원ᄒ여 부쳐긔 시듀ᄒ려ᄒᄂ 삼빅셕 빅미를 어들 길 업셔
> 도로혀 부쳐를 속인 죄를 밧게 되여ᄉ오니 텬디신명은 슗피쇼셔[28]

심청은 아버지의 걱정과 탄식을 위로하고는 목욕재계 후 하늘을 우
러러 죽기를 각오하면서 기원한다. 아버지의 눈을 뜨게 할 공양미 삼백

27) 〈심청전〉, pp.105~106.
28) 〈심청전〉, p.106.

석을 죽기를 각오하고 시주하려 하지만 방법을 찾을 수 없자 천지신명께 기원할 따름이다. 그녀의 이러한 노력에 조력자인 노승이 나타나 매신을 통한 공양미 확보 방안을 제시한다. 이는 심청을 속세의 인물에서 신성의 인물로 변모시키는 계기가 되기도 한다. 즉 심청의 영웅화를 점진적으로 진척시키는 것이라 할 수 있다.

마침내 이러한 구축단계가 전격적으로 시행되는 곳이 심청과 심현의 이별 장면이다. 심청의 발원과 노승의 예시대로 인단소에 제물로 바칠 처녀를 구하는 장사꾼이 찾아온다. 이에 심청이 수중고혼이 되어 아버지를 구제하기로 다짐하고 자신의 몸을 팔아 공양미 삼백 석을 시주하기로 결심한다. 심청이 자신의 목숨을 버리면서까지 효행을 실천한 것은 이타행의 전범이라 할 만하다. 이는 자신의 이익보다는 타인의 이익을 먼저 생각하는 이타행으로 구제형 영웅인물의 전형적인 특성이라 하겠다. 심청은 장사꾼에게 공양미 삼백 석을 받아 시주하고 행선 날을 당하여 어쩔 수 없이 아버지에게 전후사정을 모두 밝힌다. 이에 심현과 심청은 물론 동네 사람들까지 모여 그 슬픈 광경에 눈물을 흘릴 따름이다. 이는 심청이 속세에서 신성의 세계로 옮겨가는 것일 뿐만 아니라, 세속에서의 영웅화 구축을 마무리하고 신성의 세계에 진입하여 미진한 영웅화 구축을 완비하기 위한 것이라 하겠다. 이에 해당되는 장면을 보도록 한다.

> 부친은 불효녀를 아시의 업는 양으로 아르스 셩녀의 거릿기미 업게 ᄒ시고 아직 량식은 구쳐ᄒ여스니 이후 닉닉 만슈무강ᄒ쇼셔 금셰의는 다시 뵈옵지 못ᄒ리니와 후셰 맛당히 부ᄌ 되여 금셰의 늣기온 눈긔를 펴믈 원ᄒᄂ이다 ᄒ고 쳔만 연연ᄒ다가 몸을 ᄂ리려셔니 공이 녀ᄋ를 붓들고 돈족 통곡 왈 네 나를 뉘게 의지ᄒ라 ᄒ고 어듸로 가려ᄒᄂ뇨 ᄒ니

청이 만단 위로ᄒ고 인ᄒ여 하직ᄒᆫ 후 집문을 나니 정신이 ᄋ득ᄒ여 거
름마다 업더지물 면치 못ᄒ니 목셕 간장이라도 그 형상을 볼진ᄃᆡ 슬프믈
금치 못ᄒᆯ너라 공이 간신이 더드머 나가 가슴을 두다리며 발룰 구을너
통곡ᄒ여 왈 쳥ᄋ 쳥ᄋ 나룰 참ᄋ ᄇ리고 어ᄃᆡ로 가ᄂ냐 ᄒ니 그 경상을
이로 측냥치 못ᄒᆯ지라 쳥이 ᄉ이 지ᄎᄒ믜 홀길업셔 쳔만 셔름을 품고
그 부친을 도라보며 나ᄋ가믜 ᄒᆫ 거름의 열 번식 업더지믜 집마다 ᄉ름
이 문의 나와 쳥의 가는 길룰 ᄇ라고 기리 탄식ᄒ여 셔로 일오ᄃᆡ 출텬지
회라 져런 일은 쳔만고의 업슨 일룰 금일의 보도다[29]

이처럼 부녀지간의 이별이 슬픔을 자아낸다. 그것은 심청이 아버지
의 개안을 위해 자신의 목숨을 희생하기로 했기 때문이다. 그래서 이
장면은 생사를 가르는 통한의 이별을 서사하여 당사자인 심현과 심청
은 물론 동네 사람 모두에게도 큰 슬픔이 아닐 수 없다. 이는 지상에서
수행할 수 있는 가장 큰 행업이기에 구제형 영웅인물을 형상화하는 데
있어 무엇보다 중요할 수 있다. 즉 죽음을 전제한 효행, 이타행이야말
로 속세의 심청을 영웅인물로 형상화하는 핵심이라 하겠다. 이러한 과
정을 거쳐 심청이 마침내 인단소에 투신함으로써 현실적인 영웅화 구
축이 완비된다.

### ③ 영웅화의 구축단계(2)

영웅화 구축단계(2)는 ㉱의 ①~⑥으로 신성계에서 심청의 신분을 확
인하고 그녀가 초월적 존재임을 알게 되는 부분이다. 심청이 인단소에
투신하자 용왕의 시녀가 그녀를 용궁으로 인도한다. 용궁에 도착하여
심청은 자신이 동해용녀였음을 확인하고 아버지 또한 노군성이었음을

---

29) 〈심청전〉, p.109.

알게 된다. 이곳에서는 그들의 전생 신분이 남다름을 부각하였고 심청이 구제형 영웅인물로 형상화되는 당위성을 말하고 있다. 이는 신성세계에 진입하여 심청의 영웅화 구축을 전격적으로 보인 것이기도 하다. 심청이 자신의 신분을 확인하면서 그녀가 영웅인물이 될 수밖에 없었던 사정을 다룬 부분을 인용해 본다.

> 낭지 우러러 보니 황금 교의에 일위 왕지 통텬관을 쓰고 쳥스 곤룡포를 입어스며 양지 빅옥디를 씌고 벽옥홀를 뒤여 언연히 안져 긔위 찬난ᄒ고 좌우 시신이 봉미션을 드러스니 위의 엄숙ᄒ더라 쳥이 나아가 공경지빅ᄒ니 룡왕이 흠신 왈 규셩아 인간 ᄌ미 엇더 ᄒ더뇨 쳥이 다시 공경빅복 왈 소쳡은 인간 쳔인이라 디왕의 하교ᄒ시믈 씨닷지 못ᄒ리로소이다 뇽왕이 미소 왈 너는 젼싱 초간왕의 귀녀로셔 요지 왕모연의 슐를 가음알게 ᄒ엿더니 네 노군셩과 ᄉ졍이 이셔 슐를 만히 먹이고 잔치의 슐이 부족ᄒ미 도솔텬이 옥데긔 쳥죄ᄒ디 옥데 진노ᄒᄉ 굴아스디 이는 텬존의 죄 아니라 술 가음ᄋ는 시녀의 죄니 ᄌ셔히 ᄉ실ᄒ여 듕죄를 듀라 ᄒ시미 노군셩을 인간의 닉쳐 ᄉ십년을 무폐히 지닉다가 널노 더부러 부녜 되여 네 셩효를 낫트닉라[30]

심청은 용왕을 대면하면서 자신이 전생에 초간왕의 딸이었음을 알게 된다. 다만 서왕모의 잔치에서 잘못한 일이 있어 인간계에 가서 벌을 받게 되었을 따름이다. 이는 이미 그녀가 영웅인물에서 보편적인 적강인물로 형상화되었음을 의미하면서 이곳에서 그녀의 초월적인 영웅화 구축이 완비될 것임을 암시한다. 실제로 지금까지 그녀의 모든 행위가 옥황상제의 명을 따라 진행되었던 것이다. 이것은 그녀의 예비된 운명

---

30) 〈심청전〉, p.110.

으로 영웅화 구축단계(1)을 거쳐 이곳에 이르러 영웅화 구축이 마무리
되도록 한 것이다. 실제로 심청은 용궁에 들어와 전생의 부려한 삶을
알게 되었을 뿐만 아니라 자신의 신분이 동해용녀였음도 확인한다. 그
녀가 이미 영웅인물이 될 수밖에 없었던 전생연(前生緣)을 제시하면서
장차 현세적인 영웅인물로 형상화한 것이라 하겠다. 그것은 그녀를 화
려한 모습의 왕후가 되도록 한 것에서 알 수 있다. 즉 용궁에서 초인적
인 존재임을 확인함으로써 지상에서 범인의 탈을 벗고 영웅인물로 활
동하도록 한 것이다. 새로운 탄생을 용궁이라는 특수공간을 활용하여
강조한 것이라 할 수 있다. 그녀가 새롭게 태어나는 부분을 인용해 보
면 다음과 같다.

> 옥데긔 일야 말미를 어더 한가지로 지닉여 피츳 졍회를 펴니 만분 다
> 힝ᄒᄂ 다시 써ᄂᆞ미 창연ᄒ거니와 마지 못홀 길이니 인간으로 도로 나가
> 라 ᄒ고 좌우를 명ᄒ여 덩을 틱여 보니라 ᄒᆫ딕 시녜 승명ᄒ여 쳥을 덩의
> 올녀 나오다가 슈변의 다다라 일엽듀를 틱와 흘니 져허 한 곳의 다다라
> 션녜 하직 왈 이곳은 당초의 부인의 낙슈ᄒ던 곳이믹 이의 머므르고 가
> 노라 ᄒ고 믄득 간 딕 업스며 년엽뒤 변ᄒ여 큰 꼿송이 되니 그 속이
> 족히 일신을 용납홀지라 화엽이 쳡쳡ᄒ여 가장 긔이ᄒ거늘 낭ᄌᆡ 홀일업
> 셔 동다히로 브라 ᄉ례ᄒ고 목이 마르면 꼿닙희 구으는 이슬를 먹은즉
> 빅부르고 졍신이 상쾌ᄒ니 이 물은 감노슈라 인간 ᄉ름이 한 번 곳 먹으
> 면 빅병이 스스로 업셔지니 엇지 긔특ᄒᆫ 보빅의 물이 아니리오[31]

이상에서 보듯이 심청을 새롭게 변신시켜 지상으로 돌려보낸다. 그
녀는 화려한 연꽃에 싸여 자신이 투신한 인단소로 보내진다. 심청은 꽃

---

31) 〈심청전〉, p.112.

속에 있으면서 감로수를 마시며 신선과 같은 모습으로 지낸다. 이 감로
수는 인간의 모든 병을 고칠 수 있는 보배로운 물이기도 하다. 그러한
물을 마시면서 지내던 심청이 남경상인의 도움으로 왕궁으로 보내져
후에 왕후가 된다. 그렇게 될 수 있었던 것은 죽음과 재생이라는 통과
의례를 거쳤기 때문이다. 마치 〈금우태자전〉에서 금송아지로 생활하다
가 탈갑한 후 본연의 태자로 변모하여 구제를 단행한 것처럼 용궁에서
자신의 신분이나 전생의 삶을 확인하고 본연의 모습으로 재탄생하였
다. 그러기에 그녀가 왕후의 자리에 오를 수 있었던 것이다. 이처럼 심
청은 죽음과 재생을 통해 초월적인 성녀로 탈바꿈했고 그러한 능력으
로 왕의 선정을 보좌함은 물론 만백성의 화락을 도모할 수 있었다. 결
국 용궁이라는 특수공간을 통하여 심청의 영웅화 구축이 완비된 것이
라 할 수 있다.


④ 영웅화의 완결단계

영웅화의 완결단계는 라의 ①~⑥으로 환생한 심청이 왕후의 자리에
올라 아버지를 극적으로 만나 개안시키는 부분이다. 심청은 이미 용궁
에서 남다른 존재임이 확인되고 연꽃에 싸여 지상으로 돌아왔다. 이것
을 남경상인이 발견하고 왕궁으로 보내 왕의 사랑을 받는 동시에 왕후
로 선택되기에 이른다. 아버지의 개안을 위해 죽을 수밖에 없었던 미천
한 존재에서 죽음과 재생을 통해 지상에서 최상의 신분으로 변모한 것
이다. 즉 영웅화가 구축되어 만민이 우러르는 존귀한 존재로 탈바꿈하
였다. 그러기에 임금이 선정할 수 있도록 도우면서 국모로서의 면모를
보인다. 다만 문제가 되는 것은 안맹한 아버지의 생사를 알 수 없다는
점이다. 그래서 왕에게 윤허를 받고 맹인잔치를 열어 아버지를 찾고자

노력한다. 나흘간의 맹인잔치 중 마지막 날, 그것도 끝으로 온 아버지를
만나 극적으로 상봉한다. 이는 그간의 영웅적 행위가 완결되는 것으로
아버지를 광명대천의 세계로 인도한다. 해당 부분을 보면 다음과 같다.

> 왕이 쳥파의 되찬 왈 미지며 긔지라 원늬 스졍이 여츳ᄒ미 잇도다 연
> 이늠 현후의 효성이 텬디의 스못츠니 과인이 엇지 부녀 단원ᄒ믈 치하치
> 아니 ᄒ리오 ᄒ시고 황문으로 ᄒ여곰 등계 밍인을 붓드러 젼상의 올니고
> 부녜 상봉케 ᄒ라 ᄒ시니 휘 등계의 나셔 부친을 붓들고 지빅 통곡 왈
> 부친은 쇼녀를 모로시ᄂ니잇가 상고의게 팔녀 인단쇼의 ᄲ져 듁은 쳥이
> 러니 텬은이 망극ᄒ여 일신이 영귀ᄒ고 부녜 상봉ᄒ오니 이졔 듁은들
> 무슴 한이 이스리잇고 ᄒ며 통곡ᄒ니 심현이 크게 쇼릐 질너 왈 네 진짓
> 늬 ᄯ 쳥이냐 죽은 녀이 엇지ᄒ여 이럿틋 귀히 되단 말고 늬 눈이 업셔
> 너을 못보니 한이로다 ᄒ며 ᄒ 번 ᄭ고 눈을 벗 ᄯ니 두 눈이 ᄯ니는지
> 라 부녜 붓들고 톄읍ᄒ니 지엄지라 스졍을 펴지 못ᄒ고 강잉ᄒ여 늬젼
> 의 드르시고 황문으로 ᄒ여곰 뫼셔 별당의 안돈ᄒ니라[32]

이상에서 보듯이 심청은 아버지를 맹인잔치에서 극적으로 상봉하고,
그 좋은 자리를 맞아 심현이 개안하는 행복을 누린다. 그간의 고통은
모두 이 개안과 이어지는 부귀공명을 위한 것이라 할 수 있다. 이는 심
청의 구제가 이곳에 이르러 완결됨을 뜻하는 것이기도 하다. 실제로 심
청은 세속이나 신성공간을 막론하고 오로지 아버지의 개안을 위해 노
력해 왔다. 이는 암흑세계를 헤매는 아버지를 환희의 세계로 인도하고
자 하는 일념 때문에 가능할 수 있었다. 그런 점에서 심청을 가족적 구
제형 영웅인물이라 할 수 있다. 그녀의 영웅화가 만백성의 안녕을 염원

---

32) 〈심청전〉, p.116.

한 것도 없지 않지만, 실은 안맹한 아버지를 개안시켜 광명의 세계로 인도하는 것이 핵심이기 때문이다. 그래서 이곳에 이르러 심청의 기나긴 영웅화가 완결된다고 볼 수 있다. 이후의 내용, 즉 심현이 높은 벼슬에 올라 재혼하고 자손을 두는 것은 영웅화의 후일담에 해당될 따름이다.

지금까지 구제형 영웅인물의 형상화 양상을 〈금우태자전〉과 〈심청전〉을 중심으로 살펴보았다. 그런데 두 작품 공히 영웅화의 단계에서 구축단계를 강조한 특징이 있다. 즉 영웅화의 실행단계가 빠지고 영웅이 되기 위해 수행하는 구축단계가 강화되어 나타났다. 이는 역사계 영웅들이 전쟁 등의 구국행위를 수행하는 것과 달리 이 작품은 종교성에 경도되어 깨닫는 과정을 중시했기 때문이라 할 수 있다. 특히 영웅화의 실행단계가 관념적으로 처리되는 경우가 많아 궁극적 목표인 영웅화의 완결단계가 구축단계를 바로 이어 나타나고 있다.

## 3. 구국형의 형상화

임진왜란과 병자호란을 거친 조선후기에는 사회 전반적으로 많은 변화가 촉발된다. 신분적인 상하종속이 완화되고, 경제력을 앞세운 계층적인 질서가 대두되기 시작한다. 그렇지만 기득권을 가진 계층에서는 전란을 겪었을지라도 그나마 왕권이 유지된 것을 다행으로 여기고 중세적인 이념을 더 강화하려고 한다. 더욱이 청조가 들어선 이후에는 조선을 소중화로 자임하면서 수준 높은 중세문화를 더 강고하게 유지해야 함을 역설하기도 한다. 다시 말해 상층부에서는 여전히 기득권을 유지하면서 중세문화를 연장시키려 했는데, 방법이야 어찌되었든 그것은 적어도 조선 말기까지 지속된다.

조선의 정치사회가 그러하고 사회제도 또한 큰 폭의 변화가 없는 상황에서 문학도 그에 준하여 전승될 수밖에 없었다. 특히 소설의 경우 기존 체제를 추수하면서 성공하는 인물을 주요하게 다루었다. 대표적인 것이 귀족형 영웅소설이라 할 수 있다. 이러한 소설은 당시의 체제에 순응하면서 과거를 통해 출사하고 그로 인해 권력과 명예 그리고 부를 축적하는 방법을 지향하였다. 이러한 작품들은 주인공을 당시의 귀족적인 영웅인물로 형상화하는 것을 당연하게 여겼다. 그래서 이러한 작품에서 구국형 영웅인물을 어렵지 않게 확인할 수 있다. 구국형 영웅인물은 특출한 능력을 배양한 후 어려움에 봉착한 국가를 극적으로 구조한다. 즉 전란이나 간신의 계교로 위난에 처한 국가의 운명을 영웅인물이 나서서 순식간에 해결하고, 그 공로로 그에게 전폭적인 보상이 주어진다. 이러한 영웅인물은 영웅군담소설은 물론이고 고전소설의 다양한 장르에서 확인된다.

구국형 영웅인물은 당시의 제도권을 충실히 따르면서 출사와 성공을 형상화한 담론이다. 그래서 당시의 봉건적인 정치사회 체제의 수호가 중시될 수 있었고, 그러한 이념이 그대로 소설에 투영된 것이라 할 수 있다. 그래서 이 유형의 영웅인물은 체제를 수호하기 위해, 즉 나라를 온전히 보전하기 위해 온갖 노력을 기울인다. 이러한 구국형 영웅인물은 조선후기 소설의 형상화에서 큰 비중을 차지한다. 보수와 진보의 대립이라는 관점에서 보면 이 구국형 영웅인물은 체제수호를 기치로 내세운 보수형 영웅인물이라고 볼 수 있다.

구국형 영웅인물은 고관대작의 자손으로 어렵게 출생하는데, 그 출생이 대부분 천상강림으로 형상화되어 다양한 이적이 나타난다. 그리고 성장하는 과정에서 모함이나 전란으로 불우한 과정을 겪다가 마치 건국신화의 신성한 통과의례처럼 일정한 공간에서 수행하여 문무를 겸

비하고 출전으로 큰 공훈을 세워 보상받을 당위성을 확보한다. 그에 걸
맞게 재상이나 제후로 봉해져 남다른 부귀공명을 누리고 나라도 태평
성대를 구가한다. 이들의 행위가 도탄에 빠진 백성이나 위급한 나라를
구하는 것이기에 구국형 영웅인물의 전형이라 할 만하다. 다만 여성영
웅인물이 등장하는 경우는 남성을 보좌하여 그 꿈을 이루거나, 여성이
주도적으로 영웅적 행위를 보이기도 한다. 이를 감안하여 여기에서는
구국형 영웅인물로 여성인물과 남성인물을 각각 살펴보도록 한다. 즉
음조적 구국형의 전형으로 〈박씨전〉을, 주도적 구국형의 전형으로 〈유
충렬전〉을 들어 영웅인물의 형상화 양상을 살펴보도록 하겠다.

## 1) 〈박씨전〉의 형상화

〈박씨전〉은 변신모티프와 피화당이 상징하는 굴혈모티프 등을 감안
할 때 신화소를 차용하여 형상화한 특성이 있다. 특히 박씨에게서 웅녀
와 같은 특성을 읽을 수 있기에 여성영웅인물의 전통을 계승한 것으로
볼 수 있다. 이는 이 작품에 등장하는 영웅인물의 형상화 전통이 그만
큼 오래되었음을 의미하는 것이기도 하다. 이 작품은 병자호란의 역사
적 배경을 바탕으로 여성을 내세워 민중적인 영웅으로 형상화한 것이
다. 특히 다양한 도술을 내세운 서사는 환상성을 부각하는 한편, 통쾌
한 민중적 승리를 갈망한 것이라 할 수 있다. 그런 점에서 이 작품은
여성의식이 돋보이는 바가 있고, 이러한 전통을 후대의 여성영웅소설
이 계승한 것으로 볼 수 있다. 이 작품이 여성영웅인물과 관련하여 문
학사적으로 주목되는 것도 바로 이 때문이라 하겠다.

### (1) 출전과 영웅화 단계

〈박씨전〉은 병자호란을 시대적 배경으로 한 작품이다. 창작 연대는
대개 숙종조 무렵, 곧 17세기 후반에서 18세기 초 사이인 것으로 판단
된다.[33] 병자호란의 굴욕적인 패배를 문학적으로 설욕하려는 의도가
다분한 작품으로, 무능한 조정 신료나 남성들 대신에 여성인물인 박씨
및 계화가 위기에 처한 조선을 구하고 호장을 응징하도록 했다. 이 작
품은 민중들의 패배감을 상쇄시키기에 충분하여 당시 독자들에게 많은
인기를 모았다.

이 작품은 흉측한 외모를 가진 박씨가 남편과 가족들의 박대에도 불
구하고 뛰어난 능력을 발휘하여 가문을 융성시킬 뿐만 아니라, 허물을
벗어 아름다운 외모를 되찾은 이후에도 나라가 위태로워지자 도술을
부려 청나라의 장수를 제압하는 등 구국활동을 전개한다. 여기에서는
현전 최고본이자 선본으로 여겨지는 고려대학교도서관 소장 〈박씨전〉
을 중심으로 논의를 전개하고자 한다. 〈박씨전〉의 영웅인물을 고찰하
기 위해 주요 내용을 영웅화의 단계별로 살피면 다음과 같다.[34]

### ㉮ 영웅화의 예비단계

① 명나라 숭정 연간 조선국에 이득춘이라는 재상이 있었는데 그 아들
   시백은 학문에 뛰어나고 계교와 술법이 남다르다.
② 금강산 박처사가 이득춘을 찾아와 바둑과 옥저로 소일한 후 자식
   간 혼사를 정한다.

---

33) 서대석, 「군담소설의 출현동인 반성」, 『고전문학연구』 1, 한국고전문학회, 1971,
    pp.33~34; 김기현 역주, 『한국고전문학전집』 15, 고려대학교 민족문화연구소, 1995,
    p.137.
34) 김기현 역주, 앞의 책, pp.140~217.

③ 이득춘이 시백과 함께 금강산을 헤매다 박처사를 만나 박처사의 여식과 대례를 치렀는데 신부의 용모가 흉측하다.

④ 이시백이 내방에 들지 않고 비복들도 박씨를 박대하나 이득춘만은 박씨를 아껴 아들을 꾸짖는다.

### 나 영웅화의 구축단계

① 박씨가 후원에 협실을 지어달라고 한 후 시비 계화와 거처한다.

② 박씨가 하룻밤 사이에 조복을 지어 이득춘에게 올리는데 임금이 조복의 수를 보고 며느리를 박대하지 말라며 쌀 서 말의 녹을 제수한다.

③ 박씨가 비루먹은 망아지를 삼백 냥에 사오라고 하였는데 노복이 백 냥만 주고 이백 냥을 감추자 그녀가 알고 꾸짖어 제값을 치르게 한다.

④ 박씨가 계화를 시켜 후원 협실 사방에 나무를 심고 당호를 '피화당'으로 정한다.

⑤ 망아지를 3년 동안 길러 중국 칙사에게 3만 냥에 팔아 이득춘이 며느리의 재주에 탄복한다.

⑥ 박씨가 청룡 꿈을 꾸고 얻은 연적을 시백에게 주어 그 덕에 장원급제하나 축하잔치에 박씨만 참석하지 못한다.

⑦ 결혼한 지 3년이 되어 박처사가 찾아와 박씨에게 액운이 다했다며 허물을 고치라고 말한다.

⑧ 박씨가 허물을 벗고 아리따운 모습을 보이자 이시백을 비롯한 가족들이 기뻐하고 허물은 옥함에 넣어 땅에 묻는다.

### 다 영웅화의 실행단계

① 호왕이 조선을 도모하고자 호왕비의 계교대로 기홍대를 자객으로 보내 이시백의 집에 있는 신인과 임경업을 죽이라고 명한다.

② 박씨가 이시백에게 어떤 여인이 오면 피화당으로 들이라고 한 후 기홍대가 들자 독한 술을 먹여 잠들게 하고 비연도를 제압하고는

본국으로 쫓아낸다.

③ 용골대·율대 형제로 대장을 삼아 수십만의 군사가 쳐들어오자 박씨가 호왕의 간계를 눈치 채고 임경업을 도성으로 불러 호란에 대비하라고 상소하나 김자점의 반대로 이루지 못한다.

④ 용율대가 도성을 함락시키고 피화당에 들었다가 후원의 무성한 수목 사이에서 도술에 빠져 죽음에 이르고 계화가 그 머리를 문밖에 내어 건다.

⑤ 용골대가 동생의 죽음에 격노하여 피화당으로 쳐들어오나 불·비·얼음 등의 공격에 의해 많은 군사를 잃는다.

### 라 영웅화의 완결단계

① 용골대가 왕대비를 인질에서 풀어주고 세자와 대군만 호국에 데려가기로 한다.

② 임경업이 퇴로에서 의주를 지나가는 호병을 물리치다가 화친한 전지를 보고 군사를 거둔다.

③ 임금이 박씨의 말을 듣지 않았음을 뉘우치고 박씨를 절충부인에 봉하며 만금을 하사한다.

④ 이시백과 박씨 사이에 11남매를 두고 부부가 더불어 90세 되도록 백수동락한다.

이상에서 보듯이 이 작품에서는 금강산 산신의 딸로 형상화된 박씨가 호국의 침입에 슬기롭게 대처하여 국난을 모면한다. 이는 여성영웅인물의 특성을 박씨가 보인 것이라 할 수 있다. 실제로 그녀는 금강산에서 왔을 뿐만 아니라 흉측한 모습 등에서 반전을 예견할 수 있어, 영웅화의 예비단계를 마련한다. 그런 다음 화려한 모습으로 탈갑하고, 호국의 침입에 판타지적인 수법으로 통쾌하게 승리한다. 그래서 민중적인 이상을 담은 일면, 현 체제의 수호를 위해 헌신한 특성도 있다. 그러한 체제 내에서의 화평한 삶을 추구하기에 이 작품은 구국형 영웅인물을 다룬 것이라 할 수 있다.

### (2) 영웅인물의 단계별 형상화

#### ① 영웅화의 예비단계

예비단계는 〔가〕의 ①~④로 박씨가 영웅인물로 형상화될 개연성을 마련하면서 예비적 사건을 갖춘 곳이다. 이 작품에서처럼 여성을 주인공으로 설정하고 영웅인물로 형상화하려면 남성의 그것을 뛰어넘는 특별한 무엇인가를 함축하고 있어야 한다. 서사를 받아들이는 독자층에게 영웅으로 각인되기 위해서는 남성영웅과 경쟁할 만한 요건이 필요하고 그것을 훌륭히 수행할 수 있어야 한다. 그래야만 여성인물을 영웅으로 형상화한 것에 대해 합리적으로 해명할 수 있기 때문이다. 주인공의 신분이 얼마나 고귀한지, 평범한 사람들에 비해 어떤 특별한 재능을 가졌는지를 제시해야 한다. 그러한 사정을 이 작품에서는 출생과 결연의 신비로움, 용모의 추악함을 내세워 마련하고 있다.

먼저 출생의 신비로움이다. 박씨는 전생에 특출한 지위를 가지고 있었다. 그래서 인간세상에서는 금강산에 은거한 도인의 여식으로 그려진다. 천상에서 온 존재라는 것에 만족하지 않고 여성영웅으로서의 모습을 극대화하기 위해 신선과 같은 이미지를 빌려온 것이다. 박씨의 부친인 박처사는 금강산에 은일하며 도를 닦는 존재이다. 박씨가 그러한 인물의 여식이기에 비범한 능력을 가질 수 있었던 것이다. 물론 그 역량을 바람직한 방향으로 사용하여 그녀가 영웅인물로 부각되었다. 여기에서는 박씨가 남다른 신분임을 암시하는 대목을 제시하여 보겠다.

딕져 박부인은 천상선녀로 박쳐스 집의 젹강흔 여즁군조라 침션은 소
양난의 직질이요 문장은 니틱빅의 구법을 압두ᄒ며 흉즁의 만고승픠와
풍운조화를 품엇스니 병법은 스마 졔갈무후의 변화지술을 상통ᄒ며 신
긔흔 도량은 육졍 육갑을 ᄒ여 신장을 잠시간 부리고 통통묘흔 진법은
나무를 심어 팔문금스진이 되여 풍운조화와 용호 긔치가 벼러 도젹이
감히 졉쥬지 못ᄒ게 ᄒ니 그 신긔묘법은 이로 칭냥치 못헐너라[35]

이상에서처럼 박씨는 천상에서 적강하고 선도를 닦은 존재, 비록 여
인의 몸이지만 남다른 재능을 가진 존재로 제시되어 있다. 그래서 이러
한 박씨가 언제든지 영웅으로 활약한다고 해도 전혀 이상할 것이 없다.
박씨의 특별한 출생과 신분은 그녀를 여성영웅인물로 형상화하기 위한
예비단계에 해당된다 하겠다.

그녀의 결연 또한 영웅화를 위한 예비단계에서 필요한 것이다. 선인
과 같은 아버지가 이시백의 부친인 이득춘을 찾아가 선풍적인 분위기
에서 바둑과 옥저로 시간을 보내다가 이시백과 박씨를 혼인시키기로
한다. 이후에 이득춘과 이시백이 금강산을 찾아가 박씨와의 결혼을 성
사시킨다. 이것은 금강산 산신과 이시백 집안의 결연을 의미하는 것이
기도 하다. 다시 말해 박씨의 신분이 선도산성모 또는 정견모주와 같은
위치에 오르도록 하고, 그녀와 혼인하는 것이 장차 이시백 집안은 물론
국가적으로도 큰 혜택임을 암시하면서 예건(豫件)을 마련한 것이라 하
겠다. 즉 박씨가 장차 영웅적 활약을 펼칠 개연성을 확보하면서 영웅화
의 예비단계를 갖춘 것이라 할 수 있다.

마지막으로 외모의 특별함을 통해서도 영웅화의 예비단계를 구축하
고 있다. 일반적으로 여성인물은 재자가인으로 뛰어난 외모는 물론 남

---

35) 〈박씨전〉, p.216.

다른 문제를 드러낸다. 하지만 이 작품에서는 천상적 존재이면서 인간계에서도 남다른 신분을 가지고 있음에도 불구하고 아주 흉측한 얼굴로 제시하였다. 심지어 노복들까지 그녀를 거부할 정도로 외모를 보잘것없게 그려놓았다. 이는 곰이 웅녀로 변하는 것처럼 영웅이 되기 전 단계를 상징적으로 암시한 것이라 할 수 있다. 실제로 그녀는 탈갑하면서 본격적으로 영웅화의 실행단계로 접어든다. 그래서 추악한 외모는 그녀가 영웅화를 이루어야 할 당위성을 말하는 것으로, 결국은 영웅화의 예비단계를 보이는 것이라 할 수 있다.

### ② 영웅화의 구축단계

구축단계는 㘈의 ①~⑧로 박씨가 추악한 모습으로 피화당에 숨어 지내면서 영웅화를 이루어나가는 곳이라 하겠다. 박씨는 남다른 외모 때문에 시련을 겪는다. 그녀는 전생의 업보로 흉측한 외모를 가지게 되었다. 고전소설의 여성인물에게 빼어난 외모는 중요한 요소이다. 화용월태니 옥빈홍안이니 하는 외양 묘사가 필수되고, 이어서 바느질, 시재 등의 재능에 대한 언급이 뒤따른다. 여성으로 설정되었기 때문에 외면의 아름다움이 반드시 선결되어야 한다. 하지만 박씨는 흉측한 허물을 뒤집어 쓴 채로 태어나 냉대와 질시 속에서 나날을 보내야 한다. 그것도 마치 굴속의 웅녀처럼 뒤뜰의 피화당에서 은거해야만 했다. 이는 영웅화 구축을 위해 세상과 격리시킨 것이라 할 수 있다.

실제로 그녀의 외모 때문에 남편을 비롯한 집안 식구들 모두가 그녀를 부정적으로 대한다. 그녀를 며느리로 들인 이득춘만 긍정적으로 평가할 뿐 주위의 모든 인물이 그녀를 평가절하한다. 심지어 그녀에게 먹을거리도 적게 주어 당장 끼니를 잇기도 어렵다. 이러한 상황은 그녀의 영웅화를 가속화하는 것으로 이해해야 한다. 이는 격리를 통해 남다른 능력을 배양하기 위한 것이라 할 수 있다. 그러기를 얼마지 않아 그녀는 특별한 솜씨로 시부의 조복을 지어낸다. 조복을 짓는 훌륭한 솜씨를 인정받아 임금에게 곡식을 녹으로 하사받는데, 이로써 그녀는 끼니 문제를 해결한다. 물론 집안사람들이 박씨를 다른 시선으로 보는 계기가 되기도 했다. 이는 그만큼 영웅화가 진척되었음을 의미하는 것이기도 하다. 그녀는 더 나아가 선견지명으로 가산을 모으기 위해 망아지를 이용하기도 한다. 즉 관에서 파는 비루먹은 말을 사들여 살찌게 먹인 다음 청나라 칙사에게 그 말을 보여 많은 돈을 받고 판매한다. 미래를 보는 안목으로 가산을 늘리는 데도 앞장선 것이다. 가정 내에서 특별한 능력을 발휘하며 영웅화가 구축되고 있음을 알 수 있다. 그녀는 능력이 구비되자 남편의 출사를 돕기도 한다. 청룡 꿈을 꾸고 연못가에서 얻은 연적을 이시백에게 주어 그를 장원급제시킨다. 당시 사대부 남성의 소망이었던 장원급제를 도움으로써 내조를 넘어 여성영웅으로 부각되는 상황을 짐작할 수 있다. 그것도 청룡의 지시에 의한 것이기에 천우신조적인 신화적 영웅의 속성을 보이고 있다.

박씨의 남다른 행위는 그녀의 영웅화가 상당히 진척되었음을 뜻하는 것이다. 즉 하룻밤 만에 조복을 지어 임금의 칭찬을 듣거나 선견지명으로 비루먹은 말을 사육하여 큰돈을 벌거나 청룡의 도움으로 남편의 출사를 돕는 것 등이 모두 그녀의 특출한 행적이라 할 수 있다. 이렇게 그녀의 영웅화가 원만하게 구축되어 이제 그녀를 영웅의 모습으로 변모시킬 필요가 생겼다. 그것이 바로 박씨의 탈갑으로 나타났다. 이는 그녀가 결혼한 지 3년이 지난 시점의 일이다. 몇 년간의 인고와 남다른 음조로 그녀의 영웅화가 완비되었음을 천명한 것이다. 그러한 면모를 탈갑이라는 장치로 극화해서 보였다. 탈갑하는 장면을 들어 보면 다음과 같다.

일일은 쳐스 그 쏠을 불너 왈 네 이졔는 익운이 진ᄒ엿시니 허물을
곳치라ᄒ니 박씨 딕답ᄒ고 피화당으로 드러간이 승상 그 말을 아지 못ᄒ
고 고이희 여기더라 (…중략…) 이날 밤의 박씨 목욕ᄒ고 쓸에 ᄂ려셔
하날을 바리며 츅슈ᄒ고 방 드러 자든이 잇튼날 평명의 이러나며 계화을
불너 왈 ᄂ 간밤의 허믈을 버섯시니 딕감게 엿ᄌ와 옥함을 ᄯ쥬옵쇼셔ᄒ
라 할 졔 계화 보니 츄비ᄒ 박씨 허믈을 벗고 옥 갓튼 얼골이며 달 갓튼
틱도 스람을 놀ᄂ며 향긔 방안의 가득ᄒ지라 계화 도로혀 졍신을 진졍ᄒ
여 보고 쏘다시 보니 그 아름답고 고은 틱도는 옛날 셔시 향구비라도
밋지 못할너라36)

이상에서 보듯이 박씨는 탈갑을 통해 새로운 인물로 태어났다. 질시
와 냉대의 대상에서 칭찬과 선망의 대상으로 변모한 것이다. 비범하지
만 비루한 모습에서 이제는 특출한 능력에 아름다운 외모까지 겸비한
완벽한 여성영웅이 되었다. 그러기에 이시백을 비롯한 가족 모두가 기
뻐하면서 그간의 액운을 상징하는 허물을 옥함에 넣어 땅에 묻는다. 영
웅으로 새롭게 태어났기에 기존의 허물을 땅에 묻어 속과 성을 구분하
는 것이라 할 수 있다. 이처럼 박씨는 추한 외모로 냉대를 받으면서도
영웅적 능력을 키워나갔으며 마침내는 탈갑을 통해 영웅화의 구축을
완비하였다.

③ 영웅화의 실행단계

실행단계는 㘿의 ①~⑤로 영웅화가 완비되어 전격적으로 호국의 침
입을 물리치는 내용을 서사한 곳이다. 앞에서는 가정사를 해결하면서
영웅화의 구축단계를 서사했다면, 이곳에서는 국가적인 문제를 해결하

36) 〈박씨전〉, p.174.

는 것으로 영웅화의 실행단계를 다루고 있다. 즉 자신의 집을 찾아온 호국의 자객이나 수장을 제거함으로써 영웅화의 실행을 실질적으로 완수한다.

박씨가 허물을 벗고부터는 그녀의 영웅화가 실행단계로 접어든다. 그것도 구국을 위해 전격적으로 단행된다. 먼저 호국에서 문젯거리인 임경업과 박씨를 암살하기 위해 기홍대를 자객으로 보낸다. 하지만 박씨가 그녀를 뒤뜰로 유인해 독한 술을 먹여 제압한 후 본국으로 쫓아 보낸다. 이는 박씨의 영웅화 실행단계의 첫 번째 사건에 해당된다. 해당 부분을 인용해 보도록 한다.

> 각셜 이쩍 박씨 홀노 피화당의 안져 천긔를 슬피더니 우의정을 쳥ᄒ여 왈 모월 모일의 엇더헌 미인 와 ᄎ질 거시니 부딕 피화당으로 보닉소셔 승상 왈 그 엇던 여인이니잇가 박씨 왈 그쌔를 당ᄒ면 ᄌ연 알녀니와 그 여인이 필연 ᄉ랑의 유코ᄌ헐 거시니 만일 ᄉ랑의 유ᄒ게 ᄒ엿다가는 딕환을 당홀 거시니 부딕 닉 말을 명심ᄒ옵소셔 ᄒ고 계화를 불너 왈 네 술을 만이 비지되 독ᄒ 술과 순헌 술을 절반식 비졋다가 아모쩍라도 닉가 엇더헌 여인을 다리고 술를 가져오라 ᄒ거든 가지고 와셔 그 여인은 독헌 술을 권ᄒ고 나는 순헌 술을 권ᄒ며 안쥬도 만이 장만ᄒ라 (…중략…) 뇌곤이 ᄌ심ᄒ고 ᄯᅩ헌 술이 취ᄒ오니 황송ᄒ오되 조곰 눕기를 쳥ᄒ느이다 부인 왈 술 취ᄒ고 눕기는 예스라 편이 ᄌ라 ᄒ고 벼기를 쥬신딕 그 여인이 눕거늘 부인도 ᄯᅩ헌 비겨 ᄌ는 쳬ᄒ고 동졍을 슬피더니 이윽ᄒ여 그 여인이 좀을 깁히 드니 두 눈을 쓰니 쓰는 눈의셔 불썽어리 닉다러 방안의 둥굴면서 숨소릭 집안의 가득헌지라 (…중략…) 긔홍딕 딕졉ᄒ여 익걸 왈 부인이 임의 아러시니 엇지 감이 긔망ᄒ오릿가 과연 그러ᄒ옵거니와 소녀는 왕명으로 올 쑨이라 신첩 되여 거역지 못ᄒ여 왓ᄉ오니 부인 덕틱의 술녀쥬옵소셔 무슈이 익걸ᄒ거늘 부인이 칼을 더지고 빅의 느려 무슈히 ᄭ지져 보느니 집안ᄉ람과 승상이 이 광경을 엿보다가 심혼이 날고 구빅이 흣터지는지라[37]

박씨가 선견지명으로 기흥대가 올 것을 예견했기에 그녀의 척결이
가능했다. 이렇게 특별한 능력으로 호국의 자객을 무찌르는 것은 다음
의 영웅화 실행단계를 마련하기 위한 것이기도 하다. 자객에게서 벗어
나 이제 그녀는 호국의 침략을 방비하기 위해 노력한다. 호국의 침입을
예견하고 방비를 상소하는 것이 이에 해당된다. 하지만 간신 김자점의
방해로 그 뜻을 이루지 못하고, 결국 용율대와 용골대가 수십만 대군을
이끌고 침략해 온다. 호병이 도성을 함락하고 용율대가 박씨의 집을 공
격하니 박씨가 그를 피화당 수풀 속에 가두어 죽인다. 영웅화의 두 번
째 실행단계로, 맹위를 떨치던 적장을 도술로써 죽이는 성과를 거둔다.
해당 장면을 들어 보면 다음과 같다.

> 율듸 의긔양양ᄒ여 피화당을 겁칙ᄒ여 달녀드니 불의예 하날이 어두
> 우며 흑운이 ᄌ옥ᄒ고 뇌정병녁이 진동ᄒ며 좌우 전후의 버렷든 나무
> 일시의 변ᄒ여 무슈헌 갑옷 입은 군시 되여 졈졈 에워ᄉ고 가지와 입히
> 화ᄒ여 긔치창검이 되여 상셜 갓트며 함셩소리 쳔지진동ᄒ는지라 율듸
> 듸경ᄒ여 급히 늬다라 오랴 ᄒ즉 발셔 칼 갓튼 바회 놉기는 쳔여 장이ᄂ
> ᄒ여 압흘 가리와 겹겹이 둘너ᄊ니 젼여 갈 길이 업는지라 (…중략…)
> 율듸 그 말을 듯고 듸로ᄒ여 칼을 드러 계화를 치랴 ᄒ되 경각의 칼든
> 팔이 심이 업셔 놀닐 길이 업는지라 하릴업셔 하날을 우러러 탄식 왈
> 듸장뷔 셰상의 ᄂ셔 만니타국의 듸공을 바라고 왓다가 오날날 조고마ᄒ
> 계집의 손의 죽을 쥴 엇지 알니요 계홰 우셔 왈 불상코 가련ᄒ다 셰상의
> 장부라 위명ᄒ고 날 갓튼 녀ᄌ를 당치 못ᄒᄂ냐 네 왕놈이 쳔의를 모ᄅ
> 고 예의지국을 침범코ᄌ ᄒ여 너 갓튼 구샹유취를 보늬닛거니와 오날은
> 네 명이 늬 손의 달녓시니 밧비 목을 늘이여 늬 칼을 바드라 ᄒ듸 율듸
> 앙쳔탄왈 쳔수로다 ᄒ고 ᄌ결ᄒ니 계홰 율듸의 머리를 베여 문 밧게 다
> 니 이윽고 풍운이 이러ᄂ며 쳔지명랑ᄒ드라[38]

이곳에서 박씨는 도술로써 적장을 압도하여 죽이고 그 머리를 효수한다. 이는 박씨가 완벽한 영웅으로 거듭났기에 가능한 일이다. 그래서 관군도 어찌하지 못하는 용율대를 자신의 뒤뜰로 불러들여 전격적으로 제거한 것이다. 이처럼 박씨는 국가지난도 가정에서 모두 해결하여 음조적 영웅인물의 특성을 보인다. 마침내 용골대가 동생의 죽음에 격노하여 피화당으로 쳐들어온다. 박씨는 그를 맞아 불·비·얼음 등의 술법을 써서 많은 군사를 제거한다. 이는 영웅화의 실행단계가 판타지적으로 이루어지는 부분이라 하겠다. 해당 장면을 인용해 보면 다음과 같다.

> 임의 화친언약을 바덧시니 뉘라서 늬 으오를 히흐리요 오날은 원슈를 갑흐리라 흐고 군즈를 모라 장안의 드러와 피화당의 다다르니 과연 율틱의 머리를 문밧게 다렷거늘 골틱 분긔를 이긔지 못흐여 칼을 놉히 들고 말을 지쳐 달녀들고져 흐거늘 (…중략…) 나무마다 무성흐여 무슈헌 장졸이 되여 금고함성은 천지진동흐며 용과 범이며 거문 식와 흰 빅암이 슈미를 상접흐여 풍운을 토흐고 긔치창검이 별갓트며 난틱업는 신장이 갑쥬를 입고 슘쳑금을 드러 호병 엄슬흐니 뇌정벽녁이 강슨이 문허지는 듯흐니 호진 장졸들이 천지를 분변치 못흐고 죽엄이 구슨 갓드라 (…중략…) 박씨 옥념을 드리오고 옥화션을 쥐여 불을 붓치니 화광이 호진을 츙돌흐니 호진 장졸이 항오를 일코 다 타 죽고 밟펴 죽으며 나문 군식 슬기를 도모흐고 다 도망흐는지라 (…중략…) 이윽고 공중으로 두 줄 무지긔 이러나며 모진 비 천지 뒤눕게 오며 음풍이 이러느며 빅셜이 날니며 어름이 어리여 만군중 말발이 싸의 붓터 촌보를 옴기지 못흐는지라 그졔야 호장들이 황겁흐여 아모리 싱각흐여도 모다 함몰헐지라 마지 못흐여 호장등이 투구를 벗고 창을 아셔 피화당 압헤 나아가 꾸러 익걸 왈 (…중략…) 박씨 쥬렴 안의셔 꾸지져 왈 너의 등을 씨없이 죽일 거시

38) 〈박씨전〉, pp.204~206.

로되 천시를 싱각ᄒ고 십분 용셔ᄒ거니와 너의놈이 본ᄃᆡ 간스ᄒ여 범남
헌 죄를 지엿시나 이번은 아는 일이 잇셔 슬녀보ᄂᆡᄂ니 조심ᄒ여 드러가
며 우리 셰ᄌᄃᆡ군을 부ᄃᆡ 티평이 뫼셔 가라 만일 그러치 아니ᄒ면 ᄂᆡ
오랑키씨를 업시 함몰ᄒ리라[39]

 이상에서 보는 것처럼 박씨는 용골대의 무수한 병사를 도술로 제압
한다. 전세가 불리한 용골대는 어쩔 수 없이 타협에 응할 수밖에 없었
다. 도술로써 영웅적 행위를 펼치는 박씨를 당할 방법이 없었기 때문이
다. 이는 박씨가 구국형 영웅으로 남다른 능력을 실행하여 얻어낸 결과
이기도 하다. 실제로 그녀는 탈갑 후 구국형 영웅에게 요구되는 특별한
도술 능력을 행사한다. 신비한 능력으로 호장을 격퇴하는 장면은 그녀
가 구국형 여성영웅인물로 극대화된 부분이라 하겠다. 다만 박씨는 나
라의 위난을 예견하면서도 사전에 방비하지 않고 자신의 집을 공격할
때만 구국적인 영웅행위를 보인다. 그래서 수동적이면서도 음조적인
구국형 여성영웅인물로 형상화되었음을 알 수 있다. 이는 후대의 여성
영웅소설과 차이를 보이는 것이기도 하다. 이것이 이 작품만의 독특한
영웅인물 형상화 방식이라 할 수 있다.


 ④ 영웅화의 완결단계

 완결단계는 라의 ①~④로 영웅화가 완결되어 그 최종적인 결과가 도
출되는 곳이다. 박씨가 용율대를 죽이고 용골대와 화친함으로써 영웅
화의 실행이 완결된다. 그래서 영웅화의 최종적인 결과가 제시되는데,
국가의 치욕을 상당수 감쇄시켰고 박씨나 그 집안에 대한 보상이 이루

---

39) 〈박씨전〉, pp.208~212.

어졌다. 먼저 화친을 통해 볼모로 잡혀가는 인질에서 왕대비를 구하였
다. 비록 나라의 운이 정해져 세자와 대군은 구하지 못했으나 나름대로
소기의 목적은 달성한 셈이다.

음조적 구국 행위를 가상히 여긴 임금은 박씨의 말을 듣지 않은 것을
후회하며, 그녀를 절충부인으로 봉하고 만금을 하사한다. 이는 구국에
대한 대가이면서 그녀의 영웅적 활약에 대한 보답이기도 하다. 해당되
는 부분을 들어 보면 다음과 같다.

> 이적의 상이 박씨의 말을 듯지 아니물 빅 번 뉘쳐 허ᄉ 탄식 왈 슬푸다
> 박부인의 말디로 ᄒ엿스면 엇지 오날날 이 환을 당ᄒ엿시며 만일 박부인
> 이 남ᄌ 되엿시면 엇지 호적을 두려ᄒ리요 이졔 박씨는 격슈단신으로
> 집안의 잇셔 호적을 승젼ᄒ며 호장을 쓸니고 조선병긔를 싱싱케 ᄒ니
> 이는 고금의 업는 빅라 ᄒ시고 무슈히 탄복ᄒ시고 절충부인을 봉ᄒ시고
> 만금 상ᄉᄒ시며 조셔를 ᄂ리시며 박씨 ᄌ손을 벼슬 쥬시고 쳔츄만셰의
> 유젼ᄒ라 ᄒᄉ40)

이처럼 그녀에게 전폭적인 보상이 주어진다. 이것은 맹위를 떨치던
호국의 장수를 제거하거나 호병을 물리친 박씨의 영웅적 행위의 결과
이다. 그런 점에서 박씨는 뛰어난 능력으로 국가의 위난을 극복한 구국
형 영웅인물이다. 특히 가정 내에서 가정사는 물론 국가적인 문제까지
해결하여 음조형 영웅인물이라 할 수 있다. 더욱이 그녀는 가정사에서
가족구성원을 위해 헌신하면서 특출한 능력을 보이되 자신의 공과를
바라지 않았을 뿐만 아니라, 국가지난을 슬기롭게 극복할 수 있도록 돕
고도 자신을 드러내지 않았다. 이는 다른 영웅인물, 특히 주도적 영웅

---

40) 〈박씨전〉, pp. 214~216.

인물과 변별되는 핵심이기도 하다. 이를 감안하면 박씨를 음조적 구국형 영웅인물로 형상화한 것으로 보아도 좋겠다.

## 2) 〈유충렬전〉의 형상화

〈유충렬전〉은 남성영웅소설의 대표격으로 구국형 영웅인물의 전형을 보이고 있다. 앞에서 살핀 〈박씨전〉이 음조적 구국영웅으로 여성인물을 형상화했다면, 이 작품은 주도적 구국영웅으로 남성인물을 주요하게 다루었다.[41] 유충렬은 출생과 성장이 남다르고 타고난 기질 또한 특출하다. 그러한 사정을 영웅화의 예비단계에서 자세히 다루면서 도입부를 마련하고 있다. 그런 다음 가정적·사회적인 어려움에 봉착하여 유리걸식하다가 특별한 공간에 들어가 수학하면서 영웅화의 구축단계를 맞는다. 이렇게 영웅적인 능력이 구비되었을 때 오랑캐의 침입으로 나라가 위험한 지경에 처한다. 이에 유충렬이 출정하여 혁혁한 전공을 세워 영웅화의 실행단계를 완수한다. 마침내 이러한 전공을 통해 그에게 전폭적인 보상이 주어지는 영웅화의 완결단계가 이어진다. 이와 같이 보국에 의한 입상이 구국형 영웅인물을 형상화하는 핵심이라 하겠다. 이로 볼 때 이 작품은 구국형, 그것도 주도적인 영웅인물의 전형을 보이고 있다. 따라서 이 작품을 정치하게 분석하면 동종 유형의 다른 작품을 두루 살피는 효과를 거둘 것으로 본다.

---

41) 물론 일부의 여성영웅소설은 남성을 능가하면서 주도적으로 영웅적인 활동을 펼친다. 하지만 이들은 활동의 주도성에도 불구하고 결국은 남성 중심의 제도에 편입되므로 음조적 영웅인물의 전통을 완전히 벗어난 것은 아니다.

### (1) 출전과 영웅화 단계

〈유충렬전〉은 간신과의 대립으로 인해 몰락한 충신 가문의 주인공이 충의 이데올로기를 수호하기 위해 영웅적으로 활약하는 내용을 그린 작품이다. 천자를 중심으로 하는 중세적 질서의 회복이 주인공에게 주어진 최대의 과제인 셈이다. 이 작품의 창작 시기에 대해서는 다양한 견해가 있는데 17세기 후반 또는 18세기 초일 것이라는 주장과[42] 19세기 중반일 것이라는 주장이[43] 맞서고 있다.

이 작품은 간신의 참소로 영락한 가문의 아들인 유충렬이 죽을 고비를 넘기며 온갖 시련을 극복하고, 병법과 도술을 익혀 마침내 위기에 빠진 국가를 구하는 내용이다. 여기에서는 완판본 텍스트를 중심으로 논의를 진행하고자 한다. 완판본이 유충렬의 영웅적 면모를 비교적 잘 그려 구국형 영웅인물의 형상화 양상을 살피는 데 더 유용할 것으로 판단했기 때문이다. 더욱이 대중성을 공고히 했던 영웅소설의 전통을 감안할 때 완판본을 중심으로 살펴야 영웅인물에 투영된 당시의 민중의식을 더 수월하게 포착할 수 있으리라 본다. 우선 〈유충렬전〉의 영웅인물을 살피기 전에 주요 내용을 요약하면 다음과 같다.[44]

---

42) 조동일, 『한국소설의 이론』, 지식산업사, 1977, p.393; 고전문학실 편, 『한국고전소설해제집』하, 보고사, 1997, p.116.
43) 성현경, 「〈유충렬전〉 검토—소대성전·장익성전·설인귀전과 관련하여」, 『고전문학연구』2, 한국고전문학연구회, 1974, pp.52~53; 김연호, 「영웅소설의 유형과 변모에 관한 연구」, 고려대학교 대학원 박사학위논문, 1993, p.247; 박일용, 「영웅소설의 유형변이와 그 소설사적 의의」, 서울대학교 대학원 석사학위논문, 1983, p.137; 최삼룡·이월령·이상구 역주, 『한국고전문학전집』24, 고려대학교 민족문화연구소, 1996, p.4.
44) 최삼룡·이월령·이상구 역주, 앞의 책, pp.12~211.

### ㉮ 영웅화의 예비단계

① 명나라 영종황제 시절에 정언 주부 유심이 있었는데 슬하에 늦도록 자식이 없다가 남악 형산에 발원하여 아들을 얻는다.

② 아이 이름을 충렬이라 지었는데 생김새가 웅장하고 기이하며 등에 붉은 색으로 '대명국 대사마 대원수'라고 새겨 있었다.

③ 유충렬은 천상에서 자미원 대장성이었고 정한담은 익성이었는데 백옥루 잔치에서 싸운 죄로 인간세상에 귀양 온 것이다.

④ 도총대장 정한담과 병부상서 최일귀가 용맹하나 포악한 성격으로 유심의 직간을 꺼려 누명을 씌워 유배를 보낸다.

⑤ 유심이 유배 가는 길에 회사정 동쪽 벽에 유언을 남기고 물에 빠져 죽으려다 신하의 만류로 이루지 못한다.

### ㉯ 영웅화의 구축단계

① 정한담 무리가 유심의 아들 유충렬이 영웅임을 알고 집에 불을 질렀으나 장부인의 꿈에 어떤 노인이 나타나 모자가 목숨을 건져 번양으로 도주한다.

② 정한담이 번양 회수 가로 군사를 보내 사공을 매수하여 장부인과 유충렬을 잡으려다 적선(賊船)이 나타나 장부인을 결박하고 유충렬을 물에 내던진다.

③ 도적 마철이 장부인을 아내로 삼으려 가둬 놓았는데 방의 동쪽 벽 위에 '대명국 도원수 유충렬은 개탁이라'고 쓰인 옥함을 발견하고는 가지고 도망가다 이처사의 집에 의탁한다.

④ 유충렬이 남경 뱃사람에게 구출되어 걸식하며 방황하다가 영릉 땅에 이르러 간신의 참소로 낙향한 재상 강희주를 만나 그의 집에 의탁한다.

⑤ 일찍이 강승상의 부인이 옥황선녀가 나오는 꿈을 꾸고 딸을 낳았는데 그녀를 유충렬과 혼인시킨다.

⑥ 유충렬이 열다섯 살 때 강승상이 천자에게 유심의 원통함을 풀어달

라고 상소했다가 정한담 무리에 의해 옥문관에 유배되고 유충렬은
피신한다.

⑦ 금부나장 장한이 잡혀가던 소부인과 강낭자를 풀어주나 소부인은
청수에 빠져 자결하고 강낭자는 영릉골 관비의 수양딸이 된다.

⑧ 유충렬이 서해 광덕산 백룡사에서 노승을 만나 병서를 탐구하고 불
경을 의론하는 등 공부에 매진한다.

㊀ **영웅화의 실행단계**

① 남적이 강성하여 황성을 치려고 하자 정한담 무리가 선봉으로 출진
하였다가 적장에게 투항한다.

② 정한담 무리가 황성으로 쳐들어와서 여러 장수들이 막지만 적수가
되지 못하자 태자가 천자를 모시고 금산성으로 대피한다.

③ 유충렬이 천문을 보고 천자의 위험을 알자 노승이 일광주와 용린갑,
장성검이 든 옥함을 준다.

④ 천자가 옥새와 항서를 들고 투항하려는 찰나 유충렬이 송림촌 동장
자에게서 천사마를 얻은 후 금산성에 도착하여 적장 정문걸의 목을
벤다.

⑤ 천자가 유충렬을 대원수로 봉하고 충렬은 계속해서 북적 선봉장 마
룡과 최일귀의 목을 벤다.

⑥ 정한담이 유충렬과 싸우다 여의치 않자 진중으로 그를 유인하여 함
정에 빠뜨리지만 유충렬이 도술로 적군을 물리치고 황후와 태후를
구출한다.

⑦ 정한담이 항복을 권하는 유심의 가짜 편지를 유충렬에게 보내나 이
에 속지 않고 황성에 들어가 정한담 무리를 호산대로 몰아낸다.

⑧ 유충렬이 적군을 상대하느라 황성을 비운 사이 정한담이 습격하자
천자가 번수 가로 도망가는데 정한담이 천자의 목숨을 위협하며 옥
새를 빼앗으려 한다.

⑨ 유충렬이 천사마를 타고 나타나 천자를 구하고 정한담을 사로잡는다.

### 라 영웅화의 완결단계

① 유충렬이 호국에 잡혀간 황후와 태후, 태자를 구하고 돌아오는 길에 유심과 재회하고 선녀가 준 과일로 아버지의 원기를 회복시킨다.

② 유심이 정한담의 죄목 열 가지를 이야기하고 목을 베어 처벌한다.

③ 유충렬이 호국에서 마철·마응·마학 삼형제와 대적하여 승리한 후 옥관도사를 사로잡고 강승상과 조낭자를 구출하며 남적과 오국에 게 모두 항서를 받는다.

④ 유충렬이 회수 가에서 모친인 장부인의 제사를 지내는데 그 소식을 듣고 아들이 살아있음을 안 어머니와 재회한다.

⑤ 강낭자가 영릉골 관비의 수양딸로 지내며 수청을 강요받았으나 끝 까지 절개를 지키다 유충렬과 재회한다.

⑥ 유충렬이 대사마 대장군 겸 승상이 되고 유심은 연왕, 장부인은 정렬부 인, 강승상은 달왕, 강낭자는 정숙부인에 올라 태평성대를 누린다.

이 작품은 영웅인물이 초반의 어려움을 극복하고 마침내 천문지리와 병법을 익혀 위난에 처한 황제를 구하고 자신과 가문 또한 현창하는 특성이 있다. 즉 적강인물인 유충렬이 어렸을 때 아버지가 모함으로 유 배되고 가족이 모두 흩어지는 고난을 겪는데, 이는 영웅화의 예비단계 로 그 출생이나 성장과정의 지난함을 보인 것이라 할 수 있다. 그러다 가 특정한 공간에 들어가서 병법 등을 모두 익혀 위기에 처한 황제를 극적으로 구제한다. 이는 영웅화의 실행단계로 그간 익힌 능력을 발휘 한 것이기도 하다. 그 결과 국가의 태평은 물론 자신의 모든 가족도 행 복한 나날을 보내게 된다. 이는 다름 아닌 영웅화의 완결이라 할 수 있 다. 이처럼 이 작품은 영웅인물의 형상화가 곧 작품의 전체 사건을 구 축한다고 해도 과언이 아니다. 그만큼 영웅인물의 형상화가 작품에서 차지하는 비중이 큼을 알 수 있다.

### (2) 영웅인물의 단계별 형상화

#### ① 영웅화의 예비단계

예비단계는 [가]의 ①~⑤로 유충렬이 영웅인물로 성장할 수밖에 없는 당위성을 제시하면서 고난의 시작을 알리는 곳이다. 영웅인물을 형상화할 때는 으레 출생에 관련된 특이한 사건을 제시한다. 유충렬은 아버지인 유심이 늦게까지 자식을 얻지 못하자 남악 형산에 기자발원하여 어렵게 얻은 아들이다. 신령에게 발원하여 얻었기에 유충렬은 다른 사람보다 특수한 능력을 구비하게 되었다. 이러한 만득자 화소는 영웅인물을 묘사할 때 애용되는 것 중의 하나이다. 이처럼 주인공을 영웅인물로 형상화하기 위하여 출생에서부터 특별하게 표현하였다. 비범한 출생을 통해 영웅적 존재로 자라나게 될 것을 예비하면서 사건을 구축한 것이라 하겠다. 해당 장면을 살펴보면 다음과 같다.

> 빌기를 다 ᄒᆞ미 지셩이면 감쳔이라 황쳔인들 무심할가 단상의 오ᄉᆡ구름이 ᄉᆞ면의 옹위ᄒᆞ고 산즁의 빅발 신령이 일졀이 ᄒᆞ강ᄒᆞ여 졍결케 지은 졔물 모도다 흠향ᄒᆞᆫ다 길조가 여ᄎᆞᄒᆞ니 귀자가 업슬손야 빌기를 다 ᄒᆞᆫ 후의 만심 고ᄃᆡᄒᆞ던 차의 일일은 ᄒᆞᆫ 꿈을 어드니 쳔상으로셔 오운이 영농ᄒᆞ고 일원 션관이 쳥용을 타고 ᄂᆡ려와 말ᄒᆞ되 나는 쳥용을 차지ᄒᆞᆫ 션관이더니 익셩이 무도ᄒᆞᆫ 고로 상계의게 알외되 익셩을 치죄ᄒᆞ야 다른 방으로 귀양을 보닛더니 익셩이 글노 흠심ᄒᆞ야 빅옥누 잔치시의 익셩과 ᄃᆡ젼ᄒᆞᆫ 후로 상계젼의 득죄ᄒᆞ야 인간의 ᄂᆡ치시미 갈 바를 모로더니 남악산 신령이 부인ᄃᆡᆨ으로 지시ᄒᆞ시기로 왓사오니 부인은 ᄋᆡ휼ᄒᆞ옵쇼셔 ᄒᆞ고 타고 온 쳥용을 오운 간의 방송ᄒᆞ며 왈 일후 풍진 즁의 너를 다시 차질리라 ᄒᆞ고 부인의 품의 달여들거늘 놀ᄂᆡ ᄭᆡ다르니 일장춘몽 황홀ᄒᆞ다[45]

---

45) 〈유충렬전〉, p.18.

이는 기자발원과 태몽이 집약되어 나타난 부분이다. 간절한 발원을 통해 좋은 징조가 드러나고 마침내 천상계의 인물이 적강하여 유충렬로 회태된다. 이로써 하늘에서 내려온 인물이 이후 닥쳐올 역경을 이겨내고 영웅의 위치에 등극할 기반을 마련하였다. 곧 영웅화의 예비단계에서 유충렬을 천상적 존재로 설정하여 비범한 활약의 당위성을 확보하였다.

출생할 때의 신이한 사건뿐만 아니라 성장과정에서도 특별한 재능을 확인할 수 있다. 유충렬은 등에 '대명국 대사마 대원수'라고 적혀 있을 뿐만 아니라 생김새도 예사롭지가 않았다. 그는 어릴 때부터 문일지십의 능력을 갖추고 골격이 웅장하며 문무를 막론하고 다양한 소질을 구비하고 있었다. 해당 부분을 확인하면 다음과 같다.

주부를 청입ㅎ야 아기를 보이며 션녀의 ㅎ던 말을 낫낫치 고ㅎ니 주부 공중을 힝ㅎ야 옥황게 사례ㅎ고 아기를 살펴보니 웅장ㅎ고 기이ㅎ다 천정이 광활ㅎ고 지각이 방원ㅎ야 초상 갓튼 두 눈섭은 강산 졍기 씌엿고 명월 갓탄 압가심은 천지조화 품어스며 단산의 봉의 눈은 두 귀 밋을 도라보고 칠셩의 사인 종학 융준용안 번듯ㅎ다 북두칠셩 말근 별은 두 팔둑의 박켜 잇고 두렷흔 디장셩이 압 가심의 박켜스며 삼틱셩 졍신 별리 비상의 써 잇난디 주홍으로 삭여스되 디명국 디사마 디원수라 은은이 박켜스니 웅장ㅎ고 기이ㅎ문 만고의 졔일이요 천추의 흔나로다 (…중략…) 셰월이 여류하야 칠셰의 당ㅎ미 골격은 청수ㅎ고 총명은 발쳬ㅎ야 필법은 왕희지요 문장은 이틱빅이며 문예 장약은 손오의게 지닉더라 천문지리는 흉중의 갈마두고 국가흥망은 장중의 미여스니 말달이기와 용검지술은 천신도 당치 못할네라[46]

46) 〈유충렬전〉, pp.20~22.

출생과 더불어 비범한 면모를 보였던 유충렬은 영웅이 될 재목으로 성장하게 된다. 어린 나이에도 불구하고 이미 문무에 두루 뛰어난 것으로 묘사하여 영웅이 될 당위성을 마련하고 있다. 유충렬은 뛰어난 자질에도 불구하고 많은 시련을 감내해야 한다. 이는 영웅인물로 우뚝 서기 위한 통과의례라 할 수 있다. 다만 여기에서는 그 전 단계로서 유충렬이 천상에 기반을 둔 존재라는 것과 신이한 태몽을 통해 그가 빼어난 능력을 구비했다는 정도만 제시하면서 예건을 마련하였을 따름이다.

② 영웅화의 구축단계

구축단계는 ㈏의 ①~⑧로 유충렬이 간신 정한담 무리 때문에 온갖 시련을 겪고 가족들과 뿔뿔이 헤어진 뒤 백룡사에 의탁하는 과정이 그려진다. 유충렬에게 찾아온 시련은 천상에서부터 이어진 인연에서 비롯된 것이다. 천상 백옥루 잔치에서 다툰 죄로 함께 적강한 익성 정한담의 참소로 아버지인 유심이 유배를 떠나게 된다. 뿐만 아니라 유충렬이 영웅인물임을 인지한 정한담 무리가 그의 집에 불을 질러 죽이려고까지 한다. 어렵게 탈출한 유충렬은 도적에 의해 어머니와 헤어지고 뱃사람에게 구출되어 혈혈단신으로 유리걸식하는 신세가 된다. 유복하게 자란 그에게 있어 부친의 유배와 집안의 몰락, 가족에 대한 몰살 음모와 탈출, 어머니와의 이별과 유리 등은 그야말로 총체적인 난국이 아닐 수 없다. 유충렬은 이러한 상황에서 혼자의 힘으로는 어떠한 방법도 모색할 수 없게 된다. 역설적이게도 이러한 방랑과 걸식은 유충렬에 대한 영웅화 구축이면서 동시에 정한담 무리를 악인형으로 형상화한 수법이기도 하다. 이에 해당하는 장면을 들어 보면 다음과 같다.

　　각셜 이씩의 츙열은 모친을 일코 물의 썬져 살 질이 업셔더니 문득
두발이 닷커늘 자서히 보고 살펴여 보니 물 속의 큰 바우라 그 우의 올나
안자 ㅎ날을 우러러 어미를 찻더니 간 뒤 업고 사면을 도라보니 청산언
은은ㅎ고 다만 들이난이 물싀소릭뿐이로다 강천의 낭자흔 원싱이 소릭
삼경의 실픠 우니 츙열이 통곡ㅎ며 셧더니 (…중략…) 츙열이 선인을 이
별ㅎ고 정쳐업시 단이다가 촌촌이 걸식ㅎ며 곳곳시 차숙흘졔 조동모셔
ㅎ니 추풍낙엽이요 거릭무종적ㅎ니 청천의 부운이라 얼골이 치핔ㅎ고
힝싴이 가련ㅎ다 흉중의 뒤장셩은 씩속의 뭇쳐잇고 비상의 삼틱셩은 헌
옷속의 뭇쳐스니 활달흔 긔남자가 도로여 걸인이라[47]

　　이러한 시련이 지속될 때 강승상이 조력자로 등장하여 유충렬에게
피난처를 제공한다. 유충렬의 아버지인 유심과 연을 맺고 있던 강승상의
등장으로 유충렬은 혼자 힘으로 감당할 수 없었던 고난에서 헤어날 수
있었다. 가문이 몰락하고 의탁할 곳 없던 유충렬은 강승상을 만나 한동
안 안정된 생활을 영위한다. 금상첨화로 강승상의 딸과 인연이 되어 혼
례까지 올린다. 어려움에 빠진 유충렬이 강승상을 만나 유리걸식을 청산
하고 더 나아가 그의 딸과 인연을 맺음으로써 장차의 사건을 위한 복선장
치를 마련하였다. 물론 이것은 영웅화 구축을 위한 초석이기도 하다.
그러나 강승상이 유심의 무고함을 주장하다가 정한담 무리에 의해 정배
되면서 강승상 가족이 뿔뿔이 흩어지는 사태가 벌어진다. 그로 인해 유
충렬이 어렵게 맺은 소중한 가족 관계가 또다시 파행을 겪고 만다. 강승
상이 유배되고 유충렬 부인은 관비 신세로 전락했으며 심지어 강승상
부인은 자결하기에 이른다. 주인공을 돕던 화목한 가정이 그를 해치려는
무리에 의해 철저히 파괴되었다. 해당 장면을 들어 보면 다음과 같다.

---

47) 〈유충렬전〉, pp.58~60.

츙열이 보기를 다ᄒᄆᆡ 낭자 방의 드러가 편지를 뵈이며 전싱의 명이 긔박ᄒ야 조실부모ᄒ고 쳔지로 집을 삼고 ᄉ히로 밥을 붓쳐 부운갓치 단이더니 천힝으로 듸인을 만나 낭자와 빅년언약을 ᄆᆡ져써니 일 연이 다 못ᄒ야 이런 변이 이쓰니 엇지 안이 망극ᄒ리요 (…중략…) 이찍 부인과 낭자 유싱을 이별ᄒ고 일가의 망극ᄒ야 우름소릐 써나지 안이ᄒ더라 불과 ᄉ오 일의 금부 도ᄉ 나려와 월게촌의 달여드러 소부인과 낭자를 잡아듸여 수릐 우의 실코 군사를 지축ᄒ야 황셩으로 올나가며 일변 집을 허러 못슬 파고 가니 가련ᄒ다 강승상이 셰듸로 잇던 집을 일조의 못슬 파니 집오리만 둥둥 떳다[48]

이처럼 강승상의 집에 의탁하던 유충렬은 친가의 몰락에 이어 처가의 몰락이라는 이중고를 겪고 있다. 이는 정한담의 치밀한 모함에 의한 것으로 그를 향한 적개심이 배가될 수 있도록 했다. 이러한 과정을 통해 유충렬은 정한담에 대한 복수심을 강화하면서 절치부심할 수밖에 없었으며, 이것이 그의 영웅화를 촉진하는 기폭제가 되었다. 실제로 이제 그는 더 이상 의지할 곳 없는 처량한 신세가 되어 자신의 역량으로는 아무것도 할 수가 없다. 그럴 때에 서해의 광덕산 백룡사의 노승을 만나 병서를 익히면서 수학할 뿐만 아니라 불경을 의론하기도 한다. 이는 실질적인 영웅화의 구축이라 할 수 있다. 앞에서 친가와 처가의 몰락으로 갖은 고통을 겪는 과정에서 영웅화 구축의 필요성을 고조시키다가 마침내 이곳에 이르러 실질적으로 영웅화 구축이 완비되도록 했다. 이는 영웅화 실행단계에서 정한담에 대한 철저한 복수가 가능하도록 하기 위한 것이다.

---

48) 〈유충렬전〉, pp.74~76.

③ 영웅화의 실행단계

실행단계는 다의 ①~⑨로 영웅화가 완비되어 정한담 무리를 처단하고 황실을 위기에서 구출하는 부분이다. 앞의 구축단계에서 유충렬은 유리걸식하며 온갖 시련을 경험하다 새롭게 인연을 맺은 처가와도 다시 헤어진다. 그런 다음 마침내 백룡사에서 학문을 닦고 병법을 연마하며 미래를 대비한다. 실행단계에서는 국가의 위기를 자각하고 그간 갈고 닦은 능력을 유감없이 발휘하면서 문제를 해결한다. 국가지난이 생긴 것은 정한담이 남적과 연합하여 황성을 공격했기 때문이다. 정한담은 남적을 정벌하러 출전했다가 투항한 후 오히려 황성을 향해 공격해온다. 이에 황제가 태자와 함께 금산성으로 대피하고, 천문을 보던 유충렬도 나라의 위험을 인지한다. 백룡사의 노승은 그러한 사정을 알고 유충렬에게 옥함을 건네준다. 이는 유충렬이 영웅화의 실행을 본격적으로 단행하는 부분이기도 하다. 해당 장면을 들어 보면 다음과 같다.

이쩍 츙열이 옥흠을 안고 왈 이거시 일정 츙열의 기물인진딕 옥흠이 열릴지라 ㅎ고 우싹을 여려노으니 빈틈업시 들어쩌늘 보니 금주 ㅎ 벌과 장검 ㅎ나 칙 ㅎ 권이 드럿거늘 투고를 보니 비금비옥이라 광쳐 찬란ㅎ야 안치를 쏘이난 즁의 속을 살펴보니 금자로 일광주라 삭여 잇고 금옷슬 보니 용궁조화 적실ㅎ다 무어사로 만들 줄 모롤네라 옷깃 밋틱 금자로 삭여 잇고 장검은 노여쓰되 두미가 업난지라 신화경을 펴여노코 칼씨난 법을 보니 갑주를 입은 후의 신화경 일편을 보고 천상 딕장성을 세 번 보거드면 살린 칼이 절노 펴여 변화 무궁할지라 ㅎ엿거늘 직시 시염ㅎ니 십척 장검이 번듯ㅎ며 스름을 놀닉거늘 흔가온딕 딕장성이 싀별갓치 박켜잇고 금자로 삭이기를 장성검이라 ㅎ엿거늘49)

<hr>

49) 〈유충렬전〉, p.100.

유충렬이 노승의 옥함 속에서 일광주와 용린갑·장성검을 얻음으로
써 영웅화의 실행이 본격화된다. 이는 유충렬이 신물에다 스스로의 영
웅적 능력을 결합하여 구국을 단행하는 것이라 할 수 있다. 곧 구국형
영웅으로서의 면모를 신물을 통해 효과적으로 부각하면서 영웅화 실행
단계를 마련한 것이다. 사실 옥함의 앞면에는 '남경 도원수 유충렬은
개탁이라'고 쓰여 있는데 이는 유충렬이 도원수가 되어 나라를 구하고
천자를 위협하는 자를 퇴치할 운명임을 암시한 것이다. 옥함을 얻기 전
까지 계속된 유충렬의 고난과 시련이 이제야 비로소 종결되고 영웅화
의 실행을 통해 사건의 대반전이 이루어진다.

　실제로 유충렬은 잠재된 영웅성을 인지하고 그것을 발휘하기 시작한
다. 먼저 유충렬은 금산성에서 적에게 옥새와 항서를 들고 투항하려던
천자를 극적으로 구한 후 대원수에 봉해진다. 대원수가 되어서는 북적
의 선봉장 마룡과 최일귀의 목을 베고, 정한담과 대결하여 황후와 태후
를 구출한다. 유충렬이 적군을 상대하느라 황성을 비운 사이 정한담이
습격하여 천자의 목숨을 위협하면서 옥새를 빼앗으려 한다. 이때 유충
렬이 등장하여 천자를 구하고 정한담을 사로잡는다. 모두 유충렬의 뛰
어난 용력과 신물의 힘 때문에 가능한 일이었다. 이 영웅화 실행단계에
서 국가의 질서회복과 황제의 구환은 물론, 개인의 지위 회복과 가족의
상봉 등이 모두 이루어진다.

　영웅화의 실행단계에서 유충렬은 뛰어난 용력을 가지고 수차례의 싸
움을 승리로 이끈다. 그러나 막대한 군세와 대결하다 보니 기진하는 경
우도 없지 않다. 이때 선녀가 나타나 과일 두 개를 주고 사라지는데 이
중 하나는 충렬이 먹고 다시 기운을 차려 연달아 벌어지는 전투에서
승리한다. 또한 재회한 아버지가 기운을 되찾지 못하자 남은 과일을 먹
여 원기를 회복시키기도 한다. 이 장면을 보면 다음과 같다.

난듸업난 일엽표주 강상의 써오더니 일원 션녀 션창 박긔 나와셔 원슈
의게 예ᄒ고 금낭을 쓸너 과실 두 기를 주며 왈 힝역이 곤고하오니 이
과실 ᄒ 기를 자시고 ᄒ 기는 두엇다가 후일 쓰런이와 지금 황후 틱후
틱자 호국의 잡펴가셔 동문 듸도상의 왼갓 형벌 갓초오고 자긱을 직촉ᄒ
야 검술을 히롱ᄒ니 황후의 귀ᄒ 명이 경각 잇난지라 장군은 엇지 급ᄒ
물 모로고 밧비 가지 안이ᄒ난잇가 두어 말 이로더니 범범즁유 가난지라
원수 듸경ᄒ야 그 과실 ᄒ 기 먹고 천긔를 살펴보니 틱자의 장셩이 써러
질 쯧ᄒ고 자미셩이 칼긋틱 달여써늘[50]

유충렬이 체력의 한계에 다다랐을 때 이를 돕기 위해 천상의 존재가
등장한다. 이는 유충렬의 영웅화 실행단계를 강화하는 인자라 할 만하
다. 또한 유충렬의 영웅화 실행을 천상에서 정해준 것으로 제시하여 그
의 행위에 대한 당위성을 부여한 것이기도 하다. 그가 정한담을 사로잡
고 최종 승자가 되는 것도 그러한 궤적을 밟은 것에 지나지 않는다. 따
라서 유충렬이 국가지난을 야기한 본원을 제거하는 것은 영웅화 실행단
계의 완비이면서 동시에 유충렬의 복수가 마무리되는 것이기도 하다.

④ 영웅화의 완결단계

완결단계는 라의 ①~⑥으로 영웅화 과정이 마무리되고 최종적인 결
과가 드러나는 부분이다. 유충렬이 황실의 일원을 구하고 정한담 무리
를 징치하며, 헤어졌던 가족들과 상봉하는 장면이 완결단계에서 제시
된다. 유충렬은 옥새를 빼앗길 위기에 처했던 천자를 구했을 뿐만 아니
라 호국에 잡혀갔던 황후와 태후·태자도 구출한다. 기존 세계의 질서
를 공고히 하기 위해 활약하는 것이 구국형 영웅인물이라면 유충렬은

---

50) 〈유충렬전〉, p.152.

이러한 임무를 충실히 수행했다고 할 수 있다. 그러기에 그에게 전폭적인 보상이 따르는 것은 아주 자연스러운 일이다.

황제는 유충렬이 간신과 오랑캐의 위협에서 황실을 수호한 업적에 보답하고자 유충렬 일가에게 큰 벼슬을 내린다. 유충렬은 대사마 대장군 겸 승상이 되고 부인 강낭자는 정숙부인, 아버지 유심은 연왕, 어머니 장부인은 정렬부인, 장인 강승상은 달왕에 각각 봉해진다. 유충렬이 나라를 구한 대가로 그간 고초를 겪었던 주변 인물에게까지 보상이 전폭적으로 주어지도록 했다. 사실 그들은 유충렬이 영웅인물이 될 수 있도록 음양으로 도왔던 조력자이기도 하다. 그래서 그들에게 보상이 주어질 당위성이 없지 않다. 그럴지라도 보상이 주어지는 핵심 동인은 역시 유충렬의 출중한 무공에 의한 구국적 행위라 할 수 있다. 해당 부분을 들어 보면 다음과 같다.

> 황성 동문밧 인가를 다 허러 별궁을 지은 후의 직첩을 도도올시 산동 육국의 드러오난 결총은 모도 다 연왕의 부치고 원슈로 남평 여원 양국 옥시를 주워 남만 오국을 차지ᄒᆞ야 녹을 부쳐쓰되 딕사마 딕장군 겸 승상 인수를 주어 국즁만사를 모도 다 막겨 실ᄒᆞ의 쎠나지 못ᄒᆞ게 ᄒᆞ고 장부인으로 정열부인의 겸 동궁야후 연국왕후를 봉ᄒᆞ야 경양궁의 거처 ᄒᆞ게 ᄒᆞ고 강승상으로 달왕 직첩을 주어 빈사지위의 잇게 ᄒᆞ고 강부인으로 정숙부인의 겸 동국후 언셩왕후를 봉ᄒᆞ야 시녀 삼빅의 강승상의 위장 삼아 봉황궁의 거처ᄒᆞ고[51]

이처럼 유충렬과 주변 인물들에게 전폭적인 보상이 주어진다. 이것은 국난을 타개하고 황실을 위험에서 구한 영웅적 행위에 대한 합당한

---

51) 〈유충렬전〉, p.208.

보상이다. 유충렬은 자신의 영웅성을 바탕으로 나라를 위기에서 구한 구국형 영웅인물이다. 유년 시절에 닥친 예상치 못한 시련을 스스로의 힘으로 딛고 일어나서 간신이 야기한 나라의 위기를 해결했기 때문이다. 유충렬은 어그러진 세계의 질서를 올바른 방향으로 바로잡기 위해 주도적으로 국난에 대처했다. 유충렬이 스스로의 힘을 통해, 그리고 자신의 의지를 바탕으로 문제를 해결했다는 점에서 그를 주도적 구국형 영웅인물이라 할 수 있다.

## 4. 개혁형의 형상화

조선후기는 임병양란에도 불구하고 기존 체제가 고수된 것을 다행으로 생각하며 그 체제를 더 굳건히 유지하려는 상층부가 있는 한편, 중인 이하 하층민들은 역으로 기존의 질서에 문제가 있음을 인식하고 새로운 세계의 창출을 소망하곤 하였다. 그러한 꿈을 담아 대중적으로 형상화한 작품이 개혁형으로서 한 부류를 형성하고 있다. 이러한 개혁형 영웅인물은 신분상으로 불리한 위치에서 남다른 재능을 겸비하지만 그쓰임이 한계가 있자, 그것을 민중의 소망성취를 위해 활용하는 방향으로 나아갔다. 즉 하층민의 소망을 실현하기 위해 능력을 발휘하는 특성을 가지고 있다. 조선후기에 들어와 중인 이하 계층에서도 능력을 배양하여 그들의 입장을 대변하기에 이르렀고, 그러한 의식이 개혁형 영웅인물을 낳는 토대가 될 수 있었다.

개혁형 영웅인물은 당시의 체제에 대한 문제를 제기한 것이 다수 해당될 수 있다. 이에 해당하는 작품으로 관군과 싸우면서 활빈당을 조직하여 어려운 처지에 놓인 백성을 구제한 〈홍길동전〉, 불교적인 세계관을 바탕으로 속세의 부조리한 제도를 시정한 〈제마무전〉, 다양한 도술로써 치자를 기롱하고 백성을 구제한 〈전우치전〉 등을 들 수 있다.

개혁형 영웅인물은 출생이 뛰어나지 못하다. 서자이거나 무인 출신 정도이고 그 출생도 지방인 경우가 많다. 비록 한미하게 출생했을지라도 남다른 능력을 배양하고 뛰어난 술법을 익힌다. 하지만 백성들이 폭정에 시달리는 것을 알고는 분연히 일어나 왕을 기롱하거나 관군과 전쟁을 벌이기도 한다. 그러면서도 백성들의 삶에 관심을 기울여 구휼미를 마련해 주기도 한다. 그러한 점에서 이들은 체제에 반대하고 마침내 자율적으로 백성을 다스리는 방안을 강구한 것으로 볼 수 있다. 하지만 이러한 개혁도 명나라를 건국하는 경우에 한해 역성혁명으로 나타나고[52] 대부분은 당시의 체제에 굴복하는 한계를 드러낸다. 여기에서는 개혁형 영웅인물의 전형적인 작품으로 〈장백전〉과 〈홍길동전〉을 들어 그 실태를 검토해 보도록 하겠다.

## 1) 〈장백전〉의 형상화

〈장백전〉의 주인공 장백은 반역적 개혁형 영웅인물이라 할 수 있다. 다른 작품과는 달리 이 작품에서는 개혁의지가 강렬하게 나타나 주목된다. 대부분의 개혁형 영웅인물은 제도나 체제에 대한 문제를 제기하는 정도에 머무는데, 이 작품은 체제 전복을 통해 새로운 질서를 창조하고자 한다. 그래서 장백을 반역적 개혁형 영웅인물이라 할 수 있다. 이는 봉건제도를 굳건히 지키는 선에서 제도에 대한 문제를 제기하고, 그 해결책 또한 관념성에 의지했던 제도적 개혁형 영웅인물과는 큰 차

---

52) 이러한 부류의 대표적인 작품으로 〈장백전〉·〈유문성전〉·〈옥주호연〉 등을 들 수 있다.

이를 보이는 것이다. 그것은 이 작품에서 다룬 내용이 원나라 황제에게 항복받고 명나라 건국에 크게 기여하는 것이어서 가능할 수 있었다. 이 작품이 유통되던 조선후기는 이미 명나라가 망하고 청나라가 들어선 때였다. 그래서 명에 대한 의리를 지키는 것이 중요한 문제로 부각되었다. 그러한 조류에 편승해 명나라를 건국하는 데 크게 공헌한 내용을 다룬 작품이 유통된 것으로 볼 수 있다. 이는 원나라의 입장에서는 반역이지만, 조선의 입장에서는 대의명분을 표방하는 것이기에 유통에도 크게 문제가 될 것이 없었다. 반역적인 내용을 다루는 것이 당시 유학자들에게는 대의명분을 천명하는 것이기에 오히려 제작과 유통에서 호응을 얻을 수도 있었다. 그것은 희소한 내용을 다룬 이 작품이 필사는 물론 목판이나 활판으로 전해지는 것을 통해서도 짐작할 수 있다.

### (1) 출전과 영웅화 단계

〈장백전〉에서는 기자발원을 통해 출생한 주인공 장백이 부모를 여의고 누이와도 헤어진다. 다행히 도사를 만나 도학을 닦은 후 원의 국운이 쇠하자 세상에 나와 여러 장수를 거느리며 전투마다 승승장구한다. 마침내 누이와 상봉하고 천명에 따라 매부인 주원장에게 원나라 황제의 옥새를 바쳐 새 왕조를 열도록 한다. 기존의 황제를 굴복시키고 새로운 왕조를 개창하도록 했다는 점에서 반역적 영웅인물을 다룬 것이라 할 수 있다.

이 작품은 유사한 양상을 보이는 〈당진연의〉가 18세기 중엽에 번역된 것으로 보아 창작 연대 또한 비슷할 것으로 추정된다.[53] 이본으로

---

[53] 심재숙, 「〈장백전〉과 연의소설 〈당진연의〉의 관계를 통해 본 영웅소설 형성의 한 양상」, 『어문논집』 32, 고려대학교 국어국문학연구회, 1993, pp.279~280.

목판본과 필사본, 활자본이 전하는데, 목판본은 경판 28장본으로 대영
박물관에 소장되어 있고 필사본 5종, 활자본 6종이 있다.

　이 글에서는 덕흥서림에서 1914년에 간행한 활자본을 텍스트로 삼
고자 한다. 활자본 계열의 이본은 6종 모두가 내용이 크게 다르지 않
고, 독자의 흥미를 고양시키는 것에 중점을 두었기 때문에[54] 영웅인물
의 형상화 방식을 고찰하는 데에 적합할 것으로 여겨진다. 〈장백전〉의
영웅인물을 살피기 위해 주요 내용을 요약하면 다음과 같다.[55]

#### ㉮ 영웅화의 예비단계

① 원나라 말년 능주에 사는 좌승상 장환의 부인 최씨는 월궁선녀가
　계화 한 가지를 품속에 넣는 꿈을 꾸고 옥녀를 출산한다.

② 장승상이 여승에게 황금 일백 냥으로 기자발원한 후 장승상 부인의
　꿈에 여승이 나타나 구슬을 주며 상제에게 득죄하고 적강한 천상
　유성이라고 한다.

③ 부인이 자세히 보니 구슬이 아니라 옥동자였고, 열 달 만에 출산하
　여 이름을 백이라 한다.

④ 장백의 나이 일곱에 이미 풍채가 남다르고 문일지십의 재주를 갖추
　어 만고영웅이 될 기질을 보였다.

⑤ 장백이 열 살, 장소저가 열다섯 살이던 해에 아버지가 세상을 떠나
　자 삼년상을 치르고 어머니도 죽어 가산이 기운다.

⑥ 양주에 사는 왕평이 장소저에게 늑혼을 강구하자 장소저가 도주하
　다가 큰 강을 만나 빠져죽으려 할 때 아황과 여영의 명으로 온 황릉
　묘의 시녀가 구해준다.

54) 최명자, 「장백전 연구」, 한국교원대학교 교육대학원 석사학위논문, 2000, p.152.
55) 인천대학교 민족문화연구소 자료총서간행위원회 편, 『구활자본 고소설전집』 12, 은
　하출판사, 1983, pp.85~145.

⑦ 장소저의 꿈에 아황과 여영이 나타나 장소저가 월궁항아일 때 광한
전에서 심성과 눈을 맞추어 적강하였으되 심성은 명나라 태조로 등
극하고, 장소저는 그 황후가 될 것이라고 예언한다.
⑧ 호서에 사는 승상 이공 부부가 장소저를 거두는데, 장백은 누이가
물에 빠져 죽은 줄 알고 깊은 산속에 들어가 산짐승에게 잡아먹히고
자 하나 맹호가 옹위하고, 높은 나무에 올라가 떨어져 죽으려 하나
한 목동이 받아 살려낸다.

### 나 영웅화의 실행단계(1)

① 장백은 사명산에서 천관도사의 양자가 되어 도학을 배우는데, 장백
이 열일곱 살이 되자 천관도사가 원나라의 운수가 다하고 명나라를
창업할 때가 되었으니 주씨를 도와 백성을 구하라며 백만갑·철장금·
풍운경의 세 가지 보물을 준다.
② 장백이 절강 당서촌에 이르러 백성을 괴롭히는 중 세 명을 퇴치하고
양추밀과 이승상의 딸을 구한 후 두 여인과 정혼하고 천리마와 창을
받아 길을 떠난다.
③ 김승상의 딸 부용에게 여종 운향의 악귀가 들어 고생할 때 의원을
모셔 올 천리마를 구하자 장백이 이를 제공한다.
④ 의원이 부용의 병을 고치지 못하자 장백이 악귀를 쫓아내어 완쾌시키
고 그녀와 혼인하며 앞서 정혼한 양소저·이소저와도 혼례를 올린다.
⑤ 장백이 양주의 주점에서 이정을 만나 뜻을 함께 하기로 결의한다.
⑥ 장백이 호주의 백마강을 지나가는데 거북과 청룡이 싸우고 있어 거
북을 퇴치하고 용왕의 아들에게 야광주와 용천검을 받는다.
⑦ 봉황산 누각에서 백운단·백운형·백운현 삼형제를 만나 일행이 된다.

### 다 영웅화의 실행단계(2)

① 장백이 연주 자사 황양, 호서성 태수 능통을 격파하고 단양 태수
이연행을 사로잡아 장수로 삼고 오십여 성을 얻어 백만 대군을 거느

린다.

② 장소저가 스물세 살 되던 해에 부처가 꿈에 나타나 대성사에 와서 칠일재계하고 지성으로 기도하면 동생과 낭군을 만날 것이라고 한다.

③ 장소저가 꿈의 계시대로 대성사 법당을 찾아가 큰 뜻을 이야기하는 한 걸인을 만나 혼인을 약속하는데 그가 바로 주원장이다.

④ 주원장이 유기와 함께 계양에서 걸인 생활을 하며 때를 기다리다가 기병하여 계양 태수 황문현을 격파하고 파릉성에서 삼만 군대와 합류한다.

⑤ 주원장이 자신의 손바닥에 '명천자 주원장'이라고 새겨진 것을 확인한 스승을 천기를 누설했다며 효수한다.

⑥ 방탕하게 지내던 원 천자가 나라가 위급해지자 군사 백만을 모아 연주성에서 장백과 대진한다.

⑦ 이때 주원장이 칠십여 성을 항복받고 군사를 거두어 군대가 오십만에 이르렀으며 마침내 계양을 점령하고 장소저를 찾아 혼례를 올린다.

⑧ 황성이 빈 사이에 주원장이 장안을 점령하고 원 천자가 이 소식을 듣고 놀라 장백의 군사와 맞서 싸우나 결국 항복한 후 옥새와 항서를 바친다.

⑨ 주원장과 장백의 군사가 장안에서 대치할 때 주원장은 스스로 황제에 올라 국호를 대명이라 칭하고 장소저를 황후로 봉한다.

⑩ 주원장이 전세가 불리하자 유기가 황제의 옷을 입고 거짓으로 항복하고, 주원장은 백제성으로 몸을 피신한다.

⑪ 장백이 장안성에 들어가 황후와 궁녀를 감금하니 천관도사가 장백에게 천시를 모르고 불의를 행한다며 천하는 주씨의 것이니 천명에 따라 옥새를 바치라고 말한다.

⑫ 장백이 자결하려던 장소저와 재회하여 통곡하고 주원장에게 옥새를 바친다.

🔲 영웅화의 완결단계

① 주원장이 장백을 안남국왕에 봉하고 모든 장수에게도 차례로 벼슬
을 내렸으며, 명조가 들어서자 태평성대의 시절을 맞는다.
② 장백이 안남국왕이 되어 김승상과 세 부인을 데리고 시화연풍의 시
절을 보낸다.


이상에서 보는 바와 같이 〈장백전〉은 반역적 개혁형 영웅인물을 형
상화하고 있다. 그것도 주원장과 장백 두 인물을 모두 개혁형 영웅인
물, 그것도 반역적인 인물로 형상화하였다. 두 인물 모두 기존의 국가
체제를 전복하고 새로운 나라를 건국하여 통치 질서를 마련했다는 점
에서 개혁형 영웅인물이라 할 만하다. 장백은 좋은 혈통을 타고난 천상
적 존재로 일찍이 부모를 여의고 유리하다가 도사를 만나 수학한다. 개
혁형 영웅인물은 이미 천부적인 능력을 가지고 미래를 개척하기 때문
에 생장과정 자체에서 영웅화가 구비된다. 그래서 영웅화의 구축단계
보다는 영웅화의 실행단계가 비중 있게 다루어진다. 이 작품에서도 장
백이 도사에게서 받은 보물을 활용하여 여성인물과 인연을 맺거나 미
래를 도모할 장수를 만나는 등의 사적인 영웅화의 실행단계가 펼쳐진
다. 마침내 장백은 원나라의 여러 성을 빼앗음은 물론 황제에게 항복을
받은 후 옥새를 넘겨받아 주원장에게 바쳐 대명의 건국에 이바지한다.
이러한 역성혁명이 완수되자 안남왕이 되어 그간 결연한 인물들과 화
락한 생활을 보낸다. 백성을 돌보지 않던 황제를 폐위하고 새로운 나라
를 건국하여 만백성의 안위를 도모했다는 점에서 장백은 반역적인 개
혁형 영웅인물이라 할 수 있다.

### (2) 영웅인물의 단계별 형상화

#### ① 영웅화의 예비단계

예비단계는 ㉮의 ①~⑧로 장백의 뛰어난 출생신분과 어려서의 역경을 서사하면서 영웅화의 토대를 마련하였다. 좌승상 장환이 선녀의 적강으로 딸을, 상제에게 득죄한 유성의 적강으로 아들을 둔다. 이 아들의 이름이 바로 장백이다. 그는 나이 일곱에 풍채가 남다르고 온갖 재주를 가져 만고영웅이 될 자질을 확보하였다. 이곳에서는 장백이 천상인이라는 점을 부각하면서 장차 그가 영웅이 될 개연성을 마련하는 일면, 어린 나이에도 불구하고 뛰어난 능력을 구유한 것으로 형상화하여 역사의 전환을 도모할 영웅인물의 특성이 나타나도록 했다. 특히 반역적인 개혁형 영웅인물은 뛰어난 능력을 구유한 채 등장하여 영웅적인 능력을 실행하는 것이 핵심이다. 그런 점에서 어려서부터 남다른 재능을 구비한 것은 개혁형 영웅인물의 특성을 보이는 것으로 이해할 수 있다. 해당 장면을 들어 보면 다음과 같다.

> 일일은 부인이 밤이 깁도록 잠을 일우지 못하더니 문득 녀승이 부인께 구슬을 드려 왈 이것은 텬상류셩이라 상데께 득죄하야 인간에 닉치심애 금강산 부쳐 지시하심이오니 부인은 귀히 길너 후사를 이으소셔 하거늘 부인이 그 구슬을 바다 자셰 보니 셔긔와 광채 눈을 쏘이거늘 다시 봄애 이는 구슬이 아니오 옥동자라 부인이 놀나 끽다르니 침상일몽이라 (…중략…) 과연 그달부터 잉틱하야 십속이 됨애 일일은 향내진동하며 일개 옥동을 생하니 엇지 질겁지 아니하리오 공의 부뷔 만심환희하야 일홈을 백이라 하고 자를 운뮈라 하다 광음이 훌훌하야 백의 나히 칠셰가 됨애 긔이한 풍채는 션풍도골이오 표표한 거동은 텬디를 기우리니 이른바 만고영웅이라[56]

위에서 보는 바와 같이 장백은 천상적 존재이기 때문에 배우지 않고
도 남다른 영웅적 능력을 구비하였다. 즉 이미 영웅화가 예비되어 별도
의 수련이 필요치 않다. 그래서 조력자의 도움을 통해 그 능력을 실천
하는 것이 이 서사의 핵심이라 할 수 있다. 실제로 그는 그러한 능력을
작품 중반의 영웅화 실행단계에서 활용하고 있다. 이러한 능력을 가진
장백이지만 조실부모하여 고아처럼 생활할 수밖에 없었다. 누이와 어
렵게 지내던 차에 누이가 늑혼을 거절하다가 남매가 헤어지게 된다. 더
욱이 누이가 자살한 것으로 오해한 장백은 스스로 죽어서 누이를 따르
고자 한다. 하지만 자신이 아무리 죽으려 해도 조력자들의 도움으로 뜻
을 이루지 못한다. 이는 그가 영웅적인 인물로 천상에서 적강했기 때문
이다. 역설적으로 이러한 요소가 그의 영웅인물적 면모를 예비하는 것
이라 할 수 있다. 해당 장면을 들어 보면 다음과 같다.

> 장빅이 이 말을 듯고 더욱 이통ᄒ야 왈 우리 남미 부모를 여희고 셔로
> 의지ᄒ야 요행 조혼 시졀을 볼진디 영화로 션사를 밧들고ᄌ ᄒ얏더니
> 갈사록 팔ᄌ 긔구ᄒ야 팔ᄌ를 면치 못ᄒ야 ᄌ미 쏘훈 슈중원혼이 되엿스
> 니 내 홀노 살아 무엇ᄒ리오 ᄒ고 나도 마ᄌ 죽어 셰상을 이지면 조상의
> 득죄흠을 면치 못ᄒ나 구ᄎ이 살기를 요구ᄒ야 사는 것이 죽느니만 갓지
> 못다 ᄒ고 깁혼 산즁에 드러가 모진 즘싱에 밥이나 되리라 ᄒ더니 죽
> 기ᄂ 새로이 맹호 열둘이 장백을 옹위ᄒ야 다른 김싱을 금ᄒᄂ지라 장백
> 이 탄왈 모진 즘싱이 해치 아니ᄒ니 내놉혼 남게 올나가 써러져 죽으리
> 라 ᄒ고 졈졈 드러가더니 큰 버들남기 잇거늘 그 남게 올나가 일셩통곡
> 에 혼을 놋코 써러지니 놉기 슈십 장이나 ᄒ지라 그 아래셔 훈 목동이
> 나무를 뷔다가 백이 나려짐을 보고 두 손으로 밧들어 살녀내니 빅이 그
> 아해를 흘겨보며 왈 내 슬허 죽으려 ᄒ거늘 엇지ᄒ야 못 죽게 ᄒ나뇨[57]

56) 〈장백전〉, p.86.

위에서 보듯이 장백은 누이가 죽은 것으로 착각하고 자결을 다짐한
다. 그래서 산속 짐승의 먹이가 되려 하지만 오히려 호랑이가 보호하
고, 높은 나무에 올라서 떨어져 죽으려 하지만 목동이 받아서 살아난
다. 이미 하늘에서 정한 운명이 있어 자신이 죽으려 해도 뜻을 이루지
못하는 것이다. 이는 장백이 영웅적 기질을 타고났음을 드러내므로 영
웅화가 예비되어 있음을 보이는 것이라 할 수 있다.

이처럼 장백의 뛰어난 혈통과 남다른 외모와 심성, 조실부모한 뒤
누이와의 이별과 낙담 등을 다루면서 장백의 영웅화를 위한 예비단계
를 갖추고 있다. 이는 장백이 개혁형 영웅인물이 될 개연성을 다양하게
서사하면서 사건의 토대를 마련한 것으로 볼 수 있다.

### ② 영웅화의 실행단계(1)

실행단계(1)은 [나]의 ①~⑦로 장백의 영웅화가 개인적인 차원에서 실
행되는 곳이다. 이곳에서 장백은 조력자의 도움으로 신물을 얻게 됨은
물론 장차 행복을 동락할 여성인물과 대업을 함께할 동지를 만난다. 먼
저 장백은 누이와 헤어진 후 유리하다가 사명산의 천관도사에게 의탁
하여 지낸다. 그러다가 17세가 되었을 때 천관도사는 그에게 명나라를
창업할 때가 되었다며 백만갑·철장금·풍운경의 보물을 내어 준다. 이
는 그가 전장에서 활약할 때, 즉 영웅화를 실행할 때 소용되는 것들이
다. 이 보물을 가지고 길을 가다가 백성을 괴롭히던 중을 퇴치하여 어
려움에 처한 두 여인을 구한 뒤 그들과 정혼하고 천리마와 창을 받는
다. 이는 낮은 단계의 영웅화 실행이면서 동시에 한 차원 높은 단계의
영웅화 실행을 예비하는 것이라 할 수 있다. 실제로 장백이 사악한 세

57) 〈장백전〉, pp.92~93.

명의 중을 퇴치하고 양추밀과 이승상의 딸을 구하는 것은 〈홍길동전〉
이나 〈전우치전〉의 그것처럼 개혁형 영웅인물의 특성을 보인다. 해당
부분을 인용하면 다음과 같다.

> 장빅이 놀나 숢혀보니 중 세 놈이 쳐녀 둘을 완연이 바회 우에 안치고
> 쏘 여러 사룸을 결박ᄒ야 안치고 쳐녀를 닷호와 승부를 결우거늘 장빅이
> 발분흠을 참지 못ᄒ야 철장을 잡고 크게 쑤지져 왈 너의 중은 드르라
> 중의 힝실이 불도를 슝상ᄒ야 도학만 일룰 것이어늘 불칙흔 힝실을 ᄒ야
> 사부집 쳐녀를 겁탈ᄒ야 살고져 ᄒ니 이는 죽을 죄라ᄒ고 호령ᄒ니 그
> 중 세 놈이 우스며 왈 이 엇더흔 사룸이완듸 조고마흔 아해 죽기를 재촉
> ᄒ는다 가련ᄒ니 네 목숨이나 보젼ᄒ라ᄒ듸 장빅이 이 말을 듯고 더욱
> 분흠을 참지 못ᄒ야 철장을 타고 공즁에 올나 그 중을 취하니 (…즁략…)
> 쟝빅이 호통 일셩에 철장을 들어 세 즁을 치니 흔 즁은 목이 나려지고
> 쏘 흔 즁은 허리가 부러지고 쏘 흔 즁은 귀만 잘나졋거늘 (…즁략…) ᄒ
> 인들이 고두사례ᄒ고 엿자오듸 쇼인은 양츄민틱 ᄒ인이옵고 져 사람들
> 은 리승상틱 ᄒ인이옵더니 두 틱 랑자를 뫼시고 졀강짜에 갓삽다가 도라
> 오는 길에 중 셰 놈을 만나 죽게 되얏삽더니 뜻밧게 공자를 맛나 두 랑자
> 의 급흔환을 구ᄒ야 쥬옵시니 은혜망극ᄒ온지라[58]

장백은 대사를 도모하기 위한 긴 여정에서 김승상을 만나는데 그 집
의 딸이 악귀가 들려 고생한다. 이에 장백이 의원을 불러오도록 천리마
를 내주는가 하면, 의원이 해결하지 못한 악귀를 물리쳐 병을 완쾌시킨
다. 그 대가로 김승상의 딸 부용과 혼인하고 앞에서 인연을 맺었던 두
여인과도 결혼한다. 개인적인 목적에서 어려움에 처한 인물을 구제한
것이기에 낮은 단계의 영웅화 실행이라 할 수 있다. 더 나아가 장백은

58) 〈장백전〉, pp.96~97.

거북과 청룡의 싸움에서 부정적인 거북을 퇴치하고 용왕의 아들에게 야광주와 용천검을 얻기도 한다. 이는 앞에서 세 승려, 악귀를 물리친데 이어 거북까지 퇴치함으로써 그의 영웅성을 더욱 부각한 것이라 할 수 있다. 악귀를 물리치는 장면과 거북을 퇴치하는 장면을 차례대로 인용해 본다.

장빅이 소저의 병을 다스릴시 소저를 침범ᄒ엿던 스귀 요동ᄒᄂ지라 장싱이 ᄭ지져 왈 스불범뎡이라 엇지 당돌이 다시 침범ᄒ랴 ᄒ고 신장을 불너 철편으로 처죽이라 ᄒ니 악귀 능히 당치 못ᄒ고 비러 왈 듸인군ᄌᄂ 소녀의 죄를 스ᄒ옵소셔 지금으로 ᄯ나가오면 소저의 병환이 즉효ᄒ오리이다 ᄒ대 장싱이 신장을 명ᄒ야 남방 수천 리 밧게 늬여치라 ᄒ듸 스귀 통곡 왈 소저를 죽여 원수를 갑고져 ᄒ엿더니 천만의외에 장싱을 맛ᄂ 늬 원수를 갑지 못ᄒ니 죽고 쏘 죽은들 이 원수야 엇지 이즈리오 ᄒ고 듸셩통곡ᄒ며 가ᄂ지라 이째 관광뎨인이 명명히 알더라59)

리정을 다리고 호주ᄌ를 지ᄂ드니 빅마강을 건늘시 청룡이 큰 거복과 싸오거늘 장싱이 이 싱각ᄒ되 거복은 쓸듸업고 룡은 비를 주어 텬ᄒ만민을 구ᄒᄂ지라 맛당이 거복을 죽이고 룡을 구ᄒ리라 ᄒ고 철장을 타고 나아가 거복을 치니 그 거복은 천년을 묵어 조화무궁한지라 불빗갓흔 눈을 부릅ᄯ고 닙으로 안ᄀ를 토ᄒ며 졔몸을 감초고 장싱을 해코자 ᄒ거늘 장싱이 철장을 들어 벽역갓치 한번 치니 거복이 강즁에 ᄯ러져 죽ᄂ지라 청룡이 몸을 일어 강즁으로 드러가드니 이윽고 물속으로셔 한 동재 룡 ᄒᄂ와 구슬 한 ᄀ를 가지고 나와 장싱을 향ᄒ야 졀ᄒ고 왈 소자ᄂ 빅마강 직흰 룡왕의 아달이옵드니 장군의 은혜를 닙ᄉ와 부왕을 구ᄒ시믹 야광쥬 흔ᄀ와 져 룡을 드리오니 가졋다 큰 공을 일우소셔 ᄒ고 물속으로 드러가거늘 장빅이 고히 녁여 리정다려 그 룡을 잡으라 ᄒ니 룡이

59) 〈장백전〉, p.102.

수염을 거스리고 닙을 버리며 리정을 해코져 ᄒ거늘 장ᄉᆡᆼ이 철장을 드러 룡의 머리를 치니 그 룡이 소래를 크게 지르고 청텬으로 올나가고 그 누엇든 곳에 삼척보검이 노혓거늘 장ᄇᆡᆨ이 대회ᄒ야 왈 이는 룡천검이라 맛당히 이 칼로써 텬ᄒ를 취ᄒ리라[60]

이상에서 보는 바와 같이 장백은 새로운 나라를 건국하기 위하여 다양한 신물을 얻음은 물론 자신에게 필요한 인물과 결연하고 있다. 이는 낮은 단계의 영웅화 실행이면서 대업을 이루기 위한 사전 준비 작업이라 할 수 있다. 실제로 악귀를 퇴치하고 김승상의 딸 부용을 살리는 것은 그녀와 인연을 맺기 위한 것이고, 용을 도와 거북을 퇴치하는 것은 용왕의 아들에게 야광주와 용천검을 얻기 위한 것이다. 이는 다음 단계의 영웅화 실행에서 필요한 것을 획득하는 과정이기도 하다. 그래서 이곳에서는 장백의 영웅화가 개인적인 차원에서 주로 실행됨을 알 수 있다.

③ 영웅화의 실행단계(2)

실행단계(2)는 囝의 ①~⑫로 장백이 공적인 측면에서 영웅화를 실행하는 곳이다. 장백은 무능한 원나라의 황제를 척결하기 위하여 곳곳에서 성을 함락시킨다. 그렇게 하는 것으로 백성들을 구제하여 결국은 반역적인 개혁형 영웅인물로 행동하고 있다. 실제로 그는 연주 자사나 호서성 태수를 격파하는 등 전과가 남다르다. 그 결과 오십여 성을 얻고 백만 대군을 거느리는 맹주가 된다. 방탕하게 지내던 원나라 황제는 사세가 위급해지자 백만 대군을 모아 연주성에서 장백과 대치한다. 한편 주원장은 유기와 함께 기병하여 칠십여 성을 격파하고 계양을 점령한

---

60) 〈장백전〉, p.108.

다음 장백의 누이인 장소저와 혼인한다. 주원장이 황성이 빈 틈을 타서
장안을 점령하니 황제가 당황하여 장백의 군사와 접전을 벌인다. 그 결
과 황제가 대패하고 장백에게 항복하면서 항서와 함께 옥새를 바친다.
이렇게 해서 장백은 자신이 소망했던 바처럼 체제를 전복하고 무능한
황제를 폐위시키는 반역적인 개혁을 단행하게 된다. 이는 장백의 영웅
화 실행단계에서 의미 있는 대목이라 할 수 있다. 해당 부분을 인용해
보면 다음과 같다.

> 권행의 칼이 번뜻ᄒ며 츙국의 머리 마하에 써러지ᄂ지라 슯흐다 원국
> 이 망홀시 분명ᄒ다 이ᄶᆡ 쟝원슈ㅣ 뒤군을 모라 권행과 합역하야 원진을
> 짓쳐 들어가니 고각함셩은 텬디가 진동ᄒ고 뇌고납함은 산쳔을 움작이
> 니 원진이 크게 요란ᄒ야 죽엄이 태산을 이루고 피는 흘너 내를 일우엇
> 스니 텬자ㅣ 형셰 급홈을 보시고 홀일업셔 눈물을 흘니며 옥새를 밧들고
> 항셔를 써 장원슈ᄭᅴ 올니거늘 원슈ㅣ 옥시와 항셔를 밧고 군스를 거둔
> 후 진문을 크게 열고 오층류거를 타고 원진 즁으로 들어갈시 원졔를 쇠
> 스실로 목을 매여 원문 밧게 쓸니거날 쟝원슈ㅣ 군스로 ᄒ야금 민 것을
> 풀고 장즁에 들어가 좌를 졍한 후 크게 잔치를 배셜ᄒ고 원졔를 효유
> 왈 그뒤 황음무도ᄒ야 빅셩이 도탄에 들기로 내가 텬명을 밧아 그뒤를
> 닉친다 ᄒ고 안셩군을 봉하노니 속히 써나라 하고 금빅을 닉여 군스를
> 샹ᄒ니 질겨하ᄂ 소ᄅᆡ 군즁이 진동ᄒ더라[61]

이상에서 보는 바와 같이 장백은 문제가 되었던 원나라의 황제를 제
거함으로써 역성혁명을 이룰 모든 조건을 구비하였다. 제도적인 문제
를 해결하는 것에서 벗어나 과감하게 문제의 근원을 제거함으로써 혁
명적인 영웅인물로 형상화된 것이다. 가장 큰 문제를 해결했지만, 이때

---

61) 〈장백전〉, pp.135~136.

주원장이 대명을 건국하고 스스로 황제로 등극한 후 장백의 누이인 장소저를 황후로 봉한다. 마침내 장백과 주원장이 대결할 때 전세가 불리한 주원장이 백제성으로 피신하고 그 사이 유기가 황제의 복장으로 항복한다. 이것으로써 장백이 스스로 황제가 될 모든 조건이 완비되었다. 그는 장안성에 들어가 황후와 궁녀를 감금하는데, 천관도사가 장백에게 천하가 주씨의 것이니 불의를 행해서는 안 된다고 말한다. 그러면서 천명에 따라 옥새를 주원장에게 바치라고까지 한다. 이는 역성혁명을 완수하되, 그것을 역사적인 사실과 관련시킨 것으로 볼 수 있다. 또한 숭명의식을 전제하면서 장백을 영웅인물로 형상화한 것이기도 하다. 이 부분은 장백의 영웅화 실행단계의 막바지로 명나라의 건국에 크게 이바지한 것을 강조하고 있다. 해당 부분을 들어 보면 다음과 같다.

> 한 로인이 룡관을 쓰고 흑창의를 입고 빅운션을 들어 빅흑을 춤츄이거늘 놀나보니 텬관도사 엄연히 안잣거늘 원슈ㅣ 나아가 복디진 빅ᄒᆞ니 도ᄉᆞㅣ 반겨 왈 너를 리별한 지 임의 ᄉᆞ오년이라 반가옴이 무궁ᄒᆞ거니와 너를 보닐졔 이른 말이 잇거늘 네 텬시를 모르고 불의를 행ᄒᆞ니 무삼 도리뇨 이럼으로 너을 쳥ᄒᆞ야 일으나니 텬하는 주씨에 텬하라 하날이 너를 닉심은 주씨를 위ᄒᆞᆷ이니 감히 텬명을 항거치 말고 너는 모름이 주씨를 차자 옥시를 밧치고 남으로 안남국을 다스리라 불연즉 큰 화ㅣ 잇스리니 삼가 봉행ᄒᆞ라 (…중략…) 황후 즉시 쟝빅 맛난 슈말을 자셰히 상달ᄒᆞ니 황뎨 딕경ᄒᆞᆺ 즉시 셩문을 열고 마져 드러가 삼인이 흔곳에 모되여 셜화ᄒᆞ며 크게 즐길ᄉᆡ 모든 쟝졸이 이 말을 듯고 희한타 아니리 업더라 인ᄒᆞ야 딕군을 거나려 흔가지로 도셩으로 도라와 딕연을 빅셜ᄒᆞ고 쟝원수ㅣ 친히 옥시를 밧드러 황뎨의 드려 왈 텬하는 졍한 임자가 잇는지라 이제 텬긔를 슯혀보오니 운슈ㅣ 딕명에 도라왓슴애 신이 비록 텬하를 졍ᄒᆞ고 강산을 회복ᄒᆞ얏스나 신의 텬하가 아닌고로 텬명을 순종코져ᄒᆞ야 옥시를 젼ᄒᆞ옵나니 복원 폐하는 싱민을 무휼ᄒᆞ옵소셔[62]

장백은 자신이 황제가 될 수 있었음에도 불구하고 천관도사의 명대로 원나라 황제의 옥새를 주원장에게 바친다. 그렇게 해서 지난한 건국과정을 갈무리하고 대명을 섬기며 태평세계가 되도록 한다. 이는 뛰어난 용력을 바탕으로 전쟁에서 맹위를 떨쳐 원나라 황제에게 항복을 받는 것으로 영웅화의 실행을 최고조로 끌어올린 후, 황제가 될 지위를 주원장에게 양보함으로써 영웅화의 실행이 완비되도록 했다. 따라서 장백은 문제의 핵심인 원나라 황제를 폐위하고 새로운 나라를 건국하는 토대를 마련했다는 점에서 전형적인 반역적 개혁형 영웅인물이라 할 수 있다.

### ④ 영웅화의 완결단계

완결단계는 라의 ①~②로 치열한 영웅화의 실행단계를 마치고 모든 인물에게 그에 상응한 부귀영화가 주어진다. 장백은 자신의 영웅성을 발휘하여 백만 대군을 거느렸을 뿐만 아니라 주원장과의 대결에서 승리하여 황제가 될 수 있었다. 하지만 천관도사가 천명이 주원장에게 있다고 말함은 물론, 주원장이 자신의 매형이기도 해서 원나라 황제의 옥새를 주원장에게 바쳐 모든 사태를 진정시킨다. 또한 장백의 영웅화도 이곳에 이르러 완결단계를 맞게 된다. 그간의 모든 고난과 역경이 이곳을 향해 달려온 것이 사실이다. 그래서 이제 영웅화 완결에 따른 전폭적인 보상이 주어질 필요가 있다. 마치 구국형의 출장입상과 같은 보상이 장백에게 주어진다. 대명황제 주원장은 장백을 안남국왕으로 제수하고 여러 장수에게도 그에 부합하는 직첩을 내린다. 이렇게 명조가 들어서자 태평성대가 지속된다. 그래서 장백이 의도한 백성들의 안락한

62) 〈장백전〉, pp.143~144.

삶이 가능하게 되었다. 이 점 때문에 장백을 반역적인 개혁형 영웅인물로 볼 수 있는 것이다. 특히 이 완결단계에서는 그간 영웅적인 행위로 새로운 나라를 건국하는 데 결정적 역할을 맡은 장백에게 그에 부합하는 직제를 내리는 것으로 보상이 단행된다. 이는 영웅화 완결단계의 핵심이라 할 만하다. 해당 장면을 들어 보면 다음과 같다.

> 황뎨 갈오ᄉ디 경에 츙셩이 이럿툿ᄒ니 그 공을 무엇으로 표ᄒ리요 ᄒ시고 즉시 태평연을 빈셜ᄒ시고 문무졔쟝에 공을 의론ᄒ실시 년호는 황평 원년이라 하다 뎨쟝에 공을 도도실시 쟝ᄇᆡᆨ으로 안남국왕을 봉ᄒ시고 리졍으로 대원슈 겸 졔남후를 봉ᄒ시고 호셔 리승샹으로 위왕을 봉ᄒ시고 류긔로 승샹을 삼으시고 류문경으로 병부샹셔 겸 위공을 하이시고 ᄇᆡᆨ운단으로 리부샹셔 겸 태쥬경을 하이시고 리연행으로 쳥쥬후를 봉ᄒ시고 권행으로 형쥬자스를 하이시고 그 남은 졔쟝은 차례로 벼살을 봉하시고 (…중략…) 문무졔신이 후작을 밧음애 고두슨ᄒ고 만셰를 부르는 소ᄅᆡ 텬디 진동ᄒ며 일월이 병츌ᄒ니라[63)

이상에서 보는 것처럼 모든 인물의 영웅적 행위에 보상을 단행하였다. 이것은 영웅화의 완결단계에서 보편적으로 나타나는 것이기도 하다. 특히 장백은 안남국왕에 봉해져 세 부인과 함께 부귀공명을 누리도록 하였다. 자신이 새로운 황제가 될 수 있었음에도 불구하고 주원장에게 원나라 황제의 옥새를 바치고 양보하여 그에게 더 전폭적인 보상이 주어질 필요가 있었다. 그 대가가 바로 안남국왕이 되어 복락을 누리는 것이다. 이는 〈홍길동전〉에서 홍길동이 조선을 떠나 율도국에서 선정하는 것과도 흡사하다. 장백이 안남국왕이 되자 시화연풍으로 모든 백

---

63) 〈장백전〉, p.144.

성이 평안을 누리게 된다. 해당 부분을 들어 보면 다음과 같다.

　　장원슈ㅣ 돈슈사은ᄒ고 안남국에 이르니 문무졔신이 나와 마져 셩에
　드러가니 안남왕이 텬즈의 주신 통텬관을 쓰고 몸에 곤룡포를 입고 룡상
　에 좌졍ᄒ니 문무졔신이 ᄒ례ᄒ며 만셩인민이 셔로 만셰를 부르며 질기
　더라 그 후로 왕이 인졍을 베푸사 산무도젹하고 도불습유ᄒ니 만민이
　틱평가를 부르며 셩덕을 일우고 만셰무궁하옵소셔 ᄒ더라64)

　이처럼 태평세계가 펼쳐진다. 위로는 주원장이 대명황제로 선정하고
아래로는 장백이 안남국을 선정하여 상하 모두가 아무런 문제없이 태
평할 따름이다. 이는 개혁형 영웅인물인 장백이 궁극적으로 지향한 세
계이기도 하다. 민중지향적인 개혁형 영웅인물의 모습을 여기에서 확
인할 수 있다. 사실 개혁형 영웅인물은 자신보다는 도탄에 빠진 민중을
먼저 생각하곤 한다. 장백이 반역을 도모한 것도 원나라 황제의 무능으
로 어려움에 처한 백성들을 구하기 위해서이다. 하지만 이 작품에서는
장백이 스스로 황제가 되지 않고 주원장에게 양보함으로써 장백에 대
한 보상이 주어질 필요가 있었고, 그러는 과정에서 개혁형 영웅인물에
구국형 영웅인물의 특성이 틈입된 것으로 볼 수 있다. 그럴지라도 도탄
에 빠진 백성을 주원장과 장백이 구하되 스스로 황제와 왕이 되어 해결
했다는 점에서 이들을 반역적인 개혁형 영웅인물이라 할 수 있다. 특히
원나라를 멸망시키고 명나라 건국의 토대를 마련한 장백의 경우 전형
적인 반역형 영웅인물이라 할 만하다.

---

64) 〈장백전〉, p.145.

## 2) 〈홍길동전〉의 형상화

〈홍길동전〉은 창작 시기에서부터 작품의 성향에 이르기까지 관심의 대상이다. 더욱이 이 작품은 영웅서사구조를 가지고 있는 초기의 작품이라는 점에서, 그것도 건국영웅서사와 유사한 특성을 가지고 있다는 점에서 일찍부터 주목받아왔다. 여기에서도 이 작품의 주인공인 홍길동의 영웅인물적인 양상을 살펴보고자 한다. 다만 앞에서 나누었던 개혁형 영웅인물 중에서 제도적인 영웅인물의 관점에서 그 형상화 양상을 고찰해 보도록 하겠다. 이 작품은 기존 체제에 반대하면서 다른 세계에 진입하여 새 왕국을 건설하는 것이 건국신화류의 영웅인물과 흡사하다. 하지만 기존 체제를 전복하기보다는 제도적인 문제를 집중적으로 부각하고, 또한 그러한 제도에서 벗어나지 못한다는 점에서 제도적인 개혁형 영웅인물의 관점에서 형상화 양상을 살펴볼 필요가 있다.

### (1) 출전과 영웅화 단계

〈홍길동전〉은 작품이 고전소설사에서 차지하는 위상만큼 다양한 분야의 연구 성과가 축적되었다. 작품의 내적인 부분에 집중한 논의에서부터 다른 작품과의 비교 연구가[65] 다수 이루어졌으며 외적인 논의도 활발하여 제작 연대에 관한 성과도[66] 상당수 축적되었다. 이 작품은

65) 이명구, 「이조소설의 비교문학적 연구」, 『대동문화연구』 5, 성균관대학교 대동문화연구원, 1968; 이재수, 『한국소설연구』, 선명문화사, 1969; 김열규, 「민담과 이조소설의 전기적 유형」, 『한국민속과 문학연구』, 일조각, 1971; 조동일, 「영웅의 일생, 그 문학사적 전개」, 『동아문화』 10, 서울대학교 동아문화연구소, 1971; 김일렬, 「〈홍길동전〉과 〈전우치전〉의 비교고찰」, 『어문학』 30, 한국어문학회, 1974; 조희웅, 『조선후기 문헌설화의 연구』, 형설출판사, 1980; 이상택·성현경 편, 『한국고전소설연구』, 새문사, 1983; 정규복, 「고소설과 중국소설」, 『한국고소설론』, 아세아문화사, 1991; 설성영, 「〈홍길동전〉의 핵심 소재와 작가」, 『고소설연구』 6, 한국고소설학회, 1998.

서자로 태어난 홍길동이 자신의 신분적 한계 때문에 괴로워하다 집을 떠나 활빈당의 우두머리가 되어 백성을 구제하는 의적 활동을 펼치다가 조선을 떠나 이상국을 건설한다는 내용이다. 그래서 홍길동의 영웅적 행위는 기존의 질서와 체제를 반대하면서 새로운 세계를 지향한 것으로 볼 수 있다. 이는 이미 건국신화의 주인공들이 지향했던 것과 상통하기에 홍길동의 영웅적 행위는 전통을 계승하되 그것을 조선후기의 상황에 맞게 변용한 것이라 할 수 있다.

이 글에서는 완판 36장본을 텍스트로 논의를 펼치고자 한다. 이 텍스트는 경판본 또는 안성판본과는 다르게 조선사회의 부조리를 적나라하게 폭로할 뿐만 아니라 주인공이 가진 사회개혁의 의지가 가장 잘 드러나 있기 때문이다. 이제 〈홍길동전〉의 영웅인물을 살피기 위해 주요 내용을 영웅화의 단계별로 제시하면 다음과 같다.[67]

### 가 영웅화의 예비단계

① 조선조 세종대왕 즉위 15년, 홍문이라는 재상이 있었는데 청룡의 꿈을 꾸고 시비 춘섬과의 사이에서 홍길동을 얻는다.

② 홍길동은 재주가 비상하여 문일지십이었으나 자신의 출생이 천함을 한탄한다.

③ 곡산모가 자객 특자를 청해 홍길동을 해치려고 하였으나 오히려 홍길동에 의해 특자와 관상녀가 죽임을 당하고 홍길동은 집을 떠나기 전 홍승상에게 호부호형을 허락받는다.

66) 정주동, 「〈홍길동전〉을 둘러싼 몇 가지 문제」, 『국어국문학』 20, 국어국문학회, 1959; 정주동, 『홍길동전 연구』, 문호사, 1961; 박일용, 「영웅소설의 유형변이와 그 소설사적 의의」, 서울대학교 대학원 석사학위논문, 1983; 백승종, 「고소설 〈홍길동전〉의 저작에 대한 재검토」, 『진단학보』 80, 진단학회, 1995.

67) 김일렬, 『한국고전문학전집』 25, 고려대학교 민족문화연구소, 1996, pp.76~181.

딴 영웅화의 실행단계(1)

① 홍길동이 초부석을 들어 도적의 장수가 되고 경상도 합천 해인사의 창고에서 수만금의 재물을 탈취하며, 함경감영의 창고에서 곡식과 무기를 빼앗아 활빈당을 조직한다.

② 홍길동이 초인 일곱을 만들어 팔도에 보내 탐관오리의 재물을 탈취하여서는 백성을 구제한다.

③ 홍길동을 잡으라는 어명이 내려지고 포도대장 이업이 홍길동을 잡으려다 오히려 홍길동의 도술에 빠져 곤욕을 치른다.

④ 홍길동이 신출귀몰하며 팔도를 누비자 임금은 홍승상을 의금부에 가두고 홍길동의 형 홍길현을 경상감사로 임명하는데 홍길동이 방서를 보고 형을 찾아와 스스로 포박당한다.

⑤ 팔도에서 여덟 홍길동이 잡혀 혼란이 일자 홍승상을 불러 진짜를 확인하게 하나 알 수가 없고, 홍길동이 자신의 정당함을 토로하고 죽었는데 초인 일곱만이 남아 있다.

⑥ 홍길동이 홍길현을 찾아와 스스로 잡히나 도성에 들어서자 다시 도망하여 자신을 병조판서에 임명해 달라는 글을 써 붙이고는 신장을 호령하여 자신을 참소하는 자의 심복과 세상을 어지럽히는 승려들, 재상가의 악독한 자식들을 잡아와 벌을 내린다.

딴 영웅화의 실행단계(2)

① 임금이 병조판서의 직책을 내어 걸자 홍길동은 의적활동을 멈추고, 임금에게 벼 삼천 석을 얻어 성도라고 하는 섬으로 들어가 나라를 세운다.

② 홍길동이 낙천현에 이르러 망당산에 들어가 약을 캐다가 백룡의 아리따운 딸을 납치해 간 울동을 죽이고 백소저를 비롯한 세 여자를 구출하여 부인을 맞는다.

③ 삼 년이 지나 홍승상이 죽자 홍길동이 시신을 수습해 제도로 돌아와 안장한다.

④ 홍길동이 대원수가 되어 근방의 율도국을 치는데 몇 달 안에 칠십
  여 성을 평정한다.
⑤ 율도왕이 천리마를 타고 방천극을 들고 출병하였는데 홍길동이 후
  군장 김인수와 좌선봉 맹춘에게 전략을 지시하고 팔진을 구축하니
  율도왕이 그곳을 헤어나지 못하고 목숨을 끊는다.

### 라 영웅화의 완결단계

① 홍길동이 율도국의 왕으로 즉위하니 풍년이 찾아오고 태평하여 백
  성이 편안하였다.
② 홍길동이 일흔 둘에 태자에게 양위하고 월영산에 중전 백씨와 함께
  거처하며 선도를 닦다가 백일승천한다.

이상의 내용을 보면 현실적인 체제에서는 자신의 꿈을 이루지 못하
는 홍길동이 특출한 능력으로 부정부패를 일삼는 무리의 재산을 약탈
하여 도탄에 빠진 백성들을 구제한다. 그런 점에서 이 작품은 기존 질
서에 저항하며 새로운 세계를 갈망하는 민중의식을 대변하는 것으로
볼 수 있다. 그래서 홍길동을 민중적인 영웅이면서 새로운 세계를 개척
하는 개혁형 영웅인물이라 할 수 있다. 실제로 출생이나 가문이 남다르
다는 점을 들어 홍길동이 영웅이 될 개연성을 마련하고, 이어서 타고난
능력으로 도탄에 빠진 백성을 구하거나 율도국을 점령하고 선치하는
것으로 영웅성을 구현하고 있다.[68] 마침내 율도국왕이 되어 태평을 누
리다가 승천하는 것으로 영웅화가 마무리되도록 했다. 요컨대 이 작품
의 영웅인물은 새로운 세계를 갈망한 민중의 대변자이고 그러한 그를

---

[68] 다만 문제가 되는 현실에서 목적을 이루지 못하고, 특수공간으로 이동해서 뜻한 바를
  실현하는 것은 조선후기의 사회체제를 전제한 개혁이라 할 수 있다. 한편으로는 이주
  형 건국신화의 특성을 계승한 것으로 이해할 수도 있다.

개혁형 영웅인물로 보는 것은 자연스러운 일이라 하겠다.

### (2) 영웅인물의 단계별 형상화

#### ① 영웅화의 예비단계

예비단계는 ㉮의 ①~③으로 홍길동이 남다른 출생으로 뛰어난 능력을 구비했음에도 불구하고 서자라는 이유 때문에 차별받다가 가정을 박차고 가출하는 부분이다. 홍길동은 여러모로 영웅인물로 형상화될 개연성을 가지고 있었다. 그의 아버지가 재상으로 높은 가문이었을 뿐만 아니라 꿈을 통해 홍길동을 청룡과 연관시킴으로써 천부적인 능력까지 짐작할 수 있도록 했다. 꿈으로 홍길동의 미래를 예견하도록 하면서 영웅화의 예비단계를 마련한 것으로 볼 수 있다. 해당 장면을 보면 다음과 같다.

> 일일은 승상 난간의 비겨 잠군 조의더니 (…중략…) 청학 빅학이며 비취 공작이 춘광을 즈랑ㅎ거날 승상이 경물을 귀경ㅎ며 졈졈 드러가니 만쟝 졀벽은 하날의 다엇고 구뷔구뷔 벽계슈난 골골이 폭포되어 오운이 어러엿난듸 길이 쓴쳐 갈 바을 모로더니 문득 쳥용이 물결을 헤치고 머리을 드러 고함ㅎ니 산학이 믄허지난 듯ㅎ더니 그 용이 입을 버리고 긔운을 토ㅎ여 승상의 입으로 드러 뵈거날 씨다르니 평싱 듸몽이라 닉염의 혜아리되 피련 군즈을 나희리라 (…중략…) 부인이 옷슬 썰치고 밧그로 나가시니 승상이 무류ㅎ신 즁의 부인의 도도혼 고집을 이달나 무슈히 츠탄ㅎ시고 외당으로 나오시니 마츰 시비 춘셤이 상을 드리거날 좌우 고요ㅎ믈 인ㅎ여 춘셤을 잇글고 원앙지낙을 일의시니 져긔 울화을 더르시나 심닉의 못닉 한탄ㅎ시더라[69]

---

69) 〈홍길동전〉, pp.76~78.

위에서 보듯이 홍길동은 특출한 가문 출신에다 신몽을 통해 비범한 인물로 성장할 것임을 예견할 수 있다. 다만 종모법을 따르던 당시 상황에서 어머니의 신분이 종이라는 한계를 가지고 태어났다. 이것은 그가 영웅화되는 과정에서 넘어야 할 시련이면서 홍길동이 영웅적 행위를 단행하는 동인이도 하다.

홍길동이 출생 전에 특출한 조건을 구비한 것을 들면서 영웅화의 예비단계를 마련한 일면, 출생 후의 비범한 능력을 제시하면서 영웅화의 예비단계를 한층 강화하고 있다. 먼저 그는 문일지십의 재주를 가졌을 뿐만 아니라 뛰어난 신술까지 겸비하고 있다. 이는 홍길동이 영웅인물이 될 수밖에 없음을 드러내는 것이기도 하다. 즉 영웅화의 당위성을 제시하면서 사건의 초입을 구축한 것이다. 홍길동의 능력을 다룬 장면을 보면 다음과 같다.

> 이젹의 길동은 나희 십일 셰라 기골이 쟝딕ᄒ고 용밍이 결눈ᄒ며 시셔 빅ᄀ여을 무블통지ᄒᄂ 딕감 분부의 밧긔 출입을 막으시믹 홀노 별당의 쳐ᄒ여 손오의 병셔을 통니ᄒ여 귀신도 측냥치 못ᄒᄂ 술볍이며 천지조화을 품어 풍운을 임의로 부리며 육정육갑의 신장을 부려 신츌귀몰지술을 통달ᄒ니 셰상의 두려온 거시 업더라 이날 밤 슴경이 된 후의 쟝ᄎ 셔안을 물이치고 취침ᄒ려 ᄒ더니 문득 창 밧긔셔 ᄀ마귀 셰 변 울고 셔으로 나라ᄀ거날 마음의 놀닉 히혹ᄒ니[70]

위에서 보는 바와 같이 홍길동은 남다른 능력을 구비하고 있다. 그러한 홍길동의 능력을 두려워한 곡산모가 자객을 시켜 그를 제거하려고 한다. 장차 문제가 될 인물을 사전에 제거하여 자신들의 안위를 도모하

---

70) 〈홍길동전〉, p.92.

기 위함이다. 홍길동은 뛰어난 능력을 가지고 있음에도 불구하고 단지 서자라는 이유 하나만으로 가족 모두에게 멸시를 당한다. 더욱이 자신을 죽이려고 하는 상황까지 벌어지자 가출하여 뜻을 펼치고자 다짐한다. 이러한 굳은 결의를 본 아버지가 홍길동에게 호부호형을 허락하기에 이른다. 그래서 가정 내에서는 신분적인 문제가 어느 정도 해결된 듯하지만 실은 달라질 것이 별로 없다. 홍길동이 과감하게 가출을 단행하는 이유도 여기에 있다. 제도화된 것을 임시방편으로 허락한다고 해서 자신의 신분이 바뀔 리는 없다. 홍길동은 이러한 제도를 과감하게 시정함으로써 모든 백성이 평등하게 살기를 소망한다. 그런 점에서 신분적인 제도를 문제삼는 홍길동의 뛰어난 능력을 확인하는 것으로 영웅화의 예비단계를 마련한 것이라 할 수 있다.


② 영웅화의 실행단계(1)

실행단계(1)은 ㉯의 ①~⑥으로 가출한 홍길동이 활빈당을 조직하여 백성을 구휼하고 조정에서는 그러한 홍길동을 잡고자 백방으로 노력하는 부분이다. 홍길동은 가출한 후 도적무리의 수장이 되어 해인사의 창고와 함경감영의 곡식과 무기를 탈취해 활빈당을 조직하고 어려운 처지의 백성들을 돕는다. 더욱이 초인 일곱을 만들어 팔도에 보내서 탐관오리의 재물을 탈취하여 어려운 백성들에게 나누어준다. 이는 길동이 소망하는 평등사회를 구현하기 위한 것이기도 하다. 탐관오리들이 백성들을 수탈하여 빈익빈부익부 현상이 가속화되고 그럴수록 백성들은 더 극심한 상황에 놓이게 된다. 그래서 불의하게 부자가 된 지배층의 재물을 탈취하여 갖지 못한 백성들에게 나누어 줌으로써 모든 백성이 편안하게 살 수 있는 세계를 만들고자 하였다. 하층민을 지향하는 개혁형 영웅인물의 면모가 이 부분에서 잘 드러난다. 홍길동이 초인으로 변하여 탐관오리의 재물을 탈취하는 장면을 들어 보면 다음과 같다.

> 초인 일곱을 망그라 각각 군ᄉ 오십 명식 영거ᄒ야 팔도의 분발할시 다 각기 혼빅을 붓쳐 조화 무궁ᄒ니 군ᄉ 셔로 의심ᄒ여 어늬 도로 ᄀ난 거시 참 길동인 줄을 모로더라 각각 팔도의 횡힝ᄒ며 블의ᄒ ᄉᄅᆷ의 ᄌ믈 아셔 블상ᄒ ᄉᄅᆷ을 구졔ᄒ고 슈령의 뇌믈을 탈취ᄒ고 창고을 열어 빅셩을 진휼ᄒ니 각 유 소동ᄒ여 창고 직킨 군ᄉ 잠을 이르지 못ᄒ고 직키ᄂ 길동의 슈단이 ᄒ 변 움ᄌ긔면 풍우ᄃ작ᄒ며 운무 ᄌ옥ᄒ야 천지를 분별치 못ᄒ니 슈직ᄒ난 군ᄉ 손을 묵근 다시 금졔치 못ᄒᄂ지라 팔도의셔 작난ᄒ되 명빅키 위여 왈 활빈당 장슈 홍길동이라 졔명ᄒ며 횡힝ᄒ되 뉘 능히 종젹을 ᄌ부리요[71]

이처럼 가진 자들, 특히 부정한 방법으로 축재한 자들의 재물을 탈취하여 도탄에 빠진 하층민을 돕고 있다. 이는 제도와 신분에서 야기된 문제를 다소 과격한 방법으로 해결하는 것이다. 그런 측면에서 홍길동을 제도적인 개혁형 영웅인물이라 할 수 있는데 그러한 영웅화의 실행을 신술을 통한 강압적인 방법으로 단행하였다.

홍길동은 재물의 탈취와 분배라는 다소 과격한 방법으로 문제를 해결하고자 했다. 그래서 영웅화의 실행단계도 신비한 방법이 활용될 수밖에 없었다. 도술이라는 특수한 능력으로 신출귀몰하며 상층부를 농락하는 것이 그것이다. 이는 저항할 방법이 전무한 하층민들의 처지를 홍길동의 행위를 통해 보인 것이라서 주목할 만하다. 즉 홍길동이 다양한 신술로 상층부를 조롱하는 것을 통해 하층민의 억눌린 감정을 정화

71) 〈홍길동전〉, p.116.

한 것이라 하겠다. 어쨌든 홍길동이 끝없이 문제를 야기하자 조정에서
는 그를 잡기 위해 갖은 방법을 동원한다. 먼저 어명에 따라 포도대장
이업이 홍길동을 잡으러 갔다가 오히려 홍길동의 도술에 의해 곤욕을
치른다. 관군까지 무용지물로 만드는 홍길동의 신술에는 민중의 저항
의식이 담긴 것으로 볼 수 있다. 그가 민중을 대변하는 개혁형 영웅인
물인 이유도 여기에 있다. 이러한 신술은 민중이 저항하는 방법으로 민
담적인 모티프가 강하다. 그래서 개혁형 영웅인물을 다룬 〈전우치전〉
이나 〈제마무전〉에서도 그러한 신술이 공통적으로 등장한다. 이는 제
도적인 개혁형 영웅인물의 영웅화 실행단계에서 주목할 만한 것이기에
해당 장면을 인용해 보도록 한다.

> 이윽ᄒ야 형용이 긔괴ᄒ 군ᄉ 슈십 인이 다 황건을 쓰고 오며 위여
> 왈 네 포도ᄃᆡ장 이업인ᄃᆞ 우리 지부ᄃᆡ왕의 명을 ᄇᄃᆞ 너을 ᄌᆞ부러 왓노
> 라 ᄒ고 일시의 달녀드러 철쇄로 묵거 가니 이업이 혼불부신ᄒ야 지ᄒ인
> 줄 인근인 줄 모로고 ᄀ더니 경각의 ᄒ 고ᄃᆡ 이르니 의희ᄒ 와긔 궁궐
> ᄀᆺ튼지라 이업을 ᄌᆞᄇ 정하의 ᄭ우리니 젼상으셔 슈죄ᄒ는 소ᄅᆡ 나며 ᄭ우지
> 져 왈 네 감이 활빈당 장슈 홍길동을 슈히 보고 즙긔로 ᄌᆞ당ᄒ다 홍장군
> 이 하날의 명을 ᄇ다 팔도의 단이며 탐관오리와 비리로 취ᄒ는 놈의 ᄌᆡ
> 물을 ᄯᆞ셔 불상ᄒ 빅셩을 구휼ᄒ거날 너희 놈이 ᄂᆞᄅ을 소긔고 임군으게
> 무고ᄒ여 오른 ᄉᆞ름을 ᄒᆡ코져 ᄒᄆᆡ 지부의셔 너ᄀᆺ튼 간ᄉᆞᄒ 뉴를 ᄌᆞᄇ다
> ᄀ 다른 ᄉᆞ름을 경계코져 ᄒ시니 ᄒ치 말나 ᄒ고 황건역ᄉ을 명ᄒ여 왈
> 이업을 ᄌᆞᄇ 풍도의 부쳐 영불출셰케 ᄒ라 ᄒ니 이업이 머리를 ᄯᆞ희 두
> 다리며 ᄉᆞ죄 왈[72]

이상에서 보는 바와 같이 홍길동은 포도대장 이업을 술법으로 제압

---

72) 〈홍길동전〉, pp.120~122.

한다. 이는 기득권층의 무능을 우회적으로 비판한 것이기도 하다. 이후에도 홍길동이 팔도를 누비며 의적활동을 계속하자 임금은 홍길동 가족을 동원하여 그를 잡으려 한다. 먼저 홍승상을 의금부에 가두고 형인 홍길현을 경상감사에 임명하자 홍길동이 스스로 찾아와 포박당한다. 하지만 잡혀 온 홍길동이 모두 여덟이라서 홍승상에게 친아들을 찾으라고 하지만 허사이다. 이 자리에서 홍길동이 자신의 억울함을 호소하고 죽자 초인 일곱만 남는다. 이는 곧 홍길동이 도술로 당시에 고통받는 사람들을 대신하여 항변한 것으로 볼 수 있다. 술법을 통해 영웅화를 실행하되 제도적인 문제점을 집중적으로 부각한 것이다.

홍길동은 당시 사회제도의 문제점을 지적하면서 사라졌다가 다시 홍길현을 찾아와 잡히지만 도성에 들어오자 도주한다. 그리고는 자신을 병조판서에 제수하라는 방문을 붙이고, 신장을 호령하여 자신을 참소하는 무리들, 세상을 어지럽히는 승려들, 재상가의 악독한 아들을 잡아와 벌을 가한다. 기득권층의 폐해를 계속해서 문제삼은 것이다. 더욱이 신분적인 한계 때문에 출사에 어려움을 겪는 자신과 같은 계층의 문제에 주목하고 있다. 그래서 전격적으로 자신을 병조판서에 제수해 달라고 요청하였다. 이것은 당시의 제도로는 불가능할 수밖에 없는데, 그것을 관철시킴으로써 신분적인 문제를 상징적으로나마 해결하고자 한 것이다. 마침내 그 뜻이 이루어지자 홍길동은 제3의 세계로 진입하고 더 이상 문제를 야기하지 않는다. 따라서 영웅화의 실행단계(1)에서는 조선의 사회제도, 특히 적서차별의 문제를 심각하게 다루되, 그것을 홍길동의 영웅적 행위를 통해 부각되도록 하였다. 즉 홍길동의 신출귀몰하는 술법을 통해 사회적인 문제를 시정·비판하는 것으로 그의 영웅화가 실행되도록 하였다. 특히 고통받는 하층민을 대변한다는 점에서 홍길동을 개혁형 영웅인물로 형상화하였음을 알 수 있다. 그중에서도 현실

제도의 모순을 도술을 통해 시정하고자 했다는 점에서 홍길동을 제도
적인 개혁형 영웅인물이라 할 수 있다.


③ 영웅화의 실행단계(2)

실행단계(2)는 다의 ①~⑤로 홍길동이 가상의 세계에 진입하여 새로
운 나라의 왕으로 즉위하는 부분이다. 그래서 이곳에서는 투쟁적인 영
웅의 모습을 일부 확인할 수 있다. 즉 주몽신화에서 주몽이 부여를 벗
어나 졸본에 수도를 정하고 송양을 굴복시켜 고구려를 건국하거나 앞
에서 살핀 〈장백전〉에서 장백이 안남국왕이 되어 태평세계를 구축했던
것과 유사하다. 그래서 이곳의 영웅화 실행은 이계에 가서 영웅적 행위
로 한 나라의 제왕이 되는 것이라 할 수 있다. 이는 현실계에서 이루지
못한 욕망을 관념적인 방법을 써서라도 달성하는 것으로 이해할 수 있
다. 국내의 신분에서 야기된 문제를 호부호형을 허락받거나 병조판서
를 제수받음으로써 어느 정도 해결한 면이 없지 않지만, 근본적으로 해
결된 것이라고 보기는 어렵다. 그래서 해외로 눈을 돌려 더 적극적으로
문제를 해결하고자 영웅화의 두 번째 실행단계를 마련한 것이다.

홍길동은 임금이 병조판서를 제수하자 의적활동을 금하고 임금이 하
사한 삼천 석의 벼를 가지고 성도로 들어가 나라를 세운다. 하루는 홍길
동이 망당산에 들어가 약초를 캐다가 만석꾼인 백룡의 딸을 납치한 을
동을 제거하고 백소저와 다른 두 여인을 구조한다. 이러한 인연으로 장
차 세 여인을 부인으로 맞이한다. 이는 민담적인 모티프를 활용하면서
홍길동을 민중적인 영웅으로 형상화한 것이라 할 수 있다. 이는 홍길동
의 영웅화 실행이 그만큼 파격적·신비적으로 진척됨을 의미하는 것이
기도 하다. 영웅화의 완결단계에서 행복한 삶을 보장하기 위한 사전 작

업을 요괴퇴치와 신녀의 획득으로 그린 것이다. 어쨌든 독특한 방법으로 홍길동의 영웅화 실행단계를 보였고 이를 통해 민중적인 개혁형 영웅인물의 특성이 부각되도록 했다. 해당 부분을 들어 보도록 한다.

> 이젹의 길동이 망당산의 드러ㄱ 약을 키더니 (…중략…) 슈빅 무리 모와 씌놀며 즐거난지라 주시히 보니 스룸은 아니요 즘싱이로듸 모양은 스룸 궃튼지라 심닉의 의혹ㅎ야 몸을 금쵸오고 그 거동을 살핀이 원릭이 즘싱은 일홈이 울동이라 길동 ㄱ만이 활을 주브 그 상좌의 안즌 장슈을 쏘니 졍히 ㄱ숨이 맛는지라 울동이 딕경ㅎ야 크게 소릭을 질으고 닷거날 길동이 밋좃ㅊ 잡고져 ㅎ다ㄱ 밤이 이믜 집퍼시미 소남글 의지ㅎ야 밤을 지닉고 익일 평명의 살펴보니 그 즘싱이 피 흘넛거날 피 흔젹을 ㅆ라 슈 리을 드러ㄱ니 큰 집이 잇스듸 ㄱ장 웅장흔지라 문을 두다리니 군소 나와 길동을 보고 왈 (…중략…) 울동이 본듸 누말 년 무근 요귀라 풍운을 부리고 조화 무궁흔지라 무슈흔 요귀 바람을 타 올ㄴ오니 길동이 하릴업셔 육졍육갑을 브르니 믄득 공즁으로좃ㅊ 무슈흔 신장이 닉려와 모든 울동을 결박ㅎ여 ㅆ희 꿀이니 길동이 그놈의 자분 칼을 아셔 무슈흔 울동을 다 버히고 바로 드러ㄱ 여즌 숨인을 (…중략…) 길동이 셰 여즌을 다리고 도라와 빅능을 ㅊ즌 이 일을 셜화ㅎ니 빅능이 평싱 스룽ㅎ던 여즌을 ㅊ즈믹 만심환회ㅎ여 쳔금으로 듸연을 비셜ㅎ고 현당을 모와 홍싱으로 스회을 스므니 인인이 층찬ㅎ는 소릭 진동ㅎ더라73)

위에서 보는 바와 같이 홍길동은 장차 자신의 부인이 될 인물을 구하기 위해 요괴의 소굴로 들어간다. 마치 지하대적퇴치설화에서처럼 목적한 바를 달성하기 위하여 위험을 무릅쓴 것이다. 실제로 홍길동은 요괴인 울동의 소굴에 들어가 수장을 화살로 명중시키고 약을 먹여 죽인

---

73) 〈홍길동전〉, pp.150~154.

다. 그런 다음 나머지 요괴들을 척결하고 세 여인을 구해와 부인으로
맞이한다. 그래서 이곳에서의 영웅적 행위는 초월성이나 관념성이 강
함을 알 수 있다. 영웅화 실행단계(1)에서는 현실의 제도적인 문제를
해결하기 위해 노력했다면, 이곳에서는 이상적인 가정이나 국가의 건
설을 비중 있게 다루었다.

홍길동은 가정을 문제없이 꾸리자 이어서 이웃나라를 정벌하기에 이
른다. 홍길동은 스스로 대원수가 되어 근방의 율도국을 공격하여 몇 달
도 되지 않아 수십의 성을 빼앗는다. 이에 격분한 율도국왕이 천리마를
타고 반격하지만 홍길동이 팔진을 구축하자 율도국왕은 그것을 벗어나
지 못하고 목숨을 끊는다. 이웃나라를 정벌하고 자신이 왕으로 등극하
는 것으로 영웅화의 실행단계(2)가 마무리된다. 이 영웅화의 실행단계
(2)에서는 민중적 영웅인물, 개혁적 영웅인물이 현실적으로 불가능한
상황을 타개하기 위하여 가상의 해외를 설정하고 낮은 신분에도 불구
하고 가장 지엄한 위치에 오르는 개혁의지를 천명하였다. 홍길동이 조
선에서 가정적으로는 호부호형을 허락받고 국가적으로는 병조판서를
제수받는 등의 파격적인 예우가 있었지만, 이것은 임시변통에 지나지
않는다. 근원적인 문제가 해결되지 않았기 때문에 서자로서의 차별이
사라진 것은 아니다. 그러기에 영웅화 실행단계(2)를 마련하여 그것을
뛰어넘는 의지를 보일 필요가 있었고, 그러는 과정에서 민담적인 방법
을 동원하여 전격적으로 자신이 왕위에 올랐다. 즉 낮은 신분에도 불구
하고 가장 지엄한 자리에 올라 개혁적인 의지를 다시 한 번 강조하고
있다. 그런 점에서 홍길동은 제도개선에 대한 강한 의지를 우회적으로
천명하여 개혁형 영웅인물로 형상화된 것으로 볼 수 있다.

④ 영웅화의 완결단계

완결단계는 라의 ①~②로 영웅화의 최종적인 결과가 나타난다. 특히 이곳에서는 홍길동을 개혁형 영웅인물로 형상화하다 보니 건국신화의 주인공과 흡사한 면이 없지 않다. 건국주들도 당시 사회의 문제점을 인식하고 새로운 나라를 세워 백성의 안위를 도모했는데, 홍길동도 스스로 나라를 세워 만백성의 안녕을 우선시하였기 때문이다. 이는 궁극적으로 개혁형 영웅인물이 지향하는 바가 어려움에 처한 백성의 구휼에 있음을 뜻하는 것이다. 실제로 홍길동이 율도국왕으로 즉위하고부터 시화연풍하여 모든 백성이 편안해졌다. 해당 부분을 보면 다음과 같다.

> 신왕이 등국 후의 시화년풍ᄒ고 국틱민안ᄒ여 ᄉ방의 일이 업고 덕화 디힝ᄒ여 도블십유ᄒ더라 틱평으로 셰월을 보닉더니 슈십 연 후의 디왕 디비 승하ᄒ시니 시년 칠십ᄉ이라 왕이 못닉 익훼ᄒ여 예졀의 지닉는 효셩이 신민을 금동ᄒ시더라 현덕능의 안장ᄒ니라 왕이 숨ᄌ이녀를 두시니 장ᄌ 항이 닉부의 풍도 잇ᄂ지라 신민이 다 ᄉ두ᄉᆺ치 우럴거날 장ᄌ로 틱ᄌ를 봉ᄒ시고 열읍의 디ᄉᄒᄉ 틱평연을 비셜ᄒ고 즐길ᄉᆡ 왕의 시년이 칠십이라[74]

위에서 보는 것처럼 홍길동은 성군으로서 국가의 모든 일이 순조롭게 해결되도록 했다. 반목과 갈등을 불식시키고 모든 문제를 합리적·긍정적으로 처리하여 이상적인 국가를 건설하였다. 이것은 홍길동이 백성을 생각하는 마음을 가져서 가능할 수 있었다.

---

74) 〈홍길동전〉, pp.174~176.

왕이 빅셩을 스랑ᄒᆞᆺ 덕화를 심쓰니 일국이 퇴평ᄒᆞ야 격량ᄀᆞ를 일ᄉᆞ
므니 셩ᄌᆞ신손이 계계승승ᄒᆞ여 퇴평으로 지ᄂᆡ고[75]

위에서 보는 것처럼 왕이 백성을 차등 없이 사랑하여 태평성대가 지
속된다. 이것이 홍길동이 바라던 이상국가일 수 있다. 신분이나 부의
차등이 없이 모든 백성이 상생하는 사회를 구축한 것이다. 이는 홍길동
이 개혁형 영웅인물로 부단히 노력을 기울인 결과이기도 하다. 어쨌든
이곳에 와서 홍길동은 자신이 원하던 이상국가를 건설하였다. 이는 역
설적으로 조선에서 그러한 사회구축이 불가능함을 반증하는 것이기도
하다. 그래서 개혁의지를 담아 이상적이면서도 새로운 나라를 제시한
것으로 볼 수도 있다. 이는 개혁의지를 더 완고하게 드러낸 것이기에
결국은 홍길동을 개혁형 영웅인물로 부각한 것이다. 신분과 제도를 뛰
어넘는 국가를 건설하여 만백성이 두루 평안한 사회를 만드는 것이 개
혁의 핵심이라 하겠다. 그것을 홍길동이 실천했다는 점에서 그를 제도
적인 개혁형 영웅인물로 볼 수 있다.

---

75) 〈홍길동전〉, p.178.

# 제4장
# 영웅인물의 지향과 의미

영웅인물의 형상화는 당시 민중의 의식을 다채롭게 반영한 것이라 할 수 있다. 어느 시대를 막론하고 영웅을 갈망하면서 자신들이 감당하지 못하는 일을 대신해 주기를 염원하기 때문이다. 상층부나 하층부는 각각 자신의 처지를 헤아려 바람직한 영웅을 갈망하곤 한다. 그래서 다양한 유형의 영웅인물을 이야기문학에서 주요하게 형상화해 온 것이라 할 수 있다.[1] 이를 감안하여 여기에서는 영웅인물의 유형별 지향의식을 검토하고, 그것이 갖는 문학사적 의의가 어떠한 것인지를 살펴보도록 한다.

## 1. 유형별 지향의식

영웅인물을 형상화하는 것은 당시의 다양한 현상을 표출하기 위해서

---

[1] 영웅인물의 형상화는 고대의 신화에서부터 조선후기의 고전소설에 이르기까지 그 전통이 아주 유구하다. 영웅인물에 상하민중의 꿈을 투영하며 문학적인 정화를 바랐기 때문이라 하겠다.

이다. 즉 영웅인물의 각 유형별로 상하민중의 소망을 담아 놓았는데,
이것이 곧 영웅인물의 지향의식과 상통한다. 실제로 각 유형은 그 나름
의 목적에서 영웅인물을 형상화한 것이다. 먼저 구제형은 종교적인 목
적에서 만백성을 안락의 세계로 이끌지만 그것이 액면 그대로 불교성
만을 표방하지는 않았다. 이미 그 내면에 보국안민을 내세운 유교적인
세계관이 자리하고 있었기 때문이다.[2] 그런 점에서 지향의식이 불교적
인 깨달음을 촉발하는 일면, 유교적인 안민의식이 내재되어 있음을 알
수 있다. 그런가 하면 구국형에서는 기존 질서를 충실히 따르면서 국태
민안을 염원한 이상이 그대로 반영되어 있다. 이들에서는 체제를 고수
하는 선에서 나라와 백성의 태평을 기원하고 있다. 기득권이 준수되는
선에서 그리고 백성을 교화의 대상으로 생각하는 선에서 상하의 균형
을 잡아 태평을 염원한 특징이 있다. 반면에 개혁형은 기존 틀을 와해
시키고 새로운 판짜기의 필요성을 중시한 담론이라 할 수 있다.[3] 그래
서 파격적인 제안은 물론, 기층민의 염원을 강하게 드러내는 특징이 있
다. 구제형이 주로 신화적인 특성을, 구국형이 전설적인 특성을 강화한
것이라면, 이 개혁형은 민담적인 요소를 강조한 것으로 볼 수 있다. 여
기에서는 이러한 전제하에 각 유형별로 지향의식을 구체적으로 살펴보
도록 한다.


## 1) 구제형의 지향의식

구제형은 그것이 대중적이든 가족적이든 간에 초극적인 고난 끝에

---

2) 김진영, 「금우태자전승의 유형과 신화소의 서사적 의미」, 『어문연구』 62, 어문연구학
   회, 2009, pp.131~163.
3) 특히 반역적 개혁형인 〈장백전〉·〈유문성전〉에서 그러한 특성을 확인할 수 있다.

불특정다수나 특정소수를 극적으로 구환하는 것을 말한다. 이는 종교
성을 표방하는 이면에 정신이나 물질 면에서 이타적인 행위를 단행하
는 것이기도 하다. 사실 타인에게 보시를 베풀어 모두가 모자람 없게
만드는 것은 쉬운 일이 아니다. 비범한 외모와 체격을 소유하고 남보다
뛰어난 능력을 가졌다고 해서 감행할 수 있는 것도 아니다. 타인을 구
제하는 것은 개인의 욕망에 휘둘리지 않고 집단적 이념의 실현을[4] 그
목적으로 할 때 성취될 수 있다. 남다른 재능을 무한보시하거나 자신의
모든 것을 희생하는 것은 타인에 대한 애정이 전제되어야 가능하다. 그
리고 그러한 능력을 충분히 발휘했을 때 주인공의 영웅화도 완결된다.

### (1) 시련과 지향의식

구제형 영웅인물은 타인을 제도하여 고통에서 벗어나게 하겠다는 의
지를 실현하는 존재이다. 인간 세상의 고단함 속에서 물질적·육체적
걱정이 없게 하고 정신적으로는 번민에 휩싸여 더 이상 방황하지 않도
록 안락한 삶을 보장해 주는 것이다.[5] 이는 사리사욕에 눈이 멀어 자신
만 풍족한 생활을 영위하는 것이 아니라 타인을 위하여 자신의 모든
것을 내어줄 수 있는 자기희생적인 다짐이다. 따라서 구제를 실천하는
것은 그럴 만한 처지가 되지 못함에도 불구하고 모든 것을 보시·희생
하는 것이라 하겠다. 이러한 일을 단행하는 인물은 대인적인 마음이 전
제되어야 한다. 타인을 구제하겠다는 최종 목표를 향해 남다른 용력과

---

4) 박일용, 『영웅소설의 소설사적 변주』, 월인, 2003, p.17.
5) 종교서사의 대부분이 이러한 기조를 유지하고 있다. 특히 내세를 앞세운 불교서사에
   서 불전이나 승전을 막론하고 동일한 구조를 보이고 있다. 이는 그들이 상구보리 후
   하화중생을 중시한 때문이라 하겠다. 그래서 자연스럽게 구제형 영웅서사구조를 가
   질 수밖에 없었다.

지혜를 발휘하는 원천도 바로 그곳에 있다. 그런데 지향의식의 발현을 예견할 수 있는 곳 중의 하나가 영웅인물의 시련과 고통 부분이라 할 수 있다. 그래서 특별한 능력을 배양하기 위해 시련을 겪는 부분이 어디인지 찾아보고 그것에 집중하면 작자의 의도를 수월하게 파악할 수 있다. 이제 앞에서 거론한 작품을 중심으로 살펴보도록 하겠다.

금우태자의 시련이 극대화되는 곳을 조망하면 그가 지향하는 의식이 어디에 있는지 짐작할 수 있다. 금우태자는 왕이 될 관상을 타고났으나 두 왕후의 시기 때문에 금송아지로 살면서 시련을 겪게 된다. 바로 이곳에서 그가 지향하는 삶의 목표가 무엇인지 명료해진다. 먼저 금우태자가 소가 되어 고난을 겪는 과정에서 그가 지향하는 의식이 윤회를 통한 만민구제라는 점을 짐작할 수 있다. 이는 축생을 통해 영웅화 구축을 초월적으로 보인 것이기도 하다. 그러면서도 고단한 형벌을 수행하는 어머니를 위해 대신 밀을 갈아주며 봉양한다. 비록 외형은 금송아지이지만 그 속에 깃든 태자의 실체가 그와 같은 행위를 가능하게 하였다.

다음으로 금우태자가 어머니를 돕다가 죽을 고비에 처하고 이를 벗어나 공주와 결연했다가 쫓겨나 산속에서 기거하는 과정은 태자의 신분으로 이행하기 힘든 고난이 아닐 수 없다.[6] 그러나 이렇게 고된 경험 속에서 조력자가 등장하여 그의 탈갑을 돕고 그가 왕이 될 수 있는 길을 제시하는 것은 그만큼 금우태자의 영웅화가 구축되었음을 의미하는 것이고, 이는 금우태자의 목적의식이나 작자의 지향의식과도 상부되는 것이라 할 수 있다. 즉 왕위에 등극하여 모친을 봉양하고 선정을 베풂

---

6) 태자의 고난이나 그 어머니의 형벌 등은 각 나라별로 약간씩 차이가 있는데, 이는 불교서사가 전파되면서 각 지역의 특성에 맞게 정착했기 때문이라 하겠다(김태광, 「금우태자설화의 한국·대만 비교 연구-《석가여래십지수행기》와《사십이품인과록》을 중심으로」, 『어문연구』 54, 어문연구학회, 2007, pp.143~163).

으로써 만민을 구제하기 위한 대승적 영웅으로 활약하도록 의도한 것이다. 금우태자는 어려움에 처한 사람을 도우려는 천성을 가지고 있었으며, 왕이 되어서도 평소 성정대로 선치함으로써 그러한 의식을 분명히 하였다. 이것은 이 작품에서 영웅인물을 형상화한 궁극적인 지향의식이기도 하다. 요컨대 금우태자가 지향한 것이 만민구제라 하겠는데, 이는 제작층이 태자를 영웅화하여 궁극적으로 표방했던 의식과 상통하는 것이다.

심청의 경우도 시련을 통해 작품의 내외적인 지향의식이 고양되도록 하였다. 심청은 어머니를 사별하고 아버지마저 안맹하여 자신이 어려서부터 구걸과 품팔이로 아버지를 구환해야 했다. 어린 나이에 보호받기는커녕 스스로 가장이 되어 아버지의 생활까지 책임져야 하는 고난을 이겨내야 했다. 심청은 이러한 어려움을 오로지 아버지를 생각하는 지극한 효행으로 극복할 수 있었다. 자신보다는 아버지의 평안한 삶이 우선했기 때문에 가능한 일이었다. 마침내 그러한 고통이 강화되어 이제 심청의 목숨을 요구하는 고난이 닥쳐온다. 심청이 돌아오지 않자 심현이 마중을 나갔다가 발을 헛디뎌 개울에 빠져서 허우적거리는 것을 화주승이 구하고 공양미 삼백 석이면 부녀가 영귀하리라 말한다. 그 말만 믿고 심현은 공양미 삼백 석을 시주하겠다고 서약하고 돌아온다. 그 사실을 알고 심청이 하늘에 고축하며 해결책을 찾을 때 남경상인이 인단소에 제물로 바칠 처녀를 구한다. 이에 자신을 제물로 팔고 아버지가 서약한 공양미 삼백 석을 시주한다. 이는 심청에게 있어서는 자신이 죽어야 하는 최악의 선택이지만, 영웅화의 측면에서 보면 최대의 보시행위라 할 수 있다. 또한 아버지를 구하고 싶은 마음을 최대한 강화해서 보인 것이기도 하다. 그래서 죽음으로 치닫는 효행을 통해 심청의 구제의식이 극대화되도록 한 것이다. 이는 심청의 극단적인 행위를 통해 제작층의 의도를 담은 것이다. 즉 심청의 만고충효의 행위를 통해 안맹한 아버지를 광명의 세계로 인도하려는 의식을 담아낸 것이라 할 수 있다. 확대하면 고통받는 민중을 구제하려는 의식을 심청과 심현의 관계를 통해 우의적으로 드러낸 것이라 하겠다. 이 모든 것은 심청의 고난이 극대화되고, 그에 상응하여 심청의 굳은 의지가 있었기 때문에 가능한 일이었다. 그러기에 영웅인물의 고난을 통해 작품 내외의 총체적인 지향의식을 읽어낼 수도 있다.

구제형 영웅인물은 그들이 갖고 있는 인간에 대한 애정을 바탕으로 타인을 제도하겠다는 의지를 표출한다. 그러한 의지가 영웅인물의 시련이 극대화된 부분에서 선명하게 부각된다. 그것이 금우태자의 경우 축생과 방출의 험난한 고난을 통해, 심청의 경우 안맹한 편부의 봉양과 죽음을 전제한 효행을 통해 타인의 구제가 중심에 놓이도록 하였다. 이들 모두는 피폐한 처지에 있는 사람들을 위해서 스스로를 희생하면서 고통의 나날을 보낸다. 그래서 자연스럽게 영웅인물의 의지를 알 수 있고 이들 작품이 궁극적으로 지향하는 바가 무엇인지 분명해지도록 하였다. 요컨대 두 영웅인물은 서사 내적으로는 타인에 대한 구제 행위를, 서사 외적으로는 모든 사람을 위한 평안한 세계의 구축을 지향하고 있다.

### (2) 능력과 지향의식

구제형 영웅인물의 지향의식을 파악하는 데 도움이 되는 또 다른 요소 중의 하나가 바로 영웅인물의 능력이다. 그들의 남다른 능력은 전생이나 태몽, 시련을 극복하며 발현되는 역량, 조력자의 도움을 통해 살필 수 있다. 한편으로는 그들의 능력을 바탕으로 영웅인물의 지향의식이나 작자층이 추구한 바가 무엇인지 파악할 수도 있다. 능력이 극대화되는 곳에서 영웅인물의 이타적인 행위의 효과 또한 크게 부각될 수밖에 없기 때문이다.

금우태자는 갓 태어난 얼굴에서 왕의 풍모가 보이자 가차 없이 두 왕비에 의해 버려지는 운명을 맞는다. 하지만 각종 짐승들이 태자를 보호하고 해치려 하지 않자 두 왕비는 아예 사나운 암소에게 태자를 주어 삼키게 한다. 이는 불교의 윤회전생을 근저로 태자가 금송아지로 다시 태어날 수 있도록 감안한 것이다. 태자는 비범한 존재로 왕으로서의 위용을 품고 태어났으나 주변 사람들의 시기와 질투로 험난한 삶을 살게 된다. 태자로 태어났으나 금송아지의 탈을 쓰고 살아야 하는 것, 왕후의 계략으로 간을 내놓고 죽을 운명에 놓이는 것 등의 위기가 그를 엄습한다. 백정의 도움으로 출궁한 태자가 삶의 방향을 잃고 헤매다가 고려국의 공주가 던진 비단공에 맞아 부마로 간택된다. 공주와 축생의 결연을 반대한 고려국왕이 그 둘을 국경 밖으로 쫓아내는데, 그들을 선관이 찾아와 태자의 허물을 벗기고 본연의 모습으로 회복시킨다. 뿐만 아니라 금륜국의 왕은 태자와 공주의 관상을 보고 즉시 태자에게 양위하여 선정하도록 한다. 이처럼 조력자들의 도움으로 태자가 탈갑하고 왕의 위치에까지 오른다. 이는 그의 영웅적 능력이 발현되어 만백성의 구제가 가능했음을 의미하는 것이기도 하다. 실제로 그는 축생으로 살면서 어머니를 구제했으며, 출궁해서도 역경을 슬기롭게 극복한 후 전단림에서 수행하여 원만상을 구득한다. 그로 인해 영웅화가 완결되고, 그 능력을 발현하여 만백성을 안락의 세계로 인도한다. 그래서 태자의 능력 발양은 곧 도탄에 빠진 민중의 구제라 할 수 있고, 그러한 목적의식 아래 이 작품이 제작·유통되었음도 알 수 있다.

심청의 경우도 그의 능력을 다양하게 확인함으로써 장차 그가 이타행을 실천할 인물임을 알 수 있도록 했다. 심청은 남경상인에게 팔려 인단소의 제물로 바쳐진다. 그가 인단소에 투신하자 동해용왕의 시녀들이 그녀를 모시고 용궁으로 인도한다. 나아가 그녀가 동해용왕의 딸이고, 아버지 심현도 천상의 노군성임이 확인된다. 심청은 이 용궁에서 자신의 천상내력과 지상으로 적강하게 된 사연뿐만 아니라 자신의 영귀했던 삶에 대해서도 알게 된다. 따라서 지상에서의 삶이 운명으로 예정된 것임을 알고 장차 더 나은 인생방향을 모색하기도 한다. 그러기에 그녀를 다시 지상의 세계로 보내는 것이라 할 수 있다. 더욱이 연꽃에 싸서 보냄으로써 새로운 인생과 재생한 후의 결과를 짐작할 수 있도록 했다. 심청은 인단소에 투신함으로써 전혀 다른 인물로 변하게 된다. 인단소에 투신하기 전에는 보잘 것 없는 소녀가장에 지나지 않았다. 아버지를 어렵게 봉양하면서 남루한 삶을 살아가는 것이 그녀의 처지였기 때문이다. 더욱이 공양미를 시주하겠다는 아버지의 서약을 지키기 위하여 자신의 목숨마저 버려야 하는 최악의 상황이었다. 그러던 그녀가 인단소에 투신하고 용궁으로 인도된 뒤에는 그녀의 신분이나 위상이 획기적으로 변모한다. 그녀의 천상신분이 밝혀짐은 물론, 자신이 영귀하게 지냈던 과거도 알게 된다. 더 나아가 자신의 그러한 신분 때문에 이제 앞날을 긍정적으로 바라볼 수 있게 되었다. 이는 그녀가 영웅적인 인물임이 전격적으로 확인되는 것이면서 동시에 그것을 통해 특단의 조치가 취해질 것임을 짐작케 한다. 즉 심청의 잠재된 남다른 능력을 확인해 줌으로써 재생한 그녀의 삶이 획기적으로 변화될 것임을 예견하도록 하는 것이다. 그녀의 능력이나 신분의 뛰어남을 통해 장차 안맹한 아버지를 구제하려는 의지를 효과적으로 부각함은 물론, 어려운 처지에서 최상의 지위까지 올라간 심청의 이타적인 행위를 통해 민중의 꿈이 투영되도록 하였다. 요컨대 심청의 잠재된 능력을 확인함으로써 그녀의 전격적인 구제활동을 짐작하게 할 뿐만 아니라 작품 내외적인 지향의식도 부각되도록 한 것이다.

　구제형 영웅인물은 타인의 제도라는 인생의 목표를 달성하기 위해 아주 특별한 능력을 가지고 태어난다. 그것이 금우태자의 경우처럼 신이한 전생을 가진 것으로 그려지기도 하고, 심청의 경우처럼 죽음과 재생을 겪기도 한다. 영웅으로서 타인을 족하게 할 수 있는 행적을 남기기 위해 반드시 수반되어야 하는 것이 비범한 역량이고, 그러한 것이 영웅인물의 전생이나 선한 심성 및 특별한 능력으로 형상화되었다. 상황에 따라 영웅인물이 주체적으로 신이한 능력을 발휘하여 시련을 극복하기도 하고, 형편이 여의치 않을 때에는 조력자가 등장하여 주인공을 돕기도 한다.[7] 후자의 경우 영웅인물이 자력으로 고난을 헤쳐 나가지 못하더라도 조력자의 출현 자체가 주인공의 영웅성을 고양하는 것이라 할 수 있다. 즉 조력자의 존재가 주인공의 타고난 영웅성을 대변해 준다 하겠다. 이렇게 영웅화가 완비되고 그 능력을 발현하는 것은 종교적으로나 정치적으로 타인을 화평의 세계로 이끌기 위한 것이다. 물론 이것이 두 작품을 창작·전승시킨 주체자의 지향의식이기도 하다.


### (3) 결과와 지향의식

　구제형 영웅인물의 지향의식을 효과적으로 파악하기 위해서는 행위의 결과에 관심을 기울여야 한다. 결말 부분에 이르러 영웅인물이 목적한 바를 달성하기 때문이다. 이는 곧 지향의식과도 맞닿아 있는 것이

7) 강지수, 「조력자의 변모 양상과 그 의미-영웅소설을 중심으로」, 인제대학교 대학원 석사학위논문, 2004; 윤보윤, 「재생서사에 나타난 초월적 조력자의 비교 연구-불교 서사와 고전소설을 중심으로」, 충남대학교 대학원 석사학위논문, 2007.

다. 그러는 중에 반동인물에 대해서도 관용을 베풀어 모든 사람이 화합하도록 했다.[8] 구제형 영웅인물답게 악인의 처벌에 대해서도 너그러운 마음을 보인 것이다. 이 또한 구제형 영웅인물의 지향의식과 맞닿아 있으며 대승적 차원에서 보면 모든 민중을 구제하고자 한 제작층의 의식도 헤아릴 수 있다.

금우태자의 경우 자신의 영웅적 행위로 모든 나라의 백성들이 화평한 세계를 맞이하였을 뿐만 아니라 자신을 박해하던 인물에게조차 관용을 베풀어 주목된다. 왕의 총애가 태자와 보만후에게 갈 것을 두려워한 두 왕후는 태자가 태어나자마자 갖은 방법으로 죽이려고 하다가 사나운 소에게 던져 준다. 암소가 심상찮은 금송아지를 낳자 거짓으로 칭병하며 금송아지의 간을 요구하여 그를 죽이려고까지 한다. 자신을 금송아지로 만든 두 왕비가 다시 목숨을 위협해오자 금송아지는 궁 밖으로 도주하여 험난한 여정을 이어간다. 마침내 금륜국의 왕이 된 태자가 부친을 만나 그동안의 사정을 모두 털어놓자 분노한 왕이 두 왕후를 죽이려 한다. 하지만 태자는 이를 만류하여 관용을 보인다. 두 왕후는 태자의 어머니를 모함하여 고된 형벌을 받게 하였을 뿐만 아니라 태자가 금송아지의 허물을 쓰고 살게 한 장본인이기도 하다. 이러한 악인에 대한 징치는 철저하게 이루어져야 함에도 불구하고 태자는 그들을 용서하는 관용을 베푼다. 악행을 일삼은 인물들에게 흔히 권선징악의 교훈에 따라 비참한 말로가 주어지는 것과는 달리 여기에서는 그러한 교훈보다는 주인공의 구제행에 더 큰 비중을 두었다. 악인에게 징벌을 가하는 것보다 영웅인물의 대승적 행적이 극대화될 수 있도록 악인을 관대하게 다루었다. 이는 영웅인물인 금우태자가 지향하는 의식일 뿐만

---

8) 김수봉, 「영웅소설의 반동인물 연구」, 『국어국문학』 29, 부산대학교 국어국문학과, 1992, pp.71~92.

아니라 이 작품을 제작한 계층의 의식이 반영된 것이기도 하다. 이로 인해 금우태자는 만백성을 안락의 세계로 이끌었을 뿐만 아니라 적대 관계에 있던 인물조차 구제함으로써 진정한 영웅인물로 형상화되었다. 이는 금우태자의 영웅적 행위의 결과를 통해 작품 내외적인 의식을 효과적으로 부각한 것이다.

심청의 경우 재생한 후 아버지의 눈을 극적으로 개안시켜 광명의 세계로 인도한다. 즉 아버지에 대한 구제를 전격적으로 실행하여 지난했던 모든 일을 일시에 떨쳐버리고 화평의 세계를 구축한다. 이는 모두 끝없는 심청의 구제행위 때문에 가능한 일이었다. 따라서 이 부분이 영웅화의 완결단계로서 최종적인 결과가 나타난 곳이라 할 수 있다. 사실 심청은 용궁에서 연꽃에 싸여 지상으로 올라오면서부터 남다른 재모를 갖게 되었다. 이는 죽음과 재생을 통해 심청의 영웅화 구축을 완비하고 지상에서 그 능력을 보이는 것이 중요했기 때문이다. 그래서 뛰어난 모습으로 변모한 그녀를 왕에게 바치어 여성으로서 최상의 자리에 오르도록 한 것이다. 즉 왕후가 사거하고 그녀를 새로운 왕후로 맞이하였다. 이로 인해 그녀는 실질적인 지상의 영웅으로 우뚝 설 수 있었다. 그러기에 왕을 도와 선치하도록 함은 물론 자신도 만민을 두루 살피고자 노력할 따름이다. 문제는 그녀가 그토록 애타게 찾는 아버지를 만나지 못했다는 점이다. 그래서 왕의 윤허로 맹인잔치를 열어 마지막 날 어렵게 찾아온 남루한 차림의 아버지를 극적으로 만나 개안하도록 한다. 이것이 이 작품에서 의도한 최종적인 결과라 할 수 있다. 작게는 지극한 효행으로 안맹한 아버지를 광명의 세계로 인도한 것이지만, 확대 해석하면 도탄에 빠진 어려운 처지의 사람을 극적으로 구제한 것이다. 이러한 전격적인 구제행위를 통하여 이 작품에서 의도하는 바 효행, 인간구제 등의 목적이 달성된다. 이는 극적인 구제를 바탕으로 작품의 내외적인 지향의식이 선명하게 부각되는 바라 하겠다.

구제형 영웅인물은 관용과 자비로서 타인을 구제하는 특징이 있다. 이는 그들이 추구하는 삶의 가치와 그 궤를 같이 하는 것이기도 하다. 구제형 영웅인물은 지상 최대의 목표가 다른 사람을 제도하는 것이라 할 수 있다.[9] 주인공 자신과 친분이 있는 사람이든 전혀 알지 못하는 사람이든 간에 구제하고 베풀기를 소망한다. 본인과 관계 맺은 인물은 물론 아무런 연관도 없는 사람들에게까지 도움의 손길을 뻗친다. 그것이 바로 다른 사람의 이익을 위해 자신을 희생하는 영웅인물의 참모습이라 할 수 있다. 특히 구제형 영웅인물의 경우 모든 사람을 고난에서 구하여 어려움이 없게 하는 이타적 행위가 두드러진다. 이는 물론 다른 사람들에 대한 애정이 밑바탕에 깔려 있어야 가능하다. 그것도 자신에게 위해를 가한 인물까지 이해하고 용서할 수 있어야 진정한 영웅인물이 될 수 있다. 평범한 사람의 경우 자신을 해하려고 한 사람을 용서하기는 쉽지 않다. 그러나 구제형 영웅인물은 뭇사람과는 다르게 행동한다. 따라서 구제형 영웅인물은 악행을 저지른 반동인물까지 넓은 아량으로 용서해주고 이를 바탕으로 인간제도를 실현한다. 그렇게 함으로써 만민구제를 성취하여 목적한 바를 달성한다. 작품의 제작층이나 수용층의 의식지향도 여기에서 크게 벗어나지 않는다.

지금까지 구제형 영웅인물의 지향의식을 영웅의 시련·능력·결과를 중심으로 살펴보았다. 그 결과 모든 단계에서 구제를 중심에 두고 영웅인물을 형상화했음을 알 수 있었다. 논의한 내용을 간략하게 표로 보이면 다음과 같다.

---

9) 김한춘, 「한국 불전문학의 연구—본생담류를 중심으로」, 『어문연구』 22, 어문연구학회, 1991, pp.199~272.

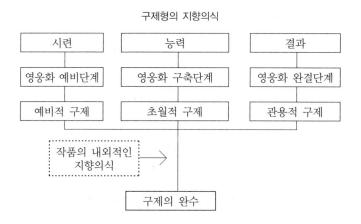

위의 표에서 보는 바와 같이 구제형 영웅인물은 각 단계마다 구제와
관련된 의지를 표방하고 있다. 영웅의 시련을 서사한 곳은 이른바 영웅
의 예비단계로, 시련과 구제를 연계시키면서 구제의식을 강조하고 있
다. 그래서 예비적 구제단계의 성격을 갖는다. 영웅의 능력을 다룬 것
은 영웅화의 구축단계로, 이곳에서는 영웅의 특출한 능력으로 구제를
전격적·초월적으로 단행하고 있다. 영웅인물의 실질적인 행위는 이곳
에서 마무리되어 만백성의 안락이 가능케 된다. 영웅인물의 행위가 마
무리되는 결과에서는 선인선과는 물론 악인선과까지 표방하면서 모든
대상을 포용한다. 즉 관용을 베풀어 그간 빚었던 갈등을 풀고 화해의
한마당을 조성하여 궁극적인 이타행을 실천함으로써 대승적인 대구제
를 완수한다. 바로 이러한 의식이 구제형 영웅인물을 형상화한 작품의
내외적인 지향의식이라 할 수 있겠다.


## 2) 구국형의 지향의식

구국형의 지향의식은 각 단계마다 위기에 처한 나라를 구함으로써 모든 백성이 편하게 사는 세상을 구현하는 것이 핵심이라 할 수 있다. 특히 주도적으로 전란에 뛰어들어 황제를 구하고 입상하는 구국형 영웅인물은 제왕학을 전제한 것이다. 그만큼 유교적인 이념을 바탕으로 영웅인물이 형상화된 것이라 하겠다.[10] 나라가 위험에 처했을 때 선뜻 나아가 국난을 타개하는 행위는 우리가 흔히 떠올리는 영웅의 모습이다. 특히 적군을 물리치는 데 있어 용력과 지혜의 발휘는 영웅인물의 면모를 단적으로 보여준다. 보통 영웅의 이미지를 생각했을 때 우리는 장수를 먼저 떠올리곤 한다. 그것은 국난의 상황에서 나라를 구하는 행적을 영웅다운 면모로 인식하기 때문이다. 유교적인 충의 이데올로기 속에서 황제 혹은 군왕을 구하고 더불어 가문의 명망까지 드높이는 것은 영웅의 행위에서 아주 소중한 것이다. 따라서 여기에서는 구국형 영웅인물의 형상화와 그 지향의식이 무엇인지 앞에서와 마찬가지로 영웅인물의 행적을 세 단계로 나누어 살펴보도록 하겠다.

### (1) 시련과 지향의식

구국형 영웅인물의 지향의식을 살피기 위해서는 먼저 그들이 겪는 시련과 그 시련의 극복과정에 관심을 기울여야 한다. 시련을 겪는 근본적인 목적이 영웅인물의 추후 행위에 당위성을 마련해 주기 때문이다. 이는 지향의식을 강조하기 위한 예비단계이기도 하다. 나라가 위태로운 상황에서 자신의 능력을 발휘하여 구국의 활약을 펼치는 영웅인물은 영웅화를 위해 많은 시련을 겪는다. 온갖 고난에 대항하여 그것을 무난히 극복해야 비로소 자신의 능력이 발현되고 적대자나 자신을 괴

---

10) 한의숭, 「19세기 문학의 타자인식과 착종: 19세기 한문소설에 나타난 "충·효·열"의 구현양상 연구」, 『한국어문학연구』 55, 한국어문학연구학회, 2010, pp.133~167.

롭히던 운명에 맞설 수 있다.[11] 영웅인물이 자신의 진정한 가치를 깨닫기 전의 세상은 그들에게 냉혹하기만 하다. 주인공은 절대적 권력을 가진 적대자 혹은 전생의 업보에서 벗어날 수가 없다. 그러나 영웅인물이 고난을 끝마치고 국난에 맞서 자신의 위치를 자각하게 되면서부터는 주인공의 신이한 능력이 발현되어 영웅인물의 진면목이 부각된다. 물론 그것은 고난과 시련을 무사히 이겨냈기 때문에 주어진 결과이다.

박씨는 추한 외모 때문에 시련을 겪으면서도 피화당을 짓고 국난에 대비하여 그녀의 시련이 결국은 구국이념을 강조한다고 할 수 있다. 박씨는 여성으로서 그녀에게 주어진 모든 일을 완수하지만 외모가 추하다는 이유로 남편을 비롯하여 노복에게까지 박대를 받는다. 그녀는 금강산 처사의 여식으로 하룻밤 사이에 조복을 짓기도 하고, 망아지를 잘 길러 가산에 도움을 주며, 남편의 장원급제에 결정적인 역할을 하기도 한다. 하지만 가문의 구성원으로부터 인정을 받지 못한다. 한 가정의 아내와 며느리로서 성심을 다하여 최선의 결과를 내지만 끝내 가족으로서 용인되지 못한 것이다. 그러다가 허물을 벗고 아름다운 모습을 되찾은 연후에 비로소 그녀를 가족으로 받아들인다. 흉한 외양 뒤에 감추어진 내면의 아름다움은 보지 않고 그저 생김새 하나로 사람을 평가하는 집안사람들의 태도로 인해 박씨는 기나긴 시련의 세월을 보내야 했다. 그것은 격리를 통해 그녀의 영웅화를 구축하는 단계이기도 하다. 이러한 과정을 거치면서도 그녀는 피화당을 짓고 숲을 조성하여 진을 치는 등의 구국을 위한 준비를 착실히 수행한다. 그래서 그녀의 고난이 나라의 위난과 연계되도록 하여 구국이념을 강조하고 있다.[12] 이것은

11) 이규훈, 「조선후기 여성주도 고난극복 고소설 연구」, 한국교원대학교 대학원 박사학위논문, 2009.
12) 장경남, 「병자호란의 문학적 형상화 연구」, 『어문연구』 119, 한국어문교육연구회,

영웅인물의 시련을 통해 구국의 신념을 고양하는 한편, 제작·수용층이 갈망하는 의식을 드러낸 것이기도 하다.

유충렬은 간신의 모함으로 온갖 고충을 겪지만 장차 국난에서 그가 크게 활약할 것임을 예견할 수 있다. 유충렬은 천상에서의 대결이 지상에서도 이어진 결과 적대자인 정한담에 의해 그의 부친이 유배를 떠나면서 시련을 맞는다. 아버지의 부재와 가택의 화재로 죽을 고비를 넘기기도 하고, 어머니와의 이별과 가문의 몰락으로 걸식과 유랑이 뒤따르기도 한다. 간신히 강승상의 집에 의탁하여 그의 딸과 혼인하지만 강승상 또한 유배를 가서 다시 외톨이가 된다. 이렇듯 유충렬의 고난은 혼자 참고 견뎌야 하는 것이다. 유복한 가문에서 태어나 별 어려움 없이 유년시절을 보낼 수 있었지만, 집안이 몰락한 후 그의 삶은 유랑하며 걸식해야 하는 시련의 연속이었다. 혼인 후 행복한 가정을 꾸리려는 찰나 다시 찾아온 처가의 몰락 또한 유충렬을 고통 속으로 밀어 넣었다. 다행히 백룡사에 의탁하면서 학문을 익히고 병서를 탐구하며 국난의 위협을 타개할 비범한 능력을 키우게 된다. 즉 영웅화의 구축이 이 백룡사를 중심으로 이루어진다. 이로써 유충렬은 적대자인 정한담을 능가하게 되었을 뿐만 아니라 천자를 위기에서 구함으로써 가문현창은 물론 구국충성을 완수하게 된다. 따라서 유충렬의 시련은 그의 구국에 대한 일념을 강화하는 장치라 할 수 있다.[13] 실제로 그는 친가나 처가의 몰락에도 불구하고 각종 술법을 익혀 간신인 정한담을 능가하게 되었고, 그로 인해 정한담이 야기하는 국난을 진압할 수 있었다. 따라서 문학 내적으로는 영웅인물의 시련을 통해 구국의지를 강화하였음을 알

---

2003, pp.193~218.

13) 심우장, 「〈유충렬전〉의 담론 특성과 미학적 의의」, 『관악어문연구』 28, 서울대학교 관악어문학회, 2003, pp.289~326.

수 있고, 문학 외적으로는 전란을 겪은 민중들의 호국의지를 부각한 것
이라 할 수 있다.

　구국형 영웅인물은 나라를 위험에서 구해야 하는 운명을 타고 난다.
그러나 당장에 구국의 위업을 달성하기에는 능력에 대한 자각이 없거
나 가정에서의 입지가 불투명하여 능력을 발휘할 기회조차 주어지지
않는다. 그렇기 때문에 영웅인물에게 시련이 먼저 주어지고 그것을 극
복한 이후에 자신의 능력을 깨닫거나 발휘할 기회를 얻는다. 참혹한 시
련은 영웅인물이 앞으로 다가올 적대자와의 대결에서 승리할 수 있도
록 잠재된 역량을 이끌어내는 것이다. 박씨는 영웅적 재능에도 불구하
고 가정에서의 입지가 전무하여 냉대와 질시를 받다가 탈갑 후 국가를
위한 능력을 펼친다. 유충렬도 고난의 시간을 겪고 나서 백룡사에서 영
웅화를 구축한 후 위험에 빠진 나라를 구한다. 이처럼 영웅적 능력을
발휘하는 것은 개인적 아픔을 겪고 난 다음에나 가능할 수 있다. 구국
의 당위성을 마련하기 위해 영웅인물에게 초극적인 시련을 감내하도록
하는 것이다. 이를테면 적대자 혹은 전생으로부터 비롯된 업보로 영웅
인물의 삶에 커다란 장애가 발생하고, 이 장애를 넘어설 때 비로소 영
웅성이 발휘되는 것이다. 따라서 영웅인물의 구국이념을 강화하는 요
소가 그에게 가해진 시련임을 알 수 있고 그것이 궁극적으로 소설을
제작·유통시킨 주요한 이유이기도 하다.


## (2) 능력과 지향의식

　구국형 영웅인물의 지향의식을 살피기 위해서는 영웅인물이 가지는
특별한 능력에 관심을 기울여야 한다. 구국형 영웅인물은 남다른 용력
과 지혜를 통해 국난을 타개하고 황실을 수호하며 태평성대가 가능하

도록 한다. 그래서 이들이 가진 비범한 능력을 살펴봄으로써 작품 속에
서 영웅인물의 지향의식을 쉽게 읽어낼 수 있다.

박씨는 금강산 박처사의 여식으로 전생에 천상계의 선녀였다. 인간
세상에 내려오기 이전에 이미 하늘에 근본을 둔 비범한 존재였음이 명
시되어 있다. 적강한 이후에도 금강산에 은일하여 선도를 닦는 처사의
딸로 살아가기 때문에 박씨의 특별함을 예견하는 데 어려움이 없다. 이
렇게 박씨는 비범한 혈통에 어울리게 뛰어난 능력을 발현하지만 그것
이 가정 내에 한정된다. 그녀는 며느리로서 시아버지의 조복을 하루아
침에 짓기도 하고, 말을 키워 가산을 늘리기도 한다. 그런가 하면 남편
을 내조하여 장원급제하도록 돕기도 한다. 비록 그녀는 집안사람들로
부터 인정받지 못하였으나 한 가정 내에서 아내와 며느리로서의 임무
를 충실히 수행하였고 그 성취 또한 남달랐다. 이는 그녀의 영웅화가
진척되어가는 정도를 보인 것이기도 하다. 마침내 영웅화가 완비되자
그간의 허물을 벗고 본래의 미모를 되찾는다. 이후 청나라의 침입으로
나라가 위태로워지자 국가를 구하기 위해 신술을 쓰기에 이른다. 자객
으로 온 기홍대를 본국으로 내쫓는가 하면, 적장 용율대를 피화당 후원
에서 처치하기도 한다. 마침내는 용골대마저 도술로서 제압하여 남성
영웅 못지않은 용력과 지혜를 발휘한다. 청나라의 침략에서 조선을 구
하는 활약상은 박씨와 시녀인 계화에 의해 전담되고 임경업마저 박씨
의 조언대로 군사를 움직인다. 무능한 조정 신료들을 대신하여 박씨가
영웅적 능력을 마음껏 펼치며 구국의 선봉에 선다. 이는 영웅화의 실행
단계로 그간의 시련을 무사히 마쳤기에 가능한 것이다. 어쨌든 영웅화
가 완비되고 그 능력을 구국을 위해 전격적으로 발휘하는 대목에서 영
웅인물의 지향의식을 읽을 수 있을 뿐만 아니라 병자호란을 배경으로
한 이 작품의 제작·유통의 의취도 확인할 수 있다. 결국은 이 작품의

지향의식을 영웅인물이 그 능력을 충분히 발휘하는 영웅화 실행단계를 통해 알 수 있다.

유충렬도 역신 정한담 무리의 반란을 극적으로 진압하고 황제를 전격적으로 구출하는 데에서 구국에 대한 의지를 강하게 드러낸다. 유충렬은 남악 형산에 발원하여 출생한 만득자로 전생에 천상의 자미원 대장성이었으며, 태어날 때 등에 그의 운명이 명시되어 있었다. 또한 어릴 적부터 외양이 웅장하였으며 문무에 뛰어난 능력을 보였다. 그러나 유년기에 닥친 시련으로 자신의 능력을 깨달을 기회도 없이 방황한다. 마침내 의탁하게 된 백룡사에서 본격적으로 수련하여 영웅화가 구축된다. 기나긴 시련의 세월을 거쳐 자기의 역량을 깨닫고 구국의 길에 들어선 것이다. 그는 노승이 건넨 옥함을 통해 자신의 운명을 직감한다. 이 옥함은 본디 유충렬의 숙명에 따라 예비되었던 것이다. '대명국 도원수 유충렬은 개탁이라'는 문구는 유충렬의 운명을 함축하고 있으며 이러한 함의 존재 자체가 유충렬의 타고난 영웅성을 대변하는 것으로 보아도 좋다. 이 함에는 전장에서 장수에게 필요한 것으로 유충렬의 능력을 한껏 발휘할 수 있도록 돕는 신물이 들어 있다. 다가올 위험에 앞서 신물을 획득한 유충렬은 전장에 나아가 눈부신 활약을 펼친다. 이는 남다른 능력으로 구국을 실천한 것이기도 하다. 그동안 계속된 시련을 극복하고 승승장구하는 장수의 모습으로 영웅화의 실행을 극적으로 보인다. 저마다 뛰어난 용력을 가진 적장들을 단칼에 베어버리고 정한담과의 대결에서도 역적의 무리를 토벌하며 천자를 구한다. 그 결과 뿔뿔이 흩어졌던 가족들과도 재회하게 된다. 이처럼 유충렬도 어려움을 극복하는 과정에서 영웅화가 구축되었고, 그 능력을 구국을 위해 전격적으로 활용하고 있다. 그래서 영웅인물의 능력 발현이 곧 구국을 실천하는 것과 같게 되었다. 이는 유충렬의 지향의식을 그의 능력을 통해 선명하게 부각하는 것이면서 제작·수용층의 의식까지 드러낸 것이라 할 수 있다.

구국형 영웅인물은 국난을 타개하기 위해 출생부터 비범한 능력을 소지하고 있다. 적국의 침범으로 위험에 빠진 나라를 구하려면 용력이나 도술·병법 등이 필수적인데 그러한 역량을 영웅화의 구축단계에서 배양하는 것이다. 구국형 영웅인물은 천상계에 그 뿌리를 두고 적강의 형태로 인간세계에 내려온다. 이는 영웅인물의 신이성을 고양하면서 남다른 역량을 부각한 것이라 할 수 있다. 특히 적국의 위협에서 나라를 구하는 능력은 군왕에 대한 충성을 최고의 덕목으로 여겼던 조선조에, 그것도 전란으로 고통받던 시대상황을 감안하면 중요한 요소가 아닐 수 없다. 이처럼 구국형 영웅인물의 능력이 최고조에 달할 때 그의 구국에 대한 신념도 그만큼 강화되어 나타난다. 이것이 영웅인물이 표방하는 지향의식이면서 수용층의 소망이기도 했다.

### (3) 결과와 지향의식

구국형의 지향의식을 효과적으로 파악하기 위해서는 영웅인물이 능력을 떨쳐 획득한 결과에 주목해야 한다. 그 결과가 결국은 최종적인 목적을 노정하기 때문이다. 그래서 결과와 지향의식은 표리와 같이 맞붙어 있기 마련이다. 실제로 구국의 영웅들이 나라를 위기에서 구한 결과를 통해 그들이 지향하고자 했던 세계가 무엇인지 헤아릴 수 있다. 따라서 여기에서는 영웅인물의 행위에 따른 최종결과를 통해 지향의식이 무엇인지 살펴보도록 한다.

박씨는 허물을 벗기 전에 가문 내에서 자신이 수행해야 하는 덕목을 훌륭하게 완수한다. 탈갑 후 가문 내에서 박씨의 위치가 공고해진 이후에는 국가적 영웅으로서 나라를 구하기 위해 활약한다. 나라에 큰 공적을 세우고 난 뒤 박씨는 절충부인에 봉해지며 만금을 하사받는다. 전란에서 여자의 몸으로 큰 공훈을 세우고 조선의 주체적 의지를 보여준 것에 대해 왕과 신료들이 그녀를 높이 평가한다. 이로써 박씨는 남자 못지않은 용력과 지혜로 나라를 구한 국가적 영웅으로 자리매김하며 추한 용모 때문에 주위 사람들에게 천대받던 지난날의 아픔을 모두 떨쳐버린다. 전란을 겪은 후 사회적으로 인정받은 것 못지않게 가정 내에서의 지위 또한 달라진다. 업보가 다하고 아름다운 용모를 되찾은 이후 남편의 사랑을 한 몸에 받아 행복한 가정생활을 꾸리며 백수동락하기 때문이다. 혼인할 당시에는 남편은 물론 집안의 노복들에게까지 무시당했던 박씨가 자신의 업보에 따라 능력을 발휘한 후에는 행복한 삶을 보장받는다. 따라서 이 작품에 나타난 영웅인물 형상화의 최종결과는 가정이나 국가를 막론하고 여성인물에 대한 인식의 제고라 할 수 있다. 실제로 박씨는 영웅화가 구축되어 탈갑한 이후 가정 내의 모든 인물에게 인정받을 뿐만 아니라 영웅화의 실행을 통해서는 국가적인 영웅으로 부각되기도 한다. 이렇게 그의 행위에 따른 최종 결과와 지향의식은 아주 밀접한 관계를 맺는다. 박씨를 가정과 국가적인 차원에서 인정한 것은 여성인물을 새롭게 인식한 것이면서 여성들도 남성 못지않게 구국에 나설 수 있음을 드러낸 것이다. 즉 구국형 영웅인물인 박씨를 통해 여성의식을 제고하되 그 방편을 구국에다 두었음을 따름이다. 그래서 여성의식을 고양하면서 구국을 단행한 것이 바로 이 작품의 내외적인 지향의식과도 상통한다.

유충렬은 자신의 가문을 몰락시키고 나라를 어지럽힌 정한담을 징치하면 가문에 대한 복수와 더불어 천자도 수호하는 두 가지 목표를 달성할 수 있다.[14] 따라서 정한담에 대한 복수가 일생일대의 목적이기에 이를 향해 자신의 모든 역량을 쏟는다. 유충렬이 정한담 무리와 대결하여 최종적 승리를 거두자 그에게 다양한 보상이 주어진다. 먼저 황후와 태후를 구출하여 돌아오는 길에 죽은 줄만 알았던 아버지와 재회하고, 옥관도사를 징치하는 과정에서는 강승상을 구출하며, 국난이 종료되었을 때에는 어머니를 다시 만나게 된다. 나라를 구하고 황족을 구출하는 경로에서 흩어졌던 가족들을 모두 만난다. 이는 유충렬의 구국활동이 가문을 위한 복수와 동궤에 놓여 있었기 때문이다. 가족과 재회한 이후 유충렬은 등의 붉은 글씨가 의미했던 대로 대장군 겸 승상의 지위에 오른다. 다른 가족들도 높은 작위를 받아 편안한 여생을 누린다. 천자를 위험에 빠뜨린 간신으로 인해 고통받던 주변 사람들과, 고귀한 존재로 태어나 험난한 시련을 겪으며 영웅화된 유충렬은 역적을 처단하고 마침내 화락한 일생을 보내게 된다. 자신이 누릴 수 있었던 모든 것을 돌려받기 위한 행위, 즉 가문의 영광을 되찾기 위한 행위가 위국과 직접적으로 연관되도록 하였다. 이로 볼 때 이 작품은 지향의식과 영웅인물의 최종결과가 밀접한 관계에 있다. 유충렬을 영웅인물로 형상화한 것은 가문의 현창은 물론 위기에 처한 나라를 구하기 위함이다. 그런데 결말에서 그러한 목적이 달성되고 그로 인한 전폭적인 보상이 주어진다. 잘 아는 것처럼 영웅군담소설은 임병양란 이후에 양산되는데 그것은 참상을 겪은 민족적 수난을 문학을 통해 통쾌하게 설원하기 위해서이다. 그러한 의식이 이 작품의 제작·유통상의 지향의식이라 할 수 있는데, 유충렬을 영웅인물로 형상화한 최종결과가 그러한 의도를 잘 수

---

14) 정한담이 오랑캐와 화친함에 따라 천자와 정한담이 '우호적 관계에서 적대적 관계로 변화'한다. 따라서 '천자와 대립적 관계에 있던 유충렬은 우호적 관계로 변화'하게 된다. 이는 곧 '국가의 적대자와 유충렬 개인의 적대자가 같은 대상이 되는 것으로 사회적 명분과 개인적 감정의 모든 측면을 충족'시키는 상태가 된다(서대석, 『군담소설의 구조와 배경』, 제이앤씨, 2008, pp.266~267).

렴한 것으로 볼 수 있다. 따라서 이 작품이 지닌 지향의식의 일단을 영
웅화의 완결단계를 통해 확인할 수 있다.

구국형 영웅인물은 완벽한 능력이 잠재된 존재이지만 유년 시절 특
정한 결핍요소를 가지게 된다. 박씨의 경우 흉한 외모가 그녀의 뛰어난
능력을 퇴색시켰고 유충렬의 경우 간신의 만행으로 인해 집안이 풍비
박산되어 방랑하는 처지가 된다. 그렇기 때문에 그러한 결핍의 요소를
충족시키기 위해 자신에게 내재된 능력 배양에 힘쓰면서 시련의 상황
을 벗어나고자 한다. 영웅적 능력을 끌어올려 자신의 목적을 이루는 데
힘써 마침내 눈부신 성과를 달성한다. 나라가 위태로운 상황에서 이를
바로잡고 위험을 극복하였을 때 구국형 영웅인물에게 결핍된 요소는
사라지고 만족할 결과만 남는다. 가정 내에서 자신의 자리를 되찾거나
헤어진 가족들이 한 자리에 모일 뿐만 아니라 최고 권력자로부터 포상
까지 받아 행복한 결말에 이른다. 이처럼 구국형 영웅인물은 마지막에
이르러 목적한 바 국가적 위기를 전격적으로 수습한다. 이는 당시의 민
중이 갈망하던 바이기도 하다. 그래서 이 영웅인물의 최종결과를 통해
작품 내외적인 지향의식을 더욱 분명히 이해할 수 있다.

지금까지 구국형 영웅인물의 형상화 단계를 크게 셋으로 나누고, 각
단계별로 지향의식을 확인해 보았다. 즉 영웅인물의 시련·능력·결과
를 중심으로 지향의식을 살펴보았다. 그렇게 한 것은 영웅인물의 일대
기에서 세 단계가 무엇보다 중요하고, 그로 인해 이들과 연계하여 지향
의식을 찾을 때 객관성과 합리성이 담보되기 때문이다. 실제로 시련의
경우 목적한 바를 달성하기 위한 영웅화의 구축이고, 능력의 경우 목적
한 바를 단행하는 영웅화의 실행이며, 결과의 경우 목적한 바를 완수하
는 영웅화의 완결이기에 이들을 통해 지향의식 전반을 이해하는 것이
유용하다. 구국형 영웅인물의 지향의식을 간략화하여 도표로 보이면

다음과 같다.

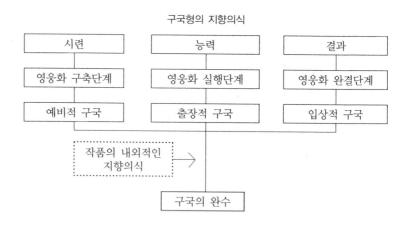

구국형의 지향의식

이상에서 보는 바와 같이 구국형 영웅인물의 형상화에서 지향의식을 크게 세 단계로 나누어 살필 수 있다. 첫 단계는 이른바 영웅인물의 시련과정으로 이는 영웅화의 구축단계이기도 하다. 이곳에서는 영웅성을 제고하면서 추후에 구국적 행위를 단행할 수 있도록 예비작업이 진행된다. 그래서 이 부분이 예비적 구국단계일 뿐만 아니라 영웅인물의 지향의식을 강하게 노정하는 곳이기도 하다. 시련이 강화될수록 구국에 대한 집념이 극대화되어 나타나기 때문이다. 이곳의 고통이 강화될수록 후반부에서 그의 영웅인물로서의 면모가 부각되어 제작층이나 수용층의 지향의식과도 상부할 수 있다. 두 번째 단계는 영웅인물의 능력이 발휘되는 곳으로 영웅화의 실행단계에 해당되기도 한다. 이곳에서는 영웅인물이 그간에 배양한 능력을 과단성 있게 실행한다. 특히 나라가 위태로운 지경에서 황제가 친정하다가 사면초가의 상황에 놓였을 때 영웅인물이 전격적으로 출행하여 황제를 구하고 반란세력을 일거에 제압한다. 또는 연이어 침공하는 오랑캐와 접전을 벌여 연전연승을 거두고 나

라의 안정을 되찾는다. 이처럼 능력을 발휘하는 곳에서는 영웅인물이
출장하여 황제를 구하는 것으로 구국을 단행한다. 물론 이것은 영웅인
물이 입상하기 위한 전제 조건이기도 하다. 마지막 세 번째 단계는 영
웅인물이 추구한 최종결과가 도출되는 곳으로 영웅화의 완결단계이기
도 하다. 이곳에서는 나라의 안녕을 되찾고 모든 상황이 긍정적으로 선
회한다. 악인에 대한 징치는 물론 출장하여 능력을 발휘한 영웅인물에
대해 전폭적인 보상이 주어진다. 주로 특정지역의 왕이나 재상의 지위
에 올라 만백성을 선치하는 것을 중시하였다. 그래서 구국이 완비됨은
물론 구국의 최종적인 지향이 백성과 더불어 화평한 삶을 유지하는 것
이라 할 수 있다. 이것이 구국형의 영웅인물의 최종적인 지향의식이기
도 하다.

### 3) 개혁형의 지향의식

개혁형 영웅인물은 반역적이든 제도적이든 간에 현실적인 문제를 시
정하여 만백성이 두루 평안하게 사는 것에 주안점을 두었다. 그래서 때
로는 역성혁명을 통하여 도탄에 빠진 백성들을 구하기도 하며, 때로는
기득권층에 지속적으로 문제를 제기하여 제도적인 문제를 시정하기도
한다.[15] 어쨌든 개혁형 영웅인물은 기존의 지배층에 대한 문제를 해결
하려는 의지 때문에 지향의식이 비교적 명료하다. 앞에서의 영웅인물
이 상층적·귀족적·기득권적인 체제를 고수하면서 능력을 발휘하여 백
성을 구하는 것에 역점을 두었다면, 이 유형은 그와는 다른 방향에서
영웅적 행위를 펼친다. 그래서 지향의식도 하층적·민중적인 방향을 중

---

15) 한성희, 「고소설에 나타난 인물유형의 연구—사회개혁을 주제로 한 소설을 중심으로」,
고려대학교 대학원 석사학위논문, 1987.

시할 수밖에 없다. 이 유형의 영웅인물은 자신이 속한 세계가 불공정하다고 느낄 뿐만 아니라 그것을 변화시켜야 한다는 의지가 강하다. 물론 그들은 그에 적합한 영웅적인 능력을 구유하여 적극적으로 기존 세계를 바꾸려고 노력한다. 궁극적으로는 자신이 꿈꿔 온 세상을 만들기 위해 부단히 노력하고 그에 상응한 보상을 받게 된다. 그래서 고전소설의 개혁형 영웅인물은 근대의식이 발양되던 시기에 주로 나타났다.[16) 이는 당시 민중의 이상적인 꿈을 수렴한 결과이기도 하다. 마찬가지로 이 유형에서도 크게 시련·능력·결과로 나누어 영웅인물이나 제작·수용층의 지향의식을 살펴보도록 한다.

### (1) 시련과 지향의식

개혁형 영웅인물은 부조리한 사회제도 때문에 개인적 희생을 감내해야만 했다. 또는 그러한 희생을 당하는 인물들을 애처롭게 여기는 진보적인 마음을 가지고 있었다. 그래서 만백성이 두루 평안한 삶을 살도록 소망하는 존재가 바로 개혁형 영웅인물이라 할 수 있다. 그러한 꿈을 이루기 위하여 개혁형 영웅인물은 불가피하게 자신의 능력을 배양할 필요가 있었고, 그러한 과정에서 많은 고난과 시련을 감내해야만 했다. 그것이 완수되었을 때 문제를 해결하기 위해 자신의 능력을 전격적으로 행사한다. 특히 사회 개혁적인 의지가 내재된 개혁형 영웅인물의 활약은 당시 소설 향유층에게 큰 관심거리가 될 수 있었고, 이것이 제작·수용의 지향의식과도 맞물리는 것이다. 어쨌든 개혁형 영

---

16) 하지만 영웅인물을 형상화하는 전통은 아주 오래 전부터 있었다. 출중한 영웅을 다루며 체제를 전복하거나 새로운 질서를 창조한 서사가 바로 전국신화이기 때문이다. 다만 이들 사이에는 지향의식 등에서 차이가 있을 따름이다.

웅인물의 지향의식을 살피기 위해서는 영웅인물이 당면했던 시련과 그 극복과정을 중시해야 한다. 시련과 그 해결과정을 명확히 분석하면 그들이 가진 지향의식이 무엇인지 뚜렷하게 밝힐 수 있기 때문이다.

장백은 도탄에 빠진 백성을 구하기 위하여 영웅적인 행위를 펼친다. 그런데 백성이 도탄에 빠진 이유는 오랑캐의 침범이나 간신의 계략에 의한 것이 아니라 황제의 무능과 안일에서 비롯된 것이다. 그래서 장백이 백성을 구제하는 방법은 무능한 황제를 폐위하고 새로운 질서를 창조하는 것이라 할 수 있다. 장백이 그러한 능력을 발휘하기 위해서는 험난한 과정을 넘어야 한다. 즉 영웅화되기 위한 사전 단계를 통과해야 문제해결을 위한 능력이 주어진다. 그는 천상의 유성이었지만 적강한 특출한 인물이다. 그러한 출생에도 불구하고 어려서 아버지를 일찍 여의고, 머지않아 어머니도 세상을 떠나 경제적으로 궁핍한 상황에 놓인다. 설상가상으로 서로 의지하던 누이가 권력자의 늑혼을 거절하다가 자결하려 하지만 어렵게 구제되어 다른 사람의 집에서 기식한다. 장백은 누이가 죽은 줄 알고 스스로 목숨을 끊으려고 갖은 방법을 쓰다가 도사의 양자가 되어 수학한다. 이처럼 장백은 영웅인물이 될 조건을 구비하였지만, 지상에서의 초반 삶은 녹록하지가 않다. 가족의 사별과 이별에서 오는 고통을 감내해야만 했고, 자신마저 죽기로 다짐하는 극한의 상황까지 내몰리기 때문이다. 이러한 극한의 시련과 고통은 오히려 장백의 미래에 대한 강한 호기심을 유발하게 된다. 나아가 그러한 고통이 따르는 근원적인 문제가 그의 출세를 담보하는 원천임도 직감할 수 있다. 그래서 장백의 어려운 처지가 그의 영웅화를 부각하는 장치가 된다. 소설의 미학을 세계에 대한 자아의 좌절과 승리를 반복하는 것에서 찾는다면 이러한 고난은 후반에 영웅인물에게 주어지는 보상을 강화하기 위한 수단이라 하겠다. 결국 장백의 고난은 그의 화려한 부각을 전제한 것이므로 작품 내외적인 지향의식이 이 고난을 통해 강화된다.

홍길동은 신분상의 비애를 가진 인물이다. 능력이 부재했다면 홍길동은 아무런 고민이 없었을 것이다. 홍길동의 경우 다양한 역량이 있음에도 불구하고 이를 발휘할 수 있는 기회가 전무했다. 그래서 그가 사회적인 문제에 관심을 집중하게 되었고, 이 때문에 개혁적 성향을 온축할 수 있었다. 홍길동은 가정 내에서 호부호형하지 못하는 처지라서 어린 나이임에도 불구하고 자신의 기구한 운명에 대해 한탄한다. 마침내 곡산모의 흉계를 알고 다소 잔인한 방법으로 자신의 울분을 표출한 뒤 집을 떠나 사회로 나온다. 부친으로부터 호부호형을 허락받기는 하였으나 그것은 단지 아버지가 너그러움을 베푼 것뿐이지 사회적으로 허락될 수 있는 것이 아니다. 이러한 상황에서 홍길동이 집밖에서 자신만의 지위를 찾고 우두머리로 격상하기 위해서는 사회적 통념에 지배당하지 않아야 한다. 따라서 홍길동은 도적의 소굴에 들어가 자기의 능력을 입증하고 수장이 된다. 물론 단순한 도적떼의 두목이기보다는 고통받는 민초들을 돕고 임금의 위태로움을 해결하기 위해 활빈당을 조직한다는 대의를 세웠다. 활빈당 사건으로 온 나라에 자신의 이름을 떨친 홍길동은 마침내 병조판서를 제수받고 제도로 떠나 율도국의 왕이 된다. 이로 볼 때 홍길동의 시련은 뛰어넘을 수 없는 신분의 장벽이라고 할 수 있다. 즉 제도적인 문제가 그를 고통으로 밀어 넣었고, 이것이 그가 개혁적인 영웅인물로 변모할 수밖에 없었던 동인이었다. 이는 조선후기의 중인 이하 여항인들이 견지했던 문제의식으로 이 작품의 주된 지향의식도 그와 맥을 같이 한다. 다만 여기에서는 홍길동의 고통을 전제하여 그 의도를 강화하였을 따름이다. 역량이 충분함에도 불구하고 서자라는 신분 때문에 그것이 소용되지 못하는 현실, 즉 가정에서 아버지에게 아들로서 인정받지 못하고, 국가적으로 임금에게 신하로서

인정받지 못하는 현실을 한탄스럽게 생각한 것이다. 홍길동이 만민이
평등한 국가를 자신의 힘으로 직접 세우고자 했던 것도 바로 이 때문이
다. 이는 개혁형 영웅인물인 홍길동 자신은 물론이고, 문학을 통해 자
신들의 의식을 투영·수용하고자 했던 민중층의 소망이기도 했다.

개혁형 영웅인물은 기존의 사회질서, 즉 기득권층이 부패하여 온갖
비리를 저지르고 백성의 삶은 갈수록 피폐해지는 상황을 바로잡고자
어지러운 세상에 과감히 뛰어든다. 장백의 경우처럼 전격적으로 황제
를 교체하여 역성혁명을 도모하기도 하고, 홍길동의 경우처럼 자신의
정체성을 찾으면서 부조리한 사회제도를 개혁하기도 한다. 두 인물이
가졌던 최초의 의도나 접근 방향이 다르기는 해도 도탄에 빠진 백성을
구제하는 것은 동일하다. 이는 자신의 시련을 극복하는 과정에서 백성
에 대한 구휼이 이루어지도록 했기 때문이다. 반역적 개혁형 영웅인물
은 과단성 있게 다른 인물을 황제로 추대하며 능력을 발휘하지만, 제도
적 개혁형 영웅인물은 기존의 제도에 얽매여 자신의 능력을 충분히 발
휘하지 못한다. 바로 이러한 제도 때문에 그들은 사회적으로 냉대와 질
시를 받으며 고통을 겪는다. 이러한 고통의 강화로 마침내 사회에 대한
반감이 극대화되어 기득권층을 조롱·비판하고 민중층의 의지를 부각
하면서 개혁의지를 드러낸다. 그래서 그들의 고통이 강화될수록 자연
스럽게 지향의식도 분명해진다. 물론 반역적 개혁형 영웅인물도 도탄
에 빠진 백성의 참상을 보면서 괴로움의 정도가 더해져 역성혁명의 당
위성을 획득한다.

## (2) 능력과 지향의식

개혁형 영웅인물의 특별한 능력에 주목해야 지향의식을 효과적으로

살필 수 있다. 영웅으로서 비범한 능력을 발휘하는 것은 주인공에게 그만한 당위성이 있기 때문이다. 실제로 영웅인물은 어려움을 극복하고 그를 바탕으로 민중의 입장에서 초월적인 능력을 발휘한다. 그렇기 때문에 영웅인물이 발휘하는 남다른 능력에 주목하면 지향의식 또한 쉽게 간파할 수 있다.

장백은 도사의 도움으로 능력을 배양한 상태이고, 그러한 능력을 백성을 괴롭히는 치자를 척결하는 데 활용하고 있다. 그는 영웅적인 능력으로 장차 부인이 될 세 인물과 결연함은 물론, 백성을 수탈하는 지방 관아의 수장을 징치하면서 성을 빼앗는다. 한편으로는 주원장이 군사를 일으켜 수십여 성을 빼앗은 다음 원나라 황제가 장백과 접전을 벌이는 사이 장안을 점령하여 명나라를 건국하고 황제에 오른다. 장백은 마침내 원나라 황제에게 항서와 옥새를 넘겨받은 후 주원장과 대전을 벌인다. 이 전투에서 장백이 크게 승리하지만 도사가 찾아와 장백에게 천명을 따라야 한다며 주원장에게 옥새를 바치라고 한다. 갈등하던 장백은 주원장의 부인이 자신의 누이임을 알고 옥새를 바친다. 이로 볼 때 원나라 황제의 실정과 횡포로 백성이 도탄에 빠지자 장백과 주원장이 봉기하여 명나라를 건국하는 것이 핵심이다. 특히 장백은 주원장을 능가하는 능력으로 원나라 황제를 굴복시키고 항서와 옥새를 넘겨받아 역성혁명의 실질적인 주체이다. 하지만 역사적인 사실을 도외시할 수 없어 주원장에게 승리의 영광을 넘기는 것으로 장백의 뛰어난 능력을 한정하였다. 마침내는 주원장이 황제로, 장백이 안남국의 왕으로 등극하여 선정함으로써 상하민중 모두가 태평한 세계를 맞는다. 따라서 장백의 영웅적인 능력이 최고조로 발휘될 때 백성을 구제하려는 의지 또한 선명해짐을 알 수 있다. 사실 백성을 도탄에 빠뜨린 치자를 척결하는 곳에서 장백의 능력이 정점에 이르고, 이를 통해 민중을 구제하려는 지향의식도 제고될 수 있었다. 결국은 영웅적 능력이 강화될수록 백성을 구제하려는 작품 내외적인 지향의식 또한 분명해진다.

홍길동은 청룡 꿈을 꾸고 낳은 아이로 문일지십의 재주를 가지고 있으며, 도술에서도 뛰어난 면모를 보인다. 홍길동은 이를 활용하여 자신을 죽이러 온 자객을 제압하고 출가한 후 도적의 우두머리에 오른다. 더 나아가 초인을 팔도에 보내어 탐관오리의 재물을 탈취하여 백성을 돕기도 한다. 자신을 사로잡으러 온 포도대장이 곤욕을 치르게 하는 등의 문제를 야기하다가 결국은 임금으로부터 병조판서의 직책을 하사받고는 조선을 떠난다. 섬나라로 들어가 세력을 확장하다가 율도국왕이 되어 태평한 세상을 만든다. 홍길동의 눈부신 업적은 그의 영웅적 능력에서 비롯된 것이다. 홍길동은 뛰어난 능력을 가졌으나 단지 신분이 천하다는 이유로 조선에서 등용되지 못했다. 그가 조선을 떠난 이유도 바로 여기에 있다. 홍길동의 일대기에서 신분의 문제는 가장 큰 걸림돌이다. 신분차별로 크게 쓰이지 못하고 숨어서 일생을 마치는 인재들에 대한 독자의 안타까움이 홍길동에게 투영된 것이라 할 수 있다. 홍길동이 꿈꾸었던 평등한 세계가 바로 민중의 꿈이면서 이 작품에서 의도하는 지향의식이기 때문이다.[17] 따라서 그의 전격적인 능력발양에서 이 작품이 의도하는 방향이 선명해질 수 있다. 이를테면 뛰어난 능력을 지녔으면서도 신분의 제약 때문에 나라의 부름을 받지 못하는 조선사회의 폐쇄성을 지적한 것이라 할 수 있다. 즉 홍길동의 영웅적 행위가 극대화된 곳에서 제기하고자 했던 문제를 전면적으로 부각한 것이다. 그래서 작품의 지향의식을 영웅인물의 능력이 발양되는 곳에

---

17) 김혜미, 「〈홍길동전〉에 담긴 상생의 문제」, 『통일인문학논총』 50, 건국대학교 통일인 문학연구단, 2010, pp.121~145.

서 첨예하게 드러낸 것으로 볼 수 있다.

개혁형 영웅인물은 사회를 혁신할 만한 능력을 갖추고 있다. 그들은 기득권에 맞설 타고난 역량을 가진 존재이기도 하다. 그렇기 때문에 탐관오리의 재물을 빼앗아 백성들에게 나누어주면서 어려운 사정을 해결하고자 했다. 개혁형 영웅인물의 목표가 화평한 세상이기 때문에 백성의 고혈을 짜내어 호의호식하는 부패한 관리들의 행위를 그대로 두고 볼 수 없었다. 영웅적 능력을 발휘하여 백성의 행복을 가로막은 인물들을 징치하고 올바른 방향으로 되돌려 놓아야 민중이 행복한 세상, 즉 영웅인물이 바라는 세상에 가까워질 수 있다. 이처럼 개혁형 영웅인물은 그들이 타고난 비범한 영웅성을 바탕으로 자신이 최선이라고 생각하는 세계를 만들고자 노력한다. 그들의 그러한 목표가 바로 작품의 내외적인 지향의식과 맞닿아 있음은 물론이다.


### (3) 결과와 지향의식

개혁형 영웅인물의 영웅적 행위와 그 성과에 주목해야 지향의식을 명확하게 이해할 수 있다. 개혁형 영웅인물은 자신이 속한 사회를 보다 바람직한 방향으로 변화시키고자 노력한다. 그 결과 백성을 구휼하고 사회의 부조리에 대해 경종을 울린다. 그래서 혁신적 의지를 가진 영웅인물이 작품의 결말 부분에 이르러 어떠한 형태로 자신의 이상을 이루는지 혹은 사회가 어떠한 방향으로 변화되었는지를 살피면 개혁형 영웅인물의 지향의식을 명쾌하게 이해할 수 있다.

장백은 자신의 능력으로 무능하고 부패한 정권을 전복시켰다. 그 결과 자신이 황제의 자리에 오를 수 있었지만 명나라를 건설한 주원장에게 양보하고 대신에 자신은 안남국의 왕이 된다. 물론 안남국왕은 명나라 황제인 주원장이 책봉하는 것이다. 그래서 군신관계로 주원장과 장백이 엮여 있음을 알 수 있다. 문제는 이들이 황제나 왕위에 오른 뒤의 결과에 주목해야 한다는 것이다. 이들이 황제나 왕이 된 것은 치자의 문제를 해결하는 과정에서 이루어졌다. 즉 황제의 실정을 역성혁명을 통해 바로잡고자 해서 가능했다. 그렇게 하는 것이 궁극적으로 도탄에 빠진 백성을 구제하는 첩경이라고 판단했기 때문이다. 그런데 그러한 지향의식이 가장 명쾌하게 드러나는 곳이 바로 영웅화의 결과 부분이라 할 수 있다. 그 결과에서 그들이 지향했던 세계를 구현했기 때문이다. 실제로 주원장의 명조가 들어서자 태평성대가 지속된다. 물론 이러한 태평성대가 가능했던 것은 장백의 뛰어난 능력이 밑거름이 되었기 때문이다. 그래서 장백의 영웅화가 곧 태평성대를 가능케 한 동인이라 할 수 있다. 한편으로 장백이 안남국왕이 되어 선정함으로써 마찬가지로 화평한 시절이 도래한다. 이곳에서 장백은 세 부인을 데리고 시화연풍으로 나날을 보낸다. 국가적인 문제가 해결됨으로써 개인적인 안락까지 보장받은 것이다. 잘 아는 것처럼 장백은 역성혁명을 통하여 당시의 산적한 정치문제를 해결하고자 했다. 그의 그러한 뜻이 이루어져 명나라가 들어서고 자신은 명의 제후국인 안남국의 왕이 되어 선정함으로써 상하가 모두 화평한 세계를 만들었다. 이것이 장백이 궁극적으로 지향하는 세계이며 작품의 제작·향유층이 소망한 것이기도 했다. 그러한 점에서 영웅화의 결과를 통하여 작품의 내외적인 지향의식도 확인할 수 있다.

홍길동은 가정 내 자신의 신분에서 오는 한계를 국가적 차원의 활약을 통해 해결하고자 하였으나 끝내 사회적으로 용인되지는 못했다. 임금으로부터 병조판서를 제수받았지만 그것은 홍길동이 야기한 소동을 잠재우려는 궁여지책일 뿐이다. 진정으로 홍길동을 조선의 재상으로 발탁하여 나라를 위한 정치를 펼치도록 한 것은 아니다. 그렇기 때문에 홍길동은 조선을 떠나 새로운 나라를 세워야만 했다. 자신이 가진 신분적 한계로는 조선사회에서 나라를 부강하게 하고 백성을 편안하게 할 수 없었기 때문이다. 그래서 홍길동은 율도국을 건설하고 왕위에 올라 자신이 평생 꿈꾸던 이상세계를 구현한 것이다.[18] 자신을 억압했던 사회제도를 척결하기 위해 역성혁명을 이룰 수도 있었지만 나라 밖으로 눈을 돌려 이상세계를 건설함으로써 극단으로 치닫는 문제를 피해갔다. 그러나 홍길동이 가상의 나라를 건국하여 개혁의지를 과감하게 보인 것을 통해 개혁형 영웅인물로서의 의의를 찾을 수 있고 이로써 현실적으로 평등한 사회를 갈망했던 민중의 지향의식을 확인할 수도 있다.

개혁형 영웅인물은 자신이 이상적으로 여기는 가치를 실현하기 위해 그것과 상충하는 기존의 사회질서에 적대적인 태도를 가진다. 따라서 부조리한 사회현상에 정면으로 도전하여 모든 백성이 잘 사는 나라를 만들고자 부단히 노력한다. 개혁형 영웅인물은 기득권층에 속하지 않기에 제도권을 통한 개혁보다는 급진적인 방법을 택할 수밖에 없었다. 도술로 대표되는 영웅적 능력을 발휘하여 부패관리를 징치하고 백성을 위해 활약하는 것이 그것이다. 그러나 기존의 사회를 영웅인물의 의지대로 완벽하게 개혁하기에는 여러 어려움이 따른다. 아무리 뛰어난 능력을 지닌 영웅일지라도 국가적인 혁신을 완수하기에는 한계가 있기 때문이다. 여전히 완고한 왕도정치의 상황에서 개혁성만을 내세워서는 뜻한 바를 실천하기가 어려웠다. 위에서 보듯이 개혁형 영웅인물은 그 나름대로 시련을 겪으면서 영웅이 되었고, 배양된 능력을 전격적으로

---

18) 윤경수, 「〈홍길동전〉의 전기적 성격과 신화의식」, 『비교민속학』 16, 비교민속학회, 1999, pp.381~404.

활용하여 태평한 세상을 구현하고자 노력하였다. 그러한 내용이 시련·
능력·결과에 따라 단계적으로 진척되면서 작품의 내외적인 지향의식
까지 담아놓았다. 지금까지 논의한 것을 도표로 보이면 다음과 같다.

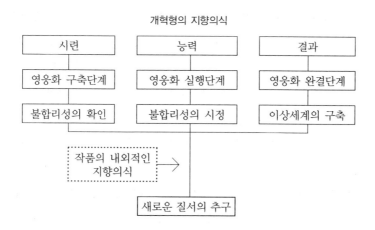

이상에서 보는 바와 같이 개혁형 영웅인물의 영웅화 단계를 크게 셋
으로 나눌 수 있다. 첫 단계는 영웅화되기 위한 시련과정으로 영웅화
구축단계이다. 개혁형 영웅인물의 경우 영웅화 구축단계가 구체적으로
서사되지는 않는다. 구국형의 경우 추후에 출장입상할 당위성을 마련
하기 위하여 영웅화 구축단계가 비중 있게 다루어진 반면, 개혁형은 영
웅화에 따른 제도권의 보상이 없기 때문에 처음부터 영웅인물로 제시
하거나 신술이 뛰어난 것을 들어 구축단계를 대신하고 있다. 개혁형 영
웅인물의 시련은 뛰어난 자질에도 불구하고 신분적·제도적인 문제 때
문에 야기된다. 그래서 구축단계에서는 당시 사회의 불합리성을 강조
하면서 그것의 시정을 지향의식으로 내세우고 있다. 두 번째 단계는 영
웅인물이 의도한 행위로 능력을 펼치는 곳으로 영웅화의 실행단계이기

도 하다. 이곳에서 개혁형 영웅인물은 제도의 불합리성 때문에 빚어진 문제를 개인적인 능력으로 해결하고자 한다. 주로 신분이나 분배의 문제를 들어 상하의 평등을 주장하곤 한다. 그래서 조선후기의 민중의식을 반영하면서 작품의 지향점을 모색한 것으로 볼 수 있다. 이는 영웅인물의 개혁적 행위를 통해 당시의 문제의식이 더욱 분명하게 부각되도록 한 것이다. 세 번째 단계는 영웅적 행위의 최종 결과로 영웅화의 완결단계이기도 하다. 이곳에서 영웅인물은 그간의 행위에 따른 최종 지향점을 제시한다. 물론 반역적 개혁형 영웅인물은 역성혁명을 통해 새로운 세계를 모색하지만, 그 또한 제2의 봉건사회에 지나지 않는다. 그래서 반역적 개혁형 영웅인물일지라도 개혁한 결과에서는 제도적 개혁형 영웅인물과 크게 다를 것이 없다. 이 영웅화의 완결단계에서는 이상향을 동경하거나 새로운 세계에 대해 강한 의지를 표방한다. 새로운 민중의식을 바탕으로 이상사회를 갈망했던 당시인들의 의식지향이 개혁형 영웅인물에 투영된 결과라 하겠다. 그런 점에서 개혁형 영웅인물이 보인 행적과 그 결과에서 작품 내외적인 지향의식을 더 선명하게 읽어낼 수 있다.

## 2. 유형별 상호작용과 의의

앞에서 영웅인물의 유형을 나누고 각 유형별 인물의 형상화 방식과 그들이 추구한 사상을 논의하였다. 이를 통해 영웅인물이 완벽한 모습을 갖추기 위해 어떠한 과정을 거치는지, 또한 그러한 영웅인물의 형상화를 통한 지향의식이 무엇인지를 살펴보았다. 이는 영웅인물이 등장하는 소설작품을 다각적으로 해석할 수 있는 여지를 제공하는 것이라 하겠다. 이제 이러한 논의를 바탕으로 각 유형의 영웅인물이 갖는 관계를 알아보고, 그것이 어떠한 문학사적 의의가 있는지 검토해 보도록 한다.

## 1) 유형별 상호작용

영웅인물이 보이는 특성에 따라 유형을 분류하고, 각 유형별로 문학적 형상화 양상을 검토하였다. 영웅인물을 형상화한 작품들은 공통적으로 이타적인 행위에 초점이 놓여 서로 간에 영향의 수수관계가 활발했을 것이다. 다시 말해 각 유형의 영웅인물을 형상화할 때 상호 간에 영향을 주고받았을 것으로 짐작된다.[19] 그렇기 때문에 각 유형에 대한 개별적·집중적인 논의 못지않게 상호 연계하여 그 의미를 추적하는 것도 유용한 일이 될 수 있다. 따라서 여기에서는 구제형 영웅인물과 구국형 영웅인물 그리고 개혁형 영웅인물 사이의 관계에 대해 논의하고자 한다.

### (1) 구제형과 구국형의 관계

구제형과 구국형은 상대적으로 이른 시기의 서사에 해당된다. 소설 전사(前史)를 생각하면 어느 것이나 영웅인물을 중시했지만 적어도 조선조에 들어와 국문으로 서사한 작품들 중에 영웅인물을 형상화한 것 중 이 두 유형이 상대적으로 앞서고, 그중에서도 구제형이 더 선행한다. 양자는 필요에 의해 장처를 주고받으면서 영웅인물을 형상화하되 각기 독자성과 공통성을 함께하고 있다. 그러한 사정을 몇 가지로 나누

---

19) 류준경, 「영웅소설의 장르관습과 여성영웅소설」, 『고소설연구』 12, 한국고소설학회, 2001, pp.5~36.

어 살펴보도록 한다.

먼저 영웅인물의 목적과 구제대상에 대한 문제이다. 영웅인물의 목적의식을 살펴보면 구제형 영웅인물은 만민을 위한 무한보시가 인생최대의 목표이다. 그들은 태어날 때부터 선한 마음을 가져 개인적인 욕망을 갖지 않는다. 남다른 도량으로 타인을 위하는 큰 뜻을 품고, 그것을 묵묵히 실천하면서 영웅화가 완비된다. 구국형 영웅인물은 적국이 일으킨 전란으로 인해 곤경에 처한 국가를 다시 태평한 상황으로 되돌리고자 각고의 노력을 기울인다. 이들은 스스로에게 운명적으로 주어진 고난을 극복하여 영웅적 면모가 완성되고 구국을 단행한다. 뛰어난 용력과 지혜를 바탕으로 적장을 제압하고 전란을 승리로 이끌어 구국형 영웅으로 전형화된다. 그리고 영웅인물이 구제대상으로 생각한 범주에 대해서이다. 구제형 영웅인물이 제도하고자 하는 만민, 즉 모든 백성은 구국형 영웅인물이 전란의 폐해 속에서 구하고자 했던 백성보다 추상적인 개념으로 읽힐 수 있다. 구제형 영웅인물이 무한보시를 베푼 대상은 일정 국가의 범위 안에 포함될 성격의 것이 아니다. 세속에서 고통받으며 삶을 지속하는 모든 중생이 해당될 수 있다. 이들을 구원할 존재는 세상의 모든 사람을 포용할 능력과 원대한 꿈이 있어야 한다. 이른바 인류구제라는 종교적인 구원의식을 가지고 있어야 가능할 수 있다. 반면에 구국형 영웅인물이 지키는 대상은 자국의 백성들이다. 국가적 범위, 즉 조선 혹은 명나라 정도로 대표되는 백성들이 이에 해당된다. 이들을 제외한 적국의 백성들은 단지 적병의 모습으로만 그려질 뿐이고 그 어떤 긍휼함도 끼어들지 않는다. 영웅인물은 적병을 더 많이 무찌를수록 자국의 백성들에게 존경받는 지위에 오른다. 구제형 영웅인물이 인류적 보편성에 근접한 구제활동을 펼쳤다면, 구국형 영웅인물은 특정한 국가를 대표하여 전쟁을 수행하는 특수성 때문이라 하겠다. 전자의 경우 불교적인 이타사상이 작용한 때문이고, 후자의 경우 유교적인 화이관념이 반영된 결과라 할 수 있다. 그렇지만 궁극에는 선치를 통해 올바른 방향으로 백성을 구환한다는 점에서는 동질적이다.

다음으로 영웅인물의 목적달성과 방법의 차이다. 구제형 영웅인물은 만민에 대한 보시를 삶의 목표로 삼고 그것을 성취하려고 노력한다. 만 백성이 부족함이 없으면 그 자체로 화평한 세상, 즉 극락이 도래한다는 믿음 때문이다.[20] 구제형 영웅인물은 자신이 목적한 바의 화락한 세상을 사전 준비작업 없이 전격적으로 구축하는 것이 목표이고 이것이 곧 영웅화의 완결이다. 반면에 구국형 영웅인물은 전란에서 왕을 구조하는 것이 일차적 목표이다. 구국적 행위의 일차적인 목표가 백성의 평안과는 어느 정도 거리가 있음을 알 수 있다. 이는 구국형 영웅인물의 경우 왕실에 충성하면 국난을 타개할 수 있고, 이것이 백성의 고난을 종결하는 첩경이라고 생각했기 때문이다. 다시 말해 왕도정치가 가장 바람직한 통치제도라고 인식한 결과이다. 이로 볼 때 구제형 영웅인물과 구국형 영웅인물은 도탄에 빠진 백성을 구하는 것은 일치할지라도 전자가 오로지 백성을 돕는 데 목적이 있었다면, 후자는 왕을 구조하는 것으로 백성을 돕는 효과를 얻고자 했다. 물론 구국형 영웅인물이 백성에 대한 관심이 전무한 것은 아니지만 구제형 영웅인물의 인류보편적인 구제의지를 감안할 때 애민의식이 지엽적임을 알 수 있다. 이는 영웅적 행위의 목적을 어디에 두었느냐의 차이에서 비롯되었다. 하나는 국가를 초월한 모든 민족을, 다른 하나는 국가주의에 입각한 특정 범주의 백성을 구제했기 때문이라 하겠다.

---

20) 이는 종교와 정치가 일치했던 불교신화적인 전통이 개입되었기 때문이라 하겠다.

### (2) 구제형과 개혁형의 관계

구제형 영웅인물과 개혁형 영웅인물도 친소관계를 유지하며 상호작
용을 통해 각기 영웅인물을 형상화한 것으로 볼 수 있다. 구제형의 경
우 종교성을 표방하며 오래 전부터 중시된 서사이고 개혁형도 역사성
을 내세우며 고대산문의 대표격으로 자리하고 있었다. 그러한 전통을
계승하여 이 두 유형은 고전소설의 영웅인물 형상화에서 주요한 요소
가 되었다. 이 두 유형 또한 각기 독자성의 이면에 공통성을 갖추고 있
다. 이제 두 유형의 관계를 몇 가지로 나누어 고찰해 보고자 한다.

먼저 영웅인물이 구제하고자 하는 범주의 문제이다. 구제형 영웅인
물은 만인에 대한 제도를 그 목적으로 삼는다. 헐벗고 굶주린 중생이
더 이상 고통 속에 살지 않고 모두가 만족하는 세상을 만드는 것이 지
상 최대의 과제이다. 이들이 무한보시를 위해 재물을 마련하는 것은 의
식주를 걱정하는 하층민을 구제하기 위한 방법이기도 하지만, 크게는
왕위에 올라 선정함으로써 모든 중생에게 광명이 비추기를 갈망하기
때문이다. 이처럼 구제형 영웅인물은 특정 국가, 특정 계층의 사람들에
게만 제도의 손길을 내미는 것이 아니라 동시대에 살고 있는 모든 사람
들에게 보시의 혜택이 골고루 나누어지기를 서원한다. 반면에 개혁형
영웅인물은 도우려는 백성의 범주가 매우 한정적이다. 작품에서 제시
한 공간적 배경을 벗어나지 않기 때문이다. 이는 구제형 영웅인물과 개
혁형 영웅인물이 가진 목적의 차이 때문이라 할 수 있다. 전자가 불살
생을 표방하며 조건 없는 구제를 천명했다면, 후자는 열악한 위치에 처
한 민중을 구원의 대상으로 삼았기 때문이다. 물론 구제형 영웅인물이
등장하는 작품도 특정 국가, 즉 공간적 배경이 제시되기는 한다. 그러
나 이 공간은 물리적 장소로 한정하기에는 무리가 따른다. 사실 구제형
영웅인물이 속한 공간은 '먼 옛날, 그 어디쯤'의 추상적 장소이다. 굳이

명시된 이름으로 기억하지 않아도 서사를 진행시키는 데 문제가 없는 공간이기도 하다. 이는 구제형 영웅인물이 펼치는 행위가 그만큼 초월성이 강해 나타난 현상이라 할 수 있다. 이에 반해 개혁형 영웅인물이 속한 세계는 명시적인 현실공간으로 제시된다. 그래서 개혁형 영웅인물이 상주하는 공간을 다른 이름이나 다른 세계로 환치하면 작화가 불가능할 수도 있다. 그만큼 공간적 배경이 제한되어 개혁형 영웅인물은 자신이 속한 국가의 백성만을 위해 활동한다. 즉 개혁형 영웅인물은 탐관오리의 폭정으로 생활고에 시달리는 백성을 구휼하기에 자신이 지향하는 가치에 부합되는 사람만을 구제의 대상으로 삼는다. 구제형 영웅인물이 공간을 초월한 백성 구제에 나섰다면, 개혁형 영웅인물은 특정 국가의 백성을 구휼하기 위해 자신의 능력을 발휘한다. 이는 구제형 영웅인물이 초월성·관념성을 바탕으로 활동한다면, 개혁형 영웅인물은 현세성·현실성을 토대로 활동하기 때문이라 하겠다. 이는 신성소설과 세속소설의[21] 관점에서 이해해도 좋을 듯하다.

다음으로 영웅인물이 구제하려는 대상의 문제이다. 구제형 영웅인물은 만백성을 제도하기 위해 무한보시를 가능하게 해줄 여의보주를 찾아 나서기도 하고, 왕위에 등극하기까지 자신의 험난한 운명을 따르며 인내하기도 한다. 이러한 일련의 노력은 자신을 초개와 같이 버려야만 가능할 수 있다. 즉 타인의 절대행복을 위해 고결한 희생이 수반된다. 그러한 초인적 고난이나 희생을 토대로 만민에게 화락한 세계를 보장한다. 하지만 개혁형 영웅인물의 경우 백성의 행복을 추구한 것은 유사해 보이나 그 방법에 있어서는 약간의 차이를 보인다. 개혁형 영웅인물은 백성을 구휼하기 위해 부패한 관리의 재물을 탈취하는데, 이는 엄밀

21) 이상택, 「고전소설의 세속화과정 시론」, 『한국소설문학의 탐구』, 중앙출판, 1981, pp.244~246.

히 말하면 부정 축재한 타인의 재물을 빼앗아 피폐한 백성을 돕는 것이다. 만민에 대한 애정이 있다면 모든 이에게 베푸는 것이 우선되어야한다. 그러나 개혁형 영웅인물은 다수의 하층민을 괴롭히는 소수의 악인을 징치하면서 문제를 시정하고자 한다. 악인들의 행위는 정당화될수 없는 것이고 그렇기 때문에 이들에게까지 도움을 줄 필요가 없다고본 것이다. 보편적인 선을 강조한 구제형과는 달리 개혁형에서는 개인적 이익을 추구하여 선악을 중시한 것이라 하겠다. 그래서 부정 축재한것은 원래 백성의 것이기에 제자리에 되돌려 놓아야 사회정의가 실현되는 것으로 보았다. 구제형 영웅인물이 신이한 과정을 거쳐 왕위에 올라 백성을 구제했다면, 개혁형 영웅인물은 백성의 불행을 야기한 주체를 징치함으로써 올바른 국가의 모습을 정립하고자 하였다.

　마지막으로 영웅인물이 실행한 제도나 구휼의 방법상 차이 문제이다. 구제형 영웅인물이 실천했던 제도와 개혁형 영웅인물이 실행했던구휼은 백성을 위한 것이라는 공통점이 있지만, 실제로 행해진 방식에있어서는 차이를 보인다. 구제형은 오직 선한 대중만이 존재하여 보시를 베풀어 만족하게 되면 아무 문제없이 화평한 세상이 도래할 수 있다. 반면에 개혁형은 일부가 가진 권력으로 물욕을 충족하는 세력과 이에 착취당하는 백성이 상치되어 한결같은 보시 행위로는 사회에 도움을 줄 수 없다. 이러한 차이점 때문에 백성을 위한 행위에도 차이가 생길 수밖에 없었고, 영웅인물의 성격도 다르게 나타난 것이다. 선한 대중만을 서사하던 시대에서 선과 악이 공존하는 대중을 서사하는 시대로 넘어오면서 영웅인물의 특성 또한 변화할 수밖에 없었다. 구제형 영웅인물이 마냥 선한 백성을 위해 자신의 모든 것을 희생했다면, 개혁형영웅인물은 자신이 가진 혼신의 힘을 다해 악인을 징치하면서 선한 다수를 돕는다. 구제형 영웅인물과 개혁형 영웅인물 모두 민생에 헌신하

는 마음은 한결같지만 그것을 해결해 나가는 방법론에서는 차이가 분
명하다. 이는 영웅인물을 서사한 동기나 시기의 다름에서 야기된 것이
라 할 수 있다.[22] 결국은 문학사의 통시성을 감안하여 이 둘의 특징을
살펴야만 유의미한 결과를 도출할 수 있으리라 본다.

### (3) 구국형과 개혁형의 관계

　구국형과 개혁형도 개별성과 공통성을 가진 채 상호작용을 통해 작화
전통을 확립했으리라 본다. 두 유형은 근원적으로 민중을 구제하는 담론
이지만, 구국형이 제도권에 충실하면서 자신의 성공을 중시한다면, 개혁
형은 제도권을 부정하면서 자신을 희생하는 변별성이 있다. 이처럼 친소
관계를 유지하면서 영웅인물 형상화의 전통을 확립한 것으로 볼 수 있다.
여기에서는 그러한 역학 관계를 몇 가지로 나누어 살펴보도록 한다.
　먼저 영웅인물의 구제 대상에 대한 문제이다. 구국형 영웅인물은 적
국에 대한 왕실 수호를 그 목적으로 한다. 적의 침입으로부터 나라를 구하
고 왕조를 지켜내는 것이 최대의 과제라 하겠다. 그래서 자신에게 주어
진 영웅으로서의 모든 역량을 적군을 섬멸하는 데 활용한다. 영웅인물
에게 있어 세상의 중심을 잡아주는 존재가 제왕이기에 그에게 해악이
미치면 주인공이 지향하던 세계가 와해될 수 있다. 귀족의 지위를 갖춘
구국형 영웅인물은 자신에게 영광을 가져다 줄 기존의 사회질서를 비호할
필요가 있었다. 반면에 개혁형 영웅인물은 구국형 영웅인물에 비해 낮
은 신분을 가진 존재가 많다. 고관대작의 자제와는 다른 운명을 타고난
것이다. 그래서 이들은 기존의 사회질서를 수호하는 데 별 관심이 없다.

---

22) 이는 종교서사와 통속서사에서 오는 차이일 수도 있지만, 중세후기의 조선전기 서사
　와 근대로의 이행기인 조선후기 서사의 차이점일 수도 있다. 이와 관련된 서술은 문학
　사적 의의에서 다루고자 한다.

오로지 백성을 환난 속에서 구할 방도를 생각할 따름이다. 권세를 가진
사람들이 백성들을 수탈하자 개혁형 영웅인물이 이에 맞서 그들을 징치
하고 그 재산을 빼앗아 백성들에게 나누어주는 이유도 여기에 있다.

　다음으로 영웅인물의 능력 행사에 대한 문제이다. 구국형 영웅인물
이 자신의 지위를 공고히 하는 방향으로 영웅적 능력을 행사한다면, 개
혁형 영웅인물은 기존의 지위를 파괴하여 자신의 이상을 이루는 방향
으로 능력을 발휘한다.[23] 이는 두 유형의 영웅인물이 출생할 때부터
시작된 신분의 차이에서 비롯된 결과이다. 구국형 영웅인물은 오랑캐
의 침입만 해결되면 화평한 세상이 올 수 있다고 여긴다. 국가적 위기
를 초래한 간신 또는 오랑캐를 몰아냄과 동시에 국사가 원상복귀되는
것으로 보았다. 그러나 개혁형 영웅인물은 전자처럼 선한 관리들만 상
대하지 않는다. 탐관오리가 득세하고 그들을 감시할 제도적 장치가 미
비한 상황에서 한두 간신만 제거한다고 해서 사태가 진정될 수는 없는
일이다. 따라서 개혁형 영웅인물은 분연히 일어나 의적이 되기로 결심
한다. 국가 전반에 비리와 부정이 심하여 특정세력을 징치한다고 해서
백성의 삶이 나아질 수 없다고 본 것이다. 개혁형 영웅인물의 지위에서
는 제도적인 방법으로 사태를 해결할 수가 없다. 그렇기 때문에 개혁형
영웅인물은 급진적인 방법을 택할 수밖에 없었다. 그것이 비록 당시의
법도에 어긋날지라도 탐관오리를 징치하고 백성을 구한 것이 이들을
민중영웅·개혁영웅으로 볼 수 있게 한다. 개혁형 영웅인물이 의적이
되어 백성을 구하는 것은 자신의 처지에서는 최선의 선택일 수 있다.
결국 제도권에서 용인되지 못한 개혁형 영웅인물은 자신의 한계를 깨
닫고 다른 세계를 찾아 문제해결 의지를 보일 따름이다.

---

23) 강현모, 「〈홍길동전〉 서사 구조의 특징과 양상」, 『한민족문화연구』 1, 한민족문화학
　　회, 1996, pp.1~19.

마지막으로 영웅인물의 성취에 대한 문제이다. 구국형 영웅인물과 개혁형 영웅인물은 상반된 지위 때문에 영웅화의 성취도 판이하게 나타난다. 구국형 영웅인물은 나라를 구하는 데 성공하고, 개혁형 영웅인물은 체제 내에서 이상국가를 건설하는 데 실패한다. 그러나 두 유형의 영웅인물이 지향한 만백성의 행복 추구만큼은 다름이 없다. 비록 구국형 영웅인물이 충성을 바탕으로 나라를 구하고, 개혁형 영웅인물이 백성에게 눈을 돌려 그들을 구휼하는 방법상의 차이가 있을지언정 의도한 결과는 유사하다. 서사의 종결부에서 영웅인물의 행위로 모든 갈등이 마무리되고 만백성이 화락한 세상을 맞는 것도 바로 그 때문이라 할 수 있다. 신분이나 영웅적 행위의 차이에도 불구하고 모두가 행복한 세계를 지향한다는 점에서는 영웅상이 합치되는 것으로 볼 수 있다.

지금까지 구제형·구국형·개혁형의 관계를 상호 비교의 관점에서 검토해 보았다. 그 결과 이들은 독자성을 갖는 일면 공통성 또한 다수 확인할 수 있었다. 이는 영웅인물이라는 공통 대상을 형상화하면서 나타난 현상이기도 하고, 작화하면서 이웃한 유형의 장처를 차용한 때문이기도 하다. 이러한 관계를 표로 보이면 다음과 같다.

영웅인물의 관계도

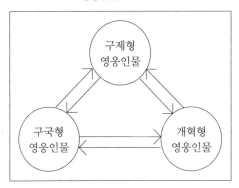

이상에서 보는 바와 같이 각 유형의 영웅인물들은 자체적인 독자성의 이면에 다양한 요소를 공유하고 있다. 따라서 그 동이점을 통하여 이들 상호작용의 의미를 파악할 수도 있다. 이는 통공시적인 측면에서 영향의 수수관계를 따지는 것이기에 주목할 만하다.

각 유형은 나름대로 독자성을 확보한 것이 사실이다. 구제형의 경우 종교적인 관념성을 바탕으로 영웅인물을 형상화하고 있고 구국형의 경우 구국 충성의 이면에 개인이나 가문의 영광을 소망하고 있다. 개혁형의 경우 기존의 체제와 질서를 부정하면서 이상세계를 지향하고 있다. 이러한 점은 각 유형별로 추구하는 핵심 사항이라 할 수 있다. 이것이 각 유형의 정체성을 선명하게 하는 요인이기도 하다.

그렇지만 방법이나 절차가 다를 뿐 추구하는 목적에 있어서는 공통성을 갖는다. 궁극적으로는 모든 사람을 평안의 세계로 이끄는 것이 핵심이기 때문이다. 이러한 공통점은 이들이 지속적으로 영향의 수수관계를 가졌기 때문에 가능할 수 있었다. 그러한 것을 각 유형별로 들어보면 다음과 같다.

구제형의 경우 종교적인 이타행의 이면에 유교적인 구국형과 흡사한 요소를 다수 반영하고 있다. 일례로 보국안민으로 만백성을 긍휼히 여기는 왕도정치의 특성을 다수 반영하거나 제왕으로 선치하는 것은 여러모로 유교적인 치민관념과 상부한다. 뿐만 아니라 구제형 영웅인물이 왕위를 계승하거나 제3국으로 가서 제왕이 되는 것은 개혁형 영웅인물의 전통을 계승한 것으로 볼 수 있다.[24] 즉 건국신화류의 영웅인물이 이주하여 국왕으로 추대되는 것과 흡사하다. 물론 구제형에서 중생을 구제하는 것은 개혁형 영웅인물이 민중구제를 위해 헌신하는 것과

---

24) 김진영, 앞의 논문, pp.131~163.

도 상통한다.

구국형의 경우 개인적인 출세의욕이 강한 한편, 입상으로 백성을 두루 보살피는 것이 구제형과 개혁형 영웅인물이 보이는 행위와 상통한다. 구국형 영웅인물은 위기에 처한 왕을 구한 다음, 그 보상으로 재상의 자리에 올라 선정을 통해 백성의 안위를 도모한다. 그런데 이와 같은 모습은 구제형 영웅인물에서도 확인할 수 있다. 구제형 영웅인물도 배양한 능력을 바탕으로 모든 백성을 전격적으로 구제하기 때문이다. 그래서 방법상의 차이가 있을지언정 결과에 있어서는 동일하다 하겠다. 마찬가지로 개혁형 영웅인물의 그것과도 상통할 수 있다. 개혁형 영웅인물도 기득권을 거부하며 민중층의 평온한 삶을 추구하기 때문이다. 구국형 영웅인물을 형상화함에 있어 구제형과 개혁형의 장처를 다수 수렴한 사정을 그래서 짐작할 수 있다.

개혁형의 경우 기존 질서를 부정하면서 다소 과격한 방법으로 민중의 삶을 돌아본다. 기존질서나 체제를 부정하는 것이 개혁형만의 특성이지만, 그것을 부정하는 이유는 도탄에 빠진 백성을 구하기 위함이다. 치자의 수탈과 탄압으로 어려움에 처한 백성들을 구하기 위해서는 문제의 원인을 제거해야 한다. 그런 점에서 혁신적인 방법일지라도 개혁형 영웅인물도 백성의 평안한 삶을 도모한 것만은 틀림없다. 이는 자연스럽게 정신적·물질적인 안녕을 도모한 구제형 영웅인물이나 자신의 영달을 도모하면서 백성의 안정적인 삶을 모색한[25] 구국형 영웅인물과 상통하는 것이다.

이상을 종합해 볼 때 각 유형의 영웅인물은 독자적인 특성을 갖는

25) 안기수, 「영웅소설의 지향가치와 실현방식에 대한 연구」, 『어문논집』 30, 중앙어문학회, 2002, pp.129~157.

이면에 이웃한 유형의 장처를 수용하며 형상화되었음을 알 수 있다. 그래서 각 유형은 독자성을 구심점으로 하면서 다른 유형의 특성을 적극적으로 수렴한 것으로 볼 수 있다. 이렇게 각각의 특성을 주고받는 과정에서 각 유형별 독자성은 반감되고, 영웅인물이라는 공통성은 강화되었다.

## 2) 문학사적 의의

영웅인물의 유형과 형상화는 문학사적인 측면에서 주목할 수 있다. 특히 이야기문학의 통시적 전개 양상이나 변용 실태를 파악하는 데 도움이 될 것으로 본다. 이야기문학의 여러 장르에서 필요에 따라 다양한 영웅인물을 창출해 왔기에 더욱 그러하다. 실제로 영웅인물은 고대의 신화에서부터 현대의 서사물에 이르기까지 애용되어 왔다. 그래서 영웅인물의 유형이나 형상화 방식을 통해 이야기문학의 사적 의미도 점검할 수 있다. 다만 여기에서는 몇 가지로 나누어 문학사적 의미를 살펴보도록 하겠다.

첫째, 서사문학의 작화관습 계승이다. 영웅인물을 형상화하는 것은 서사문학의 오랜 관습을 준용한 것이다. 영웅인물을 형상화한 전통은 고대의 건국신화에서부터 시작되었다. 건국신화의 주인공은 다양한 시련을 겪은 후에 영웅인물로 형상화된다. 그런데 이러한 영웅인물은 기존의 관습이나 체제를 거부하고 새로운 질서를 창조한다는 점에서 개혁형 영웅인물의 특성을 갖는다. 그래서 신술을 펼치며 민중의 삶을 개선하고자 했던 조선후기의 개혁형 영웅인물이 이러한 서사적 전통을 계승한 것으로 볼 수 있다. 건국신화의 영웅인물과 유사하게 종교적인 영웅인물도 다양하게 서사되었다. 대표적인 것이 불교서사와 무속서사라 할 수 있다. 불타의 성웅적 일대기를 답습하면서 승전 또는 불보살의 전생인 본생담 등에서 관념적인 영웅인물을 다수 형상화하였다.26) 그런가 하면 무조신을 영웅인물로 형상화하여 신앙적인 위상을 고양하곤 하였다. 이들은 조선후기 구제형 영웅인물의 형상화에 많은 영향을 준다. 하지만 신화적인 신성성이 거세되면서 전설적인 영웅인물이 삼국 및 고려시대에 양산되었다. 특히 유교이념이 강화되면서 현실적인 영웅인물이 서사에서 큰 비중을 차지하게 된 것이다. 이른바 장수나 충신 등이 영웅인물로 형상화되면서 오랜 전통을 유지해 왔다. 이러한 작화는 조선후기 구국형 영웅인물의 형상화에 영향을 주었다. 전설적인 영웅인물의 경우 전쟁에 나아가 공훈을 세워 보상을 받는데, 이러한 전통을 구국형 영웅인물의 형상화에서 그대로 답습하고 있다. 이렇게 볼 때 고전소설에 나타난 영웅인물의 각 유형은 기왕의 서사적 전통을 답습하면서 재창출된 것이라 할 수 있다.

둘째, 영웅인물의 통시적 조망이다. 영웅인물은 시대에 맞게 다양하게 형상화되어 왔다. 따라서 영웅인물을 통시적으로 조망하면 이야기 문학의 사적 흐름을 일견하는 효과를 거둘 수 있다. 앞에서도 말한 바와 같이 영웅인물의 형상화 전통은 상당히 소급될 수 있다. 하지만 조선전기에 소설시대의 문을 열고, 조선후기에 본격적으로 소설시대의 부흥을 맞으면서 영웅인물도 통시적으로 다변화된다. 이를테면 조선전기의 불교전적에서 구제형 영웅인물의 형상화가 부각된 이래 한동안 구제형 영웅인물의 형상화 전통이 고수되었다. 하지만 여말선초에 유교이념이 강화되고 불교는 날로 위축되다가 척불의 상황을 맞기에 이

26) 황순구, 「서사시의 개념과 한국의 불교 서사시」, 『고서연구』 12, 한국고서연구회, 1995, pp.25~32.

른다. 그런 상황에서 구제형 영웅인물을 형상화하며 종교적 관념성만
을 내세울 수 없게 되었다. 불교도 유교와 다르지 않음을 항변해야 위
기를 극복하는 데 도움이 될 수 있었기 때문이다.27) 그래서 구제형 영
웅인물의 형상화에서도 왕도정치, 즉 유교적인 통치이념을 전폭적으로
수용하여 구국형 영웅인물의 특성을 일부 갖게 되었다. 이는 구제형 영
웅인물을 형상화할 때 현실적인 문제를 적극적으로 반영한 결과라 할
수 있다. 물론 이 구제형 영웅인물의 형상화 전통은 조선후기까지 지속
되지만, 문학사적인 측면에서 보면 점차 구국형 영웅인물을 형상화하
는 방향으로 선회하게 된다. 유교적인 치민을 내세우면서 구제형 영웅
인물의 형상화 전통을 고수할 수만은 없었기 때문이다. 그래서 앞에서
살핀 것처럼 전설적인 구국형 영웅인물을 전격적으로 내세운 소설작품
이 양산될 수 있었다. 하지만 조선후기에 사회체제가 다변화되고 나아
가 민중의식이 부각되면서, 기존질서를 고수하며 출세와 성공을 모색
한 구국형 영웅인물만으로는 문학적인 욕구를 충족시킬 수 없었다. 더
욱이 전란을 겪은 후에도 기득권층이 변화하지 않고 기존질서를 옹호
하여 민중층의 문제의식은 높아만 갔다. 그러한 의식을 반영하여 사회
개혁적인 영웅인물의 형상화가 대두될 수 있었다. 물론 이러한 개혁형
영웅인물은 기존질서를 부정하고 새로운 세계를 창조한 건국신화 속
영웅인물의 특장을 다수 계승하였다. 어쨌든 개혁형 영웅인물은 구국
형 영웅인물의 보수적인 성향을 과감히 떨치고 기존 제도의 모순을 지
적·비판하는 민중층의 진보적인 의식이 반영된 것이라 할 수 있다. 이
는 근대지향적인 조선후기의 사정을 개혁형 영웅인물로 형상화한 것으

---

27) 김진영, 「불경계 서사의 소설적 변용과 그 의미」, 『한국언어문학』 82, 한국언어문학
회, 2012, pp.125~154.

로 이해해도 좋겠다. 이처럼 영웅인물의 형상화 전통은 아주 오래되었
지만 조선조의 소설문학사를 감안하면 각 유형이 선후관계를 가지며
통시적 흐름을 유지한 것으로 볼 수 있다.

셋째, 영웅인물의 공시적 변화이다. 영웅인물은 오랜 전통을 가지고
있지만, 고전소설에서 일반적으로 형상화된 것은 조선조라 할 수 있다.
특히 영웅인물로 왕성하게 형상화된 것은 조선후기의 본격적인 소설시
대를 맞아 가능할 수 있었다. 그러는 중에 각 유형의 영웅인물들은 자
체적인 독자성만 고집할 수 없게 되었다. 왕성한 창작만큼이나 영웅인
물의 화소도 상호간에 영향을 주면서 변용될 수밖에 없었기 때문이다.
그래서 구제형 영웅인물의 경우 관념성과 종교성을 표방하는 이면에
현실성을 강조하게 되었다.[28] 이는 유교적인 이념을 다수 수렴하면서
구제형 영웅인물의 독자성이 퇴색된 것이라 할 수 있다. 마찬가지로 구
국형의 경우도 전승과 입상으로 나라를 구하고 개인이나 가문의 영광
을 실현하는 것만으로는 다변화된 시대의 요구에 부응할 수 없게 되었
다. 그래서 선민적인 우월성만을 강조하기보다는 만민을 자비로 포용
하는 구제형의 초월적 애민의식을 수렴할 수밖에 없었고, 나아가 민중
의 삶을 개선하기 위해 희생하는 개혁형 영웅인물의 강점도 도외시할
수 없었다. 또한 개혁형도 반항적인 의식을 앞세워 기존질서나 체제를
부정하는 것만으로는 올바른 개선책을 찾기가 어려웠다. 그래서 구국
형 영웅인물의 특장을 수용하면서 새로운 세계를 창출하고자 했고 구
제형 영웅인물이 보였던 박애적 애민의식을 수용하여 상하민중의 행복
을 추구하기도 했다. 이것은 조선후기에 들어와 고전소설의 수요가 급

---

28) 정출헌, 「〈심청전〉의 민중정서와 그 형상화 방식-고전소설에서의 현실성과 낭만성」,
    『민족문학사연구』9, 민족문학사연구소, 1996, pp.140~170.

증하고, 민중의식의 발양으로 영웅인물을 형상화한 작품이 양산되다
보니 더 이상 기존 유형만을 고수할 수 없게 된 사정을 말하는 것이라
하겠다.[29] 그러는 과정에서 각 유형의 독자성은 약화되고, 민중구제라
는 보편성은 강화된 것으로 볼 수 있다. 이는 조선후기에 민중의식이
부각되면서 그들의 기호에 맞는 영웅인물을 형상화하다 보니 어느 유
형을 막론하고 비슷한 내용을 담게 된 것이다. 즉 조선후기에 들어와서
영웅인물의 공시적인 변화가 문학사회 또는 수용미학적인 측면에서 단
행된 것으로 볼 수 있다.

넷째, 영웅인물의 장르적 확대이다. 영웅인물을 구제형·구국형·개
혁형으로 나눌 경우 영웅인물의 형상화는 불교소설·군담소설·사회소
설 등에서 주로 나타날 수 있다. 하지만 영웅인물의 수요가 장르를 막
론하고 증폭되자 다양한 소설장르에서 영웅인물의 형상화 기법을 준용
하게 되었다. 즉 가정소설·애정소설 등을 중심으로 인물의 외양이나
성격을 묘사할 때 그리고 그들의 신분이나 능력을 부각할 때 영웅인물
의 서사관습을 따르고 있다. 이는 영웅인물의 형상화기법이 인물묘사
의 한 기법으로 유용하기 때문이라 할 수 있다. 더욱이 영웅인물에 대
한 수용층의 적극적인 반응이 다른 계통의 인물을 형상화할 때 영웅인
물의 서사기법을 준용하도록 한 요인이기도 했다. 이러한 전통은 기록
문학인 고전소설은 물론이고 구비문학인 서사무가에서도 일반적인 사
항이었다. 즉 장르를 초월하여 영웅인물의 형상화 방식을 따르면서 인
물 중심의 이야기문학을 작화한 것으로 볼 수 있다. 그러한 전통 때문
에 현대의 영상물에서도 영웅인물의 형상화를 중시할 수밖에 없었다.
현대의 영상물에서는 종교성이 거세된 작품을 다수 방영하고 있는데,

---

29) 손병우, 「한국고소설의 의식지향 연구」, 고려대학교 대학원 박사학위논문, 1985.

이는 영웅인물의 전통을 현대적인 관점에 맞게 변용한 것이라 할 수 있다.[30] 실제로 영웅인물 중에서 구국형 영웅인물과 관련된 역사드라마가 다수 방영되고 개혁형과 관련된 영웅인물을 형상화한 작품도 왕왕 방영되고 있다.[31] 이는 영웅인물의 형상화 전통이 오래이고, 그러한 영웅인물을 일반민중이 애호하여 가능한 것이라 할 수 있다.

30) 김효정, 「고전소설의 영상 매체로의 전환 유형과 사례」, 『고전문학과 교육』 21, 한국고전문학교육학회, 2011, pp.255~280.
31) 신원선, 「한국고전소설의 영상콘텐츠화 성공방안 연구-영화 〈전우치〉와 〈방자전〉을 중심으로」, 『민족문화논총』 46, 영남대학교 민족문화연구소, 2010, pp.365~402.

# 제5장 맺음말

　지금까지 고전소설에 나타난 영웅인물의 유형과 형상화 양상을 살펴보았다. 먼저 영웅인물의 개념과 형상화 전통을 구제형·구국형·개혁형으로 나누어 개괄한 다음, 고전소설에 나타나는 영웅인물의 유형별 형상화 양상을 분석해 보았다. 이를 바탕으로 영웅인물의 지향의식과 문학사적 의의를 점검할 수 있었다. 지금까지 논의한 것을 결론 삼아 요약하면 다음과 같다.

　첫째, 영웅인물의 개념을 정립하고 형상화 전통을 개관하였다. 영웅인물에 대한 개념을 군사적인 귀족이나 전쟁에서 맹위를 떨친 장수 등으로 한정하지 않고 그 외연을 확장하였다. 즉 영웅소설이나 군담소설의 주인공에 한정하여 영웅인물을 다루는 협소한 범주에서 벗어나 신화나 전설 그리고 민담형의 영웅인물까지 포괄하여 영웅인물의 개념을 새롭게 정립하였다. 그것은 다양한 문학장르에서 정신적으로나 물질적으로 그리고 호국의 차원에서 영웅으로 활약하는 인물이 다수이기 때문이다. 따라서 그러한 인물 모두를 영웅인물로 간주하고 문학장르별로 그 형상화 전통을 개관하였다. 즉 영웅인물을 형상화 양상에 따라 구제형·구국형·개혁형으로 나누고 그 전통을 통시적으로 검토하였다.

구제형 서사에서는 종교서사를 바탕으로 영웅인물의 형상화 전통을 확인하였다. 구국형에서는 각 서사에 등장하는 전설적인 영웅인물에 초점을 맞추어 그 형상화 전통을 추적해 보았다. 마지막으로 개혁형에서는 개국조인 건국영웅을 바탕으로 영웅화의 전통을 검토하였다.

둘째, 고전소설에 나타난 영웅인물의 유형에 따라 작품을 검토하면서 분석텍스트를 선정하였다. 고전소설의 주인공은 하위유형을 막론하고 영웅으로 그려지는 특성이 있다. 그것은 고전소설이 삽화 중심보다는 일대기 위주로 작품이 형상화되기 때문이다. 그래서 군담소설은 말할 것도 없고, 사회소설이나 가정소설, 애정소설이나 가문소설 등에서도 영웅인물을 쉽게 확인할 수 있다. 이것은 영웅인물을 형상화하는 오랜 전통이 고전소설의 작화에 영향을 끼친 결과이기도 하다. 다만 다양한 영웅인물을 크게 세 유형으로 설정하였다. 즉 종교적인 이념을 부각하기 위한 것으로 주인공을 신격화한 구제형, 기존 질서를 존중하면서 출사와 입공을 형상화한 구국형, 신분적인 한계나 제도적인 모순으로 어려움을 겪으면서 새로운 세계를 갈구한 개혁형이 그것이다. 유형분류는 논자마다 차이가 있을 수 있으나 영웅인물을 형상화한 목적을 감안할 때 위에서처럼 셋으로 나누어도 무방하리라 본다. 구제형 영웅인물은 도탄에 빠진 백성들의 영혼은 물론 물질적으로도 풍족할 수 있도록 돕는다. 이러한 영웅인물은 종교적으로 신격화될 수도 있고, 제왕이 되어 만백성을 신앙심으로 교화하기도 한다. 이에 해당하는 작품으로 〈금우태자전〉과 〈심청전〉을 선정하였다. 구국형 영웅인물은 나라와 임금의 안위를 위해 헌신하는 인물을 들 수 있다. 이들은 중세질서가 존속하는 선에서 출사를 통해 가문의 현창은 물론 보국안민을 달성하는 특성이 있다. 이에 해당하는 작품으로 〈박씨전〉과 〈유충렬전〉을 선정하였다. 마지막으로 개혁형은 현실의 제도나 신분상의 문제를 혁파하고 새로운 세계를 갈구하는 것이라 할 수 있다. 그래서 기존 질서를 거부하고 끝없이 혁신을 단행하는 영웅인물이 이에 해당될 수 있다. 〈장백전〉과 〈홍길동전〉을 대표작품으로 선정하였다.

셋째, 고전소설에 나타난 영웅인물의 형상화 양상을 유형별로 살펴보았다. 앞에서 나눈 유형별로 대표작품을 선정하여 영웅인물의 형상화 방식을 분석하였다. 먼저 구제형에서는 영웅인물이 특수한 혈통을 가지고 성장하여 영웅화의 예비단계를 거치고, 이어서 초인적인 수행으로 원만상을 구족함으로써 영웅화의 구축단계를 마무리한다. 이후 자신이 터득한 것을 만백성에게 두루 펼쳐 목적한 바를 달성함으로써 만국이 평안한 세상을 맞는 영웅화의 완결단계로 귀결된다. 구국형은 적강인물이 명문거족의 집안에서 생장하여 영웅화의 예비단계를 거치고, 국난이나 기아 등의 시련을 겪으면서 영웅적 능력을 배양하는 영웅화의 구축단계를 맞는다. 이어서 국가적인 위급상황을 극적으로 해결하는 영웅화의 실행단계를 지나 마침내 모든 국난을 해결하고 큰 보상이 주어지는 영웅화의 완결단계를 맞는다. 개혁형은 출생할 때의 비범한 징조나 특출한 능력을 갖춘 것으로 영웅화의 예비단계를 마련하고, 뛰어난 술법을 익혀 자유자재로 능력을 구현하며 반체제 활동을 펼치되 민중의 소망을 실현하는 것으로 영웅화의 실행단계를 거친다. 이후 자신의 능력을 인정받고 이상세계를 구현하는 것으로 영웅화의 완결단계를 확정한다. 다만 구국형이 영웅화의 예비단계-구축단계-실행단계-완결단계를 모두 구비했다면, 구제형은 예비단계-구축단계(1·2)-완결단계를 구비하였고, 개혁형은 예비단계-실행단계(1·2)-완결단계를 구비한 것이 차이점이라 할 수 있다. 이러한 구조는 영웅인물의 행위 또는 그 결과와 밀접한 관계를 맺고 있다.

넷째, 고전소설에 나타난 영웅인물의 지향의식을 유형별로 고찰해 보았다. 영웅인물을 형상화하는 것은 궁극적으로 그들을 통해 상하민중의 소망을 담기 위해서이다. 그래서 필연적으로 각 유형에는 민중의 소망을 성취하기 위한 의식이 내재되기 마련이다. 구제형에서는 불교적인 이상을 지향하는 일면, 유교적인 치민을 통해 만국평안을 소망하고 있으며, 구국형은 사대부의 출사와 입공을 과장적으로 그리면서 상층부의 출세의식을 반영하고 있다. 특히 중세의 질서가 수호되는 가운데 개인적인 욕망성취를 전면에 내세웠다. 개혁형은 구국형과는 달리 자신들의 능력이 비상할지라도 제도나 신분 때문에 꿈꾼 바를 성취할 수 없어 이단적으로 영웅적인 행위를 보인다. 그러면서 새로운 세계를 갈급하는 민중의식을 영웅인물에 투영해 놓았다.

　다섯째, 고전소설에 나타난 영웅인물의 상호작용을 유형별로 살펴보았다. 영웅인물은 각 유형별로 상호작용을 하게 마련이다. 각 유형의 영웅인물이 지향하는 바가 궁극적으로 화합과 단결을 모색하기 때문이다. 더욱이 개인 차원을 넘어 국가나 민족단위의 거대담론이라서 공통분모가 많을 수밖에 없다. 그래서 상호간에 영향을 주고받으면서 작화전통을 확보한 것으로 볼 수 있다. 먼저 구제형과 구국형을 보면 둘 다 백성을 구휼한다는 공통분모를 가지고 있다. 구제형이 종교성을 표방하는 일면 유교적인 치국안민을 중시하여 구국형의 그것과 동질의 것을 다루었다. 이는 불교소설이 유교적인 사상을 받아들이면서 구제형이나 구국형 모두 동일한 것에 관심을 기울인 결과이다. 구제형은 개혁형과도 상호 관련이 있다. 개혁형이 민중의 소망을 실현하는 것이라면 구제형은 민중을 평안의 세계로 인도하는 것이다. 그래서 모두 민중의 안녕을 전제한다는 점에서 공통점을 가지고 있다. 한편 구국형과 개혁형도 영향을 주고받을 수 있다. 그것은 궁극적으로 두 유형 모두 백성들의 삶에 관심을 기울였기 때문이다. 차이라면 구국형이 백성을 교화의 대상으로 생각하여 하달식 통치를 강조하였다면, 개혁형은 민중이 자발적으로 나서서 스스로의 삶을 해결하고자 했을 따름이다. 각 유형의 공통적인 관심사는 상하민중 모두가 평안하게 사는 것이다. 그런 점에서 세 유형은 공통분모를 토대로 장처를 상호 교차하면서 고전소설의 인물 형상화에 일조한 것으로 볼 수 있다.

여섯째, 고전소설에 나타난 영웅인물의 형상화에 따른 문학사적 의의를 살펴보았다. 영웅인물은 고전소설의 인물 형상화에 많은 영향을 끼쳤다. 어느 시대를 막론하고 이야기문학의 핵심은 인물이기 때문이다. 그중에서도 특출한 인물을 다루면서 상하민중의 이상을 실현하는 것은 무엇보다 중요했다. 그래서 신화는 물론이고 전설이나 민담에서도 영웅인물을 즐겨 형상화한 것이다. 그러한 전통을 고전소설에서 계승하여 다양한 영웅인물을 창안하였다. 특히 임진왜란과 병자호란으로 인하여 군담소설이 즐겨 창작되는 과정에서 전쟁 관련 영웅인물이 다수 형상화되었다. 하지만 영웅인물은 그에 국한되지 않고 오랜 전통을 살리면서 다양한 유형의 소설에 등장하였다. 주인공의 외모나 능력을 그리는 것에서 알게 모르게 영웅인물의 형상화 방식이 준용되었기 때문이다. 더욱이 위에서 언급한 세 유형의 영웅인물 형상화 전통이 효율적으로 교차되면서 인물묘사의 전형을 마련한 것으로 볼 수 있다. 이는 어느 시대를 막론하고 비범한 인물에 남다른 관심을 갖는 민중의식이 영웅인물에 투영된 결과라 할 수 있다. 그래서 영웅인물은 한국고전소설사에서 통공시적으로 중요한 의미를 갖는다 하겠다.

제2부

영웅인물과 서사담론

# 제1장
## 〈권익중전〉의 담론유형과 작가의식

## 1. 머리말

　국문소설의 대부분은 작자가 밝혀지지 않은 채 전하고 있다. 작자 미상이 많은 이유는 소설을 도외시했던 조선조 유교 사회의 의식 때문일 것이다.[1] 김시습이나 허균, 박지원과 같이 문제의식이 강했던 일군의 작자들은 자신의 이름을 당당히 내세워 소설 속에 다양하고 심오한 사상을 담아 창작활동을 펼쳤다. 그러나 조선 후기 소설의 상품화와 더불어 소설로 생계를 유지했던 상당수의 작자는 어느 정도의 문제의식을 소설에 담아냈지만 그것을 떳떳한 행위로 인식하지는 않은 듯하다. 그래서 작자 미상의 작품이 양산된 것이 아닌가 한다.[2] 고전소설에 투영된 작가의식을 살펴봄에 있어 비록 이름은 전하지 않지만 당시 소설의 창작과 대량 유통에 큰 역할을 담당했던 계층을 무시할 수는 없다. 작품이 창작될 때에는 모름지기 작가의 사상과 정서가 반영되기 마련

---

1) 한국고전소설편찬위원회 편, 『한국고전소설론』, 새문사, 1992, pp.74~75.
2) 김일렬, 『고전소설신론』, 새문사, 1993, pp.45~49.

이므로, 작가 일명(逸名)의 고전소설을 분석할 때에는 작품에 드러나 있는 작가의 의도를 발견하려는 노력이 더욱 필요하다. 이러한 의미에서 개별 작품의 분석과 그에 대한 작가의식을 고찰해 보는 것도 의미 있는 작업이라고 생각한다. 이 글에서는 〈권익중전〉을 그 대상으로 하여 논의를 진행하고자 한다.

〈권익중전〉은 고전소설을 총체적으로 다룰 때 부분적으로 언급되기는 하였으나 본격적인 연구는 미미한 실정이다. 하준봉은 처음으로 〈권익중전〉의 종합적인 분석 및 검토 작업을 시도하였다.3) 이 논문은 〈권익중전〉의 이본과 배경설화를 고찰하고 그것을 바탕으로 작품의 구조와 갈등 양상 및 극복의 의미 그리고 독자의 수용과 장르 변화 양상 등을 논의하고 있다. 곽정식은 〈권익중전〉의 여주인공인 이춘화에 중점을 두고 그녀가 행한 열의 진정한 의미가 현세의 행복 추구와 실현에 있다는 결론을 이끌어냈다.4) 단편적인 언급에만 그치던 〈권익중전〉과 관련된 연구가 최근에 이르러 보다 종합적인 연구로 발전하고 있는 것은 바람직한 현상이라고 생각된다.

〈권익중전〉은 필사자가 기록된 최초의 것이 1912년(조동일 A본)이다. 하지만 그 이전에 창작·유통되었음은 물론이다. 따라서 이 작품은 적어도 20세기 초에 창작되었을 것이라고 추정할 수 있다. 〈권익중전〉은 적어도 1912년부터 1958년 영화출판사본에 이르기까지 오랜 기간에 걸쳐 필사·간행된 고전소설이다.5) 이 글에서는 신흥서관 A본 〈권익중전〉을6) 대상으로 하여 이 작품에 나타난 구조적 양상을 살피고 그 속

---

3) 하준봉, 「〈권익중전〉 연구」, 한국교원대학교 대학원 석사학위논문, 2000.
4) 곽정식, 「〈권익중전〉의 열녀 형상과 작자의식」, 『새국어교육』 66, 한국국어교육학회, 2003.
5) 하준봉, 앞의 논문, pp.56~57.

에 담긴 작가의식을 고찰한 후에 의미를 찾아보고자 한다. 비록 한 이본을 다루지만 이 작품의 전체적인 구조나 작가의식이 이본 간에 큰 편차가 없기에 연구 결과도 나름대로 의미가 있으리라 본다. 이러한 논의를 통하여 〈권익중전〉의 작가가 품고 있었던 인식이 어느 정도 드러나길 기대한다.

## 2. 작품의 구조와 담론유형

〈권익중전〉은 권익중과 이춘화 그리고 아들 권선동에 이르기까지 양대에 걸친 이야기로, 작자 미상의 작품이다. 이 작품은 권익중과 이춘화의 애정담을 중심으로 한 전반부와 아들인 권선동의 무용담을 중심으로 한 후반부가 서로 분리하여 각기 다른 작품으로 구성해도 무리가 없을 만큼 구성 면에서 독립적인 성격을 유지하고 있다.[7] 각기 선관과 선녀로서 적강한 익중과 춘화는 정혼한 사이였으나 간신 옥낭목의 방해로 그 약속이 깨어져 춘화는 정절을 지키기 위해 자결하고 만다. 옥황상제의 도움으로 선녀가 된 춘화는 익중과 재회하여 혼례를 올리지만 다시 헤어지게 되는데, 그 사이에 아들 선동이 늠름하게 자라나 부모의 원수인 옥낭목을 처단한다. 마침내 인간 세상으로 다시 돌아온 춘화는 그리던 남편과 만나 해로하여 함께 천상계로 돌아간다. 먼저 이 작품의 전체 서사를 요약하여 제시하면 다음과 같다.

---

6) 인천대학교 민족문화연구소 편, 『구활자본 고소설전집』 19, 1984, pp.343~425.
7) 하준봉, 앞의 논문, p.1.

① 권양옥 내외가 화산 천불암에 발원하여 권익중을 낳았는데 어려서 부터 외모가 준수하고 문장이 뛰어났다.

② 15세의 익중이 유람 중에 이춘화를 보고 상사병에 걸리자 각기 아버지인 권양옥과 이과진이 만나 둘의 혼인을 약속한다.

③ 간신 옥낭목이 황제를 움직여 자신의 아들과 춘화를 강제로 정혼시켜 익중과의 정혼이 파기된다.

④ 춘화가 혼례식 자리에서 옥낭목과 그의 아들을 꾸짖고 자결하자 익중과 이승상 가족들이 그녀를 청양산에 묻는다.

⑤ 익중은 위상서의 딸과 혼인하지만 춘화를 잃은 슬픔에 빠져 세월을 보낸다.

⑥ 춘화는 죽은 뒤 천상의 선녀가 되고 옥황상제는 인간 세상에서 배필을 만나지도 못하고 원통히 죽은 그녀를 불쌍히 여겨 악양루 죽림에 가 있으면 익중을 만날 수 있을 것이라고 한다.

⑦ 옥황상제가 우인(偶人)을 익중의 집으로 보내 가짜로 판명된 진짜 익중이 집에서 쫓겨나 자살을 하려다가 악양루 죽림에서 춘화를 다시 만나 혼례를 올리지만, 하룻밤이 지난 뒤 춘화는 5년 후에 그 자리에서 아들을 데려가라는 말과 함께 사라진다.

⑧ 익중은 춘화가 준 약 세 봉지로 우인을 퇴치하고 둘은 5년 후 다시 만나게 된다.

⑨ 춘화가 선동에게 자용금과 풍운선, 비룡장을 주며 익중과 함께 가도록 한다.

⑩ 선동은 옥낭목을 피해 가족들을 데리고 대인도로 피신하고 그곳에서 무술을 익힌다.

⑪ 선동이 17세가 되어 원수를 갚고자 세상에 나왔다가 영천 청양산에서 춘화를 만났는데, 춘화는 거문고를 주며 진정위 댁 세 낭자와 가연을 맺으라고 지시한다.

⑫ 선동이 거문고를 연주하여 옥낭목과 원수 사이인 세 낭자와 정혼한다.

⑬ 옥낭목이 북흉노와 손잡고 대국을 침범하여 황제의 군대가 당해내

지 못한다.

⑭ 전공을 세운 선동이 대원수가 되고 옥낭목의 세 장수인 굴돌 삼형제
    에게 화전, 수전, 공중전에서 모두 승리한다.

⑮ 선동이 옥낭목을 붙잡아 처단하고 선동은 대인도왕에, 익중은 위국
    공승상에 봉해진다.

⑯ 선동이 청양산에서 춘화의 묘에 제사지낼 때 갑자기 무덤이 갈라지
    며 춘화가 되살아난다.

⑰ 춘화는 정렬부인이 되고 선동은 세 낭자와 혼인한다.

⑱ 재생한 춘화는 익중과 재회하며 권승상·이승상과도 다시 만난다.

⑲ 익중과 춘화가 천수를 누리고 천상계로 돌아간다.

이 작품에는 익중과 춘화의 결연에 끼어들어 끝내 춘화를 자결하게
만드는 간신 옥낭목이 등장하여 혼사장애담이 나타나고, 죽어서 선녀
가 된 춘화가 익중과 혼례를 올리고 얻은 아들 선동이 호걸로 자라나
부모의 원수이면서 동시에 반역자인 옥낭목을 처단하는 과정에서 영웅
담도 끼어들고 있으며, 또한 지금까지의 모든 갈등이 해소되고 난 후에
선녀였던 춘화가 무덤 속에서 나와 원래의 모습으로 부활하는 재생담
이 드러나 있기도 하다. 〈권익중전〉에 보이는 이러한 구조적 양상을
좀 더 구체적으로 살펴보도록 하겠다.

## 1) 혼사장애담적 양상

〈권익중전〉은 익중의 아들 선동이 등장하기 전까지 철저히 애정소설
다운 면모를 보이고 있다. 춘화가 자결한 후 선녀가 되어 선동을 인간
세상에 보내기 전까지 〈권익중전〉은 주인공인 익중과 춘화의 결연에
초점이 맞춰지고 있다. 이 작품의 초반 서사는 전생에 선관으로 고귀한

신분이었던 익중이 산천 유람을 떠났다가 아버지의 막역한 벗인 이승상의 집에 우연히 머물게 되고, 그곳에서 이승상의 딸인 춘화를 만나 한눈에 반하게 되면서 진행된다.

권익중은 권승상 내외의 기자 발원으로 느지막하게 태어나 어려서부터 외모도 남달리 수려하고 문일지십으로 문재가 빼어났다. 사마천이 스무 살에 강호를 다니며 그 이름을 세상에 날린 것처럼 익중도 나이 열다섯 살이 되던 해에 세상후박과 인심촌탁을 알기 위해 산천 유람을 떠난다. 그러다 뜻하지 않게 들른 이승상의 집에서 선녀가 내려온 듯 아리따운 외모의 춘화를 보고는 첫눈에 반하여 집에 돌아온 날로 상사병에 걸려 앓아눕는다. 늘어서 얻은 귀한 외아들이 백약이 무효한 병에 걸려 헤어날 길이 없게 되자 권승상은 춘화의 아버지이자 죽마고우였던 이승상을 만나 익중과 춘화를 정혼시킨다. 그 후 익중은 이승상의 집에 일 년 동안 묵으며 수학하여 거의 사위나 마찬가지의 대접을 받는다.

익중과 춘화의 결연 과정에 있어 익중의 감정이 홀로 앞서나갔던 것은 아니다. 춘화 역시 익중을 보고 연정을 품고 있었기 때문이다. 익중이 이승상의 집에서 공부하는 동안 춘화가 그의 의복을 챙기는 등 둘 사이의 감정은 남다른 데가 있었다. 그러나 익중과 춘화의 운명은 그리 평탄하지만은 못했다. 춘화가 요조숙녀라는 소문을 듣고 간신 옥낭목이 자신의 아들과 정혼시키려는 마음을 먹었기 때문이다.

옥낭목은 간신으로 상서의 벼슬에 자리하여 황제와의 사이가 아주 가까웠다. 이 점을 이용하여 그는 인간으로서 차마 할 수 없는 일을 벌인다. 혼사가 정해진 춘화를 자신의 며느리로 삼고 싶은 욕심에 황제의 권력을 등에 업은 것이다. 이승상은 이미 권승상가와 사돈을 맺기로 한 상태이므로 당연히 옥낭목의 청을 거절할 수밖에 없었다. 그런데 옥낭목은 황제가 여는 연회 자리에서 이승상의 딸은 거짓으로 정혼한 것이

며 자신의 부탁을 들어주지 않으려 이승상이 핑계를 댄 것이라고 둘러
댄다. 옥낭목이 간신이라는 것을 모르는 순진한 황제는 그 말을 진실로
믿고 이승상가와 중매를 추진한다. 아무리 인간 사이의 신의가 중요하
다고는 하나, 황명을 받들지 않을 수 없는 이승상으로서는 권승상의 집
안에까지 화가 미칠 것을 염려하여 결국 익중과의 정혼을 깨고 옥낭목
의 아들과 춘화를 혼례시키기에 이른다.

〈권익중전〉에는 이와 같이 거역할 수 없는 세력을 가진 악인에 의해
선인들이 일방적으로 피해를 보는 양상이 혼사장애로 나타나고 있다.
정혼이 파기된 후에 할 수 없이 이승상의 집을 떠나야 하는 익중은 하
룻밤이라도 더 머물다 가라는 이승상 내외의 간곡한 청을 받아들인다.
간신의 농간으로 정인을 다른 사람에게 보내야 하는 익중의 마음은 착
잡하기 그지없다. 춘화 또한 하루아침에 낭군이 바뀐 상황이므로 하늘
이 무너지는 듯하여 감정을 추스를 수 없다.

춘화는 이러한 상황에서도 익중은 사내대장부이기 때문에 크게 신경
쓰지 않을 것이라고 생각하여 시비인 설매를 익중의 처소에 보내 확인
한다. 그러나 익중은 춘화와의 결연이 취소되었다는 사실에 몹시 슬퍼
하며 그 심사를 노래로 달랜다. 그러면서 익중은 이러한 자신의 마음을
춘화가 과연 짐작이나 하는지 애를 태울 따름이다. 춘화는 익중의 마음
을 설매를 통해 확인하고는 목매어 자결하려고 하다가 혼례 전에 죽게
되면 옥낭목이 어떠한 흉계를 꾸며 자신의 집안에 해를 가할지도 모른
다는 생각에 혼례날 옥낭목 면전에서 칼을 물고 목숨을 끊겠다는 의지
를 내보인다. 천생배필로만 여겼던 익중과 춘화의 절절한 인연은 옥낭
목에 의해 철저히 조각나게 되었다. 〈권익중전〉에 나타나는 이 같은
혼사장애적 요소는 간신 옥낭목의 사욕을 채우기 위한 것으로, 익중과
춘화가 인간 세상에서 완전한 만남을 가지기 이전까지 그 둘을 갈라놓

는 핵심 요소로 작용한다.

마침내 옥낭목은 권세를 입증이라도 하듯 몹시 사치스러운 차림새로 혼례식장에 당도한다. 그러나 춘화는 병색이 완연한 모습으로 나타나 옥낭목과 그의 아들을 소인이라 꾸짖고 추악한 욕심으로 자신의 정절을 더럽히려 한다며 비수를 물고 자결하고 만다. 한 번 정혼한 사이라면 반드시 정절을 지켜야 한다는 그녀의 의지가, 악인의 권세로 인해 가문에 화가 미칠지도 모르는 상황에서 이러한 방향으로 구현된 것이다. 익중에 대한 의리와 어버이에 대한 효가 함께 작용하여 자결이라는 극단적인 방법을 선택할 수밖에 없었다. 결국 황제를 움직여 억지 정혼에 성공한 옥낭목으로 인해 익중과 춘화는 혼사 약속이 깨어지는 불행을 맞았다. 익중은 사랑하는 정혼자를 잃는 아픔을 겪게 되었으며 춘화는 억울하게 자결해야만 하는 신세가 된 것이다. 이 둘은 집안의 반대혹은 난리나 전쟁 같은 피치 못할 상황이 아니라 그릇된 악인 한 명으로 인해 기구한 운명을 감내해야 하는 처지에 놓이게 되었다.

## 2) 영웅담적 양상

원래 천상의 선녀였으나 죄를 지어 적강하여 인간 세상에 내려왔던 춘화는 천생배필인 익중과의 결연을 앞두고 억울하게 자결을 하고 말았다. 이를 가엽게 여긴 옥황상제는 그녀를 다시 선녀가 되게 한 후 익중과 못다 한 인연을 맺어주려고 시도한다. 〈권익중전〉에는 작품 초반에 등장했던 익중과 춘화의 애정담 못지않게 둘의 아들인 선동의 영웅담이 다채롭게 펼쳐져 있다. 선동은 옥제의 명으로 재회한 익중과 춘화의 사이에서 태어나는데, 작품 전면에 드러나고 있지는 않으나 다섯 살까지는 선녀인 춘화와 더불어 천상계에서 생활하였고, 그 이후 다시 옥제의 명으로 춘화와 이별하여 인간 세상으로 내려와 익중의 손에서 성장하게 된다. '선동'이라는 이름에서 알 수 있듯이 고귀한 신분의 부모를 둔 그 또한 천상계의 존재로 생각할 수 있다.

실제로 선동은 전형적인 영웅의 모습을 보인다. 먼저 출생에 있어 초월적 존재로서 하강하는가 하면, 어렸을 때부터 남다른 외모와 능력을 보이기도 한다. 그리고 성장해서는 뛰어난 용력의 발휘로 악을 제거하여 살기 좋은 세상을 만든다.[8] 선동은 다섯 살의 어린 아이일 뿐이나 벌써 기골이 웅장하고 걸음을 걷는 것조차 이미 어른과 다름이 없었다. 또한 얼굴도 옥같이 곱고 세상 사람이 아닌 것처럼 고귀해 보였다. 춘화는 옥제의 명으로 선동을 지상계로 내려 보내면서 애끊는 이별을 하게 된다. 보통 사람보다 뛰어난 능력을 지녔지만 선동이 장차 대적해야 할 옥낭목을 생각하니 쉽게 마음이 놓이지 않았던 것이다. 그래서 춘화는 선동에게 자용금과 풍운선 그리고 비룡장을 주며 어려움을 당할 때 사용할 것을 당부한다. 대개의 영웅소설에서 선인이나 도인이 주는 이러한 신이한 물건을 선동은 선녀인 어머니에게 받은 것이다. 후에 이 보물들은 선동이 세 명의 여인과 결연할 때 요긴하게 쓰이는 매개물이다.

지상에 내려온 선동은 고난과 역경을 겪는다. 그는 춘화와 익중이 혼례를 올리고 자신을 낳았다는 사실이 퍼져 옥낭목이 권승상과 이승상의 집안에 해를 입힐 것을 걱정한다. 그래서 모든 가솔들을 데리고 대인도라는 섬으로 피신할 것을 익중에게 조언한다. 명문가로 승승장구하던 두 가문이 옥낭목의 난폭한 보복을 염려하여 섬으로 도망을 가야 하는 사실은 어린 선동에게 있어서도 극히 억울한 일이 아닐 수 없다. 천상계에서 부족함 없이 자라던 선동에게 시련이 다가온 것이다.

---

8) 김일렬, 앞의 책, pp.218~220.

그러나 선동은 마냥 몸을 숙이지 않고 대인도에서 무술을 연마하고 책략을 시험해 본다. 범인과는 다른 빼어난 능력을 가진 선동이었기 때문에 따로 익히지 않아도 이미 모든 책략과 도술에 통달한 상태였다. 선동이 가진 영웅적 면모가 드러나는 순간인데, 흥미로운 것은 원래 학식과 재주가 뛰어났던 익중이 그 능력을 전혀 발휘하지 않고 모든 과업이 선동에게 부여되어 있다는 점이다. 더욱이 대인도로 몸을 피한 뒤로 익중은 도연명이 했던 것처럼 동산에서 국화 캐는 것이나 열중하고 별호를 국사라고까지 칭하며 유유자적하는 면모를 보인다. 익중이 타고난 능력을 옥낭목을 향한 복수에 쓰지 않은 것은 모든 서사의 해결을 선동에게 부여하려는 작가의 의지가 반영된 것이다. 선동을 영웅담의 주동인물로 형상화하려는 의도가 기저에 깔려 있음을 알 수 있다. 그래서 익중은 어디까지나 춘화와의 애정담을 구성하는 데 경도된 인물이라 할 수 있다.

선동은 열일곱 살이 되던 해에 어머니의 원수를 갚기 위해 다시 세상으로 나온다. 청양산에서 상봉한 춘화는 선동에게 서주 진정위 댁 세 낭자와 가연을 맺으라고 지시하며 거문고를 주는데, 선동은 이 거문고를 이용하여 진낭자·강낭자·정낭자에게 접근하는 데 성공하고 마침내 네 사람의 원수가 옥낭목임을 확인하고는 정혼하게 된다. 이에 선동과 세 낭자는 신물로 각각 자용금·비룡장·풍운선과 비수금·낭중갑옷·철퇴를 교환한다.

이때 옥낭목은 황제에게 조공도 하지 않고 군사를 일으켜 오히려 대국을 위협하는 존재가 된다. 황제는 반역의 무리를 처단하려 하지만 의기양양한 옥낭목에게 밀려 망국의 위기에 처한다. 이처럼 옥낭목은 어머니의 원수이며 가문의 원수인 동시에 나라의 원수이므로 선동이 그를 처단하는 것은 당연하다. 황제는 자신이 우매하여 간신을 몰라본 것을 통탄하며 옥낭목과 반역의 무리를 쳐부수라는 명을 내린다. 선동과 그의 가문이 복수를 하고 그동안의 핍박에 대한 보상을 받을 수 있는 기회가 온 것이다.

대원수가 된 선동이 옥낭목과 본격적인 대결을 벌인다. 선동은 정혼하고 신물로 받은 갑옷의 힘을 빌려 화전과 수전에서 각각 승리하지만, 마지막 공중전에서 고전하다가 세 낭자가 선동이 춘화로부터 받은 물건을 가지고 나타나 가장 강력한 장수인 굴돌을 무찔러 마침내 옥낭목을 굴복시킨다. 황제는 나라를 구한 선동을 대인도왕에, 그의 아버지인 익중을 위국공승상에 봉한다. 세상을 어지럽히는 악인과의 전투에서 영웅이 승리한 것이다. 반역의 무리는 응징되고 마침내 평온한 세상을 되찾았다. 이로써 익중과 선동은 입신양명을 하였고 권승상·이승상 가문은 영화를 누리게 된다. 뿐만 아니라 춘화를 자결하게 만들었던 악인을 처단하여 다시 그녀가 인간 세상에 환혼 부활할 수 있는 바탕을 마련하였다. 만약 복수를 향한 선동의 이 같은 활약이 없었다면 옥낭목은 처벌되지 않았을 것이고, 아무리 옥제가 춘화를 지상계로 되돌려 보낸다고 하더라도 위험 요소가 언제든지 그녀와 주변인물을 위협했을 것이다. 이 때문에 선동을 영웅으로 형상화하고 그의 영웅담을 익중과 춘화의 결연담에 끼워 넣음으로써 춘화가 다시 살아나도 아무런 방해가 없도록 조치한 것이다. 선동의 활약은 〈권익중전〉의 전체 서사에서 영웅담의 역할을 맡고 있다.

### 3) 재생담적 양상

위의 혼사장애담적 양상에서 잠깐 살펴본 바와 같이 춘화는 옥낭목의 늑혼 강요로 자신의 정절을 생각하여 혼례 당일 자결한 후 천상에 올라가 선녀가 된다. 원래 선녀였다가 적강하여 인간 세상에서 살았지만 억울한 죽음을 당했기 때문에 옥제도 그녀를 불쌍하게 여겼다. 따라서 옥제는 인연을 맺지도 못하고 억울하게 자결한 춘화를 가엽게 여겨 강남 악양루에서 춘화가 익중을 만날 수 있도록 돕는다. 익중의 집에 그와 똑같게 생긴 우인을 보내어 진짜 익중이 쫓겨나 그곳으로 오게 인도한 것이다. 실제로 쫓겨난 익중은 천하강산과 강남 악양루를 두루 구경하고 동정호에 빠져 죽을 양으로 악양루로 발길을 옮긴다. 악양루에서 익중과 춘화의 만남이 이루어지는데, 이것이 1차 재회로 일시적 만남의 성격을 갖는다. 춘화가 인간 세상에 돌아오기는 하였으나 그것은 인간으로서가 아닌, 옥제의 명을 받든 선녀로서이다. 지상계에 사는 인간으로 완전히 재생한 것이 아니기 때문에 춘화는 익중과 혼례를 올리기는 하나 단 하룻밤을 같이 보낸 후에 다시 천상계로 올라가야 한다. 그래서 꿈에도 그리던 낭군이었지만 5년 후에 다시 만나자는 기약과 함께 홀연히 떠나올 수밖에 없다.

익중과 춘화의 1차 재회가 있은 지 5년 후에 약속대로 춘화가 악양루 죽림에 다시 나타난다. 익중은 거문고 소리를 따라 죽림으로 들어가 그녀와 만나게 되는데 이것이 2차 재회로 1차 재회와 마찬가지로 일시적인 성격을 가진다. 그러나 앞의 만남과 다른 것은 아들 선동을 익중에게 남겨 주고 간다는 점이다. 천상계에서 5년 동안 머문 선동은 남달리 빼어난 외모와 능력으로 익중을 기쁘게 한다. 죽은 줄로만 알았던 정혼자를 만나 아이까지 얻게 되었으니 익중은 이보다 더 즐거운 일이 없다. 그러나 춘화는 아직 선녀의 신분이므로 익중과 함께 인간 세상에 나갈 수 없다. 따라서 금지옥엽으로 키웠던 선동과도 이별을 해야만 한다. 이것은 옥제의 뜻으로 아들인 선동으로 하여금 어머니의 원수를 갚게 하려는 의도이며, 위에서도 잠깐 언급했듯이 춘화의 재생을 예비하기 위한 수단이 된다. 춘화는 어린 아들과 헤어지는 것이 한없이 슬프지만 가족의 미래를 위해 통곡하면서도 다시 천상계로 돌아간다.

마침내 선동이 자라나 옥낭목을 처단하니 권승상과 이승상의 가문에 앙화를 미칠 존재가 사라진다. 이에 옥제는 춘화를 인간 세상으로 돌려보낸다. 춘화가 아직 지상계에서의 수명을 다한 것이 아니기 때문에 선녀가 아닌 인간으로서 부귀영화를 누리고 오기를 바란 것이다. 옥낭목을 처단한 선동이 청양산 춘화의 묘에 제사를 지내자 갑자기 무덤이 갈라지며 춘화가 생시와 같은 모습으로 돌아온다. 먼저 춘화는 선동과 감격적인 해후를 한 연후에 가족들이 있는 대인도로 가서 익중과 만나는데, 이것이 3차 재회이다. 이제야 춘화는 온전한 인간의 모습으로 재생하였다고 말할 수 있다. 그간 익중과 여러 차례 만났지만, 이전의 것은 모두 불완전한 만남이었다. 그러나 춘화가 환혼 부활하여 인간 세상에 다시 살아난 것이야말로 진정한 만남이라고 할 수 있다.

〈권익중전〉은 익중과 춘화의 애정에 옥낭목으로 인한 혼사장애가 끼어들고 이 때문에 여주인공인 춘화가 정절을 지키기 위해 자결하는 상황까지 벌어진다. 옥제의 도움으로 태어나게 된 선동은 그야말로 천상계의 존재로 지상계에 내려와 어머니의 원수를 갚기 위해 무술을 연마하고 도술을 익혀 옥낭목을 제거한다. 황제는 반역의 무리를 퇴치해 준 선동과 그의 아버지 익중에게 큰 벼슬을 주어 가문이 부귀공명을 누리게 된다. 이로써 선동의 영웅담이 마무리된다. 이미 선녀가 된 춘화는 만물이 화평해진 인간 세상에 옥제의 뜻에 따라 재생한다. 억울한 죽음을 맞았으니 인간계에서 천수와 부귀를 누린 후 천상계로 복귀하도록 한 것이다. 이처럼 〈권익중전〉은 다양한 층위적 구조가 서사의 흐름에 따라 유기적으로 연관되어 있음을 알 수 있다.

지금까지 〈권익중전〉의 구조를 혼사장애담, 영웅담, 재생담의 측면

에서 살펴보았다. 이들은 각기 나름의 담론적 가치를 확보하며 〈권익
중전〉의 형상화에 이바지하고 있다. 실제로 〈권익중전〉은 익중과 춘화
의 애정 및 혼사장애가 한 작품으로 형상화되기에 족하며, 또한 그들의
아들 선동의 출장입상이 영웅소설로 충족되어 있다. 그리고 마지막의
재생담에서는 이상소설로서의 자질이 어느 정도 확보되어 있다. 따라
서 이 작품은 다양한 층위의 담론이 묶인 특성을 갖게 되었다. 이제 전
체 서사를 연계하여 표로 보이면 다음과 같다.

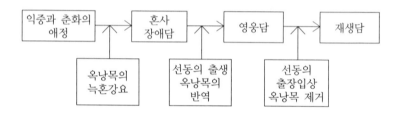

표에서 알 수 있듯이 〈권익중전〉은 익중과 춘화의 애정으로 시작된
다. 둘의 애정이 남다른 데가 있어 양가에서는 정혼하여 두고 지내는
터였다. 그런데 옥낭목이 춘화의 여질을 탐하여 자신의 아들과 강제로
결혼을 시키려 한다. 그것도 황제를 등에 업고 결행하는 것이라서 거역
하기도 어려운 실정이다. 마지못해 양가는 파혼하고 춘화를 옥낭목의
며느리로 보내기로 한다. 이에 통분한 마음을 갖고 있던 춘화가 혼례장
에서 자결하고 만다. 그래서 혼사장애담이 자못 심각하게 형상화되어
있음을 알 수 있다.

혼사장애로 자결한 춘화는 선녀가 되어 천상에 거주한다. 그러면서
옥황의 도움으로 익중을 만나 아들 선동을 낳는다. 선동은 아버지와 함께
생활하되 문무에 출중함을 보인다. 어머니가 준 자용금·풍운선·비룡장

등을 활용하여 옥낭목이 일으킨 반역을 평정한다. 이 부분은 군담·영웅담으로 손색없이 형상화되어 있다. 대부분의 영웅소설이 그러하듯이 천상적 존재가 지상의 모든 문제를 해결하고 그에 따른 보상을 받기 때문이다.

마침내 모든 문제가 해결되자 죽은 춘화를 전격적으로 재생시킬 필요가 생겼다. 한때는 춘화를 지상에 다시 부활시키려 해도 옥낭목이 맹위를 떨쳐 불가능하였다. 그러던 것이 선동이 맹활약하여 옥낭목을 제거하니 더 이상 춘화의 재생을 미룰 필요가 없게 되었다. 그래서 선동이 춘화의 무덤에 배례하자 갑자기 무덤이 갈라지며 어머니가 소생하도록 한 것이다. 이 부분은 불교적인 재환생담으로 잘 형상화되어 있음을 알 수 있다.

〈권익중전〉은 이렇게 여러 담론이 중첩된 구조적인 특징이 있다. 이들이 유기적으로 조합되어 한 편의 소설로 완결된 것이다. 따라서 이 작품은 마치 이질적인 요소가 층위적으로 엮인 것처럼 보이기도 한다. 그래서 앞의 익중과 춘화의 혼사장애담과 그들의 아들 선동의 영웅담은 그 인과가 덜한 느낌이 없지 않다. 이는 각기 독자적인 담론이 연접되어 나타난 결과라 하겠다.

## 3. 서사의 지향세계

비록 작자 미상으로 전해지는 고전소설이라고 하더라도 판소리계 소설처럼 적층적 성격을 지니고 있는 갈래가 아닌 이상, 그 작품을 창작한 개별 작가의 사상과 감성이 서사의 면면에 흐르기 마련이다. 물론 작품이 연달아 다른 사람에 의해 필사되거나 판각되기도 하지만 이 때문에 작품의 획기적인 변개가 이루어지는 것은 아니다. 이본이 다수 존

재하더라도 작가의 문제의식은 작품 속에 그대로 녹아들어 그 강도의
차이만 날 뿐, 본래적인 속성은 여전하다 하겠다. 따라서 고전소설 작
품론을 논의하면서 작품에 내재한 작가의식을 살피는 것은 작가가 실
재하든 그렇지 않든 간에 문제될 바가 아니다. 이에 〈권익중전〉에 담긴
작가의식을 혼사장애와 지배계층의 횡포 고발, 출장입상과 강상의 회
복, 재생과 이상향의 구현 등 세 항목에 걸쳐 살펴보도록 하겠다.

## 1) 혼사장애를 통한 지배계층의 횡포 고발

앞에서 혼사장애담적 양상을 살피는 과정에서 옥낭목의 됨됨이를 짐
작할 수 있었다. 옥낭목은 상서직을 이용하여 황제를 부추기고 그로 인
해 춘화를 며느리로 삼아 야욕을 성취한다. 이미 정혼을 한 규수를 억
지로 파혼시키고 자신의 잇속만 채우려는 옥낭목 때문에 결국 춘화는
정절을 지키기 위해 자결이라는 극단적인 방법을 택할 수밖에 없었다.

실제로 옥낭목은 조정의 국사를 마음대로 결정하고, 황제의 힘을 빌
려 하늘을 찌를 듯한 권세를 누리는 존재이다. 옥낭목이 간신이라는 사
실을 우둔한 황제만 알아차리지 못한 상태이다. 그래서 권승상이 벼슬
을 하직하고 고향으로 내려와야만 했던 것이다. 황제가 슬기롭지 못하
여 충신과 간신을 분별하지 못하는 상황에서 대부분의 충신은 귀향을
택할 수밖에 없었다. 그나마 조정에 남아있는 관리들은 옥낭목을 두려
워하여 황제에게 충간할 엄두도 내지 못하는 상황이다. 옥낭목은 그야
말로 유아독존, 안하무인의 태도로 행동하여 세상 누구도 그를 제어할
수 없게 된다. 이러한 그가 춘화를 자신의 아들과 결혼시키려는 마음을
먹었으니 퇴직한 관리인 권승상이나 이승상은 옥낭목을 막을 방도가
없다.

〈권익중전〉의 작가는 반동인물인 옥낭목에게 비열한 인간성과 막강한 권력을 부여하여 전직 재상인 권승상과 이승상마저 그에게 굴복할 수밖에 없는 상황을 만들고 있다. 이는 지배계층의 피지배계층에 대한 군림이요, 착취이다. 자기가 가진 절대적인 힘을 본인의 이익을 채우기 위한 방편으로만 사용하기 때문이다. 이러한 악인의 행동에 도덕적인 성찰은 뒤따르지 않는다. 오직 지배자의 아집만이 남아 있을 뿐이다. 인간의 도리로 차마 할 수 없는 남의 며느리 빼앗기는 악인인 옥낭목에게는 당연한 행위인 것이다. 옥낭목은 이 작품에서 사적으로는 타인의 혼사를 파기하고, 공적으로는 북흉노와 손을 잡아 황국을 위협하는 등 악인의 전형을 보여준다.

마침내 옥낭목은 북해왕이 되었지만 황제에게 조공도 하지 않고 오히려 황국을 공격하려는 야심을 품는다. 익중과 춘화의 혼사를 억지로 파기하고, 자신의 아들을 춘화와 결혼시키려 했던 개인적인 부조리가 이제는 황제를 으르는 국가적인 위기로 발전한 것이다. 옥낭목이 혼사 장애를 촉발하거나 반역의 기를 든 것은 작가가 그를 절대적인 악인으로 형상화하고자 한 것이다. 선남선녀의 결연에 끼어들어 기구한 운명의 굴레를 씌우는 일은 물론, 정권 교체의 야심을 드러낸 것은 옥낭목이 타고난 악인임을 보여준다.

이 작품의 작가는 정혼자가 있는 여성의 정절을 훼손하는 것이 얼마나 큰 죄인가를 인식하고, 이러한 혼사장애를 유발한 인물을 악한 존재로 생각하였다. 뿐만 아니라 이에 그치지 않고 자신에게 끝없는 신뢰를 보냈던 황제를 배반한 점을 극악무도한 패륜행위로 설정하였다. 작가가 체감했던 시대적 비리, 즉 옥낭목으로 대표될 수 있는 지배계층이 선정을 베풀지 아니하고 제 것만 더 챙기려는 욕심에 백성들의 피와 땀을 갈취하며, 또한 그러한 일을 서슴지 않고 자행하면서도 사대부나 양반으로서의 고차원적 이상을 운운하는 것에 대한 문제의식이 춘화와 익중의 혼사장애로 형상화되었다고 볼 수 있다. 어쨌든 옥낭목의 비윤리적 행위와 이에 대한 선동의 징치는 힘없는 백성을 괴롭히는 지배층에 대한 반감의 표현이라 하겠다.

## 2) 출장입상을 통한 강상의 회복

〈권익중전〉에서 주인공 익중은 승상을 지냈던 권양옥의 아들로서 뛰어난 문재를 가졌지만 스스로 벼슬길에 오르지는 않는다. 춘화와의 혼례가 취소된 후 삶의 의욕을 잃어 자살을 결심하기도 하고, 아들 선동을 얻고부터는 옥낭목의 모해를 우려하여 대인도에 피신한다. 이로 인해 과거를 볼 여건이 되지 못했다. 이 작품에서 출장입상하여 입신양명하고 부귀영화를 누리는 주체는 선동이다. 전투에서 혁혁한 전과를 올린 선동은 대인도왕에 오르고 이에 그의 아버지인 익중 또한 승상이라는 벼슬을 제수받는다.

전쟁에 나가서는 남보다 월등한 용력과 지략으로 큰 공훈을 세우고 싸움이 끝난 이후에는 조정에 들어와 높은 식견을 바탕으로 선정을 베푸는 관리가 되는 것, 이는 조선시대 모든 사대부들의 희망이었을 것이다. 문과 무를 두루 섭렵하여 국가와 지도자를 위해 충성을 다한다는 것은 대장부로 태어나 한 번쯤은 이루고 싶은 이상이다. 이 작품의 작가도 그와 같은 일을 소망하였을 것이다. 소설 속에서라도 오랑캐와 반역의 무리를 토벌하고 가문에 영화를 가져다주는 선동과 같은 인물이 되고자 했을 것이다. 선동이 가진 뛰어난 능력에 감탄하고 그를 자신과 동일시하여 세 낭자와의 결연에 설레기도 하며 전장에 나아가서는 절대적인 무력을 앞세워 적들을 물리친다. 소설 내에서나마 당시의 이상적인 꿈을 이러한 방향으로 전개하였을 것으로 추측할 수 있다.

　오직 작가만이 소설 속 선동의 공적에 흡인되어 있었던 것은 아니다. 출장입상과 강상의 회복은 독자의 욕구를 만족시켜 줄 수 있을 정도로 당시에는 중요했기 때문이다. 독자는 선동이 무적의 갑옷을 입고 신이한 무기를 들고 도술을 부리는 장수들과 전투를 벌이는 장면을 상상하며 극도의 흥미를 느꼈을 것이다. 승리한 선동이 황제로부터 대인도왕에 봉해질 때에는 마치 자신이 그러한 전공을 세워 벼슬을 얻은 양 짜릿한 성취감도 맛보았을 것이다. 영웅소설은 주인공의 행적에 자신을 투영시키며 얻는 감동이 크기 때문에 독자들의 열화와 같은 반응을 얻을 수 있었다. 작가는 작품을 창작하며 느꼈던 감정 정화의 폭을 독자들에게 고스란히 물려주게 되는데, 자신이 소설을 쓰면서 얻은 만족을 독자에 대한 효용으로 전환시키면서 문학적 효과를 증대한 것이다. 선동의 영웅담만을 놓고 〈권익중전〉을 볼 때 남성 주인공의 전형적인 성공을 다룬 것이라 할 만하다.


### 3) 재생을 통한 이상향의 구현

　이승과 저승의 구분은 확실하여 한 번 저승에 간 사람은 이승에 돌아올 수 없다. 그러나 우리의 고전서사에서는 이미 죽은 사람이라도 초월자의 조력에 의해 되살아나는 경우가 다수 나타난다. 그것이 부활(復活)이든, 환생(還生)이든, 환생(幻生)이든[9] 간에 이는 서사 전체의 모순이나 착한 인물의 패배를 단번에 해결해 줄 수 있는 방안이었다. 즉 등장인물의 획기적인 행복 성취의 한 방편으로 종종 활용되어 왔다. 뿐만

---

9) 최운식, 「재생설화의 재생의식」, 『한국민속학』 7, 한국민속학회, 1974, pp.97~101.

아니라 재생은 초월적 조력자의 권능을 효과적으로 보여주는 요소이기도 하다. 고전서사물에서 재생하는 인물은 선한 행위의 결과로 복을 받는 수혜자이며, 그 권능을 베푸는 주체는 바로 신적인 존재이다. 여기에는 옥황상제나 부처, 용왕 등이 속한다.[10]

〈권익중전〉에서는 권력의 횡포에 맞서 정절을 지키려다 자결한 춘화가 옥제의 도움으로 인간 세상에 다시 살아난다. 모든 위험요소가 제거된 후 무덤이 갈라지고 춘화가 환혼 부활하는 것은 옥제의 뜻인 동시에 작가의 의지이다. 작가는 이 작품의 결말을 행복하게 마무리하기 위하여 춘화를 인간 세상으로 재생시켰다. 춘화는 선녀의 신분이었지만, 그것으로 인간의 완전한 행복을 구가할 수는 없었다. 실제로 춘화는 선녀이기에 선관이었던 익중을 천상계로 돌려보내기만 하면 둘의 만남과 행복은 충족될 수 있다. 그러나 작가는 이러한 결말을 원하지 않았다. 작가는 인간의 행복은 적어도 지상계에서 성취되어야 한다고 생각한 것이다. 따라서 춘화는 인간 세상에 재생하여 익중과 선동, 권승상과 이승상 내외를 만나야만 한다. 흩어졌던 온 가족이 모여 다 같이 영화를 누리는 것, 그것이 바로 작가가 추구하고자 했던 행복한 결말이다. 지상계에서 복된 삶을 누리다가 천수를 다한 후 다시 천상계로 돌아가 본래의 신분을 회복하는 것이 가장 바람직한 결미라고 의식한 것이다. 이에 익중은 승상으로, 춘화는 정렬부인으로, 선동은 대인도왕으로, 선동의 세 부인은 정렬왕비로서 인간 세상에서 가장 영화로운 삶을 누리게 된다. 지상의 행복한 삶을 마무리한 후 그들은 천상계로 복귀한다. 이것이 작가가 마음에 담고 있었던 행복의 참된 가치가 아니었을까 한다.

---

10) 윤보윤, 「재생서사에 나타난 초월적 조력자의 비교 연구-불교서사와 고전소설을 중심으로」, 충남대학교 대학원 석사학위논문, 2007, pp.46~70.

## 4. 서사양태와 작가의식

위에서 살펴보았듯 〈권익중전〉은 혼사장애담, 영웅담 그리고 재생담을 그 기저 구조로 삼고 있다. 하나의 작품에서 애정과 그에 결부된 혼사장애담이 등장하고 이에 2세가 출생하여 영웅담이 생성되며, 혼사장애담에서 비롯된 주인공의 죽음이 다시 재생으로 귀결되는 구조를 통하여 작가는 그 속에 자신이 평소 가졌던 문제의식을 담아내었다. 그 중에서 개인적인 문제인 혼사장애와 국가적인 문제인 반역을 비중 있게 그려 놓았다. 그러면서 작가는 유교적 질서 아래 조화로운 삶을 강조하고 있다. 신하로서 임금을 섬겨야 하는 도리나 가정 간의 화목한 삶을 이상으로 삼은 것이다. 문제는 이러한 질서가 와해되어 개인·가정·국가적인 문제가 발생하고 있다는 점이다. 그것도 황제의 측근에서 간신 옥낭목이 실정을 조장하여 온갖 문제가 생기게 된다.

옥낭목의 간악한 행위로 권승상이나 이승상이 낙향함은 물론, 주인공인 권익중과 이춘화마저 자유로운 삶을 보장받지 못한다. 또한 옥낭목은 반역하여 국가적으로 큰 문제를 야기하기도 한다. 옥낭목의 비정상적인 행위로 인하여 개인의 고통·가정의 파탄·국가적 위난이 초래된 것이다. 그래서 이 문제를 전격적으로 해결할 방안을 강구해야 한다. 바로 이 문제를 해결하기 위해 도교와 불교의 세계관을 적극적으로 활용한 것이다. 즉 옥제와 선녀·선동 등의 인물들이 협조하여 유교질서를 회복하도록 하였다. 특히 도교적 인물인 선동의 영웅적 행위로 그 간의 모든 문제가 해결될 수 있었다. 그럴지라도 자결한 이춘화를 원상복귀시키는 데는 도교로서 한계가 있었다. 이 문제를 해결하기 위해 불교의 세계관을 원용하게 된다. 즉 삼세윤회의 세계관을 반영하여 춘화가 환혼 부활하도록 한 것이다. 이렇게 볼 때 이 작품의 작자는 붕괴된 유교질서의 회복을 위하여 도교나 불교의 세계관을 적극적으로 끌어들였음을 알 수 있다. 유교적 관점에서 해결할 수 없는 문제를 도교와 불교의 초월적 관념을 통하여 전격적으로 해결한 것이다. 그렇기 때문에 이 작품은 다양한 층위와 복합적인 구성방식을 구비하게 된 것이다. 위의 내용을 표로 보이면 다음과 같다.

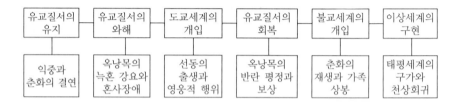

작자는 유교적인 질서를 통한 태평세계를 희구하고 있다. 다만 복잡하게 얽힌 현실적인 문제 해결의 방편으로 초월적인 세계관을 반영하여 해결하고 있을 따름이다.

유교질서가 확보된 사회에서는 모든 문제가 원만히 해결된다. 그래서 익중이 춘화를 만나는 것도 큰 문제가 없었다. 안정화된 사회에서 개인적인 소망이 무난히 달성될 수 있음을 보여 준 것이다. 그렇지만 간신인 옥낭목의 악행으로 실정이 거듭되자 개인이나 가정적으로 큰 문제가 야기된다. 개인적으로는 익중과 춘화가 강제로 헤어져야 하는 상황에 직면하고, 마침내는 춘화가 늑혼에 시달리다가 자결하고 만다. 이제 개인 간의 문제는 집안의 가정문제로 확대되어 권승상이나 이승상 집안의 혼란으로 발전한다. 작자는 옥낭목의 늑혼 강요와 춘화의 자결 그리고 양 가정의 파탄지경을 통해 지배층의 그릇된 정사와 도덕불감증을 비판하고 있다. 이는 유교적 질서가 와해되면 다양한 문제가 야기될 수 있음을 경계한 것이라 할 만하다.

작자는 와해된 유교질서를 회복하기 위해 특단의 방안을 강구했는데, 그것이 바로 도교적인 천상의 개입으로 나타났다. 유교적 질서가 와해되자 자결했던 춘화는 옥황상제의 도움으로 선녀가 되는데, 옥제는 그녀와 익중이 만나도록 주선한다. 익중과 춘화의 1·2차 만남을 통해 아들 선동을 얻는다. 선동은 대인도로 가족과 함께 피해 살면서 무술을 연마하고 진정위 댁 세 낭자와 정혼한다. 이때 옥낭목이 반역을 꾀하여 선동이 자용금·풍운선·비룡장 등을 활용하여 대승을 거두고 옥낭목을 제거한다. 도교적 인물인 선동의 활약으로 다시 유교적인 질서를 회복할 수 있게 되었다. 악인의 전형인 옥낭목을 제거함으로써, 유교질서를 회복할 수 있었던 것이다. 그래서 개인이나 가정 나아가 국가적인 문제를 모두 해결할 수 있게 되었다. 따라서 작자는 간신을 제거하고, 통치 질서가 완전하기를 소망했음을 알 수 있다.

유교질서의 회복으로 사회가 안정되자 이제 죽은 춘화를 살려낼 필요가 있게 되었다. 옥낭목이 있을 때는 그가 두려워 단행하지 못했던 일이지만, 이제는 모든 문제가 해결되어 춘화를 재생시켜도 아무 상관이 없게 되었다. 이러한 문제를 해결하기 위한 방안으로 불교의 세계관을 적극적으로 활용하고 있다. 불교의 윤회전생을 바탕으로 춘화가 무덤에서 재생하도록 한 것이다. 이렇게 해서 가족 구성원 모두가 해후하여 희망찬 생활이 가능하게 되었다. 그들은 태평세계에서 온갖 복록을 누리며 천수를 다한 다음 천상계로 복귀한다.

〈권익중전〉의 작자는 이처럼 자신이 소망했던 바를 다양한 담론을 통해 구현하고 있다. 즉 유교적인 이상사회를 꿈꾸던 작자는 그 질서가 붕괴되었을 때 빚어지는 다양한 문제를 확인하고, 궁극적으로 유교질서의 중요성을 강조하고 있다. 다만 현실적인 담론으로 모든 문제를 해결할 수 없기에 전격적·전폭적인 방안으로 도교와 불교의 세계관을 활용했을 따름이다. 도교를 통해서는 선동을 이상적인 영웅으로 부각하여 사회질서를 바로 잡도록 했으며, 불교를 통해서는 억울하게 자결한 춘화를 극적으로 재생시킴으로써 모든 선인형 인물의 행복을 보장하고 있다. 유교질서를 복원하는 데는 도교를, 모든 인물이 행복을 구가하는 데는 불교를 원용한 것이다. 다만 일반 영웅소설과는 달리 익중이 직접 원수를 응징하지 않고, 한 대를 걸러 아들 선동이 원수를 징치하도록 한 점이 이 작품의 특성이라 하겠다. 이는 이 작품이 층위적인 구조를 갖게 하는 인자이기도 하다.


## 5. 맺음말

이상 〈권익중전〉의 구조적 양상을 살피고 이를 통해 작가가 드러내고자 했던 세계와 그 속에 담긴 의식을 읽어낼 수 있었다. 이 작품은 주인공 익중과 춘화의 애정담에서 시작해, 간신 옥낭목이 절대 악인으로 등장하여 춘화에게 혼인을 강요하고 이로 인해 춘화가 자결을 하게 되면서 혼사장애담적인 양상을 보여주고 있다. 옥제의 도움으로 익중과 춘화가 결연하게 되고 이에 선동이 태어나 남다른 능력을 보이며 옥낭목에 대항하여 영웅으로 활약하게 된다. 여기에 전형적인 영웅담이 끼어들고 있으며, 선동의 승리로 말미암아 익중과 그의 가솔들은 평안을 되찾게 된다. 춘화가 인간으로 태평하게 살아가는 것에 유일한 방해요소였던 옥낭목이 처단됨에 따라 옥제는 다시 춘화를 인간계로 내려 보낸다. 선녀로서가 아닌, 완전한 인간으로 재생하게 되는 것이다. 이에 재생담이 되어 〈권익중전〉은 혼사장애담과 영웅담 그리고 재생담의 세 가지 이야기가 결합된 구조를 지닌다.

이 작품의 작가는 익중과 춘화의 결연담에 옥낭목을 등장시켜 혼사장애의 요소를 창출한 뒤에 이 때문에 벌어지는 둘의 불행을 풀어냄으로써 지배계층의 횡포를 형상화하고 있다. 약한 자에 대한 착취로 일관하는, 옥낭목으로 대표되는 이들 계층에 대한 비판은 늦혼이라는 개인적이고 그릇된 행동에서 비롯되어 점차 사회적인 악행 즉 황제에 대한 반역으로 이어진다. 이는 작가가 옥낭목을 선동 개인의 원수가 아닌, 나라의 평안을 위해 반드시 제거해야 할 공동의 적으로 설정하고자 했기 때문이다. 옥낭목을 처단하는 과정에서 선동의 영웅담이 두드러지는데, 이는 작가의 내면에 처해 있던 출장입상에 대한 욕구가 작품을 통해 분출된 결과라고 볼 수 있을 것이다. 작가뿐만 아니라 이 작품을 읽는 독자에게도 선동은 동일시의 대상이 되어 그들의 열렬한 반응을 이끌어 낼 수 있었다. 작가는 작품 내의 모든 갈등이 해결되고 주인공들의 운명이 결정되는 결말 부분에서 선녀가 되었던 춘화를 다시 인간세상으로 재생시키고 있는데, 이것은 인간에게 있어 최대의 행복은 지상계에서만이 성취될 수 있는 것이라고 보았기 때문이다. 인간계에서 부귀영화를 누리며 천수를 다하는 것이 그동안의 시련을 보상해 줄 수 있는 길이라고 생각한 것이다.

〈권익중전〉은 유교질서가 안정적으로 확보되어 있는 화평한 세계를 그 배경으로 하고 있으나 옥낭목에 의해 그것이 어그러지자, 도교적 세계관을 끌어들이고 있다. 곧 옥제의 조력으로 춘화가 선녀로 되살아나고 선동도 출생하게 되는 것이다. 선동에 의해 악인이 제거되고 유교질서가 회복되자, 이번에는 춘화의 재생을 위해 불교적 세계관을 원용하게 된다. 곧 지상계에서 못다 한 삶을 이루게 해주기 위해 춘화를 재생시키는데, 이는 불교의 윤회전생을 바탕으로 하고 있다. 이로써 권승상 내외와 이승상 내외, 춘화와 익중 그리고 선동과 세 부인이 화목하게 복록을 누리게 되고 작가의 소망대로 이상적인 유교사회가 다시 서게 된다. 작가는 이와 같이 도교와 불교를 끌어와서 사건의 획기적인 해결 방안으로 이들 세계관을 활용하고 있으며, 이것은 모두 유교적 질서를 바로잡는 것으로 귀결되고 있다.

작가의식을 고찰함에 있어 〈권익중전〉이 대중적 인기를 얻던 시기의 사회상이나 여타의 역사적 상황을 치밀하게 개진하지 못한 부족함을 느낀다. 이 작품에 대한 구조 분석에 대해서도 정치하지 못하다. 이러한 논지 전개상 약점은 차차 보완해 나가기로 할 것이다.

# 제2장
# 〈권익중전〉과 〈유충렬전〉의
# 서사담론과 층위적 과업

## 1. 머리말

18세기에 들어 상품경제가 발달하면서 소설의 상품화도 상당히 진척되었다. 이 시기에 전기수나 세책업자, 방각업자 등이 출현한 것도 소설의 상품화와 밀접한 관련이 있다. 소설이 대중화되면서 청자 및 독자가 늘어나게 되자 소설을 상품으로 인식한 결과라 하겠다. 실제로 이 시기에는 소설을 구연해서 생계를 꾸리거나 소설책을 돈을 받고 대여하는 업자가 생겨났다. 소설책을 직접 간행하여 판매하는 전문적인 유통업자도 이 시기에 등장했다. 이렇게 소설의 대중화에 따라 유통업자들도 보다 많은 이익을 남기기 위해 독자들의 구미에 맞는 작품을 제작·간행하기에 이른다. 이러한 시대적 조류에 잘 부합한 것이 바로 영웅소설이다. 영웅소설 작품이 목판본으로 가장 많이 간행된 것도 그러한 사정 때문이다.[1]

그간 영웅소설에 대한 연구는 임·병 양란 이후에 충의를 권장하기 위해 창작되었다는 초기의 연구에서부터[2] 형성 과정,[3] 작가층,[4] 구조와 유형,[5] 당시 사회와의 관계[6] 등 다양한 분야에서 성과가 축적되었다. 이처럼 영웅소설의 범주를 설정하는 문제와 개별 작품에 대한 연구가 다양하게 이루어진 반면, 영웅소설의 미시적인 구조에 관해서는 크게 진척되지 못한 것이 사실이다. 특히 이 글에서 다루고자 하는 층위적 과업에 대한 논의는 영웅소설의 구성이나 특징을 이해하는 데 도움이 될 수 있음에도 불구하고 주목할 만한 연구 성과를 찾아보기 어렵다.

따라서 지금부터 영웅소설에 나타나는 층위적 과업에[7] 대해 논의를 진행하고자 한다. 영웅소설의 상당수는 주인공의 승리를 단발적으로 처리하지 않고 있다. 영웅인물이 여러 단계에 걸쳐 적대인물을 물리친 다음 화평의 세계를 구축하기 때문이다. 이 글은 이러한 구성기법에 담긴 작가의 의도가 무엇인지, 또한 그로 인해 독자는 어떤 미감을 얻을 수 있는지를 고찰하는 것이 주목적이다. 이는 영웅소설이 그처럼 애독

---

1) 임성래, 『완판 영웅소설의 대중성』, 소명출판, 2007, pp.7~10.
2) 김태준, 『조선소설사』, 학예사, 1939.
3) 김기동, 『이조시대소설론』, 이우출판사, 1978; 조동일, 「영웅의 일생 그 문학사적 의의」, 『동아문화』 10, 서울대학교 동아문화연구소, 1971; 서대석, 『군담소설의 구조와 배경』, 이화여자대학교 출판부, 1985.
4) 구자균, 「이조시대의 소설」, 『한국예술총람』, 예술원, 1964; 서대석, 「군담소설의 구성과 작가의식」, 『계명논총』 7, 1971; 박일용, 「군담소설의 작자층」, 『한국문학사의 쟁점』, 집문당, 1986.
5) 김열규, 「민담과 이조소설의 전기적 유형」, 『한국민속과 문학연구』, 일조각, 1975; 조동일, 앞의 논문; 박일용, 「영웅소설의 유형변이와 그 소설사적 의의」, 서울대학교 대학원 석사학위논문, 1983; 서대석, 앞의 책.
6) 서대석, 앞의 책.
7) 여기에서의 '층위'는 주인공이 만나는 점층적(漸層的)인 단계를 말하는 것이고, '과업'은 각 단계별로 적대자에게 승리하는 것이라 할 수 있다.

되었던 동인을 미시적인 관점에서 살피는 것이기도 하다. 영웅의 과업이 단계적으로 잘 나타나는 작품인 〈권익중전〉과8) 〈유충렬전〉을9) 분석텍스트로 삼는다.

## 2. 층위적 과업의 개념

현대 서사물의 상당수는 토너먼트 스토리를 그 뼈대로 삼고 있다. 토너먼트 스토리는 잠재적 영웅이 남달리 뛰어난 능력을 발휘하며 단계적으로 과업을 성취하는 담론이다. 즉 잠재적 영웅이 자신의 용력과 지혜를 깨닫거나 타인에 의해 능력을 전수받음으로써 단계별로 고난을 극복해 나가는 서사방식이라 할 수 있다. 요즘의 애니메이션이나 게임 서사 등에서 대부분 이러한 토너먼트 스토리를 활용하고 있다. 또한 매 회별로 방영되는 애니메이션이나 드라마의 경우도 시청자의 관심을 끌거나 흥미성을 제고하기 위해 토너먼트 스토리를 원용하고 있다. 이를 표로 보이면 다음과 같다.

토너먼트 스토리의 서사구조

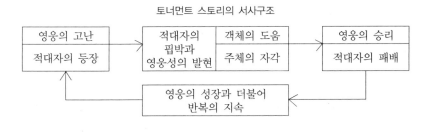

8) 인천대학교 민족문화연구소 편, 『구활자본 고소설전집』 19, 1984, pp.343~425.
9) 고려대학교 민족문화연구소, 『한국고전문학전집』 24, 1996, pp.12~211.

토너먼트 스토리에서는 적대자의 핍박으로 영웅이 지속적인 고난을 겪는다. 그러한 과정에서 우연찮게 영웅성이 발현되고, 나아가 원조자의 도움으로 영웅적인 위상을 더욱 공고히 다진다. 마침내 영웅인물은 자신의 진정한 능력을 깨달은 이후 적대인물과의 대결에서 승리한다. 약자가 강자로 부상하도록 하여 서사적 묘미를 구현한 것이라 하겠다. 다만 장르적인 특성상 이러한 과정을 반복함으로써 극적 긴장감을 지속할 따름이다.10)

영웅소설의 층위적 과업은 토너먼트 스토리와 유사한 면이 있다. 실제로 영웅소설의 주인공은 원수와 직접 대적하기에 앞서 그 수하 장수와 단계적으로 전투를 벌인다. 즉 적장을 단번에 물리치는 것이 아니라, 여러 단계에 포진해 있는 수하 장수를 이김으로써 적장과 맞서게 된다. 물론 이 마지막 대결에서 영웅적 인물이 최종적인 승자로 우뚝 선다. 이를 도표로 나타내면 다음과 같다.

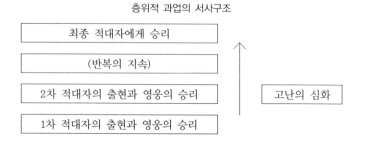

층위적 과업의 서사구조

층위적 과업에서는 적대자가 단계적으로 등장한다. 물론 각 단계가 해결될 때마다 더 높은 층위의 적대자를 만난다. 다시 말해 징벌 대상

10) 신선희, 「디지털스토리텔링과 고전문학」, 『한국고전연구』 13, 한국고전연구학회, 2006, p.289.

인 최종 적대자를 대면하기 위해서는 주인공이 각 단계별로 여러 병사
들과 결투를 벌여야 한다. 여러 단계의 대결에서 승리하지 못하면 최종
적대자를 응징하는 것도 불가능하다. 주인공이 원수를 갚고 부귀공명
을 이루기 위해서는 반드시 이 최종단계를 완수해야 한다.

  영웅소설에서 드러나는 이와 같은 과업의 층위성은 고난의 세월을
참아내며 연마한 주인공의 능력을 드러내는 일면, 적대세력을 강력하
게 응징하는 방법이기도 하다. 이러한 대결은 극적 긴장감을 고조하여
독자들이 서사 속에 몰입하도록 만든다. 그러나 층위적 과업은 토너먼
트 스토리와는 달리 서사 전체를 아우르지는 않는다. 단지 영웅성을 가
진 주인공의 대결 장면에서 두드러지는 현상이기 때문이다. 이 글의 핵
심도 바로 이 대결의 층위성을 살피는 것에 있다. 그것이 영웅소설의
핵심적인 요소를 부각하는 한편, 현대의 다양한 서사물로의 변용 가능
성도 타진하는 것이기 때문이다.


## 3. 층위적 과업의 실태

  영웅소설의 주인공은 적대자로 인해 빚어진 온갖 어려움을 극복하고
부귀공명을 성취한다. 일반적으로 이 적대자는 주인공의 성장이나 출
사과정에서 고난을 안겨줄 뿐만 아니라, 국가적으로도 전횡을 일삼다
가 반역을 도모하곤 한다. 그렇기 때문에 주인공이 적대자에게 복수하
는 것은 사적인 설원은 물론, 공적으로는 우국충정의 발현이기도 하다.

  영웅인물은 고난을 극복하고 능력을 배양했을지라도 곧바로 악을 징
치하지는 않는다. 영웅소설 속 주인공이 여러 단계의 전투를 거친 후에
최종적인 악, 즉 적대자를 만나도록 구성되어 있기 때문이다. 영웅이

갖춘 위력을 생각할 때 적대자를 순식간에 격퇴할 수도 있지만, 서사적 긴장을 감안하여 점층적인 대결상황을 조성한 것이다. 적대자인 원수에게는 여러 명의 수하 장수가 있다. 주인공은 이들을 모두 척결해야만 최종 목적인 원수와 대결한다. 이는 영웅의 일생에 자신을 투영하는 독자들의 심리를 자극하기 위한 기법이라 할 수 있다. 따라서 층위적 과업은 독자의 관심을 집중시키는 구성방식의 한 방편이기도 하다. 이제 〈권익중전〉과 〈유충렬전〉에서 층위적 과업의 실태를 확인해 보도록 하겠다.

## 1) 〈권익중전〉에 나타난 층위적 과업

〈권익중전〉은 권익중과 이춘화 그리고 아들 권선동을 아우른 이야기이다. 이 작품은 권익중과 이춘화의 애정담을 중심으로 한 전반부와 아들 권선동의 무용담을 중심으로 한 후반부가 변별된다. 따라서 서로 분리하여 각기 다른 작품으로 구성해도 무리가 없을 만큼 양자가 독립적인 성격을 지닌다.[11] 옥낭목의 늑혼 때문에 자결한 이춘화는 선녀로 재생하는데, 옥황상제의 뜻으로 권익중과 재회하여 선동을 잉태한다. 선계에서 5년을 자란 후 지상으로 내려온 선동은 대인도섬으로 몸을 피하였다가 17세가 되자 원수를 갚기 위해 세상에 나온다. 이후부터 이 작품은 선동의 무용담으로 변모한다. 이제 〈권익중전〉에 나타난 선동의 층위적 과업을 요약해서 제시하면 다음과 같다.

　　(가)- ① 선동이 황성으로 향하다가 옥낭목의 반역으로 황제가 기병했

---

11) 하준봉, 「〈권익중전〉 연구」, 한국교원대학교 대학원 석사학위논문, 2000, p.1.

다는 이야기를 듣는다.

② 황제가 위험에 처한 것을 알고 적진 중에 혈혈단신으로 달려
가 적졸들을 처치한다.

③ 옥낭목과 북흉노가 크게 놀라 병사들을 퇴각시킨다.

④ 선동이 황제에게 나아가 자신이 옥낭목과는 원수지간임을 말
한 후 황제의 명령 없이 전투를 벌인 것에 대해 죄를 청한다.

⑤ 황제가 크게 기뻐하며 선동을 대원수로 봉한다.

(나)- ① 옥낭목은 선동이 재주가 있다 해도 대장 삼형제를 당하지는
못할 것이라고 말한다.

② 가돌이 군졸에게 명령하여 땅을 파고 나뭇가지와 화약을 묻
는다.

③ 가돌이 거짓으로 패하여 선동이 따라오면 불을 지르라고 명
령한다.

④ 가돌이 선동에게 나아가 접전하였으나 쉽게 승부가 나지 않
자 거짓으로 패한 척하며 자신의 진영으로 달아난다.

⑤ 갑옷이 불을 만나면 더욱 민첩해지는 선동은 적의 화공을 예
견하면서도 모르는 척하고 따라간다.

⑥ 선동이 몸을 날려 삼척장금과 오십근 철퇴로 장졸들을 물리
친다.

⑦ 가돌이 넋을 잃고 도망가다가 불속으로 뛰어들어 죽는다.

(다)- ① 옥낭목이 선동의 재주를 보고 낙심한다.

② 기돌이 가돌의 죽음을 듣고 분개하여 이번에는 수전으로 선
동을 잡으려 한다.

③ 기돌은 위수에 전선 수만 척을 띄우고 어유진을 친다.

④ 선동이 자결하는 척하고 물속으로 뛰어들지만 실은 갑옷 때
문에 수중을 자유자재로 왕래한다.

    ⑤ 선동이 죽은 줄로 알고 승전보를 전하니 옥낭목이 기뻐한다.

    ⑥ 선동이 물밑에서 수만 척의 전선을 침몰시키니 수많은 군사
가 죽는다.

    ⑦ 선동이 철퇴로 기돌을 처치한다.

(라)- ① 옥낭목이 크게 놀라 대장 굴돌을 불러 승리를 당부한다.

    ② 굴돌이 구름을 모아 공중에 운진을 치고 선동을 잡겠다고 말
한다.

    ③ 공중을 날지 못하는 선동은 지척을 분간할 수 없는 구름 속에
서 어찌할 바를 모르며 탄식한다.

    ④ 선동과 정혼한 세 낭자가 백호를 타고 나타난다.

    ⑤ 정낭자가 풍운선으로 운진을 헤치고, 진낭자가 자용금으로
장졸을 격파한다.

    ⑥ 굴돌이 팔 아래 돋은 날개로 날아서 도망가자 강낭자가 비룡
장을 타고 쫓아가서 자용금으로 처치한다.

    ⑦ 선동은 신기를 부린 세 장수가 세 낭자인 것을 알았지만 전장
의 다른 사람들은 선동이 신장을 부린 것으로 여긴다.

(마)- ① 남은 군사들이 어찌할 줄을 모르다가 옥낭목을 결박하여 황
제에게 바친다.

    ② 황제가 선동에게 옥낭목을 처단하라는 명을 내린다.

    ③ 선동이 저자의 백성에게 옥낭목의 죄상을 밝힌다.

    ④ 옥낭목은 성난 백성에 의해 죽임을 당한다.

    (가)는 선동이 원수를 갚기 위해 세상에 나왔다가 옥낭목이 황제국에
반기를 들었다는 소식을 듣고, 황제를 구하기 위해 홀로 전장에 나가는
장면이다. 선동은 이 싸움에서 큰 승리를 거두어 황제로부터 대원수에

봉해진다. 이로 인해 선동의 사적인 복수는 국가를 위한 공적인 업무로 환치된다. 이때부터 선동은 과업을 시작하여 층위적 단계를 밟아나간다. 즉 옥낭목을 처단하기 위한 여러 전투가 벌어지는 것이다.

(나)에서는 옥낭목의 수하 장수인 굴돌 삼형제가 등장한다. 이들은 놀라운 능력을 가지고 옥낭목의 모반을 도왔다. 이들은 각각 한 명씩 나와서 선동을 상대로 싸운다. 따라서 이들은 선동이 층위적 과업을 완수하기 위한 상대인물이라 할 수 있다. 여기에서는 막내로 여겨지는 가돌이 1차 적대자로 등장하여 선동과 화전(火戰)을 벌인다. 하지만 선동에게는 낭중 갑옷이 있어 불로는 상대가 되지 않는다. 화공을 인지한 선동이 속은 척하고 적진으로 돌격하여 싸움을 벌인다. 이 싸움으로 가돌이 불에 타서 죽고 만다. 결국 선동은 가돌을 물리치고 첫 번째 승리를 쟁취한다.

(다)에서는 가돌의 죽음을 듣고 분기탱천한 기돌이 2차 적대자로 등장한다. 선동을 불로 이기지 못함을 알고, 이번에는 수전(水戰)을 준비한다. 수전의 경우 화전처럼 그렇게 용이하지만은 않다. 이에 선동은 수만 척의 적선이 떠 있는 상황에서 일엽편주로 감당하기에는 어려움이 있다며 자결하는 척하고 투신한다. 적들은 선동이 죽은 줄 알고 승전고를 울리며 의기양양해 하는데, 이때 선동이 수중에서 전함을 모두 침몰시켜 승리한다. 이를 감안하면 1차 대결에 비해 2차 대결이 보다 복잡하고 흥미성이 돋보이도록 구조화했음을 알 수 있다. 적대자와의 대결이 상위단계에 진입할수록 상대가 더욱 강해져 주인공의 영웅성 또한 부각되도록 의도한 결과이다.

(라)에서 옥낭목은 두 장수의 죽음에 크게 놀라 대장 굴돌을 부른다. 굴돌은 3차 적대자로 삼형제 중에서 용력이 가장 뛰어나다. 굴돌은 팔 아래 날개가 달려 있어 공중을 마음대로 날아다닐 수 있다. 선동은 불

과 물에서는 자유자재로 행동할 수 있어도 하늘을 나는 재주는 없다. 그래서 공중전(空中戰)에서 취약성을 드러낼 수밖에 없었다. 이에 운진 속에서 선동이 탄식만 하고 있을 때 정혼녀 세 명이 나타나 선동을 돕는다. 이들은 선동과 결연한 강낭자·정낭자·진낭자로 모두 옥낭목과는 원수지간이다. 세 낭자는 하늘이 내린 백호를 타고 전장에 이르러서 선동이 결연 당시에 신물로 준 자용금·풍운선·비룡장으로 굴돌을 격퇴한다. 선동이 어머니에게 받았던 신물을 세 여인에게 징표로서 남겼기 때문에 어려운 상황을 무사히 극복할 수 있었다.

강력한 3차 적대자인 굴돌에게 패배할지도 모르는 심각한 위기에서 선동의 영웅성이 최대로 고조된다. 여기에서는 절체절명의 위기를 세 가지 신물을 통해 해결한다. 비록 세 낭자가 세 가지 신물을 사용했지만 이는 선동의 어머니인 춘화가 선동에게 남긴 것이다. 그래서 원래 선동의 소유물이기에 이 신물이 그의 영웅성을 대변하는 것으로 보아도 좋다. 실제로 세 낭자의 활약이 선동의 영웅성을 훼손하는 것은 결코 아니다. 오히려 그것을 미리 알고 정혼자들에게 신물로 주었던 선동의 예지력과, 하늘이 세 낭자를 전장으로 유도하여 선동을 구한 것에서 주인공의 영웅성이 극대화된 것으로 보아야 한다. 따라서 운진이 사라진 이후에 세 낭자가 전면에 나서지 않음은 물론, 모든 사람들 또한 선동이 신장을 부려서 굴돌을 처단한 것으로 여기는 것이다. 이로써 3차 적대자를 격퇴한 공이 영웅인 선동에게 모두 돌아가게 되었다.

(마)에서는 옥낭목을 사로잡는다. 선동의 영웅적 활약상을 본 적군들은 자신들의 수장인 옥낭목을 잡아 바치면서 용서를 구한다. 이 또한 선동이 적들에게 신이한 능력을 보여 가능한 일이다. 따라서 최종의 적대자인 옥낭목을 사로잡은 것도 알고 보면 선동의 활약에 의한 것이다. 황제는 보복의 기회를 선동에게 넘기고, 선동은 나라를 어지럽힌 옥낭

목의 죄상을 백성들에게 밝힌 후 알아서 처단하도록 한다. 최종적인 적대자를 죽이면 자신과 국가의 원수는 갚을 수 있겠지만, 자신보다 더 많은 고통을 받은 백성에게 응징토록 조치한 것이다.

이처럼 〈권익중전〉의 주인공은 최종적인 적대자에 이르기까지 순차적인 단계를 밟으며 세 명의 상대를 물리친다. 층위가 심화될수록 보다 절박한 장애에 부딪치지만, 주인공은 타고난 영웅성을 발휘하여 상대 인물을 순서대로 제압한다. 여러 단계의 결투에서 승리한 연후에 최종 적대자를 만나 제압함으로써 목적한 바를 성취한다.

## 2) 〈유충렬전〉에 나타난 층위적 과업

〈유충렬전〉은 대표적인 영웅소설로, 조선후기 소설의 상업화와 더불어 독서 대중의 요구에 적극적으로 부응한 작품이다. 이 작품은 천자를 중심으로 충신과 간신의 대결을 갈등구조로 삼았다. 이러한 대결에서 충신이 궁극적으로 승리하여 부귀공명을 실현하도록 했다.[12] 간신인 정한담과 최일귀에 의해 충렬의 아버지인 유심이 귀양을 간다. 간신히 살아남은 충렬은 강승상을 만나 사위가 되지만, 정한담의 모함으로 그 집안사람들도 모두 흩어진다. 이에 충렬은 백룡사의 노승을 만나 무예를 익히며 지낸다. 이때 정한담 일파가 황제에 반기를 든다. 이에 충렬이 나아가 정문걸·최일귀·정한담 등을 차례로 응징한 후 헤어진 가족과 재회하여 부귀공명을 누린다. 〈유충렬전〉에 나타난 충렬의 층위적 과업을 요약해서 살펴보면 다음과 같다.

---

12) 고려대학교 민족문화연구소, 앞의 책, pp.3~11.

(가)- ① 선봉장 정문걸이 수많은 군병을 통솔하여 진을 치자 천자가
　　　　울면서 항서와 옥새를 가지고 항복하려 한다.
　　　② 충렬이 형세가 급한 것을 보고는 일광주와 용린갑을 입고 장
　　　　성검을 들고 천사마를 급히 몰아 진중으로 향한다.
　　　③ 충렬은 천자의 항복을 막고 싸우려 하지만 적병의 수가 매우
　　　　많아 주위에서 만류한다.
　　　④ 충렬이 분기를 이기지 못하고 적진을 향해 소리 지르자 천지
　　　　강산이 진동한다.
　　　⑤ 문걸은 놀라서 돌아보았으나 공중에서 소리만 나고 모습은
　　　　보이지 않아 주저한다.
　　　⑥ 충렬이 장성검으로 정문걸의 머리를 벤다.
　　　⑦ 천자가 충렬을 대원수로 봉한다.


(나)- ① 삼군대장 최일귀가 문걸이 죽는 것을 보고 분기를 이기지 못
　　　　한다.
　　　② 무장한 일귀가 충렬에게 결투를 청한다.
　　　③ 충렬이 장성검으로 일귀의 창과 칼을 조각내어 부수니 일귀
　　　　가 놀라 철퇴로 치려고 한다.
　　　④ 충렬의 날쌘 움직임에 적진의 옥관도사가 놀라 쟁을 쳐서 싸
　　　　움을 거두고, 일귀는 본진에 들어와 정신을 잃는다.
　　　⑤ 북적 선봉장 마룡이 충렬을 잡지 못한 것을 분하게 여겨 도사
　　　　의 만류에도 불구하고 철퇴와 창검을 들고 나왔다가 충렬의
　　　　장성검에 머리가 떨어진다.
　　　⑥ 정한담이 크게 진노하여 충렬을 잡아오라고 명하자 일귀가
　　　　다시 십 척 장검을 빼들고 등장한다.
　　　⑦ 승부를 결정짓지 못하고 싸움이 계속되다가 충렬이 천사마에
　　　　올라 신화경으로 신장을 호령하고 장성검으로 해와 달을 희
　　　　롱하며 적진을 향해 나는 듯 달려간다.

⑧ 일귀와 맞서 반 합이 못 되어 충렬의 장성검에 일귀의 머리가 떨어진다.

(다)- ① 한담이 일귀의 죽음을 보고 분노하여 신장을 부르고 둔갑술로 몸을 숨기며 충렬에게 맞선다.
② 천자가 충렬에게 한담은 천신의 술법을 배워 능력이 뛰어남을 말해준다.
③ 충렬이 한담의 죄를 꾸짖고 싸움을 벌인다.
④ 충렬은 한담을 반 합 만에 죽일 수 있었으나 산 채로 잡으려고 한다.
⑤ 충렬이 오히려 한담의 술법에 공격을 당한다.
⑥ 충렬은 한담을 산 채로 잡으려다가는 오히려 화를 당할 수 있음을 깨닫고 한담에게 장성검을 휘두른다.
⑦ 한담의 투구가 깨어지자 도사가 쟁을 쳐 싸움을 거둔다.
⑧ 충렬이 한담의 함정에 빠져 적진에서 포위당하나 신화경과 일광주·장성검으로 위기를 모면하고, 적진의 장졸들이 오히려 충렬의 장성검에 섬멸당한다.

(라)- ① 한담이 천자를 사로잡아 항서를 쓰게 한다.
② 충렬이 천사마를 타고 순식간에 천자가 있는 곳에 도착한다.
③ 한담이 천자를 칼로 치려는 순간 충렬이 나타나 벽력같은 소리를 지른다.
④ 한담이 놀라 타고 있던 말에서 떨어진다.
⑤ 충렬의 칼에 한담의 창과 칼이 산산조각이 난다.
⑥ 충렬이 한담을 사로잡아 천자에게 바친다.
⑦ 한담은 능지처참 당한 뒤 백성에게 다시 응징을 당한다.

(마)- ① 충렬이 황후와 태후, 태자를 해치려 하는 호왕을 응징한다.

② 충렬이 강승상을 가둔 가달왕에 맞선다.

③ 선봉대장 마철이 나왔으나 반 합이 못 되어 처치하고, 마응과 마학이 동시에 달려들었으나 순식간에 둘의 머리가 땅에 떨어진다.

④ 충렬이 적진의 백만 대병을 몰살하고 가달왕과 옥관도사를 사로잡는다.

⑤ 옥관도사는 저잣거리에서 처형당한다.

(가)는 정한담이 천자에게 반역하여 수많은 군대를 이끌고 황성으로 들어와 천자에게 항복을 강요하는 장면이다. 선봉장이었던 정문걸이 진을 치고는 황제의 항서와 옥새를 받고자 한다. 황제가 울면서 옥새를 바치러 나가는 장면에서 정문걸의 불충과 악행이 뚜렷하게 드러난다. 백룡사에서 수련하던 충렬은 국운이 급박함을 보고 바삐 전장에 나타난다. 충렬은 노승에게서 일광주와 용린갑, 장성검과 천사마를 받고 출전해 영웅으로서의 위용을 드러낸다. 여기에서 정문걸은 주인공의 1차 적대자가 된다. 진중에 도착하여 황제가 항복하려 할 때 분기를 참지 못한 충렬이 소리를 지르며 정문걸의 머리를 단숨에 베어버린다.

(나)에서 최일귀는 정문걸의 죽음을 보고 노기가 일어 대원수 충렬에게 결투를 청한다. 충렬의 용맹과 위용에 옥관도사가 일귀를 불러들이는데, 이때 북적의 선봉장 마룡이 충렬에게 도전했다가 목을 베이고 만다. 우발적으로 등장하여 충렬의 영웅성을 드러내는 것이라서, 마룡이 본격적인 2차 적대자라고 보기는 어렵다. 숨을 돌린 일귀가 정한담의 명을 받고 재차 출전하여 결투를 벌이지만 충렬의 장성검에 목이 베인다. 적진을 대표해서, 그것도 적장의 명을 받고 출전했다는 점에서 일귀는 실질적인 2차 적대자라 할 수 있다.

(다)에서는 충렬의 원수인 정한담이 최일귀의 죽음을 보고 분노가 치밀어 도술을 쓰며 충렬과 대적한다. 지금까지는 범인의 능력을 가진 장수들과의 다소 싱거운 싸움이었다면, 최종 적대자인 정한담은 천상계의 백옥루 잔치에서 충렬과 대전한 죄로 함께 적강했기 때문에 쉽게 상대할 인물은 아니다. 따라서 정한담은 명실상부한 3차 적대자라 할수 있다. 정한담과의 결투는 이 작품에서 가장 중요한 장면이라고 해도 과언이 아니다. 또한 과업의 층위성에 비추어 보더라도 가장 높은 단계, 최고의 난도를 갖는 것이 사실이다. 이 전투가 충렬의 승리로 귀결되어야만 흩어졌던 가족을 찾고 누란지위의 나라도 구할 수 있다. 그렇기 때문에 충렬과 정한담과의 대결은 양자가 팽팽히 맞서면서 극적 긴장감이 고조된다. 자연스럽게 이 부분의 서사 분량도 늘어날 수밖에 없다.

충렬은 신물을 이용하여 정한담을 죽일 수 있었지만 바로 죽이지 않고 사로잡으려 한다. 이 때문에 오히려 충렬이 정한담의 술법에 당할 위기에 처한다. 팽팽한 긴장감을 부여하면서 양자의 대결을 형상화한 것이라 하겠다. 이는 원수의 척결을 미루어 긴장된 서사를 연장하는 효과를 도모한 것이다. 실제로 도술을 구사하는 정한담을 죽이지 않고 사로잡으려는 충렬의 행동은 악인에 대한 징벌의 시한을 늦추는 효과가 있다. 이는 서사적 긴장을 고조시킨 후 그 긴장이 지속되도록 감안한 것이다. 긴장감이 최고조에 이른 부분은 (라)로써 바로 정한담이 충렬을 속여 황제에게 승리한 후 항서를 받는 장면이라 할 수 있다. 이 극적 장면에서 충렬이 황제를 구하고 정한담을 생포하여 서사적 묘미가 드러나도록 했다.

(마)는 충렬이 원수를 갚은 뒤의 후일담으로, 토너먼트 스토리의 반복과 같다. 충렬이 황후와 태후, 태자를 구하기 위해 호왕을 응징하거나 강승상을 가둔 가달왕에 맞서 선봉대장 마철과 마웅·마학 형제를

차례로 상대하는 것은 앞에서 정한담 일파를 척결하는 것과 다름이 없다.13) 이는 같은 서사구조를 반복하는 것으로 토너먼트 스토리와 동일하다. 마침내 옥관도사까지도 사로잡아 반역의 무리를 섬멸하고 태평성대를 구축한다. 자연스럽게 충렬은 헤어졌던 가족들과 상봉한다.

이와 같이 〈유충렬전〉의 주인공은 영웅성을 획득한 이후에 세 차례에 걸쳐 적대자를 섬멸한다. 특히 3차 적대자인 정한담을 만나 천상계에서부터 계속된 대결을 승리로 완결한다. 충렬은 용력만 가진 장수들은 쉽게 물리쳤지만, 적강인물인 정한담을 만나서는 승부가 쉽게 갈리지 않는다. 비슷한 능력을 가진 양자가 팽팽히 맞서도록 의도한 것이다. 이는 극적 긴장감을 지속하기 위한 전략이라 할 수 있다.

## 4. 층위적 과업의 서사적 효과

앞에서 〈권익중전〉과 〈유충렬전〉에 드러난 주인공과 적대자의 대결구도를 살펴보았다. 그 대결에는 층위성이 있어 낮은 단계를 해결해야만 높은 단계로 진입하게 된다. 이는 자연스럽게 대결구도에 층위적 과업이 내재해 있음을 의미하는 것이다. 그렇다면 대중적으로 인기를 누렸던 이들 영웅소설이 이러한 서사구성 방식을 취한 까닭은 무엇일까. 아무래도 영웅소설의 작가는 특정한 의도를 가지고 작품 속에 그와 같은 구조를 활용했을 것으로 본다. 그래야만 이를 접하는 대중들 또한

---

13) 적대자인 정한담을 척결하고 태평세계가 될 수 있음에도 다시 호왕·가달왕 등을 적대자로 설정한 것은 군담소설의 일반적인 기법을 따른 것이다. 즉 같은 화소와 동일한 기법이 반복되면서 장형화를 지향한 영웅군담소설의 일반적인 기법이 이 작품에도 반영된 것이라 할 수 있다. 이는 앞에서 살핀 토너먼트 스토리의 관점에서도 주목할 만하다.

소설에 매력을 느껴 탐독할 수 있기 때문이다. 주인공이 여러 층위의 적대자를 제압하고 마침내 최종의 적대자까지 섬멸함으로써 부귀영화를 획득하도록 한 것은 영웅소설이 대중적인 인기를 얻는 요인이기도 했다. 이제 층위적 과업을 원용함으로써 얻게 되는 서사적 효과를 작가와 독자 그리고 청자의 측면에서 살펴보기로 한다.

## 1) 작가의 경우

영웅소설의 작가는 주인공과 적대자의 대결을 층위적으로 설정함으로써 자신이 의도한 바를 틈입시켰다. 실제로 주인공이 영웅의 면모를 보이면서 순차적 단계를 밟아나가는 것은 작가의 의도가 반영된 결과라 하겠다. 대부분의 기법은 작가가 의도한 서사장치이다. 따라서 층위적 과업을 통해서도 작가가 의도한 효과를 읽어낼 수 있다. 이제 층위적 과업이 작가의 입장에서 어떠한 역할을 담당했는지 알아보도록 한다.

첫째, 층위적 과업은 작가가 소설을 용이하게 창작하도록 돕는다. 고전소설의 창작은 결코 쉬운 일이 아니다. 그럼에도 방각업자들은 짧은 시간 내에 독자의 구미에 맞는 영웅소설을 만들어내곤 하였다. 그러는 과정에서 다른 작품에서 비슷한 장면이나 유사한 줄거리의 차용도 마다하지 않았다.[14] 이는 단기간 내에 최선의 영리를 목적으로 한 상업성 때문이기도 하다. 사정이 이러하기에 독자들의 관심이 증대되는 영웅의 무용담 부분을 층위적으로 서사하면 일거양득의 효과를 거둘 수 있다. 작자의 입장에서는 같은 구조의 반복으로 창작의 수월성이 보장되고, 독자의 입장에서는 긴장감의 고조로 극적 정화가 배가될 수 있기

---

14) 임성래, 앞의 책, p.215.

때문이다. 앞서 살펴본 〈권익중전〉 같은 경우에는 굴돌 삼형제를 장수로 등장시켜 화전·수전·공중전의 유사한 대전을 되풀이하고 있다. 그것만으로도 전투장면을 효과적으로 보일 수 있기에 굳이 여러 종류의 군담을 동원하지 않아도 된다. 즉 그 세 가지만으로도 전투장면이 완결되어 서사성을 고양하는 데 큰 문제가 없다.

둘째, 작가는 층위적 과업을 통해 주인공의 영웅성을 효과적으로 부각할 수 있다. 위에서 보았던 두 작품의 주인공은 천상에서 지상으로 내려온 존재들이다. 그래서 이들에게는 천상적 존재로서의 신이한 능력이 잠재되어 있다. 이러한 신이한 능력을 주체의 자각이나 타자의 도움으로 인지 또는 획득하게 된다. 이제 주인공은 뛰어난 용력을 바탕으로 적대자를 차례대로 격퇴해 나간다. 이렇게 주인공이 악을 징벌하는 과정에서 영웅성이 두드러지는데, 여기에서 과업의 층위성이 큰 몫을 담당한다. 그래서 적대자를 퇴치함에 있어 일거에 문제를 해결하지 않도록 감안한 것이다. 이는 곧 영웅의 역량을 보일 기회를 다양하게 그려야 하는 필요성 때문이다. 그것이 바로 층위적 과업으로 나타났다. 층위적 과업에서는 하위의 적대자부터 더욱 강한 적대자를 상대해 나가면서 점층적으로 영웅의 면모를 드러낸다. 최종의 적대자를 물리칠 때까지 주인공의 영웅성은 점차 고조되고 최종 단계에 이르렀을 때 영웅성이 최고조로 부각된다. 영웅성이 발현되는 서사의 단계를 최대한 뒤쪽으로 미룸으로써 극적 긴장감을 그만큼 확장한 것이다. 영웅소설의 작가는 층위적 과업으로 주인공의 영웅성을 더욱 돋보이게 만든 것이다. 즉 층위적 과업을 통해 작자는 자신의 창작의식을 구현한 것이라 할 수 있다.

셋째, 작가는 층위적 과업을 통해 주제의식을 효과적으로 드러낼 수 있다. 주인공은 원수의 악행으로 인해 어려서부터 갖은 고난을 겪는다.

그래서 적대자를 만나면 곧바로 원수를 갚기 마련이다. 작품을 접하는 독자도 주인공이 하루 빨리 고난에서 벗어나 적대자를 굴복시키고 영화롭게 살기를 바란다. 그러나 작가는 최하위 단계의 수하부터 일일이 제거한 후 맨 마지막에 가서 최종적 승리를 거두도록 안배했다. 주인공이 가진 영웅적 능력이라면 당장이라도 최강의 악인과 대결할 수도 있지만 그렇게 하지 않았다. 층위를 따라 전진하면서 악인에 대한 응징이 가능하도록 고려한 것이다. 이는 영웅소설이 일반적으로 내세우는 주제인 보국충성이나 권선징악을 효과적으로 부각하는 방법이기도 하다. 층위적 과업이 악인에 대한 징치를 주밀하게 다루는 일면, 주인공의 충성과 신의를 단계적으로 강화해 보이기 때문이다. 또한 악인을 징치함으로써 어그러진 사회상황이 바로잡히기를 염원한 민중의식이 담긴 것이기도 하다.

## 2) 독자 및 청자의 경우

조선후기의 소설은 대중의 요구와 부합하여 성행할 수 있었다. 18~19세기에 영리를 목적으로 한 방각본 소설이 대표적이다. 물론 구활자본도 사정은 다르지 않다. 이 당시 인기리에 애독되었던 소설은 애정소설이나 군담소설이 큰 비중을 차지한다.[15] 모두 상품성이 뛰어나 유통업자들이 관심을 기울인 결과이다. 특히 대중적인 인기를 구가하였던 영웅소설은 독자들의 흥미와 관심을 끌 수 있는 층위적 과업이 내재해 있다. 이제 과업의 층위성이 독자 및 청자에게[16] 어떠한 효과를

---

15) 임성래, 앞의 책, pp.9~10.
16) 1928년의 문맹률이 80%에 달했다고 하니, 19세기 후반의 사정도 그리 다르지는 않았을 것이다. 중인 미만의 계층에서 글을 아는 사람은 극히 드물었다고 보아야 한다.

발휘했는지 살펴보기로 한다.

첫째, 층위적 과업은 소설 수용층에게 흥미성을 고양할 수 있다. 종로의 담배 가게에서 패사 읽는 것을 듣던 한 남자가 영웅이 가장 실의하는 대목에 이르자 분기를 참지 못하고 담배 써는 칼로 패사 읽는 사람을 찔러 죽인[17] 내용에서도 알 수 있듯이 소설 수용층은 작품의 내용에 침혹되어 있었다. 특히 영웅소설은 영웅의 일대기에 자신을 투영시켜 영웅과 동일시하는 심리현상이 없지 않았다. 이처럼 수용층은 영웅의 일거수일투족 모두에 신경을 쓴다. 그래서 영웅이 부귀영화를 누리게 되는 당위성도 설득력이 있어야 한다. 이를 감안하여 주인공이 단계적으로 임무를 완수토록 함으로써 부귀공명을 얻을 개연성을 마련한 것이라 할 수 있다. 또한 그렇게 하는 것이 작품의 흥미를 높이는 방법이기도 하다. 즉 재미를 끌어올리기 위해 영웅의 무용담을 좀 더 확장시킨 것이다. 층위적 과업을 활용하는 근본적인 동인도 바로 여기에 있다. 실제로 수용층은 점점 심화되는 층위적 과업과 영웅이 어떻게 원수를 상대할 것인지에 관심을 기울인다. 점차 강해지는 적대자에 대한 상상과 영웅의 운명에 대한 조바심 때문에 수용층의 흥미는 최고조에 달하고, 마침내 영웅의 최종적인 승리를 통해 소설 읽는 감동이 증폭된다.

둘째, 층위적 과업은 수용층의 긴장과 이완을 야기할 수 있다. 영웅소설의 주인공은 어려운 과정을 통해 영웅인물로 부각되는데, 이는 수용층의 바람과 부합하는 것이다. 이렇게 영웅성을 확보한 주인공이 적

---

그래서 이야기꾼(강담사·강독사)이 당시에 크게 성행한 것으로 볼 수 있다. 이는 글을 모르는 사람들도 소설구연을 듣고 그 내용을 숙지했음을 의미하는 것이다. 따라서 소설 수용층에는 독자뿐만 아니라 청자도 포함되어야 한다(권순긍, 『활자본 고소설의 편폭과 지향』, 보고사, 2000, p.311).

17) 이덕무, 〈은애전〉, 《아정유고》 권삼.

대인물에 대한 복수를 단번에 실행하지 않고 여러 층위에 걸쳐 결행하
도록 한 것은 수용층을 배려한 것이기도 하다. 즉 수용층이 서사적 긴
장과 이완을 맛볼 수 있도록 의도한 것이다. 실제로 수용층은 주인공이
적대인물과 대적할 때마다 극적인 긴장과 이완을 반복한다. 전투에서
의 긴장과 승리에서의 이완이 반복되는 것이다. 적어도 층위적 과업이
단계적으로 진행될 때마다 이러한 긴장과 이완은 되풀이될 수 있다. 마
침내 마지막 원수와 대적할 때 이러한 긴장이 최고조에 달하고, 두 인
물이 장기간 결투를 벌임으로써 긴장 또한 지속된다. 그러다가 주인공
이 적대자를 처결하고, 그에게 보상이 전폭적으로 주어질 때 극적 정화
를 만끽하게 된다. 이는 최대한의 이완이면서 안정감이라 할 수 있다.
긴장감의 촉발과 해소라는 묘미를 층위적 과업이 제공하는 것이다.


## 5. 맺음말

지금까지 영웅소설에서 주요 구조로 활용되고 있는 층위적 과업에
대해 살펴보았다. 층위적 과업은 영웅소설의 주인공이 원수와 직접 대
적하기 위해 그 수하 장수와 전투를 벌일 때 단번에 그들을 물리치는
것이 아니라, 여러 단계에 걸쳐 포진해 있는 장수들과의 대결을 통해
최강의 적장에까지 이르고, 그와의 사투를 걸쳐 최종적으로 승리하게
되는 총체적 단계의 서사구조를 의미한다. 이는 영웅성을 가진 주인공
의 전투 장면에서 주로 두드러지는 대결의 층위성에 주목한 개념이라
고 말할 수 있다.

〈권익중전〉과 〈유충렬전〉에 나타나는 층위적 과업을 고찰한 결과,
〈권익중전〉의 주인공은 최종 적대자에 이르기까지 순차적 단계를 밟으

며 세 명의 적대자를 물리쳤으며 층위가 심화될수록 보다 절박한 장애
에 부딪쳤다. 그러나 타고난 영웅성을 발휘하여 순서대로 접근하는 악
인을 상대하였으며 모든 결투에서 승리한 연후에 최종 적대자를 만나
목적을 이루게 되었다. 또한 〈유충렬전〉의 주인공은 영웅성을 획득한
이후에 세 차례에 걸쳐 적대자를 이겨내며 최종 적대자인 정한담을 만
나 천상계에서부터 계속된 대결을 승리로 이끌었다. 충렬은 뛰어난 용
력을 가진 세 명의 장수를 쉽사리 물리쳤으나 정한담을 만나서는 승부
가 쉽게 결정지어지지 않았다. 앞선 세 단계의 과업은 매우 평이하였으
나 최종 단계에 이르러 고난이 따랐던 것이다. 그러나 타고난 영웅성으
로 과업을 해결하고 반역의 무리를 평정함으로써 황국도 구하고 개인
의 원수도 갚을 수 있었다.

　층위적 과업을 소설에 활용함으로써 나타나는 서사적 효과를 작가
면과 수용층 면으로 나누어 알아보았다. 먼저 작가 면에서는 첫째, 작
가는 층위적 과업을 통해 영웅소설을 보다 수월하게 창작하였고 둘째,
작가는 층위적 과업을 구성방식으로 채택하여 주인공의 영웅성을 부각
할 수 있었으며 셋째, 작가는 적대자를 퇴치하기 위한 단계를 하나씩
밟아나가는 주인공을 통해 주제의식을 효과적으로 드러낼 수 있었다.
그리고 독자 및 청자 면에서는 첫째, 영웅소설의 층위적 과업은 소설
수용층에게 흥미성을 고양시켜 줄 수 있는 인자로 작용하였으며 둘째,
이를 접하는 수용층의 긴장과 이완을 야기할 수 있는 요인이라는 것을
살폈다.

　영웅소설의 층위적 과업을 살피기 위해 이 글에서는 일단 두 작품을
거론하였으나 영웅의 삶을 그린 소설에서 이러한 층위성은 다수 발견
될 것으로 본다. 이러한 연구가 축적된다면 토너먼트 스토리와 관련지
어 고전소설의 현대적 변용에 대해서도 논의할 수 있을 것이라 본다.

# 제3장
## 〈소대성전〉과 〈신유복전〉의
## 고난담론과 서사적 변이

## 1. 머리말

  현실에는 다양한 갈등이 존재한다. 그것이 크든 작든 인간은 누구나 갈등 상황을 타개하기 위한 고민거리를 안고 각자의 삶을 영위해 나가기 마련이다. 문학은 현실을 있는 그대로 반영하고 있으므로, 작품 속 등장인물 또한 원만한 결말에 다다르기 위해서는 반드시 고난의 상황을 대면하고 이를 해결해야만 한다. 고난을 슬기롭게 극복하고 자신을 억압하는 세계와의 투쟁에서 승리하는 주인공의 이야기는 독자에게 감동과 쾌감을 선사한다. 비록 현실세계에서는 고난 앞에 좌절하기도 하는 것이 인간이지만, 작품 속에서만이라도 패배 없는 영원한 승리를 맛보고 싶은 것이다.

  조선 후기에 창작되어 엄청난 인기를 누린 영웅소설의 경우, 주인공이 겪는 고난의 과정은 결말의 빛나는 승리를 위한 필수 요건이라고 할 수 있다. 서사 초반에 주인공은 갖가지 가혹한 시련을 감내해야 하지만, 기세등등했던 적대 세력에 대해 우위를 점하게 되는 순간부터 모든 보상을 받게 된다. 독자들은 주인공의 불우한 초년을 안타까워하면서도 언젠가는 찬연한 미래가 도래할 것을 믿는다.

몇몇 영웅소설이 대중적 인기를 끌자, 흥행 실패의 위험 요소를 제거하면서도 보다 손쉽게 새로운 작품을 창작하기 위해 영웅소설이 일정 유형에 따라 공식화되는 현상이 일어난다.[1] '영웅의 일생'으로 일컬어지는 고전서사 속 영웅담의 유형이 고전소설에도 계승되었는데,[2] 영웅인물의 시련 과정 또한 마찬가지이다. 대부분의 영웅소설에서 주인공은 어린 시절에 대단한 불운을 겪는 것으로 형상화된다. 그런데 이러한 고난 구조가 후대의 작품으로 이어지면서 의미 있는 변이를 보이고 있어 주목된다. 형성기 영웅소설 작품과, 일제강점기 이후 고전 영웅소설이 해체되는 시기의 작품을 고난 구조라는 동일한 기준으로 비교하였을 때 몇 가지 변별점이 발견되는 것이다. 따라서 이 글에서는 초기 영웅소설로 〈소대성전〉을[3], 해체기 영웅소설로 〈신유복전〉을[4] 대상으로 하여 고난 구조를 분석하고 그 변이의 의의를 찾고자 한다.

그간 〈소대성전〉은 개별 작품론으로서 자료의 상황을 점검하고 작품의 구조와 의미를 고찰한 연구를[5] 비롯하여 여러 영웅소설 간 상호 비

---

1) 박일용, 「〈유충렬전〉의 서사구조와 소설사적 의미 재론」, 『고전문학연구』 8, 한국고전문학회, 1993, p.287.

2) 조동일, 「영웅의 일생, 그 문학사적 전개」, 『동아문화』 10, 서울대학교 동아문화연구소, 1971.

3) 완판 43장본(김동욱 편, 『고소설판각본전집』 1, 연세대학교 출판부, 1973).

4) 1917년 광문서시본(동국대학교 한국학연구소, 『활자본고전소설전집』 4, 아세아문화사, 1976).

5) 김일렬, 「소대성전」, 『한국고전소설작품론』, 집문당, 1990, pp.323~336; 김현양, 「〈소대성전〉의 서사체계와 소설적 특성」, 『연세어문학』 26, 연세대학교, 1994, pp.25~63;

교 연구 또한 진행되었다.[6] 또한 〈낙성비룡〉 혹은 〈용문전〉과의 연관
성을 밝히는 데 집중한 논의도 있었으며[7] 영웅소설의 고난 구조에 관심
을 가진 논의에서는 〈소대성전〉 유형을 분류하고 이에 속하는 〈소대성
전〉, 〈금령전〉, 〈장풍운전〉, 〈현수문전〉 등을 함께 살피기도 하였다.[8]

〈신유복전〉은 작품의 전체 서사를 아울러 다루며 그 전반의 성격을
구명한 연구가[9] 이루어졌고 소재적 차원에서 여러 작품을 대상으로 지
감화소의 의미를 분석한 논의가 있었다.[10] 또한 소설의 내용을 설화
모티프와 관련지은 연구와[11] 이본인 〈천정연분〉과의 관계를 집중 논의

서혜은, 「경판 〈소대성전〉의 대중화 양상과 그 향유 의식」, 『한국사상과 문화』 75,
한국사상문화학회, 2014, pp.37~59.

6) 성현경, 「유충렬전 검토-〈소대성전〉, 〈장익성전〉, 〈설인귀전〉과 관련하여」, 『고전문
학연구』 2, 한국고전문학회, 1974, pp.35~64; 전상경, 「〈소대성전〉과 〈유충렬전〉의
상관성 소고」, 『고소설연구』 1, 한국고소설학회, 1995, pp.391~418; 김경남, 「군담소
설의 전쟁 소재와 욕망의 관련 양상-〈소대성전〉·〈장풍운전〉·〈조웅전〉을 중심으로」,
『겨레어문학』 22, 겨레어문학회, 1997, pp.655~677; 이지영, 「〈장풍운전〉·〈최현
전〉·〈소대성전〉을 통해 본 초기 영웅소설 전승의 행방-유형의 구조적 특징을 중심으
로」, 『고소설연구』 10, 한국고소설학회, 2000, pp.5~42; 임성래, 『완판 영웅소설의
대중성』, 소명출판, 2007.

7) 조희웅, 「〈낙성비룡〉과 〈소대성전〉의 비교 고찰」, 『관악어문연구』 3, 서울대학교 국어
국문학과, 1978, pp.463~471; 김일렬, 「소대성전의 후대적 변모」, 『조선조소설의 구
조와 의미』, 형설출판사, 1984, pp.148~171; 이원수, 「〈소대성전〉과 〈용문전〉의 관계-
〈용문전〉 이본고를 겸하여」, 『어문학』 46, 한국어문학회, 1985, pp.153~174; 김도환,
「〈낙성비룡〉의 구성적 특징과 소설사적 위상-〈소대성전〉과의 비교 검토를 통해서」,
『Journal of Korean Culture』 18, 한국어문학국제학술포럼, 2011, pp.125~155; 엄태
웅, 「〈소대성전〉·〈용문전〉'의 경판본에서 완판본으로의 변모 양상-촉한정통론과 대
명의리론의 강화를 중심으로」, 『우리어문연구』 41, 우리어문학회, 2011, pp.35~76.

8) 안기수, 「〈소대성전〉 유형에 나타난 고난구조의 특징과 갈등의 의미」, 『연구논집』
14, 중앙대학교 대학원, 1995, pp.179~199.

9) 신태수, 「신유복전의 작품세계와 이상주의적 성격」, 『한민족어문학』 26, 한민족어문
학회, 1994, pp.165~190; 박명재, 「신유복전 연구」, 한국교원대학교 교육대학원 석
사학위논문, 2002.

10) 현혜경, 「고전소설에 나타나는 지감화소의 성격과 의미-〈소대성전〉·〈낙성비룡〉·
〈신유복전〉을 중심으로」, 『국어국문학』 102, 국어국문학회, 1989, pp.175~200.

한 연구도 이루어졌다.[12] 신작 군담류 소설을 소개하며 〈신유복전〉의 민족의식과 그 한계를 지적하기 위한 목적으로 〈소대성전〉을 함께 언급한 연구도 있었다.[13]

이 글에서는 먼저 초기의 영웅소설을 대표할 수 있는 〈소대성전〉과 고전소설 해체기의 영웅소설인 〈신유복전〉의 고난 구조를 살필 것이다. 이를 바탕으로 〈소대성전〉의 주인공이 겪어야 했던 시련의 경험이 〈신유복전〉에 이르러 어떠한 방향으로 변모되었는지를 발견하고자 한다. 이러한 과정을 통해 고난 구조가 전대와 달라지면서 〈신유복전〉이 획득하게 된 서사적 의미를 밝힐 수 있을 것으로 기대한다.

## 2. 〈소대성전〉과 〈신유복전〉의 고난 구조

고전소설 작품 대다수는 작자를 알 수 없다. 영웅소설 혹은 군담소설의 경우, 실세한 양반이 정계 복귀 의지를 담아 창작한 작품이 많기 때문에 작자층을 특정하는 것만 가능하다.[14] 작자 미상의 작품은 창작 시기를 정확하게 규정하기 어렵고 다른 문헌이나 영향 관계에 있는 유

---

11) 곽정식, 「〈신유복전〉의 설화 수용 양상과 영웅소설사적 의의」, 『한국문학논총』 61, 한국문학회, 2012, pp.5~30.

12) 엄태웅, 「〈신유복전〉 이본 〈천정연분〉의 변이 양상과 의미(1)-영웅의 서사에서 결연과 가족의 서사로」, 『Journal of Korean Culture』 24, 한국어문학국제학술포럼, 2013, pp.61~90; 엄태웅, 「〈신유복전〉 이본 〈천정연분〉의 변이 양상과 의미(2)」, 『우리문학연구』 41, 우리문학회, 2014, pp.105~143.

13) 권순긍, 『활자본 고소설의 편폭과 지향』, 보고사, 2000, pp.83~106(권순긍, 「〈신유복전〉과 민족주체의식의 한계」, 『성대문학』 27, 성균관대학교 국어국문학과, 1990, pp.257~265).

14) 김일렬, 『고전소설신론』, 새문사, 2015, pp.53~54.

사한 작품과의 비교를 통해 대략적으로 짐작할 따름이다.

〈소대성전〉은 문헌기록을 통해 영웅군담소설류 가운데 비교적 이른 시기에 창작된 작품이라고 추정할 수 있다.[15] 〈소대성전〉을 비롯한 〈조웅전〉·〈유충렬전〉 등은 영웅소설로 당대에 인기가 대단했던 작품으로서,[16] 여러 차례에 걸쳐 출간되었다.[17] 적어도 1794년 이전에 성립된 것이 확실하여 영웅소설 모색기의 작품으로[18] 단정할 수 있고, 영웅소설로서 대중적인 인기를 끌었으므로 초기 영웅소설의 면모를 〈소대성전〉을 통해 살필 수 있다고 본다.[19]

〈신유복전〉은 필사본이나 방각본은 없고 오직 2종의 활자본만 전한다. 1917년 광문서시에서 처음 출판하였고 1925년 세창서관에서 〈천정연분〉이라는 제목으로 내용을 축약하여 발행하였다.[20] 필사본이 현전하지 않으므로 1917년에 새롭게 창작된 것으로 추정된다.[21] 활자본이 영리를 목적으로 하는 출판업자에게는 발전된 인쇄 기술의 도입에 따른

15) 〈소대성전〉의 명칭이 《상서기문(象胥記聞)》에 등장하는데, 이 문헌은 1794년에 성립되었으므로 〈소대성전〉의 창작 시기는 18세기 중엽일 것으로 본다(김동욱, 『춘향전 연구』, 연세대학교 출판부, 1965, p.392). 한편, 〈소대성전〉의 창작 시기를 영웅소설이 성립되었던 17세기 중엽으로 보기도 한다(조동일, 『한국소설의 이론』, 지식산업사, 1977, p.444).

16) 김일렬(2015), 앞의 책, p.237.

17) 군담소설의 출간 횟수를 헤아려 보았을 때, 1순위는 〈조웅전〉(방각본 16회, 활자본 6회)이고 2순위가 바로 〈소대성전〉(방각본 8회, 활자본 7회)이다(김경남, 앞의 논문, p.657).

18) 김일렬은 '자객퇴치 삽화' 등을 들어 〈소대성전〉이 〈홍길동전〉의 영향을 가장 직접적으로 받은 작품이라고 파악하였으며, 영웅소설사를 모색기·확립기·해체기로 삼분하여 〈소대성전〉을 제1기 모색기의 작품으로 분류하였다(김일렬, 앞의 책, 1990, pp.333~334).

19) 실제로 초기 군담소설의 특성을 파악하기 위한 목적으로 〈소대성전〉 연구가 진행되기도 하였다(김현양, 앞의 논문).

20) 이주영, 『구활자본 고전소설 연구』, 도서출판 월인, 1998, p.155.

21) 권순긍, 앞의 논문, p.257; 신태수, 앞의 논문, p.167.

가장 경제적인 출판 수단이었음을 감안할 때,[22] 1912년 이후 고전소설의 유통에는 획기적인 변화가 있었던 셈이다. 기존에 필사본이나 방각본으로 인기를 구가했던 작품은 물론이고 흥행을 기대하며 새로운 소설도 제작하여 활자본으로 출판하였다. 〈신유복전〉은 새로 창작된 소설로, 이전 영웅소설의 공식화된 유형을 따라 내용이 전개된다. 그러나 초기 영웅소설의 구조를 따르되, 시대적 변화를 담아내지 않을 수 없다. 흥행을 위해서라면 1917년 당대 독자층의 기호를 반영할 수밖에 없는 것이다. 그렇기 때문에 〈신유복전〉은 고전소설 해체기의 영웅소설적 면모를 고스란히 담은 작품이라고 볼 수 있다.

　그러면 초기 영웅소설인 〈소대성전〉과 영웅소설 해체기의 작품인 〈신유복전〉을 고난 서사를 중심으로 비교해 보도록 하겠다.[23]

〈소대성전〉과 〈신유복전〉의 고난 서사 비교

|  | 소대성전 | 신유복전 |
|---|---|---|
| 배경 | 명나라 헌종 때 소주 | 조선 명종 때 전라도 무주 |
| 잉태의 계기 | 소양이 영보산 청룡사의 부처가 현신한 승려에게 황금 수천 냥을 시주하고 잉태함 | 신영이 부인 최씨와 제주 한라산에 가 백일 동안 기자 발원하여 잉태함 |
| 태몽 | 소대성 : 청룡꿈(동해용자가 인간 세상에 비를 잘못 내려 적강한 것) | 신유복 : 한라산 선관이 적강한 규성 선동을 데려와서는 부부가 명이 짧으니 아이가 초년에 고생할 것이라고 예언함 |

22) 이상택 외, 『한국 고전소설의 세계』, 돌베개, 2006, pp.232~233.
23) 김현양은 〈소대성전〉의 서사단락을 '출생-고난-구조-결연-박해-원조-입공-영화'로 나누어 살핀 바 있다(앞의 논문, pp.37~38). 김경남은 〈소대성전〉의 갈등구조를 '가정적 갈등'으로 명명하였으며, 전체 세 차례의 갈등이 등장한다고 보고 주인공이 초년에 겪는 고난(부모 병사·애정 방해)을 2차 갈등의 범주에 포함시켰다(앞의 논문, pp.661~662). 이 글에서는 전자의 '고난'과 '박해'를 통틀어 고난 구조로 다룬다. 후자의 관점에서는 2차 갈등을 고난 구조로 보는 것이다.

| | | |
|---|---|---|
| | 이채봉 : 선녀가 동정용녀를 씻기며 동해용자와 인연이 있으니 귀하게 기르라고 당부함 | 이경패 : 월궁선녀가 나타나 적강하였다며 전세의 연분을 찾아왔으니 13년만 양육해 달라고 함 |
| 부모의 사망 | 소대성이 열 살 때, 소양이 득병하여 사망하고 같은 날 부인도 사망함 | 신유복을 잉태한 지 여섯 달 만에 신영이 득병하여 사망하고 신유복이 다섯 살 되던 해에 부인 최씨가 병사하였으며, 그나마 신유복을 아홉 살까지 돌보았던 시비 춘매도 죽음 |
| 가산 탕진의 이유 | 일찍이 청룡사에 많은 재산을 시주하였음 → 삼년상을 치르고 가산이 탕진됨 → 정리한 재산 모두를 가난하여 모친의 장례를 치르지 못하고 있던 백수 노인에게 내어 줌 | 주인이 없으므로 노복들의 기강이 문란해져 가산이 서서히 탕패됨 |
| 유리걸식의 상황 | 기갈이 극심하여 남의 외양간을 치기도 하고 담도 쌓아주며 연명하는 사이 점점 수척해져 거지 행색이 됨 | 떠돌아다니다가 기갈이 극심해 걸음을 걷지 못할 지경에 이르러 남의 소를 먹여 주며 잔명을 보전하다가 다시 전전걸식함 |
| 지인지감 (知人之鑑)의 주체 | 청주에 사는 이승상 | 경상도 상주목사 |
| 사위 박해의 주체 | 이승상의 아내인 왕부인과 세 아들 | 호장 이섬 부부와 두 딸 |
| 박해의 내용 | 조영이라는 자객을 불러 소대성을 없애려고 함 | 신유복과 이경패를 집에서 쫓아냄 |
| 박해의 결과 | 소대성이 자객을 처치하고 이승상의 집을 떠나게 됨 | 신유복과 이경패는 걸식하는 신세가 되어 움에서 살며 동네 사람들의 도움을 받기도 하고 허드렛일로 연명함 |
| 주인공이 능력을 기르는 과정 | 청의동자가 소대성에게 액운이 다 지나갔다며 영보산 청룡사로 인도하고, 그곳에서 노승을 만나 다섯 해 동안 불경과 병서를 의논함 | 이경패가 원강대사에게 가서 8년 동안 수학할 것을 권하여 신유복이 대사를 찾아갔는데, 대사는 그의 비범함을 알아보고 문무를 가르침 |
| 현달의 계기 | 북흉노와 서융이 침범하였는데 소대성이 출정하여 황제와 나라를 구함 | 1차(국내) : 장원급제 2차(국외) : 명나라에 구원병 대도독으로 출정하여 승리함 |

〈소대성전〉은 중국을 배경으로 하여 청룡 즉 동해용자가 적강한 소대성이 열 살 이전에 부모를 모두 잃고 유리걸식하며 고난의 세월을 보내는 이야기로 초반부가 그려진다. 예상하지 못했던 부모의 죽음으로 고귀한 존재가 거지로 전락하였지만, 이승상의 남다른 안목 덕분에 입신양명의 미래를 꿈꿀 수 있게 된다. 그러나 곧 이승상 또한 사망하게 되고 이승상 가의 다른 가족들에게 미움을 받다가 그들이 보낸 자객 때문에 목숨마저 위태로워진다. 어린 소대성에게 끊임없이 닥치는 시련은 적강의 액을 치르기 위한 것으로, 이후 영웅적 활약과 그에 따른 보상을 획득하기 위해서 반드시 거쳐야 하는 과정이다. 이미 뛰어난 능력이 잠재되어 있던 소대성은 도술로 자객을 처치하고 이승상의 집을 떠나 영보산 청룡사에서 문무를 수련한다. 이로써 모든 고난은 종결되고 구국의 영웅이 될 준비 단계에 돌입하게 된다.

〈신유복전〉은 조선을 배경으로 하여 적강한 규성(奎星)인 신유복이 유복자로 태어나 어린 나이에 어머니를 잃고 연이어 유일한 보호자마저 사망하며 주인공의 고난이 시작된다. 혈혈단신으로 유리걸식하며 거지로 지내다가 상주목사에게 발견되어 이섬의 딸과 정혼하게 된다. 그러나 이섬 부부는 거지 행색을 한 신유복을 사위로 맞이할 생각이 없었고, 가족 중 신유복의 비범함을 유일하게 알아본 이경패가 결혼하겠다고 나서자 두 사람 모두 이섬 가에서 내쫓김을 당한다. 신유복과 이경패는 동네를 다니며 걸식하는 신세로 전락하고 남의 일을 도와주며 간신히 연명해 나간다. 이경패에 의해 수학의 공간을 제시받은 신유복은 문무를 닦고 이들 부부는 긴 시간 동안 고난을 견뎌낸 후에 장원급제라는 보상을 받게 된다.

## 3. 고난 구조의 확장과 서사적 기능

　형성기 영웅소설로서 〈소대성전〉의 고난 구조는 이후 다른 영웅소설에 적지 않은 영향을 끼쳤다. '영웅의 일생'이라는 일정한 틀 속에서 영웅의 서사가 창작되었는데, 최종의 승리에 다다르기 위해서 영웅인물은 초년의 고난을 통과의례처럼 극복할 수 있어야 했다. 이렇게 공식화된 주인공의 고난부는 후대에 새롭게 제작된 〈신유복전〉에도 필수적으로 나타난다. 20세기 초반에 소설을 즐겨 읽었던 독자층을 흡인하기 위해서라면 전대의 서사적 강점을 반드시 포함하고 있어야 하되, 작품의 인기를 보증할 수 있는 소재를 활용하여 소설을 창작했을 것으로 여겨지기 때문이다.24)

　〈소대성전〉과 〈신유복전〉에서 주인공은 모두 초년에 부모를 잃고 유리걸식하며 처가에서도 박대를 당한다. 두 작품의 주인공은 청룡사나 상주의 한 사찰이라는 수학 공간에 도달하여 미래를 대비한 문무를 수련하기까지 끝없는 고난을 맞닥뜨려야 한다. 그런데 〈소대성전〉의 고난 구조는 〈신유복전〉과 비교해 볼 때, 실로 그 양적 비중이 매우 적다.25) 영웅인물의 초년 고난 부분이 〈신유복전〉이 창작될 때에는 극

---

24) 〈소대성전〉, 〈장풍운전〉, 〈현수문전〉 등과 같은 초기 영웅소설은 이보다 후대에 나타난 〈유충렬전〉 유형과 비교하였을 때 '영웅의 일생'으로 보면 유사하지만 그 외에 상당한 차이를 발견할 수 있다. 〈소대성전〉 유형에 나타난 가정적 고난이 〈유충렬전〉 유형에서는 대부분 생략되고 간단한 결연담 정도로만 그려지는 것이다(안기수, 앞의 논문, pp.195~196). 이러한 상황에서 〈신유복전〉이 창작되며 다시 가정 내에서 벌어지는 영웅인물의 고난에 집중하였고 그것의 확장적 서술이 이루어졌다는 것은 일정한 의미를 지닌다고 생각된다.

25) 김현양은 〈소대성전〉의 서사단락을 분석하고 그 특성을 다음과 같이 정리하였다. 첫째, 주인공을 중심으로 시간 순서에 따라 평면적으로 서사 전개가 이루어진다. 둘째, 고난의 특수성 때문에 고난과 박해가 분리되어 있다. 셋째, 구조와 원조가 분리되어 있다. 넷째, 입공의 양적 비중이 매우 크다. 다섯째, 고난의 양적 비중이 매우 적다.

적으로 부각되었고 그 양도 획기적으로 늘어났다는 것을 알 수 있는데, 여기에서 〈신유복전〉의 고난 구조가 갖는 새로운 의미가 도출될 수 있으리라 본다. 그렇다면 〈소대성전〉에 비해 〈신유복전〉에서 고난 구조의 확장이 어떻게 이루어지고 있는지 그 양상을 살펴보도록 한다.

## 1) 부모 사망의 고난 구조

소대성과 신유복은 모두 천상계에서 적강한 고귀한 존재이며 기자발원에 의해 출생한 인물로, 고전소설 속 영웅인물의 전형적인 모습을 지닌다. 태어날 때부터 비범한 면모를 지녔지만, 이들이 영웅성을 발휘할 수 있는 여건이 마련되기 이전까지는 갖가지 시련을 감내해야만 한다. 그런데 주인공에게 가해지는 첫 번째 고난이 〈유충렬전〉과 같은 본격 영웅소설에서처럼 적대자에 의해 이루어지는 것이 아니라, 어쩔 수 없는 운명적 상황이라는 사실이 이질적이다.[26] 영웅에게 시련을 가하는 주체가 적대자여서 이후 복수의 계기가 정치적 현달과 그 맥락을 함께 하는 것이 아니라, 어린 나이에 부모가 죽어 아무도 돌볼 사람이 없는 처지가 되는 것이 이들에게는 첫 번째 고난으로 작용하는 것이다.

> 상셔 조련 득병ᄒ야 빅약이 무효ᄒ니 셰상의 유치 못홀 줄 알고 부인을 쳥ᄒ야 소을 잡고 탄식 왈 나는 이졔 황쳔의 도라가오니 부인은 과도히 실어 마옵고 딕셩을 션이 닌도ᄒ야 조션을 빗닉시면 구쳔 타일의 은혜을 치사ᄒ오리다 쏘 딕셩을 불너 손을 잡고 눈물을 흘녀 왈 인명이

---

특히 고난의 서사가 매우 적게 나타나는 것에 대해서는 주인공의 고난이 서사적 관심을 받지 못하였기 때문이라고 풀이하였다(앞의 논문, pp.37~38).

26) 김경남, 앞의 논문, p.662.

지쳔ᄒ니 엇지ᄒ랴 닉 네 장셩ᄒ는 양을 보와 봉황의 싹을 일우지 못ᄒ
고 지ᄒ의 도라가니 원이 가슴의 믹쳐쏘다 ᄒ고 인ᄒ야 별셰ᄒ신이 일가
망극ᄒ여 곡셩이 진동ᄒ더라 부인이 기운이 막켸 목 안의 소릭로 일너
왈 셰상의 도망키 어려온 거션 스룸의 명이라 ᄒ고 인ᄒ야 명이 진ᄒ시
니 디셩이 ᄒ날의 부모 구몰ᄒ시믈 보고 망극ᄒ야 어려슌 기졀ᄒ니 비복
등이 제우 구완ᄒ야 인사을 ᄎ려 초종을 예로써 극진이 지닉니 십 셰
유익가 어륜을 당ᄒ다라[27)

〈소대성전〉에서는 주인공이 열 살이 되던 해에 부모가 한 날에 사망
한다. 소대성의 부친이 병사하고 모친 또한 그 슬픔을 이기지 못하여
죽음에 이르며 소대성은 같은 날 부모를 잃은 충격과 비통함에 여러
번 기절하는 것으로 묘사된다. 이 작품의 독자들은 소대성이 청룡꿈을
통해 잉태한 인물이니만큼 잘 자라나서 막강한 능력을 떨칠 것으로 예
상하고 있던 찰나에 생각지도 못한 전개에 안타까움을 느낄 수밖에 없
다. 특히 부모의 죽음으로 천애고아가 된 주인공이 이러한 어려움을 어
떻게 떨치고 나아갈 것인지에 대해 관심을 기울이며 서사에 집중할 것
이다. 순탄한 삶을 무난하게 그려서는 문학적 흥미를 끌 수 없다. 영웅
인물의 활약상이 돋보이기 위해서는 주인공의 어릴 적 고난이 필수적
이고, 이 작품에서는 일단 부모의 사망이 그러한 장치로 활용된다.

그런데 영웅의 초년 고난이라는 구조가 〈신유복전〉에 와서는 대폭
확대되어 있다. 〈소대성전〉과 마찬가지로 신유복이 어릴 때 고아가 되
는 설정이 존재하지만 고난의 강도도 훨씬 강해졌고 서사 또한 확장되
었다. 작품을 창작하며 부모의 죽음 부분을 기술하는 데 고심한 흔적이
도처에서 나타난다.

27) 완판 43장본 〈소대성전〉.

과연 그달부터 틱긔 잇슴민 진亽 싱각ᄒ되 싱남홈을 바라고 바라더니
슬푸고 슬푸도다 조물이 시긔ᄒ고 귀신이 작희홈인지 잉틱륙삭에 진亽
우연 득병ᄒ야 병셰 침즁ᄒ니 빅약이 무효일시 진亽 살지 못홀 줄 알고
부인 최씨를 쳥ᄒ야 집수쳬읍ᄒ며 류어왈 지금 부인이 잉틱ᄒ얏슴민 몽
亽를 싱각ᄒ면 응당 귀즈를 나을 거시나 녕귀홈과 자미을 보지 못ᄒ리라
ᄒ얏스니 그은 그런ᄒ련이와 녯적 현인군즈의 교륙ᄒ던 법을 효칙ᄒ야
슬ᄒ에 잠미를 볼가ᄒ야더니 희복ᄒ는 것도 못보고 속졀업시 황쳔긱이
되깃스니 엇지 슬푸지 아니ᄒ리요 사람수요장단ᄂ 텬명이온즉 차장ᄂ하
오 그러나 나죽은 후라도 부인은 삼가조심ᄒ야 가리다가 만일 녀즈를
나ᄒ시면 헐말업거니와 요힝이 남즈를 나으시거든 학문이나 잘 가로쳐
셔 문호를 빗나게 ᄒ고 요조숙녀를 광구ᄒ야 빅필을 졍ᄒ야 자미를 보옵
소셔 말을 맛침민 명이 진ᄒ니 일긔망극ᄒ야 곡셩이 진동ᄒᄂ지라 잇씩
부인이 쏘ᄒ 긔졀ᄒ거늘[28]

일단 주인공을 잉태한 지 여섯 달 만에 부친이 병사하는 것으로 그려
진다. 주인공의 이름에 대해서 작품 내에서 아무런 기술도 하고 있지
않지만 유복자(遺腹子)로 출생하기 때문에 '신유복(申遺腹)'으로[29] 명명
되었다는 사실을 쉽게 짐작할 수 있다. 아버지의 갑작스러운 죽음은 그
의 이름이 이렇게 정해진 것에서 볼 수 있듯이 주인공이 앞으로 겪게
될 고난의 시작을 알리는 것이다. 이는 다른 영웅소설들의 '대성(大成)'
이나 '충렬(忠烈)'처럼 주인공의 입공이나 영화 부분에 중점을 둔 명명
법이 아니라 탄생에 따른 명명인데[30] 작자가 유복자로 태어난 주인공
의 고난을 서술하는 데 얼마나 집중하고 있는지를 단적으로 보여주는

---

28) 광문서시본 〈신유복전〉.
29) 광문서시본 〈신유복전〉에서는 '신류복젼'으로 한글 표기를 한 이후에 '申遺腹傳'으로
    병기되어 있다.
30) 김장동, 『우리 소설이란 어떤 것인가』, 태학사, 1996, pp.147~148.

바라 하겠다.

주인공의 부친이 심한 병을 얻는 장면에서 '슬푸고 슬푸도다 조물이 시긔ᄒ고 귀신이 작희흠인지'라며 서술자가 나서서 안타까움을 표현하는데 이 또한 유복자로 태어나 고난을 피할 수 없는 신유복의 운명을 한탄하는 것이다. 〈소대성전〉에서는 부모가 사망하는 장면에서 유언 부분이 간략하게 처리되어 있는데, 〈신유복전〉에서는 주인공의 부친이 임종에 이르러 매우 장황한 유언을 남기는 것으로 그려진다. 그 유언의 내용으로 먼저, 태몽을 꾸었을 당시에 한라산 선관이 부부의 명이 짧을 것이라 예언했었기에 미리 짐작은 하였으나 자식의 출생도 보지 못하고 죽게 되어 매우 큰 슬픔임을 이야기한다. 그와 동시에 예언처럼 귀한 존재로 성장할 자식에 대한 기대감도 교차하고 있다. 그리고 아들을 낳았을 경우 교육을 잘 시키고 알맞은 배필을 구하여 가문을 영화롭게 할 것을 부인에게 부탁하고는 숨을 거둔다.

최씨 부인이 슬푼중에 대희ᄒ며 깁분중에 비감ᄒ야 탄식왈 슬푸다 네 부친이 사라게섯드면 오직 즐거ᄒ섯게ᄂ야ᄒ며 못ᄂᆡ 설어ᄒ야왈 (…중략…) 슬푸고 가련ᄒ도다 고진감ᄂᆡ오 홍진비ᄅᆡᄂ 텬연공리라 쏘흔 부인이 우연득병ᄒ야 병세 가장 위중ᄒᆡ (…중략…) 부인이 살지 못홀 줄 알고 류복의 손을 잡고 낫츨 ᄃᆡ이며 이통왈 슬푸다 류복아 전싱에 무삼 죄로 차싱에 모ᄌᆞ되여나셔 엄의 복중을 쎠ᄂ지 불과 오세에 모ᄌᆞ리별이 무슴일린고 네의 부친이 사라게시거ᄂ 우리집의 내외간친척이 잇섯든들 서름이 그다지 아니되련만은 내몸이 죽은 후에 고독단신된 어린 거시 어데가 의탁ᄒ며 누구를 밋고 살니요 ᄒ며 네의 신세를 싱각ᄒ면 목이 메고 눈이 컹컹ᄒ며 정신이 아득ᄒ야 마음을 진정홀기리 업도다 너를 나아 길늘적에 마른자리에 너를 뉘이고 져즌자리에ᄂ 내가 누으며 일시도 못보면 가슴이 답답ᄒ고 우름소ᄅᆡ를 드르면 신혼이 살란ᄒ며 주야로

써나지 못ᄒ고 불면 늘ㅅ가 쥐면 써질ㅅ가 ᄒ며 금ᄌ동아 은ᄌ동아 만첩
청산옥포동아 너를 금지옥렴으로 역게양륙ᄒ야더니 네팔ᄌ 긔박ᄒ야 이
디경을 당ᄒ니 사고무친흔 어린아히 촌촌걸식ᄒ야 류리기걸흘 거시니
어더먹는 거러지를 뉘아라셔 불상이 역기리요 나의 혼빅이라도 디ᄒ에
도라가도 눈을 감지 못ᄒ리라 ᄒ며 (…중략…) 최부인이 류복의 손을 잡
고 잠간 늣기다가 인ᄒ야 명이 진ᄒ미 남노녀비 등이 망극ᄒ야 통곡흘ㅅᅵ
류복이 더욱 방셩대곡ᄒ야 긔졀ᄒ얏다가 모친의 져슬 어로만지며 이통
ᄒ야왈 어머니는 엇지 나를 보고 반기실 쥴 모르는잇가ᄒ며 아모련줄
모르더라31)

〈소대셩전〉에서는 부모가 같은 날 사망하기 때문에 한 단락에서 주
인공의 슬픔이 간략하게 서술되지만, 〈신유복전〉에서는 부친이 사망하
고 나서 주인공이 출생함에 따라 그의 모친이 아들 탄생의 기쁨과 남편
부재의 슬픔을 동시에 느끼고 있으므로 작품 내에 오히려 처량하고 비
통한 분위기마저 감돈다. 비범한 인물이 탄생하였으면 경사인데 아버
지를 여의고 태어난 인물이며, 선관의 예언대로라면 앞으로 더 큰 고난
이 닥쳐 올 것이 분명하므로 주인공의 출생 장면에서 등장인물과 독자
모두 마냥 기쁠 수만은 없다. 특히 최씨 부인에게 감정을 이입하게 된
다면 그 슬픔은 배가된다.

아들이 착실하게 성장하는 모습을 지켜보기를 꿈꿨던 최씨 부인도
곧 병을 얻고 '슬푸고 가련ᄒ도다 고진감니오 홍진비린는 텬연공리라'
는 서술자의 언급처럼 정해진 운명에 의해 어쩔 수 없이 아들과 이별할
수밖에 없는 상황을 맞는다. 최씨 부인은 유언을 통해 아들을 돌보아줄
일가친척이 전무한 상황에서 자신이 죽고 나면 혼자가 될 신유복을 걱

---

31) 광문서시본 〈신유복전〉.

정한다. 또한 자신이 그간 금지옥엽으로 키웠던 아들이 거지로 전락할 것을 예감하고는 애끓는 마음을 토로하는데, 이는 어린 신유복의 행동과 대비되며 매우 참담하고 애통한 광경으로 그려진다. 유복자로 태어나 어머니마저 잃게 된 아들과 그가 걱정되어 차마 저승에 가서도 눈을 감지 못하리라는 모친의 사별 장면은 작품 초반에 슬픔의 감정을 한껏 끌어올린다. 또한 향후 주인공에게 닥쳐올 고난이 이제 막 시작한 것일 뿐이라는 측면에서 주인공에 대한 연민을 극대화하는 장치로서의 역할을 수행하고 있다.

〈소대성전〉에서는 부모가 죽음을 맞은 이후에 주인공이 그나마 남은 가산을 정리하고 다른 지역으로 떠나는 모습이 그려진다. 그러나 〈신유복전〉에서는 부모의 죽음 이후에 주인공이 바로 유랑하는 것이 아니라, 그를 돌보는 인물이 존재하고 아홉 살 때까지 그녀의 보호를 받는 것으로 그려져 있다.

> 부인의 삼년초토를 다 밧드도록 츈밋 정성으로 류복을 공경보호ᄒᆞ며 글를 힘써 가르치더니 이지라 통지로다 츈밋 ᄯᅩᄒᆞᆫ 병을 어더 긔지사경에 당ᄒᆞᆫ지라 류복의 손을 잡고 탄왈 셰상에 도망키 어려운거슨 사람의 명이라 쳡이 ᄯᅩᄒᆞᆫ 죽게 되얏스니 명지슈요장단을 엇지ᄒᆞ오릿가 (…중략…) 다만 셩취ᄒᆞᆷ을 보지 못ᄒᆞ고 이런 즁병을 어덧스니 죽어 디ᄒᆞ에 도라가 부인 뵈올 낫치 업슬질니 엇지 슬푸지 아니ᄒᆞ리요 (…중략…) 말을 맛치고 명이 진ᄒᆞ니 류복의 참혹ᄒᆞᆫ 경경을 엇지 입으로 형언ᄒᆞ리요 류복이 모친의 상을 당ᄒᆞᆫ 후에 츈밋의 지극ᄒᆞᆫ 정성을 힘입어 모친의 졍을 이젓더니 불의몽밋에 츈밋 ᄯᅩᄒᆞᆫ 죽으믹 슬푸기 비흘 데 업셔 익통ᄒᆞ야왈 모친하세흘 ᄯᅢ보다 더 셜다ᄒᆞ더라[32]

---

32) 광문서시본 〈신유복전〉.

최씨 부인이 죽기 전 시비 춘매에게 아들을 부탁하였는데, 춘매는 유언대로 신유복을 정성으로 기른다. 그러나 최씨 부인의 삼년상을 치르고 얼마 되지 않아 춘매마저 병사하고, 가산도 기운 탓에 신유복은 떠돌아다니며 혼자 힘으로 의식주를 해결해야 하는 처지로 전락한다. 그동안 모친의 정을 잊고 지낼 정도로 춘매에게 모든 것을 의지했던 신유복이기에 그녀의 갑작스러운 죽음은 이전과는 다른 삶을 의미하는 것이 되었다. 앞선 부모의 죽음도 충격적인 사건이지만 신유복이 그보다 더 춘매의 사망을 서럽게 느끼는 이유는 이제는 마냥 타인의 보살핌을 바랄 수만은 없는 참혹한 상황에 대한 현실감을 뼈저리게 깨닫게 되었기 때문이다. '이직라 통지로다'라는 서술자의 개입처럼 신유복은 이제 고난의 삶에 본격적으로 내던져진 것이다. 주인공의 슬픔은 부모의 죽음에서 비롯되었고, 이제는 유일한 보호자마저 잃어야 하는 가혹한 운명의 시련 속에 독자는 신유복에 감정을 이입하게 되어 그들이 체감할 수 있는 비극이 극대화된다.

영웅인물의 초년기에 부모를 여의는 고난 구조에서 〈소대성전〉은 간략하게 장면을 처리하고 다음 서사단락으로 이동하였다. 부모를 여의었기 때문에 걸식할 수밖에 없는 상황이 된 것으로, 고난의 모습을 핍진하게 그리려는 의도보다는 주인공에게 어려운 시절이 있었다는 사실 자체에 주목한 기술이라는 인상마저 준다.

그러나 〈신유복전〉에서는 부친, 모친, 시비 춘매에 이르기까지 세 번의 사별 장면을 아주 자세히 그려내고 있다.33) 가족 구성원의 죽음

---

33) 실제로 신유복이 상주목사를 만나 그간의 사정을 술회하는 부분에서도 부친, 모친, 시비와 사별하게 된 상황을 빠짐없이 나열하고 있다(류복이 직비ᄒᆞ야 울며 왈 쳔싱의 거쥬ᄂᆞᆫ 무쥬 고비촌이옵고 부친의 함짜는 신진사 우영이옵고 싱의 일홈은 류복이옵고 나흔 십사셰로소이다 …… 쳔싱은 과연 쟝졀공의 구셰손이옵고 오듸진ᄉ 신우영의 아들이옵더니 부친는 쳔싱을 잉퇴혼지 륙삭만에 ᄒ셰ᄒ옵고 모친은 쳔싱 나은지 오년만

때문에 고난이 심화되고 마침내 유일한 보호자마저 세상을 떠난 뒤에는 신유복에게 그간 유예되었던 유리걸식의 고난이 닥치게 된다. 걸식하는 상황으로의 이행이 중요하기도 하지만, 이 작품의 작자는 당장 부모의 죽음으로 인한 고난을 묘사하는 것에도 소홀할 수 없었다. 부친이 병사할 때 신유복은 어머니의 뱃속에 잉태되어 있었고, 모친이 병사할 때에는 다섯 살로 어머니의 사랑이 한창 필요한 시기였다. 그리고 시비 춘매가 병사할 때에는 그녀의 부재가 곧 자신의 고독과 연결된다는 것을 헤아릴 수 있는 나이였다. 주인공이 대면한 유복자로서의 운명, 이른 나이에 모친을 여의는 사정, 극진한 보살핌을 제공하는 시비의 죽음까지 세 차례에 걸친 정교한 서사를 통해 신유복의 고난 상황이 분명하게 드러난다. 가족이라는 울타리가 파괴되어 가는 상황을 점차적으로 확장하여 제시함으로써 신유복이라는 인물에 대한 독자의 연민을 한껏 끌어올리는 서사적 효과를 거둘 수 있었다. 영웅소설이라고 해서 서사 후반부의 군담에만 집중하는 것이 아니라 주인공의 초년 불행에 대한 묘사를 극대화하려는 작가의식의 발현을 통해 오히려 후반부 출장입상의 이야기가 더욱 흥미로운 내용이 될 수 있었다고 본다.

### 2) 유리걸식의 고난 구조

부모를 여읜 후 소대성과 신유복은 모두 유리걸식의 상황에 처한다. 부모를 잃고 의지할 데 없이 떠돌며 거지나 다름없는 모습으로 겨우 연명하는 주인공의 이야기는 시련에 처한 영웅인물의 면모를 보여주기

---

에 긔세ᄒᆞ옵시니 혈혈단신으로 의탁홀곳시 업쓰와 시비 춘미의게 의탁ᄒᆞ얏ᄉᆞ옵더니 불힝ᄒᆞ야 춘미 ᄯᅩᄒᆞᆫ 죽쓰오니 가산이 자연 탕픠ᄒᆞᄆᆡ 싱계난쳐ᄒᆞ옵기로 뎐뎐걸식ᄒᆞᄂᆞ이다).

에 매우 적합한 내용이다. 앞선 부모 사망의 고난 구조가 현상 그대로 독자의 연민을 이끌어내는 장치였다면, 유리걸식의 고난 구조는 이로부터 말미암아 주인공이 고통스러운 과정으로 접어드는 부분이라고 할 수 있다.

> 이후로 싱이 기갈이 즈심ᄒ여 남의 외양도 쳐쥬며 담도 싸 계우 연명ᄒ야 지닉니 장디ᄒ 기남ᄌ 겸겸 수쳑ᄒ여 쥬린 걸어지 되여시이 하늘이 엇지 무졍ᄒ리요34)

〈소대성전〉에서는 주인공의 잉태를 기원하며 일찍이 청룡사에 황금 수천 냥을 시주하여 가산 탕진의 기미가 보였고, 부모의 삼년상이 끝난 후에는 남은 재산이 거의 없었기 때문에 소대성은 그것을 정리하여 기서 땅으로 떠난다. 그러던 중 서주의 주점에서 안타까운 사정을 가진 백수노인을 만나서는 자신의 전 재산을 다 내어 주는 장면을 통해 어린 소대성의 남다른 도량을 강조한다. 이후 빈털터리가 된 주인공은 정처 없이 떠돌며 걸식하는 신세가 된다. 결국 남의 소를 먹이거나 담 쌓는 일을 하여 간신히 주린 배를 채우고 거지 행색으로 방랑한다.

아무리 어린 나이에 부모를 잃었다고 할지라도 소대성에게는 얼마간의 재산이 있었다. 고향을 떠나 다른 고장으로 간다고 해도 마냥 걸식해야 하는 정도는 아니었는데, 노상에서 우연히 만난 누군가에게 전 재산을 기부한 이후에 절대적인 빈곤에 시달리게 되었다. 이는 소대성의 주체적인 선택에 의한 것이다. 영웅인물의 비범함을 고양하기 위해 그의 뛰어난 도량을 보이려 이러한 서사단계가 삽입된 것으로 보이는데,

---

34) 완판 43장본 〈소대성전〉.

자신도 불쌍한 처지인 마당에 이렇게나 후한 도움을 준다는 것은 합리적인 결정이 아니다.[35] 백수노인은 이 사건 이후 다시 등장하지 않는데, 이러한 장면 때문에 주인공의 굶주림이 시작된다는 것은 일반 독자에게는 선뜻 납득이 되지 않을 수도 있는 부분이다.

그런데 〈신유복전〉에서 유리걸식의 고난 구조는 혹독한 운명에 의한 필연적인 사건으로 그려진다. 그렇기 때문에 기갈로 고생하고 매일 잠자리를 걱정해야 하는 주인공의 어려움에 대해 전적으로 독자들이 집중할 수 있게 되었다. 또한 유랑과 걸식의 상황을 서술하는 데에서도 〈소대성전〉과 유사한 내용이라고 할지라도 보다 상세하게 묘사하고 있으며, 신유복의 심리 상태를 문면에 드러내는 데 집중하고 있다.

> 마을마을 차저 밥을 비러먹고 날이 져물면 방아간에 드러가 밤을 지닉고 미일 도문걸식ᄒ니 그 참혹흔 경상을 참아 보지 못ᄒ더라 날이 졈졈 갈수록 긔갈이 자심ᄒ야 촌보를 힝치 못ᄒ야 홀 수 업서 남에 쇼를 멕여 주고 잔명을 보뎐ᄒ야 세월을 보닉더니 일일는 목동이 흔가지로 초장에 나아가 쇼를 멱이더니 류복이 호련걍긔흔 마음을 발ᄒ야 울덕흠을 억제치 못ᄒ야 장탄으로 흔 노릭를 지어 희롱ᄒ니 그 노릭에 ᄒ얏스되 (…중략…) 이날 류복이 쇼를 잇글고 도라와 종시 울적흔 마음을 억제치 못ᄒ야 혀랴리되 남의 고용이 되야 천딕가 자심ᄒ니 장부 엇지 남의 휘ᄒ에 속졀업시 초목과 갓치 썩으리오 찰하리 사희팔방으로 주류ᄒ야 명산대천을 완상흠미 올토다ᄒ고 주인의 ᄒ즉ᄒ고 길를 덧나 뎐뎐걸식ᄒ야 가는지라[36]

부모를 모두 잃고 보호자도 사망하여 의지할 곳이 전무한 십대 초반

35) 김일렬(1990), 앞의 책, p.331.
36) 광문서시본 〈신유복전〉.

의 아이가 여러 마을을 돌아다니며 밥을 얻어먹고 아무 곳에서나 잠을
청하는 모습은 말 그대로 참혹한 장면이 아닐 수 없다. 주인공은 걸음
을 제대로 걷지 못할 지경에 이르자 어쩔 수 없이 허드렛일을 시작한
다. 목동 일을 하며 가까스로 연명하는데, 행복했던 지난날과 달리 마
치 부평초 같은 자신의 처지를 생각하며 울적한 마음을 노래하기도 한
다. 그러나 목동 무리 중에는 이러한 노래에 화답하여 자신의 마음을
알아줄 사람이 없다. 당장 끼니 걱정을 하는 것도 큰 고통일 수 있지만
그보다 더한 것은 극한의 고독이다. 자신을 걱정해 줄 혈육은커녕 자신
의 심정을 알아주는 이도 없다. 유리걸식의 고난 구조에서 기갈로 고통
받는 상황도 가여운 일이지만 그러한 주인공 곁에 아무도 존재하지 않
는다는 외로움이 훨씬 더 안타깝게 다가온다. 〈신유복전〉은 주인공의
의지할 곳 없는 처지를 묘사하되, 〈소대성전〉처럼 굶주림의 고통만 다
룬 것이 아니라 한 단계 더 나아가 인간으로서 느끼는 쓸쓸함을 더하여
표현하였다. 그렇게 함으로써 신유복의 고난 상황을 훨씬 더 격렬하고
세밀하게 드러내는 효과를 거두었다.

결국 신유복은 절대적 빈곤과 외로움 사이에서 차라리 유리걸식의
삶을 택하기로 한다. 목동으로 일하며 겨우 먹고 살아가는 것보다 명산
대천을 완상하며 대장부다운 삶을 살겠다고 다짐한다. 비록 현실은 전
전걸식해야 하는 처지이지만 목숨을 부지하기 위해 남의 천대를 받으
면서 하찮은 일만 할 수 없다는 결단을 내린 것이다. 다시 거지와 다름
없는 생활을 하게 됨으로써 몸은 고단해졌으나 이미 경험했던 부랑자
의 삶 속으로 오로지 자신의 선택을 믿고 뛰어든 것은 주인공의 영웅적
인 면모를 보여주는 바라 하겠다.

## 3) 사위 박대의 고난 구조

거지 행색을 하고 여기저기 떠돌던 주인공은 뛰어난 안목을 가진 조력자에 의해 유랑에서 벗어날 수 있었다. 〈소대성전〉에서는 이승상이 신이한 꿈을 꾸고 인도되어 간 곳에서 소대성을 발견하여 남루한 행색 속에서 그의 비범함을 알아본다. 〈신유복전〉에서는 상주목사가 길가에서 울고 있는 거지 아이를 보고 허름한 모습 속에서도 남다른 분위기를 직감하고는 동헌에 데려온다. 이승상은 소대성을 집으로 데려와 유달리 아꼈던 막내딸의 배필로 삼으려 하며, 상주목사는 자신의 부하인 호장 이섬에게 사위를 삼으라고 명령한다. 길거리에서 숙식을 해결하는 것보다 의탁할 누군가가 생긴다는 것은 다행인 일이다. 그러나 두 주인공의 남루한 행색이 문제가 되어 그들을 선뜻 내켜지 않는 인물들이 등장하며 주인공의 새로운 고난이 시작된다. 〈소대성전〉에서는 이승상의 아내인 왕부인과 세 아들이, 〈신유복전〉에서는 이섬 부부와 두 딸이 그러한 역할을 수행하고 있다. 유리걸식의 극단적 빈곤 문제는 지인지감을 가진 조력자에 의해 극적으로 해결이 되었으나 장차 주인공이 가족으로 관계를 맺을 인물들에 의해 새로운 고난 구조가 형성된다.

> 부인이 걸인 다려온 줄을 짐작ᄒ고 발연 변ᄉ 왈 승상이 평일의 여아을 임ᄉ의 비기시던이 오늘날 걸인을 맞기려 ᄒ신이 그 명감을 몰의로소이다 (…중략…) 왕부인이 일가의 ᄌ로 의논ᄒ며 왈 소싱의 거동이 등징ᄒ도다 학업을 젼폐ᄒ고 쥬야의 잠ᄌ기만 슝상ᄒ니 일어코 엇지 공명을 바라리요 여아의 혼ᄉ을 거졀코져 ᄒᄂ이 너의등은 소견이 엇더ᄒ요 (…중략…) 본디 비려먹ᄂ 걸인을 승상이 취중의 망영되이 허ᄒ신 비라 여등은 소싱 ᄂ칠 쇠을 ᄉ속키 힝ᄒ라 (…중략…) 즉시 조영이란 ᄌ긱을 불너 천금을 주고 소싱의 슈말을 일은디 조영이 왈 이ᄂ 비란지ᄉ라 금

야의 결단ᄒᆞ린이다 ᄒᆞ고 밤을 기다리더라[37]

평소 이채봉을 매우 귀하게 여겨 마음에 드는 사윗감을 구하는 것이 어려우면 차라리 규중에 늙히겠다는 이승상이었다. 그랬던 이승상이 가장으로서의 권위를 내세우며 소대성을 사위로 삼겠다는 선언을 하자 왕부인은 처음에 걸인을 데려온 줄 알고 반발하였고, 소대성을 만나본 후에는 아무리 명가의 자손이라 하더라도 장군이 될 상이지 선비의 용모는 아니므로[38] 불만을 품게 되었다. 그러던 중 이승상이 병사하자 학문도 하지 않고 매일 잠만 자는 소대성이 못마땅했던 왕부인은 세 아들과 더불어 소대성을 집안에서 내칠 궁리를 하고, 결국 자객을 보내어 그를 해치기로 한다. 이승상은 의지할 곳 없이 떠돌이 신세였던 주인공을 발견하여 집으로 데려와 좋은 의복과 맛있는 음식을 대접하고 소대성이 품은 큰 뜻을 이해하며 서책까지 제공하였다. 시련의 세월이 지나가고 미래를 위한 준비를 성실하게 수행할 수 있는 공간이 마련되었나 싶은 순간 유일한 조력자의 죽음으로 인해 주인공은 어쩔 수 없이 다시 고난 상황을 마주하게 된다. 가족이 될 예정이었던 사람들에게 목숨을 위협받는 지경에 이른 것이다. 원수지간도 아닌데, 정혼을 파기하고 그저 내쫓으면 될 것을 굳이 자객까지 보내야 하는지 의구심이 들 정도의 급작스러운 전개이다. 이는 초기 영웅소설로서 〈홍길동전〉의 영향을 받은 흔적이 드러나는 부분인데,[39] 주인공에게 내재된 영웅적 역량을 보여주는 동시에 이제 이승상의 집을 떠나 영웅성을 한껏 고양할 수 있는 또 다른 수학의 공간으로 가기 위한 계기로 활용된 것이다.

---

37) 완판 43장본 〈소대성전〉.
38) 김현양, 앞의 논문, p.44.
39) 김일렬(1990), 앞의 책, p.333; 전상경, 앞의 논문, p.414.

그런데 〈신유복전〉에는 처가의 사위 박대가 보다 현실적으로 그려져 있다. 결혼 약속을 지키지 않으려 사위가 될 사람에게 자객을 보내고 목숨을 위협하는 행위는 일상에서는 보기 어려운 장면이다. 그러나 자신보다 하찮게 여겨지는 대상에게 언어폭력을 일삼고 학대하는 비도덕적인 인물은 종종 만나볼 수도 있는 존재이다. 더욱이 가족이 될 사람들에게 단지 겉모습으로만 판단되어 이러한 박대를 당한다는 것은 주인공이 새로운 어려움에 봉착하였음을 알리는 것이기도 하다.

> 리셤이 뜻밧게 이 분부를 듯고 대경ᄒ야 눈을 드러 그 아히를 살펴보니 흉악ᄒ고 망측ᄒ야 바로 보지 못ᄒᄂ러 눈을 씽그리고 엿즈오되 소인이 아모리 하쳔ᄒ 상놈인들 져갓흔 거령방이를 사위삼ᄊ오릿가 죽을지언졍 이 분부ᄂ 봉ᄒ치 못ᄒ개나이다 (…중략…) 호장의 쳐가 이말 듯고 상을 씽그리고 고기를 외로 쓰며 류복을 바라보고 ᄒᄂ 말이 흉악ᄒ고 망측ᄒ다 져갓흔 흉물이 셰상에 쏘 잇슬가 (…중략…) 부모다려 ᄒᄂ 말이 자식이 밉쌉거든 약을 멱여 죽이옵소셔 져러ᄒ 인물를 우리비 갓튼몸에 비ᄒᄂ잇가 영쳔수가 갓가오면 귀를 쓰고져 ᄒᄂ이다 (…중략…) 경옥경난이 이말을 듯고 왈 이 드러운 년아 져 거지의게 눈이 어두어 음양을 탐ᄒᄂ니 져 거지를 다리고 나아가라ᄒ며 구박이 자심하ᄂ지라 쏘흔 호장부쳐가 딕로ᄒ야 경픠를 꾸지져 왈 너의 삼형졔 중 너를 그중 ᄉ랑ᄒ얏더니 능지ᄒ고 처참홀 년아 음난ᄒ 마음으로 져 거령방이를 싱각ᄒ야 부모를 염녀ᄒᄂ 쳬ᄒ고 사롬을 빙즈ᄒ나 요망ᄒ고 방졍마진 년아 져 거지를 다리고 너갈씩로 가거라[40]

상주목사의 명령으로 신유복을 집으로 데려오기는 하였으나 이섬은 이미 그를 거지로 판명한 상태이다. 상주목사가 사위를 삼으면 나중에

---

40) 광문서시본 〈신유복전〉.

저 아이의 덕을 입을 것이라 이야기해도 이섬은 사람 보는 안목이 없기 때문에 목사의 명령이라 할지라도 매우 부당하게 생각할 뿐이다. 심지어 신유복의 면전에서 그를 인격적으로 무시하는 발언을 쏟아낸다. 그러나 어쩔 수 없이 집에 신유복을 데려와 먼저 아내에게 보이는데, 그녀 또한 신유복을 앞에 세워 두고 모진 발언을 서슴지 않는다. 이러한 장면에서 지인지감은 차치하더라도 사람에 대한 기본적인 예의마저 갖추지 못한 부부의 모습을 보여줌으로써 주인공의 난처한 상황을 숨김없이 그려낸다. 상주목사에게 구출되었지만 이섬의 사위가 된다는 것은 아직 고난의 끝을 의미하지 않는다는 사실을 보여주는 것이다.

마침내 세 딸에게 선을 보이자 두 언니는 부모와 같은 성격을 지녀 자신들의 고귀함과 신유복의 비천함을 비교하며 그를 멸시한다. 기껏 이섬의 집에 와서는 가족들에게 온갖 천대를 당하는 처지에 놓았다. 그런데 셋째 딸인 이경패는 상주목사처럼 놀라운 안목을 가졌으므로 신유복과 결연하겠다고 선언한다. 그러자 이섬 가족은 이제 이경패에게도 차마 입에 담기 어려운 말을 쏘아붙이기 시작한다. 결국 온갖 인격적 모독을 당하고 신유복과 이경패는 집밖으로 내쫓긴다. 목사에게 구조되어 안정된 삶을 구가하는가 싶더니 이섬 가족에게 박대당하고 다시 걸식하는 신세가 되었다.

〈소대성전〉에서 처가 식구들이 사위에게 자객을 보내는 서사도 위협적이지만, 이미 소대성에게는 영웅적 능력이 잠재되어 있었기에 자객을 손쉽게 퇴치할 수 있었다. 고난 상황을 자력으로 쉽게 해결한 것이다. 심지어 자신에게 자객을 보낸 가족을 해치지 않고 후일을 위해 용서하는 아량을 베풀 정도로 여유 있는 모습이다. 이러한 장면을 통해 더이상 소대성이 시련에 빠지지 않을 것이라는 사실을 짐작할 수 있다.

그러나 〈신유복전〉의 고난 구조는 훨씬 더 절망적이다. 신유복은 굶

주림을 감내하면서까지 외로움을 떨쳐버리고 싶어 유랑의 삶을 택한
것인데, 처가에서 다시금 멸시의 대상으로 전락하며 그러한 소망이 철
저히 부서지는 경험을 한다. 이섬 부부와 두 언니는 사람을 판단하는
기준이 오로지 겉모습이기 때문에 신유복의 영웅적 면모를 알아보지
못했다. 목사가 아무리 그를 알아보았다고 하더라도 실질적으로 구원
한 것은 아니므로 신유복이 고난에서 벗어나는 서사는 유예되었다. 여
기에서 주인공에 대한 독자의 동정심이 유발될 수 있는 것이다. 다행히
천정배필인 이경패와 함께여서 지독한 고독에서는 벗어났으나 다시 유
리걸식하는 형편이 되었다. 이들 부부는 움에 대강 잠자리를 마련하고
동네 사람들의 도움을 받아 겨우 살아간다. 유리걸식하던 신유복이 구
제될 수 있을 것이라는 기대를 품었다가 곧바로 예전 생활로 회귀하였
으므로 희망이 좌절되어 고난이 더욱 심화되는 효과를 거두었다. 8년
동안 참혹한 신세를 벗어나지 못하는데, 이러한 서사는 주인공 부부에
대한 절대적인 연민을 불러일으키기에 충분한 내용이다.

## 4. 고난 구조의 후대적 변이와 그 의미

〈소대성전〉과 〈신유복전〉은 '영웅의 일생'에 따라 영웅군담소설로서
공식화된 구성을 취하고 있기 때문에 영웅인물의 초년 고난을 형상화
하는 기본적인 서사의 틀에서 어느 정도 유사점을 발견할 수 있다. 그
러나 작품 내에서 주인공의 고난이 본격적으로 표현되는 데에는 뚜렷
한 차이가 드러난다. 영웅소설이 형성되던 시기의 〈소대성전〉은 영웅
인물의 가정적 고난을 단편적으로나마 그렸으나 후대의 다른 영웅소설
에서는 그것이 약화되는 과정을 거쳤다.[41] 그런데 1910년대에 새로 창

작된 〈신유복전〉에 와서는 다시 영웅의 숙명적 고난이 확장되었다.

영웅소설이 형성되어 인기를 끌던 시기에는 주인공의 고난 상황 자체가 큰 관심거리는 아니었다. 영웅인물이 입신양명의 궤도에 오르기 이전까지 마땅히 겪어야 하는 서사 장치로서 기능했을 따름이다. 그러한 고난 구조 중에서도 가정적 고난은 〈소대성전〉과 같은 이른 시기의 영웅소설에서만 미약하게 드러나다가 본격적인 영웅소설 작품에서는 그것마저 생략되는 경향을 보인다. 그러다 〈신유복전〉에 이르러 영웅인물의 고난 경험이 확대되어 다시 나타난 것이다. 이는 부모의 죽음과 유리걸식 및 처가의 박대라는 초년의 고난 상황이 이 시기 고전소설 독자층이 요구하는 사항과 일치했기 때문에 다시 등장하였음을 시사한다.

〈신유복전〉이 제작되기 바로 전인 1914~1916년 사이에는 실제로 〈유충렬전〉이나 〈조웅전〉과 같은 군담소설이 다수 출판되었는데 이들은 방각본 그대로를 활자본으로 옮긴 것이다.42) 이전에 널리 읽혔던 영웅소설군이 여전히 독자들에게 인기 있는 독서물로 흥행하였다.43) 군담소설뿐만이 아니라 다양한 종류의 고전소설 작품이 이 시기에 의욕적으로 출판되다가 1919년 이후에는 새로운 활자본 고전소설이 거의 등장하지 않는다.44) 당시의 이러한 출판 상황 속에서 1917년에 창작된 〈신유복전〉은 전대의 영웅소설 속 공식화된 구성을 따르면서도 고난 구조의 확장이라는 새로운 창작 의식을 선보이고 있다.

〈소대성전〉의 주인공은 얼마간 남은 재산을 난처한 상황에 빠진 누

---

41) 안기수, 앞의 논문, pp.195~196.

42) 권순긍, 앞의 책, p.29.

43) 10회 이상 출판된 활자본 고전소설 중 영웅소설류가 다수였기는 하나 방각본의 경우처럼 주류를 이루지는 않았다고 한다(이주영, 앞의 책, pp.106~107).

44) 위의 책, pp.169~176.

군가를 위해 모두 내줄 수 있을 정도로 넓은 아량을 가진 존재로 그려
진다. 또한 자객을 도술로 물리칠 수 있을 정도로 이미 타고난 영웅성
을 인지하고 있던 인물이기도 하다. 그렇기 때문에 이러한 존재가 고난
의 상황에 너무 깊숙이 빠져 있는 것은 영웅성에 대한 훼손일 수 있다.
그러나 〈신유복전〉의 주인공은 이에 비하면 매우 현실적인 인물이다.
비범한 존재로 역시 천상계에서 적강한 것으로 그려지기는 하지만, 그
가 겪는 시련은 1910년대의 암울한 현실을 있는 그대로 보여준다. 부모
가 구몰하고 고아가 되어 거지 신세가 된 주인공의 '고난 극복의 현실
적 과정'이[45] 작품 내에 상당한 지면을 할애하여 아주 정교하게 묘사되
어 있다. 신유복은 소대성에 비해 영웅적 면모가 약화된 인물이므로 가
난을 온몸으로 겪어내고 오랜 시간 동안 성실히 수학하여 비로소 고난
을 종결할 수 있었다. 신유복이 경험하는 온갖 어려움은 이전의 영웅소
설 속 주인공의 그것보다 훨씬 험난하고 구체적이며 감정적이다. 독자
들이 극도의 슬픔과 연민을 느낄 수 있도록 초년의 고난을 체계적으로
갖추는 데 집중하여 주인공의 시련 상황이 뚜렷하게 제시되었다.

　활자본의 시대가 열리면서 가장 많이 출판되는 소설이 더 이상 〈조
웅전〉과 같은 영웅소설이 아니라 〈춘향전〉이 되었다는 사실은[46] 이 시
기에 접어들어 독자층의 취향이 달라졌음을 뜻하는 것이기도 하다. 당
대의 저작자들은 남녀귀천을 막론한 광범위한 독자층을 그 대상으로
하였는데, 특히 활자본 고전소설과 마찬가지로 동시대에 두루 읽혔던
신소설에서 자주 다루었던 소재가 여성 주인공의 고난이나 가정사였다
는 사실은 여성 독자들이 활자본 소설의 비중 있는 독자층이었음을 말

---

45) 권순긍, 앞의 책, p.91.
46) 김일렬(2015), 앞의 책, pp.103~104.

해 준다.47) 이들의 독서 취향은 같은 영웅소설이라고 해도 이전과는 다른 구성의 작품이 요구되었음을 반증한다.

여전히 영웅소설이 인기가 있기는 했으나, 당시의 독자를 흡인하기 위해서는 또 다른 요소가 필요했을 것이다. 〈신유복전〉의 저작자는 새롭게 영웅소설을 짓는 것이니만큼 의욕적으로 대중적 인기를 구가할 수 있는 요소를 투입하고자 했을 것으로 짐작된다. 그것이 바로 고난 구조의 확장으로 나타났다. 방각본 시절부터 읽혔던 다른 영웅소설들과 차별화되면서도 그 작품들보다 더욱 높은 인기를 얻고자 주인공에 대한 독자들의 동정심을 자극한 것이다. 전대의 영웅소설에서는 대부분 생략된 서사였지만, 당대 독자층의 취향에 걸맞는 고난 구조를 '영웅의 일생'을 벗어나지 않는 선에서 극대화하였다. 그러면서 독자의 애통한 감정을 고양하여 후반부 영웅인물의 환희를 더욱 크게 맛보는 효과를 거둘 수 있게 하였다.

〈신유복전〉을 읽었던 한 여성 독자의 반응에서도 알 수 있듯이48) 결국 이 작품은 주인공의 고난 구조를 대폭 확장함으로써 불우한 어린 시절을 성공적으로 묘사할 수 있었고, 이는 곧 독자의 요구에 부합하는 방향이기도 하였다. 궁극의 목적은 영리 추구였지만, 시장과 독자층에 대한 정확한 판단을 통해 흥행 요소를 아울러 구비한 것이다. 전대의 영웅소설에서 익숙한 서사를 옮겨오고 이에 주인공의 고난 경험을 확대 서술하는 방법을 통해 대중의 기호에 일치하는 내용을 조직할 수

---

47) 이주영, 앞의 책, pp.109~112.

48) '자료 〈신유복전〉'의 앞쪽에는 려증동이 적은 내용이 실려 있다. 그중에 '소자의 선비(先妣) 겨웁셔 평소 〈신유복전〉을 읽으시고는 눈물을 흘리시는 것이었습니다. 눈물을 흘리기 위하여 〈신유복전〉을 읽으시는 것으로도 보였습니다. 붓글씨 책에 눈물이 흘러서 책이 상하게 되었습니다.'라는 부분이 있다(『배달말교육』 17, 배달말교육학회, 1997, pp.145~197).

있었다. 이는 곧 영웅소설의 해체기에 독자들에게 널리 읽히기 위한 새로운 방법에 대한 모색이었다는 점에서 후대 영웅군담소설로서 〈신유복전〉의 가치가 드러나는 부분이다.

## 5. 맺음말

영웅인물이 고난을 극복하고 악인을 징치하며 최종의 승리를 획득하는 내용은 고전소설의 독자층에게 큰 인기를 끌었다. 필사본이나 방각본의 시대를 지나 활자본이 대두된 이후에도 이러한 경향은 지속되었는데, 방각본 내용 그대로 영웅소설이 출판되는 상황에서도 독자층의 요구에 맞춰 전과는 다른 영웅소설이 새롭게 창작된 경우도 있었다. 그중 한 작품이 바로 〈신유복전〉이다.

영웅소설은 대부분 '영웅의 일생'을 바탕으로 이야기가 조직된다. 형성기 영웅소설인 〈소대성전〉에서는 주인공의 가정적 고난이 간략하게 그려졌고, 이후 본격적으로 인기리에 읽혔던 다른 영웅소설들에서는 이러한 고난이 점점 더 약화되었다. 그런데 〈신유복전〉은 전대의 작품들과는 다르게 고난 구조가 대폭 확장되어 나타난다. 먼저 부모 사망의 고난 구조에서 〈소대성전〉은 부모의 죽음을 한 단락으로 압축해서 표현하고 있지만, 〈신유복전〉은 부친, 모친, 시비에 이르기까지 세 차례에 걸쳐 유언을 장황하게 나열하며 독자의 비통한 감정을 이끌어내는 데 주력하였다. 그리고 유리걸식의 고난 구조에서 〈소대성전〉은 시련의 상황보다는 주인공의 영웅적인 면모를 그리는 데 오히려 집중한 데 비해, 〈신유복전〉은 걸식과 고독으로 인해 주인공이 겪는 고통을 정교하게 묘사하여 독자의 연민을 불러일으키고 있다. 또한 사위 박대의 고난 구조에서 〈소대성전〉은 주인공이 이미 영웅적 자질을 인지하여 스스로 고난 상황을 타개하고 있으므로 위협의 정도가 완화되어 나타난다. 그러나 〈신유복전〉에서는 문제 해결의 기미가 좀처럼 보이지 않고 구원될 것 같았던 주인공이 결국 다시 처절한 고통 속으로 함몰되고 있으므로 고난 상황이 훨씬 강력하게 형상화되었다.

이처럼 〈신유복전〉이 새로 창작되면서 고난 구조의 확장을 꾀한 것은 대중적 인기를 구가하기 위한 것이다. 일단 기본적인 흥행을 보장할 수 있는 영웅소설의 구성을 바탕으로 하고, 당대 독자층의 요구를 적극 반영하여 슬픈 서사를 집중적으로 투입하였다. 〈신유복전〉에서 주인공이 겪는 다양한 고난 상황은 이전의 영웅소설에서 나타난 것보다 더욱 험난하고 구체적으로 그려지는데, 이를 통해 독자들의 감정을 자극하여 주인공에게 동정심을 가질 수 있도록 한 것이다. 영웅인물이 등장하는 고전소설은 광범위한 계층의 독자들이 대부분 선호하는 장르였고, 특히 고난 구조가 확장된 서사를 통해 활자본 소설의 주요 독자층이었던 여성 독자들까지도 흡인하였다. 그러므로 〈신유복전〉은 활자본 저작자들이 달라진 시대에 적응하기 위하여 고전 영웅소설을 대중의 기호에 적합하게 변화시킴으로써 독자층에게 애독되기 위한 방법을 적극적으로 모색한 작품으로 볼 수 있다.

# 제4장
## 〈신유복전〉의 서사양태와 서술방식

## 1. 머리말

오늘날의 고전소설은 민족 문화의 전통을 계승하려는 취지에서 학습되는 면모를 강하게 지니게 되었다. 누구나 두루 찾아 읽으며 문학작품으로서 현재적 가치를 창조하기보다는 고전으로서 민족적 주체를 형성하기 위한 텍스트로 활용되는 경향이 존재한다.[1] 심지어 고전소설이 현대인의 복잡한 사유 체계와 어울리지 않는다고 여기며, 구성방식이나 문체가 세련되지 못하고 그 내용은 전근대적이어서 시대정신을 담지 못했다고도 말한다. 그러나 이러한 평가는 서구의 문학 비평 방식에 기준을 두고 무리하게 우리의 고전소설을 끼워 맞춘 것에서 비롯한 것이다. 모든 문학작품은 역사적 사건이고 일정한 형식으로 창작된 것이며 그와 동시에 사회적 산물이기도 하기 때문에[2] 공통의 비평 방법이

---

1) 강봉근 외, 『고전소설 교육론』, 역락, 2015, pp.97~102.
2) 이상섭, 『문학 연구의 방법』, 탐구당, 2006, pp.7~122.

유용하게 적용될 수도 있을 것이다. 그러나 각각의 작품을 연구할 때에
는 그것만이 지닌 특수성을 감안해야만 한다.

고전소설 작품을 하나씩 살펴가다 보면 비슷한 유형 속에서도 작품
마다 특별한 개성이 드러나거나 전대의 서사를 차용하면서도 새로운
변화를 추구하려는 움직임이 발견되기도 한다. 그것이 비록 작은 부분
에 한정된 것일지라도 창의적인 방법을 동원하여 고전소설 작품을 보
다 다채롭게 표현하고자 했던 작자의 의식이 드러났다는 것을 고려하
면 우리의 고전소설을 모조리 평면적 기술에 바탕을 두고 천편일률적
주제를 그리고 있다고 단언하기는 어렵다. 특히 여기에서 다루고자 하
는 〈신유복전〉은 1917년에 새롭게 창작된 작품으로, 전대의 영웅소설
을 계승하고는 있으나 표현방식에서 의미 있는 시도를 하고 있어 주목
할 만하다.

그간 〈신유복전〉에 관한 연구를 살펴보면 일단 작품에 활용된 모티
프에 집중한 논의가 있다. 지인지감 화소가 나타나는 여러 작품의 양상
을 고찰하며 〈신유복전〉을 대상으로 한 경우가 있고[3] 〈신유복전〉의
지인지감 모티프와 혼사장애 모티프를 살피고 이들이 곧 초궁만달(初窮
晩達) 모티프를 주제로 삼은 것이므로 영웅의 일생과 부합되는 것임을
밝힌 연구도 있다.[4] 그리고 〈신유복전〉의 이본인 〈천정연분〉과의 비
교를 통해 〈천정연분〉이 원본을 전체적으로 축약하는 과정에서도 결연
화소는 고스란히 계승하였으며 이것은 당시 대중의 기호에 영합한 것
이라는 결론을 도출하기도 하였다.[5] 또한 〈신유복전〉의 창작시기와

---

3) 현혜경, 「고전소설에 나타나는 지감화소의 성격과 의미-〈소대성전〉·〈낙성비룡〉·
〈신유복전〉을 중심으로」, 『국어국문학』 102, 국어국문학회, 1989, pp.175~200.
4) 곽정식, 「〈신유복전〉의 설화 수용 양상과 영웅소설사적 의의」, 『한국문학논총』 61,
한국문학회, 2012, pp.5~30.

관련하여 작자의식을 살핀 결과 근대적인 민족주의보다는 오히려 봉건적 사고를 답습하고 있다는 평가를 내린 논의도 있다.[6] 본격적인 작품론으로 〈신유복전〉의 순차구조와 순환구조를 밝히고 배경설화의 전승양상을 고찰한 논의와[7] 〈신유복전〉의 이상주의적 성격에 집중한 논의가 있다.[8] 특히 후자의 경우에는 〈신유복전〉을 하층영웅소설로 규정하고, 작품 내에서 초월적 존재의 원조가 반드시 필요하므로 이 소설이 개인적 차원에서 이상주의를 구현한 작품임을 강조하며 이에 따른 작자의식의 한계를 지적하기도 하였다.

〈신유복전〉이 당시 흥행하던 영웅소설의 여러 장점을 계승하여 새롭게 창작되었음을 감안하면 시대정신을 제대로 담지 못하고 전대의 작품을 답습했다는 평가가 이해되지 않는 바는 아니다. 그러나 작품 내에서는 적어도 저작자가 의도한 바에 의해 독특한 서술방식을 바탕으로 하여 작품의 형상화가 효과적으로 이루어지고 있음을 발견할 수 있다. 작자가 작품을 새롭게 창작하면서 특정한 서술방식으로 소설 창작의 목적을 실현하려는 의지를 내보인 것으로 생각된다. 또한 이러한 방식을 통해 독자가 소설의 내용을 수용하는 데에도 긍정적인 역할을 할 것임을 유추할 수 있다. 이러한 시도를 단지 영리를 추구하기 위해서라는 단순한 의도로 치부하거나 혹은 결과론적으로만 살펴서 작자의식이

5) 엄태웅, 「〈신유복전〉 이본 〈천정연분〉의 변이 양상과 의미(1)」, 『Journal of Korean Culture』 24, 한국어문학국제학술포럼, 2013, pp.61~90; 엄태웅, 「〈신유복전〉 이본 〈천정연분〉의 변이 양상과 의미(2)」, 『우리문학연구』 41, 우리문학회, 2014, pp.105~143.

6) 권순긍, 「〈신유복전〉과 민족주체의식의 한계」, 『성대문학』 27, 성균관대학교 국어국문학과, 1990, pp.257~265.

7) 박명재, 「신유복전 연구」, 한국교원대학교 교육대학원 석사학위논문, 2002.

8) 신태수, 「신유복전의 작품세계와 이상주의적 성격」, 『한민족어문학』 26, 한민족어문학회, 1994, pp.165~190.

시대에 뒤떨어진다든지 고전소설의 틀에만 안주하여 현실 상황을 반영하지 못하였다는 부정적인 평가만 내릴 수는 없는 것이다. 민족의식의 주체성이나 작자의식의 한계를 지적하기에 앞서 이 작품이 지닌 문학적 성취를 찾아내는 것이 이 글을 기술하는 목적이다.

## 2. 작품의 개황

〈신유복전〉은 필사본과 방각본 없이 두 종류의 활자본만 전하는 작품이다. 1917년 광문서시에서 최초로 발행된 이래, 1925년에 세창서관에서 〈천정연분〉이라고 제목을 바꾸고 내용을 축약하여 출판하기도 하였다.9) 필사본이 전하지 않기 때문에 1917년 광문서시본이 처음 창작된 것으로 생각된다.10) 새롭게 작품을 저작하면서 이전 영웅소설의 공식화된 구조를 따라 내용을 전개하기는 하였지만,11) 보다 많은 독자에게 읽히기 위하여 다른 영웅소설들과 차별된 내용을 담기도 하고 다양한 서술방식도 동원하였다. 여기에서는 광문서시본 〈신유복전〉을 대상으로 하여 논의를 진행하기로 한다.12) 일단 〈신유복전〉의 전체 내용을 간략하게 살피면 다음과 같다.

① 조선 명종 때 전라도 무주 남면 고비촌에 진사 신영이 있었는데,

---

9) 이주영, 『구활자본 고전소설 연구』, 도서출판 월인, 1998, p.155.

10) 권순긍, 앞의 논문, p.257; 신태수, 앞의 논문, p.167.

11) 윤보윤, 「영웅소설의 고난 구조와 후대적 변이 양상-〈소대성전〉과 〈신유복전〉을 중심으로」, 『어문연구』 89, 어문연구학회, 2016, p.105.

12) 동국대학교 한국학연구소, 『활자본고전소설전집』 4, 아세아문화사, 1976.

부인 최씨와의 사이에 혈육이 없어 한탄하다가 제주 한라산에 가 백 일 동안 기자 발원을 한다.

② 신영 부부의 꿈에 한라산 선관이 나타나 적강한 천상규성 선동을 인계하며 부부의 명이 짧아 아이가 초년에 고생할 것이나 결국에는 영귀한 삶을 살 것이라고 한다.

③ 잉태한 지 여섯 달 만에 신영이 득병하여 죽고 부인 최씨는 이후 용모가 비범한 옥동을 낳는데, 아이의 부친이 없음을 매우 슬퍼한다.

④ 부인 최씨도 병이 위중하여 신유복이 다섯 살 되던 해에 시비 춘매 에게 아들을 부탁하고 죽는다.

⑤ 점점 가산이 기울고 춘매 또한 병을 얻어 신유복이 아홉 살 때 죽음 을 맞고, 신유복은 의탁할 곳이 없어 유리걸식하다가 목동 일을 하 며 연명한다.

⑥ 한편 경상도 상주에 사는 호장 이섬은 일찍이 경옥, 경란, 경패의 세 자매를 두었는데, 경패를 잉태할 때 꿈에 월궁선녀가 나타나서는 적강하였으나 전세의 연분을 찾아 의탁할 것이니 13년만 양육해 달 라고 하였다.

⑦ 신유복이 열네 살이 되던 해에 유리걸식하며 상주까지 왔다가 길거 리에서 잠이 들었는데 상주목사가 그의 비범함을 발견하고 그간의 행적을 물은 뒤 호장 이섬에게 사위로 삼으라고 한다.

⑧ 이섬은 신유복의 남루한 행색이 내키지 않았으나 거역할 수 없어 그를 집에 데려와 세 자매에게 의중을 물었는데, 막내인 이경패가 자식된 도리로 부모를 구하고자 하였고 지저분한 행색에 가려진 신 유복의 비범함을 알아보았으므로 긍정적인 반응을 보인다.

⑨ 두 언니와 호장 부부가 크게 화를 내어 욕하며 신유복과 이경패를 쫓아낸다.

⑩ 신유복과 이경패는 움에 자리를 잡고 동네 사람들의 도움을 받으며 허드렛일로 연명한다.

⑪ 이경패가 원강대사에게 가 8년 동안 수학할 것을 권하고 이에 신유

복은 대사를 찾아갔는데 대사는 그의 남다른 재능을 알아보고는 문무를 가르친다.

⑫ 신유복이 8년 공부를 마치고 돌아오자 이경패는 신유복이 쓴 글을 다른 선비에게 보여 명문임을 확인한 후 매우 기뻐한다.

⑬ 동서인 류소현과 김평은 행장을 여유 있게 차려 과것길을 떠나며 신유복을 모른 척하고, 이경패는 남편의 과것길 노자라도 마련하려고 친정에서 몰래 쌀을 푸다가 가족들에게 들켜 매를 맞는다.

⑭ 이경패가 머리카락을 잘라 넣어주며 과거 행장을 꾸리고 신유복은 걸식하며 경성에 도착한다.

⑮ 명지 장사, 필묵 장사, 두부 장사가 신이한 꿈을 꾼 뒤 신유복을 대하여 각각 파명지, 부러진 필묵, 숙소와 음식을 제공하며, 신유복은 동서들의 홀대에도 불구하고 무사히 시험을 치른다.

⑯ 신유복이 장원급제하여 수원부사를 제수받고 상주로 내려와 이경패와 함께 기뻐하며 제사를 지낸다.

⑰ 호장 부부가 신유복의 장원급제 사실을 알고는 그간 그들을 박대했던 것이 두려워 걱정하고 두 딸은 이경패가 부러워서 신유복을 선택하지 않았던 일을 후회한다.

⑱ 신유복이 고향인 무주로 가서 부모님과 시비 춘매의 묘에 제사를 지내고 사당을 짓게 한 후 다시 상주로 돌아와 불안해 하는 호장 부부를 위로하고 용서한다.

⑲ 신유복이 수원부사로 부임하여 선정을 펼쳐서 유수를 제수받고, 전라감사와 경상감사를 거쳐 마침내 병조판서에 올라 금위대장을 겸한다.

⑳ 서번, 가달, 몽고가 화친하여 군사를 일으켜서 명나라를 침범하였는데, 무종황제가 군사 칠십만을 내보냈지만 가달의 장수 통골이 이끄는 군대에 전멸한다.

㉑ 명에서는 조선으로 청병하는 사신을 보내고 이에 신유복이 구원병 대도독이 되어 삼천 명의 군대를 이끌고 출정한다.

㉒ 신유복은 원강대사가 알려준 대로 천봉산 봉선암에 가서 일향대사

를 만나 도움을 청하고, 황성에 도착하여 대원수로 봉해진다.

㉓ 신유복이 진주에서 적장 통골과 맞붙어서 오랜 시간 동안 승패가 판가름나지 않았는데, 일향대사의 계책과 도술로 결국 통골이 신유복의 칼에 죽음을 맞는다.

㉔ 신유복은 서번의 장수 위골대와 몽고의 대장 설만춘을 연달아 처치하고, 야밤을 틈타 명진을 급습하려던 적의 계략을 일향대사가 알아채어 적군을 물리친다.

㉕ 통골의 아들 통각이 부친의 원수를 갚으려 금강도사, 누이인 벽옥과 함께 전장으로 오는데, 일향대사가 천문을 살펴 또 다른 명장이 합세했음을 알게 된다.

㉖ 금강도사와 일향대사가 도술 대결을 펼쳐 일향대사가 승리하고 이에 신유복이 통각을 죽인다.

㉗ 벽옥과 금강도사가 밤에 몰래 명진에 침입하는데, 일향대사가 천문을 보고 자객이 올 것임을 미리 알고는 도술을 부려 그들을 사로잡는다.

㉘ 서번, 가달, 몽고를 항복시킨 신유복이 황성으로 돌아오자 황제는 그를 위국공에 봉하고 병부상서를 제수한다.

㉙ 조선으로 돌아온 신유복은 삼남일녀를 두고 행복한 생을 누리다 칠십 세에 무주 고비촌으로 낙향한다.

㉚ 선관이 내려와 신유복과 이경패가 천상 선관 선녀였음을 알리고 부부가 백일승천한다.


〈신유복전〉은 천상규성으로 비범한 존재였던 주인공이 적강하여 유복자로 태어나 유년 시절에 가족과 보호자를 여의고 유리걸식하며 험난한 고난을 겪는 것으로 이야기가 시작된다. 마침 상주목사와 이경패의 지인지감(知人之鑑)으로 구출될 기회가 찾아오지만, 이섬 가족의 박대로 다시 내쫓겨 거리를 방랑하는 신세가 된다. 신유복은 이경패의 도움으로 수학의 공간을 추천받고 이를 계기로 능력을 길러 어려운 가정

상황에도 불구하고 장원급제한다. 그간 참혹한 어려움을 감내해야만 했지만, 급제 이후 신유복과 이경패는 영화로운 삶을 살게 된다. 신유복은 조선에서 선정을 펼칠 뿐만 아니라 오랑캐가 침범한 명을 구원하여 두 나라에서 인정받는 신하가 되는 영광을 누린다. 영웅소설의 공식적인 유형에 따라 서사가 진행되고 있는데, 〈신유복전〉은 전대의 영웅소설에 내용을 더하고 다양한 소재를 활용하여 흥미성을 고양하고 있다. 여기에 독특한 서술방식을 보태어 새롭게 저작하는 작품의 창의성을 돋우는 시도를 하는 점이 주목된다. 이전의 서사를 그대로 답습한 것이 아니라 일정 부분 저작자의 의식을 새롭게 반영한 면모가 돋보이는 것이다.


## 3. 서술방식

〈신유복전〉을 창작하면서 소재적 측면에서 흥행 요소로 고려한 것은 바로 영웅의 군담이다. 독자층의 취향이 변화하는 과정에서도 영웅소설은 여전히 인기리에 읽히던 작품군이었고, 이에 당대의 여성 독자들까지도 흡인할 수 있는 조건인 고아의 유랑걸식 이야기를 영웅인물의 초년 고생 서사로 편입시켰다. 이뿐만 아니라 이러한 내용을 전대의 영웅소설들보다 대폭 확장하여 비극적 정서를 심화시키는 방향으로 작품을 기술하였다.[13] 그런데 작품의 중심내용을 보다 효과적으로 부각하기 위해 다양한 서술방식 또한 함께 활용하여 작품이 창작된 양상을 살필 수 있다. 일단 기왕에 서술되었던 줄거리를 다시 한 번 압축하여 제시하

---

13) 윤보윤, 앞의 논문, pp.120~123.

는 방법을 택하기도 하였고, 특정 장면을 단번에 보이지 않고 반복적으로 노출시켜 서사를 지연하는 서술방식을 사용하기도 하였다. 뿐만 아니라 예언적 요소를 다수 활용하여 독자의 상상력을 자극하는 방편 또한 작품 전체에 자주 드러내었다. 이러한 서술방식을 통해 〈신유복전〉이 독자를 사로잡기 위한 수단으로 내용적인 요소 못지않게 표현방법에 대한 문제에도 고심했던 작가의식이 발현된 작품임을 알 수 있다.

### 1) 줄거리 요약을 통한 유기성 확보

〈신유복전〉에는 이전에 제시되었던 서사를 등장인물의 입으로 다시 언급하는 장면이 다수 등장한다. 작품의 서술자는 독자들이 이미 알고 있는 내용임에도 불구하고 대화체 형식을 빌려 앞서 기술되었던 내용을 문면에 다시 소개하고 있는 것이다. 주로 신유복이 자신의 과거 행적을 타인에게 설명하는 부분에 집중되어 있는데, 유리걸식하게 된 상황을 최대한 간단하게 드러내되 필수적인 장면들을 제외하지 않고 압축적으로 진술하는 것을 볼 수 있다.

> 쳔싱은 과연 쟝졀공의 구셰손이읍고 오듸진ᄉ 신우영의 아들이읍더니 부친는 쳔싱을 잉틱ᄒ지 륙삭만에 ᄒ셰ᄒ읍고 모친은 쳔싱나은지 오년만에 긔셰ᄒ읍시니 혈혈단신으로 의탁홀곳시 업ᄊ와 시비츈ᄆᆡ의게 의탁ᄒ얏ᄉ옵더니 불힝ᄒ야 츈ᄆᆡ 쏘흔 죽ᄊ오니 가산이 자연탕퓍ᄒᄆᆡ 싱계난쳐ᄒ옵기로 뎐뎐결식ᄒᄂᆡ이다[14]

신유복이 상주에 이르러 고단함을 이기지 못하고 길거리에서 잠이

---

14) 광문서시본 〈신유복전〉, p.173.

들었는데, 상주목사가 단순히 그를 거지 아이로 보지 않고 내면의 비범함을 발견하여 유리걸식의 이유를 묻자 이에 대답하는 내용이다. 신유복은 먼저 가문의 내력을 소개하고, 부모를 여읜 사정과 자신을 유일하게 돌보아 준 시비 춘매의 사망까지도 설명한다. 이어 가산이 탕진되어 전전걸식할 수밖에 없었던 자신의 상황을 늘어놓는다. 그런데 이는 모두 앞선 서사에서 제시되었던 내용이다. 이 장면에서는 그간 서술되었던 주인공의 초년 고생 에피소드를 매우 요약적으로 보여주고 있는데, 이는 압축의 방법을 통해 신유복의 불쌍한 처지를 강조하기 위한 것이다. 대화체로 기술된 내용은 그리 길지 않은 분량이지만, 이전에 정상적으로 문면에 등장했던 내용을 주인공의 입을 빌려 독자에게 직접 전달한다. 이는 단순한 정보 전달에 그치는 것이 아니라 상주목사가 신유복을 이경패와 결연시키는 동기를 제공하는 요소가 된다. 신유복의 진술 내용이 비극적이며 영웅인물이 그러한 형편에 놓인 것은 매우 안타까운 일이기 때문에 조력자의 도움을 받기에 이르고, 이는 다음 서사 단락으로의 진행을 자연스럽게 만든다. 즉 주인공이 자신의 상황을 요약적으로 말하는 장면을 기준으로 하여 상주목사의 도움이 구체화되고 있는 것이다.

불초자 명도긔박ㅎ야 잉틱류삭에 부친을 여희고 쏘흔 오셰에 모친을 여희고 혈혈단신뿐이옵더니 시비춘ㅁ의게 의탁ㅎ얏습다가 ㅎ느님이 미이역이스 시비춘미 쏘흔 죽스오니 의지훌곳이 업스와 류리긔걸ㅎ야 다니옵다가 남의 고용이 되여 하천흔 사역을 ㅎ옵는중에 마암이 울적ㅎ와 그집에셔 도로나와 긔걸ㅎ다가 경상도 상주에 이르니 맛참 지도ㅎ는 사람을 만나 혼인을 정ㅎ야 주옵는듸 그쳐덕을 힘입스와 몸이 녕귀히 되야셔 션조신령을 다시 뵈옵고 일빅주를 드리와15)

---
15) 광문서시본 〈신유복전〉, pp.199~200.

신유복이 부모의 묘소에 제사를 지내며 제문을 읽는 장면이다. 앞서 상주목사를 만나서도 자신이 초년에 고생했던 이야기를 요약적으로 묘사하였는데, 제문에도 다시 이 내용이 등장한다. 부모를 여읜 후 자신이 어린 시절에 어떠한 고난을 겪었는지에 대해 설명하고 있는데, 시비 춘매에게 의탁하였다가 그녀 또한 죽음에 이르러 유리걸식한 이야기를 먼저 꺼낸다. 그리고 양반임에도 불구하고 남의 밑에서 천한 일을 해야만 했던 경험과 대장부로 살고자 다시 유랑을 시작한 일, 그러다 상주목사의 도움으로 혼인하여 처의 덕으로 마침내 귀한 위치에 오를 수 있었다는 지난 일들을 간략히 이야기한다. 고향에 돌아와 부모의 묘소 앞에서 제사를 지내기까지의 험난한 인생을 압축하여 토로한 것이다. 상주목사에게 자신의 내력을 소개할 때에는 언급되지 않았던 내용 즉 하천한 사역이나 마음의 울적함 또는 허드렛일을 그만둔 사실 등을 추가하여 과거의 사연을 재서술하고 있는데, 이는 부모에게 올리는 제문을 읽는 장면이었기 때문에 전보다 사적인 경험사항들이 추가된 것으로 볼 수 있다. 신유복은 부모의 묘소에 제사 지낸 후, 시비 춘매의 묘소까지도 찾아가 제문을 낭독한다.

> 복은 유모 죽은후로 갈바를 아지못ㅎ야 풍찬노숙ㅎ야가며 류리기걸ㅎ야 다니다가 경상도 상주ㅉ에 이르러더니 그고을 원님께옵셔 내형용과 정경을 보시고 불상이 넉이실쑨 아니라 친셩갓치 사랑ㅎ사 리호장의 셋지ㅼ을 억지로 혼인중ㅁ되시와 텬힝으로 쳐의덕을 힘입어 일신이 이에 녕귀ㅎ야 유모의 분묘에 차자왓나니16)

앞선 제문과는 또 다른 내용이 등장하는데, 상주목사와의 만남과 자

---

16) 광문서시본 〈신유복전〉, pp.200~201.

신의 아내에 대한 이야기이다. 일찍이 신유복은 시비 춘매의 사망을 부모를 여의었을 때보다 더 충격적인 사건으로 받아들였는데, 부친은 이미 잃은 채 태어났고 모친은 너무 어린 나이에 여의었기 때문이다. 부모의 죽음 이후 모친의 정을 잊을 정도로 춘매에게 의지하였는데 그녀마저 죽음에 이르자 세상에 오로지 자신 혼자만이 남았다는 사실을 절감하여 매우 큰 절망감을 느끼게 된다. 앞의 제문에서는 부모에 대한 예의가 엄격하게 느껴진다면 이 제문에서는 그러한 면이 조금은 누그러져 다정한 목소리로 그간의 사정을 나열하고 있다. 부모의 죽음은 춘매 또한 아는 내용이므로 기술할 필요가 없어 생략되었고 춘매의 죽음 이후에 벌어진 상황을 제시하였는데, 자신의 진면목을 알아보고 도움을 제공한 상주목사와 아내를 만나는 과정과 그 결과를 자세하게 들려준다. 이 또한 앞서서 이미 제시된 줄거리이기는 하나 제문의 형태를 빌려 요약적으로 기술함으로써 신유복의 초년 고생을 다시금 소개하여 비극적 정서를 이끌어내고 있다. 뿐만 아니라, 주인공의 다정다감한 모습과 시비였음에도 불구하고 자신을 길러준 은혜를 잊지 않는 됨됨이 또한 표현되어 서정적인 서사를 통해 영웅적인 모습을 드러내는 효과까지도 거둘 수 있었다.

비극적인 유년 시절을 보낸 주인공은 장원급제를 계기로 고귀한 인물로 급부상한다. 유복자로 태어나 모친마저 일찍이 여의었는데, 그간의 고생은 모두 부모의 부재에서 기인한 것이다. 그러다 지인지감을 가진 조력자들의 도움을 통해 자신의 비범한 재능을 깨닫게 되고 긴 시간 수학한 끝에 세상에 이름을 드날리게 되었다. 이제 더 이상 유리걸식하는 고아가 아니므로 이후의 삶은 전과는 전혀 다르게 전개될 것이다. 관직에 나아가 선정을 베풀고 심지어 타국에 원수로 출정도 해야 한다. 그렇기 때문에 이제까지의 삶을 매듭짓고 새로운 삶 속으로 편입할 준비가 필요하다. 이를 위한 행위가 바로 금의환향하여 부모와 시비 춘매의 묘소를 찾고 제사를 올리는 것으로 구체화된 것이다. 제문 속에서 주인공은 그동안 찾아오지 못했던 부모와 춘매를 위해 자신의 지난 인생을 요약적으로 들려준다. 제문을 낭송하며 주인공의 과거가 재조명되는 순간은 초년의 곤궁함과 미래의 정치적 현달을 나누는 기점으로 작용한다. 신유복이 자신의 입으로 그간의 인생을 압축하여 제시하는데, 이 순간부터는 유리걸식했던 고아로서의 비극적 경험이 종료되고 영웅인물로서의 비범한 행보를 시작하게 된다. 유리걸식의 상황과 고난의 극복이라는 양 극단의 서사 단락을 주인공의 압축적 고백 장면을 통해 긴밀하게 연결하여 제시하고 있는 것이다.

신유복이 자신의 경험을 개략적으로 제문 속에 드러냄으로써 독자는 그동안의 내용을 곱씹는 시간을 가질 수 있는데 이는 정보의 제공이라는 줄거리 요약의 가장 기본적인 목표를 완수하는 것이다. 뿐만 아니라 주인공이 비범한 능력을 떨치는 장면으로 나아가기 전에 과거의 모든 고난 장면을 정리하였는데, 이는 그간 작품 줄거리의 맥락을 짚고 이어질 서사에 대한 이해를 용이하게 한다. 이러한 서술방식은 지난 내용에 대한 완벽한 인지를 바탕으로 서사적 유기성을 확보할 수 있으므로 향후 전개될 주인공의 정치적·군사적 활약 장면에서 독자와의 거리를 좁히고 정서적 동화를 도모하는 데 매우 효과적으로 작용할 수 있다.

## 2) 반복과 변주를 통한 서사의 지연

〈신유복전〉에서는 동일한 상황이 반복적으로 묘사되다가 곧 이를 벗어나 새로운 국면으로 전환을 시도하기도 한다. 단번에 서술할 수도 있는 내용을 다양한 등장인물의 시선을 좇으며 여러 번에 걸쳐 반복하고 있는 것이다. 이는 장면을 있는 그대로 묘사하거나 왜곡된 시선에 의해 사실과 다르게 그려진 모습을 노출하는 등의 방법으로 문면에 드러난다. 그릇된 방향으로 반복이 이루어지다 진실을 깨달은 인물에 의해 변주 혹은 사실의 반복이 일어나게 된다. 이 작품에서는 주인공이 장원급제한 이후 집에 돌아와 제사를 지내는 장면에서 이러한 서술방식을 활용하고 있다.

> ① 한림과 당상교지와 슈원부ᄉ교지를 버려노코 홍픠를 셰우고 부사 머리에 오금ᄉ모를 쓰고 그 우에 계화를 꼿고 몸에 류록관듸에 품듸을 씌며 손에 빅옥홀을 쥐고 그압헤셔 국궁ᄉ비홀ᄉ (…중략…) ② 두년이 셔로 도라보며왈 져건너편에 불빗치 조요ᄒ즉 져거지년놈이 무슨 작란 ᄒ는가 시프니 우리가 가만이 건너가셔 보고오ᄌᄒ며 도랑방ᄌᄒ 두년 이 건너가셔 문틈으로 엿보믹 붉은 뭉치와 흰 뭉치를 좌우로 갈나 셰워노코 류복은 몸에 수박빗ᄀᄌ혼 오슬입고 관것혼 이상ᄒ거슬 쓴 머리우에 무슨 꽃을 꼿고 두거지가 혼가지로 업듸엿ᄂ지라 ③ 두년이 그거동을 보고 마암에 놀납고 두려와 얼는 도로 건너와 호쟝부쳐를 보고왈 우연이 문밧게 나가본즉 건너편에셔 화광이 조요ᄒ엿기로 그거지년놈이 무삼작 란을 ᄒᄂ가 의심이 침발ᄒ야 그움문압ᄒ로 가셔 엿보온즉 붉은 뭉치와 흰 뭉치를 좌우에 셰워노왓스며 밥여섯그릇슬 버려노코 그압헤 업드렷 스니 반다시 우리집을 망케ᄒ기로 방ᄌᄒᄂ가 봅듸다 (…중략…) ④ 그 잡것들이 문틈으로 엿본즉 좌우벽상에 붉은 뭉텅이와 흰 뭉텅이를 갈나 셰워노코 류복의 부부ㅣ 정셩것 업드렷ᄂ지라 ᄯ다시 자셰이 살펴보니 한뭉치는 장원랑의 홍픠요 흔뭉치는 수원부사와 츈무당상교지일ᄉ 류복 이 몸에 류록관듸에 품듸를 씌고 머리에 계화를 꼿고 손에 빅옥홀을 쥐 고 업듸엿거늘[17]

---

17) 광문서시본 〈신유복전〉, pp.190~192.

①은 과거에 급제한 신유복이 이경패와 함께 조상에게 제사를 지내는 상황이다. 주인공이 수원부사를 제수받아 정치적 신분 상승을 이루었으므로 홍패와 교지를 올려두고 과거 급제자의 위풍당당한 모습으로 성공의 순간을 만끽하고 있다. 사실 이러한 장면이 굳이 등장하지 않아도 독자는 이미 주인공의 장원급제 소식과 벼슬을 제수받은 내용을 알고 있다. 이렇게 과거 급제자를 나타내는 옷을 차려 입고 제사를 지내는 장면을 기술한 것에는 다른 이유가 존재한다.[18] 상주에 있는 처가의 식구들이 이들 부부의 모습을 눈으로 직접 확인하기 위한 계기로 작용하는 것이다. 가장 처음에 제시된 이 장면은 지금 벌어지고 있는 현실 그 자체이다. 악의를 가지고 사실을 왜곡하는 다른 인물들의 시선을 거치지 않고 서술자가 바라본 광경을 있는 그대로 묘사한 것이다. 그런데 이 장면이 반동인물들에 의해 그릇되게 해석되기 시작하면서 동일한 모습이 진실과는 다르게 반복적으로 전달된다. 서술자와 독자는 첫 장면이 무엇을 의미하는지 이미 알고 있지만, 어리석은 두 자매의 등장으로 이 제사 장면에 대해 변주를 통한 반복이 일어난다.

②는 이경패의 두 언니가 신유복 부부의 제사 장면을 엿보는 장면이다. '져거지년놈'이나 '작란' 등 두 자매가 나누는 대화의 어휘를 통해 이들이 동생 부부를 바라보는 자세가 노골적으로 묘사되어 있다. 그런데 이들의 행위를 관찰하는 서술자의 태도 또한 '도랑방즈흔 두년'이라

---

18) 앵무새의 색과 닮았다고 하여 앵삼(鶯衫)이라고 하는 의복은 생원, 학생, 사인이 입었던 옷으로, 앵무새색 단령에 옷깃, 섶선, 밑단, 무의 가장자리에 검은 선을 둘렀다. 과거에 급제하면 어사화(御賜花)를 복두에 꽂고 삼일유가(三日遊街)할 때 앵삼을 입었다. 어사화는 모자의 뒤에 꽂고 다른 한 끝을 머리 뒤에서 앞으로 넘겨 달려 있는 실을 입에 물거나 홀에 고정시켰다고 한다(문화관광부·한국복식문화 2000년 조직위원회, 『우리 옷 이천 년』, 미술문화, 2001, p.68; 한국의상협회, 『500년 조선왕조복식』, 미술문화, 2003, p.95).

는 표현으로 매우 부정적으로 나타난다. 독자의 경우 이 부분을 접하며
주인공 부부를 업신여기는 어휘에는 반감을 드러내고 서술자의 어휘
선택에는 동감할 것이다. 또한 독자는 이 부분을 통해 자연스럽게 서술
자의 입장에서 두 자매의 행동을 감시하는 태도를 갖게 된다. 두 자매
가 앞서 제시된 주인공 부부의 제사 장면을 그대로 관찰한 모습이 그려
지는데, 묘사된 광경 그 자체에 주목하면 이는 동일한 상황의 반복이
다. 그러나 자매는 어리석게도 홍패와 교지를 단지 붉거나 흰 뭉치로
착각하고 신유복의 수박빛 의복과 꽃이 꽂힌 관이 무엇을 의미하는 것
인지 알아채지 못한다. 그렇기 때문에 같은 장면이 연속해서 그려졌으
나 이는 동일 상황의 변주라고 할 만하다. 여기에서 독자는 두 자매의
무식함에 심리적 우월감을 느낄 것이고 이들의 다음 행위에 집중할 것
이다. 당장 줄거리에 변화가 있거나 서사가 긴박하게 흐르는 것은 아니
다. 아직 주인공 부부는 제사를 지내는 중이고 이 모습을 두 자매가 지
켜보고 있는 것으로 이야기가 지연되고 있는 상황이다. 동일한 장면이
연속해서 묘사되는 것일 뿐인데도 다음에는 어떠한 광경으로 반복 혹
은 변주가 일어날 것인지에 대해 독자들의 관심도가 상승한다.

③은 자매가 신유복 부부의 제사 장면을 호장 부부에게 전하는 장면
이다. 제사의 의도를 제대로 파악하지 못하여 자신의 가문을 망하게 하
려는 주술 정도로 생각하고 이를 부모에게 보고하고 있다. 건너편에서
화광이 빛나 동생 부부가 무슨 일을 꾸미는지 의심이 일어 제사 장면을
엿보았던 일과 그때 보았던 붉고 흰 뭉치와 제물에 대해 묘사하고 있는
데, 이미 ②에서 서술한 내용과 일치한다. 앞선 내용에 대한 반복이 이
루어진 것인데, 이 상황에 대한 두 자매의 가치 판단이 마지막에 기술
되었다. '우리집을 망케ᄒ기로 방ᄌᄒᄂ가 봅듸다'라는 부분에서 여전
히 상황 판단에 무지한 자매의 모습이 드러난다. 단순히 제사 장면을

잘못 전달한 것만이 아니라 사태 파악이 제대로 되지 않은 것에서 비롯한 의도의 왜곡까지 일어난 것이다. 아직 주인공 부부는 제사를 지내는 상황이고 사건의 진전이 있지는 않다. 그들의 제사 장면에 시선이 머무르는 동안 반동인물들만 절박한 형편에 이르렀다. 서사가 지연되며 같은 광경만 변주 혹은 반복되고 진실에 가까워질수록 악인이 느끼는 불안감만 극심해지는 효과가 나타났다. 이러한 과정에서 동생을 모함한 두 언니의 무식이 탄로 나고, 성실히 조상을 받드는 이경패의 위치는 도리어 격상된다. 두 언니와 이경패의 현재 위치가 명백히 대조되어 선인과 악인의 경계가 뚜렷해졌으며, 지인지감을 갖춘 현명한 인물은 결국 선인이어서 복을 받게 되었고 무식하고 폭언만 일삼는 인물은 악인이었다는 사실을 모든 독자들이 인지하게 되었다.

④는 호장 이섬의 눈으로 진실을 마주하는 순간이다. '그잡것들'이라고 호장 부부를 격하하는 서술자의 시각에서 알 수 있듯이 이들은 처음에 두 딸의 말을 듣고 정말 자신의 가문을 저주하고 있는 것인지 확인하려는 참이었다. 그러나 곧 자매가 말하던 것들이 홍패와 교지인 것을 발견하고 사위가 의관을 정제한 모습을 보고는 사실을 깨닫게 된다. 여기에서는 앞선 내용의 변주가 나타난다. 두 자매가 보았던 것은 진실을 알아채지 못한 어리석은 행동이었고 이들보다 세상 물정에 밝았던 호장 부부는 원래의 상황을 바로 파악할 수 있었다. 이 장면은 ③의 변주이며 ①에 대한 반복이라 말할 수 있다. 주인공 부부의 제사 장면을 반동인물들이 훔쳐보는 내용으로만 그친 것이 아니라 같은 광경을 다양한 인물들이 다른 시선으로 마주하게 하여 이야기의 흐름을 유예하는 효과를 거두었다. 처음 제사 장면을 그릴 때에는 서술자의 시각에서 객관적으로 사실 그 자체를 독자에게 전달하였고 다음에는 어리석은 자매의 시선에서 제사 장면을 왜곡하여 묘사하였으며, 이를 전해들은 호장 이섬

의 시각으로 옮겨가서는 마침내 진실을 확인하는 모습을 그려내고 있다. 이를 반복과 변주에 집중하여 간단하게 정리하면 다음과 같다.

제사 장면에서의 반복과 변주

| | 서술 상황 | 서술 결과 |
|---|---|---|
| A | ① 제사 장면 | 현실의 묘사 |
| B | ② 두 자매의 목격 | 장면의 왜곡 |
| B′ | ③ 두 자매의 전달 | 의도의 왜곡 |
| A′ | ④ 호장 이섬의 확인 | 진실의 확인 |

(변주: A–B, 반복: B–B′, 변주: B′–A′, 반복: A–A′)

실제 광경을 처음 제공한 서술자의 객관적인 시선을 A라고 보았을 때, 그 다음 모습은 자매에 의해 왜곡된 이미지이므로 B로 변주된 것이라 말할 수 있다. 이 장면은 의도까지도 그릇되게 해석되어 호장 부부에게 전해졌는데 B′로 동일한 상황이 반복된 것이다. 결국 마지막에 호장 이섬이 제사의 의미를 파악하게 되는데 이는 서술자가 처음 제시한 장면과 일치하므로 A′로 변주 혹은 반복된 것이다. 이처럼 주인공 부부가 제사 지내는 한 장면을 바탕으로 A → B → B′ → A′와 같이 반복과 변주의 교차서술이 이루어졌으며 이는 특정 장면의 서사를 지연시켜 악인에 대한 징치가 일어나기 이전에 반동인물의 긴장감을 고조시키는 효과를 거두었다.

## 3) 예언적 요소를 통한 미리보기

〈신유복전〉에서는 특별한 인물이 훗날 발생할 사건을 예언하기도 한다. 많은 고전소설이 태몽(胎夢)을 비롯한 다양한 몽사(夢事)를 활용하여 서사를 진행시키고 있는데,[19] 이는 고전소설의 독자에게 매우 익숙한 서술방식이다. 이 작품 또한 남녀 주인공의 태몽을 제시하여 그들의 일생을 미리 보여주고 있으며 지인지감을 갖춘 여러 인물의 입을 통해서도 주인공의 앞날을 예견하는 장면을 자주 그려내고 있다. 먼저 태몽을 활용하여 신유복과 이경패의 삶을 독자에게 노출시키는 경우를 살펴본다.

> 그날 밤에 부인이 자연 곤뇌ᄒᆞ야 안식에 의지ᄒᆞ야 잠간 조흐더니 비몽사몽간에 한라산 선관이 일기 선동을 다리고 와 부인을 ᄃᆡᄒᆞ야 왈 부인의 정셩을 감사이 역기여 이 아희를 드리니 잘 교륙시케 문호를 빗ᄂᆡ게 ᄒᆞ시되 이 아희ᄂᆞᆫ 범상ᄒᆞᆫ 사람이 아니라 텬상규셩 선동으로셔 하ᄂᆞ님ᄭᅴ 득죄ᄒᆞ야 진셰에 젹강흠을 당ᄒᆞ얏스나 일후령귀ᄒᆞ련이와 그러나 그ᄃᆡ 부부 젼싱에 죄즁ᄒᆞ야 수한이 길지 못흠ᄆᆡ 이 아희가 초년고싱을 면치 못ᄒᆞ깃기로 그ᄃᆡ 부부은 아달의 락을 보지 못ᄒᆞᆯ거시니 가장 슬푸고 불상ᄒᆞ도다[20]

주인공을 잉태할 때 부모가 꾼 태몽이다. 제주 한라산에 가서 기자발원을 하였는데 이에 선관이 응답하여서는 앞으로 태어날 아들이 전생에 고귀한 지위를 지닌 인물이라는 점과[21] 적강하게 된 이유, 지상계에

---

19) 이상택 외, 『한국 고전소설의 세계』, 돌베개, 2006, pp.149~152.

20) 광문서시본 〈신유복전〉, p.165.

21) 규성(奎星)은 이십팔수(二十八宿)의 열다섯째 별로, 문운(文運)을 맡아 보며 이 별이 밝으면 천하가 태평하다고 한다. 《고려사》 권제102 열전 15 〈이규보〉에는 '감시에 응시했을 적에 꿈에 규성이 나타나 장원으로 급제할 것임을 알려주었는데 과연 그 꿈이 들어맞았으므로 지금의 이름으로 고쳤다(其赴監試也 夢有奎星報以居魁 果中第一 因改今名)'는 기록이 있다(세종대왕기념사업회, 『한국고전용어사전』1, 2001,

서의 운명을 이야기한다. 더불어 부부가 단명할 것이라는 사실과 이 때문에 주인공 또한 초년에 엄청난 고난을 겪을 것이라고 예언한다. 유복자로서의 출생과 모친을 어린 나이에 잃는 것 모두 정해진 운명의 결과이다. 태몽을 통한 예언은 작품 초반부터 독자들이 기대감을 가졌을 영웅인물의 출생을 비극적 요소와 결부시킨다. 신영과 최씨 부인은 태몽을 꾸면서부터 자신들의 남은 수명을 알게 되었고 이는 곧 비극의 시작이었다. 부모가 일찍 죽으므로 신유복은 어린 나이에 고생길에 들어서야 하고, 나중에 영귀하게 될 것이나 그 결실을 부모는 보지 못하니 이미 비통한 정서를 내재한 태몽이다. 그래서 선관이 보기에도 '가장 슬프고 불상흔' 잉태인 것이다. 고귀한 존재가 태어나 어지러운 세상을 구할 영웅으로 자라날 것이라는 사실이 예고되었기 때문에 독자는 영웅소설로서의 전체 서사를 대강 가늠할 수는 있다. 그러나 이미 정해진 운명이라고 하더라도 초년 고생이 어느 지경까지 이를 것인가에 대해서는 선관도 아무 언급을 하지 않는다. 결국에는 빛나는 결말이 올 것이지만 그전까지 주인공의 삶에 경도되어 고난의 서사를 오롯이 감내해야 하는 독자에게는 일부분에 한정된 미리보기라는 장치가 오히려 작품에 대한 궁금증을 유발하는 역할을 수행하고 있다.

> 경피를 잉틱할 씨에 텬샹에셔 션관이 나려와셔 일으되 나는 월궁션녀로셔 옥항상뎨긔 득죄ᄒ고 인간에 젹강ᄒ얏기로 뎐셰에 년분을 ᄎ저와 되에 의탁코ᄌ 왓ᄊ오니 십ᄉ년만 양륙ᄒ야 쥬옵쇼셔ᄒ고 품에 들거늘 씨다르니 남가일몽이라[22]

.............................
p.826; 동아대학교 석당학술원, 『국역 고려사』 23·열전 4, 민족문화, 2006, p.8).
신유복이 전생에 규성이었다는 것은 현생에 문운을 타고났기 때문에 장원급제로 신분이 상승할 것이라는 사실을 예견한다고 볼 수 있다.
22) 광문서시본 〈신유복전〉, p.172.

신유복과 결연하는 이경패의 태몽이다. 그녀도 역시 전생의 지위가
고귀하였으나 적강한 것으로 그려지는데, 이섬 부부에게 잉태되는 이
유에 대해 전세의 연분을 찾아왔기 때문이라고 설명한다. 또한 13년만
양육해주면 된다고 하는데 이는 열세 살에 신유복과 결연하기로 하여
집에서 쫓겨나기 때문이다. 월궁선녀 자신의 입으로 적강과 잉태의 이
유를 말하고 있으므로, 한라산 선관이 사연을 대신 이야기하는 신유복
의 경우와는 다르게 지상계에서의 운명이 자세히 언급되지 않는다. 다
만 이 태몽을 통해 이경패가 이 세상에 태어난 이유가 오직 전세의 연
분을 찾아 인연을 다시 잇는 것이고, 13년 후에는 그녀가 목표를 달성
할 수 있으리라는 사실을 짐작할 수 있다. 실제로 신유복과 이경패가
이섬 가에서 내쫓김을 당할 때 그녀의 나이가 열세 살이었다는 서술이
다시 한 번 등장하는데23) 이를 통해 독자는 이 태몽을 기억해내고 마침
내 이경패가 전생의 인연을 찾은 사실에 기뻐할 것이다. 또한 태몽의
효험에 감응하여 언젠가 다시 고귀한 존재로 돌아갈 이들의 고난 경험
이 종료될 시점을 애타게 기다릴 것이다. 남녀 주인공의 신이한 태몽을
통해 앞으로 전개될 사건의 대략을 서술함으로써 미리 예상할 수 있는
여지를 남겼고, 예언이 실현되었을 때 주인공의 영웅적 입지가 단단해
지는 서사적 효과를 거두었다.

〈신유복전〉에서는 태몽뿐만 아니라 지인지감을 가진 인물들에 의해
서도 주인공의 앞날이 예견되는 장면이 나타난다. 먼저 상주목사가 초
라한 행색의 신유복에게서 비범한 면모를 발견하여 이섬의 딸과 결연
하도록 하는데, 이를 탐탁하지 않게 여기는 이섬을 '장늬에 귀이 될 아

23) 쇼제 규즁쳐녀로 문밧글 나지 못ᄒ다가 일조에 의식을 다바리고 거지되니 엇지 비감
치 아니ᄒ리요 잇ᄢᆡ에 소제 년이 십삼셰라(광문서시본 〈신유복전〉, p.177).

히'나 '장녀에 져 아히 덕을 입으리라'고[24] 설득한다. 상주목사가 가진 식견 덕분에 잠시나마 유리걸식의 상황에서 구제될 수 있으리라는 기대를 하게 되는 장면에서 주인공의 미래가 예고되는 것이다. 또한 이경패도 자신의 가족들이 신유복에게 폭언을 가하는 상황에서 '반다시 후일에 귀이될 사름'이라며[25] 그를 옹호한다. 이섬의 가족 중에서 신유복이 가진 진면을 알아보는 것은 오직 이경패뿐이며 이는 그녀가 자신의 연분을 찾기 위해 지상에 내려온 인물이기 때문이다. 태몽에 의해 이미 제시된 그녀의 비범한 면모를 통해 신유복의 미래를 확정적으로 예언하고 이는 빈천한 겉모습으로 사람을 평가해서는 안 된다는 도덕적 사고와 결부되어 주인공의 영달에 대한 독자의 믿음을 더욱 강화시킨다.

신유복은 오랜 기간 원강대사에게 수학하고 과거에 급제하여 그간의 고난 상황을 종결한다. 대사 또한 남다른 능력을 지닌 존재이기 때문에 그도 주인공의 비범함을 알아보고 그의 성공을 예견한다.[26] 규성이 떨어지고 탄생한 영웅이 신유복이라는 사실을 다시 상기시키고 그동안의 시련이 위대한 인물이 되기 위한 준비 과정이었음을 알리는 것이다. '장부의 초년고싱은 령웅호걸의 사업직료가 되는 법'이라며 주인공을 위로하고 성공적인 앞날을 미리 보여주고 있다. 조선의 임금 또한 신유

---

24) 목수 듸희ᄒᆞ야 리셤을 불너다 분부ᄒᆞ야 왈 내 져 아희를 보니 장녀에 귀이 될 아히라 드르니 네 녀식 잇다ᄒᆞ니 네 져 아히를 다려가 사위를 삼으면 장녀에 져 아히덕을 입으리라 ᄒᆞ거늘 (…중략…) 금일은 져 아히를 쳔히 역이ᄂᆞ 타일에 반다시 울어러 볼거시니 잔말말고 다려다가 사위를 삼으라(광문서시본 〈신유복전〉, p.174).

25) 져 아히의 용모를 보니 비범ᄒᆞ기 비홀데 업스며 상이 비록 ᄯᅵ속에 뭇쳐스나 반다시 후일에 귀이될 사름이라 엇지 일시빈쳔ᄒᆞ 것을 흠보며 엇지 부모를 도라보지 아니ᄒᆞ리요(광문서시본 〈신유복전〉, p.176).

26) 대ᄉ 류복을 보고 놀ᄂᆞ 위로왈 십습년젼에 규셩이 무주ᄌᆞ에 써러졋끼로 일졍령웅이 난줄은 아라쓰나 다시 광명이 업기로 분명ᄒᆞ 곤난이 잇슴을 짐작ᄒᆞ얏더니 금일이야 만나도다 위로ᄒᆞ야왈 장부의 초년고싱은 령웅호걸의 사업직료가 되ᄂᆞ법이라 사름이 고초를 지ᄂᆡ지 못ᄒᆞ면 교만ᄒᆞ 사름이 되리로다(광문서시본 〈신유복전〉, p.179).

복을 대하여 그가 영웅임을 알아보는데[27] 이미 장원급제를 이룬 후의
장면이기는 하지만, 왕이 보기에도 만고의 영웅이며 고굉지신이 될 법
한 인물이기 때문에 앞으로 눈부신 활약이 계속될 것이라는 사실을 짐
작할 수 있게 한다. 이처럼 지인지감을 갖추고 신유복의 미래를 긍정적
으로 예언하는 인물들은 모두 그가 가진 비범성에 대해 감탄하고 장래
에 영웅이 될 것이라 확신한다. 이들의 특별한 식견은 모두 신유복을
영웅인물로 형상화하고 그에게 도래할 밝은 미래를 먼저 보여줌으로써
독자의 기대감을 끌어올리는 데 집중되어 있는 것이다.

## 4. 서술방식의 서사적 의미

〈신유복전〉의 저작자는 기존에 많은 사랑을 받았던 영웅소설을 새롭
게 작품화하였는데, 내용적 측면에서 보면 과거의 모티프를 다수 차용
하여 익숙한 영웅인물의 이야기를 서술하고 있다. 반면에 이를 표현하
는 방법에 있어서는 다양한 시도를 하고 있는 바, 이미 제시된 줄거리
를 압축하여 문면에 다시 등장시키되 주인공이 그 경험에 대해 토로하
도록 하였다. 또한 동일한 장면을 여러 번에 걸쳐 묘사함으로써 서사의
지연을 발생시키기도 하고 예언적 요소를 곳곳에 배치하여 독자의 기
대감을 자극하기도 하였다. 이러한 서술방식을 통해 이 작품은 다양한
서사적 효과를 거둘 수 있었다.

첫째, 작품 초반에 대두되었던 비극적 정서를 심화시킬 수 있었다.

27) 상이 가라사디 너의 용모를 보니 만고령웅이라 이만 벼살을 자랑하리요 오릭지 아니
하야 나의 고굉지신이 될거시니 밧비 고향에 ᄂ려가 죠션에 녕화를 뵈니고 수원에
도임하야 민졍을 안찰ᄒ라(광문서시본 〈신유복전〉, p.188).

〈신유복전〉은 험난한 어린 시절을 보낸 주인공이 영웅인물로 성장하는 부분에 서사의 핵심이 놓여 있다. 입신양명을 이룬 후에 펼쳐지는 이야기는 다른 영웅군담소설류와 크게 다름이 없다. 혹독한 초년을 감내하는 서사에 이 작품의 특별한 흥미소가 존재하는 것이다. 당시 독자층의 취향에 편승하여 비감을 느낄 수 있도록 주인공의 고난 부분을 확대 서술한 것인데, 신유복이 자신의 지난날을 술회하는 장면이 자주 등장하는 것은 이러한 의도의 연장선상에 놓여 있다고 볼 수 있다. 과거의 불우한 상황을 재차 현재 시점으로 불러들여 주인공이 말하도록 하는 것은 서술자의 언급보다 이러한 방법이 훨씬 효과적이기 때문이다. 상주목사의 구원이 필요한 시점에서 자신의 불쌍한 처지를 압축하여 토로하는 장면은 독자의 동정심을 자극할 정도로 비극적으로 그려진다. 특히 이미 과거에 급제하여 초년의 고난이 종료된 순간에도 제문의 형식을 빌려 두 차례에 걸쳐 주인공의 과거를 내보이는데 이는 과거와 현재의 대비를 통해 비극적 정서를 한껏 끌어올리고 있는 것이다. 금의환향하여 부모의 묘소 앞에서 제문을 낭독하는 영웅인물의 찬란한 오늘과, 그 제문 속에 기술된 어린 시절의 아픔이 극적으로 대조되기 때문에 다시금 독자의 애통한 정서가 발현될 수 있는 기회가 마련되었다. 주인공의 초년 고생이 완전히 끝난 시점까지도 과거의 시련을 거듭해서 이야기함으로써 작품의 비극적 요소를 충분히 활용하였다.

둘째, 반복적 경험을 통해 긴장감을 극대화할 수 있었다. 이 작품은 동일한 장면을 연속해서 서술하는 방법을 택하고 있는데, 그러는 동안 내용의 진전이 있는 것은 아니다. 오히려 서사의 진행이 멈추어진 틈을 타 등장인물의 행동과 심리가 매우 정교하게 묘사되고 있는 것이다. 마침내 진실이 밝혀지는 그 순간까지 철저하게 상황의 종결을 뒤로 미루고 있다. 당장 이야기의 진전이 없고 결론이 유예되었으므로 독자의 시선은 일단 특정 장면에 머물게 되는데 그 속에서 각각 서술자와 반동인물들의 시선을 좇으며 같은 상황을 다르게 바라볼 수 있는 기회를 제공받았다. 이러한 과정에서 독자가 느끼는 긴장감은 점차 상승한다. 정상적인 상황에 대한 언급이 선행했고, 이 장면을 목격한 순간 이러한 사실에 대한 인지가 이루어진 상태이다. 그런데 반동인물에 의해 유사한 장면이 전혀 다른 방향으로 해석되어 기술되면서 이들에 대한 멸시와 조롱의 정서는 점점 강해진다. 그러면서 비정상적인 판단으로 그들이 겪게 될 상황이 어떤 방향으로 전개될 것인지에 대해 긴장감이 고조되는 것이다. 장면의 진행을 지연시켜 두면서도 서사가 긴박하게 전개되는 것 못지않게 긴장감을 확보할 수 있는 방안을 매우 효과적으로 실현하였다. 동일한 장면이 여러 차례 제시되는 것뿐인데도 서사적 긴장감을 놓치지 않으면서 주인공과 반동인물의 처지를 교차하여 보여주며 작품 내에서 이제는 달라진 그들의 면모를 충실히 그려낼 수 있었다.

셋째, 서사적 전통에 따른 익숙한 내용을 통해 흥미성을 고양할 수 있었다. 당대에 널리 읽히던 다른 고전소설에서 다수 활용되었던 방식을 끌어와 작품을 서술하였다. 태몽은 고전소설뿐만이 아니라 그 이전의 고전서사물에서도 많이 등장하는 것으로, 꿈의 내용이 상징하는 것과 그것이 실현되었을 때의 신묘함을 결합하여 비범한 인물이 그러한 일생을 살게 된 운명의 당위성을 설명하는 수단으로 쓰이고는 하였다. 태몽을 통해 미리 공개된 주인공의 앞날은 서사의 진행에 따라 구체적으로 묘사되고 마침내 그 예언이 달성된다. 이러한 구성방식에 익숙한 독자는 태몽이 던지는 의미에 집중하고 이에 기반하여 이야기에 몰입할 수 있다. 〈신유복전〉에서는 태몽과 더불어 지인지감을 가진 인물에 의한 예언이 자주 나타나는데 이러한 방식 또한 독자에게 흥밋거리로 작용한다. 인물의 됨됨이를 꿰뚫어 볼 수 있는 식견을 지닌 존재가 주인공의 앞날을 예견했을 때 이러한 예언이 언제 어떠한 방법으로 실현될 것인지에 대한 관심이 작품에 흥미를 느끼는 이유가 될 수 있다. 이전에 듣거나 읽은 적이 있는 유사한 내용이 새롭게 접한 작품에서 등장할 때 독자는 과거의 독서 경험을 바탕으로 서사를 유추하는 재미를 느끼게 된다. 고전소설의 독자라면 이러한 습용(襲用)은 작품 이해에 도움이 되는 긍정적인 시도로 자연스럽게 받아들일 것이다. 그렇기 때문에 〈신유복전〉에서 영웅의 일생이라는 공식화된 유형에 따라 이야기를 전개하며 태몽이나 지인지감 모티프를 활용한 것은 익숙함에서 오는 흥미를 추구하기 위한 것이라 볼 수 있다.

## 5. 맺음말

〈신유복전〉은 당시 독자들에게 널리 읽혔던 영웅소설을 계승하여 저작된 작품이다. 1917년에 활자본으로 발행되었으므로 일단은 대중적 흥행을 염두에 두고 인기를 끌 수 있는 조건을 망라하여 창작된 것으로 출판 의도를 짐작할 수 있다. 그렇기 때문에 이러한 사항이 시대적 요건과 결부되어 역사의식의 부재라는 부정적 평가가 뒤따르기도 한다. 그러나 이 작품이 전대 영웅소설의 흥행 요소들을 바탕으로 창작되었다고 해도 그 소재만을 기존의 관습대로 배열한 것은 아니다. 여기에 독특한 서술방식을 적극적으로 더하여 새롭게 작품을 저작하는 작자의 의식을 담아내고 있기 때문이다.

첫째, 이미 기술된 내용을 등장인물의 발언을 통해 문면에 명료하게 드러내어 서사 단락 간의 연결을 공고히 하였다. 이러한 방식을 통해 독자가 지난 줄거리를 고스란히 이해할 수 있도록 하였고 다음 내용을 받아들이는 데 도움을 주었다. 뿐만 아니라 이 작품이 다른 영웅소설에 비해 두드러지는 부분인 초년 고난의 서사를 매우 비극적으로 표현하는 효과도 거둘 수 있었다.

둘째, 동일한 장면을 여러 인물의 시선을 통해 반복적으로 묘사함으로써 서사를 지연하기도 하였다. 어떠한 인물이 관찰하는지에 따라 하나의 광경이 있는 그대로 반복되거나 왜곡되어 변주되었다. 서술자는 자신의 의도대로 독자가 반동인물을 대면하도록 하였는데, 이러한 방식을 통해 독자는 이야기의 흐름이 멈추어진 채로 인물의 명확한 대비를 체감할 수 있었으며 그들이 느끼는 서사적 긴장감도 한껏 고조되었다.

셋째, 태몽이나 지인지감과 같은 예언적 요소를 소재로 활용하여 서사를 미리 노출시켰다. 이러한 방식을 사용함으로써 예언을 통해 밝혀진 예상 가능한 미래보다 그러한 결과에 도달하기까지의 과정에 대한 궁금증이 유발될 수 있었다. 당시의 독자는 이미 여러 형태의 고전서사물을 통해 이러한 예언적 요소에 익숙하였으므로 태몽과 지인지감 모티프는 영웅인물의 비범함을 고양하고 서사의 흥미성을 끌어올리는 요소로 작용하였다.

제3부

영웅인물과 역사담론

# 제1장
# '성불경쟁담'의 역사성과 형상화 양상

## 1. 머리말

　인간이라면 누구나 불성을 지니고 있다고 한다. 이는 곧 모두가 부처
가 될 수 있는 성품을 가졌다는 것인데, 모든 번뇌로부터 벗어나 깨달
음을 얻는 것이 수행의 궁극적인 목표가 된다. 이처럼 꾸준한 수행은
인간 내부에 닫혀 있는 불성을 일깨우고 그것을 발현시켜 부처가 되게
한다.[1] 고전서사물에는 성불과 관련한 다수의 이야기가 전해지는데,
이중에서도 〈남백월이성(南白月二聖)〉과 〈부설전(浮雪傳)〉은 성불을 위
해 수련하는 두 사람 혹은 세 사람이 경쟁 및 대결하는 구도로 서사가
진행된다는 점이 특이하다. 두 작품에 삽입된 경쟁적인 요소를 추출하
여 그 의미를 밝힐 수 있다면, 성불경쟁담의 문학적인 면모와 그 형상
화 방식에 대해 보다 용이하게 고찰할 수 있을 것이다. 이와 같은 관점
으로 접근한다면 성불담에 대결 구도가 등장함으로써 얻어지는 문학적

---

1) 두산동아, 『두산백과사전 EnCyber & EnCyber.com』.

효과를 보다 세밀하게 알 수 있을 것이라 여겨진다.

〈남백월이성〉은 《삼국유사》 탑상편에 수록된 수행담이라고 할 수 있는데, 깨달음의 문제를 보살화현이라는 소재를 통해 구체화한다. 이는 두 인물의 수행과정을 서술하면서 계율과 깨달음의 관계를 중심 주제로 다루고 있다.[2] 이와 관련한 연구는 대체로 《삼국유사》에 수록된 설화를 살피는 것에 집중되어 있으며 〈남백월이성〉 설화도 이 속에 포함시켜 언급한 것이 대부분으로 《삼국유사》 속 설화의 서술방식에 초점을 둔 연구나[3] 《삼국유사》의 불교적 의미에 관심을 가진 연구에서[4] 부분적으로 다루고는 하였다.

〈부설전〉은 16세기에 민중 지향적 불교 사상을 추구했던 승려 영허

2) 강진옥, 「《삼국유사》 〈남백월이성〉의 서술방식을 통해 본 깨달음의 형상」, 『한국민속학』 43, 한국민속학회, 2006, p.8.

3) 김동열, 「《삼국유사》 설화에 나타난 대조적 글쓰기」, 대구대학교 교육대학원 석사학위논문, 2006; 김미영, 「삼국유사 인물설화의 대조적 서술방식 연구―대조방식의 설화를 중심으로」, 영남대학교 교육대학원 석사학위논문, 2002; 성기옥, 「원왕생가의 생성배경―전승문맥의 검토를 통한 작자 문제 재론」, 『고전시가론』, 새문사, 1995; 소재영, 「삼국유사 설화의 연구」, 고려대학교 대학원 석사학위논문, 1964; 소재영, 「삼국유사에 비친 일연의 설화의식」, 『숭전어문학』 3, 숭전대학교 국어국문학회, 1974; 이강옥, 「삼국유사 불교설화의 서술원리」, 『영남국어교육』 6, 영남대학교 국어교육학과, 1999; 이강옥, 「삼국유사의 세계관과 서술미학」, 『국문학연구』 5, 태학사, 2000; 정천구, 「삼국유사 글쓰기 방식의 특성 연구―수이전·삼국사기·해동고승전과의 비교를 통해」, 서울대학교 대학원 석사학위논문, 1996; 조동일, 「삼국유사 불교설화의 숭고하고 비속한 삶」, 『삼국유사 연구』 상, 영남대학교 출판부, 1984; 조동일, 「삼국유사 설화와 구전설화의 관련양상」, 『삼국유사의 종합적 검토』, 한국정신문화원, 1987; 허원기, 「삼국유사 구도 설화의 의미―중편조동오위와 관련하여」, 한국정신문화연구원 한국학대학원 석사학위논문, 1995; 황패강, 「삼국유사와 불교설화」, 『삼국유사의 연구』, 중앙출판, 1982.

4) 강철구, 「《삼국유사》에 나타난 왕생설화 연구―미륵과 아미타정토를 중심으로」, 동국대학교 불교대학원 석사학위논문, 2004; 김영재, 「《삼국유사》 〈남백월이성 조〉의 《화엄경》 보현행원사상」, 『한국사상과 문화』 19, 한국사상문화학회, 2003; 정소영, 「《삼국유사》 설화에 나타난 인간구원―광덕과 엄장, 노힐부득과 달달박박, 조신설화를 중심으로」, 『한국언어문학』 59, 한국언어문학회, 2006.

의 창작으로 여겨지며, 한 선승이 세속 대중을 이끌어 열반에 이른다는
내용이다.5) 황패강이 최초로 필사본 〈부설전〉이 실재함을 밝혀냈고6)
김영태가 동국대학교 도서관에서 〈부설전〉이 실린 《영허집(暎虛集)》을
발견하여 보응당(普應堂) 영허대사(暎虛大師) 해일(海日)의 작품임을 알렸
다.7) 이후 1990년대에 후속 연구가 본격적으로 나오기 시작하여 〈부설
전〉의 창작 연원과 구조, 주제 및 의의 등에 대해 보다 다각적인 연구가
이루어졌다.8)

　이 글에서는 〈남백월이성〉과 〈부설전〉을 대상으로 하여 두 작품의
등장인물이 성불이라는 목적을 이루기까지 경쟁을 벌이는 과정의 양상
을 살펴볼 것이다. 이를 통해 이러한 구조가 무엇을 형상화하고자 창출
된 것인지 그리고 그것의 지향점은 어떤 것인지 밝혀낼 수 있을 것이
다. 더 나아가 두 작품의 성불을 위한 경쟁적 구조가 가진 서사문학사
적 의의까지도 도출할 수 있을 것이라 본다. 이러한 시도를 통해 경쟁
적 대결 구도에 입각한 성불담이 갖는 면모를 정치하게 고찰할 수 있는
계기가 되었으면 한다.

---

5) 오대혁, 「〈부설전〉의 창작연원과 소설사적 의의」, 『어문연구』 47, 어문연구학회,
　2005, p.227.

6) 황패강, 『신라불교설화연구』, 일지사, 1975.

7) 김영태, 「부설전의 원본과 그 작자에 대하여」, 『한국불교학』 창간호, 한국불교학회,
　1975.

8) 경일남, 「〈부설전〉의 인물대립 의미와 작가의식」, 『어문연구』 34, 어문연구학회,
　2000; 경일남, 「부설전에 나타난 게송의 양상과 기능」, 『불교문학연구』 2, 한국불교문
　화학회, 2003; 김승호, 「고려 승전의 서술방식 연구」, 동국대학교 대학원 박사학위논
　문, 1990; 김승호, 「16세기 승려작가 영허 및 〈부설전〉의 소설사적 의의」, 『고소설연구』
　11, 한국고소설학회, 2001; 이종찬, 「보응의 망기」, 『한국불가시문학사론』, 불광출판
　부, 2001. 이상 〈부설전〉 관련 연구사는 오대혁, 앞의 논문을 참조.

## 2. 문학적 양상

'성불경쟁'은 부처가 되는 것을 목적으로 삼고 수련하는 사람들 사이에서 누가 먼저 번뇌를 벗어나 깨달음을 얻고 성불을 하느냐가 관건이 된다고 볼 수 있다. 특히 〈남백월이성〉과 〈부설전〉에서는 수행자 앞에 나타난 여인에 대한 각자의 태도가 성불의 성패를 좌우한다는 점이 두드러지는데, 이들 작품을 면밀하게 살펴본다면 이러한 경쟁적 구조가 작품의 형상화에 어떻게 기여하고 있는지 명확하게 알 수 있을 것이다.

〈남백월이성〉은 《삼국유사》 탑상편에 전하며 노힐부득과 달달박박의 수행기를 기록하고 있다. 일생의 목표를 성불하는 것에 둔 두 사내가 속세와의 인연을 끊고 수련하던 중에, 갑자기 찾아온 여인에게 자비심을 베푼 노힐부득이 먼저 성불을 하고 이어 큰 깨달음을 얻은 달달박박도 부처가 되었다는 내용이다. 이 작품을 소개하면 다음과 같다.[9]

① 신라 구사군 북쪽에 있는 백월산은 산봉우리가 기이하고 빼어났으며 그 산맥이 수백 리에 뻗쳐 있었는데, 이 산의 동남쪽 선천촌에 노힐부득과 달달박박이 살고 있었다.

② 두 사람은 풍골이 범상하지 않았고 높은 생각이 있어 서로 잘 지냈으며 나이 스물이 되자 마을 동북쪽의 법적방에서 함께 중이 되었다.

③ 마을 서남쪽의 치산촌 법종곡 승도촌의 옛 절이 수련하는 데 적합하다는 이야기를 듣고 부득은 회진암에서, 박박은 유리광사에서 각각 수련하였다.

④ 모두 처자를 데리고 와서 살면서 서로 왕래하며 정신을 수련하였으나, 득도하고자 인간 세상을 버리고 깊은 산골에 숨기로 하여 백월산 무등곡으로 들어가 박박은 북쪽 고개의 사자암 판방에 살며 아미

---

9) 일연, 『삼국유사』 2, 솔출판사, 2007, pp.98~112.

타불을 경례 염송하였고, 부득은 동쪽 고개의 돌무더기 아래 뇌방에 살며 미륵불을 근실히 구했다.

⑤ 3년이 못 된 신라 성덕왕 8년(709) 4월 8일에 나이 스물 됨 직한 아름다운 낭자가 갑작스레 북암에 이르러 박박에게 재워주기를 청하였다.

⑥ 박박은 사찰이 깨끗해야 한다면서 낭자의 청을 거절하였으나, 부득은 중생의 뜻에 따르는 것도 보살행의 하나라며 낭자를 암자 안으로 맞았다.

⑦ 낭자가 산기가 있어 부득에게 짚자리를 보아 줄 것을 청하니 부득은 그것을 불쌍히 여겨 거절하지 못하고 도와주었으며 해산 후 물을 끓여 낭자를 목욕시켜 주었다.

⑧ 얼마 후에 통 속의 물에서 향기가 나더니 물이 금빛으로 변하였는데 부득이 놀라자 낭자가 그곳에서 목욕하기를 청하였다.

⑨ 부득이 그 말에 따랐더니 정신이 상쾌해지고 살결이 금빛으로 변하였으며 연화대가 생겼는데 낭자가 부득에게 그곳에 앉으라고 권하면서 자신은 관음보살이며 부득을 도와 대보리를 이루어준 것이라고 하였다.

⑩ 한편 박박은 부득이 계를 더럽혔을 것이라고 생각하여 비웃어주고자 부득의 거처에 왔는데 부득은 연화대에 앉아 미륵존상이 되어 광채를 내쏘고 몸은 금빛으로 물들어 있었다.

⑪ 박박은 부득에게 모든 일에 대해 듣고는 자신의 과오를 반성하였다.

⑫ 남은 금물에 박박도 목욕을 하여 무량수불이 되어 두 부처가 마주앉아 마을 백성을 위해 불법의 요체를 설명하고는 구름을 타고 가버렸다.

⑬ 정유년(757)에 신라 경덕왕이 이 사실을 듣고 백월산에 남사를 세우라고 명하여 갑진년(764) 7월 15일에 절이 완성되었고 미륵존상과 아미타불상을 모셨다.

노힐부득과 달달박박은 높은 뜻을 품고 승려가 된 이후에도 수련하기 적합한 곳을 찾아 처자를 데리고 살면서 서로 왕래하는 친구 사이였다. 그러나 득도하기 위해 부득과 박박은 속세를 떠나 백월산 무등곡에 들어가 수도하게 된다. 각각 동쪽 고개와 북쪽 고개에 거처를 정하고 본격적으로 인간 세상을 멀리한 채 수련에 전념하는 것이다. 이런 그들에게 사월 초파일 밤에 한 여인이 찾아온다. 이는 관음보살의 현신으로 대보리를 이루게 해주려고 나타난 것인데, 여기에서 밤중에 암자를 찾아온 여인을 대하는 두 사람의 태도에 차이가 생긴다. 박박은 수행 중에 여인을 들일 수 없다며 거절하였으나, 부득은 날도 어두운 험한 산골에 여인을 홀로 두는 것은 보살행이 아니라고 생각하여 암자 안으로 여인을 맞아들이게 된다. 홀로 수행하는 암자에 들른 여인을 보며 박박은 성적인 욕망을 불러일으킬 존재로 생각하였고,[10] 부득은 아무리 그렇다고 하더라도 중생을 따르는 것도 보살로서 당연히 행해야 할 일이므로 자비심이 일어 여인을 맞이하였던 것이다. 갑자기 찾아온 여인에 대한 이러한 관점의 차등은 박박과 부득이 똑같이 수행하여 온 친구라고 하더라도 수행의 깊이 면에서 부득이 앞서고 있었음을 말해주는 것이며, 여인의 해산을 돕고 목욕까지 시켜준 부득이 먼저 성불하는 원인이 된다. 이후 부득이 여인 때문에 계를 더럽혔을 것이라고 생각한 박박은 부득을 비웃어 주려고 그의 거처를 찾아왔으나 미륵존상이 된 부득을 발견하고는 자신의 수행을 반성하고 깨달음을 얻어 역시 부처가 된다.

〈부설전〉은 영허대사의 작품으로 《영허집》에 실려 전한다.[11] 영허는 세속의 현실과 동떨어져 자신의 성불만을 위해 산속에 은둔하여 수

---

10) 정소영, 앞의 논문, p.302.
11) 이종찬, 앞의 논문, p.365.

행하는 것을 승려의 진정한 자세라고 생각하지 않고, 대중과 함께하는 불교를 일으켜야 한다는 주제의식을 갖고 이 작품을 창작하였다.[12) 작품의 내용을 간단하게 살피면 다음과 같다.[13)

① 신라 진덕 여왕 즉위 초에 서라벌 남쪽의 향아에 진씨의 아들 광세가 있었는데 영리하고 살생을 싫어하였다.

② 불국사로 가서 원정 선사를 만나 승려가 되었으니 법명은 부설이며 자는 천상으로 그릇이 크고 넓었으며 법도를 아는 것이 뛰어났다.

③ 부설은 영조와 영희 두 벗과 함께 도를 이루고자 떠났다.

④ 두류산, 천관산, 능가산 등을 유람하며 수련하다가 마침내 문수보살이 머무는 도량인 오대산으로 떠나 두릉의 백련지 옆에 있는 구무원의 집에 머물렀다.

⑤ 이 집의 노인은 청신거사로 도를 구함이 간절하여 세 사람과 함께 도에 대한 문답을 주고받은 지 오랜 시간이 흘렀다.

⑥ 주인에게는 묘화라는 딸이 있었는데 용모와 재예가 뛰어나고 온화한 성품을 가졌으며 절조까지 갖추고 있었다.

⑦ 묘화가 부설이 설법하는 것을 듣고는 부설과 부부가 되지 못하면 목숨을 끊겠다고 하였는데 부설은 도의 계율을 저버릴까 염려하면서도 보살의 자비로움을 생각하여 혼례를 치렀다.

⑧ 영희와 영조는 본래의 도를 생각하고는 부설의 행동에 대해 무안해 하고 절망하였다.

⑨ 부설은 떠나는 두 친구에게 도는 검은 옷과 흰 옷의 차이에 있지 않고 꽃밭과 들판 어느 곳에 있어야 하는지에 달려 있지 않다며 모든 생명을 이롭게 하는 데 부처의 뜻이 있다고 말했다.

---

12) 오대혁, 앞의 논문, p.250.

13) 석해일, 《영허집》, 『한국불교전서』 8, 1986, pp.38~45에 실린 〈부설전〉을 대상으로 하였으며, 오대혁의 역주본을 참고하였다.

⑩ 부설의 몸은 비록 속세에 있었으나 부지런히 수련하여 법보시를 널리 베푼 지 15년이 되었으며 먼 곳의 사람들까지 그를 찾아왔다.

⑪ 부설에게 아들 등운과 딸 월명이 태어났는데 두 아이를 아내에게 맡기고 면벽 수도를 한 끝에 5년 만에 깨달음을 얻었다.

⑫ 영조와 영희가 명산을 두루 다니다가 다시 청신거사의 집에 이르게 되자 부설은 둘을 반갑게 맞이하였다.

⑬ 공부가 얼마나 무르익었는지 시험해 보기 위해 병 세 개에 물을 담아 와서는 대들보에 걸어 놓고 각자 병을 쳤다.

⑭ 영희와 영조가 병을 치자 병이 깨지면서 물이 흘러 나왔으나, 부설이 병을 치자 병은 깨졌지만 물은 그대로 들보에 매달려 있었다.

⑮ 부설은 두 사람에게 진상과 진성을 일깨워주고 단정히 앉아 열반에 들었다.

⑯ 영희와 영조가 부설을 추모하여 화장하였는데 신령한 구슬이 나와 그것을 거두어 묻고 부도를 세웠다.

⑰ 영희와 영조는 명양회를 열어 세간의 사람들에게 도를 강의하였으며 법회가 끝나갈 무렵 등운과 월명이 머리를 깎았다.

⑱ 등운과 월명은 부설의 뒤를 이어 그윽한 뜻을 탐구하였고 세월이 흘러 방편문을 열고자 여러 사람들을 모아 설법하고는 입적하였다.

⑲ 묘화는 백십 세를 누렸는데 죽음에 이르려 하자 살던 집을 원으로 세우고 '부설'이라 일컬었으며, 산문의 석덕들이 '등운'과 '월명'의 이름으로 암자를 지었다.

〈부설전〉이 가진 세 층위의 서사는 각각 '산중득도의 과정', '파계와 보살행 사이의 갈등', '재가성도의 과정'으로 볼 수 있다.[14] 어려서부터 남다른 불성을 가졌던 부설이 출가하여 영조와 영희 두 벗과 함께 도를 이루고자 여러 산을 다니며 수련하는 것이 첫 번째 서사이다. 그러다

---

14) 오대혁, 앞의 논문, pp.240~248.

한 노인의 집에 머무르게 되고 그가 도를 구함이 간절하였기 때문에 세 사람과 설법에 대한 문답을 주고받는다. 그런데 그 집의 딸 묘화가 부설과의 혼인을 절실하게 원하였기에 부설은 영조와 영희의 책망에도 불구하고 자비를 베풀어 그녀와 혼례를 치르게 되는데, 이것이 두 번째 서사이다. 그리고 세월이 흐른 뒤 부설이 진정한 도를 깨닫게 되고 다시 만난 영조, 영희와 대결을 펼쳐 승리한 연후 열반에 드는 것이 세 번째 서사이다. 영조와 영희의 입장에서 세속의 여인과 혼인한 부설은 파계승이다. 그러나 부설이 혼례를 치른 이유는 단지 속세의 즐거움을 좇는 데 있지 않고, 보살행을 하기 위한 것이었기에 진세에서 도를 닦는 길을 택하게 된 것이다. 마음이 진정 도를 구한다면 그 장소가 어디든지 상관없다는 깨달음을 두 승려에게 전한 부설은 열반에 들고, 그의 아들과 딸이 다시 그의 뒤를 이어 대중을 교화하는 데 힘쓰게 됨은 작자의 주제의식이 극명히 드러난 부분이라고 할 수 있겠다.

## 3. 형상화 방식과 지향세계

〈남백월이성〉에서 부득은 하룻밤 재워주기를 청한 여인을 그대로 돌려보내지 않았다. 홀로 수행 중이어서 여인을 가까이 하면 안 되는 상황이었지만, 자신을 위한 도를 닦기보다는 어려움에 처한 중생을 구제하는 것이 우선이라고 생각했기 때문이다. 이에 반해 박박은 수행자의 규율을 먼저 떠올리고는 암자를 깨끗이 하기 위해 여인을 들이지 않았다. 도를 닦는 사람이라면 성적인 욕망을 억눌러야 하는 것이 당연하지만 자신의 수도를 위해서 고난에 빠진 사람을 배려하지 않은 것은 보리에 대한 깨달음이 부족했다고 볼 수 있다.

부득과 박박은 어려서부터 친하게 지내며 도를 구해왔다. 속세에 대한 인연도 끊고 본격적으로 수도하던 둘은 어느 날 저녁 찾아온 여인에 의해 성불의 성패 여부가 결정되었다. 지금껏 동일한 세월 동안 도를 닦았지만 불가의 정신에 대한 깨달음은 부득이 더 우월하였던 것이다. 두 주인공은 높은 뜻을 고취하려고 정진하였으나 도를 얻기 위한 마음가짐이 달랐다. 박박은 오직 자신의 성불을 위해 수행하였던 반면, 부득은 중생을 구제하는 것에 가치를 두고 있었던 것이다. 부득의 이러한 대승불교적 정신이 대보리를 이루게 하였으며, 이에 박박은 마음에 장애가 겹쳐 부처를 만나고도 뜻을 이룰 수 없었다며 자신의 이기주의적 수련에 대해 참회한다. 이로써 도를 깨달은 박박 또한 부처가 될 수 있었다.

부득과 박박의 성불을 위한 대결에서 승리의 여부는 대중을 제도할 수 있는 자비심을 가졌느냐에 달린 것이었다. 그간 아무런 차이 없이 도를 닦아 평탄하게 이루어지던 두 수도자의 경쟁 양상은 여인의 등장으로 지금까지와는 다른 면모를 보이게 되었다. 이 대결에서 중생을 위한 자비심을 발현할 수 있었던 부득이 먼저 번뇌에서 벗어나 부처가 되었고, 이어 친구의 성불을 확인한 박박 또한 부득을 통해 깨달음을 얻어 열반에 들 수 있었다.

〈부설전〉에서 부설은 묘화의 간청에 혼인을 허락하였다. 도를 함께 이루고자 명산을 두루 유람하던 영조와 영희는 그러한 친구의 행동에 대해 도를 저버린 것이라고 생각하였다. 셋은 이미 승려로서 세속의 번뇌를 초탈해야 할 몸이었기 때문에 다시 인간 세상과 인연을 맺는다는 것은 상상도 할 수 없는 일이었을 것이다. 그러나 부설은 자신을 책망하는 두 친구에게 성불하는 데 있어 그 장소가 어디인지는 상관할 것이 아니라며 재가성도하겠다는 의지를 내보인다. 여기에서 득도에 관해 부설과 두 친구의 관점의 차이가 엿보인다. 영조와 영희는 세속과 단절된 공간에서 수행하여 부처가 될 것을 추구하고, 부설은 이와는 반대로 공간에 상관없이 열심히 수련한다면 도를 깨우칠 수 있다고 역설한다. 부설은 자신의 신념대로 보살행을 베풀어 묘화를 구제하고 속세에서 도를 구하게 된다.

수련에 대한 견해의 차이에서 비롯된 양측의 성불경쟁은 오랜 세월 지속된다. 문면에 자세히 드러나 있지는 않으나 20여 년이 넘는 시간 동안 부설은 도를 구하고, 영조와 영희 또한 암자를 찾아다니며 수행을 계속하였을 것이다. 후에 영조와 영희가 다시 부설을 찾아오고 부설은 그들을 반갑게 맞이하며 본격적인 수련 대결에 들어가는데, 그것이 바로 물병을 깨는 것이다. 대들보에 물이 담긴 병을 매달고 세 사람이 모두 그 병을 쳤더니, 두 친구의 병은 깨지고 물도 흘렀으나 부설이 깬 병의 물은 그대로 들보에 매달려 있었다. 이는 양측 수련의 결과를 단적으로 말해주는 것이다. 영조와 영희가 아무리 명산대찰을 돌아다니며 깨끗한 심신을 유지하고 수행을 하였다고 하더라도, 세속에서 혼인을 하였으나 성실히 도를 구했던 부설이 오히려 진정한 도를 깨우칠 수 있었다. 결국 일신만을 위한 수련보다 대중 속에서 그들을 포용할 수 있는 수련이 부처의 마음에 가깝다는 것이다. 부설은 파계하여 자식도 낳으며 지극히 인간 세상에 속해서 도를 구하였으나 이는 보살행을 위한 결단으로, 개인주의적 수행보다 중생을 위한 수행을 더 중요시했던 작자의 대승불교적 사상이 잘 반영되어 있다고 하겠다.

두 작품은 모두 수행자와 여인에 관한 문제에서 그 대결 구도가 시작된다. 청정한 심신을 유지하며 도를 닦기 위해 여인의 청을 거절할 것인지, 아니면 수도의 계율을 어길지도 모르는 상황에서 보살행을 위해 여인의 청을 들어줄 것인지에 관한 문제인 것이다. 두 작품에서 나타난 여인은 수행자의 내적 갈등을 부추기는 요소였고 파계와 계율 사이에서 번민을 하게 만들었으며 이들로 인해 보살행을 실천한 수행자가 결국 모든 번뇌를 초극할 수 있었다. 〈남백월이성〉에서는 부득이, 〈부설전〉에서는 부설이 자비심을 발휘하여 여인을 구제하였고 결국 부처가되었다. 성불의 경쟁자에 비해 이들은 계를 어기는 문제보다 중생제도를 더 가치 있는 대상으로 인식하였고 그것이 바로 부처의 마음과 상통하는 것이었다. 아무리 도를 구하고 수도자로서 성심을 다해도 그것이자신만을 위한 것이어서는 성불할 수 없었다. 승속을 초탈하여 거기에서 각성을 얻고 중생을 제도하는 상구보리 하화중생이야말로 부처의진정한 자비를 발현하는 방법이었던 것이다.


## 4. 영웅인물적 양상과 의의

지금까지 〈남백월이성〉과 〈부설전〉의 성불경쟁담적 면모를 살펴보았다. 두 작품에서는 성불을 원하는 주인공이 벗으로서 함께 도를 닦는과정에서 수행에 대한 서로의 견해 차이로 인해 지향점은 같으나 목적한 바에 도달하는 방식이 달라지게 되었다. 이에 따라 경쟁적 대결을펼치는 서사가 진행되었고 결국 보살의 대보리심을 실천한 주인공이성불을 이루게 되었다. 성불경쟁은 서사 내에서 긴밀한 역할을 담당하고 있으며 이로 인해 문학적 효과 및 서사적 의의를 거두고 있다.

첫째, 서사적 흥미가 고양될 수 있었다는 것이다. 성불경쟁담은 성불이라는 목적을 두고 양측의 대결 구도로 사건이 진행되는 이야기이다. 갑자기 찾아온 여인을 박박은 매몰차게 거절하였으나 부득은 암자 안으로 들어오게 하였는데, 두 사람의 상이한 태도에 따라 어떠한 사건이 벌어질 것인가에 대해 긴장감을 부여할 수 있다. 또한 부설이 아내를 맞아 인간 세상에서 수행할 때에도 과연 나머지 두 승려보다 먼저 도를 깨우칠 것인지에 대해 관심을 집중시킬 수 있을 것이며, 이 작품의 절정 부분이라고 할 수 있는 물병깨기 시험에 있어서도 부설이 득도한 바를 이 장면에 어떻게 활용할 것인지 의문을 가지고 흥미 있게 지켜볼 수 있을 것이다. 따라서 부처가 될 수 있는지의 여부에 따른 경쟁과 대결 구도는 이들 작품을 접하는 독자들에게 매우 흥미 있는 요소로 다가갈 수 있다.

둘째, 주제 부각이 용이하였다는 것이다. 양측의 대결 구도는 결국 승리한 쪽에 서사적 힘이 실리기 마련이다. 이는 불성을 깨달음에 있어 먼저 부처가 된 쪽이 보다 바람직한 수도를 했음을 말해주는 것이다. 이렇게 볼 때 경쟁에서 승리를 획득한 부득이나 부설이 부처의 마음을 이해하였음을 알 수 있다. 자신만의 정진에만 힘쓰지 않고 모든 중생을 제도하는 것이 진정한 도임을 깨달아 인본주의적 또는 이타주의적 행동을 실천해 나가는 것이 참된 성불이라는 것을 알려주고 있다.[15] 곧 먼저 대보리심을 깨달아 대결에서 이긴 주인공의 삶을 추구하는 것이 작자가 작품을 통해 말하고자 했던 주제의식인 것이다.

셋째, 당대인의 불교관을 고스란히 담고 있다는 것이다. 먼저 〈남백월이성〉에서는 신라 경덕왕대에 이르러 수행자의 신분이 귀족에서 평민 혹은 천민으로 바뀌어가고 있음을 알 수 있는데, 그중에서도 특이할 만한 것은 여인과 최하층 계급의 왕생을 인정하며 관음보살이 그들로 현신하는 것이다.[16] 이 작품에서는 신라 대중 불교의 면모가 잘 드러나

15) 정소영, 앞의 논문, p.298.
16) 위의 논문, p.296.

고 있는데, 아무리 신분이 낮다고 할지라도 대자비행을 실천하면 극락
왕생할 수 있다는 믿음이 내재되어 있다. 〈부설전〉은 조선조 억불숭유
정책으로 대중과 불교가 멀어지는 상황에서 비판적 시각을 가졌던 영
허대사가 재가불교와 선정일치를 바탕으로 한 정토불교를 표방하여 작
품을 창작하였다.[17] 시대적 상황에 대해 정확한 안목을 가지고 세속의
대중을 포용할 수 있는 불교를 부흥시키려 했던 작자의 의지가 담겨
있음을 알 수 있다.

넷째, 세속에서도 성불할 수 있다는 것을 일깨워 당대 불교 포교에
긍정적인 영향을 끼쳤을 것이다. 부득과 부설은 여인을 가까이 하였으
나 모두 대자비심에 의한 보살행의 일환으로, 성불의 계기로 작용하였
다. 진세와는 인연을 끊고 깊은 산속 암자에 들어가 홀로 도를 닦아야
부처가 되는 것이 아니라, 세속에서도 얼마든지 참된 도를 구하면 깨달
음을 얻어 극락왕생할 수 있다는 믿음을 심어줄 수 있는 것이 바로 두
작품이다. 부처가 될 수 있는 길이 멀리 있는 것이 아니라 이타행을 행
함으로써 충분히 얻어질 수 있다는 믿음은 당대 불교를 널리 전파하고
대중을 제도하는 데 많은 도움을 주었을 것이라고 생각된다.

## 5. 맺음말

이상으로 성불경쟁담의 실태와 형상화 방식을 〈남백월이성〉과 〈부
설전〉을 중심으로 하여 살펴보았다. 두 작품은 수행자 앞에 나타난 여
인을 맞이하는 태도에 따라 성불의 성패가 좌우된다는 점이 독특하였

---

17) 오대혁, 앞의 논문, p.250.

는데, 이들 작품을 면밀하게 분석하면 이러한 경쟁적 구조가 작품의 형상화에 어떤 기여를 하고 있는지, 또한 그것에 담긴 의의는 무엇인지 알 수 있을 것이라는 생각에서 논의를 시작하였다.

두 작품 모두 수행자와 여인에 관한 문제에서 그 대결 구도가 시작되었다. 이들 작품에서 나타난 여인은 수행자의 내적 갈등을 부추기는 요소였고 파계와 계율 사이에서 번민을 하게 만들었으며 이들로 인해 보살행을 실천한 수행자가 결국 모든 번뇌를 초극할 수 있었다. 두 작품에 담긴 서사문학사적 의의로는 첫째, 서사적 흥미가 고양될 수 있었고 둘째, 주제 부각이 용이하였으며 셋째, 당대인의 불교관을 고스란히 담고 있었고 넷째, 세속에서도 성불할 수 있다는 것을 일깨워 당대 불교 포교에 긍정적인 영향을 끼쳤다는 것이다.

이 글에서 고찰한 두 작품을 성불경쟁담이 드러난 또 다른 작품인 〈광덕 엄장〉과도 대비하여 본다면, 작품의 시대성과 관련해서 〈부설전〉과의 특이점 혹은 〈남백월이성〉과의 공통점 등이 발견될 수 있을 것이라고 생각한다. 이에 관한 연구는 후일을 기약하고자 한다.

# 제2장

# 〈소중화역대설〉의 역사성과 문학적 조응

## 1. 머리말

　문학은 허구성을 바탕으로 한다. 가공의 일을 창작하여 독자의 반응을 이끌어내기 때문이다. 실제 있었던 일을 배경으로 하더라도 사실(事實) 그대로가 이야기화되는 것은 아니다. 소재를 실제 발생했던 사건 속에서 차용해 온다고 하더라도 그것은 우리가 속한 현실이 될 수는 없다. 사회현상을 반영하는 것이 문학이지만, 때로는 독자의 흥미를 위해 혹은 작자의 의도에 따라 작품을 사실과는 다르게 변개하기 마련이다. 역사적 사실을 배경으로 한 작품의 경우 그것을 어디까지 사실(史實)로 이해하고, 또한 어디서부터 작자의 상상으로 볼 것인가의 문제는 작품 이해를 위한 선결 조건이라 하겠다. 지나간 이야기는 대중의 관심거리가 될 수 있고, 그래서 소설의 소재로서 훌륭한 조건을 갖춘 것으로 볼 수 있다. 과거의 특별한 이야기를 소재로 취택해 허구를 창작한 것도 그래서 빈발할 수 있었다.

　사실에 입각하면서 작가적 상상력을 동원한 결과물로 역사소설을 꼽

을 수 있다. 잘 아는 것처럼 역사소설이 나름의 문학사적 위상을 확보
할 수 있었던 것은 역사상 유명 인물을 다루면서[1] 작자나 독자의 역사
의식을 담아놓았기 때문이다. 조선시대의 역사소설은 작자와 독자를
이어주는 자성의식을 담고 있을 뿐만 아니라 설화적인 요소가 개입되
어 민족문학으로서의 성격이 강화될 수 있었다. 이는 역사성과 문학성
을 동시에 포괄하려는 작가의식이 작용한 때문이라 하겠다.[2] 한편 역
사적 사건이 서사의 중심축이 되고, 이를 사실적으로 형상화한 고전소
설을 역사소설로 보기도 한다.[3]

　여기에서 다룰 〈쇼듕화역ᄃᆡ셜〉은 역사적 사실을 내포하되 역사소설
로 보기에는 어느 정도 한계가 있다. 사실을 소재로 활용하기는 했지만
단순 나열에 그쳐 소설적 형상화 단계까지 나아가지 못했기 때문이다.
하지만 역사에 대한 관심을 이야깃거리, 읽을거리로 여겼던 당대 독자
층을 감안하면, 이 작품 또한 넓은 범위에서 역사서사로 이해할 수 있
을 것이다. 이 작품의 일부 내용은 역사적 사실에 문학적 허구가 가해
져 읽는 재미를 제고하고 있기 때문이다. 따라서 역사와 문학의 경계를
이 작품을 통해 살펴볼 수 있으리라 본다. 즉 역사적 사실이 문학작품
에 차용되는 경향이나 당대 작자 혹은 독자들이 견지했던 문학에 대한
인식을 파악할 수 있을 것이다.

1) 백낙청, 「역사소설과 역사의식」, 『창작과 비평』, 1967, 봄호, p.7(김장동, 『조선조 역사소설연구』, 인우출판사, 1986, p.15에서 재인용).
2) 김장동, 『조선조 역사소설연구』, 인우출판사, 1986, pp.16~19.
3) 권혁래, 『조선 후기 역사소설의 성격』, 도서출판 박이정, 2000, pp.10~15.

## 2. 작품의 서지사항

〈쇼듕화역ᄃᆡ셜〉은 조선왕조의 내력을 밝히고 당대의 명신과 저명인물을 중심으로 역사적 사건을 소략하게 정리해 놓았다.[4] 이 작품의 제목은 제1책 표지에 〈東國略史〉, 본문 처음에 〈쇼듕화역ᄃᆡ셜 권지일〉로 표기되어 있으며, 2권을 시작하면서는 〈역ᄃᆡ셜 권지이 장릉사적〉이라

〈쇼듕화역ᄃᆡ셜〉 제1책

고 하였다. 그리고 제2책 겉표지와 속표지에서는 모두 〈역ᄃᆡ셜〉이라고 했으며, 제3책 표지에 와서 다시 〈東國略史〉라 했지만 본문에서는 〈역ᄃᆡ셜〉이라고 하였다. 제4책 겉표지에서는 〈歷代記〉, 속표지에서는 〈小中華歷代記〉라 하되 5권의 시작 부분에서는 〈역ᄃᆡ셜〉, 6권을 시작하면서는 〈小中華歷代記 卷之六 소즁화역ᄃᆡ셜 권지뉵〉이라 하였다. 이 글에서는 〈쇼듕화역ᄃᆡ셜〉로 통일하여 이 작품을 지칭하기로 한다. 권지일과 권지육에서 이 표제를 사용했을 뿐만 아니라 이를 줄여 〈역ᄃᆡ셜〉로 지칭하는 등 필사자가 작품의 제목을 〈쇼듕화역ᄃᆡ셜〉로 인식했기 때문이다.[5] 이는 중화적

---

4) 〈쇼듕화역ᄃᆡ셜〉은 사재동 교수가 공주 고서상에서 구입하여 소장하고 있는 것으로, 경산·集 제3047호이다.

5) 작품 초반에 조선이 건국되기 이전의 역사를 소개하며 신인이 태백산 박달나무에 내려와 단군이 되었다고 언급하는 부분에서 이미 중국의 연호를 사용하고 있고, 이후 임진왜란이 발발한 후 원병으로 온 명나라의 군대를 '천병'으로 지칭하는 등 당시 일반적인 조선의 백성이 지니고 있었을 중국에 대한 우호적이고 사대주의적인 면모가 작

인 의식을 가지고 조선왕조의 역사를
서사하겠다는 저작 의도를 드러내는
데도 적합한 제목이라 할 수 있다. 그
래서 〈쇼듕화역디셜〉을 대표로 내세
워 제목을 삼고자 한다.

이 책은 국문 전용으로 필사되었고
총 6권 4책으로 구성된 장편에 해당
된다.[6) 제1책은 1권과 2권으로 구성
되었는데, 1권에는 태조에서 단종까
지 왕의 내력과 황희나 맹사성과 같은
명신 및 양녕대군과 효령대군의 일화
등이 소개되었다. 2권에는 단종에서

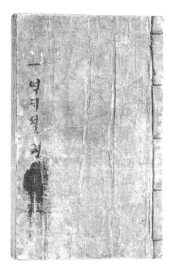

〈쇼듕화역디셜〉 제2책

선조까지 왕의 내력과 사육신, 유자광과 남이, 신숙주·서거정·정염·
이황·이지함과 같은 저명인물의 일화와, 무오사화·갑자사화·중종반
정·기묘사화·신사무옥·을사사화 등 역사적 사건을 서사해 놓았다. 제
2책에는 3권이 실려 있는데, 이이를 비롯하여 차천로·한호·정여립 등의
일화가 소개되었고, 주된 내용은 선조 때 발발한 임진왜란과 이순신·
유극량·곽재우·유정·김응서·조헌·김덕령 등 전장에서 크게 활약한
인물을 다루었다. 제3책에는 4권이 실려 있는데, 인조와 효종의 내력과
인조반정, 정묘호란·병자호란에 대한 내용이 주를 이룬다. 병자호란으

---

품 전반에 나타나고 있다. 따라서 이 작품의 제목으로 사용된 '소중화'는 명을 숭상하
는 분위기 속에서 조선 왕조의 역사를 기술하며 그 정당성을 드러내기 위한 의도로
보인다.

6) 이 작품의 전체 분량은 1책 76장 152면, 2책 71장 141면, 3책 66장 132면, 4책 100장
200면이다. 책의 크기는 가로가 21㎝, 세로가 31㎝이고, 오침안정법으로 제본되어
있다.

로 삼전도의 굴욕을 당하기까지의 사건을 다루며 김상헌이나 이완·임경업·김자점과 같은 인물의 일화를 소개하였다. 제4책에는 5권과 6권이 실려 있는데, 5권에는 효종에서 숙종까지 왕의 내력과 기해예송·갑인예송 등의 사건 및 송시열과 반대 세력의 상소 문제를 다루었다. 6권에는 숙종에서 정조까지 왕의 내력과 박태보·김익훈 등의 일화 및 사도세자 사건을 기술하고 있다. 정조 임자(1792년)까지의 내용을 다루면서 끝이 난다.

이 책이 창작된 연대와 작자는 미상이며, 필사연대는 제1책 1권이 끝나며 '을묘사월초팔일 필셔', 제1책 2권이 끝나며 '을묘오월초일 필

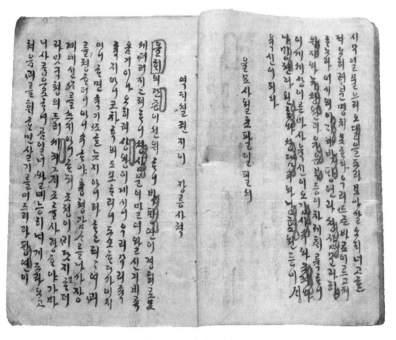

〈쇼듕화역되셜〉 권지이

셔', 제2책 3권을 시작하며7) '을묘삼월일필셔ᄒ노라', 제3책 4권이 끝나며 '皇帝階下 을묘오월염칠일 필셔', 제4책 5권이 끝나며 '병진ᄉ월염일 셩소져 필셔ᄒᄂ니 필지을 치ᄒᄒ노라', 제4책 6권이 끝나며 '병진오월슌일 종'으로 기록되어 있다.

또한 제1책 1권 서두, 제1책 2권 말미, 제2책 3권 서두, 제3책 4권 말미, 제4책 5권 말미, 6권 말미에 '틱졍틱세문단세 덕예셩듕인명션 원

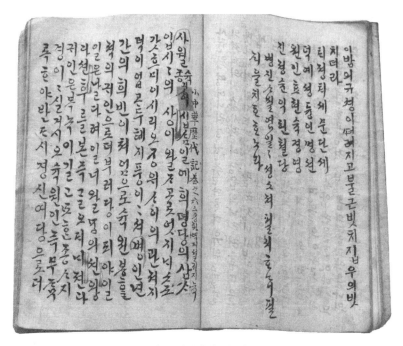

〈쇼듕화역딕셜〉 권지육

---

7) 1권은 '쇼듕화역딕셜 권지일', 2권은 '역딕셜 권지이 장릉사적'으로 명확하게 표기되어 있는 것에 반해, 3권은 '역딕셜'이라고 하여 놓고 뒷부분이 먹으로 지워져 있고, 4권은 '역딕셜 권' 뒷부분이 역시 먹으로 지워져 있다. 5권도 '역딕셜' 뒷부분이 지워졌고 마지막 6권에서야 '소중화역딕셜 권지뉵'으로 표기되어 있다. 여기에서는 차례대로 권지삼, 권지사, 권지오로 지칭하기로 한다.

인효현숙경영 딘정슌익헌쳘당'이라고 조선 왕조의 순서가 첫 음절만 적혀 있다. 이로 보아 필사연대는 1897년 대한제국이 수립되고 고종이 황제에 오른 이후일 것으로 보인다. 즉 을묘년인 1915년과 병진년인 1916년 사이 만 1년 정도의 기간 동안에 필사된 것으로 여겨진다. 1915년 4월 8일에 1권의 필사를 마친 것으로 시작하여 1년 남짓 필사가 이루어져 마침내 1916년 5월 10일에 6권의 필사를 끝낸 것으로 볼 수 있다.

필사자와 관련하여 단서를 얻을 수 있는 곳이 제1책과 제4책이다. 제1책 끝부분에 '칰쥬난 셩소사 니부인이요 필쥬난 황소ᄉ 셩부인이라 이 글시난 명필이온이 보시난 이 웃지 마르소셔', 제4책 5권 끝부분에 '셩소져 필셔ᄒᄂ니 필직을 치ᄒᄒ노라'라고 명기되어 있다. 책의 주인은 이 부인이고 필사자는 셩 부인 혹은 셩 소저인 것이다. 작품의 내용이 역사적 사실에 기반을 둔 남성 위주의 이야기인데 반해 여성 독자들이 이러한 책을 구입하고 필사한 것은 새로운 시각으로 역사서사나 역사소설을 이해할 필요가 있음을 의미하는 바라 하겠다.

## 3. 사실 이해의 역사담론

사람들이 과거에 대해 관심을 갖는 것은 당연한 일이다. 특히 자신 혹은 타인이 겪은 일을 이야기하는 것은 언중의 보편적인 습성이라 할 수 있다. 〈쇼둉화역ᄃᆡ셜〉은 이러한 욕구를 충실히 대변하는 역사담론서라 하겠다. 특히 높은 식견을 바탕으로 독자들이 역사에 쉽게 접근할 수 있도록 소설과 유사한 읽을거리로 편성한 것은 주목할 만한 업적이다. 작자는 이 책을 엮으면서 가공의 이야기를 늘어놓기보다는 실재했던 사건과 인물을 풀어내는 데 더 큰 의의를 두었다. 역사에 통달한 작자가 조선시대의 주요 사건을 선별하여 시간의 흐름에 맞게 배치함으로써 역사에 대한 독자의 이해를 도모한 결과이다. 즉 역사서를 단순하게 베낀 것이 아니라 역사를 이해시킬 목적에서 역사담론을 지향한 것이다. 잘 아는 것처럼 단순한 사실일지라도 흥미소가 가미되면 훌륭한 읽을거리가 될 수 있다. 이러한 면에서 볼 때 〈쇼듕화역ᄃᆡ셜〉은 역사적 사실을 선별하고 일정한 순서로 배열하여 독서물로 기능하도록 했다는 점에서 평가할 만하다. 이는 역사적 사실에 대한 이해를 전제했지만 때로는 흥미소가 개입되어 경직된 역사이기보다는 역사적 소재를 이야기로 재해석한 역사담론의 성격이 강화되었음을 의미하는 것이다. 역사담론으로 특기할 만한 것을 몇 가지 들어 보면 다음과 같다.


## 1) 조선 왕조의 내력 기술

〈쇼듕화역ᄃᆡ셜〉은 조선 왕조의 순서에 따라 해당 시기의 왕에 대한 내력을 이야기한 이후에 시간 순서에 따라 왕을 중심으로 한 신하의 업적이나 일화, 당시 주목할 만한 사건 등을 기술하고 있다. 조선의 역사를 밝힘에 있어서 소중화로 그 정통성을 확보하고자 하였고 이것을 풀어나가고자 왕조를 그 기준으로 삼은 것이다. 역대 왕을 기준으로 하여 사적이 펼쳐지다 보니 왕이 교체되면 신왕에 대한 내력을 가장 먼저 언급한다. 태종의 경우를 예로 들면 다음과 같다.

> ᄐᆡ둉ᄃᆡ왕 휘ᄂᆞᆫ 방원이요 자ᄂᆞᆫ 유덕이라 ᄐᆡ조 졔오ᄌᆞ라 졍미오월십뉵일의 탄강ᄒᆞ사 고려 진ᄉᆞ 문과 관지 ᄃᆡ언ᄒᆞ고 후봉졍안군ᄒᆞ야 뉴십이남 십팔여ᄒᆞ다 ᄌᆡ위십팔연ᄒᆞ다 ᄌᆡ상왕위ᄉᆞ년ᄒᆞ니 영낙 임인오월십일에 홍

ᄒ니 슈오십뉵이라 댱헌룽ᄒ다 비ᄂᆫ 쇼렬왕후 민씨니(여홍이라) 탄사남
ᄒ고 경ᄌ칠월십일의 홍ᄒ니 댱헌룽ᄒ다8)


이처럼 새로 등극한 왕의 휘와 자, 형제 순서에서부터 생년월일, 자녀
의 수, 재위기간, 사망일, 안장된 능, 왕비에 대한 소개와 그 사망일
및 안장된 능에 이르기까지 간략하지만 왕과 관련한 전반적인 사항을
기록하고 있다. 재위기간 중 왕비가 죽거나 다시 간택되었을 경우 순서
대로 모든 왕비를 기술해 놓았다. 숙종의 경우를 예로 들면 다음과 같다.


    숙종되왕 휘ᄂᆫ 순이오 ᄌᆫ 명뵈라 현종댱ᄌᆡ라 명셩왕후 신츅팔월십
    오일의 탄강우경덕궁회샹젼ᄒ니 지위ᄉ십뉵년이오 뉵남니녀니 경ᄌ유
    월팔일의 홍ᄒ니 댱명룽ᄒ다(고양이라) 비 인경왕후(광산) 김시 광셩부
    원군문충공만긔의 녜니 경신시월이십뉵일의 홍ᄒ니 댱익룽ᄒ다(고양)
    계비 인형왕후 민씨(여홍) 여양부원군문졍공유즁의 녜니 신ᄉ팔월십ᄉ
    일의 홍ᄒ니 댱명룽ᄒ다 계비 인월왕후(광산) 김씨 광셩부원군문튱공만
    긔의녜니 경신십월이십육일의 홍ᄒ니 댱익룽ᄒ다(고양) 계비 인현왕후
    (민씨) 여양부원군문졍공유듕의 녜니 신ᄉ팔월십ᄉ일의 홍ᄒ니 댱명룽
    ᄒ다9) 계비 인원왕후(경듀 김씨) 경은부원군효간공쥬신의 녜라 뎡츅삼
    월이십뉵일의 홍ᄒ니 댱명능ᄒ다10)


숙종에 대해서도 역시 휘와 자, 형제 순서, 생년월일, 태어난 곳, 자녀

---

8) 〈쇼듕화역ᄃᆡ셜〉 제1책 권지일.
9) 숙종의 비는 김만기의 딸인 인경왕후이고, 계비는 민유중의 딸인 인현왕후이며, 제2계
  비는 김주신의 딸인 인원왕후이다(『한국민족문화대백과』, 한국학중앙연구원, http://
  encykorea.aks.ac.kr/). 텍스트에 언급된 인형왕후는 인현왕후를, 인월왕후는 인경
  왕후를 잘못 옮긴 것으로 보인다.
10) 〈쇼듕화역ᄃᆡ셜〉 제4책 권지오.

의 수, 사망일, 안장된 능이 기술되어 있다. 비와 두 계비에 대해서도
간택된 순서에 따라 왕비의 본관과 부친의 시호 및 성명, 사망일, 안장된
능이 간단하게 기록되었다. 해당 왕이 다스리던 시기를 설화하기 이전
에 그에 대한 기본사항을 간추린 후에 서사를 시작한다. 이는 역사서사
로서의 편제를 갖추기 위한 작가의 의도라 볼 수 있다. 사서처럼 사실성
을 고양한다는 측면에서 일정한 목적을 달성하고 있다. 전체적으로 시
간 순서에 따라 사건을 서술해 나가지만, 임금별로 시대를 구획하여 그
범위 안에서 역사적 사실을 이야기하는 방식을 선택한 것이다. 서술된
순서나 내용 및 나열한 항목 등으로 볼 때《조선왕조실록》의 〈총서〉나
〈부록〉에 해당하는 부분을 매우 압축한 것으로 짐작할 수 있다.[11]

　제목에서 알 수 있듯이 '역대설' 즉 조선왕조 역대 임금과 관련하여 실
재했던 일을 기록한다는 취지에 부합되도록 사건을 배열하기 위해 왕에
대한 기술을 가장 먼저 배치한 것으로 보인다. 이것은 조선왕조에 기대
어 역사적 사실을 서사하겠다는 작자의 목적이 반영된 결과라 할 수 있다.

---

11) 《태종실록》〈총서〉에는 '태종 공정 성덕 신공 문무 광효 대왕의 휘는 이방원이요,
　　자는 유덕이니, 태조의 다섯째 아들이요, 공정왕의 동모제이다. 어머니는 신의 왕후
　　한씨이다. (…중략…) 영락 16년 무술 8월에 우리 전하에게 선위하고, 다섯 해 동안
　　편안히 쉬면서 이양하였다. 임인년 5월 10일에 승하하였으니, 향년이 56세요, 왕위에
　　있은 지 19년이었다. 명나라 황제가 시호를 주기를 공정이라 하고, 본국에서 시호를
　　올리기를 성덕 신공 문무 광효 대왕이라 하고, 묘호는 태종이라 하였다(太宗恭定聖德
　　神功文武光孝大王諱芳遠, 字遺德, 太祖第五子, 恭靖王之母弟也. 姊神懿王后韓氏 (…중
　　략…) 永樂十六年戊戌八月, 禪位于我殿下, 優游頤養, 至于五年. 壬寅五月十日丙寅薨,
　　享年五十六, 在位十有九年. 皇帝賜諡曰恭定, 本國上諡曰聖德神功文武光孝大王, 廟號
　　太宗)'라고 기록되어 있고,《숙종실록》부록〈숙종 대왕 행장〉에는 '국왕의 성은 이씨,
　　휘는 순, 자는 명보로 현종 대왕의 적사이며 효종 대왕의 손자이다. 어머니는 명성
　　왕후 김씨로 영돈녕부사 청풍 부원군 김우명의 따님이다. (…중략…) 묘호를 숙종이라
　　하였으며, 이해 10월 21일 갑인에 명릉 갑좌 경향의 언덕에 장사지냈다(國王姓李氏,
　　諱焞, 字明普, 顯宗大王之嫡嗣, 孝宗大王之孫. 母明聖王后金氏, 領敦寧府事淸風府院君
　　佑明之女也 (…중략…) 廟號曰 肅宗. 是年十月二十一日甲寅, 葬于明陵甲坐庚向之原).'
　　라고 기록되어 있다(《조선왕조실록》, 국사편찬위원회, http://sillok.history.go.kr/).

## 2) 명신 및 학자에 대한 관심

〈쇼듕화역딕셜〉은 국왕의 기본적인 사항을 이야기한 연후에 본격적으로 선위 과정의 이야기나 등극 후 왕실과 조정에 얽힌 이야기가 펼쳐진다. 특히 임금을 보필하여 선정에 힘쓰도록 한 명신(名臣)이나 학문적 깊이가 뛰어나 훌륭한 성과를 거둔 학자에 대한 기술이 두드러진다.

이 책은 일정 시기의 왕과 그 주변 이야기에 집중하여 시간 순서대로 서사하고자 했지만, 편년체로 쓰인 역사서와 동일할 수는 없었다. 그것은 사실을 쓰되 독서물로 기능하도록 조직해야 했기 때문이다. 그래서 특정 인물에 대한 서사, 특히 해당 인물의 특징을 부각할 수 있는 일화 중심으로 서사된 것이라 하겠다. 몇몇의 사례를 들어보도록 한다.

> 임신이연의 영상 황회 졸ᄒ다(호를 방촌이라 년이 구십이라) 송악의 폭포 잇더니 슈티월의 홀연이 ᄭᅵᆫ어졋다가 희나미 도로 흐르니라 소시의 젼뷔 황우흑우로 밧갈믈 보고 무르딕 어나지 나으뇨 젼뷔 딕답 아니ᄒ고 산짜라 모롱의 도라와 가마니 말ᄒ여 갈오딕 황우승이라ᄒ니 문왈 엇지 곳 말아닛ᄂ야 갈오딕 져것도 오장이 갓츄아 능히 ᄉ름의 말을 푸니 ᄎ마 그 듯ᄂᆫ딕 장단을 못ᄒ다ᄒ니 회 평싱의 이말을 복응ᄒ야 남의 시비를 말 아니타라 (…중략…) 김죵셔 뉵진을 창셜ᄒ고 드러와 병판이 되여 긔언이 능오ᄒ더니 공회예 맛초아 취ᄒ믈 타의지ᄒ여 안곳더니 황생이 소리를 불너왈 병판지티 부졍ᄒ니 그 상발을 지우라 김이 경황ᄒ믈 ᄭᅵ닷지 못ᄒ여 물너가 ᄉ름다려 일너왈 닉 뉵진의 잇실딕 야반의 도적의 화살이 칙상의 붓ᄒ딕 빗홀 움쥬기지 아낫더니 부도 금일의 한쥴쳠비라ᄒ더라[12]

황희는 왕을 훌륭히 보좌하여 성세를 이룩하는 데 기여하였으며 조

---

12) 〈쇼듕화역딕셜〉 제1책 권지일.

선 왕조를 통해 가장 명망 있는 재상으로 칭송되는 인물이다.[13] 문종 2년(1452)에 사망하였으므로, 왕성한 활동을 펼친 시기인 세종대가 아니라 문종의 내력이 기술된 이후에 그에 대한 생몰이 소개되어 있다. 자연사한 인물의 경우, 이처럼 사망한 해에 '○○년 △△△ 졸하다'로 인물을 소개하는 경우가 많다.

실존했던 인물에 대한 이야기라고 하더라도 단순히 출신지나 가문 및 관직에 대해 사실대로 서술하는 것에 그치지 않고, 인생을 통틀어 이야깃거리로 기능할 만한 사항을 부각하는 데 집중하는 경향이 있다. 황희의 호가 방촌이며 영의정이었다는 것, 90세를 누렸다는 것 등은 단편적인 사실을 나열한 것이지만, 그 외에 첨가된 내용은 젊은 시절 황우흑우 이야기, 김종서와의 일화 등이다. 이를 통해 황희가 하층민이 주는 삶의 교훈을 겸허한 자세로 수용했으며, 조정의 실세로 떠오른 인물이더라도 정도를 벗어난 행동에 대해서는 단호하게 대처했던 사정을 짐작할 수 있다. 황희의 삶을 이러한 일화로 압축한 것은 이름난 재상의 모습을 효과적으로 부각하면서 읽을거리를 마련한 것이라 할 수 있다. 역사적 사실을 단순히 나열하면 여가를 보낼 만한 독서물로 간주하기 어려울 것이다. 그러나 사실과 이를 바탕으로 한 이야기를 얽어내면 사실성에 대한 훼손 없이 서사하는 강점을 가질 수 있다.

> 무신십구년의 디졔학 셔거졍이 졸ᄒ다 거졍이 일즉 셰조를 ᄯᆞ라 즁원 드러갈ᄉᆡ 파ᄉᆞ보의 ᄌᆞ더니 이날 그 모친 부음이 이른지라 셰쥐 쳐음의 감초앗더니 거졍이 밤의 ᄭᅮᆷ구고 니러나 눈물 홀여왈 ᄂᆡᄭᅮᆷ의 달이 고이ᄒ니 무릇 달은 모상이라 유뢰지당의 몽즁이 불상이라 이러무로 슬허ᄒ노라 셰쥐 듯고 탄식왈 거졍의 셩회 족히 ᄒᆞᄂᆞᆯ을 감동ᄒ다ᄒ고 듸듸여 실상을

13) 『한국민족문화대백과』, 한국학중앙연구원(http://encykorea.aks.ac.kr/).

고ᄒ나라 뎐문형 이십삼년의 여지승남오십권과 동국통감오십칠권과 필
원잡긔 동문션빅삼십권과 퇴경시화 동인시화 사가집이 힝우세ᄒ니라[14]

서거정은 조선 전기 문병(文柄)을 장악했던 핵심적인 학자이다.[15] 성
종 19년(1488)에 사망하였으므로 성종대에 그에 관한 일화가 실려 있다.
서거정과 관련된 내용에서는 몰년과 관직명, 세조와의 일화, 저술 및
찬집이 소개되어 있다.

특히 세조와 관련된 일화는 세조가 즉위한 후에도 이어진다. 세조는
자신이 서거정을 중용한 것은 그의 재주뿐만 아니라 압록강의 꿈이 있
었기 때문이라 한다.[16] 그래서 그 꿈이 그의 능력을 인정하는 계기라
할 수 있다. 즉 특별한 꿈을 제시하여 서거정의 효성, 그에 대한 세조의
감발을 다루어 결국은 서거정의 특출한 능력을 부각한 것이라 할 수
있다. 이후 서거정이 이룩한 문화적 업적을 나열함으로써 그가 전문형
(典文衡)으로 소임을 다하고 학문적으로도 일가를 이루었음을 밝혀 인
물 소개의 효과를 더하고 있다. 서거정의 업적을 언급하기 이전에 특정
한 일화를 압축하여 보여줌으로써 인물의 특성 파악을 수월하게 한 것
이다. 이는 역사서에 실릴 법한 내용을 독서물로 기능할 수 있도록 의
도한 것이기도 하다.


## 3) 정치적 사건에 대한 관심

〈쇼듕화역ᄃᆡ셜〉은 왕과 그 주변인물을 중심으로 한 사건을 서사하여

---

14) 〈쇼듕화역ᄃᆡ셜〉 제1책 권지이.
15) 『한국민족문화대백과』, 한국학중앙연구원(http://encykorea.aks.ac.kr/).
16) 『국역 국조인물고』, 세종대왕기념사업회, 1999.12.30.

정치적인 사건에 관한 내용이 다수를 차지한다. 특히 왕위를 위협할 만한 모반 사건이나 사화와 같은 경우는 역사담론을 이끄는 핵심이라 해도 과언이 아닐 만큼 많은 지면을 할애하고 있다.

조선왕조 전반에 걸친 역사를 이해하려면 조정에서 벌어지는 사건에 대해 인식할 필요가 있다. 즉 왕을 중심으로 현 체제를 고수하려는 집권세력이 이를 문제삼는 반대세력을 밀어내면서 야기되는 정쟁을 이해해야 한다. 그런데 〈쇼듕화역ᄃᆡ셜〉에서는 이러한 정치상황을 비교적 자세히 서술하여 주목된다. 다만 편년체로 기술한 역사서와는 달리 사건의 주동인물을 중점적으로 살핌으로써 사건의 실체에 쉽게 근접할 수 있도록 하였다.

> 정여립이 모반복쥬ᄒᆞ다 여립이 수찬으로 호람의 도라가 글일그니 일홈이 일도듕ᄒᆞᆫ지라 죽도션ᄉᆡᆼ이라 일컷더니 잇써 황ᄒᆡ도 사름을 톄결ᄒᆞ야 흉모를 뎡ᄒᆞ더니 구월산 즁이 ᄉᆞ쇠를 알고 가마니 고ᄒᆞᆫᄃᆡ 감ᄉᆡ 밀계ᄒᆞ거늘 (…중략…) 금부도사와 션젼관을 보ᄂᆡ여 젹당을 잡으니 여립이 지긔ᄒᆞ고 권안산 곡간의 숨엇더니 포졸이 니르니 여립이 칼을 ᄲᅢ야 스스로 죽으니 그 죽엄을 시러와 빅관셔립ᄒᆞ고 졔ᄌᆞ의 ᄶᅵᆺ즈니라 (…중략…) 칠팔셰에 군아로 더부러 희롱ᄒᆞᆯᄉᆡ 병아리를 붓드러 부리로붓터 발ᄭᅡ지 벗기니 기부문왈 누가 이리ᄒᆞ여나냐 아희죵이 아기 그리ᄒᆞᆷ를 고ᄒᆞ니 뷔노ᄒᆞ야 여립을 ᄭᅮ지젓더니 아희죵이 홀노 잠든ᄭᅢ를 타 칼노 빅를 지르고 나와 갈오ᄃᆡ 이ᄂᆞᆫ ᄂᆡ ᄒᆞᆫ빅라 고이 넉이지 말나[17]

정여립은 대동계를 조직하고 무력을 통해 병권을 장악하기로 했으나, 고변으로 인해 관련자들이 차례대로 잡혔을 뿐만 아니라 본인은 죽

---

17) 〈쇼듕화역ᄃᆡ셜〉 제2책 권지삼.

도로 피신했다가 관군의 포위망이 좁혀지자 자살한 인물이다. 그의 자살로 역모가 사실로 굳어지고, 동인의 정예인사는 거의 제거되고 만다.[18] 정여립의 모반사건을 서사하면서 역사적 사실보다는 정여립이 반란을 일으키고 죽었다는 줄거리만 주요하게 다루었다. 그의 모반 사실을 어떠한 인물이 고변하고 모반의 진압 상황이 어떠했는지에 대해서는 소략화하였다. 반면 정여립이 모반을 일으킬 만한 상황이었다는 관련 일화가 뒤쪽에 길게 서술되어 있다. 정여립에 대한 일화를 정리해보면 다음과 같다.

① 정여립이 호남에서 명망을 얻었다.
② 역모가 고변되어 피신했다가 자결하였다.
③ 정여립이 태중에 있을 때 부친 희징(정희증)의 꿈에 정중부가 나와 아들을 얻은 후에도 좋아하는 기색이 없었다.
④ 정여립이 7, 8세 무렵에 병아리의 가죽을 벗긴 일이 있었는데, 이를 부친에게 고한 아이종의 배를 칼로 찔렀다.
⑤ 부친이 원이었을 때 아전이 그보다 아들인 정여립을 더 두려워하였다.
⑥ 정여립의 아들 정옥남의 어깨에 사마귀가 일월 같이 있어 정여립이 역심을 품었다.
⑦ '목자망전읍흥'이라는[19] 노래가 있어 정여립이 이 여섯 글자를 옥에 새겨 지리산 석굴 안에 감추었다.
⑧ '상생 말엽에 가득위왕이라'는[20] 노래가 있어 정여립이 후원 뽕나무를 벗기고 말총을 나무에 붙었다.

---

18) 『한국민족문화대백과』, 한국학중앙연구원(http://encykorea.aks.ac.kr/).
19) 목즈는 이(李)즈오 전읍은 정(鄭)써라.
20) 상생마(桑生馬) 가주위왕(家主爲王).

역모의 고변과 정여립의 자결은 단순사실을 나열한 것으로 마무리하고, 정여립의 출생에 관련된 꿈과 어린 시절, 역심을 품고 실행한 일에 대해서는 다양한 일화를 들어 구체화하였다. '고려 역적'으로 평가해 놓은 정중부가 태몽에 등장했다는 점, 어렸을 때부터 동물을 학대하고 사람을 해함에 거리낌이 없었다는 점, 타인을 두려워하게 할 만한 성정을 지녔다는 점, 역심을 품어 새 왕조를 개창하려고 하였다는 점 등을 들어 정여립이 모반을 일으킬 수밖에 없었다고 역설한다.

정여립의 모반 사건을 일자별로 관련된 인물들을 모두 서술하지 않고 사건의 정황만 언급하는 한편으로 정여립과 관계된 새로운 사건을 다양하게 보여줌으로써 독자의 이해를 높이고자 하였다. 역모의 발생과 그 처결 과정은 독서물로 활용하였을 때 상당히 높은 관심을 불러일으킬 수 있다. 그것을 사실로 간주하고 단순 열거하여 문예적 특성이 약화되었을지라도 실재한 이야기를 활용해 사실을 전달하고자 한 필사 의도에 부합하는 것만은 분명하다. 이를 접하는 독자는 정여립 모반 사건의 전말을 더 수월하게 파악할 수 있다.

> 무오ᄉ년의 니극돈과 유ᄌ광이 무고ᄒ야 판셔 김종직을 취형ᄒ고 살헐납 김일손 등ᄒ다 션시의 일손이 사관으로 그 스승 김종직을 조의제문을 사초중의 긔록ᄒ엿더니 잇쩌예 극돈ᄌ광으로 더부러 구함ᄒ야 써ᄒ되 종직이 시황으로 세조긔 비ᄒ고 의제로 노산긔 비ᄒ다ᄒ야 그죄를 의논ᄒ니 종직을 되역으로 부관참시ᄒ고 일손과 권오복 권경유ᄂ 능지쳐ᄉᄒ고 (…중략…) ᄌ광은 무령군을 봉ᄒ야 의긔양양ᄒ더라 이는 즉 무오사홰니 소인이 군ᄌ 죽임이라[21]

---

21) 〈쇼듕화역되설〉 제2책 권지삼.

조선 4대 사화 중 가장 먼저 일어난 무오사화(1498년)에 관한 기술이
다. 이는 김종직이 쓴 〈조의제문〉이 직접적인 동인이 되어 신진사류에
대한 참혹한 박해를 빚어낸 사건이다. 유자광을 위시한 훈구파가 김종
직을 필두로 한 신진사류를 조정으로부터 축출하기 위한 사화라 하겠
다. 이 일로 많은 신진사류가 희생되었고 주모자인 이극돈까지 파면될
정도로 정계에 미친 영향은 대단하였다.[22]

무오사화를 서사하면서 이극돈과 유자광을 소인으로, 김종직과 신진
사류는 군자로 칭하고 있다. 사화를 훈구파에 의한 신진사류의 배척으로
볼 때, 작자는 화를 입은 사림파에 우호적인 입장을 취하고 있음을 알
수 있다. 특히 김종직에 대한 작자의 평가는 긍정적으로 나타나는데,
앞서 김종직의 일화를 이야기하며 '상이 즉위ᄒ므로 경연을 여러 문학지
ᄉ를 갈희니 종직이 그 웃듬 일너라'라며 그의 문장이 고결함을 이야기
한 바 있다. 이후 사림파가 득세하게 되는 정치적 흐름 속에서 김종직과
그의 문하에 대한 우호적 태도를 견지하게 되고 이것은 기득권을 가지
고 축재에 주된 관심을 보이던 훈구파에 대한 비판적 태도로 이어졌다.

위와 같은 내용을 다루면서 소인과 군자로 편을 가르고, 선악 개념을 대입
시켜 감정을 이입하면 서사를 대하는 독자의 입장에서는 훨씬 더 이해가
수월할 수 있다. 역사적 사건을 기술하면서 독자에게 역사를 손쉽게 알려주
는 것이 목적이었다면 이러한 방법은 매우 효과적이었을 것이라 생각된다.

## 4) 임병양란의 발발과 경위 보고

소설의 경우, 내재한 갈등 요소가 이야기를 이끌어 나가는 원천이

---

22) 『한국민족문화대백과』, 한국학중앙연구원(http://encykorea.aks.ac.kr/).

된다. 갈등을 심화시켜 절정으로 치달으며 문학성과 흥미성을 동시에
획득할 수 있다. 〈쇼듕화역디셜〉에서는 조선시대에 발생한 왜란과 호
란을 다루면서 갈등 요소를 충족시켜 전쟁의 정황을 낱낱이 전달하는
효과를 거두고 있다. 즉 사실을 극적으로 서사함으로써 읽을거리가 될
수 있도록 의도하였다.

> 사월의 일본 츄평슈길이 평힝장 등을 보닉야 크게 드러와 도격질ᄒ니
> 부산쳠사 졍발과 동닉부ᄉ 송상현이 죽다 (…중략…) 이달 십삼일에 슈
> 길이 제도병 슈십만병을 거ᄂ려 친히 일기도의 기ᄃ려 평슈가등 삼십뉵
> 장으로써 논하 거ᄂ려 빅사오만쳑이 바다흘 덥쳐와 십오일의 동닉 함셩
> ᄒ니 (…중략…) 초삼일의 도격이 경셩의 드다 처음의 도격이 동닉로붓
> 터 세길을 논화 흔길은 양산과 미량으로 말믹암아 상쥬의 니르러 니일의
> 군을 파ᄒ고 흔길은 좌도로 말믹암아 좌병영을 파ᄒ고 문경으로 나와
> 상쥬병과 합진ᄒ야 조령을 너머 츙쥬 실립의 군을 파ᄒ고 쏘 두길을 논
> 화 ᄒ나는 예쥬로 드러 농진을 건너 경셩동의 나고 ᄒ나는 죽산농인으로
> 한강남작의 나고 쏘 흔길은 김힉로 말믹암아 영동으로 나 쳥쥬함셩ᄒ고
> 경셩으로 향ᄒ니 (…중략…) 왜젹이 쳔장으로 더부러 강화ᄒ고 경셩을
> 바리고 물너가니 (…중략…) 졍유 두번 나온 왜병은 십만오쳔ᄉ빅명이
> 요(임진의 갑반이라) 장슈이십칠이라 (…중략…) 칠월의 왜쥬슈길의 죽
> 으니 모든 왜 다 군ᄉ를 거두어 도라가다23)

임진왜란을 서사하고 있는 부분을 보면, 당시 일본의 정치적 상황
및 풍신수길의 등장, 이에 따른 임진왜란의 발발, 전쟁에 참여한 왜장
과 군사의 규모, 도성에 이르기까지 왜군의 침입 경로, 명의 파병과 화
의, 정유재란의 발발, 도요토미의 죽음과 전쟁의 종결 등 역사적 사실

23) 〈쇼듕화역디셜〉 제2책 권지삼.

을 시간의 흐름에 따라 서술하고 있다.

잘 아는 것처럼 전쟁과 관련된 내용으로 발생 원인에서부터 전개 과정, 피해 상황 및 아군이 승리한 전투, 용맹을 떨친 장수 등을 언급하는 것은 인지상정이다. 〈쇼듕화역ᄃᆡ셜〉에서도 임진왜란의 전반적인 상황을 쉽게 이해할 수 있도록 사실에 기초한 내용부터 기술해 놓았다. 물론 전쟁의 여러 사건을 서사하는 데 있어 전장의 참혹함과 왜병의 극악무도함을 드러내려는 의도 또한 개입되어 있다. 그러나 그보다는 임진왜란에 관한 객관적 사실을 독자에게 전달하려는 것에 집중하고 있다. 역사적 사실을 정확하게 기술하고 감정적인 부분을 다룰 때 문예적 효과도 기대할 수 있기 때문이다. 따라서 우선적으로 임진왜란의 전말을 확실하게 이해시키려고 하였다.

> 뎡묘뎡월의 금인이 ᄃᆡ거입국ᄒ다 금병습만긔로 강홍입이 힝도관되여 압녹강을 건너니 (…중략…) 금인이 평양의 이르니 (…중략…) 니월이십칠일의 상이 강도로 거둥ᄒ실ᄉᆡ (…중략…) 금인이 강화ᄒ고 군ᄉ를 거두어 도라가다 (…중략…) 십이월구일의 금인이 ᄃᆡ거입구ᄒ야 십습일의 평양가지 드러오니 종ᄉ쥬와 빈궁과 원손과 양ᄃᆡ군부인이 몬져 강도로 향ᄒ고 십ᄉ일오후의 상이 세ᄌ를 거ᄂᆞ리고 장ᄎᆞᆺ 강도의 향ᄒᆞᆯᄉᆡ 호장 마부리 슈빅긔를 거ᄂᆞ리고 임의 홍제원을 이르러 일지병으로ᄡᅥ 양천강을 막아 강도길을 ᄉᆞᆫ으니 상이 도로 슝예문을 드러왈 (…중략…) 초경의 비로소 산셩의 이르니 (…중략…) 삼십일의 상이 셩을 ᄂᆞ려 쳥인의 령의 가시다 (…중략…) 호를 이십만이라 ᄒ나 실은 칠만이오 몽고병이 습만이오 공경병이 니만이라 합십이만이 녜길노 난화 공경은 슈로로 힝하고 몽고ᄂᆞᆫ 쳘령을 넘어 두만강을 건너가니라 (…중략…) 쳥인의 승전비를 삼젼도의 셰우다24)

24) 〈쇼듕화역ᄃᆡ셜〉 제3책 권지사.

정묘호란과 병자호란에 대해 시간 순서대로 나열한 본문을 발췌한 것이다. 중국의 정치적 상황이 급격하게 변하여 후금이 강성하게 되었는데, 명을 숭상하는 조선으로서는 신속하게 입장을 정리할 만한 여유가 없었다. 또한 소중화를 자처했던 조선이기에 하루아침에 후금과 형제의 관계를 맺을 명분도 찾기 어려웠다. 이에 후금의 침략을 받아 조선은 또다시 전쟁에 직면하게 된다.

병자호란과 관련하여서는 주로 인조를 비롯한 왕실의 고초를 서사하였으며, 특히 삼전도의 굴욕에서는 청에 대한 반감이 극대화되도록 감정적으로 묘사하고 있다. 독자의 반응을 이끌어내기 위해서는 전쟁 상황에 대한 자세한 기술이 선행되어야 한다. 정묘호란이 발발하고 후금이 강화의 조건을 제시한 것, 다시 병자호란이 발발하고 왕실이 강화도로 피란가게 된 상황, 인조와 세자가 길이 점령당해 강화도에 이르지 못하고 결국 남한산성으로 피신하여 항전한 일, 전황이 한없이 불리해져 결국 인조가 항복의 예를 행할 수밖에 없었던 역사적 사건들을 차례로 기술하였다. 또한 뒤쪽에 병자호란 당시 파병된 청의 병력에 대해 잘못 알려진 것을 바로잡고, 청이 삼전도에 승전비를 세웠다는 사실을 첨가함으로써 병자호란과 관련한 중요한 역사적 사실을 독자에게 온전히 알리려 한 의중을 짐작할 수 있다.

사실(史實)을 설화한 내용을 먼저 독자가 이해할 수 있도록 하고, 이것을 1차적 목표로 삼아 사실(事實) 전달에 주력한 것이 〈쇼듕화역ㄷᅵ셜〉이 의도한 바라 할 수 있다. 이를 바탕으로 독자의 반응을 유도할 흥미성을 가미하여 읽을거리로 기능할 수 있도록 하였다.

## 4. 문예 감동의 서사담론

〈쇼듕화역딕셜〉은 역사상 실재했던 사건에 대한 기본적인 이해를 바탕으로 독자의 특정한 반응을 이끌어내기 위하여 기술되었다. 사실 전달에 중점을 두되 독자에게 사서처럼 기능하기보다는 이야기책처럼 읽힐 수 있도록 했다는 점에서 이 책의 의의를 찾을 수 있다. 그래서 곳곳에 독자가 애독할 만한 흥미소를 제공한 것이라 하겠다. 사서가 유통된다고 하더라도 그 자체만으로는 대중적인 인기를 얻기가 쉽지 않았을 것이다. 아무래도 많은 사람들에게 읽히려면 흥미소가 곳곳에 배치되어야 효과적이다. 사실에 기반을 두었을지라도 문학성까지 겸비해야 독자의 공감이나 감정 변화를 촉발할 수 있는 것이다. 이러한 면에서 볼 때 〈쇼듕화역딕셜〉은 사실의 전달과 독자의 감동까지도 의도한 역사서사라 할 수 있다. 그런 점에서 문예적 특성을 담지한 내용을 몇 가지 살펴보도록 한다.

### 1) 태몽에 집중한 인물 전설

〈쇼듕화역딕셜〉에서는 인물의 일화를 소개하면서 태몽을 서사하는 경우가 있다. 인물의 전 생애가 소개되는 것이 아니라 가장 두드러지는 일화나 업적 위주로 간략하게 언급되기 때문에 생애 첫 단계라 할 수 있는 태몽을 비중 있게 다룬다. 매우 특별한 내용을 다룬 태몽을 소개하면 다음과 같다.

> 니원은(딕ᄉ댱이라) 형뎨팔인이니 세상이 팔별이라 일컷더라 부 공인이 임진지손으로 박핑년짤의게 쟝가드러 혼인날 져녁에 꿈ᄭᅮ니 여덜 노옹이 닉비왈 우리 무리 쟝ᄎᆞᆺ 죽을지라 만일 살이면 후이 갑흐리라 ᄒᆞ딕

놀나 씩여 무르니 옹인이 장춧 여덜 즈릭를 즈릭를 국을 쓸일지라 곳ᄒ
여곰 강의 던질식 흔즈릭 다라나거늘 져근종이 가릭를 가지고 붓즈바다가
그릇 그 목을 싣은지라 그날밤의 또 쑴꾸니 칠옹이 와 ᄉ레ᄒ더니 그후
의 공인이 팔자를 싱ᄒ여 일홈을 구와 오와 원과 타와 별과 악과 곤과
예라 ᄒ니 다 지명이 잇셔 슌씨 팔룡의 비ᄒ엿더니 원이 갑즈의 죽으니
그 증험이 더욱 나타나더라[25]

이원은 김종직에게 문충 시호 하사를 제안하였다가 무오사화 때 곽
산에 장류되었으며 4년 만에 다시 나주로 이배된 후 갑자사화로 참형
당한 인물이다.[26] 이는 작자가 책의 앞뒷면에 왕의 등극 순서를 적지
않아 정통군주로 인정하지 않았던 연산군 때의 일이다. 그의 재위시기
에 사화로 억울하게 죽임을 당한 이원에 대한 일화 부분에서는 작자의
안타까운 시선이 드러나 있다. 이와 관련하여 이원과 형제들이 태어나
기 전에 부친이 꾸었던 태몽에 대한 언급이 첨가되어 독자의 관심을
고조시킨다.

이공린이 박팽년의 여식과 혼인하던 날 꿈에 여덟 노인이 나타나 자
신들을 살려달라고 한다. 자라국이 될 뻔한 여덟 마리의 자라를 방생하
여 주었는데, 어린 종이 자라 한 마리를 죽이고 만다. 다시 그날 밤 꿈
에 일곱 노인이 와서 사례하였고 이후 여덟 아들을 얻었는데 셋째가
바로 이원이다. 여덟 형제는 '팔별(八鼈)'이라고 불리었고 순씨팔룡(荀氏
八龍)에 비견되기도 했다. 그런데 이원이 갑자사화로 죽임을 당했으니
태몽의 증험이 나타난 것이라 하겠다.

사실 이원의 형제는 오(鼇)·귀(龜)·타(鼉)·별(鼈)·벽(鱉)·경(鯁)·곤

25) 〈쇼듕화역딕셜〉 제1책 권지이.
26) 『한국민족문화대백과』, 한국학중앙연구원(http://encykorea.aks.ac.kr/).

(鯤)인데 모두 재자였다고 한다.[27] 이들의 이름 또한 거북이나 물고기와 관련된 것으로 태몽을 염두에 두고 지어진 것임을 알 수 있다. 여덟 형제가 모두 학식을 갖추고 바르게 자라났지만 무오사화로 인해 아버지와 형제들이 모두 연좌되어 제 뜻을 펼치지 못한다. 태몽에서 비롯된 관심이 이러한 상황에 이르러 안타까움으로 변하면서 독자들의 흥미소로 기능하도록 하였다.

《해동명신록》〈이원편〉에도 부친인 이공린이 자라를 잡았다가 놓아주는 꿈을 꾸고 자식을 얻었다는 이야기가 실려 있고[28] 이후 이러한 내용이 신문 지면에도 등장하는[29] 등 이원의 태몽과 그의 죽음에 대한 일화가 회자되었다. 이러한 내용은 독자에게 흥밋거리로 작용하여 이원의 생애를 언급할 때마다 주요한 화소가 되었다.

> 갑신십칠년의 우찬성 니이 졸ᄒ다(율곡) 가정 병신에 강능외가의 가나니 그뫼 신씨쑴의 흑용이 바다흐로 죠차 침방으로 드러와 아히를 안아 품가운ᄃᆡ 드리믈 보앗더니 말빅호므로붓터 스스로 글ᄌᆞ를 알고 오세의 신부인이 병이 듕ᄒ거늘 외죠부 ᄉᆞ당의 드러가 가마니 빌고 구세에 댱공예 구세동거ᄒᆞ믈 그림 그리고 십삼의 초시ᄒ고 (…중략…) 잇쩌예 집ᄉᆞ름에 쑴의 흑룡이 침방으로붓터 집을 뚤고 승천ᄒ더니 명조의 속광ᄒ다[30]

---

27) 이오는 진사시에 장원하고 이귀·이원과 함께 문과에 급제하였는데, 이오는 좌랑이요, 이귀는 면천군수요, 이원은 예조 좌랑이다. 이타와 이별, 이벽은 모두 사마시에 합격하였으며, 이경과 이곤 역시 학업이 성취되었다(『국역 국조인물고』, 세종대왕기념사업회, 1999.12.30).

28) 석미춘잉 편, 『해동명신록』, 조선고서간행회, 1914, pp.42~43.

29) 〈살려준 여덟 자라〉, 동아일보, 1938년 5월 5일자; 〈왕팔의 보복〉, 동아일보, 1937년 10월 3일자.

30) 〈쇼듕화역ᄃᆡ셜〉 제2책 권지삼.

위의 내용은 이이의 생애를 간단하게 기술한 부분이다. 이 부분에는 이이가 태어난 해와 출생지, 모친인 사임당 신씨가 꾸었던 태몽, 어린 시절의 영민함에 대한 서술과 초시 합격, 모상을 당한 후 불경에 심취한 일, 퇴계 선생과 의리를 의논했던 일과 아홉 차례의 장원, 은병정사를 세우고 후학을 양성한 것과 이이가 죽음에 이르러 부인이 꾼 꿈의 내용까지 기술되어 있다.

이이의 생애를 서사하며 작자가 중요하게 생각한 것은 바로 꿈이다. 흑룡이 바다로부터 침실에 들어와 이이가 출생하고, 다시 하늘로 올라가자 사망했다는 내용에 집중하였다. 김장생이 지은 이이의 행장에도 태몽에 대한 언급이 있다. 신씨의 꿈에 용이 아이를 품안에 안겨주어 어렸을 때 이름을 현룡이라 하였다는 것이다.[31] 이처럼 이이는 용으로 상징되는 존재이며 신성한 태몽에 의해 잉태되었으므로 남다른 능력을 가진 인재로 성장할 것으로 기대를 모았다. 이렇게 태어난 이이는 실제로도 비범함을 보여 말을 배우며 스스로 글자를 알고, 다섯 살에 모친의 병이 중하자 외조부의 사당에 들어가 빌기도 하며, 아홉 살에 장공예의 구세동거에 감동하여 그림을 그리기도 하고, 일찍이 진사 초시에 합격하는 등 학문에 전심하였다. 이와 같은 이야기는 독자의 흥미를 유발하기에 충분하다. 뛰어난 인물에게는 일반인과는 다른 특이점이 존재할 것이라는 믿음이 있고, 이것을 고전소설에서 그랬던 것처럼 태몽을 통해 천상계와 연관 지어 독자의 상상력을 자극할 수 있었기 때문이다.

이와 같이 인물의 소개가 이루어지는 부분에서 굳이 태몽을 이야기한 것은 이것이 독자들에게 미치는 효과가 크기 때문이다. 이는 특정 인물의 생애를 서사함에 있어 독자가 관심을 가질 만한 내용을 삽입하

---

31) 민족문화추진회 편, 『국역 율곡집』 2, 솔출판사, 1997, p.476.

여 문학성을 담보한 것이라 할 수 있다. 단지 사실만 나열하여 무미건조한 기록물이 되기보다는 즐거움을 줄 수 있는 독서물로 유통되도록 하여 그 가치를 증폭한 것이다. 〈쇼듕화역듸셜〉이 고전소설처럼 필사 유통된 것도 그러한 점 때문이라 하겠다.

## 2) 기이한 이야기에 대한 관심

사실성을 전제하지 않더라도 기이한 이야기는 독서물로 활용할 만한 가치가 충분하다. 〈쇼듕화역듸셜〉은 역사를 다루고 있으나 역사적 사건이나 인물과 관련된 기이성을 소재로 삼아 문예담론을 지향하였다. 그렇다고 흥미성만 추구하여 소재를 허황되게 다루지는 않았다. 인물의 성격을 표현하거나 사건의 부조리를 통해 전반적인 역사적 사실을 파악할 수 있도록 하여 역사적 사실을 기저로 문예적 담론을 지향한 것으로 볼 수 있다.

> 유즈광이 무고ㅎ야 남이를 죽이다 (…중략…) 시이치고 건주파홀식다 제일공으로 병판을 비하엿더니 자광이 본딕 그 직릉을 시긔ㅎ고 쏘 상이 쓰리믈 헤려 그 모반ㅎ다 무함ㅎ니 (…중략…) 처음의 이 졀머 가상의 노더니 흔 계집죵이 져근 상즈를 보의 쓰고 상즈우의 낫희 분바른 귀신이 안즈믈 보고 고이ㅎ야 짜라가니 (…중략…) 이가 쳥ㅎ여 드러가보니 그 분귀 낭즈 가슴우의 안즛다가 이를 보고 피ㅎ거늘 낭즈 이러안잣더니 이 나오믹 낭즈 다시 죽고 깅입ㅎ니 환싱이라 무르니 낭즈 몬져 상즈 가온딕 홍시를 먹고 긔운이 막힌지라 이 앗가 본바를 갓초아 말ㅎ고 스즈 다스리는 약을 구ㅎ야 살인 즉 권남의 제스녀라 일노써 겸ㅎ야 사회를 졍ㅎ니 복지왈 이스름이 반다시 죄로 죽으나 연이나 여명이 극히 저르고 쏘흔 무즈홀지라 당향긔복이오 불견긔화라 듸듸여 스회 삼앗더니

십칠의 무과 장원ᄒ야 이십뉴의 병판으로 죽으나 권씨ᄂᆫ 슈년젼의 임의 먼져 죽어더라[32]

남이는 탁월한 용력을 바탕으로 이시애의 난을 평정하고 서북변에 있는 건주위 여진을 토벌하여 병조판서까지 오른 인물이다.[33] 어린 나이에 남다른 능력을 보였지만 작자는 그가 유자광의 모함에 의해 뜻을 이루지 못했다고 하였다. 나라에 큰 공을 세운 인물이 간신의 흉계에 의해 비극적인 최후를 맞이한 것은 대중의 안타까움을 자아내기에 충분하다. 여기에 남이의 젊은 시절 결연담을 함께 소개하여 흥미를 더욱 고조시켰다. 남녀가 인연을 맺는 이야기만으로도 화제가 될 법한데 그것을 귀신을 물리치는 과정을 통해 이루어지도록 했을 뿐만 아니라, 점복자가 앞날을 예견하고 그것대로 정확히 실현되도록 한 점 등은 모두 흥미소로 보아도 무방하다. 남이의 불운한 생애를 단순 사실로 다룬 것이 아니라 독자의 관심을 촉발할 요소를 곳곳에 배치하여 문예성을 높였다. 이를 자세히 살펴보기 위해 남이 일화의 화소를 정리하면 다음과 같다.

① 남이는 태종의 외손으로 무력이 뛰어나 이시애를 물리치고 건주를 격파하였다.
② 공이 뛰어나 병판을 제수받았는데 유자광이 시기하여 남이가 모반한다고 모함하였다.
③ 남이가 국문을 당하여 강순과 함께 모반한 것이라고 말하였다.
④ 강순이 왜 자신을 모함하냐고 묻자 남이는 영의정으로서 자신의 무고함을 알면서도 말하지 않았으니 함께 원통하게 죽는 것이 옳다고

32) 〈쇼듕화역ᄃᆡ셜〉 제1책 권지이.
33) 『한국민족문화대백과』, 한국학중앙연구원(http://encykorea.aks.ac.kr/).

하자 강순이 대꾸하지 못했다.

⑤ 남이가 젊은 시절 한 계집종이 상자를 보자기에 싸서 가는데 그 상자 위에 얼굴에 분바른 귀신이 앉아 있는 것을 보고 따라갔다.

⑥ 따라간 재상의 집에서 곡소리가 나서 물으니 그 집 딸이 갑자기 죽었다고 하였다.

⑦ 남이가 들어가니 그 귀신이 낭자의 가슴 위에 앉았다가 남이를 보고 피하여 낭자가 다시 살아났고 남이가 나오면 낭자가 다시 죽음을 반복하였다.

⑧ 낭자가 죽은 이유는 상자 속 홍시를 먹고 기운이 막혔기 때문으로, 남이가 죽은 사람을 다스리는 약을 구하여 살리니 권람의 넷째 딸이었다.

⑨ 남이를 사위 삼기로 하니 점복자가 남이를 가리켜 반드시 죄로 죽으나 여명이 극히 짧고 자식도 없을 것이라며 낭자는 복록을 누리고 화는 보지 않을 것이라고 하였다.

⑩ 남이를 사위로 삼았더니 17세에 무과 장원하여 26세에 병조판서가 된 후 죽었으나 권낭자는 수년 전에 이미 죽었다.

초두에는 남이의 집안 내력과 비범한 능력 및 공적이 언급된다. 이를 바탕으로 병조판서에 올랐지만 유자광의 시기와 모함이 계속된다. 마침내 참혹한 국문 때문에 모반 사실을 자백하고 죽음에 이른다. 남이의 비극적 일생을 이처럼 간략하게 기술하고 이어 남이의 젊은 시절을 서술한다. 남이가 남다른 능력을 통해 귀신을 보았다거나 귀신이 남이를 보고 도망갔다거나 사자를 다스리는 약을 구하여 여인을 살렸다는 내용 등은 모두 비현실인 기이성을 토대로 한 것이다. 이는 민중이 관심을 가지고 집중할 수 있는 소재이기도 하다.

이렇듯 남이의 비극적 일생으로 관심을 끄는 한편, 귀신을 소재로 한 이야기를 들어 민중적인 관심도를 높였다. 이처럼 귀신이 역사적 인물과 관련되면 독자의 관심을 집중시키는 강점을 가질 수 있다. 남이는 권람의 딸을 죽음에 이르게 한 귀신을 퇴치하고 그녀와 결연하지만, 점복자가 남이가 죄를 얻어 젊은 나이에 후사를 남기지도 못한 채 죽을 것이고 그 부인은 복된 삶만 누리고 남편보다 먼저 죽을 운명이라고 한다. 이 예언이 그대로 적중하여 남이는 무과에 장원급제하고 병조판서라는 영예로운 위치에 오르지만 일찍 죽고 그보다 앞서 부인이 죽었다. 점괘가 사실과 일치한 기이성은 극적 재미로 환원될 만하다 하겠다.

〈쇼듕화역딕셜〉은 역사서사이지만 기이한 사건을 배제하지 않고, 독자가 관심 가질 만한 것을 중시하여 문예담론의 특성을 갖게 되었다. 남이의 이야기를 소개하면서 비극적 일생을 앞부분에 배치하고 뒷부분에는 귀신과 점복자가 등장하는 기이한 소재를 집중적으로 다룬 것도 그 때문이라 하겠다. 시간 순서대로 남이의 일화를 기술하면 귀신 퇴치에 이은 결연담이 먼저 배치됐어야 함에도 불구하고 억울한 최후를 서사한 다음에 귀신 퇴치담과 결연담, 점복자의 예언담을 후방에 안배함으로써 독자의 흥미를 제고하는 효과를 거두고 있다.

남이 일화와 화소가 상당 부분 일치하는 작품이 《대동기문》 권지일 소재 〈남이인분면귀취처(南怡因粉面鬼娶妻)〉에도 실려 있다.[34] 〈쇼듕화역딕셜〉에서는 남이의 최후를 먼저 다루고 젊은 시절 이야기를 서사하는 데 반해, 《대동기문》에서는 남이의 귀신 퇴치 및 결연 부분과 전공을 쌓은 부분, 죽음에 이르러 점복자의 예언이 실현된 부분이 시간 순서에 따라 설화되어 있다. 이로 미루어 볼 때 〈쇼듕화역딕셜〉의 작자가 시간의 역전을 통해 흥미성을 최대한으로 끌어올리고자 했던 사정을 파악할 수 있다.

---

34) 강효석, 『대동기문』(영인본), 민속원, 1995, p.22.

## 3) 중국에 대한 문화적 자부심

〈쇼듕화역딕셜〉이라는 제목은 조선왕조의 정통성을 내세우기 위한
것이다. 당시 대중에게 만연하였던 중화의식을 우리의 관점에 맞게 재
해석한 것으로 보인다. 즉 중국에 대한 조선의 굴종보다는 스스로 자긍
심을 드러내며 자존성을 중시하고 있다. 이 책에서는 명에 대해 친화적
태도를 드러내는 부분도 있지만, 그들보다 뛰어난 인재가 조선에 많다
는 자부심을 분명히 드러내고 있다.

> 츠철뢰(오산) 죄로써 츤빅ᄒ엿다가 즉시 방셕ᄒ다 귀향길의 북도 도
> 빅이 딕졉을 특별이 후히ᄒ거늘 철뢰 고이ᄒ야 무르니 도빅이 왈 사죠ᄒ
> 던 날 샹이 별노 하교ᄒ시되 츠철뢰 글지 죄 가히 앗갑다 닉 능히 법을
> 굽혀 용ᄉ치 못ᄒ나 만일 궁아의 니른즉 엇지 궁칙지 아니리오 철뢰 듯
> 고 남향통곡ᄒ더라 쳔ᄉ 쥬지변은 강남ᄌ지라 (…중략…) 평양의 니르
> 러 쥬시 셕반을 임ᄒ여 긔도회고 오언빅운을 닉여 효두의 졔진하라ᄒ니
> 잇썩 방양으로 밤이 져른지라 흔ᄉ름이 능히 못홀빅어늘 월식 크게 두려
> 갈오딕 오직 복원(철뢰 자이라)이 가히 당홀지라 철뢰 왈 이ᄂ 조혼 슐
> 흔동의와 딕병일좌와 한경호(셕봉의 ᄌ이라)의 집필곳 아니면 불지라ᄒ
> 니 (…중략…) 철뢰 병닉에셔 쇠칙딕로써 연ᄒ야 칙상을 치며 고셩딕창
> ᄒ야 슈용풍발ᄒ니 호의 붓시 오히려 잇지 못ᄒ야 밤이 반이 못되고 빅
> 운이 임의 니른지라 철뢰 딕호일셩ᄒ고 취ᄒ야 구러지니 (…중략…) 쥬
> 시 쵸불을 잡고 곳니러나 일긔룰 반이 못되여 잡은 붓칠 쑤드려 다씌여
> 졋더라 임의 호사의긔 쟝ᄒ믈 아름다이 역기고 필법의 신묘ᄒ믈 사랑ᄒ
> 야 일노써 우리나라 사름을 깁히 즁이 너기더라[35]

---

35) 〈쇼듕화역딕셜〉 제2책 권지삼.

차천로는 일본에 갔을 때 오천 수의 시를 지어 일인을 놀라게 하였고, 외교문서를 담당하여 문명을 명나라에까지 떨쳐 동방문사라는 칭호를 받았다. 그는 시에 능하여 한호의 글씨, 최립의 문장과 함께 송도 삼절로 일컬어졌다.36) 〈쇼듕화역듸셜〉에서는 차천로의 시를 대하고 주지번이 칭탄하였다는 일화를 통해 조선 문장 수준의 뛰어남을 역설하고자 하였다.

차천로의 일화를 보면 앞부분에는 죄를 얻어 귀양 가는 상황에서 선조가 그의 문재를 특별히 아껴 편의를 제공하는 내용이 등장한다. 이어서 선조의 속내를 확인한 차천로가 남향 통곡하였다는 내용이 서사된다. 이처럼 차천로는 문장이 매우 뛰어나 임금에게도 인정을 받았다. 주지번이 명의 사신으로 평양에 이르러 〈기도회고시〉 오언 백운을 내지만 이를 능히 읊을 수 있는 사람이 없었다. 그런데 차천로가 시를 읊고 한호가 그것을 받아 적어 계명이 울기 전에 모두 완성한다. 차천로가 속작에 능하여 단시간에 시를 모두 마칠 수 있었다. 그것을 주지번에게 보이니 시의 호장함을 아름답게 여기며 필법의 신묘함까지 사랑했다고 한다.

주지번은 조선에 사신으로 왔을 때 조선 사람들이 초피나 인삼을 들고 찾아와 글을 구할 정도로 서화로 이름난 인물이다. 일체의 뇌물이나 증여를 거절하여37) 사신으로서 청렴함도 갖추었는데, 그러한 인물에게 인정받았다는 사실 자체가 조선 문화의 지위를 격상시키는 일이라 하겠다. 차천로의 일화를 서술하며 선조조차 그의 재능을 아꼈던 사건을 전면에 배치하고, 이후 문재로 이름을 날렸던 명나라 사신의 요구에 부응

---

36) 『한국민족문화대백과』, 한국학중앙연구원(http://encykorea.aks.ac.kr/).

37) 임종욱, 『중국역대인명사전』, 이회문화사, 2010.

하는 글을 써서 실추된 민족 자긍심을 드높인 일화를 배치하였다. 이와 더불어 한호의 글씨도 거론함으로써 문화에 대한 자부심을 일깨웠다.

> 뎡북창염은 슌붕의 장ᄌᆡ니 (…중략…) 유도셕슘교를 무불통관ᄒᆞ고 천문지리와 의약복셔와 율여한어를 불학이능ᄒᆞ야 (…중략…) 얼굴이 구름의 학과 바람의 ᄆᆡ암이 갓더라 십ᄉ세의 부친을 ᄯᆞ라 상국의 드러갓더니 봉쳔전의 도ᄉᆡ를 만나 도ᄉᆡ왈 동국의도 ᄯᅩᄒᆞᆫ 도류잇ᄂᆞ냐 염이 곳 속여왈 동국의 삼신이 이셔 ᄫᅵᆨ일승쳔ᄒᆞᆷ믈 심상이 보ᄂᆞ니라 도ᄉᆡ 디경ᄒᆞᆫ디 염이 곳 황졍경과 음부경을 외와 통연히 신션짓ᄂᆞᆫ 계제를 베푸니 그 ᄉᆞ름이 튝쳑ᄒᆞ야 피ᄒᆞ더라 (…중략…) 유구국 ᄉᆞ름이 망긔ᄒᆞ고 니르러 염을 보고 ᄌᆡ비왈 복이 상회 명을 졈ᄒᆞ니 모월모일의 입등국ᄒᆞ여 진인을 보리라 ᄒᆞ더니 ᄌᆞ닉가 참이냐 인ᄒᆞ야 ᄫᅵ호믈 쳥ᄒᆞ니 어시의 제국사름이 닷토아 와본디 염이 능히 ᄉᆞ방 오랑키말을 ᄒᆞ야 디답ᄒᆞ니 막불경이ᄒᆞ야 호왈 텬인이라 ᄒᆞ더라[38]

정염은 음률에 밝고 현금에 정통하였다. 또한 천문·의약에도 조예가 깊었고 유불선은 물론 복서·한어에도 정통하였으며 문장과 산수화에도 능했던 인물이다.[39] 이러한 재능에 비해 속세의 일에는 관심이 적어 관직의 임기를 다하기 전에 사직하고 돌아와 약초를 캐며 은일하였다.[40] 〈쇼듕화역ᄃᆡ셜〉의 정염 일화는 여러 방면의 재능이 중국의 인물과 비견해도 절대 뒤처지지 않음을 이야기하고 있다.

명나라에 부친을 따라갔다가 봉천전에서 한 도사를 만났는데 그가

---

38) 〈쇼듕화역ᄃᆡ셜〉 제1책 권지이.

39) 『두산백과』(http://www.doopedia.co.kr/).

40) 이러한 특성에 걸맞게 정염의 생애는 《국조인물고》 권33에서 〈휴일(休逸)〉로 분류되어 있다.

조선의 도가자류(道家者流)에 대해 묻자 정염은 우리의 도류에 대해 과
장하여 이야기하고 도가의 경전을 외며 도학에 통달한 면모를 보인다.
도사를 속였다는 면에서는 부정적 판단을 내릴 수도 있겠으나, 정염이
지닌 학문적 성취에 대한 긍지로써 이러한 행동을 하였다고 여기면 긍
정적으로 받아들일 수도 있다. 도교 경전을 자유자재로 외울 정도로 도
학에 심취하였고, 중국의 도사에게 열네 살의 어린 나이에도 학문적으
로 앞선 것은 중국에 대한 민족적 자부심을 드러낸 것이라 하겠다.

마찬가지로 중국에서 유구국 사람에게 진인으로 인정받고 여러 나라
의 사람들에게 각각의 말로 대답하여 천인으로까지 불린 일화는 정염
이 조선의 도학자를 대표하는 존재로 형상화되었음을 알 수 있다. 여러
학문에 통달하고 다양한 나라의 언어를 익혀 국위를 선양한 사실을 정
염의 일화를 통해 부각하고 있다. 이는 조선이 중국에 견주어도 문화적
으로 차이가 없음은 물론, 오히려 중국의 경우보다도 뛰어난 인물이 많
음을 자랑스럽게 기술한 것이라 할 수 있다. 이를 통해 조선에 대한 자
부심을 고취함으로써 우리 역사에 대해 자긍심을 가지고 민족적 우월
감을 획득할 수 있도록 하였다. 이는 역사서사를 지향한 〈쇼듕화역디
설〉이 역사에 한정되지 않고 민중의식을 고양하는 문학담론으로 기능
한 사정을 말하는 것이기도 하다.

## 4) 내용의 부연과 문예성의 강화

사실은 역사적 가치나 그것이 대중에게 미치는 영향력에 따라 사건
의 경중이 결정될 수 있다. 직접 해당 사건을 겪은 이들은 사소한 일까
지 중요할 수 있지만, 관찰자는 역사적 사실 모두를 중요하게 받아들이
지 않는다. 〈쇼듕화역디설〉을 기술한 작자는 역사적 사실에 입각하여

다양한 사건을 충실히 이야기하는 한편, 대중적으로 읽힐 만한 특정 사건을 더 상세하게 다루려는 열의를 보이고 있다.

특히 대중의 관심을 끌 만한 사실을 권의 소제목으로 달기까지 하면서 해당 사건에 관심을 기울였다. 〈쇼듕화역ᄃᆡ셜〉 제1책 권지이를 보면, 첫 장에 〈역ᄃᆡ셜 권지이 장릉사적〉으로[41] 표기되어 있다. 여기에는 단종의 선위 당시부터 세조·예종·성종·연산군·중종·인종·명종·선조에 이르기까지의 내력과 당대의 역사를 수록하고 있다. 여러 왕의 사적을 기술하면서 권초에 이러한 부제를 단 것은 초반에 등장하는 단종 관련 내용에 중점을 두었기 때문이다. 단종은 수양대군에게 실권을 넘기고 상왕으로 지내다 결국 서인으로 강봉되어 영월에서 어린 나이에 죽음을 맞은 비운의 인물이다. 단종과 관련하여 기술된 사건의 화소를 정리하면 다음과 같다.

① 수양대군이 김종서·황보인 등을 모반하였다는 이유로 죽인다.
② 단종이 수양대군에 선위하고 상왕이 되어 수강궁으로 물러난다.
③ 집현전 학사 성삼문·유응부 등이 상왕복위를 꾀하여 거사를 계획하였는데, 김질이 누설하여 일이 발각된다.
④ 이개·박팽년·성삼문·하위지·유성원·유응부가 차례로 국문을 당하였는데, 이들이 이른바 사육신이다.[42]
⑤– ① 을해년 단종이 선위할 때 박팽년이 경회루 연못에 떨어지고자 하니 성삼문이 말리며 후일을 도모하자고 한다.
　② 박팽년이 충청감사 때 세조에게 올리는 장계에 '신(臣)'자를 쓰지 않았는데 조정이 깨닫지 못한다.

---

41) 장릉은 강원도 영월군 영월면 영흥4리에 있는 조선 제6대왕 단종의 능이다(『한국민족문화대백과』, 한국학중앙연구원).
42) 〈쇼듕화역ᄃᆡ셜〉 제1책 권지일.

③ 국문할 당시에 세조가 박팽년의 재주를 사랑하여 살려준다고
하였으나 웃고 대답하지 않는다.

⑥ 단종이 관풍매죽루에 올라 지었다는 자규시를 인용한다.[43]

⑦- ① 성삼문은 을해년에 선위할 때 예방승지로 국새를 안고 통곡하
였는데 세조가 머리를 들어 그를 자세히 본다.

② 세조가 왜 자신에게 반기를 들었냐고 묻자 성삼문은 옛 임금을
세우는 것일 뿐 어찌 역모라고 할 수 있겠냐고 대답한다.

③ 달구어진 쇠로 고문해도 인내하였으며 오히려 신숙주에게 집
현전 시절 세종의 뜻을 잊었느냐고 꾸짖는다.

④ 성삼문의 집을 수색하니 세조가 등극한 후 녹을 받지 않아 침방
에 짚자리 하나뿐이다.

⑧ 이개는 목은의 증손으로, 모진 고문에도 안색이 불변한다.

⑨- ① 하위지는 계유정난 이후 조복을 팔고 선산으로 돌아갔다가 세
조의 명으로 예조참판에 오르는데, 녹 먹기를 부끄러워하여 한
곳에 따로 쌓아둔다.

② 하위지가 국문을 당하며 이미 반역으로 죄를 얻었으니 묻지 말
고 빨리 베라고 한다.

⑩ 유성원은 계유 교문을 짓고 집에 와 통곡하였으며, 병자 모의에 참
여하였다가 일이 틀어지자 관복을 입은 채 칼로 자결한다.

⑪- ① 유응부는 무신으로, 국문을 당하며 칼로써 옛 임금을 복위하고
자 하다가 간신에게 발각되었으니 얼른 죽이라고 말한다.

② 유응부가 모진 고문에도 대답하지 않다가 성삼문 등을 돌아보
며 글하는 선비와는 더불어 일할 수 없다며 물을 것이 있으면
서생들에게 물으라고 한다.

---

43) 단동딩왕시라 관풍믹쥭누의 글지어 갈오스딕 쵹빅이제 산월빅ᄒ니 함수 두의루라
여셩비 아문고ᄒ니 무여셩 무아슈라 게어셰상 고로인ᄒ니 신막동츈삼월 작유루ᄒ라
쵹빅이 울고 뫼달이 희여시니 근심경을 먹음고 홀노 누의 비계도다 너 소릭 슬푸믹
닉 듯기 괴로ᄋ니 네 소릭 업시면 닉 근심 업시로다 셰상의 말슴을 외로은 스롬의게
붓치나니 삼가ᄒ여 츈삼월 즉유 우ᄂ 루의 오르지 마라.

③ 유응부는 불에 달군 쇠로 고문당하여도 안색이 변하지 않고 오히려 쇠를 땅에 던지며 식었으니 다시 달구어 오라며 항복하지 않고 죽는다.

④ 처음에 거사할 때 권람과 한명회를 죽이면 자신은 죽어도 좋다고 한다.

⑫- ① 세조가 김질을 시켜 옥에 있던 사육신에게 보낸 시조(하여가)를 인용한다.[44]

② 박팽년이 이에 답한 시조(금생여수라 한들)를 짓는다.[45]

③ 성삼문이 읊은 시조(포은가)를 인용한다.[46]

④ 이개가 읊은 시조(가마귀 눈비 마자)를 인용한다.[47]

⑬ 세조가 듣고 당대의 난신이 충신이라고 말한다.

⑭ 단종이 노산군으로 강봉되어 영월로 유배되었는데, 금부도사 왕방연이 단종을 모셔두고 돌아오며 시조를 짓는다(천만리 머나먼 길에).[48]

⑮ 금성대군이 부사 이보흠과 더불어 단종의 복위를 꾀하다가 발각되어 죽임을 당한다.

⑯- ① 왕방연이 사약을 가지고 영월에 이르렀는데 어찌할 바를 모르고 엎드려 있자 단종이 익선관과 곤룡포를 갖추고 자리한다.

② 공생이 활줄로 단종의 목을 매어 당기고 베띠까지 매어 죽이니, 이때 단종의 나이 17세이다.

③ 공생은 구규로 피를 흘리며 죽고 시녀와 동인이 고을 동강에

---

44) 져러면 쪼흔 엇더흐며 이러면 쪼흔 엇더흐고 만슈산 드룽츨기 휘여지고 얼혓도다 우리는 쪼흔 이러쳐로 빅년을 지닉리라.

45) 슈왈 금싱녀슈 나며 슈마다 금이 나랴 슈왈 옥츌곤강이나 산마다 옥이 나랴 슈왈 녀필종부나 스룸마다 가히 좃츠랴.

46) 이몸이 죽고 죽어 일빅번 다시 죽어 빅골이 진퇴흐야 혼빅이야 잇던지 업던지 임향흐는 일편단심이야 곳칠손가.

47) 가마귀 나라 우셜을 입어도 도로 거머지고 야광명월이 비록 밤인들 엇지 거머 어두울쇼냐 임향흐는 일편단심이야 엇지 곳치미 잇실쇼냐.

48) 천만리 멀고 먼길에 고은임 여희압고 닉마음 둘직업셔 닉가의 안진이 져물도 닉안갓도다 우러 밤길예난도다.

몸을 던져 주검이 강에 가득하다.

⑰ 이날 밤 세조의 꿈에 현덕왕후가 칼을 안고 나타나 꾸짖으며 세자를 죽이겠다고 하고 동궁으로 가니 세자가 죽자, 세조가 대로하여 왕후의 종묘 신주를 걷어내고 소릉을 파서 관을 강에 던진다.[49]

단종의 비극적 생애는 문학적 감동을 불러일으키기에 적합한 소재이다. 객관적 사실만을 나열해도 독자는 상상력을 동원하여 그의 비애에 동감할 수 있다. 그러나 〈쇼듕화역딕셜〉에서는 이러한 소재들을 평범하게 나열하지만은 않았다. 문학적 장치를 동원하여 역사적 사실을 배치했기 때문이다.

권지일 후반부에는 단종의 내력이 소개되고 수양대군이 권력을 쟁취하는 과정을 세세하게 다룬다. 이어서 단종을 복위시키기 위한 시도가 발각되어 사육신이 국문당하는 내용으로 권지일을 마감한다. 여기까지는 단종과 관련된 역사적 사실을 그대로 서술하였다. 단종에서 수양대군으로 정권이 이양되는 과정을 사실 그대로 서술한 것이다. 권지이가 시작되면서 박팽년·성삼문·이개·하위지·유성원·유응부의 순으로 사육신의 자세한 면모를 다루고 있다. 수양대군의 등극을 왕위찬탈로 규정하고 세종과 문종에 대한 충의를 지켜 단종을 다시 임금으로 세우겠다는 이들의 노력은 결국 실패로 돌아가지만, 목숨을 바쳐 충을 실현하려는 기상은 후대에 전승될 만한 것이었다.

박팽년과 성삼문의 일화 사이에 단종이 지은 시가 삽입되어 있다. 단종은 영월에서 유폐 생활을 하는 동안, 매일같이 관풍매죽루에 올라 시를 지어 울적한 회포를 달랬다고 한다.[50] 이 시에서 단종은 매죽루

---

49) 〈쇼듕화역딕셜〉 제1책 권지이.
50) 『한국민족문화대백과』, 한국학중앙연구원(http://encykorea.aks.ac.kr/).

에서 소쩍새의 울음을 들으며 근심을 술회하고 있다. 1456년에 단종을 복위시키려 했던 병자사화가 있었고, 이에 1457년에 단종은 노산군으로 강봉되어 강원도 영월에 유배되었다.[51] 시간 순서대로 작품을 배열하려면 사실 ⑭의 뒤에 이 시가 위치해야 한다. 그러나 굳이 이 부분에 단종의 시를 삽입한 것은, 작자가 박팽년과 성삼문을 중요한 인물로 여기고, 이들 일화의 사이에 단종의 시를 위치시켜 신하된 자의 충절과 왕위를 빼앗긴 임금의 비통함을 대비적으로 부각하기 위해서이다.

이어 유성원이 자결하는 부분과 이개와 하위지·유응부가 국문에도 초탈한 모습으로 충절을 내세우며 비장한 죽음을 맞는 내용이 등장한다. 그 다음에 국문으로 이들이 죽기 전의 일화가 하나 더 소개되는데, 이것이 바로 세조와 사육신이 시조를 주고받은 내용이다.[52] 이들 시조 또한 시간적 순서에 따르면 각 인물의 이야기를 기술하며 하나씩 소개하거나 혹은 본격적으로 일화를 다루기 전인 권지이 초반에 제시해야 한다. 그러나 〈쇼듕화역딕셜〉에서는 사육신이 죽은 이후 서사에 시조를 배치하였다. 이는 사육신의 죽음에 따른 문학적 효과를 최대한으로 끌어올리기 위한 것이라 하겠다. 고통스러운 죽음을 목전에 두고도 절대 권력자에게 절개를 내보인 것 자체가 충절을 대변한 것이고, 이들의 의로운 죽음을 극대화하기 위해 그들의 시조를 차용한 것이라 할 수 있다. 여기에서 단순 사실의 전달 이면에 문예적 감동을 고취하고자 한 사정을 읽을 수 있다.

---

51) 『한국민족문화대백과』, 한국학중앙연구원(http://encykorea.aks.ac.kr/).
52) 이와 관련하여 세조의 왕위 찬탈에 반대하고 단종의 복위를 꾀하다가 잡혀 죽은 사육신들이 그들의 충성을 읊은 시조를 〈사육신충의가〉라고 한다. 《청구영언》과 《가곡원류》에 하위지의 시조를 제외한 성삼문·박팽년·이개·유성원·유응부 등 다섯 사람의 시조가 한 편씩 수록되어 있다(『두산백과』).

처음에 이방원이 읊었던 〈하여가〉를 세조가 사육신에게 전하자 박팽
년과 성삼문·이개가 차례로 이에 화답하는 시조를 읊는다. 박팽년은
〈금생여수라 한들〉을 통해 자신의 변치 않는 절개를 말하였고, 성삼문
은 〈하여가〉에 대응하는 〈단심가〉를[53] 통해 단종을 향한 일편단심을
노래하였으며, 이개는 〈가마귀 눈비 마자〉로 충성을 거둘 수 없음을
말하는 것으로 그려졌다. 그러나 사실 〈가마귀 눈비 마자〉는 수형시
박팽년이 지은 시조이고[54] 이개는 죽음에 임하여 시조가 아닌 한시를
지은 것으로 알려져 있다.[55] 이개가 지었다고 전하는 시조는 〈방안에
혓는 촉불〉이며[56] 성삼문은 형장에서 〈이몸이 주거가셔〉를 지었다.[57]
비록 사실과는 어긋날지라도 사육신의 충의를 효과적으로 표현하기 위
해 시조를 끌어들인 것이다. 시조를 활용하여 그들의 충성심을 그리고
있는데, 이와 같은 방법이 문예담론의 문예미를 고양하는 인자라 할 수
있다. 역사적 사실에 바탕을 두되, 문예성을 가미하여 읽는 이로 하여
금 감정변화를 유발한 것이다. 독자는 이러한 서사를 통해 〈쇼듕화역
딕셜〉을 흥미성이 강한 독서물로 인식하게 된다.

　여기에서 그치지 않고 단종의 영월 유배 화소를 덧보탰다. 특히 왕방
연이 단종을 영월까지 호송한 후에 지은 〈천만리 머나먼 길에〉를 서사
후반부에 배치함으로써 단종 이야기의 애상감을 돋보이게 했다. 어린

---

53) 문면에는 〈포은가〉로 지칭하고 있다.
54) 박노준, 「사육신 시조의 절의」, 『세종학연구』 4, 세종대왕기념사업회, 1989, p.12.
55) 위의 논문, p.14(禹鼎重時生亦大 鴻毛輕處死猶榮 明發不寢出門去 顯陵松柏夢中靑 세
　　상이 올바를 젠 삶이 또한 크지만 깃털처럼 가벼운 곳 죽음조차 영광이라 밤새도록
　　잠못들다 문 나서 가면 현릉의 솔갓나무 꿈에도 푸르리라).
56) 위의 논문, p.7(房 안에 혓는 燭불 눌과 離別ᄒᆞ엿관ᄃᆡ 것츠로 눈물 디고 속타는 줄
　　모로는고 뎌 燭불 날과 갓투여 속타는 줄 모로도다).
57) 위의 논문, p.15(이 몸이 주거가셔 무어시 될꼬 ᄒᆞ니 蓬萊山 第一峰에 落落長松 되야
　　이셔 白雪이 滿乾坤홀 제 獨也靑靑 ᄒᆞ리라).

나이에 공생에 의해 목이 졸려 최후를 맞은 단종의 이야기는 원통함과 함께 애처로움을 수반하게 된다.

〈쇼듕화역딕셜〉에서는 단종의 생애를 설화하며 그의 내력부터 시작하여 수양대군에게 왕위를 찬탈당한 이야기, 사육신 사건, 영월로 유배되어 사사된 일에 이르기까지의 내용을 기술하고 있다. 이를 읽을거리로 표현하기 위하여 병자사화를 전면에 배치하여 사육신의 충절을 부각시키고, 그들의 시조를 삽입하여 문예적 감동 또한 획득하였다.

## 5. 역사와 문학의 접점과 의미

〈쇼듕화역딕셜〉은 역사적 사건을 중시한 자료이다. 그래서 소설의 요건에서는 다소 벗어났을지라도 그에 상응할 만한 독서물로 기능한 것만은 틀림없다. 이 책은 역사서사로서 실제 있었던 사건을 다루면서 문학적 흥취에도 상당한 관심을 기울였다. 그래서 역사서를 베낀 듯한 기술에 머물지 않고 대중적인 호응을 얻기 위해 문예적 요소를 틈입시키기도 했다. 사실 전달에 치중하여 문예미가 소극적으로 반영되기는 했지만, 실제 벌어진 사건을 극적으로 서사한 것만은 틀림없다. 역사와 문학이 적절하게 조화되면서 조선왕조의 내력과 주변인물의 이야기를 훌륭한 읽을거리로 풀어낸 것이다. 이것이 이 책이 갖는 매력 중의 핵심이라 할 수 있다. 이제 이 책이 갖는 의미를 크게 둘로 나누어 그 의미를 짚어보도록 하겠다.

첫째, 이 책을 통해 문학과 역사의 교호 양상을 파악할 수 있다. 문학과 역사는 마치 한 몸처럼 상호 작용을 통해 각 장르의 정체성을 더욱 공고히 하였다. 역사를 감동적으로 기술하기 위해 문학적인 표현과 수사를 동원할 필요가 있었고, 문학의 소재를 다채롭게 하기 위해 역사적 사건을 중시할 수밖에 없었기 때문이다. 그래서 훌륭한 역사서에 전범 적인 문학이 내재될 수 있었고, 훌륭한 문학 속에 역사적 사실이 자리 할 수 있었던 것이다. 더욱이 이야기문학의 경우 건국서사나 인물전설 등에서 역사적 사건을 비중 있게 다루었고 그러한 전통은 고전소설에 와서도 여전히 중시되었다. 특히 고전소설에 와서는 인물 중심의 역사 적 사건을 문학적으로 형상화하거나 전란의 참상을 소설로 입체화해서 감성에 호소하는 사례가 빈발하였다. 이는 모두 문학과 역사가 밀접한 관계를 가지며 한 작품으로 형상화되어 가능할 수 있었다. 잘 아는 것 처럼 임병양란 후의 영웅군담소설에서 그러한 실태를 짐작할 수 있다. 이들에서는 문학과 역사의 긴밀한 관계를 바탕으로 작품을 형상화하되 그 핵심을 문학적 형상화에 두었을 따름이다.

그런데 〈쇼듕화역디셜〉은 역사와 문학의 상호 교호를 보이는 실증적 인 자료라는 점에서 주목할 만하다. 이 책은 왕조와 인물을 중심으로 역사를 이해하는 것이 주된 목표이다. 그래서 전체적으로는 역사서와 같은 모습을 갖는 것이 사실이다. 하지만 이 책이 단지 역사적인 사실 만 전달하는 사서로 기능했다면 민중의 독서물로 유통되는 데는 분명 한 한계가 있었을 것이다. 그러한 한계를 극복하는 좋은 방법이 구성이 나 표현 등에서 변화를 주는 것이다. 이는 역사를 다루되 문학적인 흥 미를 가미하여 대중적인 호응도를 높이는 것이라 하겠다. 역사를 감동 적·충격적으로 이해시킬 목적에서 문학적인 요소를 적절히 활용한 것 이다. 그래서 이 전적은 당대 문학유통의 일면을 짐작하는 한편, 문학 과 역사의 조응 관계를 살피는 데 유용한 자료라 할 만하다.

둘째, 이 책을 통해 역사소설의 자양을 확인할 수 있다. 오랫동안 민 중은 역사를 문학처럼 향유해온 것이 사실이다. 고대나 중세의 건국신화는 물론이고 어느 시대를 막론하고 대표적인 인물전설에서 그러한 흔적을 확인할 수 있다. 이처럼 역사를 문학처럼 인식하는 가운데 역사를 사실적으로 기술한 실기문학이 나타날 수 있었고, 나아가 역사를 가장한 창작문학이 민중의 호응을 받기도 하였다. 고전소설의 경우 전을 표방하면서 역사적 인물을 문학적으로 형상화했으며 역사적인 사실을 수렴하여 소설로 형상화한 사례도 다수이다. 이는 소설이나 역사를 향유한 민중의식이 반영된 결과이기도 하다. 즉 문학과 역사를 공유하면서 문학에 역사적 요소를, 역사에 문학적 특성을 개입시켰던 전통이 반영된 것이다.

그런데 〈쇼듕화역딕셜〉이 역사문학의 소재적 원천을 충실히 다루었다는 점에서 주목할 만하다. 이 책에서는 왕조를 중심으로 주요사건이나 인물을 배치하여 역사를 이해시키려 했다. 문제는 이곳에서 다룬 역사적 사건이나 주요 인물의 행적이 사실 전달에 한정되지만은 않았다는 점이다. 다시 말해 역사적 사실을 다루는 이면에 수용의 효율성을 강화하는 차원에서 문학적인 흥미소를 개입시킨 것이다. 이러한 흥미소, 특히 역사상 충격적인 사건, 인물의 기이담이나 태몽담 등은 소설적인 소재로 활용되기에 적절하다. 그런 점에서 〈쇼듕화역딕셜〉과 같은 역사서사는 역사소설의 중요한 원천이 되었으리라 본다. 더욱이 역사담론이나 문학담론을 향유하는 계층에서는 양방의 장처를 살려 감발적인 이해의 수단으로 삼았기 때문에 역사적인 소재가 소설적인 재료로 활용되는 것은 아주 자연스러운 일이라 하겠다.

다만 문제가 되는 것은 〈쇼듕화역딕셜〉의 필사시기가 그리 상회하지 못한다는 점이다. 그래서 역사적인 사건이 고전소설의 자양으로 기능하는 데 일정한 한계가 있는 것처럼 생각할 수도 있다. 하지만 이러한 책이 비록 20세기에 필사되었을지라도 역사와 문학을 함께 수용한 문화적 전통은 18~19세기에도 동일했던 것으로 볼 수 있다. 그래서 20세기 자료를 통해 역으로 그 이전 시기 문학의 창작과 유통의 일단을 짐작할 수 있다. 다시 말해 〈쇼듕화역딕셜〉을 바탕으로 역사적인 사건이나 인물이 소설로 형상화된 사정을 짐작할 수 있다. 이러한 책이 대중적으로 유통되면서 문학적인 변용을 통해 소설로 형상화되는 것이 보편적이기 때문이다. 그런 점에서 소설의 주요 소재인 역사적 사건을 충실히 다룬 이와 같은 책이 소설의 자양으로 기능한 것으로 볼 수 있다. 이는 문학의 유통사를 통해 볼 때 〈쇼듕화역딕셜〉의 문학적 위상이 남다름을 의미하는 것이기도 하다.


## 6. 맺음말

지금까지 〈쇼듕화역딕셜〉을 통해 역사서사의 측면과 문예적 형상화에 대해 알아보았다. 이 자료는 6권 4책으로 구성된 국문 전용 필사본으로 창작 연대와 작자는 미상이다. 다만 책의 권말에 표기된 간지를 통해 필사시기를 1915년과 1916년 사이로 추정할 수 있고 필사자도 특정할 수는 없지만 성 부인이라는 여성인물임을 짐작할 수 있다.

〈쇼듕화역딕셜〉은 사실의 이해를 돕기 위한 목적으로 기술된 것으로 보인다. 그러한 목적을 달성하기 위해 특정 사건을 역대 왕의 순서에 따라 일정하게 배열하여 독서물로 기능하도록 하였다. 즉 조선왕조의 내력을 기술하거나 이름난 신하와 학자의 일화를 내세우거나 정치적 위협이었던 사건을 설화하거나 전쟁의 발발과 경과를 명확하게 전달하는 등 역사적 사실을 객관적으로 기술하고자 하였다. 그런 점에서 이 자료는 일차적으로 역사담론의 성격이 강함을 알 수 있다.

〈쇼듕화역디셜〉은 단순 사실의 기술을 넘어 문예미의 발현으로 독자의 관심을 촉발한 부분도 다수이다. 역사서를 의도하면서도 독자의 접근이 용이하도록 문예물의 특성을 가미한 것이다. 인물의 일화를 소개하며 태몽에 집중하거나 현실성이 희석된 기이한 이야기를 끌어들이거나 중국에 대한 민족적 자부심을 드러내거나 특정 인물의 일화를 확대하면서 문학작품을 활용하는 것 등은 문예담론의 특성이 농후하다. 이것은 문학적 형상화를 통해 역사적인 사실을 효과적·감동적으로 이해시킬 목적 때문이라 하겠다. 그러는 과정에서 이 책은 자연스럽게 문예담론의 특성이 강화될 수 있었다.

〈쇼듕화역디셜〉을 통해 문학과 역사의 접점을 확인할 수 있다. 역사를 효과적으로 이해시키기 위해서는 문학적 수사가 필요하고, 문학의 재료를 풍성하게 하기 위해서는 역사적 사건이 필요하다. 그런데 이 책은 역사적인 사건을 왕조 중심으로 기술하여 역사담론의 특성을 갖춘 한편, 역사담론의 실상을 강조해서 보이기 위해 문학적인 흥미소를 활용할 수밖에 없었다. 그래서 이 책은 역사와 문학이 적절히 조응하면서 민중의 읽을거리로 기능하게 되었다. 이를 통해 민중이 역사와 문학을 불리의 관계로 인식하고 향유했던 문화적 전통을 확인할 수 있고 역사적 사건이나 인물이 역사소설의 핵심적인 요소로 기능했던 사정도 짐작할 수 있다. 그런 점에서 이 자료가 문학과 역사의 호응관계나 문학의 원천을 확인하는 데 도움이 되리라 본다.

# 제3장
# 〈박태보실기〉의 전기성과 역사담론

## 1. 머리말

　인간은 망각의 존재이다. 지나간 일을 잊어버리지 않고 빠짐없이 기억한다면 새로운 지식과 경험을 받아들일 수 없을 것이다. 일상적이거나 상대적으로 덜 중요한 일은 자각하지 못하는 순간 기억에서 멀어지기 마련이다. 그러나 특정 사회의 구성원으로서 반드시 기억해야 하는 역사적 사건에 대해서는 그러한 상황을 계승하기 위해, 혹은 다시는 반복하지 않기 위해 사실(史實)로서 기록하고 후대에 전승한다.

　사관의 기록은 매우 엄정하고 공식적인 것이어서 일반 대중의 독서물로 기능하기에는 어려움이 따를 수 있다. 물론 사서의 열전으로 입전될 수 없는 인물의 경우 문인들이 별도의 전을 짓기도 하였으나[1] 이 또한 대중적으로 읽히기에는 무리가 따른다. 그렇기 때문에 실재했던 인물의 일대기 속에 작가의식을 반영하여 새로운 읽을거리를 만들어

---

　1)　김용덕, 『한국전기문학론』, 민족문화사, 1987, pp.112~114.

내려는 시도가 지속되어 왔다.

고전소설 작품 중 역사성과 창작성을 동시에 충족할 수 있는 유형이 바로 전기소설(傳記小說)이다.[2] 전기소설은 실존했던 인물을 주인공으로 설정하여 작가가 추구하는 가치를 작품 속에서 구현하고, 이를 독자에게 효과적으로 전하기 위해 사실에 허구를 결합하는 방식을 활용한다. 역사성을 기본으로 하되, 인물에 대한 핍진한 묘사를 단행하고자 작가의 상상력을 일정 부분 가미한 것이다. 한편 역사서를 쉽게 접하기 어려운 다수의 독자를 위해 역사서사가 유통되기도 하였다. 문학장르로서의 소설로 진척되지는 못했지만, 흥미를 가질 만한 서사물로서 독자층의 사랑을 받았던 서사물이 그것이다. 이 경우 역사적 사실을 나열하기는 했지만, 작가 혹은 편집자로서 몇몇의 사건을 선별하고 나름대로 재편하여 관심도를 높여 놓았다.

역사적인 사실이 하나는 전기서사인 소설로, 하나는 역사성을 중시한 역사서사로 변용되었다면 그들에 대한 비교 연구가 필요해 보인다. 그래야만 사실에서 문학으로 옮겨가는 과정이나 문학을 통해 역사를, 역사를 통해 문학을 감상·이해했던 사정도 파악할 수 있기 때문이다. 그런데 이러한 실태를 잘 파악할 수 있는 좋은 자료가 바로 박태보와 관련된 서사이다. 하지만 그동안 비교 연구는 물론이고 양 작품에 대한 논의가 아주 일천했다. 일부에서 〈박태보전〉의 주제와 사상 등에 관심을 기울였고,[3] 〈쇼듕화역ᄃᆡ셜〉의 경우에는 자료의 발굴이 늦어져 연

---

2) 김용덕, 앞의 책, p.107.

3) 전기소설의 유형을 분류하며 〈박태보전〉을 실기형 전기소설로 소개한 김용덕의 논의(김용덕, 『한국전기문학론』, 민족문화사, 1987)와 임금과 신하의 갈등 양상으로 〈박태보전〉을 파악한 안동준의 논의(안동준, 「군신갈등 소설의 출현 의미–박태보전을 중심으로」, 『정신문화연구원논문집』 5, 한국정신문화연구원, 1990) 및 〈박태보전〉의 이본을 소개하고 이를 통해 충절의식의 변화를 검토한 권혁래의 논의(권혁래, 「〈박태보전〉

구된 바가 거의 없다.[4] 이제 각 편의 형성과 전승 내력, 작품의 구조와 미학, 나아가 양자의 비교 연구 등이 지속될 필요가 있어 보인다.

이 글에서는 위와 같은 사정을 염두에 두고 전기서사물로 〈박틱보실긔〉를, 역사서사물로 〈쇼듕화역뒤셜〉의 '박태보일화'를 선정하여 비교 검토해 보도록 하겠다. 두 작품을 선정한 것은 박태보 서사의 대부분이 기사환국과 관련된 것이라서 어떠한 자료를 선택해도 큰 변별력이 없고 향유시기를 감안할 때 두 작품 모두 1916년에 성책되어 당시의 문예관을 비교하는 데 유용하기 때문이다. 즉 역사적인 사실이 역사서사와 전기서사에서 어떻게 형상화되었고, 그것이 수용미학적인 관점에서는 어떠한 효용이 있었는지 파악하는 데 좋은 자료가 될 것으로 본다.


## 2. 작품의 경개와 화소의 개관

박태보(朴泰輔, 1654~1689)의 자는 사원(士元), 호는 정재(定齋)이다. 아버지는 세당, 어머니는 남일성의 딸이다. 당숙인 세후에게 입양되었다. 1689년 기사환국 때 인현왕후의 폐위를 반대하는 소를 올렸다가 숙종의 노여움을 사서 국문을 당한 후 진도로 유배 가던 중 노량진에서 장독으로 사망했다. 시호는 문열(文烈)이며, 이후 영의정에 추증되고 풍계사에 제향되었다.[5]

궁극적으로 인현왕후가 복위하기 때문에 박태보의 충절과 장렬한 죽

---

의 적층성과 충절의식의 추이」, 『연세어문학』 28, 1996) 등의 연구가 이루어졌다.

4) 윤보윤, 「〈쇼듕화역뒤셜〉에 나타난 역사와 문학의 접점 연구」, 『어문연구』 77, 어문연구학회, 2013, pp.253~291.

5) 『한국민족문화대백과』, 한국학중앙연구원(http://encykorea.aks.ac.kr/).

음은 역사서사나 전기서사에서 관심을 기울일 만했다. 실제로 전기소설로 형상화되어 현재까지 23종의 이본이 발견되었는데, 이 가운데 18종이 국문필사본, 2종이 한문본, 2종이 국한문혼용본, 남은 1종이 구활자본이다.[6] 여기에서 다룰 〈박틱보실긔〉는 구활자본으로, 1916년에 덕흥서림에서 간행한 것이다.[7]

〈쇼듕화역덕셜〉은[8] 조선 태조에서 정조에 이르는 시기 동안 군왕 및 당대의 명신과 저명인물을 중심으로 역사적 사건을 기술한 것으로, 총 6권 4책의 국문필사본이다.[9] 창작 연대와 작가는 미상이지만, 앞선 논의에서 이 작품의 필사연대를 1915년에서 1916년에 이르는 시기로 추정한 바 있다.[10] 특히 이 글에서 논의할 '박태보일화'는 제4책 6권에 실려 있는데 이는 병진년인 1916년에 필사된 것이다.

〈박틱보실긔〉가 1916년에 간행 유통되고, 〈쇼듕화역덕셜〉의 '박태보일화' 또한 1916년에 필사되어 읽혔다. 동일한 이야기가 같은 시기에

---

6) 권혁래, 앞의 논문, pp.21~23.

7) 민중의 문예적 취향을 살피기 위해서는 이 텍스트를 활용하는 것이 도움이 될 것으로 본다(인천대학교 민족문화연구소 자료총서간행위원회, 『구활자본 고소설전집』 3, 은하출판사, 1983, pp.339~431).

8) 〈쇼듕화역덕셜〉은 사재동 교수가 공주 고서상에서 구입하여 소장하였다가 현재는 충남대학교 중앙도서관 경산문고에 보관되어 있다.

9) 윤보윤, 앞의 논문, pp.255~257.

10) "필사연대는 제1책 1권이 끝나며 '을묘사월초팔일 필셔', 제1책 2권이 끝나며 '을묘오월초일 필셔', 제2책 3권을 시작하며 '을묘삼월일필셔ㅎ노라', 제3책 4권이 끝나며 '皇帝階下 을묘오월염칠일 필셔', 제4책 5권이 끝나며 '병진ㅅ월염일 셩소져 필셔ㅎᄂ니 필죄을 치ㅎㅎ노라', 제4책 6권이 끝나며 '병진오월슌일 종'으로 기록되어 있다. 또한 제1책 1권 서두, 제1책 2권 말미, 제2책 3권 서두, 제3책 4권 말미, 제4책 5권 말미, 6권 말미에 '틱졍틱세문단세 덕예셩듕인명션 원인효현슉경영 딘졍슌익헌쳘당'이라고 조선 왕조의 순서가 첫 음절만 적혀 있다. 이로 보아 필사연대는 1897년 대한제국이 수립되고 고종이 황제에 오른 이후일 것으로 보인다. 즉 을묘년인 1915년과 병진년인 1916년 사이 만 1년 정도의 기간 동안에 필사된 것으로 여겨진다."(위의 논문, pp.257~258).

다른 장르로 가공 혹은 재생산되었지만 이들이 각각 대중독서물로서 기능했던 것만은 분명하다. 따라서 당시 소설과 역사서사를 읽을거리로 향유했던 독자층과 그들의 요구에 부응하여 작품을 창작했던 작가층의 사정을 이 두 작품의 비교를 통해 짐작할 수 있으리라 본다.

〈박틱보실긔〉와 〈쇼듕화역디셜〉 '박태보일화'의 주요내용을 소개하면 다음과 같다.

〈박틱보실긔〉와 〈쇼듕화역디셜〉의 '박태보일화' 비교

| | 〈박틱보실긔〉 | 〈쇼듕화역디셜〉의 '박태보일화' |
|---|---|---|
| 가계 출생 | ① 호는 정재, 본관은 반남.<br>② 부친은 서계공 박세당, 모친은 남일성의 딸 남씨. | 없음. |
| 성장 학업 | ③ 박세후에게 5살 때 입양.<br>④ 양모 윤씨를 예로써 섬김.<br>⑤ 10세에 총명함이 남다름.<br>⑥ 16세에 완남부원군의 사위가 됨.<br>⑦ 문장과 학문을 성취하여 24세에 알성장원을 함. | 없음. |
| 활동 업적 | ⑧ 예조 좌랑일 때 대왕대비전 진연물품을 간략히 하라는 상소를 올림.<br>⑨ 시관일 때 모함을 받아 선천 유배되었는데 경서를 조석으로 외움.<br>⑩ 27세에 홍문관 수찬이 되어 모든 학사의 공경을 받음.<br>⑪ 인경왕후가 두환으로 승하하였는데 숙종이 예법대로 장례 절차를 수행하지 않아 상소를 올림.<br>⑫ 이천 현감으로 공무를 성실히 수행하여 이천 백성들이 칭송함.<br>⑬ 파주 목사일 때 조정에서 이이와 성혼을 출향시켰는데 이를 반대하는 상소를 올림. | 없음. |
| 기사 환국 | ⑭ 기사년 4월 25일 신시에 박태보가 상소문을 쓰고 오두인을 소두로 정하여 상소를 올림. | ☐ 숙종이 투기를 이유로 중전을 폐하려 하자 오두인을 비롯한 신하들이 반대하는 상소를 올림. |

⑮ 숙종이 매우 노하여 오두인·이세화·박태보를 불러 친국함.

⑯ 박태보가 국청에 들어가기 전, 오두인에게 상소를 지은 주체가 자신이니 그렇게 아뢰라고 함.

⑰ 스스로 큰 칼을 쓰고 망건과 담뱃대를 종에게 주어 부인에게 드리라 한 뒤 안색에 변함이 없이 국청에 들어섬.

⑱ 군신과 부자의 의리는 같은 것이라며 효심을 빗대어 자신의 충성을 이야기함.

⑲ 숙종이 크게 노하여 엄형을 명하고, 박태보는 골육이 깨지고 유혈이 낭자하나 안색이 완연하고 통성을 내지 않음.

⑳ 박태보가 부부의 도를 이야기하며 중전에 대한 의를 강조함.

㉑ 박태보 자신은 이미 죽기를 마음먹었으나 자신을 형벌한 후 숙종이 망국지주가 될까 걱정이라고 함.

㉒ 박태보에게 압슬형을 가하였으나 태연자약함.

㉓ 박태보가 자신들의 뜻은 군왕과 중전을 받들어 국가를 평안하게 하는 것이라고 함.

㉔ 엄형과 압슬에도 지만을 하지 않자, 숙종이 화형을 명하여 박태보를 거꾸로 매달고 불에 달군 쇠로 지짐.

㉕ 죽음을 앞둔 박태보가 숙종에게 노부모에 대한 걱정, 살아서 간신이 되느니 죽어서 충혼이 되겠다는 다짐, 군왕에 대한 염려, 중전의 무고함 등을 이야기함.

㉖ 모진 고문으로 힘줄이 끊어지고 뼈가 다 타서 형용이 흉측한데도 박태보는 아무 소리도 내지 않고 오히려 좌우제신이 차마 보지 못함.

㉗ 친국이 끝나고 박태보가 들것에 실려 나오는데, 백성들이 충신이라며 눈물을 흘림.

② 오두인·이세화가 잡혀 가고 박태보도 국청으로 잡혀갈 때 망건과 담뱃대를 종에게 주어 모친께 드리라 한 뒤 칼을 쓰고 들어감.

③ 이세화가 나이 든 자신이 죄를 다 받겠다고 하나 박태보는 반대함.

④ 국청에 들어가 박태보가 군신부자가 일체라 하며 중전을 위하는 바는 곧 전하를 위하는 것이니 이는 군왕을 배반한 것이 아니라고 함.

⑤ 계속되는 형벌에 박태보는 뼈가 부서지고 유혈이 물처럼 흘러도 안색이 자약함.

⑥ 박태보가 중전에게 과실이 있다는 말을 듣지 못했다며 부부는 인지대륜이라고 함.

⑦ 숙종이 지만을 하라 명하며 화형과 압슬을 가하라고 함.

⑧ 압슬형에도 박태보는 낯빛이 변하지 않고 통성도 내지 않음.

⑨ 숙종이 중전을 편당이라서 구원하는 것이냐고 묻자 박태보는 중전의 폐위에 대한 반대는 일국의 공론인데 어찌 편당이라고 하는지 반문함.

⑩ 박태보가 군신지의를 생각하라고 하니 숙종은 화형을 명하고 지만을 하지 않자 독하다며 나무에 거꾸로 매달아 화형을 지속함.

⑪ 박태보의 살이 다 타고 살이 없는 곳은 뼈가 드러나서 익으나 아직도 두려워하는 빛이 없음.

⑫ 전하가 이런 과실을 하게 한 것이 오직 자신의 죄라며 거짓 지만을 할 수 없다고 함.

⑬ 박태보가 형벌에 몸이 상하면서도 숙종의 옥체가 상할 것을 염려하며, 노부모가 아직 살아있지만 군왕을 올바로 인도하는 것이 더 중요하니 빨리 죽기를 청함.

⑭ 친국이 끝나고 박태보는 간신히 숨이 붙어 있는데, 물 한 모금도 넘기지 못함.

| | | |
|---|---|---|
| | ㉘ 유배길에 나섰는데 병세가 극심해져 노량진에서 병을 다스림. | |
| 죽음<br>후손 | ㉙ 5월 5일 사시에 36세로 졸함.<br>㉚ 사람들이 다투어 문상을 옴.<br>㉛ 7월에 양주 수락산에 장사 지냄.<br>㉜ 갑술년에 숙종이 크게 뉘우쳐 중전을 복위시키고 박태보를 이조판서에 추증함.<br>㉝ 제문 소개.<br>㉞ 일찍이 박태보의 형인 지평공도 이름난 신하였는데, 두 형제 모두 성품이 강직하고 학문이 높았음.<br>㉟ 계미년에 박태보에게 문열의 시호를 줌. | 15 진도로 유배 가다가 노량진 육신사당 앞에서 죽음. |

　면수로만 견주어 보면, 〈박퇴보실긔〉는 총 91면으로 작품의 분량이 〈쇼듕화역되셜〉의 '박태보일화'보다 많다. '박태보일화'는 5권과 6권이 함께 실린 제4책 200면 중에서 16면을 차지하고 있다. 조선의 역사를 살피기 위한 서사물 속에 일부 실린 일화라서 분량의 제약은 당연한 일이다. 이러한 사정을 감안할 때, 〈박퇴보실긔〉는 오직 한 인물만을 대상으로 작품을 펼쳐 나가 단순 일화 중심의 서사보다는 소설적 특성을 강화하게 되었다.

　특정인물의 생애를 다루는 전의 형식을 '가계·출생-성장·학업-활동·업적-죽음·후손'으로 볼 때11) 〈박퇴보실긔〉는 대체로 이러한 일대기에 적합한 구성을 취하고 있다. 반면에 '박태보일화'는 역사적 사실을 장면화하여 전하려는 의도 때문에, 이러한 구성보다는 각편화된 내용 전달에 역점을 두었다. 그렇게 하는 것이 역사를 효과적으로 인식시킬 수 있다고 판단한 때문이라 하겠다.12)

---

11) 김용덕, 앞의 책, p.116.
12) 〈쇼듕화역되셜〉의 '정여립일화'에서는 정여립이 역모를 일으킬 만한 인물이었다는

## 3. 역사물의 전기적 형상화

〈박틱보실긔〉와 〈쇼듕화역딕셜〉의 '박태보일화'는 같은 이야기를 바탕으로 서사되었다. 분량의 문제나 장르적 특성 때문에 세부적인 사항에서는 차이가 존재하지만, 친국 당시 박태보의 충절을 담은 내용은 유사성이 다수 발견된다. 당시 전하는 문헌을 참고하여[13] 동일한 내용을 각기 다른 서사체로 표현했기 때문이다. 따라서 박태보 서사를 통해 같은 소재가 서로 다른 장르에서 어떻게 서술되며 기능하는지 살필 수 있으리라 본다.

### 1) 인물 묘사와 사실의 형상화

〈박틱보실긔〉와 〈쇼듕화역딕셜〉의 '박태보일화'는 모두 실재했던 역사적 사실을 그 소재로 한다. 두 작품이 20세기 초까지 널리 읽힌 것은 그만큼 이 일화가 독자층에게 매력적이었기 때문이다.

먼저 전기소설 〈박틱보실긔〉는 실존인물을 주인공으로 설정하고 충실히 그려냈기 때문에 그와 관련한 여러 화소를 고루 배치할 수 있었다. 오직 박태보를 충신으로 형상화하는 것에 집중하여 이것과 관련된 에피소드가 연첩되고 있다.

---

사실을 태몽과 어린 시절 이야기를 통해 보여주는 방법을 택했다. 그러나 '박태보일화'는 그러한 언급이 없이 오직 친국당하는 모습을 통해서만 그의 충절을 묘사하고 있다. 이 점을 볼 때 작가가 인물을 형상화하면서 관심 사항을 선택한 것이 아닐까 한다.

13) 박태보일화는 널리 설화되어 《연려실기술》, 《동야휘집》, 《금계필담》 등에 기록되었다(권혁래, 앞의 논문, p.21).

공에위인이 활달ᄒᆞ야 성품이 공검강즉ᄒᆞ고 긔운이 영혜ᄒᆞ야 아시에
도 지힝이잇셔 (…중략…) 윤부인도 어린아희 이갓타믈 긔특히여겨 품
속에 ᄶᆞ이실ᄉᆡ 공이항샹 고의를입고 쟈거날 모부인이 무르신ᄃᆡ 공이ᄃᆡ
왈 드르니 고어에 남녀유별(男女有別)이라 ᄒᆞ더이다한ᄃᆡ 부인이 더욱
무이ᄒᆞ시더라 나가놀ᄯᆡ에 고왈 아모방위에가노오니 아모ᄶᆞ도라오리이
다ᄒᆞ면 미양긔약ᄃᆡ로 어긔덜아니ᄒᆞ니 윤부인이 사사에 긔특함을 심히ᄉᆞ
랑ᄒᆞ시고 졈졈자라믹 어룬을본바다 ᄯᆞᆺ슬순히ᄒᆞ니 가ᄂᆡ가 화평ᄒᆞ며 인리
모다 칭찬ᄒᆞ더라14)

작품의 초반부에 태몽이나 그 외에 비현실적인 요소 등은 제외하고,
집안의 내력을 소개한 이후 세후공이 일찍 사망하여 양자로 들어가게
된 사연과 양모에게 사랑받았던 내용이 바로 등장한다. 어린 나이임에
도 불구하고 모친에게 남녀유별의 예를 지키고, 출타할 때에는 말한 바
대로 행동하여 효를 실천하고 있다. 이는 이미 어린 시절부터 박태보가
강직한 성품의 소유자임을 보여주는 바라 하겠다.

례조좌랑의올무니 이ᄯᆞ 샹이 대왕대비뎐의 진년를ᄒᆞ랴ᄒᆞ시거날 공이
마읍소셔 극간ᄒᆞ오니 그ᄉᆞ의에 대강갈오대 이제 궁중의 잔치를베푸오ᄉᆞ
량년의츅슈를 ᄒᆞ오시니 뎐하의 익친지심과 효양지셩은 뉘안이 흠앙치
안이리잇가만은 그러ᄒᆞ오나 흉년이오니 진년물품을 갈약히 ᄒᆞ시압소셔
(…중략…) 잔치가 풍셩ᄒᆞ고 음식이낭ᄌᆞᄒᆞ야 즐거움을엇ᄂᆞᆫ것슬 효셩이
라ᄒᆞ심과 다르오니이다 엇지 혼ᄌᆞ즐겨 시비를취ᄒᆞ야 빅셩의머리알ᄂᆞᆫ 원
망을 들으리잇가 샹이 우용ᄒᆞᄉᆞ 진연이 ᄯᆞᆺ과례문의 마지못함이니 위의
는 당당이썰치고 진연물품은감ᄒᆞ야 간략이ᄒᆞ리라 ᄒᆞ시더라15)

14) 〈박틱보실긔〉, pp.1~2.
15) 〈박틱보실긔〉, pp.5~6.

대왕대비를 위한 진연을 베푸는데 그 규모가 지나치자 박태보가 간언한 내용이다. 백성들은 흉년이 들어 생활이 참혹한데 진연을 성대하게 치르는 것은 문제가 있음을 지적하고, 효성의 깊이를 재물로 환산하는 것이 옳지 않음을 이야기한다. 비록 존엄한 위치에 있는 군왕이지만, 늘 백성을 평안하게 하겠다는 마음가짐을 잊지 말라는 진심 어린 충언은 임금의 마음을 움직여 진연 물품을 간소화하게 만들었다. 이처럼 박태보는 내직이나 외직에 있을 때 항상 임금을 올바른 길로 이끌기 위해 간언하거나 상소를 올렸는데, 그것을 작품에서 다룬 것은 충신으로서의 면모를 부각하기 위함이라 하겠다. 이러한 에피소드를 나열함으로써, 기사환국과 관련된 친국이 벌어졌을 때 박태보가 보인 행위에 당위성을 부여할 수 있다.

> 어시에 공의 구씨 남약쳔이 영의졍으로셔 후궁을말삼ᄒᆞ다가 상이ᄃᆡ로ᄒᆞᄉᆞ 강능으로 귀향보ᄂᆡ니 교외에ᄂᆞ가 송별ᄒᆞᆯᄉᆡ ᄂᆡ죵남학명더러 마상에셔이로ᄃᆡ 쑴에 ᄉᆞ롬에게 죠샹ᄒᆞ니 피눈물이져져 일신에흐르더니ᄭᆡᆫ후도 오히려늣기니 그어인증존고ᄒᆞ더라 (…중략…) 이ᄯᆡ 사람이 공더러이로ᄃᆡ 고이타 공에글ᄯᅳᆺ이 쳐창ᄒᆞ여 상셔롭지 아니ᄒᆞᆫ고 공이왈 즉금경을 긔록한것이히로울가ᄒᆞ더라 슬프다 공에이시는 마지막지은글이니 피화젼뉵일이라 몽참과 시참이 젼정이로다[16]

숙종이 인현왕후를 폐하기로 한 사실을 듣고 박태보가 상소를 지었다는 서술 뒤에 바로 등장하는 에피소드이다. 이는 박태보의 외숙인 남약천이 유배 갈 때 고종사촌인 남학명이 배웅하러 나갔는데, 남약천이 꾼 꿈에 대해 들려주고 서로 송별시를 지으며 헤어졌다는 이야기이다.

16) 〈박ᄐᆡ보실긔〉, pp.16~17.

남약천이 꿈에 누군가에게 문상을 하니 피눈물로 온몸이 젖었는데 꿈
에서 깬 후에도 그것이 느껴졌다는 것이다. 이 사건이 박태보가 화를
입기 6일 전의 일로, 몽참과 시참을 통해 이미 예견된 일이라는 서술로
이 에피소드가 종료되고, 다시 박태보의 상소문 이야기로 돌아온다. 굳
이 박태보의 행적과 무관한 내용을 이 부분에 삽입한 것은 박태보의
미래를 보여주고자 했기 때문이다. 충성을 바쳤지만 결국 불행한 최후
를 맞이한 그의 앞날에 대해 복선을 제공함으로써 소설 읽는 흥미를
제고하고자 한 것이다. 이는 단순히 박태보와 관련된 사실만 나열하는
것보다 입체적인 구성을 가능케 하고, 이로써 독자는 문학을 수용하는
즐거움을 얻을 수 있다.

> 상왈 엄문지하에 동셔를 일캇고 또 감히 편당을일커러 이럿탓이 방즈
> 할가 늬엇지 너를 셔인이라ᄒ야 엄형ᄒ리요 공이왈 원컨듸 급ᄒ신노를
> 긋치시읍고 오날거조를 셰번싱각ᄒ옵소셔 (…중략…) 군신의 분의ᄂ 부
> ᄌ와갓ᄉ오니 부모불화ᄒ면 ᄌ식이 읍간흠이 올ᄉ오니잇ᄀ 그럿치 안사
> 오니잇가 신등의뜻은 량뎐을 밧드와 국가의 평안ᄒ오신 복녁를 누리시
> 고져 ᄒ옵고 (…중략…) 상이익노ᄒᄉ 압슬은졔ᄒ고 화형결ᄎ를 쌜리드
> 리라 상왈 엄형ᄒ고 또 읍슬ᄒ고 또 화형을ᄒ되 엇지 지만을아니ᄒᄂ다
> 공이 읍슬ᄒ 다리를 잔득이쓸코 하교를듯ᄌ와 안연이앙듸ᄒ여 고왈 뎐
> 하ㅣ아모리 참형을ᄒ시ᄂ 신은본듸 무상에범ᄒ 죄가업ᄉ오니 무ᄉ일로
> 무상이라 ᄒ시ᄂ이잇가 (…중략…) 화형법이쇠식으면 더운쇠 밧고와 지
> 지니 두다리가 숫갓치타셔 연긔이러나고 벌건 기름이쓸어 누린늬 코를
> 질으더라[17)]

숙종이 박태보를 친국하는 부분에 이르면 장면 전개가 거의 대화체

17) 〈박틱보실긔〉, pp.51~53.

로 이루어진다. 단순한 국문에도 불구하고 내용을 대화체로 보여줌으로써 문학적 효과를 거두고자 한 것이다. 숙종은 박태보에게 상소를 올린 이유에 대해 계속 심문하고, 박태보는 그것이 오직 충정에서 비롯된 것임을 밝힌다. 중전을 감싼다는 사실에 대해 숙종은 대역죄라며 호통을 치고 박태보는 임금과 중전을 받들어 국가를 평안하게 하는 것이 오직 자신의 뜻이라고 맞선다. 격노한 숙종은 무자비한 형벌을 명령하고 박태보는 이에 개의치 않고 간언한다. 이러한 대화는 박태보의 충절을 드러내기 위해 선택한 것이라 하겠다. 그러다가 작품의 중반 부분에서 극심한 고문에도 불구하고 안색이 완연하고 통성 한 번 내지 않으며 상황을 모면하기 위해 거짓으로 지만하지 않고 끝까지 간언하는 모습을 묘사함으로써 진정한 충신의 면모를 부각하고 있다. 고문 장면에 대한 생생한 묘사와 이에 굴하지 않는 충신의 외침은 작품의 주제를 더욱 선명하게 드러낼 뿐만 아니라 감동을 유발할 수 있는 형상화 방식으로 작용한다.

〈박틱보실긔〉는 이처럼 선비로서의 자질을 지닌 박태보의 어린 시절 이야기를 서술하여 충신으로 성장할 개연성을 높이고, 관직에 나아가서도 임금에게 간언하기를 두려워하지 않았던 그의 성품을 보여주기 위해 여러 사건을 제시하고 있다. 뿐만 아니라 주변 인물의 꿈 이야기를 함께 다루어 독자들에게 흥미소로 작용할 만한 내용을 일화로 첨가하였다. 또한 국청에서 숙종과 박태보가 팽팽한 긴장감 속에 나눈 이야기를 대화체로 표현하고, 친국 장면을 핍진하게 묘사한 것은 소설적 효과를 극대화한 것이라 하겠다.

다음으로 〈쇼듕화역듸셜〉의 '박태보일셜'은 조선시대 역사적 사건을 단편적으로 모은 것이다. 그래서 〈박틱보실긔〉처럼 오로지 한 인물만을 서사의 주인공으로 삼을 수는 없었다. 조선의 역대 왕과 이름난 신하 등 수많은 인물을 다루면서 박태보의 충절을 부각해야 했기 때문이다. 따라서 '박태보일화'는 앞선 소설처럼 가계 및 출생이나 성장 및 학업에 대한 언급은 전혀 나오지 않는다. 박태보를 〈쇼듕화역ᄃᆡ셜〉과 같은 역사서사물에 등장시키되, 그의 충절이 돋보이는 상황을 확대 서술함으로써 충신의 면모가 드러나도록 한 것이다.

> 져 간악흔 계집으로 네 편당이라 ᄒᆞ야 이갓치 구원ᄒᆞᄂᆞ냐 ᄃᆡ왈 신의 위인이 셰ᄉᆞᆼ의 합지 아니ᄒᆞ야 평ᄉᆡᆼ의 당이 업ᄂᆞᆫ 연고로 입조십ᄉᆞᆷ연의 이갓치 감가ᄒᆞᆫ 전하 엇지 모로리잇가 이 샹소는 일국공논이어날 편당이라 말ᄉᆞᆷ이 엇지미니잇고 (…중략…) 젼히 신을 셔인이라 혹형ᄒᆞᆯ 아ᄂᆞ이다 샹이 익노왈 네 감히 편당으로 ᄂᆡ게 뉴졍ᄒᆞᄂᆞ냐 네마ᄎᆞᆷ 지만을 못ᄒᆞᆯ소냐 ᄃᆡ왈 원컨ᄃᆡ 젼하ᄂᆞᆫ 다시 ᄉᆡᆼ각ᄒᆞᄉᆞ 부자로 군신지의를 미루어 보소셔 샹이 익노왈 져놈이 간독ᄒᆞ니 급히 화형을 베푸라[18]

'박태보일화'에서도 친국 장면을 대화체로 형상화했다. 대화체가 현장을 사실적으로 전달하는 방법이기에 독자의 몰입도를 끌어올리는 데 효과적일 수 있다. 이미 일어난 일을 그대로 기술하는 역사서의 범주를 벗어나 흥미소를 가미한 읽을거리로 활용하기 위하여 〈쇼듕화역ᄃᆡ셜〉도 대화체의 방식을 차용한 것이다. 따라서 그 표현에 있어서는 마치 소설처럼 독자에게 다가갈 수 있다. 하지만 소설로서 형상화된 〈박ᄐᆡ보실긔〉에 비하면 주요화소 정도만 유사할 뿐 나머지는 소략화되어 소설성이 결여되어 있다. 실제로 〈박ᄐᆡ보실긔〉에 비하면 〈쇼듕화역ᄃᆡ셜〉의 '박태보일화'는 박태보 개인에 대한 관심이 부족하고 친국 장면의 기술도 상세하지 못하다. 하지만 역사서사일지라도 사건의 정황을 여러 방편으로 다루고자 했다.

---

18) 〈쇼듕화역ᄃᆡ셜〉 제4책 권지육.

　　병인년간의 희빈이 처엄으로 슉원봉홀젹의 귀인으로 더부러 당이 되
야 일일은 날다려 일너왈 꿈의 션왕과 션후를 본즉 글오디 닉젼과 귀인
은 복녹이 길고 쏘흔 죵亽지경이 이실거시오 슉원인즉 무亽무록ᄒ야 반
ᄃ시 경신여당으로 더부러 망측지亽를 지어닉야 국가의 이롭지 못ᄒ니
라 ᄒ고 원亽 임의 는 후의 더욱 불평불열지식이 잇시니 국본 일즉 졍ᄒ
미 이 연괴로라[19]

　박태보가 오두인, 이세화 등과 함께 상소를 올리기 전, 왜 그러한 사
건이 발생하게 됐는지 먼저 제시하고 있다. 숙종이 중전을 폐하려는 이
유가 몽사를 믿고 희빈을 투기한다는 것인데, 이를 먼저 서술하여 인현
왕후 폐위에 대한 독자의 이해도를 높이고 있다. 박태보를 친국하는 과
정에서도 이 꿈 이야기는 다시 등장한다.

　　소듕의 꿈말은 왼엇진 말이냐 (…중략…) 딕왈 규듕안 일은 신이 아지
못ᄒ거니와 다만 꿈은 본디 허탄흔 일이라 우연이 알왼 말이 잇신들 엇
지 큰죄리잇고 닉젼이 비록 꿈을 미드나 젼ᄒᄂ 자젼으로 쏘흔 몽亽를
미더 경연의셔 여러번 꿈말슴을 ᄒ신즉 신은 두리워ᄒᄂ이다[20]

　숙종과 인현왕후 사이에 있었던 꿈 이야기에 대해 소개하지 않으면
숙종이 묻는 것이나 박태보가 답하는 내용을 이해할 수 없다. 역사서사
물로서 독자들이 충분히 이해할 수 있도록 서사 앞부분에 꿈 내용을
제시하여 인과성을 확보한 다음 뒤쪽의 사실과 연결고리를 맺게 했다.
이러한 서사 방법은 박태보뿐만 아니라 기사환국과 관련된 주변인물에
대한 정보도 획득할 수 있고, 이들의 관계를 파악하면서 사건의 전모를

---

19) 〈쇼듕화역딕셜〉 제4책 권지육.
20) 〈쇼듕화역딕셜〉 제4책 권지육.

깨달을 수 있다는 장점이 있다. 한편으로 이것이 〈쇼듕화역딕셜〉을 계속하여 읽어나갈 수 있게 하는 원동력이 될 수 있다.

〈쇼듕화역딕셜〉 내에서 숙종대의 내용은 제4책 권지오와 권지육에 걸쳐 있고 총 79면을 차지한다. 숙종의 내력과 태몽, 광주 백성 이상신, 송시열의 상소문, 영의정 허적과 삼복의 변, 광주에서 일어난 도적당, 희빈 장씨의 원자 생산, 송시열의 사사, 인현왕후 폐위, 인현왕후의 복위와 승하, 희빈 장씨의 사사, 숙종의 승하 등이 실려 있다. 박태보의 이름이 처음 등장하는 부분부터 그가 유배가다 죽는 부분까지의 분량은 16면이다. 전체 역사적 사건에 비해 꽤 많은 지면을 할애하여 '박태보 일화'를 담아낸 것이다. 소설에 비하면 적은 양이지만 〈쇼듕화역딕셜〉 숙종대에 있어서는 큰 비중을 차지한다. 이를 통해 박태보의 이야기가 조선시대의 사건들 중에서 중시되고 있음을 알 수 있다. 이렇게 많은 지면을 배분하여 박태보의 이야기를 소개한 것은 독자들의 주목을 끌 만한 내용이 많기 때문이다. 즉 여러 인물 중에서도 돋보이는 위인이었기에 〈쇼듕화역딕셜〉에서 충신의 이미지를 대표한 것이라 할 수 있다.

## 2) 작품의 목적과 작가의식

〈박틱보실긔〉는 박태보가 군왕을 옳은 길로 이끌기 위해 신체적 고통을 감내하고 죽음을 무릅쓰면서까지 충의 가치를 실현하고자 한 내용의 전기소설이다. 실존했던 인물을 그리되, 친국 장면에서 숙종과 주고받는 대화를 통해 소설적인 면모를 강화했다. 뿐만 아니라 어린 시절 이야기에서 충신의 자질을 확인하고, 환로에 나와서도 옳은 일에는 직간하는 성품을 드러내어 상소 문제가 대두되기까지 서사가 단계적으로 상승하는 효과를 거두도록 했다. 그러나 작품 말미에 접어들면서 소설

적 형상화보다는 사건의 서술에 집중하고 있는데, 이는 역사적 사실에
의거하여 작품화하였음을 방증하는 것이기도 하다.

> 공의 졸흔후에 뎐이 잇건마는 어느 스람의손의 는즐을 모로느 일국에
> 편만ㅎ야 거의 근빅년이느 되야 집집의셔 넑어 스녀로붓터 우동마졸에
> 싯지 이르러 공의 셩명 외기를 일스마 으난스름과 갓고 운의 평싱역스를
> 말흠이 녁녁ㅎ야 이계날싯지 역여 유졔오렬흠이 친쳑갓치 슬허ㅎ나 그
> 러ㅎ되 여러번 진셔와언문의 밧고여 거짓말도 셕기이고 그릇ㅎ여 초략
> 흠이 잇기로 이칙은진본에셔 초출ㅎ얏스며 더욱오래면 실샹을 일흘가
> 저허ㅎ며 느라일고도을고 친필도보아 번거론것은 썰치고 간략히ㅎ야 실
> 스만 즈셔흠이 잇고 본말을 다흔후에야 글이 될것이니[21]

박태보가 생을 마감한 이후 그의 충절을 담은 전이 쓰이고, 다양한
계층에서 그것을 인지하면서 그의 안타까운 죽음을 슬퍼한 것이다. 당
시 상황에 대한 이러한 기술은 〈쇼듕화역듸셜〉이 필사된 사정을 말해
주는 것이기도 하다. '박태보일화'가 지속적으로 유통될 만한 매력을
가져 역사적 사건을 다루는 종합서적 속에 꽤 많은 분량으로 수용된
것이라 하겠다.

독자층에게 사랑받았던 박태보의 이야기는 이본이 많아지면서 거짓
말도 섞이고 그릇된 내용도 첨가되었다. 따라서 〈박틱보실긔〉의 작가
가 다시 지으며 진본에서 올바른 내용을 골랐으며, 이 또한 오래되어
실상이 달라질까 걱정되어 여러 문헌을 참고한 끝에[22] 실재하였던 일
만 서술하였다고 했다. 당시 유통되던 〈박태보전〉의 이본들이 사실에

---

21) 〈박틱보실긔〉, pp.90~91.
22) 박태보의 《행장》, 《정재집》, 《조선왕조실록》, 《연려실기술》 등의 참고문헌에서 해당
서술을 그대로 옮겨 재구한 경우가 많다(권혁래, 앞의 논문, p.29).

서 멀어져 독자가 현혹되는 것을 방지하려고 〈박틱보실긔〉를 새로 마련하였다는 것이다.

불의한 임금에 맞서 끝까지 자신의 주장을 굽히지 않았던 충신의 이야기는 많은 독자들에게 감동을 주기에 충분하다. 이러한 인물에 대해 사실과 가깝게 알고자 하는 독자의 열망 또한 컸을 것이다. 하지만 역사적 사건을 그대로 나열할 수는 없었다. 그렇게 하면 역사를 기록한 전거들과 다를 바가 없었기 때문이다. 작자는 박태보를 단지 소설의 허구인물이 아니라, 우리 역사에서 활약한 충신임을 전제하면서 그것을 보다 상세히 다루어 〈박틱보실긔〉로 형상한 것이다.

전기소설은 인물 위주이기 때문에 역사적 사건은 주인공의 행위를 위한 보조 자료일 뿐이다.[23] 박태보와 관련된 모든 사건은 그를 충신으로 만들기 위한 든든한 밑바탕이다. 단지 국청에서 숙종에게 한 치의 물러섬이 없는 박태보의 모습을 묘사하는 것에 그치지 않고, 그의 가계와 성장 과정, 관직에서의 강직한 기질 등을 함께 그려냄으로써 박태보가 만고의 충신임을 합리적으로 부각했다. 이와 같은 방법으로 주인공이 추구했던 가치를 인과적으로 드러내는 데 성공하여 그것을 대하는 모든 사람이 벅찬 감동을 느낄 수 있다.

> 공의 림종시 말슴뜻을 져바리지 안이ᄒ고 츈츄의 의리는 나라를 위ᄒ 잇고 일월의 광치는 스름마다 우러러 보는바오 신희잇셔 바르면 셩쥬ᄋ 밋치잇ᄂ니 우리 셩상이 일월과 갓스오스 공의 츙셩을 감동ᄒ야 구텬에 은혜맛치며 간스ᄒ 놈들을 버히시고 여러 소인놈들을 극변원촌 ᄒ오시니 텬ᄒ후셰에 인신이되여 불츙ᄒ놈들을 족히경계 ᄒ리로다 (…중략…) 딕져 츙렬은 빅셰에 아름다움을 끼침일너라[24]

23) 김용덕, 앞의 책, p.123.

작품의 끝부분에서 작가는 이 소설을 대하는 독자들의 태도와 관련하여 말하고 있다. 박태보가 참혹한 고문에도 끝까지 임금에게 충성 어린 간언을 굽히지 않았듯이 그의 기상을 본받아 충의 가치를 이어 나가야 함을 천명했다. 박태보가 죽음과 맞바꾼 상소는 이후 숙종이 자신의 행동을 후회하고 인현왕후를 복위시켜 큰 의미를 갖게 되었다.

'박태보일화'는 〈쇼듕화역ᄃᆡ셜〉의 일부이다. 〈박틱보실긔〉가 실존인물을 주인공으로 하여 교훈적 면모를 드러내는 데 집중했다면, 〈쇼듕화역ᄃᆡ셜〉의 '박태보일화'는 사실 전달을 우선적인 목표로 설정했다.

> 젼판셔 오두인(양곡) 등이 상소ᄒᆞ야 간왈 모후의 즉위ᄒᆞ미 임의 구년이오 젼ᄒᆞ ᄒᆞᆫ가지 젼후의 상을 지ᄂᆞᆫ지라 셜ᄉ 미ᄒᆞᆫ 허물이 비록 이셔도 쑴긔록ᄒᆞ오미 불과 언어지실이오 힝ᄉᆞ의 나타지 아니ᄒᆞᆫ즉 이엇지 큰허물이완ᄃᆡ (…중략…) 소를 ᄃᆞ리며 상이 인정의 어좌ᄒᆞ고 셜이 뎡국을 명ᄒᆞ시니 ᄃᆡ궐ᄂᆡ의 진동ᄒᆞᆫ지라 오두인 이셰화을 ᄎᆞ례ᄂᆡ립ᄒᆞ고 젼슈찬 박틱보(뎡지) 뎨슈ᄒᆞ므로 ᄌᆞ슈ᄒᆞ야 ᄉᆞ쇠이 ᄌᆞ약ᄒᆞ야 경동치 말ᄂᆞᄒᆞ고 금부군ᄉᆡ 불너 왈[25]

〈쇼듕화역ᄃᆡ셜〉 권지육의 첫 장에 숙종 기사년의 이야기가 처음 등장하는데, 이것은 인현왕후 폐위와 관련된 기술이다. 여기서 오두인이 상소를 올리고 그 상소문이 삽입되어 있는데,[26] 이 부분에서는 박태보의 이름이 아직 나오지 않는다. 상소 때문에 격노한 숙종이 친국을 명

24) 〈박틱보실긔〉, p.91.

25) 〈쇼듕화역ᄃᆡ셜〉 제4책 권지육.

26) 《조선왕조실록》에 실린 상소문과 비교해 보면 요점은 동일하나 소략하여 기술한 면이 두드러진다(숙종 20권, 15년 4월 25일 10번째 기사 〈전 사직 오두인 등 86인이 후비의 문제로 상소하자 한밤중에 이들을 친국하다〉, 《조선왕조실록》, 국사편찬위원회, http://sillok.history.go.kr/).

하고 오두인과 이세화가 끌려왔을 때 박태보의 이름과 호가 처음 언급
된다. 기사환국 때 송시열이 사사되고 많은 노론계 인물들이 정배됐는
데, 그해 4월에 숙종이 인현왕후를 폐위시키려 하자 오두인·이세화·
박태보 등 86인이 이를 반대하는 상소를 올린다.[27] 이러한 역사적 상
황을 〈쇼듕화역딕셜〉에 담아내면서 박태보의 일화를 중점적으로 소개
하고 있다. 조선의 역사적 사건을 설화하는 의도와 부합되도록 '박태보
일화', 즉 '숙종이 기사년에 박태보를 친국하였으나 끝까지 충정을 굽
히지 않았던 일'을 실었다.

〈쇼듕화역딕셜〉은 왕을 중심으로 한 신하의 업적이나 일화 및 당시
주목할 만한 사건을 기술하였다.[28] 따라서 '박태보일화'도 숙종 대에
일어난 주목할 만한 사건의 하나로서 수록되었다. 역사를 바로 알고자
하는 독자에게 작가가 사적 안목에 따라 역사적 사실을 의미 있는 사건
위주로 배열한 것이 〈쇼듕화역딕셜〉이다. '박태보일화'는 숙종의 이야
기를 기술하면서 빼놓을 수 없는 인물로 박태보를 선정하여 충신의 면
모를 보여준 것이다. 전체 역사의 맥락에서 여러 인물을 살피며 충신
한 명을 추가하였다. 대개의 역사서는 편년체로 기술되어 특정 사건을
연속성 있게 살피는 데 어려움이 있다. 그래서 일반대중의 독서물로 활
용되기에는 적절하지 못한 면이 있다. 그러나 〈쇼듕화역딕셜〉의 경우
에는 사실에 기반을 둔 역사적 이야기를 다루되, 사건 중심으로 나열하
여 흥미로운 독서물이 되도록 했다. 특히 박태보 이야기에서는 극한의
상황에서도 자신이 추구하는 가치를 포기하지 않았고, 그 결과 숙종이
인현왕후를 복위시키며 그 충성의 의미가 부각되었다.

---

27) 『한국민족문화대백과』, 한국학중앙연구원(http://encykorea.aks.ac.kr/).
28) 윤보윤, 앞의 논문, p.259.

## 4. 전기물과 역사물의 문예적 효용

〈박티보실긔〉와 〈쇼듕화역디셜〉의 '박태보일화'는 모두 1916년에 간행 또는 필사되었다. 동일한 시기에 유통되었고 같은 소재를 형상화한 두 작품을 통해 장르의 차이가 서사의 변개에 어떤 영향을 미쳤는지 살펴볼 수 있다. 소설은 다양한 형상화 기법을 활용하여 주인공을 생생하게 묘사하였고, 역사서사는 전체 역사의 일부로 해당 일화를 설화하되 인물의 특성을 두드러지게 기술하였다. 이제 소설과 역사서사가 같은 시기에 널리 유통된 의미에 대해 살펴보도록 하겠다.

첫째, 두 작품을 통해 사실의 이해와 문학적 효용의 측면에서 독자와 작가의 관계를 파악할 수 있다. 당시 고전소설 독자층의 범위는 이미 여성과 하층민을 넘어서서 일반 남성과 중산층 남성까지 확대되었으며, 심지어 국문소설의 내용을 모르면 상류층과 중산층 여성 사이에서는 따돌림을 당하기도 했다고 한다.29) 소설의 내용이 대화의 주제로까지 활용될 정도라면, 이는 독자층이 국문소설의 오락적 기능에만 주목하지 않고 그 속에 담긴 교육적 의미를 발견해 내고 있음을 말해주는 것이다.30) 다수의 고전소설은 역사적 사건까지 다루고 있어 마치 교양서적의 역할까지도 충분히 담당할 수 있다. 특히 〈쇼듕화역디셜〉의 필사자가 여성이었다는 사실을 통해31) 창작물뿐만 아니라 역사적 사건을 다룬 읽을거리에도 많은 여성 독자들이 매혹되었음을 알 수 있다.

〈박티보실긔〉나 〈쇼듕화역디셜〉을 접한 독자들은 역사적 사건을 이

---

29) 이민희, 『조선의 베스트셀러―조선 후기 세책업의 발달과 소설의 유행』, 프로네시스, 2007, pp.118~120.

30) 김진영, 「고전소설의 유통과 생활」, 『고전소설의 효용과 쓰임』, 박문사, 2012, pp.251~252.

31) 윤보윤, 앞의 논문, p.258.

야기로 읽고 싶은 욕구를 충족할 수 있었다. 전기소설을 통해 충신 박태보를 대하며 임금과 신하 간의 의리를 되새길 수 있었고, 역사서사물을 통해 박태보의 이야기를 읽으면서 조선왕조를 조망하며 충신의 존재를 인식하고 우리 역사에 대한 자부심을 고취할 수 있었을 것이다. 가상의 인물을 주인공으로 설정한 서사에서는 느낄 수 없는 감동이 전기소설과 역사서사를 통해 증대되었음을 알 수 있다.

독자층은 박태보의 이야기에 열광하면서 그의 내력을 보다 자세히 알고자 하였다. 이러한 면은 작가의식과도 연관될 수 있는데, 이는 역사서의 기록을 축약하여 대중적인 독서물로 구비하거나 문학적 기법을 활용하여 인물의 일대기를 다룬 소설을 마련하는 형태로 나타났다. 비록 박태보일화를 담아낸 장르와 그 형상화 방법에 차이가 있으나 결국 두 작품이 가지는 공통의 목적이 존재한다. 그것은 바로 독자들에게 충신 박태보의 면모를 올바르게 전달하는 것이다.

소설에서는 문학적 감동이 전제되어야 하므로 박태보의 충정 어린 면모를 드러낼 수 있는 일화를 여러 가지 배치함으로써 친국 장면에 대한 몰입도를 높였다. 역사 속에 존재하는 경험현실이 소설로 수용되면 작가의 감수성을 여과한 허구현실로 변용되므로[32] 〈박틱보실긔〉의 모든 화소를 실제적 사건 그대로라고 말할 수는 없다. 그러나 소설적 감수성을 통해 결국 작가가 의도한 것은 독자들이 박태보의 충정을 제대로 알고 이를 교훈으로 삼게 하는 것이다.

〈쇼듕화역ᄃᆡ셜〉의 '박태보일화'는 이러한 면에 있어 보다 직접적이다. 역사를 왜곡 없이 사실 그대로 알고 싶어하는 일반 독자에게 역사서는 난해한 대상일 수 있다. 이러한 사정을 파악하여 보다 쉽게 역사

---

32) 김장동, 『우리 소설이란 어떤 것인가』, 태학사, 1996, p.90.

를 접할 수 있는 방편으로 역사서사가 독서물로 자리잡았는데, 이 속에 박태보의 이야기가 삽입된 것이다. 이로써 당대 충신으로 이름 높았던 인물을 바로 알리는 독자의 갈망을 만족시킬 수 있었다. 숙종 대 역사적 사건을 시간 순서대로 배열하며 여러 인물 속에서 박태보를 돋보이게 한 것은 충신의 실상을 그릇됨 없이 전하고자 했던 작가의 의도라 하겠다.

둘째, 두 작품을 통해 20세기 초반 역사적 사실을 담은 독서물의 사정을 짐작할 수 있다. 〈박틱보실긔〉와 〈쇼듕화역ᄃᆡ셜〉의 '박태보일화'는 각기 다른 장르로 유통되면서도 독자층의 열렬한 지지를 받았다. 1916년에 〈박틱보실긔〉는 다양한 문헌을 참고하고 필요한 내용만 가려 새롭게 간행되었으며, 같은 시기 〈쇼듕화역ᄃᆡ셜〉은 베껴 적어서라도 이를 소장하고자 했던 한 여성 독자의 열정으로 필사되었다. 박태보의 이야기는 당시에도 여전히 인기 있는 충신담이었고 널리 읽힌 서사였다. 그렇기 때문에 소설이나 역사서사물 등의 읽을거리로 독자와 조우한 것이다.

이 시기는 국권이 침탈되고 민족의 위기를 인식한 사람들이 역사를 다시 서술하기 위해 국사교과서를 편찬하였으며 민족사에 대한 자부심을 일깨울 수 있는 인물의 생애를 전으로 짓기도 하였다.[33] 그러한 전통이 충신의 일생을 담은 전기소설을 간행하거나 혹은 조선 왕조의 역사를 나열하며 한 사람의 충신을 부각시키는 것으로 실현되었다.

〈쇼듕화역ᄃᆡ셜〉과 같은 서사물은 역사적 사건을 소설의 소재로 제공할 가능성을 지닌 동시에, 소설과 함께 대중독서물로 충실히 기능하였다. 실존했던 인물을 주인공으로 설정한 전기소설의 경우 독자는 그것

---

33) 조동일, 『한국문학통사』 4(제4판), 지식산업사, 2009, pp.315~322.

이 실재한 사건이라는 믿음에서 출발하여 감동과 교훈을 얻게 된다. 역사서사가 다수의 인물을 나열하면서 개개의 사실을 전달하는 것에 초점을 맞추었다면, 전기소설은 이들 중 한 인물을 주인공으로 선정하고 집중적으로 그를 형상화하는 데 모든 장치를 동원한다. 이렇게 장르적 차이는 존재할지라도 두 결과물을 대하는 독자는 모두 역사적 인물의 행적에 감동을 받으며 특정한 의미를 찾아낸다. 전기소설이나 역사서사가 각자의 분야에서 유사한 문학적 효용을 거두고 있는 것이다. 비록 전달 방법은 다를 수 있으나 그들이 추구하는 가치는 독자층에게 동일한 반향을 이끌어낼 수 있었다.

## 5. 맺음말

지금까지 〈박틱보실긔〉와 〈쇼듕화역딕셜〉의 '박태보일화'를 중심으로 전기소설과 역사서사에 대해 알아보았다. 두 작품은 모두 20세기 초반에 대중의 관심을 받으며 활발하게 유통된 것으로서 동일한 소재를 바탕으로 이루어졌다. 〈박틱보실긔〉가 1916년에 간행되었고 〈쇼듕화역딕셜〉의 '박태보일화' 또한 같은 해에 필사되었는데, 역사적 사건에 대한 당시 독자들의 호기심이 이러한 독서물의 인기로 드러난 것이다.

박태보는 인현왕후의 폐비 문제를 반대하는 상소를 올렸다가 숙종의 노여움을 사 친국을 당하면서 끝까지 신하된 도리로 간언을 올리다 죽음을 맞았다. 이러한 충신의 이야기는 읽을거리로 적합한 소재였고, 그래서 다양한 장르로 재생산되었다.

〈박틱보실긔〉는 그의 어린 시절과 환로에서의 이야기를 서술하여 강직한 성품을 부각하였고, 주변 인물의 꿈 이야기를 삽입하여 복선장치를 마련하기도 하였다. 또한 숙종이 박태보를 친국하는 장면에서는 대화체를 구사하고 끔찍한 고문을 묘사로 보여주어 소설적 형상화를 이루었다. 이 작품은 오직 박태보를 충신으로 표현해 내기 위한 목적으로 전체 서사가 진행된다. 실존했던 인물을 주인공으로 설정하고 그의 교훈적인 면모를 드러내는 데 집중하였다.

반면에 〈쇼듕화역듸셜〉의 '박태보일화'는 분량의 제약이 있어 오직 친국 장면만 다루었다. 하지만 역사적 사실을 충실히 반영하기 위해 당시 사건의 인과 관계를 연결 지어 보여주고자 노력했다. 이러한 서사방식은 기사환국과 관련하여 여러 인물에 대한 정보를 제공할 수 있다는 점에서 의의가 있다. 작가의 역사적 안목을 바탕으로 유의미한 사건을 선택·배열하면서 박태보의 일화를 삽입한 것은 이 이야기가 많은 사람들의 관심거리가 될 수 있기 때문이다.

사실의 이해와 문학적 효용의 관점에서 두 작품 모두 주목할 만하다. 따라서 이러한 작품이 활발하게 유통되던 당시에 독자와 작가의 관계가 어떠한지 파악할 수 있다. 또한 이를 바탕으로 20세기 초반 역사적 사건을 소재로 한 독서물의 사정 또한 추측해 볼 수도 있다. 이들 작품의 작가는 실존했던 인물의 실상을 독자들에게 최대한 정확하게 알리고, 그것을 교훈으로 삼게 하려는 창작의도를 가지고 있었다. 한편 이를 향유하는 대중은 주인공이 가지는 삶의 가치에 열광적으로 동조했다. 역사서사는 전기소설에 소재적 측면으로 작용하는 한편, 같은 시기 훌륭한 독서물로 유통되어 양자가 더불어 보완적으로 향유되었음을 짐작할 수 있다.

# 참고문헌

## 제1부 영웅인물의 유형과 형상화

### 제1장 머리말

강애희, 「한국고대영웅소설에 나타난 삶의 양식과 그 갈등」, 이화여자대학교 대학원 석사학위논문, 1980.

김승호, 「불교적 영웅고—승전류를 중심으로」, 『한국문학연구』 12, 동국대학교 한국문학연구소, 1989.

김지연, 「구활자본 역사영웅소설 연구」, 숙명여자대학교 대학원 박사학위논문, 2002.

김진영, 「불전과 고소설의 상관성」, 『어문연구』 33, 어문연구학회, 2000.

_____, 「고전소설에 나타난 적강화소의 기원 탐색」, 『어문연구』 64, 어문연구학회, 2010.

_____, 『고전소설의 효용과 쓰임』, 박문사, 2012.

김현숙, 「도선설화 연구」, 조선대학교 대학원 박사학위논문, 2009.

민긍기, 「영웅소설의 의미체계 연구」, 연세대학교 대학원 박사학위논문, 1986.

박경열, 「열전의 소설적 가능성에 대한 연구—삼국사기와 고려사를 중심으로」, 건국대학교 대학원 석사학위논문, 1997.

박상란, 「여성영웅소설 연구」, 『여성과 고소설, 그리고 문학사』, 한국학술정보, 2005.

박용식, 「한국 서사문학의 전개와 신앙사상」, 사재동 편, 『한국서사문학사의 연구』 I, 중앙문화사, 1995.

박일용, 『영웅소설의 소설사적 변주』, 월인, 2003.

설중환, 『한국 고소설의 이해』, 집문당, 2009.

소재영, 「고소설발달사」, 『한국고소설론』, 아세아문화사, 1991.

송기춘, 「영웅소설 주인공의 출생배경 연구」, 조선대학교 대학원 석사학위논문, 1996.

안기수, 「서사문학에 나타난 영웅인물의 형상화 방법과 의미」, 『어문논집』 32, 중앙어문학회, 2004.

양인실, 「영웅소설의 인물상 비교 연구—삼국지연의와 한국영웅소설의 비교」, 『건국대학교대학원논문집』 10, 건국대학교 대학원, 1979.

이상설, 「삼국유사 인물설화의 소설화 과정 연구」, 명지대학교 대학원 박사학위논문, 1995.

이윤석 외 편, 『세책 고소설 연구』, 혜안, 2003.

임성래, 『영웅소설의 유형연구』, 태학사, 1990.

전용문, 「여성영웅소설의 계통적 연구」, 충남대학교 대학원 박사학위논문, 1988.

정주동, 『고대소설론』, 형설출판사, 2004.

조은희, 「고전 여성영웅소설의 여성주의적 연구」, 대구대학교 대학원 박사학위논문, 2005.

최운식, 『한국 고소설 연구』, 보고사, 2006.

한국고소설학회 편, 『한국고소설론』, 아세아문화사, 2006.

한국고전소설편찬위원회 편, 『한국고전소설론』, 새문사, 2002.

### 제2장 영웅인물의 유형과 전통

김기동, 『한국고전소설연구』, 교학사, 1981.

김나영, 「고전 서사문학에 나타나는 영웅적 특징과 그 의미: 주몽신화·아기장수전설·홍길동전을 중심으로」, 『돈암어문학』 13, 돈암어문학회, 2000.

김부식, 『삼국사기』 1·2·3, 솔출판사, 1997.

김영화, 「〈홍길동전〉의 소재이행 관계 연구–〈주몽건국신화〉 대비 분석을 중심으로」, 『인문논총』 22, 호서대학교 인문학연구소, 2003.

김용기, 「주몽, 온조, 홍길동의 인물성격 연구–출생담과 현실적 제약을 중심으로」, 『우리문학연구』 29, 우리문학회, 2010.

김재용, 「영웅소설의 두 주류와 원천」, 『한국언어문학』 22, 한국언어문학회, 1983.

김진영, 「〈심청전〉의 구조적 특성과 그 의미–본생담과의 비교를 중심으로」, 『어문학』 73, 한국어문학회, 2001.

_____, 「양마모티프의 변천과 문학적 의미」, 『한국언어문학』 73, 한국언어문학회, 2010.

박상란, 「여성영웅소설 연구」, 『여성과 고소설, 그리고 문학사』, 한국학술정보, 2005.

박일용, 「영웅소설 유형 변이의 사회적 의미」, 『근대문학의 형성과정』, 한국고전문학회, 1983.

서대석, 『한국신화의 연구』, 집문당, 2001.

_____, 『군담소설의 구조와 배경』, 제이앤씨, 2008.

이규보, ≪동국이상국집≫.

일  연, 『삼국유사』 1·2, 솔출판사, 2007.

임성래, 『영웅소설의 유형연구』, 태학사, 1990.

_____, 『완판 영웅소설의 대중성』, 소명출판, 2007.

전길운, 「불교계 국문소설의 탐색주지 연구」, 충남대학교 교육대학원 석사학위논문, 1996.

전용문, 「영웅소설의 유형과 전개과정」, 『어문연구』 28, 어문연구학회, 1996.

정규복, 「〈서유기〉와 한국 고소설」, 『아세아연구』 48, 고려대학교 아세아문제연구소, 1972.

조동일, 「영웅의 일생, 그 문학사적 전개」, 『동아문화』 10, 서울대학교 동아문화연구소, 1971.

국립국어원 표준국어대사전(http://stdweb2.korean.go.kr/).

## 제3장 영웅인물의 형상화 양상

고전문학실 편, 『한국고전소설해제집』 하, 보고사, 1997.

권순긍, 「〈신유복전〉과 민족주체의식의 한계」, 『성대문학』 27, 성균어문학회, 1990.

김기현 역주, 『한국고전문학전집』 15, 고려대학교 민족문화연구소, 1995.

김동욱 편, 『고소설판각본전집』 2, 연세대학교 인문과학연구소, 1973.

김미령, 「판소리계 소설을 통해 본 돈에 대한 욕망-〈춘향전〉〈흥부전〉〈심청전〉을 중심으로」, 『고전과 해석』 9, 고전한문학연구학회, 2010.

김연호, 「영웅소설의 유형과 변모에 관한 연구」, 고려대학교 대학원 박사학위논문, 1993.

김열규, 「민담과 이조소설의 전기적 유형」, 『한국민속과 문학연구』, 일조각, 1971.

김영수, 「필사본 심청전 연구」, 경희대학교 대학원 박사학위논문, 2000.

김일렬, 「〈홍길동전〉과 〈전우치전〉의 비교고찰」, 『어문학』 30, 한국어문학회, 1974.

_____, 『한국고전문학전집』 25, 고려대학교 민족문화연구소, 1996.

김진영, 「〈심청전〉의 구조적 특성과 그 의미-본생담과의 비교를 중심으로」, 『어문학』 73, 한국어문학회, 2001.

_____, 「금우태자전승의 유형과 신화소의 서사적 의미」, 『어문연구』 62, 어문연구학회, 2009.

박광수, 「선우태자전승의 계통적 연구」, 『어문연구』 19, 어문연구학회, 1989.

박병동, 『불경 전래설화의 소설적 변모 양상』, 도서출판 역락, 2003.

박일용, 「영웅소설의 유형변이와 그 소설적 의의」, 서울대학교 대학원 석사학위논문, 1983.

방대수, 「〈전우치전〉 이본군의 작품구조 연구」, 서울대학교 대학원 석사학위논문,

1988.

백승종, 「고소설 〈홍길동전〉의 저작에 대한 재검토」, 『진단학보』 80, 진단학회, 1995.

사재동, 「〈심청전〉 연구 서설」 『어문연구』 7, 어문연구학회, 1971.

_____, 『불교계 국문소설의 형성과정 연구』, 아세아문화사, 1977.

_____, 「불교계 국문소설의 형성경위」, 이상택·성현경 편, 『한국고전소설연구』, 새 문사, 1983.

_____, 「불교계 국문소설의 형성·전개」, 『고소설사의 제문제』, 집문당, 1993.

서대석, 「군담소설의 출현동인 반성」, 『고전문학연구』 1, 한국고전문학회, 1971.

설성영, 「〈홍길동전〉의 핵심 소재와 작가」, 『고소설연구』 6, 한국고소설학회, 1998.

성현경, 「〈유충렬전〉 검토-소대성전·장익성전·설인귀전과 관련하여」, 『고전문학연 구』 2, 한국고전문학연구회, 1974.

소실산인, 《석가여래십지수행기》.

신태수, 『한국 고소설의 창작방법 연구』, 푸른사상, 2006.

심재숙, 「〈장백전〉과 연의소설 〈당진연의〉의 관계를 통해 본 영웅소설 형성의 한 양 상」, 『어문논집』 32, 고려대학교 국어국문학연구회, 1993.

오대혁, 「관음사연기설화와 형성기 〈심청전〉의 불교사상」, 『한국어문학연구』 45, 한 국어문학연구학회, 2005.

윤보윤, 「영웅소설의 층위적 과업 연구-〈권익중전〉과 〈유충렬전〉을 중심으로」, 『어 문연구』 68, 어문연구학회, 2011.

이명구, 「이조소설의 비교문학적 연구」, 『대동문화연구』 5, 성균관대학교 대동문화연 구원, 1968.

이상택·성현경 편, 『한국고전소설연구』, 새문사, 1983.

이신성, 『한국고전산문연구』, 보고사, 2001.

이영수, 「〈심청전〉의 설화화와 그 전승 양상에 관한 연구」, 인하대학교 대학원 박사학 위논문, 2001.

이재수, 『한국소설연구』, 선명문화사, 1969.

이현국, 「〈전우치전〉의 형성과정과 이본간의 변모양상」, 『문학과 언어』 7, 문학과언 어연구회, 1986.

인천대학교 민족문화연구소 자료총서간행위원회 편, 『구활자본 고소설전집』 12, 은하 출판사, 1983.

임태수, 「〈심청전〉의 연구사적 고찰」, 충북대학교 대학원 석사학위논문, 1993.

정규복, 「고소설과 중국소설」, 『한국고소설론』, 아세아문화사, 1991.

정주동, 「〈홍길동전〉을 둘러싼 몇 가지 문제」, 『국어국문학』 20, 국어국문학회, 1959.

정주동, 『홍길동전 연구』, 문호사, 1961.

정하영 역주, 『한국고전문학전집』 13, 고려대학교 민족문화연구소, 1995.

조동일, 「영웅의 일생, 그 문학사적 전개」, 『동아문화』 10, 서울대학교 동아문화연구소, 1971.

_____, 『한국소설의 이론』, 지식산업사, 1977.

_____, 『한국문학통사』 3, 지식산업사, 1997.

조희웅, 『조선후기 문헌설화의 연구』, 형설출판사, 1980.

_____, 『고전소설 작품연구 총람』, 집문당, 2000.

_____, 『고전소설 연구보정』, 박이정, 2006.

최동현, 「〈심청전〉의 주제에 대하여-여성주의적 관점에서」, 『국어문학』 31, 국어문학회, 1996.

최명자, 「장백전 연구」, 한국교원대학교 교육대학원 석사학위논문, 2000.

최삼룡·이월령·이상구 역주, 『한국고전문학전집』 24, 고려대학교 민족문화연구소, 1996.

최진형, 「〈심청전〉의 전승 양상-출판 문화와의 관련을 중심으로」, 『판소리연구』 19, 판소리학회, 2005.

허원기, 「〈심청전〉 근원 설화의 전반적 검토-원홍장 이야기의 위상을 중심으로」, 『정신문화연구』 89, 한국학중앙연구원, 2002.

홍태한, 「전우치전 연구-인물 전우치의 변모 양상과 형성과정」, 『경희어문학』 21, 경희대학교 국어국문학과, 2001.

## 제4장 영웅인물의 지향과 의미

강지수, 「조력자의 변모 양상과 그 의미-영웅소설을 중심으로」, 인제대학교 대학원 석사학위논문, 2004.

강현모, 「〈홍길동전〉 서사 구조의 특징과 양상」, 『한민족문화연구』 1, 한민족문화학회, 1996.

김경숙, 『조선 후기 서얼문학 연구』, 소명출판, 2005.

김수봉, 「영웅소설의 반동인물 연구」, 『국어국문학』 29, 부산대학교 국어국문학과, 1992.

_____, 『서사문학의 반동인물 연구』, 국학자료원, 2002.

김장동, 『우리 소설이란 어떤 것인가』, 태학사, 1996.

김진영, 「금우태자전승의 유형과 신화소의 서사적 의미」, 『어문연구』 62, 어문연구학회, 2009.

김진영, 「불경계 서사의 소설적 변용과 그 의미」, 『한국언어문학』 82, 한국언어문학
       회, 2012.

김태광, 「금우태자설화의 한국·대만 비교 연구-《석가여래십지수행기》와 《사십이품
       인과록》을 중심으로」, 『어문연구』 54, 어문연구학회, 2007.

김한춘, 「한국 불전문학의 연구-본생담류를 중심으로」, 『어문연구』 22, 어문연구학
       회, 1991.

김현룡, 『한중소설설화 비교연구』, 일지사, 1976.

김혜미, 「〈홍길동전〉에 담긴 상생의 문제」, 『통일인문학논총』 50, 건국대학교 통일인
       문학연구단, 2010.

김효정, 「고전소설의 영상 매체로의 전환 유형과 사례」, 『고전문학과 교육』 21, 한국
       고전문학교육학회, 2011.

류준경, 「영웅소설의 장르관습과 여성영웅소설」, 『고소설연구』 12, 한국고소설학회,
       2001.

박일용, 『영웅소설의 소설사적 변주』, 월인, 2003.

서대석, 『군담소설의 구조와 배경』, 제이앤씨, 2008.

손병우, 「한국고소설의 의식지향 연구」, 고려대학교 대학원 박사학위논문, 1985.

신원선, 「한국고전소설의 영상콘텐츠화 성공방안 연구-영화 〈전우치〉와 〈방자전〉을
       중심으로」, 『민족문화논총』 46, 영남대학교 민족문화연구소, 2010.

심우장, 「〈유충렬전〉의 담론 특성과 미학적 의의」, 『관악어문연구』 28, 서울대학교 관
       악어문학회, 2003.

심재복, 「조선 후기 도불습합소설 연구-불교소설의 도교 수용을 중심으로」, 대구대학
       교 대학원 박사학위논문, 2000.

안기수, 「영웅소설의 지향가치와 실현방식에 대한 연구」, 『어문논집』 30, 중앙어문학
       회, 2002.

_____, 『영웅소설의 수용과 변화』, 보고사, 2004.

윤경수, 「〈홍길동전〉의 전기적 성격과 신화의식」, 『비교민속학』 16, 비교민속학회,
       1999.

윤보윤, 「재생서사에 나타난 초월적 조력자의 비교 연구-불교서사와 고전소설을 중심
       으로」, 충남대학교 대학원 석사학위논문, 2007.

이규훈, 「조선후기 여성주도 고난극복 고소설 연구」, 한국교원대학교 대학원 박사학
       위논문, 2009.

이민희, 『조선의 베스트셀러』, 프로네시스, 2007.

이상택 외, 『한국 고전소설의 세계』, 돌베개, 2006.

이상택, 「고전소설의 세속화과정 시론」, 『한국소설문학의 탐구』, 중앙출판, 1981.

임재해, 『민족신화와 건국영웅들』, 민속원, 2006.

장경남, 「병자호란의 문학적 형상화 연구」, 『어문연구』 119, 한국어문교육연구회, 2003.

정출헌, 「〈심청전〉의 민중정서와 그 형상화 방식-고전소설에서의 현실성과 낭만성」, 『민족문학사연구』 9, 민족문학사연구소, 1996.

한성희, 「고소설에 나타난 인물유형의 연구-사회개혁을 주제로 한 소설을 중심으로」, 고려대학교 대학원 석사학위논문, 1987.

한의숭, 「19세기 문학의 타자인식과 착종; 19세기 한문소설에 나타난 "충·효·열"의 구현양상 연구」, 『한국어문학연구』 55, 한국어문학연구학회, 2010.

황순구, 「서사시의 개념과 한국의 불교 서사시」, 『고서연구』 12, 한국고서연구회, 1995.

## 제2부 영웅인물과 서사담론

### 제1장 〈권익중전〉의 담론유형과 작가의식

곽정식, 「〈권익중전〉의 열녀 형상과 작자의식」, 『새국어교육』 66, 한국국어교육학회, 2003.

＿＿＿, 「〈권익중전〉 연구」, 『문화전통논집』 3, 경성대학교 부설 한국학연구소, 2004.

김일렬, 『고전소설신론』, 새문사, 1993.

윤보윤, 「재생서사에 나타난 초월적 조력자의 비교 연구-불교서사와 고전소설을 중심으로」, 충남대학교 대학원 석사학위논문, 2007.

인천대학교 민족문화연구소 편, 『구활자본 고소설전집』 19, 1984.

임성래, 『영웅소설의 유형연구』, 태학사, 1990.

최운식, 「재생설화의 재생의식」, 『한국민속학』 7, 한국민속학회, 1974.

하준봉, 「〈권익중전〉 연구」, 한국교원대학교 대학원 석사학위논문, 2000.

한국고전소설편찬위원회 편, 『한국고전소설론』, 새문사, 1992.

한국정신문화연구원, 『한국고전소설 독해사전』, 태학사, 1999.

### 제2장 〈권익중전〉과 〈유충렬전〉의 서사담론과 층위적 과업

고려대학교 민족문화연구소, 『한국고전문학전집』 24, 1996.

게오르크 루카치, 『소설의 이론』, 문예출판사, 2007.

구자균, 「이조시대의 소설」, 『한국예술총람』, 예술원, 1964.

권순긍, 『활자본 고소설의 편폭과 지향』, 보고사, 2000.

김기동, 『이조시대소설론』, 이우출판사, 1978.

김열규, 「민담과 이조소설의 전기적 유형」, 『한국민속과 문학연구』, 일조각, 1975.

김태준, 『조선소설사』, 학예사, 1939.

박일용, 「영웅소설의 유형변이와 그 소설사적 의의」, 서울대학교 대학원 석사학위논문, 1983.

＿＿＿, 「군담소설의 작자층」, 『한국문학사의 쟁점』, 집문당, 1986.

서대석, 「군담소설의 구성과 작가의식」, 『계명논총』 7, 1971.

＿＿＿, 『군담소설의 구조와 배경』, 이화여자대학교 출판부, 1985.

신선희, 「디지털스토리텔링과 고전문학」, 『한국고전연구』 13, 한국고전연구학회, 2006.

안기수, 『영웅소설의 수용과 변화』, 보고사, 2004.

인천대학교 민족문화연구소 편, 『구활자본 고소설전집』 19, 1984.

임성래, 『완판 영웅소설의 대중성』, 소명출판, 2007.

조동일, 「영웅의 일생 그 문학사적 의의」, 『동아문화』 10, 서울대학교 동아문화연구소, 1971.

최운식, 『한국 고소설 연구』, 보고사, 2006.

하준봉, 「〈권익중전〉 연구」, 한국교원대학교 대학원 석사학위논문, 2000.


### 제3장 〈소대성전〉과 〈신유복전〉의 고난담론과 서사적 변이

김동욱 편, 『고소설판각본전집』 1, 연세대학교 출판부, 1973.

곽정식, 「〈신유복전〉의 설화 수용 양상과 영웅소설사적 의의」, 『한국문학논총』 61, 한국문학회, 2012.

권순긍, 「〈신유복전〉과 민족주체의식의 한계」, 『성대문학』 27, 성균관대학교 국어국문학과, 1990.

＿＿＿, 『활자본 고소설의 편폭과 지향』, 보고사, 2000.

김경남, 「군담소설의 전쟁 소재와 욕망의 관련 양상-〈소대성전〉·〈장풍운전〉·〈조웅전〉을 중심으로」, 『겨레어문학』 22, 겨레어문학회, 1997.

김도환, 「〈낙성비룡〉의 구성적 특징과 소설사적 위상-〈소대성전〉과의 비교 검토를 통해서」, 『Journal of Korean Culture』 18, 한국어문학국제학술포럼, 2011.

김일렬, 「소대성전의 후대적 변모」, 『조선조소설의 구조와 의미』, 형설출판사, 1984.

＿＿＿, 「소대성전」, 『한국고전소설작품론』, 집문당, 1990.

＿＿＿, 『고전소설신론』, 새문사, 2015.

김장동, 『우리 소설이란 어떤 것인가』, 태학사, 1996.

김현양, 「〈소대성전〉의 서사체계와 소설적 특성」, 『연세어문학』 26, 연세대학교, 1994.

동국대학교 한국학연구소, 『활자본고전소설전집』 4, 아세아문화사, 1976.

박명재, 「신유복전 연구」, 한국교원대학교 교육대학원 석사학위논문, 2002.

박일용, 「〈유충렬전〉의 서사구조와 소설사적 의미 재론」, 『고전문학연구』 8, 한국고전문학회, 1993.

서혜은, 「경판 〈소대성전〉의 대중화 양상과 그 향유 의식」, 『한국사상과 문화』 75, 한국사상문화학회, 2014.

성현경, 「유충렬전 검토-〈소대성전〉, 〈장익성전〉, 〈설인귀전〉과 관련하여」, 『고전문학연구』 2, 한국고전문학회, 1974.

신태수, 「신유복전의 작품세계와 이상주의적 성격」, 『한민족어문학』 26, 한민족어문학회, 1994.

안기수, 「〈소대성전〉 유형에 나타난 고난구조의 특징과 갈등의 의미」, 『연구논집』 14, 중앙대학교 대학원, 1995.

엄태웅, 「'〈소대성전〉·〈용문전〉'의 경판본에서 완판본으로의 변모 양상-촉한정통론과 대명의리론의 강화를 중심으로」, 『우리어문연구』 41, 우리어문학회, 2011.

_____, 「〈신유복전〉 이본 〈천정연분〉의 변이 양상과 의미(1)-영웅의 서사에서 결연과 가족의 서사로」, 『Journal of Korean Culture』 24, 한국어문학국제학술포럼, 2013.

_____, 「〈신유복전〉 이본 〈천정연분〉의 변이 양상과 의미(2)」, 『우리문학연구』 41, 우리문학회, 2014.

이상택 외, 『한국 고전소설의 세계』, 돌베개, 2006.

이원수, 「〈소대성전〉과 〈용문전〉의 관계-〈용문전〉 이본고를 겸하여」, 『어문학』 46, 한국어문학회, 1985.

이주영, 『구활자본 고전소설 연구』, 도서출판 월인, 1998.

이지영, 「〈장풍운전〉·〈최현전〉·〈소대성전〉을 통해 본 초기 영웅소설 전승의 행방-유형의 구조적 특징을 중심으로」, 『고소설연구』 10, 한국고소설학회, 2000.

임성래, 『완판 영웅소설의 대중성』, 소명출판, 2007.

전상경, 「〈소대성전〉과 〈유충렬전〉의 상관성 소고」, 『고소설연구』 1, 한국고소설학회, 1995.

조동일, 「영웅의 일생, 그 문학사적 전개」, 『동아문화』 10, 서울대학교 동아문화연구소, 1971.

조동일, 『한국소설의 이론』, 지식산업사, 1977.

조희웅, 「〈낙성비룡〉과 〈소대성전〉의 비교 고찰」, 『관악어문연구』 3, 서울대학교 국어국문학과, 1978.

현혜경, 「고전소설에 나타나는 지감화소의 성격과 의미-〈소대성전〉·〈낙성비룡〉·〈신유복전〉을 중심으로」, 『국어국문학』 102, 국어국문학회, 1989.

## 제4장 〈신유복전〉의 서사양태와 서술방식

강봉근 외, 『고전소설 교육론』, 역락, 2015.

곽정식, 「〈신유복전〉의 설화 수용 양상과 영웅소설사적 의의」, 『한국문학논총』 61, 한국문학회, 2012.

권순긍, 「〈신유복전〉과 민족주체의식의 한계」, 『성대문학』 27, 성균관대학교 국어국문학과, 1990.

동국대학교 한국학연구소, 『활자본고전소설전집』 4, 아세아문화사, 1976.

동아대학교 석당학술원, 『국역 고려사』 23·열전 4, 민족문화, 2006.

문화관광부·한국복식문화 2000년 조직위원회, 『우리 옷 이천 년』, 미술문화, 2001.

박명재, 「신유복전 연구」, 한국교원대학교 교육대학원 석사학위논문, 2002.

세종대왕기념사업회, 『한국고전용어사전』 1, 2001.

신태수, 「신유복전의 작품세계와 이상주의적 성격」, 『한민족어문학』 26, 한민족어문학회, 1994.

엄태웅, 「〈신유복전〉 이본 〈천정연분〉의 변이 양상과 의미(1)」, 『Journal of Korean Culture』 24, 한국어문학국제학술포럼, 2013.

_____, 「〈신유복전〉 이본 〈천정연분〉의 변이 양상과 의미(2)」, 『우리문학연구』 41, 우리문학회, 2014.

윤보윤, 「영웅소설의 고난 구조와 후대적 변이 양상-〈소대성전〉과 〈신유복전〉을 중심으로」, 『어문연구』 89, 어문연구학회, 2016.

이상섭, 『문학 연구의 방법』, 탐구당, 2006.

이상택 외, 『한국 고전소설의 세계』, 돌베개, 2006.

이주영, 『구활자본 고전소설 연구』, 도서출판 월인, 1998.

한국의상협회, 『500년 조선왕조복식』, 미술문화, 2003.

현혜경, 「고전소설에 나타나는 지감화소의 성격과 의미-〈소대성전〉·〈낙성비룡〉·〈신유복전〉을 중심으로」, 『국어국문학』 102, 국어국문학회, 1989.

## 제3부 영웅인물과 역사담론

### 제1장 '성불경쟁담'의 역사성과 형상화 양상

강진옥, 「《삼국유사》〈남백월이성〉의 서술방식을 통해 본 깨달음의 형상」, 『한국민속학』 43, 한국민속학회, 2006.

강철구, 「《삼국유사》에 나타난 왕생설화 연구−미륵과 아미타정토를 중심으로」, 동국대학교 불교대학원 석사학위논문, 2004.

경일남, 「〈부설전〉의 인물대립 의미와 작가의식」, 『어문연구』 34, 어문연구학회, 2000.

_____, 「부설전에 나타난 게송의 양상과 기능」, 『불교문학연구』 2, 한국불교문화학회, 2003.

김동열, 「《삼국유사》설화에 나타난 대조적 글쓰기」, 대구대학교 교육대학원 석사학위논문, 2006.

김미영, 「삼국유사 인물설화의 대조적 서술방식 연구−대조방식의 설화를 중심으로」, 영남대학교 교육대학원 석사학위논문, 2002.

김승호, 「고려 승전의 서술방식 연구」, 동국대학교 대학원 박사학위논문, 1990.

_____, 「16세기 승려작가 영허 및 〈부설전〉의 소설사적 의의」, 『고소설연구』 11, 한국고소설학회, 2001.

김영재, 「《삼국유사》〈남백월이성 조〉의 《화엄경》 보현행원사상」, 『한국사상과 문화』 19, 한국사상문화학회, 2003.

김영태, 「부설전의 원본과 그 작자에 대하여」, 『한국불교학』 창간호, 한국불교학회, 1975.

석해일, 「영허집」, 『한국불교전서』 8, 1986.

성기옥, 「원왕생가의 생성 배경−전승문맥의 검토를 통한 작자 문제 재론」, 『고전시가론』, 새문사, 1995.

소재영, 「삼국유사 설화의 연구」, 고려대학교 대학원 석사학위논문, 1964.

_____, 「삼국유사에 비친 일연의 설화의식」, 『숭전어문학』 3, 숭전대학교 국어국문학회, 1974.

오대혁, 「〈부설전〉의 창작연원과 소설사적 의의」, 『어문연구』 47, 어문연구학회, 2005.

이강옥, 「삼국유사 불교설화의 서술원리」, 『영남국어교육』 6, 영남대학교 국어교육학과, 1999.

_____, 「삼국유사의 세계관과 서술미학」, 『국문학연구』 5, 태학사, 2000.

이종찬, 「보응의 망기」, 『한국불가시문학사론』, 불광출판부, 2001.

일　연, 『삼국유사』 2, 솔출판사, 2007.

정소영, 「《삼국유사》 설화에 나타난 인간구원-광덕과 엄장, 노힐부득과 달달박박, 조
　　　신설화를 중심으로」, 『한국언어문학』 59, 한국언어문학회, 2006.

정천구, 「삼국유사 글쓰기 방식의 특성 연구-수이전·삼국사기·해동고승전과의 비교
　　　를 통해」, 서울대학교 대학원 석사학위논문, 1996.

조동일, 「삼국유사 불교설화의 숭고하고 비속한 삶」, 『삼국유사 연구』 상, 영남대학교
　　　출판부, 1984.

＿＿＿, 「삼국유사 설화와 구전설화의 관련양상」, 『삼국유사의 종합적 검토』, 한국정
　　　신문화원, 1987.

허원기, 「삼국유사 구도 설화의 의미-중편조동오위와 관련하여」, 한국정신문화연구
　　　원 한국학대학원 석사학위논문, 1995.

황패강, 『신라불교설화연구』, 일지사, 1975.

＿＿＿, 「삼국유사와 불교설화」, 『삼국유사의 연구』, 중앙출판, 1982.

두산동아, 『두산백과사전 EnCyber & EnCyber.com』.

## 제2장 〈소중화역대설〉의 역사성과 문학적 조응

강효석, 『대동기문』(영인본), 민속원, 1995.

권혁래, 『조선 후기 역사소설의 성격』, 도서출판 박이정, 2000.

김장동, 『조선조 역사소설연구』, 인우출판사, 1986.

민족문화추진회 편, 『국역 율곡집』 2, 솔출판사, 1997.

박노준, 「사육신 시조의 절의」, 『세종학연구』 4, 세종대왕기념사업회, 1989.

백낙청, 「역사소설과 역사의식」, 『창작과 비평』, 1967, 봄호.

석미춘잉 편, 『해동명신록』, 조선고서간행회, 1914.

임종욱, 『중국역대인명사전』, 이회문화사, 2010.

필사본 〈쇼듕화역딕셜〉 6권 4책.

〈살려준 여덟 자라〉, 동아일보, 1938년 5월 5일자.

〈왕팔의 보복〉, 동아일보, 1937년 10월 3일자.

『국역 국조인물고』, 세종대왕기념사업회, 1999.12.30.

『두산백과』(http://www.doopedia.co.kr/).

《조선왕조실록》, 국사편찬위원회(http://sillok.history.go.kr/).

『한국민족문화대백과』, 한국학중앙연구원(http://encykorea.aks.ac.kr/).

## 제3장 〈박태보실기〉의 전기성과 역사담론

권혁래, 「〈박태보전〉의 적층성과 충절의식의 추이」, 『연세어문학』 28, 1996.

김용덕, 『한국전기문학론』, 민족문화사, 1987.

김장동, 『우리 소설이란 어떤 것인가』, 태학사, 1996.

김진영, 『고전소설의 효용과 쓰임』, 박문사, 2012.

서유영 지음·김종권 교주, 『금계필담』, 명문당, 1985.

윤보윤, 「〈쇼듕화역디셜〉에 나타난 역사와 문학의 접점 연구」, 『어문연구』 77, 어문연구학회, 2013.

이긍익 편, 『국역 연려실기술』 Ⅷ, 민족문화추진회, 1967.

이민희, 『조선의 베스트셀러-조선 후기 세책업의 발달과 소설의 유행』, 프로네시스, 2007.

이희환, 『조선후기당쟁연구』, 국학자료원, 1995.

인천대학교 민족문화연구소 자료총서간행위원회, 『구활자본 고소설전집』 3, 은하출판사, 1983.

조동일, 『한국문학통사』 4(제4판), 지식산업사, 2009.

필사본 〈쇼듕화역디셜〉.

《조선왕조실록》, 국사편찬위원회(http://sillok.history.go.kr/).

『한국민족문화대백과』, 한국학중앙연구원(http://encykorea.aks.ac.kr/).

# 찾아보기

**윤보윤(尹保允)**

충북 영동에서 태어나 영동 고등학교를 졸업하고 충남대학교에서 학사·석사·박사학위를 취득하였다. 충남대학교 공과대학 공학교육혁신센터 초빙 조교수를 거쳐 현재 충남대학교, 공주대학교, 목원대학교 시간강사로 출강하고 있다.

주요 논문으로「《천예록》과 고전소설의 대비적 고찰」,「〈쇼듕화역ᄃᆡ셜〉에 나타난 역사와 문학의 접점 연구」,「전기서사와 역사서사의 비교 연구」,「〈하녀들〉의 고전 소재 활용과 그 의미」,「영웅소설의 고난 구조와 후대적 변이 양상」등이 있다.

한국서사문학연구총서 25
**고전소설의 영웅인물과 담론양상**

2017년 10월 30일 초판 1쇄 펴냄

**지은이** 윤보윤
**펴낸이** 김흥국
**펴낸곳** 보고사

**책임편집** 김하놀
**표지디자인** 손정자

**등록** 1990년 12월 13일 제6-0429호
**주소** 경기도 파주시 회동길 337-15 보고사 2층
**전화** 031-955-9797(대표), 02-922-5120~1(편집), 02-922-2246(영업)
**팩스** 02-922-6990
**메일** kanapub3@naver.com / bogosabooks@naver.com
http://www.bogosabooks.co.kr

ISBN 979-11-5516-746-5  93810
ⓒ 윤보윤, 2017

정가 28,000원